W0369439

BASTEI
LÜBBE
TASCHENBUCH

Weitere Titel der Autorin

*Das Erbe der Töchter*
*Eine letzte Spur*
*Emilys Sehnsucht*
*Ein verzauberter Sommer*
*Julias Geheimnis*
*Rückkehr nach Mandalay*
*Das Leuchten des Safrans*

Über die Autorin

Juliet Hall ist Britin. Sie unterrichtet Schreiben und organisiert Literatur- und Musikfestivals in ihrer Heimatstadt an der Küste von West Dorset. Zu ihren liebsten Reisezielen gehört Italien, wohin sie die Leser mit ihren Romanen *Das Erbe der Töchter*, *Eine letzte Spur* und *Ein verzauberter Sommer* führte. Nach Ausflügen durch viele wunderbare Städte Europas in *Emilys Sehnsucht* und *Julias Geheimnis*, ins exotische Burma (Myanmar) mit *Rückkehr nach Mandalay* sowie nach Marokko in *Das Leuchten des Safrans* bringt sie uns nun nach Kuba.

Juliet Hall

# Ein letzter Tanz in Havanna

Roman

Aus dem Englischen von
Barbara Röhl

BASTEI
LÜBBE
TASCHENBUCH

BASTEI LÜBBE TASCHENBUCH
Band 17562

Dieser Titel ist auch als E-Book erschienen.

FSC
www.fsc.org
MIX
Papier aus verantwortungsvollen Quellen
FSC® C083411

Vollständige Taschenbuchausgabe

Deutsche Erstausgabe


Titel der englischen Originalausgabe: »Last Dance in Havana«
First published in the United Kingdom by Quercus Books, London,
under the pseudonym of »Rosanna Ley«

Dieses Werk wurde vermittelt durch die Literarische Agentur
Thomas Schlück GmbH, 30827 Garbsen.


Textredaktion: Dr. Ulrike Brandt-Schwarze, Bonn
Titelillustration: © huber-images.de/Bierbaum Timo; © shutterstock/vectorkat; © shutterstock/kzww; © shutterstock/Eva Picasso
Umschlaggestaltung: Kirstin Osenau
Satz: two-up, Düsseldorf
Gesetzt aus der Caslon
Druck und Verarbeitung: CPI books GmbH, Leck – Germany
Printed in Germany
ISBN 978-3-404-17562-8

1 3 5 7 6 4 2

Sie finden uns im Internet unter www.luebbe.de
Bitte beachten Sie auch: www.lesejury.de

*Für Alexa, in Liebe*

# 1. Kapitel

*Havanna 1957*

»Möchten Sie tanzen?«

Sie war so tief in ihre Gedanken versunken gewesen, dass die Stimme sie vollkommen überrascht hatte. Elisa sah auf, und da stand er.

Sie hatte darum gebettelt, dass Pablo sie an diesem Abend ins La Cueva mitnahm.

»Du bist zu jung«, hatte ihr Cousin gespöttelt. »Noch ein Baby. Glaubst du, irgendwer will mit dir tanzen?«

Elisa hatte den Kopf in den Nacken geworfen. »Ich kann zuschauen«, sagte sie. *Ich kann so tun, als ob*. Aber das sagte sie nicht. Sie war jung, ja, aber in zwei Monaten würde sie sechzehn. Und so jung war das nun auch wieder nicht.

»Dann komm eben mit, Cousinchen«, hatte Pablo schließlich gesagt. »Aber du musst dich um dich selbst kümmern. Ich werde nicht den ganzen Abend den Babysitter für dich spielen.«

»Mach ich.« Sie war so begeistert von der Aussicht, dass sie sogar vergaß, beleidigt zu sein.

Sie lieh sich das mimosengelbe Kleid von ihrer Cousine Ramira, und ihre Mutter steckte ihr eine weiße Schmetterlingslilie in das dunkle Haar. Während sie mit Pablo durch die dunklen Gassen von Havanna zum La Cueva eilte, konnte sie den honigsüßen Duft der Blume riechen.

Als sie das Lokal betraten, verließ Elisa fast der Mut. Die

Wände waren rot und schwarz gestrichen, und man hatte tatsächlich das Gefühl, in eine *cueva*, in eine Höhle, hineinzugehen. Das Licht war schummrig, in der Luft hing schwer der Geruch nach Rauch, und auf der Tanzfläche hoben und drehten sich schimmernde, schwitzende Körper zu den Salsa-Rhythmen der Band. Elisa stand der Mund offen, und sie zwang sich, heftig zu schlucken. Sie war mit Tanzen großgeworden – aber nicht mit dieser Art von Tanz. Es ging etwas davon aus, das sie nicht ganz verstand, eine Sinnlichkeit, die ihr noch unbekannt war.

Ihre Gedanken schweiften zu den Jungen, mit denen sie aufgewachsen war – nicht nur zu ihrem Cousin Pablo, sondern zu den anderen jungen Burschen, die in ihrer Nachbarschaft wohnten und mit denen sie zur Schule gegangen war. Die im Meer schwammen und mit Bambusstöcken und Katzendarm *pescado* angelten, die am Strand Fangen spielten oder Baseball auf den Straßen und Plätzen in der Altstadt von Havanna. Sie waren ihr so vertraut wie Brüder: Miguel, Santino, Vicente und die anderen. Sie hatten als Kinder zusammen gespielt, und ihre Familien kannten sich alle untereinander – ein paar von ihnen lebten sogar in ihrem Wohnblock.

Inzwischen jedoch hatte sich vieles verändert. Sie alle waren nicht mehr so unschuldig, sie schauten sich anders und weniger offen an. Wenn Elisa und ihre Freundinnen an einer Straßenecke an ihnen vorbeigingen, warfen sie den Kopf zurück und ignorierten bewusst genau diese Jungen, mit denen sie großgeworden waren. Allerdings tanzten sie mit ihnen – bei Partys in den Wohnungen ihrer Familien oder an den lauen Abenden, an denen sich die Musik und der Tanz aus den Bars und Cafés der Stadt auf die von der heißen, schwülen Sonne Havannas aufgeheizten Gehsteige ergossen.

Während Elisa Pablo durch das Meer von Körpern in dem Nachtklub folgte, sah sie sich um. Mit den Jungs hatten sie nie so getanzt …

Pablo entdeckte seine Freunde, und in einer Ecke fand er einen Stuhl für Elisa. »Bleib hier«, befahl er. »Ich hol dir eine Limonade.« Und er verschwand.

Irgendwann später, als sie ausgetrunken und Pablo sie völlig vergessen hatte und viele Paare einander sich eng umschlungen über die Tanzfläche bewegten oder an der Bar und an Tischen lässig auf Stühlen saßen, fiel Elisa der junge Mann auf. Er war stämmig und hatte eine breite Brust, kurzes, krauses Haar und ausgeprägte, sinnliche afrikanische Züge. Er war ungefähr so groß wie sie und, wie sie vermutete, nicht viel älter, obwohl er ein Selbstbewusstsein ausstrahlte, um das sie ihn unwillkürlich beneidete. Sie schaute einmal zu ihm hinüber, dann noch einmal, und beim dritten Mal starrte er zurück. Ein Schauder überlief sie. Es lag etwas so Festes, so Intensives in diesem Blick, der geradewegs durch die Menschen auf der Tanzfläche hindurchging und auf sie traf – wie der Hitzeschwall aus dem Backofen ihrer Mutter, wenn sie sich hinhockte, um die Tür zu öffnen.

Die Trommler wechselten das Tempo, und die Sängerin begann mit der Einleitung zu einem neuen Stück, indem sie sinnlose Silben sang. Das war die *diana*, die Eröffnungssequenz der Rumba. Sie wurde mit einer kräftigen Stimme vorgetragen, die irgendwo tief im Inneren den Schmerz des kubanischen Volkes auszudrücken schien. Elisa seufzte. Sie hätte zu gern getanzt. Aber alle hier wirkten so selbstsicher. Sie war nur ein junges Mädchen – und vollkommen überfordert.

Die Rumba war Elisas Lieblingstanz. Er wurde überall in Havanna getanzt: am Sonntagabend an Straßenecken oder an den Abenden, wenn sich ein paar Freunde in jemandes Hinterhof trafen. Elisa machte es Spaß, mit den Jungs, die sie so gut kannte, Rumba zu tanzen. Ungefährlich war es auch, denn es war der aufreizendste Tanz, den sie kannte. Elisa war sich der sexuellen Symbolik und der Bedeutung der Bewegungen sehr wohl bewusst. Miguel, Santino und Vicente konnten posieren, stolzieren und sich an sie heranwerfen, so viel sie wollten. Elisa und ihre Freundinnen lachten sie nur aus.

Die Version der Rumba, die in ihrem Viertel am beliebtesten war und die sie am besten kannte, war der *guaguancó.* Bei diesem Tanz setzte der Mann *vacunaos* – schnelle Schritte, Fingerschnipsen und Hüftbewegungen – ein, um nach seiner Partnerin zu haschen oder sie abzulenken. Es war eine Art erotischer Wettbewerb. Die Frau bedeckte ihre Lendengegend mit den Händen oder einem Fächer, um sich zu schützen, auch wenn sie sich gleichzeitig lockend vorwärtsbewegte. Elisa gefiel besonders dieser Teil. Bei der Erinnerung daran, wie sie ihn beim letzten Mal mit Vicente getanzt hatte, lächelte sie in sich hinein.

»Du legst es wirklich drauf an, Elisa«, hatte er ihr ins Ohr gezischt, als die Musik schneller und schneller wurde und die Erregung wuchs. Sie hatte gelächelt und den Kopf geschüttelt und war davongewirbelt. Es war ja nur ein Tanz.

Und wie Elisa das Tanzen liebte … Sie seufzte wieder. Aber um Rumba zu tanzen, brauchte man einen Partner. Sie warf Pablo einen Blick zu, der sich an ein Mädchen mit langem schwarzem Haar schmiegte. Sie trug das engste und kürzeste rote Kleid, das Elisa je gesehen hatte, so tief ausgeschnitten, dass es ihre schimmernden Schultern und Brustansätze freigab. Keine Chance also, mit ihm zu tanzen. Er hatte vergessen, dass es sie überhaupt gab. Und zum ersten Mal wünschte sich

Elisa sehnsüchtig, einer der Jungs, die sie so gut kannte – Miguel, Santino oder Vicente –, würde vorbeikommen, sie necken und sie mit aufreizendem Blick und breitem, strahlendem Lächeln auf die Tanzfläche ziehen.

»Möchten Sie tanzen?«

Sie war so tief in ihre Gedanken versunken gewesen, dass die Stimme sie vollkommen überrascht hatte. »Oh.« Elisa sah auf, und da stand er – der junge Mann mit dem eindringlichen Blick. Er streckte ihr die Hand entgegen. Im Gegensatz zu allen Jungs, mit denen sie je getanzt hatte, lächelte er nicht.

*Ob sie tanzen wollte?* »Ja.« Sie erhob sich. »Gern.«

Die anderen Sänger fielen in das Lied ein, und die Melodie begann sich aus dem sanften Pulsieren der Trommeln zu lösen. Elisa wartete. Sie wusste, wie es ging. Das Lied erzählte eine Geschichte, und die Trommeln erzählten eine eigene: Sie unterhielten sich, fragten, antworteten. Schließlich kamen die Tänzer hinzu.

Dann war es so weit. Der junge Mann fixierte sie mit seinem eigentümlichen Blick und fing an, sich zu bewegen, ebenso Elisa, exakt im selben Takt. Sie wusste, wohin er seinen Fuß setzen würde, und glitt mühelos hinein in den Rhythmus des Tanzes. Sie trat nach links und verlagerte ihr Gewicht auf diese Seite, sie trat nach rechts, neigte sich und hob und senkte ihren Körper auf den Fußballen. Sie bewegte die Arme und ließ ihre Hüften zu dem Rasseln und Klicken der Trommeln kreisen. Sie warf den Kopf zurück, sodass ihre dunklen Locken flogen. Ihre Schultern entspannten sich, ihre Knie beugten sich. Die Musik erfasste sie und zog sie in ihren berauschenden Rhythmus. Es war ein Dialog zwischen Tänzern und Trommeln. Die Trommelschläge reagierten auf ihre Geschichte und stupsten und drängten sie voran.

Der junge Mann lächelte noch immer nicht. Seine Augen wurden noch dunkler, als er ihr die Hand entgegenstreckte. Dann hob er mit einer fließenden Bewegung ihre miteinander verschränkten Hände an und zog sie so näher zu sich. Seine andere Hand lag auf ihrem Rücken. Elisa erlaubte sich, ihm in die Augen zu sehen. Sein Blick war hypnotisch, und einen Moment lang glaubte sie, sich nie wieder davon lösen zu können. Sie berührten einander fast, aber nicht ganz. Ein winziger Abstand war noch zwischen ihnen, und dieser Raum schien elektrisch aufgeladen zu sein. Er ruckte mit den Hüften und schnippte mit den Fingern, und sie reagierte darauf nach der Tradition des Tanzes. Aber die ganze Zeit über dachte sie: *Es ist ihm ernst, er meint es wirklich!* Das hatte sie noch nie erlebt. Sie spürte eine Leichtigkeit in ihrer Kehle, ihrer Brust, ein schwindelerregendes Gefühl, das ihr noch fremd war.

Seine Hand grub sich jetzt glühend in ihr Rückgrat, als drücke er ihr irgendwie ein Brandzeichen auf. Mit der leisesten Bewegung seiner anderen Hand drehte er sie herum und wieder zurück, aufwärts und abwärts, vorwärts und rückwärts. Mit einem komplizierten Schritt, der aus dem Takt fiel und von der *quinto*, der höchsten Trommel, untermalt wurde, rückte er an sie heran, und Elisa wich ihm anmutig aus. Lässig wedelte sie mit den Enden ihres gelben Kleides, als wische sie seine Energie weg und verweigere sich ihm. Doch bei der Rumba war das nie so einfach. Sie waren der Hahn und die Henne. Es war aufreizend und unschuldig zugleich. Sinnlich wiegte Elisa Ober- und Unterkörper in verschiedene Richtungen und schwang die Saumenden ihres Kleides zum Rhythmus des hölzernen Klangstabs und der klickenden Bambus-*guagua* auseinander und wieder zusammen. Sie hatte das Gefühl, unter dem Kleid nackt zu sein. Er zog eine Augenbraue hoch,

als stelle er ihr eine stumme Frage. Sie sah ihn an. Er musste es doch wissen. Sie gehörte ihm.

Die tropische Hitze des Tanzes schien sich um sie beide herum zusammenzuballen, obwohl sich Elisa der anderen Paare auf der Tanzfläche kaum bewusst war. Es gab nur sie und diesen Jungen, diesen Fremden. Sie kannte ihn nicht, und doch hatte sie in diesem Moment das Gefühl, alles über ihn zu wissen. Sie spürte seine Hand an ihrem Rücken, ihren Schultern, ihren Händen, sein Schweiß hatte sich mit ihrem eigenen vermischt. Seine Augen, seine Intensität sogen sie förmlich auf. Sein Blick schien sich irgendwie um sie zu schlingen. Gemeinsam verschmolzen sie mit dem lebendigen Puls des Tanzes, bis sie meinte, sie müssten sich in die Lüfte erheben. Doch sie blieben am Boden. Und noch immer wurde mit jedem Gesang des Chors und mit jedem Refrain der auf- und abschwellende Rhythmus schneller und ekstatischer und trieb sie unter dem Schütteln der *maracas*, dem Klirren der *marugas* und den mächtigen Schlägen der Trommeln weiter voran. Bis zur Explosion am Schluss, mit der die Rumba endete und nach der sie sich schweißüberströmt und nach Atem ringend vom Tanzboden zurückzogen.

Er ließ ihre Hand nicht los. Sie sah die Schmetterlingsblume, die weiße Ingwerblüte, die ihr aus dem Haar gefallen war, schlaff auf dem Holzboden liegen, von den Tänzern fast zu Brei getreten.

»Wer bist du?«, flüsterte Elisa. Die Hitze seiner Haut war ihr noch nah, berührte sie noch immer. Es war das Feuer der Rumba. Und sie wollte nicht, dass es sie je wieder verließ.

»Mein Name ist Duardo.« Er zog ihre Hand an die Lippen, sah sie weiter mit diesem dunklen, eindringlichen Blick an und drückte einen Kuss darauf.

# 2. Kapitel

*Bristol 2012*

Als ihr Vater die Tür ihres Elternhauses in der King Street öffnete, wusste Grace sofort, dass er getrunken hatte. Seine Augen – blutunterlaufen und schuldbewusst – verrieten ihn. Früher einmal war er ein attraktiver Mann gewesen. Ohne sein gutes Aussehen und seinen außergewöhnlichen Charme hätte er auch keine so schöne Frau wie Grace' Mutter erobern können. Grace' Stiefmutter Elisa hatte er ebenso für sich eingenommen, rief sie sich ins Gedächtnis. Selbst jetzt, mit Anfang siebzig und mit weißgrauem, von blonden Strähnen durchzogenem Haar, war ihm diese Ausstrahlung geblieben, obwohl er durch den Alkohol stark zugenommen hatte.

Verstohlen warf Grace einen Blick auf ihre Uhr. Vier Uhr nachmittags. Sie roch es auch an ihm, der abgestandene Alkohol schien ihm aus allen Poren zu dringen. Aber wie üblich sagte sie nichts. Spürte nur den alten Schauder des Widerwillens.

»Ich habe dich nicht erwartet, Grace«, sagte er. Seine Hand, die auf dem Türknopf aus Messing lag, zitterte.

Offensichtlich nicht, dachte Grace. Sie zuckte kaum wahrnehmbar mit den Schultern. Damals, als sie alt genug geworden war, um zumindest teilweise zu verstehen, was los war, als eine lallende Stimme, Geschrei und Tränen zusammen mit dem schnell sinkenden Pegel in einer Whiskyflasche allmählich einen Sinn ergaben … Damals hatte sie etwas gesagt.

Sie hatte ihn angefleht, damit aufzuhören. Auch Elisa hatte ihn angebettelt, das wusste Grace. Sie hatten Whiskyflaschen versteckt, geweint, ihm gut zugeredet und versucht, ihn dazu zu bringen, sich dem zu stellen, was er tat, was aus seinem Leben geworden war. Aber nichts hatte etwas bewirkt. Er war entschlossen, diesen Weg zu gehen, und wollte nicht zuhören. Grace wusste noch nicht einmal mit Gewissheit, wann oder warum es angefangen hatte. Als ihre Mutter gestorben war? Noch früher? Sie wusste es nicht, und sie war sich nicht sicher, ob das überhaupt noch eine Rolle spielte.

»Elisa hatte Robbie gebeten, sich ihren Laptop anzusehen.« Sie hielt ihm das Gerät entgegen wie eine Opfergabe, aber ihr Vater hatte sich schon von der Tür abgewandt und sie offen stehen lassen. Grace war in diesem Haus aufgewachsen, doch seit dem Tod ihrer Mutter hatte sie sich dort nicht mehr heimisch gefühlt. Das Haus in der King Street hatte einen prächtigen Eingang mit einer grün gestrichenen Tür, einem Briefkasten aus Messing und einem georgianischen Oberlicht. Früher hatte sie es geliebt – jetzt ließ es sie kalt. Die Wahrheit war, dass Grace die Versuche, ihrem Vater zu helfen, nach einer Weile – nach einer langen Zeit – aufgegeben hatte. Sie war fast zu einem Teil der Heuchelei geworden, eine weitere Mitspielerin auf der Bühne der Alkoholabhängigkeit ihres Vaters, dachte sie bitter. Zumindest oberflächlich betrachtet.

»Elisa ist nicht da«, rief er ihr über die Schulter zu, während er durch die Diele ging.

Verdammt. Grace hätte lieber gewartet, bis Elisa den Laptop bei ihr abholte, aber sie wusste, dass ihre Stiefmutter viel zu tun hatte, und Robbie hatte sie ausdrücklich gebeten, ihn ihr vorbeizubringen. Grace zögerte. Manchmal beschlich sie der Verdacht, dass Robbie und Elisa sich verschworen hatten, um sie dazu zu bringen, mit ihrem Vater zusammenzutreffen, so als glaubten sie an die Möglichkeit einer dauerhaften Versöhnung. Aber die würde es nicht geben. Das Leben war keine Fernsehshow. Man konnte nicht einfach ein sauberes Staubtuch nehmen und die Vergangenheit wegwischen. Was geschehen war, war geschehen.

Wie dieser Moment mit Theo nach dem Kartentrick vor drei Wochen, dachte Grace unwillkürlich. Sie schob den Gedanken weg. Es war passiert, ja, aber sie würde nicht darüber nachgrübeln, vor allem nicht jetzt. Robbie und sie hatten Theo seit drei Wochen nicht gesehen, aber dafür gab es bestimmt einen guten Grund – schließlich war er der beste Freund von ihnen beiden.

»Kommst du rein?«, rief ihr Vater.

»Natürlich.« Grace folgte ihm ins Haus.

Ihre Absätze klapperten über die schwarz-weißen viktorianischen Bodenfliesen. »Ist Elisa arbeiten?«, fragte sie. Ihre Stiefmutter war offiziell seit Jahren Rentnerin, aber sie gab noch immer gelegentlich Stunden in spanischer Konversation und veranstaltete Partys, bei denen nur Spanisch gesprochen wurde. Und dann waren da noch die regelmäßigen Treffen ihrer spanischsprachigen Gemeindegruppe. Dort hatte Elisa auch Theo kennengelernt, noch früher als Robbie.

Spanien lag Grace am Herzen. Nach dem Tod ihrer Mutter, nach der Beerdigung und diesen schrecklichen ersten Monaten, in denen sie unter dem Verlust litt, hatte Grace eine Weile bei der Schwester ihrer Mutter in Madrid verbracht. Damals war sie zehn Jahre alt gewesen, und seitdem war sie allem verfallen, was mit Spanien zu tun hatte.

Nicht allem Spanischen, verbesserte sie sich streng und dachte wieder an Theo und diesen verdammten Kartentrick.

Und außerdem kam Theo wie Elisa aus Kuba, nicht aus Spanien. Beide hatten spanische Wurzeln und sprachen dieselbe Sprache, aber anders als Elisa hatte Theo nie in Kuba gelebt. Seine Familie hatte das Land verlassen, als er noch ein Baby war, hatte er ihnen erzählt, und er war in Florida, in den USA, aufgewachsen.

Als kleines Mädchen, das gerade seine Mutter verloren hatte und orientierungslos war, hatte sich Grace in Tante Mag, in Madrid und die spanische Sprache verliebt, die ihr damals so dramatisch und prächtig erschienen war. Das fand sie übrigens immer noch. Spanien war ihr auch wie eine andere Welt vorgekommen, und genau danach hatte Grace gesucht. Sie wollte anderswo leben und jemand anders sein – jemand, dessen Mutter nicht auf die Straße hinausgelaufen war, jemand, dessen Mutter nicht überfahren worden und gestorben war. Aber Grace konnte – leider – nicht für immer bei Tante Mag bleiben. Sie war noch ein Kind und musste zurück zu ihrem Vater nach Bristol.

Selbst ein Kind konnte Zukunftspläne schmieden, hatte Grace damals gedacht. Vielleicht könnte sie, wenn sie älter wäre, bei Tante Mag wohnen, in ihrer kühlen, minimalistischen Wohnung mit den kahlen weißen Wänden, den steinernen Bodenplatten und dem Balkon mit dem schmiedeeisernen Gitter, der auf eine belebte Straße hinausging. Grace hatte sich gewünscht, ihrem chaotischen Leben zu entfliehen, ihrem Zuhause, ihren Gedanken und ihrer Trauer. Das wäre eine gute Möglichkeit dazu gewesen. Und so hatte sie, als sie wieder in Großbritannien war, ihren Vater überredet, sie Spanisch lernen zu lassen. *Tante Mag sagt, Kinder sollten so früh wie möglich Fremdsprachen lernen* … Sie hörte sich noch selbst. Und den Seufzer ihres Vaters – damals, nur ein Jahr nach dem

Tod von Grace' Mutter, hatte er noch versucht, alles richtig zu machen –, bevor er jemanden fand, der privat Spanisch unterrichtete. Elisa.

Elisa hatte Grace' Vater erzählt, sie sei Kubanerin. Aber mit ihrem dunklen, olivfarbenen Teint, dem rabenschwarzen Haar und den leicht hochmütigen Zügen erinnerte sie Grace an Spanien. In ihrem roten Wollkleid und mit ihren wohlgeformten Beinen sah sie ein bisschen aus wie die Flamencotänzerin auf der Schmuckschatulle ihrer Mutter, einem Geschenk ihrer Schwester aus Madrid. Grace hatte sich unwiderstehlich zu ihr hingezogen gefühlt.

»Warum magst du Spanien so gern?«, hatte Elisa sie damals gefragt. »Warum willst du Spanisch lernen?«

Grace wusste nicht, was sie antworten sollte. Sie mochte Spanien, weil es nicht England war. Weil die Schwester ihrer Mutter dort lebte und sie alles war, was sie noch hatte. »Weil es warm ist«, sagte sie, »und mir gefallen die Farben.«

»Meine Familie stammt aus Spanien – ursprünglich, meine ich«, sagte Elisa. Sie brachte Grace die Namen der Farben bei, einen nach dem anderen. Und da wusste Grace, dass sie bei ihr richtig war.

Grace pflegte ihr Spanisch weiter, und deshalb ging sie noch manchmal zu den Treffen von Elisas spanischer Gemeindegruppe im Gemeindesaal am Ende der Straße, in der sie nun wohnte. Aber nicht oft, nicht mehr. Jetzt gab es ihren Mann Robbie und ihr gemeinsames Leben, jetzt hatte sie ihre Arbeit, und sie hatte rasch festgestellt, dass ihre Selbstständigkeit den größten Teil ihrer Zeit verschlang. Spanien war in ihrem Leben in den Hintergrund getreten, und auch Tante Mag, die inzwischen in einer entlegenen Finca in den andalusischen Bergen lebte, schien unerreichbar.

»Elisa ist ständig mit irgendwas beschäftigt«, brummte ihr Vater, als er in die Küche vorausging. Wie immer war sie makellos sauber und ordentlich, wenn auch ein bisschen altmodisch, wie immer machte sie Grace ihre Unzulänglichkeiten in der hausfraulichen Arena bewusst. Robbie beklagte sich zwar nicht, er war ohnehin genauso unordentlich wie sie. Aber er verdiente mehr als Grace und arbeitete am Tag länger als sie, und Grace hatte entschieden, dass sie sich keine Putzfrau leisten konnten. Alles in allem war es ihre Aufgabe.

*Wahrscheinlich will sie einfach mal von dir wegkommen.* Grace sprach es nicht aus. Sie wollte keinen Streit. Davon hatte es schon zu viel gegeben.

Die Wände der Küche waren gelb, der Boden bestand noch aus den ursprünglichen Terrakottafliesen. Das alte Abwaschbecken war nie ersetzt worden, ebenso wenig der Brotkasten aus lackiertem Metall. Die hölzerne Arbeitsfläche hatte Brandflecken und Kratzer, die Grace schon ihr Leben lang kannte. Der Wasserkessel und der Toaster waren neu hinzugekommen, aber ansonsten … Diese Küche war Grace so vertraut, dass sie das Gefühl hatte, alles finden zu können, auch mitten in der Nacht.

»Kaffee?« Er öffnete den Schrank und nahm ein Glas Instantkaffee heraus. Grace wusste, dass es nur für den Fall gedacht war, dass Elisa nicht da war, um Kaffee zu kochen.

Sie wollte schon Nein sagen – was hatte es für einen Sinn, dass sie Zeit miteinander verbrachten, wenn sie sich am Ende immer stritten? –, als sie den Ausdruck in seinen blaugrauen Augen bemerkte. Sein Blick hatte etwas Draufgängerisches, immer war da etwas Draufgängerisches. Aber da war auch noch etwas anderes. Sie blinzelte. Es sah ein bisschen aus wie Einsamkeit.

»Ich mach das«, erklärte sie.

Während ihr Vater sich an den alten Bauerntisch setzte, der auch schon ewig hier stand, beschäftigte sich Grace mit Elisas Perkolator-Kanne, füllte sie mit Wasser, gab den aromatischen, starken Kaffee hinein, den ihre Stiefmutter bevorzugte – zweifellos ein Erbe aus ihren Tagen in Kuba –, und schraubte das Oberteil auf. Sie stellte die Kanne auf den Gasherd. Es war nur Kaffee. Und er war schließlich ihr Vater.

Seit wie langer Zeit sagte sie sich das schon? Sie spürte eine kleine Welle der Zuneigung zu ihm, zu dem Vater, der er einmal gewesen war. Drehte sich um und ertappte ihn dabei, wie er einen schnellen Schluck aus der kleinen Whiskyflasche nahm und sie wieder in die Tasche seines Tweedjacketts steckte. Scheiße, dachte sie, was machte sie überhaupt hier?

»Wie läuft's mit der Arbeit?«, fragte er, als sie ein paar Minuten später den Kaffee vor ihn hinstellte.

»Okay.« Sie setzte sich ihm gegenüber, aber sie war misstrauisch. Ihr Vater war mit ihrem neuen Berufsweg nicht einverstanden. Er fand, er sei unter ihrer Würde – was schlicht lächerlich war. Er verlor nicht viele Worte darüber, aber das brauchte er auch nicht.

»Gibt's irgendwelche neuen Kunden?«

Gott, bei ihm klang das so anrüchig. Wie machte er das nur? Grace umfasste ihren Kaffeebecher ein wenig fester. »Ein paar.« Sie war Massagetherapeutin. Eine Heilerin, dachte sie gern.

Grace hatte eine Weile gebraucht, um ihren Weg zu finden. Sie hatte sich in der Mittelstufe nicht besonders gut geschlagen und in der Oberstufe noch schlechter – manchmal hatte sie den Verdacht, dass sie absichtlich keine gute Schülerin gewesen war, um ein Argument ihrem Vater gegenüber zu haben –, aber sie hatte dennoch in einer Bank und dann bei einer Versicherung gearbeitet. Die Arbeit war zwar nicht aufregend gewesen, aber wenigstens war das Betriebsklima gut und … In Wahrheit hatte sie immer etwas anderes machen wollen. Wie oft hatte sie mit Robbie darüber gesprochen und gehofft, dass er ihr zureden würde, ihren Job aufzugeben, vielleicht sogar zu studieren. *Du bist noch jung*, sagte er in ihrer Fantasie, *es ist nicht zu spät, was Neues anzufangen, etwas Befriedigenderes, Kreativeres vielleicht*. Aber Robbie sagte nichts dergleichen, weil er, wie Grace nur zu gut wusste, wollte, dass sie etwas ganz anderes machte.

Und dann hatte sie mit Robbie und Theo eines Abends vor ungefähr zwei Jahren um den Küchentisch gesessen, und Robbie hatte über Schmerzen in den Schultern geklagt.

»Lass mich mal.« Sie war aufgestanden und hatte die Verspannungen wegmassiert, die davon kamen, dass er sich den ganzen Tag über seinen Computer beugte.

»Oh mein Gott. Das tut so gut …«

Theo hatte die Augen verdreht. »Bitte. Sucht euch doch ein Zimmer«, hatte er gebrummt.

Grace hatte spielerisch nach ihm geschlagen.

»Du solltest es mal ausprobieren.« Robbie rollte die Schultern. »Mach weiter, Grace. Bearbeite ihn fünf Minuten.«

Grace hatte Theo schon oft berührt, ohne darüber nachzudenken. Sie hatte ihn umarmt, sie hatte ihn auf die Wange geküsst, und er hatte sie sogar schon bei der Hand genommen, wenn sie die Straße überquerten. Aber das hier fühlte sich anders an. Sie stand hinter ihm und legte die Handflächen auf seine Schultern. Er trug ein grob gewebtes cremefarbenes Leinenhemd. Darunter fühlte sein Körper sich warm an.

Sie fing an, mit den Daumen zu massieren. Sanft zuerst und dann, als sie die Verspannungen spürte, fester.

»Jesus«, sagte Theo zu Robbie. »Jetzt weiß ich, was du meinst.« Und sie alle hatten gelacht.

Theo hatte nach ihrer Hand gegriffen, bevor sie sie wegnehmen konnte. »Du solltest eine Ausbildung machen«, erklärte er. Seine schwarzen Augen blickten ernst.

»Was?«

»Das zum Beruf machen. Du hast heilende Hände.«

Grace sah auf ihre Hände und entzog sie ihm leise lachend. »Klar«, sagte sie. »Das wäre besser als die Versicherung. Aber vergiss nicht, dass wir die Hypothek abzahlen müssen.«

Theo hatte es ernst gemeint. Er beugte sich auf seine typische Art vor, konzentriert und doch vollkommen entspannt, die Stirn gerunzelt, und strich sich das dunkle Haar aus dem Gesicht. »Wenn Robbie die Dinge an der finanziellen Front am Laufen hält, könntest du dich als Massagetherapeutin ausbilden lassen«, sagte er. »Dich selbstständig machen. Von zu Hause aus arbeiten.«

»Massagetherapeutin«, wiederholte sie. Die Vorstellung gefiel ihr. Sie warf Robbie einen Blick zu.

»Wir könnten das schaffen«, sagte er.

Sie hatte gewusst, was er dachte. Diese Neuorientierung war in Ordnung. Sie war ungefährlich. *Damit* könnte Grace *auch noch weitermachen, wenn wir eine Familie gründen* … Seit über einem Jahr kam dieses Thema jeden Monat auf den Tisch – und ja, Grace war sich des Problems bewusst. Sie war schon Ende dreißig. Und sie hatte keinen aufregenden Job, der ihr viel bedeutete. Wie lange wollte sie noch warten?

»Nicht schlecht, der Gedanke«, sagte Robbie. »Möchtest du ein Bier?«, fragte er Theo.

Der Moment war vorbei. Aber der Funke der Idee war auf Grace übergesprungen und hatte etwas in ihr entzündet. Um mehr herauszufinden, hatte sie sich über Kurse vor Ort und Möglichkeiten im Internet informiert. Sie hatte viel darüber nachgedacht. Manchmal fragte sie sich sogar, ob diese Vorstellung schon lange in ihrem Hinterkopf gewesen sei und nur darauf gewartet habe, hervorgeholt zu werden. Und dann … Sie hatte beschlossen, die Dinge richtig anzugehen. Sie wollte nicht in einem Schönheitssalon arbeiten, sondern wollte, dass das, was sie tat, einem ernsthaften Zweck diente. Und wenn sie wirklich den Schmerz und Stress von Menschen lindern wollte, musste sie die Prozesse so gut wie möglich verstehen: wie Massage funktionierte, wie Muskeln, Gelenke und Gewebe zusammenarbeiteten und auf unterschiedliche Methoden reagierten.

Je mehr sie herausfand, umso klarer wurde ihr, dass sie ihre Wohlfühlzone verließ. Aber sie hatte das Gefühl, sie müsse das tun. Die Ausbildung, für die sie sich entschied – und die glücklicherweise direkt hier in Bristol angeboten wurde –, war intensiv und verlangte ein großes Lernpensum, vierzig Stunden Massagepraxis – und viel Engagement, nicht nur für die Inhalte, sondern auch sich selbst gegenüber. Dazu gehörten ehrliche Selbstreflexion, das Führen eines Tagebuchs, in dem sie ihre Erkenntnisse und Erfahrungen im Verlauf des Kurses festhielt, das Studium von Anatomie und Pathologie. Sie musste lernen, wie die körperlichen Systeme – der Atemapparat, der Verdauungstrakt – funktionieren, welche Art von Berührung die richtige war.

Je mehr sie darüber nachdachte, desto besser gefiel Grace die Vorstellung, mit Menschen zu arbeiten, und sie genoss den Gedanken, etwas Wertvolles zu tun. Sie war bereit, sich der

Herausforderung zu stellen. Sie wollte sich als Persönlichkeit weiterentwickeln und sich ihrer selbst stärker bewusst werden. Sie wollte ihren Sinn für Berührung einsetzen. Natürlich würde es Selbstzweifel geben, Zeiten, in denen ihre Zuversicht ins Wanken geraten und die ganze Idee vielleicht ein bisschen verrückt erscheinen würde. Aber Grace war entschlossen, es zu schaffen. Sie würde sich ihre Praxis und einen Patientenstamm aufbauen und sich damit auf eigene Beine stellen.

Auch Elisa war einverstanden gewesen, nur Grace' Vater konnte nicht damit umgehen. Robbie und Theo fanden beide, dass sie gut massieren konnte. Theo hatte gesagt, sie habe heilende Hände. Es stimmte, wenn sie Robbies Schultern bearbeitete, fühlte sie die Knoten und Verspannungen, sie spürte beinahe, was nötig war, um alles in Ordnung zu bringen. Eine neue Karriere, eine neue Richtung in ihrem Leben winkten ihr. Und Grace beschloss, die Chance zu ergreifen. Den Einführungskurs absolvierte sie als Vorgeschmack und genoss ihn. Er schenkte ihr die Zuversicht, die sie brauchte, um weiterzumachen.

Sie hatte ihre Praxis »Equilibrium« genannt, denn Harmonie und Balance waren das, was sie zu erreichen versuchte. Physische Harmonie dadurch, dass der Körper so funktionierte, wie er sollte, aber auch geistige Harmonie. Geistige Entspannung stand in Verbindung mit der Entspannung des Körpers, zumindest war Grace davon überzeugt. Und sie glaubte an die heilende Kraft der Berührung. Manche Menschen erlebten so selten Berührungen, und selbst wenn – wie häufig bedeutete dies Kommunikation, Trost, Heilung und war nicht sexueller Natur? Berührungen waren ein integraler Bestandteil des Menschseins, waren es immer schon gewesen. Grace erinnerte sich daran, wie sie Cathy in einer Kursstunde die Füße massiert hatte. Als sie fertig war, war Cathy so warm und entspannt gewesen, dass sie volle fünf Minuten lang nicht gemerkt hatte, dass Grace sie nicht mehr berührte. Die starke Empfindung der Berührung hatte angehalten … und Grace war stolz gewesen.

Grace sah hinüber zu ihrem Vater. »Vielleicht solltest du mal zu einer Massage vorbeikommen.« Sie versuchte, ihre Stimme ungezwungen klingen zu lassen.

Sie arbeitete in ihrem kleinen Haus in der Passage Street, machte aber, wenn gewünscht, auch Hausbesuche, um mehr Optionen zu haben und ihren Kundenkreis zu erweitern. Manchmal war es gut, Dienstleistungen mobil anzubieten. Niemand hatte mehr Zeit. Und genau das bot sie an: Zeit, die man sich selbst schenkte, in der man umsorgt und betreut wurde. Zeit, die in dieser stressigen, technischen Welt, in der sie alle lebten, jeder brauchte. *Oder ich komme zu Ihnen*, stand auf ihrer Website und ihren Visitenkarten. Und bis jetzt schien ihre Flexibilität sich auszuzahlen.

»Ich?« Ihr Vater schnaubte ungläubig.

»Vielleicht … wäre es hilfreich.«

Er sah sie an, als hätte sie etwas Unaussprechliches vorgeschlagen. »Ich brauche keine Hilfe«, knurrte er.

Trotzdem sah sie etwas in seinen Augen. Angst vielleicht? Und wieder wurde sie weich. Er gehörte schließlich einer anderen Generation an. Es gab so viel, das sie ihm vorwarf, aber letztlich war er noch immer ihr Vater, und er war ihr wichtig. Sie stellte ihren Kaffee ab und beugte sich zu ihm hinüber. »Ich weiß, es ist nicht ganz das, was du dir für mein Leben vorgestellt hast.« Am liebsten hätte sie gesagt, es sei eine gute Sache, obwohl er anders darüber dachte. Sie wollte ihm sagen, dass er sich mit seinen Vermutungen irrte. Sie wünschte, er würde sie in die Arme nehmen und so festhalten, wie ein Vater es tun sollte. Aber es stand so vieles zwischen ihnen. Seine Einstellung und die Vorwürfe, die Grace ihm machte. Sein Trinken, der Tod ihrer Mutter, seine Schuld. All diese Dinge standen da wie Wachposten, die entschlossen waren, sie nicht durchzulassen.

»Ist es nicht, nein.« Er warf ihr einen ungewöhnlich ernsten und direkten Blick zu. »Aber es ist deine Entscheidung, Grace. Uns beiden, deiner Mutter und mir, war eine gute Bildung für dich wichtig, das ist alles.«

Grace hätte schreien mögen. Musste er auch noch ihre Mutter ins Spiel bringen? »Aber ich habe diese Bildung genutzt«, sagte sie und zwang sich, ruhig zu bleiben. Sie sollte ihm ihr Abschlusszeugnis als Physiotherapeutin zeigen. Das Studium der Anatomie war komplex und eine Herausforderung gewesen. Zudem trugen Therapeuten eine große Verantwortung. Die Patienten vertrauten darauf, dass sie etwas bewirkten. Und wenn sie sozusagen nicht lieferten, waren sie gescheitert. »Ich habe einen Abschluss, Dad. Ich hab mich über die Kurse informiert und einen guten ausgesucht. Warum verstehst du das nicht? Massagetherapie ist ein seriöser Beruf.« Sie war amtlich registriert und verpflichtet, regelmäßig an Fortbildungen teilzunehmen. Aber es hätte nicht nötig sein müssen, dass sie ihm das alles erklärte.

»Nenn es, wie du willst, es ist trotzdem, was es ist«, murmelte ihr Vater. Sein linkes Auge hatte zu zucken begonnen. Ein Zeichen, das sie zu erkennen gelernt hatte. »Massagesalons gibt's schon seit undenklichen Zeiten.«

»Ich arbeite nicht in einem Massagesalon.« Grace war sich bewusst, dass sie spröde und kalt klang. Sie stellte ihre Kaffeetasse ab. Sie würde nicht in die Falle tappen. Diese Befriedigung wollte sie ihm nicht gönnen, und aufregen konnte sie sich später. Aber es war so verdammt ärgerlich. Ja, gelegentlich bekam sie schon Anrufe von potenziellen Kunden, die sich vorstellten, Massagetherapie sei eine freundliche Umschreibung für etwas Intimeres. Aber darauf hatte sie eine wohl erprobte Antwort parat, und *davon* würde sie ihrem Vater nicht erzählen.

»Ich wollte nur, dass dir alle akademischen Möglichkeiten offenstehen«, sagte er traurig. »Ich habe dich als Lehrerin und sogar Anwältin gesehen. Du bist ein kluges Mädchen, Grace, warst du schon immer. Ich hab mir einfach nicht vorgestellt, dass du so was machst.«

*So was.* »Deine Vorstellung, Dad«, sagte sie. »Nicht meine. Deine Erwartungen. Nicht meine.«

Er nickte. »Ich habe versucht, dir beizubringen, wie man sich hohe Ziele steckt, Grace«, sagte er. Er klang verletzt, voller Selbstmitleid. Sie wusste, dass jetzt der Alkohol aus ihm sprach. Er hatte sie auch anderes gelehrt. Zum Beispiel, jemanden zu zerstören. Oder wie man ein Kind nicht großzieht und wie man seinem Kind die Mutter nimmt. Wertvolle Lektionen fürs Leben. Lass uns doch darüber reden, dachte sie.

»Deine Mutter …«

*Nicht!* Grace schob ihren Stuhl zurück. Sie ging hinüber zum Spülbecken, um die Tassen abzuwaschen, und hielt sich, nur einen Moment lang, haltsuchend am Rand des Beckens fest. Sogar das weiße Porzellan roch nach Alkohol, der durch den Geruch des Putzmittels hindurch wahrnehmbar war, als hätte er ein Glas Whisky in den Ausguss geschüttet, als er ihr Klopfen an der Tür gehört hatte. *Lass los* … Grace zwang sich, ihren Griff zu lockern. Wie hielt Elisa das nur aus?

»Tut mir leid, Schatz. Es ist nur …« Nun klang er verwirrt. Aber Grace' mitfühlender Moment war verflogen. Sie war zurück in der Vergangenheit. Was hatte ihr Vater getan, dass ihre Mutter damals, vor vielen Jahren, auf die Straße gerannt war? Sie konnte es sich gut vorstellen.

»Meine Mutter hätte es vielleicht verstanden«, sagte sie kühl, ohne sich zu ihm umzudrehen. »Meine Mutter hätte vielleicht gewollt, dass ich meine eigenen Entscheidungen treffe.« Doch sicher war sich Grace nicht. Sie blinzelte heftig. Das Weiß des alten Porzellans war zu grell, zu kalt. Und Grace' Erinnerungen an ihre Mutter waren verschwommen. Sie wusste noch, wie schön sie gewesen war – aber sie hatte auch ein Foto in ihrem Schlafzimmer, das sie daran erinnerte. Sie erinnerte sich auch an das Parfüm ihrer Mutter, es roch blumig und süßlich, und an ihr Lächeln – leicht wehmütig, leicht vage. Sie erinnerte sich daran, wie ihre Mutter ihr mit leiser Stimme Gutenachtgeschichten vorgelesen hatte, an das frühmorgendliche Kuscheln im Bett ihrer Eltern und an einzelne Details der Kleidung, die ihre Mutter getragen hatte: einen Seidenschal in Dunkelrot- und Cremetönen, das Zickzackmuster eines Minikleids, eines ihrer Lieblingsstücke. Sie erinnerte sich an ihr aschblondes Haar, das sie mit den Spitzen nach außen frisiert getragen hatte. Aber merkwürdigerweise bezog sich der Großteil von Grace' Kindheitserinnerungen auf ihren Vater. Hatte sie die an ihre Mutter verdrängt, um den Schmerz ihres Verlusts zu lindern?

»Oh ja.« Seine Stimme wurde hart. »Erzähl mir bloß nichts von Entscheidungen.«

»Werd ich nicht«, sagte sie knapp. *Weil ich nicht mehr herkommen werde.* Sogar jetzt würde sie das nicht laut aussprechen. Sie drehte sich um.

»Tut mir leid, Liebes.« Ganz plötzlich wirkte die Miene ihres Vaters zerknirscht, beinahe niedergeschmettert, und Grace wusste, dass die Trinkerei das bewirkte. Abrupte Ausbrüche von Wut und Gereiztheit, gefolgt von Entschuldigungen. An diesem Punkt wäre es eigentlich Grace' Part gewesen, ihm zu beteuern, dass alles in Ordnung sei, dass sie ihm nicht böse wäre, dass es ihr nichts ausmache.

Tränen traten ihr in die Augen. »Ich mag meine Arbeit.« Obwohl sie fest an die Kraft menschlicher Berührungen glaubte, ging sie bewusst nicht zu ihm, um ihm sanft die Hand auf die Schulter zu legen. »Und du irrst dich – was ich tue, ist wichtig. Es hilft Menschen.«

»Ich weiß, Grace. Ich hätte das alles nicht sagen sollen. Ich bin nur ein dummer alter Mann. Bitte …«

Sie stapfte in die Diele, um ihre Jacke zu holen. Die Wut war von den Zehen her in ihr hochgestiegen. Es war immer das Gleiche. Grace versuchte, versöhnlich zu sein, und dann sagte er etwas, das sie zornig machte. Etwas, das sie in Rage brachte. Aber der wirkliche Grund, aus dem sie nicht nett zueinander sein konnten … Der, dachte sie, lag so tief begraben wie ihre Mutter.

# 3. Kapitel

»Na, Theo«, sagte Elisa, »wo hast du dich versteckt?«

»Versteckt?« Einen Moment lang lag in seinen dunklen Augen ein Ausdruck, den sie nicht deuten konnte, dann setzte er sein strahlendes Lächeln auf, und der Eindruck war verschwunden. »Du weißt doch, was man so sagt, Elisa.«

»Nein, das weiß ich ganz bestimmt nicht.« Bei diesen Worten lächelte, winkte und nickte Elisa weiter, um die Gruppenmitglieder zu verabschieden. Sie vermutete, dass Theo ebenfalls auf dem Sprung war, aber woran hätte sie das erkennen können? Er war schon immer ein unruhiger Geist gewesen.

Er beugte sich näher zu ihr. »Man sagt, dass Zauberer sich besser als andere darauf verstehen, etwas zu verstecken.«

Hm. Sie verstanden sich jedenfalls gut darauf, rätselhaft zu erscheinen, und waren nicht weniger exzellent darin, zu verhindern, dass man wusste, was sie dachten. Das waren keine kubanischen Charakterzüge, also konnte sie nur annehmen, dass sie wirklich ins Reich der Magie gehörten. Sie beschränkte sich darauf zu sagen: »Ich hab dich einfach eine Weile nicht gesehen.« Er kam und ging, aber Elisa hatte sich Theo immer besonders verbunden gefühlt. Teils, weil sie aus demselben Land stammten, teils, weil er so gut mit ihrer Stieftochter und Robbie befreundet war, aber auch, weil Elisa ihn gern mochte. Theo war ein junger Mann, der andere gern auf den Arm nahm, aber sie spürte, dass er das Herz auf dem rechten Fleck hatte.

»Hast mich wohl vermisst, was?« Und da war es wieder, dieses Lächeln.

Elisa schnalzte mit der Zunge. »Natürlich. Du hast immer etwas Interessantes zu den Treffen beizutragen.« Zumindest war er das einzige Gruppenmitglied, das kubanisches Spanisch mit amerikanischem Akzent sprach.

Er lachte. »Wenn das so ist, werde ich mir Mühe geben, öfter zu kommen.« Er küsste sie leicht auf beide Wangen.

»Hm. Gut. *Hasta luego.*« Bis bald. Sie sah ihm nach, als er rasch davonging. Er war also nicht mit dem Auto gekommen. Er wandte sich in Richtung Castle Park und hatte einen langen Heimweg vor sich. Aber er war jung, und junge Leute besaßen grenzenlose Energie. Das waren noch Zeiten gewesen, was?

Elisa ging weiter an der imposanten Kirche mit ihrem hohen Turm und den gotischen Fenstern vorbei. Selbst war sie keine Kirchgängerin. Ihre Eltern hatten ihr Leben lang am Katholizismus festgehalten, aber Elisas religiöse Inbrunst war noch nie besonders groß gewesen. Sie war ihr als Teenager in Kuba nach und nach abhandengekommen, und nichts, was sie seitdem gesehen oder erlebt hatte, hatte sie dazu bewogen, zu ihrem Glauben zurückzukehren. Sie ließ den Blick über den goldbraunen Stein des Bauwerks schweifen. Im Vergleich dazu wirkte das kleine Gemeindezentrum, das daran angrenzte, geradezu winzig und bescheiden, aber es diente einem guten Zweck: Es beherbergte nicht nur ihre spanischsprachige Gemeindegruppe, sondern eine Kinderkrippe, eine Mutter-Kind-Gruppe und anderes. Elisa ertappte sich bei dem Gedanken, dass sie ihren Liebsten vielleicht nicht verloren hätte, wenn es einen Gott gäbe. Konnte das wahr sein? Religiöser Glaube war eine Unterstützung, aber manche Menschen zogen es eben vor, sich allein durchzuschlagen. Es hatte allerdings Zeiten gegeben, da war sie versucht gewesen …

Sie spazierte über das dürre Gras des Kirchhofs und trat auf die Straße. Sie wollte zu Fuß in die King Street zurückgehen, weil es nicht weit war. Es war ein lebhaftes Treffen gewesen. Die Teilnehmer waren anständige Leute, und Elisa betrachtete es als ihre Pflicht, dafür zu sorgen, dass sie sich hier in England heimisch fühlten. Einige von ihnen waren Briten und wollten einfach ihre spanischen Konversationsfähigkeiten auffrischen, aber die meisten waren hergekommen, um in einen Neuanfang zu starten. Genau wie Elisa – damals, als sie erst achtzehn Jahre alt gewesen war. Das war, dachte sie jetzt, während sie den Tower Hill überquerte, so lange her, dass sie sich fast gar nicht mehr daran erinnern konnte. Aber nur fast. Damals hatte sie nicht viel mitzureden gehabt. Und als sie zum ersten Mal einen Fuß auf britischen Boden gesetzt hatte, wäre sie nie auf die Idee gekommen, dass sie jetzt noch hier sein und tun würde, was sie tat. Wirklich nicht. Es war ihr nie wie ein dauerhaftes Arrangement vorgekommen.

Sie ging über die Queen Street und passierte den kleinen Pub an der Ecke. Kurz meinte sie, am Fenster Theos dunklen Kopf zu sehen, aber im nächsten Moment war er verschwunden. Jetzt habe ich schon Halluzinationen, dachte sie. Was kommt als Nächstes? Sie kam an einem Gitarrenladen und einer Sandwich-Bar vorbei und natürlich an Grace' und Robbies kleines Haus. Sie blieb stehen. Sollte sie an die Tür klopfen und einen Schwatz mit Grace halten? Wenn sie schon hier war, konnte sie auch gleich ihren Laptop abholen. Sie wusste, dass Robbie unterwegs war, bei irgendeiner Konferenz. Aber es brannte kein Licht, also musste Grace ausgegangen sein. Vielleicht sogar zur King Street. Sie beschleunigte ihre Schritte. Es sah mehr und mehr nach Regen aus.

Es war kalt, obwohl angeblich Frühling war. Elisa dachte an die Wärme der kubanischen Sonne. Noch so lange hin … In Bristol würde es bis April oder Mai kalt bleiben, und dann würde der englische Frühling zögernd und unentschieden in einen unruhigen Sommer übergehen: An einem Tag schien die Sonne, und der nächste brachte Wolken und Nieselregen. Bei diesem Wetter wusste man nie, woran man war – kein Wunder, dass die Leute so viel darüber redeten.

Elisa fröstelte trotz des Mantels mit dem Pelzkragen, den sie schon den ganzen Winter über getragen hatte, trotz ihrer Lederhandschuhe und gefütterten Stiefel, die sie noch nicht bis November wegräumen mochte. Mit vorsichtigen Schritten ging sie zum Kai hinunter, dann unter dem Torbogen entlang und beobachtete ein gelbes Fährboot, das gemächlich vorbeituckerte. Sie wurde allmählich alt. Sie spürte die Kälte viel stärker als mit achtzehn. Manchmal hatte sie das Gefühl, sie könnte sich die Hitze der kubanischen Sonne nicht einmal mehr vorstellen – die Art, wie sie einem die Knochen wärmte, die Muskeln entspannte und das Herz erhellte. Und dann wieder war es, als sei das alles – Kuba, Duardo, das letzte Mal, als sie in Havanna Rumba mit ihm getanzt hatte – erst gestern geschehen.

Nach jener ersten Rumba mit Duardo im La Cueva, damals mit fünfzehn, war Elisa wie in einem Traum nach Hause gegangen. Sie hatte in ihrem schmalen Bett in der überfüllten Wohnung, in der die ganze Familie lebte, gelegen, die wackligen Fensterläden aufgestoßen, die Sterne am Nachthimmel betrachtet und jeden Moment des Tanzes noch einmal erlebt.

Wieder hatte sie die Musik gehört, die in ihrem Kopf pulsierte, wieder Duardos Körper gespürt, der sich an sie drückte, und war fast in diesen eindringlichen Augen ertrunken. Und am nächsten Tag hatte er sie aufgespürt.

Von da an trafen sie sich regelmäßig. Damals, Ende der 1950er-Jahre, war das in Kuba kein Problem. Die Menschen machten sich größere Sorgen darum, dass sie genug zu essen hatten, als darum, was ihre Kinder trieben. Elisa und Duardo spazierten in dieser Zeit zwischen Hausierern, Karren und Straßenhändlern durch die halbe Stadt. Nicht durch ihr eigenes Viertel, sondern weiter draußen, wo sie niemand erkennen und Fragen stellen würde. Und sie verbrachten Stunden am Malecón – der Uferpromenade –, saßen nebeneinander am Strand, steckten die Köpfe zusammen oder beobachteten die braunen Pelikane, die in das aufgewühlte Meer tauchten. Dort hatte er sie zum ersten Mal geküsst – sanft am Anfang, forschend, und dann fordernder, und die Leidenschaft war über die beiden hereingebrochen wie die Brandung ans Ufer.

Bei der Erinnerung erschauerte Elisa. Das mochte zwar viele Jahre her sein, aber manchmal stand es ihr klarer vor Augen als der gestrige Tag. Dort hatte Duardo ihr auch von all seinen Träumen und Zielen erzählt. Wie sie gleich vermutet hatte, war er kein gewöhnlicher Junge. Er glaubte an die kubanische Revolution und an den Kampf ihres Landes um wahre Unabhängigkeit.

»Wusstest du«, hatte er Elisa eines Tages gefragt, und seine dunklen Augen glühten, »dass an dem Tag im Jahr 1898, als Spanien Kuba die Unabhängigkeit gewährte und der Vertrag von Paris unterzeichnet wurde, über Havanna die US-Flagge und nicht die kubanische Fahne wehte?« Er trug seinen Hut gewöhnlich schief aufgesetzt, sodass ein Teil seines Gesichts immer im Schatten lag.

Sie schüttelte den Kopf und traute sich nicht, etwas zu dieser Tatsache zu sagen, die ihn so erzürnte. Aber sie wusste schon, dass Duardo sich nichts mehr wünschte, als mit den Rebellen zu kämpfen, an der Seite von Che Guevara und Fidel Castro. Er war bereit, sich für die Sache zu opfern. Das hatte er ihr gesagt.

»Und was dann?«, fragte Elisa ihn. Damals hatte sie wenig Interesse an Politik gehabt. Sie war fünfzehn Jahre alt und zum ersten Mal bis über beide Ohren verliebt. Sie wollte etwas über Liebe und Romantik hören. Was empfand er für sie? Das wollte sie wissen.

»Dann wird unser Leben besser werden«, erklärte Duardo. Er streckte die Beine aus, nahm einen Kieselstein und warf ihn in Richtung Wasser.

»Du meinst, wir haben dann mehr zu essen?« Elisa konnte nicht weit darüber hinausdenken. Sie schlang die Arme um die Knie und sah zum purpurn angehauchten Horizont hinaus. Ihre Familie, die Fernández García, war einmal relativ wohlhabend gewesen – ihr Vater sprach immer noch oft davon. Elisas Vorfahren hatten östlich von Havanna auf dem Land eine Zuckerrohrplantage betrieben, bis die Amerikaner mit ihren teuren Maschinen und ihren neumodischen Ideen herübergekommen waren und sie mehr oder weniger gezwungen hatten, ihnen das Land zu überlassen, indem sie sie langsam vom Markt verdrängten. Elisas Familie konnte einfach nicht mithalten. Die Branche war im Umbruch, und sie konnten unmöglich mit den US-amerikanischen Plantagenbesitzern konkurrieren. Elisas Vater – der sonst wohl die Plantage geerbt hätte – war stattdessen Page in einem protzigen Hotel in Havanna geworden und hatte die Amerikaner bedient, die sie alle hassten. Das musste eine schreckliche Demütigung für ihn gewesen sein. Aber so war nun einmal ihr Leben, und Elisa hatte nie etwas anderes gekannt. Wenigstens hatte ihr Vater – anders als so viele andere – eine Anstellung. Wenigstens hatten sie ein richtiges Dach über dem Kopf. Wenigstens hatten sie zu essen.

»Mehr zu essen, ja. Aber noch wichtiger … Freiheit«, sagte Duardo. Er warf noch einen Kieselstein und sah zu, wie er über die Wellen hüpfte. »Wir werden frei sein, Elisa, denk doch. Wir werden frei sein.«

»Und werden wir auch frei sein, um zusammen zu sein?«, fragte sie ihn schüchtern. Sie beschattete ihre Augen gegen die Sonne und sah ihn an, seine wie gemeißelten afrikanischen Züge, seine sinnlichen, vollen Lippen, die kleine Lücke zwischen seinen Schneidezähnen. Sie war noch jung, aber das wünschte sie sich mehr als alles andere.

»Oh ja«, sagte er und richtete diese intensive Aufmerksamkeit, die sie liebte, wieder auf sie. Er umfasste ihre Schultern und küsste sie hart auf den Mund, bis sie das Gefühl hatte, sich gleich hier auf den Kieselsteinen aufzulösen und mit der Flut davongeschwemmt zu werden. Schließlich hatte er sich von ihr gelöst. »Wir werden zusammen sein, Elisa, darauf kannst du dich verlassen.«

Aber so einfach war das nicht gewesen, dachte Elisa jetzt, während sie in Richtung Castle Park ging. Vor ihnen lagen viele Hindernisse, und damals kannten sie nicht einmal die Hälfte davon. Sie waren nur ein Junge und ein Mädchen mit vollkommen verschiedenem Hintergrund, die Kubaner und frei sein wollten. Ein Junge und ein Mädchen, die verliebt waren. Betrübt schüttelte Elisa den Kopf. Mehr waren sie nicht gewesen.

Im Castle Park vor ihr erhob sich eine weitere Kirche – St. Peter's –, die heutzutage verfallen war. In Bristol gab es so viele Kirchen, es grenzte an ein Wunder, dass sie alle voll waren – falls sie es denn waren. Elisa nickte einem Passanten grüßend zu und tätschelte den Golden Retriever, der neben ihm hersprang. Sie war immer noch fröhlich. Jedes der Treffen mit ihrer spanischen Gemeinde machten ihr Freude, und mittlerweile war es natürlich auch eine Erleichterung, aus dem Haus zu kommen. Ihre Miene veränderte sich, und sie wusste, dass ihr Lächeln verblasst war. Sie schlug den kürzeren Weg am Wasser entlang ein.

Philips Zustand verschlechterte sich, daran bestand kein Zweifel. Dieser dunkle Vorhang zeigte keine Anzeichen, sich zu heben. Aber abgesehen von ihrem Bedürfnis, aus dem Haus zu kommen, waren diese Treffen auch eine Art, die Verbindung aufrechtzuerhalten – nicht nur mit der spanischen Sprache, ihren Eigenarten, ihren Rhythmen und ihrem Tonfall, sondern auch mit dem kleinen Kreis spanisch sprechender Menschen, die hier lebten.

Elisa ließ den Blick über das Ufer schweifen und dachte wieder an all diese Hindernisse. Ihre unterschiedliche Herkunft war nur die erste Hürde gewesen, die Duardo und sie hatten überwinden müssen.

Als eine Tante ihm verriet, mit wem sich seine Tochter traf, war ihr Vater nicht einverstanden gewesen, und auch ihre Mutter hatte ihr Vorwürfe gemacht. »Es geht nicht darum, wer er ist«, hatte sie beharrlich behauptet, »sondern, dass ihr so jung seid.« Aber das war noch gar nichts gegen die Reaktion von Duardos Mutter gewesen, als die Wahrheit herauskam.

Elisa schüttelte den Kopf. Es war die Ironie des Schicksals, dass sie jetzt, nach allem, was geschehen war, in Bristol lebte. Bristol war eine Hafenstadt mit einer langen, historischen Verbindung zu allen Handelsgeschäften, in denen Kuba sich hervorgetan hatte, und es war eine kosmopolitische Stadt. Ja, viele Kaufleute hatten von hier aus Sklavenschiffe losgeschickt – Himmel, irgendwann war Bristol anscheinend der geschäftsträchtigste Hafen Großbritanniens gewesen, zumindest was Rum, Zucker und Sklaven betraf. Und man brauchte nur durch die Altstadt zu spazieren, um auf die Gebäude zu stoßen, die mit den Gewinnen aus diesem Handel erbaut worden waren. Aber Elisa war überzeugt davon, dass man alles in seinem Zusammenhang betrachten musste. Auch ihre Familie hatte einst eine Zuckerplantage in Kuba besessen, auch ihre Familie hatte früher Sklaven gehalten. Sie war nicht stolz darauf. Aber die Sklaverei – so brutal und unmenschlich sie auch gewesen war – war ein Teil ihrer Geschichte. Und der von Duardo. Doch die Welt hatte sich weiterentwickelt, zumindest wollte Elisa das gerne glauben.

Sie wandte sich in Richtung Hauptstraße und Bristol Bridge, und der Wind peitschte auf ihren Pelzkragen. Duardos Mutter hatte nicht geglaubt, dass die Welt sich weiterentwickelt hatte. Sie hatte alles getan, was sie konnte, um die Beziehung zu zerstören – und eine Zeit lang hatte sie Erfolg gehabt. Aber … Elisa lächelte in sich hinein. Wenn sie an Duardo dachte, würde es immer ein »Aber« geben. Sie hatten dieses Hindernis überwunden und getan, was unzählige Verliebte vor ihnen getan hatten, wenn ihre Eltern gegen ihre Beziehung gewesen waren: Sie waren zusammen davongelaufen.

Elisa ging weiter. Heute hätte sie nicht einmal rennen können, wenn sie es versucht hätte. Auf den Wegen im Castle

Park schlenderten immer viele Menschen umher. Sie tranken Kaffee an dem kleinen Verkaufsstand auf dem Platz vor der Kirche, saßen auf den blauen Bänken und genossen die Aussicht auf das Wasser, die alten Lagerhäuser und die Brauerei dahinter. Natürlich fühlten sich die Menschen, die heutzutage aus dem Ausland hierherzogen, bis zu einem gewissen Grad fremd, genau wie es Elisa ergangen war und immer noch ab und zu erging, sogar nach all den Jahren. Spanisch zu sprechen sorgte dafür, dass sie lebendig blieb, die Sprache war ein Faden, der Elisa mit ihrem Heimatland verband. Es war ein schweres Leben gewesen, aber in vieler Hinsicht auch ein gutes.

Ihre spanischsprachige Gemeindegruppe hielt auch außer der Reihe kleine Treffen am Nachmittag ab. Manchmal sprachen sie über Politik, oft tranken sie starken Kaffee oder sogar englischen Tee, oder jemand brachte ein Instrument mit – eine spanische Gitarre, eine Conga-Trommel und ein paar *maracas*, Rumbarasseln –, und dann sangen sie auf Spanisch und lächelten sich an, denn Musik war ein direkter Zugang zur Seele und nährte sie wie nichts anderes auf Erden. Es war eine seltsame Mischung aus englischen, spanischen, kubanischen und südamerikanischen Bräuchen, dachte Elisa jetzt, als sie die Straße in Richtung Welsh Back am Hafen überquerte. Heute hatte eine junge Spanierin, die Flamenco unterrichtete, Tapas mitgebracht und jemand anderer einen weichen Rioja, und sie hatten beieinandergesessen, den schweren, im Eichenfass gereiften Wein getrunken und über Essen geredet. Sie lächelte. Es war ein angenehmer Nachmittag gewesen.

In Bristol sollte ein neues kubanisches Restaurant eröffnen. Sie hatten darüber spekuliert, wie erfolgreich es sein und wie wohlschmeckend und authentisch das Essen sein würde. Elisa fand, dass die kubanische Küche stark unterschätzt wurde.

Briten, die auf die Insel gereist waren, klagten bei ihrer Rückkehr über das Essen in den Hotels, über die mangelnde Auswahl, die Einfachheit der Gerichte. Elisa runzelte die Stirn. So etwas machte sie wütend, denn es stimmte einfach nicht. Die Kubaner kamen mit wenig aus – was eine Kunst für sich war –, aber was sie nicht alles aus einer Handvoll Reis, ein paar Kichererbsen, einem Freiland-Huhn und ein paar schwarzen Bohnen zaubern konnten ... Sie selbst bereitete immer noch viele der Gerichte zu, die Mami vor ihrem Tod gekocht hatte.

Ihre Mutter hatte, glaubte Elisa, immer der kubanischen Hitze nachgetrauert, dem Verlust ihrer Familie und eines Lebens, das nie das gewesen war, das sie erwartet oder sich gewünscht hatte. *Qué frío*, hatte sie gemurmelt, als sie zum ersten Mal einen Fuß auf englischen Boden gesetzt hatte. *Wie kalt* ... Und *qué frío* hatte sie immer wieder gemurmelt, bis zu dem Tag, an dem sie starb.

Papi hatte unermüdlich weitergekämpft und nie zugegeben, dass er enttäuscht von ihrem neuen Leben war – falls es denn so gewesen war. Er hatte mit der englischen Sprache gerungen, sie aber ausreichend gemeistert, um eine Anstellung als Schaffner bei der Eisenbahn zu finden, und darauf war er stolz. Es war nicht ganz das, was er vorausgesagt hatte, aber es war ein anständiger Job mit einer angemessenen Bezahlung. Hier in Bristol gab es jedenfalls mehr Arbeit, obwohl ein großer Teil davon Jobs für ungelernte Arbeiter waren, was lange Arbeitszeiten bedeutete. Auch aus anderen Ländern kamen Einwanderer nach Großbritannien, erfuhr Elisa – ihr Vater war mit seinen Ambitionen nicht der Einzige gewesen. Hier war der Lebensstandard höher. Im Vereinigten Königreich waren sich die Leute in der Regierung offenbar der Probleme bewusst, die durch mangelhafte Sozialwohnungen entstehen konnten, und sie wollten keine Gettos oder Abgrenzungen fördern. Doch der Kapitalismus erwies sich als Teil einer komplexeren Welt, und Elisa sah, wie ihr Vater darum kämpfte, die Konkurrenzaspekte dieses neuen Lebens in den Griff zu bekommen: die Bürokratie, die Tatsache, dass man sich hier nicht an den Staat wenden konnte – jeder war für seine eigene Zukunft und die seiner Familie selbst verantwortlich.

Er hatte es versucht. Aber nach Mamis Tod war der arme Papi in seinem neuen Leben nicht mehr mit dem Herzen dabei gewesen. Auch er war früh gestorben und hatte Elisa, als sie nur wenig jünger war als Grace heute, allein hier in Bristol zurückgelassen. Elisa hatte sich schon vor ihrer Zeit alt gefühlt. War es möglich, dass die eigene Jugend für immer an dem Ort gefangen war, den man zurückgelassen hatte?

Das war eine äußerst schwierige Zeit gewesen. Sollte sie zurückkehren? Darüber nachgedacht hatte sie auf jeden Fall. Sie hatte noch Verwandte in Kuba – die Schwester ihrer Mutter, ihre Tante Beatriz und einige Cousins und Cousinen. Freunde hatte sie bestimmt auch noch, obwohl sie einander aus den Augen verloren hatten.

Aber unterdessen hatte sich Elisa in England ein Leben aufgebaut. Sie hatte die englische Sprache erlernt, hier das College besucht und eine Lehrerausbildung absolviert. Sie hatte sowohl an Schulen als auch privat Spanisch unterrichtet, und ihr Einkommen war akzeptabel. Sie hatte auch Freunde gehabt – obwohl keiner von ihnen Duardo das Wasser reichen konnte –, und sie hatte ihre spanischsprachige Gruppe aus Freunden und Landsleuten. Sie hielt sich über die Ereignisse in Kuba auf dem Laufenden, war sich aber nicht sicher, ob sie zurückkehren sollte. Dort würde das Leben viel schwerer sein. Wenn sie ehrlich war, lag für sie immer noch Duardos Schatten über Havanna. Es hieß, die Stadt, in der man sich zum ersten Mal verliebe, habe einen für immer in der Hand ... Sie war sich nicht sicher, ob sie je frei von ihm sein würde, wenn sie nach Kuba zurückginge.

Was für eine Ironie – nach allem, was bald danach geschehen war. Die bloße Anstrengung des Gehens ließ Elisa aufstöhnen. Der Fußweg vom Gemeindesaal in die King Street dauerte zwar nur eine Viertelstunde, aber sie war fast den ganzen Tag über auf den Beinen gewesen und wurde jetzt müde. Früher hatte sie den ganzen Tag gearbeitet und den ganzen Abend gekocht und geputzt, früher hatte sie mit Duardo im La Cueva die Nacht durchgetanzt ... Aber die Zeiten, in denen sie getanzt hatte, waren vorüber. Das war ihr jetzt klar. Ja, sie wurde allmählich alt.

Sie überlegte, ob sie Philip überreden könnte, das neue kubanische Restaurant auszuprobieren. Vielleicht. Aber konnte sie es überhaupt riskieren, mit ihm auszugehen? Sein Alkoholkonsum stieg unkontrollierbar und zog ihn immer tiefer herunter. Inzwischen wusste sie nie, wann er gereizt oder ärgerlich werden würde, wann er in Tränen ausbrechen oder sich einfach auf eine Art, die Elisa hasste, furchtbar und abstoßend betrinken würde. Sie versuchte, Mitleid mit ihm zu haben, aber ihr Mitgefühl hatte sich abgenutzt. Was immer er nach dem Tod seiner ersten Frau empfunden haben mochte, es war zu lange her, um zu rechtfertigen, wie er sein Leben zerstörte – und ihres. Kurz blieb sie auf der anderen Straßenseite stehen und sah auf den Fluss hinaus, auf die Hausboote, die dort lagen, die Restaurantschiffe und in der Ferne die in Pastelltönen gestrichenen Häuser, die das Ufer säumten.

Er hatte sie hinters Licht geführt. Vor Jahren, nicht lange nach dem Tod von Elisas Vater, als sie Philip Hendon kennenlernte, als er seine Tochter Grace zu ihr brachte, damit sie Spanisch lernte, da hatte er sie getäuscht. Er hatte sie in seine Welt gezogen, und ehe sie sich's versah, hatte sich die Tür hinter ihr geschlossen, und sie saß in der Falle. Ach, Philip. Du hättest mich in Ruhe lassen sollen, dachte sie. Aber dann wäre sie natürlich nie wieder nach Kuba zurückgekehrt. Und sie war nicht schuldlos gewesen – ganz und gar nicht.

Elisa ging über das Kopfsteinpflaster von Welsh Back. Sie mochte diese Straße mit ihren hohen Bäumen und schwarzen Geländern, und sie mochte es, dass sie ans Wasser grenzte. Vorsichtig musste man schon wegen des Kopfsteinpflasters sein, das vom Nieselregen, der gerade eingesetzt hatte, rutschig war. Auch wenn manche sagen, alles, wobei man vorsichtig sein musste, sei der Mühe nicht wert. Sie lächelte in sich hinein. Duardo hätte das gesagt. Bei der Rumba war jedenfalls kein Platz für Vorsicht.

Ach, Duardo. Elisa bog in die King Street ein. Wie oft sie immer noch an ihn dachte … Sie ging an dem cremefarben und grün gestrichenen Almshouse-Wohnkomplex vorbei, am Theater und den Pubs. Und ja, ihr Haus – Philips Haus – war eine dieser Villen aus georgianischer Zeit, die mit den Gewinnen aus dem Zuckerhandel errichtet worden waren. Philip hatte es schon gehört, als sie ihn kennenlernte. Es war seit Generationen im Besitz seiner Familie. Dort hatte er schon vor dem schrecklichen Unfall, der seine Familie auseinandergerissen hatte, mit Grace gelebt – und mit Nancy.

Elisa schloss die Haustür auf. »Hallo ….« So begrüßte sie ihr Haus immer. Ein Zuhause, das sich nie ganz wie ihr Heim angefühlt hatte, denn dort lebte noch Nancys Geist. Was meinte sie damit? *Hallo, bitte lass mich ein, lass mich bitte hierhergehören?*

Zuerst hatte sie hierhergehören wollen. Wahrscheinlich war sie auf der Suche gewesen. Vielleicht nach jemandem, der sie brauchte, nachdem ihre Familie nicht mehr existierte? Sie war geradewegs in diese Welt hineinmarschiert und hatte sich von ihrer Dunkelheit einhüllen lassen. Sie hatte geglaubt, helfen zu können, vielleicht ein paar Fenster zu öffnen und etwas Licht hereinzulassen. Sie hatte gedacht, sie könnte dafür sorgen, dass alles gut würde. Philip hatte ihr von Anfang an klar gesagt, dass er nicht vorhabe, das Haus zu verkaufen. Es sei schon zu lange in der Familie, sagte er. Aber sie änderte, was sie konnte. Doch das Herz des Hauses hatte sich nicht verändert – das ging viel zu tief.

Philip saß an dem Esszimmertisch aus Mahagoni und stützte den Kopf in die Hände. Auf dem Tisch stand sein Whiskyglas – leer, wie sie sah – und daneben die Flasche mit Jack Daniels. Er hatte sich nicht einmal die Mühe gemacht, sie in seiner Jackentasche zu verstecken, was er normalerweise tat.

»Was ist los?«, fragte sie ihn.

Er sah auf, seine Augen waren trübe. »Grace war da.«

»Aha.« Elisa erspähte den Laptop. »Ist sie geblieben?«

»Nicht lange.« Er zuckte mit den Schultern.

»Habt ihr euch gestritten?« Während sie mit ihm sprach, zog Elisa ihren Mantel aus und hängte ihn an die Garderobe in der Diele, neben Philips dunklen Überzieher.

»Nicht wirklich.«

Was »ja« bedeutete. »Worüber?«

»Nichts. Oh …« Er seufzte. »Ich habe vielleicht was dazu gesagt.«

»Wozu?« Elisa sank das Herz. Sie war müde. Sie musste noch das Abendessen kochen, denn Philip hatte sicher nichts vorbereitet. Hatte sie wirklich noch die Energie, dieser Sache auf den Grund zu gehen?

»Ihren Job«, knurrte er.

»Ach, Philip.«

»Na, ich halte eben nichts davon.«

Also ehrlich. »Was stellst du dir vor, was sie tut?« Elisa stemmte die Hände in die Hüften. Sie wusste, dass sie ziemlich heftig werden konnte, wenn sie sich darauf konzentrierte. Manchmal hatte es sein müssen. Sie liebte Philip auf ihre eigene Art. Aber er war ihr gegenüber nicht fair gewesen, und das wusste er. Ja, sie lebte in seinem eleganten georgianischen Haus. Aber sie hatte auch verhindert, dass seine und Grace' Welt auseinanderbrach – öfter, als sie sich eingestehen mochte.

»Was sie tut?«, wiederholte er.

»Massage.« Elisa trat hinter ihn und begann seine Schultern zu kneten. Sie hatte ihn schon lange nicht mehr so berührt. Unter ihren Fingern fühlten sich seine Schultern knochig und verletzlich an. »Massage lockert schmerzende Muskeln, löst steife Gelenke und hilft, sich zu entspannen.«

Er fuhr mit den Fingern durch sein schütter gewordenes goldgraues Haar. »Ja, das sagt sie. Aber wenn ich früher, bevor ich Nancy kennengelernt habe, nach London gefahren bin …«

»Ich weiß.« Elisa tätschelte seine Schulter und trat zurück. »Du warst einsam, und du hast Karten in Telefonzellen gefunden, auf denen Frauen Massagen anboten, was Sex bedeutete.« In Kuba wurde man dazu erzogen, zu sagen, was man meinte. Mit Sex wurde offen umgegangen. Die Menschen schämten sich nicht dafür, und dadurch wurde die ganze Sache irgendwie ehrlicher.

Er starrte sie an. Wahrscheinlich, dachte sie, hatte er immer noch nicht begriffen, dass sie ihn in- und auswendig kannte. Manchmal wusste sie, was er dachte. Oft konnte sie voraussehen, was er im nächsten Moment tun oder sagen würde. Doch hin und wieder überraschte er sie.

»So ist das heute nicht mehr«, erklärte sie ihm, als wäre sie Expertin für die Londoner Prostituiertenszene. »In mancherlei Hinsicht ist alles transparenter. In der Packung Massagetherapie ist nur das drin, was draufsteht.«

»Du guckst zu viel Werbung«, meinte Philip mit einem Abglanz seines alten Humors.

Sie lächelte. »Massage ist eher so was wie Physiotherapie. Nur nicht so technisch.«

»Aber Grace …«

»… weiß, was sie tut.«

»Vielleicht.«

Er ließ den Kopf hängen, und er tat ihr wieder leid, so wie schon immer. Er hatte eine Art, die ihr zu Herzen ging.

»Aber ich kann nicht anders, Elisa, Schatz. Ich sehe sie an, und sie ist so distanziert. Sie kommt all ihren Kunden näher als mir – sie kommt mir inzwischen überhaupt nicht mehr nahe. Alles ist so anders, als ich es mir vorgestellt habe. Dabei waren wir früher so eng verbunden. Ich mache mir Sorgen um sie, und dann kommt alles falsch heraus.«

Der Alkohol sorgte dafür, dass es falsch herauskam, dachte Elisa, sprach es aber nicht aus. Sie wusste, dass Grace ihrem Vater die Schuld am Tod ihrer Mutter gab – aber warum tat sie das? Sie hatte nie darüber gesprochen. Und es war so lange her. War es nicht Zeit, ihm zu verzeihen?

»Hast du sie aufgeregt?«, fragte Elisa ihn.

»Wahrscheinlich.«

»Ich sollte bei ihr vorbeigehen.«

»Warum solltest du?« Trotzig füllte er sein Glas nach. »Ich bin derjenige, der schuld ist. Ich bin derjenige, der immer das Falsche sagt. Sieh mich an. Ich bin eine Katastrophe.«

Und sie war diejenige, die immer die Trümmer auflas, dachte Elisa. »Du bist in keinem Zustand dazu«, sagte sie stattdessen, warf einen vielsagenden Blick auf die Whiskyflasche und weigerte sich, auf sein Selbstmitleid einzugehen, das sie so schrecklich aufbrachte. Deswegen war er eine Katastrophe.

»Sie ist eine erwachsene Frau. Sie ist verheiratet. Sie wird drüber wegkommen.«

Aber Robbie war nicht zu Hause, und Elisa wusste, wie verletzlich Grace war, was ihren Vater anging.

»Vielleicht geh ich bei ihr vorbei«, sagte sie. »Nur für eine halbe Stunde.« Aber sie war so müde. Und sie konnte ihn nicht bitten, sie zu fahren – dazu war er nicht in der Lage.

»Lass sie doch.« Philip kam unbeholfen auf die Füße, verlor das Gleichgewicht, fand es wieder und warf dabei den Stuhl um, der hinter ihm auf den Boden krachte. »Lass sie, Elisa.«

Elisa zögerte. Sie sah ihm nach, als er ins Wohnzimmer wankte. Dort würde er in einen Sessel sacken, in fünf Minuten einschlafen und laut schnarchen, noch lange, nachdem es Zeit gewesen wäre, zu Bett zu gehen. Das war ihr Leben, dachte sie. Das war aus ihr geworden.

Ein Kompromiss. Darauf verstand Elisa sich gut. Sie ging in die Diele, griff nach dem Telefon und tippte Grace' Nummer ein. Es klingelte und klingelte, und dann sprang der Anrufbeantworter an. Entweder war Grace noch nicht zu Hause, oder sie wollte mit niemandem sprechen.

Elisa hinterließ eine kurze Nachricht. »Hallo, Schatz. Wenn du reden willst, ruf mich zurück.« Das war so etwas wie ein

Code zwischen ihnen beiden. Dann nahm sie ihren Laptop und trug ihn hinauf in ihr Zimmer – das Zimmer im ersten Stock, das sie ihr Eigen nennen konnte. Angefangen hatte es als Büro und Arbeitszimmer, und inzwischen gab es dort auch ein schmales Bett und einen Sessel. Sie würde sich nicht die Mühe machen, ein Abendessen für einen Betrunkenen zu kochen, den sie nicht wachbekommen würde, und sie hatte am Nachmittag so viele Tapas gegessen, dass es sich für sie selbst auch nicht lohnte.

Sie klappte den Laptop auf, schaltete ihn ein und fand das Dokument sofort. Nein, dachte sie. Das hier war ihr Leben. Es war die Geschichte eines jungen Mädchens, das seine Heimat verlassen hatte und mit seinen Eltern nach Großbritannien gezogen war. Eines Mädchens, das sich in Bristol niedergelassen hatte, sich aber oft danach sehnte, nach Kuba zurückzukehren. Und einmal hätte sie es fast getan. Elisa wischte sich eine Träne aus dem Auge und setzte sich zum Schreiben hin. Die Geschichte hieß: »Der letzte Tanz in Havanna«.

# 4. Kapitel

Grace blinkte, bog in die Passage Street ab und parkte ein. Zum Glück war direkt vor dem Haus eine kleine Lücke frei. Sie stieg aus und ging mit der Plastiktüte am Arm, in der sich eine Flasche Rotwein befand, und den Schlüsseln in der anderen Hand um das schwarze Geländer herum. Für Anfang März war es immer noch kühl, aber wenigstens wurden die Abende heller, dem Himmel sei Dank. Wahrscheinlich hätte sie überhaupt nicht in die King Street gehen sollen, dachte sie. Der Besuch hatte sie deprimiert und wütend gemacht. Ihr Vater hatte sie deprimiert und wütend gemacht. Und zu Hause wartete kein Robbie, der dafür sorgte, dass es ihr besser ging. Robbie und sie hatten während der letzten paar Wochen eine kleine Krise gehabt, aber jetzt gerade wollte Grace nicht allein sein.

Sie schloss das winzige Zweizimmerhaus auf, das sie mit ihrem Mann bewohnte. Es war klein, aber es gehörte ihnen, und Grace hatte es auf den ersten Blick geliebt: die blassen, honigfarbenen Steinblöcke und die Art, wie es an der Treppe hockte, die zum Kai hinunterführte, als wolle es heimlich in den Kanal springen. Und das war das Beste an dem Cottage – es lag an einer der Wasserstraßen, die Bristol wie ein Netz durchzogen, bunt und voller Historie.

Sie ließ die Plastiktüte auf den Ercol-Tisch aus den 1960er-Jahren fallen, für den sie kurz nach ihrem Einzug in das Cottage vor fünf Jahren in einem hiesigen Antiquitätenladen viel zu viel Geld bezahlt hatten, streifte ihre Jacke ab und hängte sie an einen Haken an der Tür. Robbie war übers Wochenende zu einer Konferenz nach Gloucester gefahren, und Grace hatte sich eigentlich darauf gefreut, ein bisschen Zeit für sich zu haben. Aber jetzt …

Sie zog die Weinflasche aus der Einkaufstüte. Das Zusammentreffen mit ihrem Vater hatte sie in ein Durcheinander aus Frustration, Verwirrung und kindlicher Wut gestürzt. Sie war neununddreißig Jahre alt und schon lange kein kleines Mädchen mehr. Manchmal hatte sie das Gefühl, nie eines gewesen zu sein, als wäre ihr ihre Kindheit zusammen mit ihrer Mutter entrissen worden. Trotzdem. Er war ihr Vater. Er sollte eigentlich derjenige sein, auf den sie sich stützen konnte. Aber das hatte sie nie gekonnt, nicht, seit sie neun gewesen war.

»Und das werd ich auch nie«, erklärte sie der Topfpflanze in der Ecke, einem Weihnachtskaktus, der das ganze Jahr wie eine schlaffe Riesenspinne aussah, bevor er Anfang November zu kurzer Pracht aufblühte, bevor seine Blüten schon lange vor dem Fest, nach dem er benannt war, abfielen.

Sie sollte sich nicht weiter mit diesem neuesten Streit mit ihrem Vater beschäftigen. Sie besuchte ihn nicht gern, wenn Elisa nicht da war – ihre Stiefmutter war ein Puffer, der verhinderte, dass sie einander völlig aufrieben. Und Grace war es gründlich satt, darüber nachzugrübeln, warum er ihr dieses Gefühl gab. Oh, sie wusste natürlich, was sie gegen ihn hatte, was sie ihm immer vorwerfen würde. Kurz trat ihr ein Bild vor Augen: ihre Mutter, wie sie auf der Straße lag, ihr Blut … Grace schloss die Augen und unterdrückte das Schaudern.

Verdammt. Sie fluchte leise und ging in die Küche, um den Korkenzieher zu suchen. Aber ebenso hatte sie gelernt, den Vorwurf in den Hintergrund ihres Bewusstseins zu schieben und ihren Vater sogar zu bemitleiden. Er hatte ihre Mutter ja nicht tatsächlich auf die Straße gestoßen, sie war hinausgerannt. Und trotz allem musste ihr Tod ihn schwer getroffen haben, obwohl Grace damals zu klein gewesen war, um sich dessen bewusst zu sein. Sie konnte ja ihren eigenen Verlust kaum begreifen, ganz zu schweigen von dem anderer. Aber ihr Vater hatte auch gelitten. Man brauchte ihn sich ja heute nur anzusehen. Er trank. Er war dabei, den Halt zu verlieren. Warum war er dann entschlossen, alles noch schwerer zu machen? Warum versuchte er immer, sie zu provozieren? Sie hätte ihn gern geliebt, aber wie konnte sie ihn lieben, wenn er nicht mit dem Trinken aufhörte? Wie konnte sie ihn lieben, wenn sie ihm die Schuld am Tod ihrer Mutter gab? Wie sollte sie ihm das verzeihen?

Auf dem Weg zurück ins Wohnzimmer warf Grace einen kurzen Blick nach draußen, zu dem alten Backstein-Lagerhaus gegenüber. Sie stellte sich Bristol gern in seiner geschäftigen Glanzzeit vor, als von den Brauereien, den Tabakfabriken und zuckerverarbeitenden Betrieben dichter Rauch aufgestiegen war. Aber andererseits ... Wahrscheinlich war es heute weitaus angenehmer, hier zu leben. Und die Art, wie die Familie ihres Vaters – ihre Familie – damals ein kleines Vermögen verdient hatte, würde heutzutage niemand mehr billigen, Grace eingeschlossen.

Sie öffnete die Flasche und schenkte sich ein großes Glas voll. Sie trank einen Schluck und dann noch einen. So war es besser. Sie hatte sich etwas Zeit für sich gewünscht, und die hatte sie bekommen, also würde sie diesen Nachmittag einfach abschreiben. Sie hielt sich an der Stuhllehne fest und schlüpfte aus ihren Schuhen. Sie hatte sich Zeit für sich gewünscht, weil die Stimmung zwischen Robbie und ihr seit Theos albernem Kartentrick merkwürdig angespannt gewesen war. Sie schüttelte den Kopf. *Find the lady, also wirklich* … Robbie hatte das vermutlich überhaupt nicht wahrgenommen – hoffte sie jedenfalls –, aber sie hatte es jetzt im Kopf, und darauf kam es an. Sie sah zu, wie jemand die Treppe zum Ufer hinuntertrappelte. Diese Sache mit Theo – das war alles ein bisschen verwirrend. Und gefährlich, sagte sie sich.

Der Pegel in ihrem Weinglas war schon besorgniserregend gefallen, deshalb ging Grace in die Küche, um sich etwas zum Abendessen zu machen. Sie öffnete den Kühlschrank. Darin lagen Salat – schöner Biosalat vom Markt mit richtig großen Rote-Beete-Blättern und orangefarbenen Kapuzinerkresse-Blüten – und frische Ravioli. Das würde reichen. Sie füllte einen großen Topf mit Wasser und stellte ihn zum Kochen auf den Gasherd. Dann kontrollierte sie die Nachrichten auf ihrem Handy, aber Robbie hatte sich noch nicht gemeldet. Er würde ihr später eine SMS schicken und sie anrufen, bevor sie zu Bett ging. Grace kannte seine Gewohnheiten besser als ihre eigenen. Wahrscheinlich waren ihre weniger berechenbar – was ihr manchmal Sorgen machte.

Und Sorgen machte sie sich auch um ihren Vater. Grace nahm noch einen Schluck von ihrem Wein und war sich der Ironie bewusst. Sie trank heute Abend ziemlich schnell. Bedeutete das, dass sie ihrem Vater nachschlug? Sie ging wieder in die Küche, bereitete aus Olivenöl, Balsamico-Essig und Dijon-Senf ein Dressing für den Salat zu und schüttelte es in ihrem kleinen Einmachglas durch. Zurück im Wohnzimmer, deckte sie den Tisch für eine Person und sah hinaus auf die kleinen, quadratischen Glasscheiben in den hohen Bogenfenstern des Lagerhauses gegenüber. Sie schenkte sich Wein nach.

Eine Stunde später saß Grace immer noch am Tisch. Ihr Teller war halb leer und die Weinflasche ebenso. Vage registrierte sie, dass es draußen langsam dunkel wurde und dass sie sich aufrappeln, den Tisch abräumen und aufhören sollte, sinnlos ihre Zeit zu vertrödeln, nur weil …

Es klopfte laut an der Tür.

Grace runzelte die Stirn. Sie erwartete niemanden. Einen Moment lang überlegte sie, nicht aufzumachen – im Haus brannte kein Licht, also würde niemand wissen, dass sie zu Hause war –, aber vielleicht war es ja Elisa, und ein Plausch würde sie aufheitern. Wenn sie an ihre Stiefmutter dachte, stieg immer ein warmes Gefühl in Grace auf. Was würde sie nur ohne sie anfangen? Wie wäre sie nur in den letzten paar Jahren ohne sie mit allem fertiggeworden?

Sie stand auf und warf automatisch einen Blick in den Wandspiegel. Sogar im Halbdunkel sah sie erschöpft aus. Ja, inzwischen hatte Elisa bestimmt erfahren, dass Grace in dem Haus in der King Street gewesen war, und wahrscheinlich auch, dass ihr Vater sie verärgert hatte. Dass Robbie nicht da war, wusste Elisa, weil er ihr versprochen hatte, sich ihren Laptop anzusehen, bevor er abgereist war. Also … Grace fuhr sich mit den Fingern durch ihr langes dunkles Haar. Ihre Stiefmutter war so oft ihr Rettungsanker gewesen, mit dessen Hilfe sie hatte weitermachen können. Manchmal fragte sich Grace, ob sie deswegen … Aber bevor sie diesen Gedanken zu Ende denken konnte, erkannte sie die Gestalt, die draußen stand, und es war nicht Elisa.

Grace holte tief Luft und öffnete die Tür.

# 5. Kapitel

»Theo.« Da stand er, groß und – untypisch für ihn – unsicher.

»'n Abend, Grace.« Er sah sie an, aber nicht richtig. Zumindest nicht so wie vorher. Schwarze Augen. Erinnerte er sich? Denn Grace wusste es noch. Sie konnte nicht anders.

Sie wartete darauf, dass er etwas sagte, obwohl es noch nie vorgekommen war, dass einer von ihnen nichts zu sagen gewusst hatte. So war ihre Beziehung nicht. Theo gehörte zu Robbies und ihren besten Freunden. Er *war* ihr bester Freund. Seit Grace ihn kannte, hatten sie ihn nie auf ihrer Türschwelle warten lassen. Hinter Theo prallten die Konturen des monströsen Bürogebäudes auf der anderen Straßenseite hässlich auf die schwarzen Geländer und die alte Steinmauer vor dem Cottage. Das fiel ihr immer auf. Theos Anwesenheit trug noch zu dem Kontrast der Gegensätze bei.

»Robbie ist nicht da.« Es war natürlich eigenartig, dass sie das sagte. Ob Robbie da war oder nicht, hatte nie irgendwelche Auswirkungen auf etwas gehabt. Grace hielt sich am Türrahmen fest und fragte sich, wie viel genau sie getrunken hatte. Kurz überlegte sie, ob Theo gewusst hatte, dass sie allein war. Aber nein. Das war nicht sein Stil. Er täuschte nur bei seinen Zaubertricks. Jedenfalls hatte Robbie das an diesem Abend gesagt. *Find the lady …*

»Aha.« Er nickte, als erkläre das alles. »Tut mir leid.«

Was genau? Der Trick von vor drei Wochen? Der Blick, den er ihr zugeworfen hatte? Der Blick, mit dem sie ihn erwidert hatte? Sie zuckte mit den Schultern.

»Hat er … ähem …?«

»Hast du ihn in letzter Zeit nicht gesehen?« Grace hatte sich kaum bremsen können, Robbie zu fragen, ob er etwas von Theo gehört habe. Aber sein Name war nicht gefallen, was ebenfalls merkwürdig war. Theo war seit drei Wochen nicht mehr im Cottage gewesen. Lange für jemanden, der alle paar Tage auf einen Kaffee oder ein einfaches Abendessen, einen Drink oder zum Lachen vorbeischaute. Er war die Art von Freund, in dessen Gesellschaft man einfach die Schuhe ausziehen, die Füße hochlegen und fernsehen konnte; die Art von Freund, für den man sich nicht zu schminken brauchte – obwohl Grace, wie sie sich ins Gedächtnis rief, das normalerweise tat. Die Art von Freund, dem man sich anvertrauen konnte.

»Nein.« Er schüttelte den Kopf, um seine Antwort zu unterstreichen. »Ich hab ihm eine SMS geschickt und ihm geschrieben, dass ich eine Weile weg bin.«

»Ach. Davon hat er nichts gesagt.« Grace runzelte die Stirn. *War es möglich …?* Aber nein, woher sollte Robbie wissen, was passiert war? Vor allem, da nichts passiert war.

»Und wo …?«

»Er ist bei einer Konferenz«, erklärte sie ihm. »In Gloucester.« Auf dem Bürgersteig hinter Theo gingen zwei Mädchen vorbei, und eine warf ihnen einen neugierigen Blick zu. Wie sie wohl auf sie wirkten, fragte sich Grace. Zwei Bekannte, die Smalltalk austauschten? Die engen Freunde, die sie angeblich waren? Oder etwas anderes?

»Bei einer Konferenz«, wiederholte er. »Ach so.« Sie spürte, wie er sie genauer musterte und seine schwarzen Magieraugen jedes Detail erfassten.

Sie fröstelte und zog ihre Wolljacke fester um sich.

Er runzelte die Stirn. »Geht's dir gut, Grace?«

Wonach fragte er genau? *Nein*, hätte sie am liebsten geschrien. Natürlich ging es ihr nicht gut. Seit diesem verdammten Kartentrick, nein, sogar schon länger, stimmte es nicht mehr zwischen Robbie und ihr. Er wollte, dass sie Kinder bekamen, sie nicht. Und jetzt stimmte es auch mit Theo nicht. Ihr Vater war Alkoholiker und hatte ihr heute praktisch vorgeworfen, einen »Massagesalon« zu betreiben. Also, nein. Sie sah Theo direkt an, diesen Mann, der nicht mehr ganz der Freund von früher zu sein schien. Ihr ging es nicht gut.

»Soll ich reinkommen?«, schlug Theo vor. »Du siehst aus, als könntest du ein bisschen Gesellschaft gebrauchen, Grace.«

Allerdings. Aber nicht die von Theo. »Mir geht's gut«, erklärte sie munter.

»Die Sache ist die …« Er zögerte. »Ich hab ein paar Bier getrunken, und ich hatte gehofft, hier einen Kaffee zu bekommen.«

Grace nahm jeden Funken Willenskraft, über den sie verfügte, zusammen. »Ich bin ein bisschen müde, Theo. Ich hatte einen harten Tag. Und …«

»Und?« Er zog eine Augenbraue hoch.

»Und wahrscheinlich ist das keine gute Idee, um ehrlich zu sein.« Denn das sollten sie – oder? Ehrlich sein. Und wenn er ein paar Bier getrunken hatte, war das eine noch schlechtere Idee. »Wo warst du?«, fragte sie schwach.

»In dem Pub weiter unten an der Straße.« Er wies in die Richtung. Grace stellte fest, dass ihr Blick an seiner Hand kleben blieb. Geschickte Zaubererfinger mit gerade geschnittenen Nägeln. Olivenfarbene Hände. Sie wusste, wie sich seine Hände anfühlten, und sogar, wie sich seine Haut anfühlte.

»Wirklich?« Das war nicht die Art Lokal, in das sie, Robbie

und Theo normalerweise gehen würden. Und es lag nur ein paar Häuser weiter. Was bedeuten musste …

»Um mir Mut anzutrinken.« Er zuckte mit den Schultern.

»Mut?«, wiederholte sie. Irgendwie hatte die Tür sich ein wenig weiter geöffnet.

Er streckte die Hand aus, und Grace rechnete halb damit, dass eine Ein-Pfund-Münze auf seiner Handfläche auftauchen würde. *Das* hatte er früher schon getan. »Mut«, bekräftigte er.

»Aber …« Grace versuchte, standhaft zu bleiben, aber er machte es ihr sehr schwer. Und es war nicht nur eine Frage des Mutes, oder? Es war viel komplizierter.

»Wir sind keine Freunde mehr, ist es das?«

»Natürlich sind wir Freunde.« Grace fragte sich, wie überzeugend sie klang. Sie wandte den Blick ab und sah die Straße entlang, vorbei an den Bäumen und zu der Kirche, in denen Elisa ihre Gemeindetreffen besuchte. Warum war Theo seit drei Wochen nicht da gewesen? Sie wusste, warum.

»Was dann? Ich darf dich nicht besuchen, ist es das?«

»Wenn Robbie hier wäre …« Ihre Worte hingen in der kühlen Abendluft. Wenn Robbie hier wäre, würde er sich fragen, warum Theo noch vor der Tür stand. Aber Theo würde nicht mehr vor der Tür stehen. Inzwischen säße er im Wohnzimmer und hätte einen Drink in der Hand.

»Hast du Angst vor mir, Grace?« Irgendwie war er ihr näher gekommen. Er war nur noch Zentimeter von ihr entfernt. Sie konnte beinahe seinen Atem spüren, sehen, wie sich seine Brust unter dem blauen Baumwollhemd und dem offenen Jackett, die er trug, hob und senkte, und seinen Duft wahrnehmen, in dem rote Äpfel, Pfeffer und etwas unbestimmt Karibisches schwangen. Theo mochte nicht in Kuba aufgewachsen sein – aber Grace spürte das Land irgendwo in seinem Inneren.

»Natürlich nicht.« Sie lachte, aber es klang sogar in ihren eigenen Ohren angespannt.

»Das solltest du aber.« Er hob ihr Kinn, sodass sie ihn ansehen musste. »Machen wir uns nichts vor.«

»Okay.« Sie bildete das Wort lautlos mit den Lippen. Wenn sie es nicht aussprach, hatte sie es vielleicht gar nicht gesagt.

»Ich darf euch beide nicht verlieren«, sagte er. »Ihr seid mir zu wichtig. Beide. Deswegen bin ich in letzter Zeit nicht vorbeigekommen.«

»Kalter Entzug«, murmelte sie.

»Genau. Ich dachte, ich könnte dich loslassen, aber …«

Grace war sich sicher, dass ihre Beine jeden Moment nachgeben würden. Sie spürte förmlich, wie sie mit jedem Wort schwächer wurden. Er hatte recht. Er war ihr gemeinsamer bester Freund. »Du solltest reinkommen«, sagte sie. »Wir können nicht an der Tür darüber reden.«

Darüber. Zum ersten Mal hatte sie dieser Sache einen Namen gegeben. Zum ersten Mal hatte sie eingeräumt, dass sie existierte. »Aber keine Tricks.«

Einen Moment lang schaute er ernst, dann lächelte er. Sie konnte nicht anders – sie mochte es einfach, wenn er lächelte. Sein Mund war ein wenig zu breit. Wenn Theo lächelte, strahlte er. Sie dachte unwillkürlich an diesen alten Song von Billie Holiday, den Elisa früher gehört hatte: *I'll Look Around.* Ich schau mich um, bis ich jemanden finde, der so lächelt wie du, dachte sie.

»Keine Tricks«, sagte er.

Grace trat zurück. Sie spürte, wie er sie beim Hereinkommen streifte, stieß den Atem aus, den sie angehalten hatte, und schloss die Tür. Aber statt direkt ins Wohnzimmer durchzugehen wie immer, stand er in der winzigen Diele immer noch hinter ihr, als sie sich umdrehte. Sie konnte nirgendwohin. Sich nirgendwo verstecken.

»Grace«, sagte er.

Keine Tricks, hatte er gesagt. Sie erwiderte seinen Blick. *Machen wir uns nichts vor*. Seit drei Wochen wusste sie, dass das passieren würde. Sie hatte es sogar schon vorher gewusst. Als sie die Handflächen auf seine Schultern gelegt hatte, um ihn zu massieren, als er bei der Gelegenheit, als Robbie auf seiner anderen Seite ging, ihre Hand genommen hatte, um die Straße zu überqueren, als er sie zum ersten Mal mit einem seiner Kartentricks hinters Licht geführt hatte. Jedes Mal, wenn er lächelte. Sie hatte es vom ersten Mal an gewusst, als sie ihn in Elisas Gemeindegruppe kennengelernt hatte. Und schließlich hatte sie es gewusst, als Robbie eines Tages, ganz am Anfang ihrer Beziehung, gesagt hatte: »Hey, Grace, du musst meinen besten Kumpel von der Uni kennenlernen.« Mit einem freundlichen Lächeln hatte sie aufgeschaut und Theo gesehen. Und fast die Nerven verloren. Es war Sommer gewesen, sie hatten sich im Park getroffen, und das Abendlicht fiel schräg auf sein Gesicht.

Sie hatte es gewusst, als Robbie sagte: »Grace, das ist Theo. Sei nett zu mir, und er wird dich für immer lieben.«

Es kam ihr vor, als hätte sie es irgendwo in ihrem Inneren immer gewusst.

# 6. Kapitel

Am nächsten Morgen versuchte Elisa noch einmal, Grace anzurufen. Es war noch früh. Philip schlief – inzwischen im Bett – seinen Rausch aus, und Elisa hatte bereits Frühstück gemacht und die Küche aufgeräumt. Sie war unruhig und wusste nicht, warum. Lag es daran, dass sie an Duardo und an Kuba gedacht hatte? Oder lag es an Grace?

Ihre Stieftochter ging ans Telefon. Ihre Stimme klang ungewöhnlich verhalten.

»Alles in Ordnung, Grace?«, fragte Elisa sie. »Du bist nicht böse?«

»Doch, war ich.«

»Und jetzt?« Grace klang nicht wie sie selbst. Aber Elisa konnte den Unterschied nicht benennen. Es war nicht einfach, dieses Mädchen zu verstehen, war es noch nie gewesen.

»Kann ich dich in fünf Minuten zurückrufen?« Grace zögerte. »Ich muss nur noch … was erledigen.«

»Natürlich.«

Elisa blieb am Telefon stehen und vertrieb sich die Zeit, indem sie die Telefonbücher und das Adressbuch kurz abstaubte. Sie zog die Mäntel glatt, setzte sich auf die kleine gepolsterte Bank und wartete. Sie erinnerte sich noch ganz deutlich an den Tag, an dem sie einander zum ersten Mal begegnet waren. An den Tag, als Grace mit ihren ernsten grauen Augen und ihrem nussbraunen Haar, das zu zwei Zöpfen geflochten war, zum ersten Mal vor ihr stand.

»Sie ist erst neun«, hatte ihr Vater gesagt.

»Ja.« Aber mit den Augen einer Sechzehnjährigen, dachte Elisa. Warum schaute ein neunjähriges Kind dermaßen traurig?

»Anscheinend will sie unbedingt Spanisch lernen.« Er lachte – vielleicht über die Unwahrscheinlichkeit dieser Vorstellung.

»Und warum nicht?« Zum ersten Mal hatte Elisa den Vater des Mädchens richtig angesehen. Auch er sah traurig aus. Er war nicht alt – erst in den Vierzigern –, aber seine Schultern waren schon gebeugt wie unter einer Last, und um seine blauen Augen lagen Schatten der Müdigkeit.

Er schien entschlossen, es zu erklären. Er sprach von der Schwester seiner Frau, die in Madrid lebte, und einer Familientragödie. An dieser Stelle fiel Elisa auf, wie er die Stimme senkte und dem Kind einen entschuldigenden Blick zuwarf, aber sie war diplomatisch genug, um nicht nachzuhaken. Außerdem wolle er seiner Tochter eine so breite Bildung wie möglich bieten. »Damit sie etwas aus ihrem Leben machen kann«, schloss er.

Elisa zog eine Augenbraue hoch. »Spanisch ist da ein guter Anfang«, sagte sie sanft.

Sie hatte erwartet, dass das Mädchen nach ein paar Wochen entspannter werden würde. Die meisten ihrer Schüler waren am Anfang nervös, aber das dauerte nicht lange. Sie brachte es immer fertig, ihnen die Befangenheit zu nehmen. Aber diese Kleine war anders.

Obwohl sie eine Art hatte, konzentriert die Stirn zu runzeln, und obwohl Elisa nicht an ihrem Lernwillen zweifelte, fiel es ihr offensichtlich schwer, sich länger mit einer Sache zu beschäftigen. Ihre Augen wurden glasig, sie starrte aus dem Fenster. Wenn Elisa den Ton ihrer Stimme veränderte, kam sie mit einem Ruck zu sich und war wieder bei der Sache. Und es war fast unmöglich, ihr ein Lächeln zu entlocken. Also, was hatte es auf sich mit dieser Tragödie, die in ihrer Familie geschehen war? Warum war das Mädchen so traurig? Elisa beschloss, es herauszufinden.

Es dauerte ein Vierteljahr, in dem sie sie nach der Schule unterrichtete, bis es endlich so weit war. Sie sprachen in einfachem Spanisch über die Familie des Mädchens. *Hast du Geschwister? Wer wohnt in eurem Haus?*, und so weiter. Einfache Grundlagen. Da brach das Mädchen in Tränen aus.

»Grace. Mein Liebes.« Elisa war sofort wieder ins Englische gewechselt. »Was ist? Bitte sag es mir.«

Und da war es aus ihr herausgesprudelt. Ein Unfall. Ein Todesfall. Ein Mädchen ohne Mutter.

Das arme Kind. Sofort war ihr Elisas Herz zugeflogen. Der Verlust ihrer eigenen Familie ging ihr immer noch nahe, und ihre eigenen Gefühle waren immer noch verletzt – obwohl sie schon viel länger so empfand. Als sie vor zwanzig Jahren mit ihren Eltern nach England gekommen war, in ein fremdes Land, wo eine andere Sprache gesprochen wurde und die Gebräuche oft schwer zu verstehen waren, und das zu einer Zeit, zu der sie noch unter ihrem gebrochenen Herzen litt, da hatten sie zu dritt eine kleine, sichere Einheit gebildet. Doch als sie dann kurz hintereinander ihre Eltern verlor, hatte Elisa das Gefühl gehabt, ihr sei jegliche Unterstützung weggebrochen. Genauso musste es diesem Mädchen ergehen, das so früh seine Mutter verloren hatte. Elisa wusste wenig über den Vater, der Grace nach den Unterrichtsstunden abholte, aber jetzt beobachtete sie ihn genauer und erkannte seinen Schmerz.

Elisa gewann Grace lieb. Sie war ein süßes Mädchen, und es war eine Herausforderung, dieses ernste Gesicht zum Lächeln zu bringen. Elisa verwöhnte sie nach der Schule mit Kostproben spanischer Tapas und machte sie mit der kubanischen Musik bekannt. Einmal, als sie schon sechs Monate Unterricht bei ihr nahm, brachte sie ihr sogar ein paar Rumba-Schritte bei … aber das war nicht gut. Für Elisa war die Rumba tot und begraben. Sie konnte nicht daran denken, ohne dass sich eine schreckliche Traurigkeit in ihrem Herzen einnistete.

Elisa hätte nicht erklären können, was es war, das sie zu Grace hinzog. Was sie verband, war nicht nur das Schicksal, dass beide ihre Mutter verloren hatten. Das Mädchen hatte eine Art, an sie zu appellieren, und Elisa konnte nicht anders, als darauf einzugehen. Zu Hause stimmte etwas nicht – so viel war klar –, und Grace strahlte eine Bedürftigkeit aus, die Elisa erkannte, obwohl sie sie nicht benennen konnte. Vielleicht weckte Grace bei Elisa einen Mutterinstinkt, der noch nie zuvor angesprochen worden war. Oder Elisa spürte, dass sie dem Mädchen mehr gab als nur Spanischstunden, ja vielleicht sogar einen Traum nährte.

Grace' Vater blieb Elisa ein Rätsel. Er war höflich, charmant sogar. Er trug immer gut geschnittene Anzüge, was sie vermuten ließ, dass er Geschäftsmann und wahrscheinlich erfolgreich war. Aber sie hatte das Gefühl, er nehme sie kaum wahr, diese Frau, die seiner Tochter Spanisch beibrachte. Obwohl er Grace liebte, da war sie sich sicher. Wenn er sie abholen kam, betrachtete er sie mit zärtlichem Blick. Er hielt die Hand des Mädchens und strich ihr über das nussbraune Haar. Doch etwas stimmte nicht. Und Elisa spürte, dass es von Grace selbst ausging. Sie zuckte nicht vor ihm zurück, aber sie zeigte ihm auch keine Zuneigung. Und man sollte doch meinen, dass ein Mädchen, das seine Mutter verloren hatte, sich umso mehr an den Vater klammern würde, der noch da war, oder?

Dennoch … Elisa sah auf das Foto ihrer Stieftochter, das neben dem Telefon auf dem Tisch stand. Sie nahm es in die Hand und betrachtete es genauer. Als es aufgenommen wurde, war Grace ungefähr elf gewesen, immer noch ernst, aber erwachsener. Die Zöpfe waren jetzt kürzer und ihre Züge klarer. Ihr Gesicht hatte die kindliche Rundheit verloren. Und heute? Manche würden sie schön nennen. Auf jeden Fall strahlte sie eine bemerkenswerte Gelassenheit aus. Gott sei Dank hatte sie zu lachen gelernt. Damals hatte Elisa nicht geahnt, dass diese Familie einmal ihre eigene werden würde. Sie hatte nicht gewusst, dass die beiden ihr helfen würden und sie ihnen. Oder dass die beiden sie einmal ungewollt daran hindern würden, dorthin zu gehen, wo sie doch unbedingt sein wollte …

Im Rückblick war leicht zu erkennen, wie es so gekommen war. Elisa seufzte und warf einen Blick auf das Telefon, aber es schwieg hartnäckig. Also erlaubte sie sich, an diese Zeit zurückzudenken.

Es ging auf Weihnachten 1983 zu, und Grace hatte sogar noch trauriger gewirkt als sonst. Vielleicht war ihre Mutter ja um diese Zeit des Jahres gestorben? Behutsam hatte Elisa sie ausgefragt. »Was hast du? Macht dir etwas Sorgen, Liebes?«

Und da war alles aus ihr herausgebrochen. Grace und ihr Vater würden zu Weihnachten allein sein. Es würde schrecklich einsam werden. Grace konnte den Gedanken daran nicht ertragen. Und plötzlich rief sie, als hätte sie eine geniale Idee: »Sie werden doch auch allein sein, oder, *señora*? Würden Sie zum Weihnachtsessen zu uns kommen?«

»Ach, du meine Güte, nein.« Elisa hatte lachend abgelehnt, aber sie hatte sich geschmeichelt gefühlt. Die beiden waren ihr ans Herz gewachsen. Während ihrer wöchentlichen Stunden plauderte sie mit Grace oft über ihr Leben, und Elisa hatte das Gefühl, dass sie langsam anfing, das Mädchen zu verstehen.

»Warum nicht?« Grace' große graue Augen schwammen in Tränen. »Haben Sie etwas anderes vor?«

»Nein, aber …« Ihr fiel kein wirklich zufriedenstellendes Aber ein. »Ich gehöre nicht zu deiner Familie, Liebes. Dein Vater würde mich bestimmt nicht dabeihaben wollen. Besonders nicht zu Weihnachten.«

Grace hatte sie lange angesehen und schien das zu akzeptieren. Aber am nächsten Tag bekam Elisa einen Anruf – von Grace' Vater. Er kam schnell zur Sache. Würde sie in Betracht ziehen, an Weihnachten mit ihnen zu Mittag zu essen? Sie würden nur zu dritt sein. Für Grace würde es schwierig, weil … Nun ja. Es würde einfacher werden, wenn noch jemand da wäre, jemand, mit dem Grace sich gern unterhielt. »Es wäre mir eine Ehre«, sagte er. »Grace hat Sie wirklich ins Herz geschlossen. Ich weiß, das ist eine ungewöhnliche Bitte, aber die Umstände …«

»Also gut. Danke.« Elisa war sich bewusst, dass die Umstände ungewöhnlich waren. Und schon damals hatte sie das Gefühl gehabt, Grace nicht enttäuschen zu dürfen. Vielleicht, wenn sie ein eigenes Kind gehabt hätte … Grace hatte offenbar diese Lücke in Elisas Herz für sich beansprucht.

Also fand sie sich in einem, wie es ihr vorkam, außerordentlich prachtvollen Haus in der King Street ein und half dabei, das Weihnachtsessen zuzubereiten. Philip war sehr witzig gewesen. Er hatte eine geblümte Schürze getragen und mit einem riesigen Truthahn und Massen von Gemüse gekämpft, als versuche er, Grace für seine Unzulänglichkeiten auf anderen Gebieten zu entschädigen – etwas in dieser Art. Das Essen war köstlich gewesen. Danach hatten sie ein paar altmodische

Gesellschaftsspiele gespielt, die Elisa noch nie untergekommen waren. Elisa und Philip hatten zusammen eine Flasche Wein getrunken, und ja, er war sehr aufmerksam und sehr unterhaltsam gewesen. Auch Grace hatte glücklicher ausgesehen und lachend ihre Geschenke bestaunt. Fast wie ein normales kleines Mädchen an Weihnachten, war es Elisa durch den Kopf gegangen.

Elisa vermutete, dass der Wein sie beide entspannt hatte, und sie spürte nichts von der Verlegenheit, die sie befürchtet hatte. Als Grace schließlich zum Schlafen nach oben ging, wollte Elisa aufbrechen, und Philip begleitete sie zur Tür. Er half ihr in ihren Mantel und erbot sich, ein Taxi für sie zu rufen, aber sie lehnte ab. Es war Weihnachten, und sie wollte lieber zu Fuß gehen.

»Es war wunderbar, dass Sie hier waren«, sagte er.

Wunderbar. Das war ein großes Wort. Elisa sah zurück zu der prächtigen, geschwungenen Treppe, dem Salon und der Küche dieses eleganten Hauses. Es war sehr schön, aber war es für Grace und ihn allein nicht viel zu groß? Sie lächelte, nickte und beschäftigte sich damit, ihren Mantel zuzuknöpfen.

»Vielen Dank, dass Sie gekommen sind. Ich hoffe sehr, dass wir das wiederholen können.«

Wiederholen? Elisa war verlegen. Was genau erwartete er von ihr? »Ich habe mich gut unterhalten«, sagte sie ehrlich. »Danke für die Einladung.« Doch sie wussten beide, dass die Einladung von Grace ausgegangen war.

Und so fing es an – obwohl Elisa nicht richtig hätte erklären können, was »es« war. Auf jeden Fall ähnelte es keiner Beziehung, die sie je gehabt hatte. Elisas kleine Aufmerksamkeiten gegenüber Grace wurden belohnt – mit einem Abendessen, mit einer Schachtel Pralinen, einem Blumenstrauß. Bald aßen sie in dem Haus in der King Street sonntags regelmäßig zusammen zu Mittag – ein scheußlicher Tag, um allein zu sein, wie Philip sagte. Einmal erwähnte Elisa einen Film, der in dem bunten Hippodrom-Theater gezeigt wurde, und Philip schlug vor, mit ihr dort hinzugehen. Und eines Sonntags im Sommer fuhren die drei mit dem Zug nach Weston-super-Mare – eine Fahrt, die Elisa schmerzlich an ihren Vater erinnerte.

In diesem Herbst hatte Tante Beatriz aus Havanna angerufen. In Kuba stehe es furchtbar schlecht, sagte sie. Sie habe es bei allen anderen versucht. »Könntest du uns helfen?«

»Wie?« Aber Elisa wusste natürlich Bescheid. Die Familie brauchte Geld. Zwei der Cousins hatten keine Arbeit, und eine Cousine hatte ein neugeborenes Baby. Kuba durchlebte eine schwere Zeit. Naturgemäß hatten sie ihre Verwandten um Unterstützung gebeten.

Elisa begann, kleine Geldsummen zu schicken. Tante Beatriz war eine gute Frau: Sie hätte sich nicht an sie gewandt, wenn es nicht nötig gewesen wäre. Aber Elisa erklärte ihr, dass sie selbst nicht viel habe, und das stimmte. Die Miete für ihr kleines Apartment war gerade wieder erhöht worden, und sie hatte kürzlich zwei ihrer Privatschüler verloren.

Als Nächstes rief ihre Cousine Ramira an und teilte ihr mit, Tante Beatriz wäre an Leukämie erkrankt und hätte nicht mehr lange zu leben. Natürlich war sie medizinisch behandelt worden – das Gesundheitssystem in Kuba war kostenlos. Das war Elisas Meinung nach eine der großen Errungenschaften der Revolution für das Volk, aber jetzt hatte man ihre Tante zum Sterben nach Hause entlassen. Die Familie steckte finanziell immer noch in Schwierigkeiten, und nun musste sie sich auf diesen neuen Verlust einrichten. Sie wussten nicht mehr aus noch ein. Tante Beatriz hatte darum gebeten, Elisa noch einmal sehen zu können, und sie wollten ihr den Wunsch nicht abschlagen. Ob sie eine Möglichkeit sähe …

Elisa wollte ihre Geldsorgen lindern, und sie hätte ihre Tante vor ihrem Tod gern noch besucht – aber sie konnte sich das unmöglich leisten, und sie hatte nichts mehr, was sie verkaufen konnte. Sie wusste sich keinen Rat.

An diesem Sonntag bei Philip und Grace wollte Elisa gerade die Bratkartoffeln auftragen – glücklicherweise spielte Grace gerade draußen im Garten –, als sie an ihre Mutter und dann an Tante Beatriz dachte, und ehe sie sich's versah, fielen Tränen in die Pfanne und ließen das heiße Öl aufspritzen.

»Elisa, meine Liebe.« Philip schnappte sich einen Topfhandschuh und nahm ihr die Pfanne ab. Dann führte er sie an den großen Bauerntisch und drückte sie auf einen Stuhl. Er schenkte ihr ein kleines Glas Wein ein und reichte ihr sein eigenes Taschentuch, ein großes, weißes Quadrat aus Baumwolle, das mit PH bestickt war, eine Geste, die ihr fast unerträglich persönlich erschienen war. Es war auch schrecklich altmodisch, und er war so freundlich – was sie erst recht zum Weinen brachte.

»Wir sind doch Freunde, oder?«, sagte er. »Erzählen Sie mir, was los ist.«

Stockend brach es aus ihr heraus. Dass sie ihrer Familie helfen wolle, aber nicht die Mittel hatte. Dass sie sich danach sehne, zurückzukehren und alle ein letztes Mal wiederzusehen, bevor ihre Tante starb. Dass ihre Eltern ihr fehlten. Und dann, herrje … »Ich fühle mich so allein«, hatte sie geschluchzt.

»Na, na.« Er hatte verlegen ihre Schulter getätschelt, und sogar diese kleine Berührung machte ihr bewusst, wie wenig körperlichen Kontakt zu anderen Menschen sie im Moment hatte – und wie sehr ihr das fehlte.

Ein paar Minuten vergingen, dann bekam Elisa ihre Gefühle wieder unter Kontrolle. Sie benahm sich töricht. Wenn sie nicht helfen konnte, sollte sie es ihnen einfach sagen. Sie würden vollstes Verständnis dafür haben, wenn sie ihnen gestand, dass sie sich einen Besuch nicht leisten konnte. Sie waren ihre Familie, aber sie führte jetzt ein anderes Leben. Sie sollte sich deswegen nicht so aufregen. Aber sie wusste, dass es nicht nur das war.

»Wissen Sie, was ich glaube, meine liebe Elisa?«, sagte Philip und strich sich übers Kinn. Seine blauen Augen blickten besorgt, aber freundlich.

Elisa schüttelte den Kopf. Manchmal sehnte sie sich nach jemandem, der ihr das Denken abnahm, der zur Abwechslung an ihrer Seite stand, nach jemandem zum Anlehnen, vermutete sie.

»Sie brauchen jemanden, der für Sie sorgt«, sagte er.

Elisa war so verblüfft, dass sie ihn einfach nur anstarrte.

Philip kniete auf den Terrakottafliesen vor ihr nieder.

*Ach du lieber Himmel.* Elisa streckte eine Hand aus. »Bitte nicht. Bitte nicht, Philip.«

»Ich bin älter als du«, sagte er. »Aber ich habe eine Tochter, die dich schon jetzt als Mutter betrachtet.«

Das war kein ausreichender Grund … Elisa wollte etwas sagen, aber er hob die Hand, damit sie schwieg. »Ich kann dir versichern, dass sie so denkt.«

»Und ist das der einzige Grund, Philip?« Elisa konnte nicht glauben, dass das passierte. Sie hätte es sich nie träumen lassen, und sie hatte ihn bestimmt nicht dazu ermuntert.

»Natürlich nicht. Ich habe dich tatsächlich sehr gern«, sagte er. »Vielleicht magst du mich ja auch? Wenigstens ein bisschen?«

Elisa nickte. »Natürlich«, gab sie schüchtern zurück. »Ich *mag* Sie, Philip.« Aber sie musste unwillkürlich an Duardo denken. Das hier war so weit von seinen leidenschaftlichen Liebeserklärungen entfernt, dass ihr fast zum Lachen zumute war. Doch sie durfte diesen Mann, der so aufmerksam, so großzügig war, nicht auslachen. »Aber das ist nicht genug für das, was Sie offenbar vorschlagen.«

Er nickte. »Nicht alle Ehen sind gleich, liebe Elisa«, sagte er. »Wir haben ein großes Haus. Aber es ist leer – außer an den Tagen, an denen du hier bist.«

»Also, wirklich …«

»Verstehst du, Grace und ich waren so einsam«, sagte er. Er lächelte wehmütig. »Und dann haben wir dich getroffen.«

»Philip.« Elisa legte ihm sanft eine Hand auf den Arm. »Das reicht nicht. Es tut mir leid. Aber das ist nicht genug.«

»Ich bin einsam.« Es stimmte, er sah noch immer oft traurig aus. »Und ich glaube, du bist manchmal auch einsam.«

Was ebenfalls stimmte, aber …

»Grace und ich – wir brauchen dich. Und ich will dir helfen. Ich möchte, dass du es im Leben leichter hast, dass du nicht zu arbeiten brauchst, wenn du nicht willst, und dass du nach Kuba fährst, um deine Verwandten zu besuchen. Und deine Tante siehst, bevor sie stirbt.« Er seufzte. »Das heißt, solange du zu uns nach Bristol zurückkommst.«

»Aber Philip …« *Aber ich liebe Sie nicht*, wollte sie sagen.

»Ich weiß, dass ich nichts von Liebe gesagt habe«, erklärte er. »Aber ich glaube, Liebe kann wachsen. Und wenn nicht … Es gibt etwas, das wichtiger ist als Liebe.«

»Etwas anderes?« Das konnte sich Elisa nicht vorstellen. Was konnte wichtiger sein als die Art Liebe, die sie und ihren Duardo verbunden hatte?

»Freundschaft.« Er nahm ihre Hand. »Und Vertrauen. Loyalität. Gemeinsamkeit. Bitte, denk wenigstens darüber nach, Elisa. Mehr verlange ich nicht.«

Also hatte sie darüber nachgedacht. Sie hatte an Kuba und Duardo gedacht und an ihre Familie, die noch dort lebte. Sie hatte über Grace und Philip nachgedacht und schließlich über ihr einsames Leben in ihrem kleinen Apartment. Zwei Wochen später verblüffte sie sich eines Tages fast selbst, indem sie ja sagte. Sie liebte diesen Mann nicht – jedenfalls noch nicht. Aber sie mochte ihn gern. Und er hatte recht. Freundschaft war wichtig, und Liebe konnte wachsen.

Endlich klingelte das Telefon. Es war Grace.

»Er ist, wie er ist«, erklärte sie ohne Vorrede und nahm ihren Gesprächsfaden auf, wo er abgerissen war. »Und er ist, *was* er ist.« Alkoholiker, meinte sie. »Ich versuche ständig, ihn zu überreden, sich Hilfe zu suchen«, sagte Elisa. »Aber er muss auch wollen. Vielleicht könntest du …«

»Ich bin es leid, es zu versuchen.«

Elisa war sich nicht sicher, aber sie meinte zu hören, dass Grace den Tränen nahe war.

»Aber … warum?« Elisa wollte nicht wissen, warum Grace es leid war, es zu versuchen. Sie fragte sich, warum er überhaupt zu trinken angefangen hatte. »Warum ist er so unglücklich? Ist das Leben so schrecklich?« Manchmal hätte sie aus Frustration am liebsten den Kopf gegen eine Backsteinmauer geschlagen. Er sollte nach Kuba fliegen. Dann würde er herausfinden, wie hart das Leben sein konnte. »Liegt es an mir?«, fragte sie. »Ist es meine Schuld?« Er hatte schon getrunken, bevor sie geheiratet hatten, obwohl sie das nicht gewusst hatte. Damals war es ihm noch leichter gefallen, es geheim zu halten, und damals hatte er noch die Kontrolle gehabt. Jetzt beherrschte der Whisky ihn.

»Natürlich nicht.« Grace' Stimme klang ausdruckslos. »Er bestraft sich selbst.«

Elisa schwieg, um das zu verdauen. So etwas hatte Grace noch nie gesagt. Sie hatte immer nur mit den Schultern gezuckt und von Schwäche und Suchtpersönlichkeit gesprochen. Elisa wusste, dass viele Menschen das Leben schwer fanden. Wenn jemand keinen religiösen Glauben hatte, dem er sich in schwierigen Zeiten zuwenden konnte, gab es anderes. Manche gestalteten sich mit Interessen und Hobbys ein erfülltes Leben. Sie dachte an ihr Zimmer oben. Für einige stellte intensive Arbeit eine genügend große Herausforderung dar, und andere fanden in engen Familienbanden die Unterstützung, die sie brauchten. Aber nicht wenige … Spieler, Alkoholiker, Menschen mit Essstörungen oder Drogenabhängige, wandten sich einer Substanz oder einer Aktivität zu, die die Macht über ihr Leben und ihre Persönlichkeit übernahm. Die ihnen helfen konnte zu vergessen.

Elisa seufzte. Sie hatte es im Internet recherchiert. Sie war nicht mehr jung, aber sie hatte sich in dieser Technologie gleich so wohl gefühlt wie ein Fisch im Wasser. Robbie hatte ihr alles beigebracht, was sie wissen musste. Es gab viele Studien über das Thema Suchtpersönlichkeiten – sie hatte auch eine Wikipedia-Seite dazu gefunden und bei verschiedenen Gelegenheiten mit Grace darüber diskutiert. Aber das jetzt? Das war etwas Neues. »Wofür?«, flüsterte sie. »Wofür sollte er sich denn bestrafen wollen?«

»Schuld«, sagte Grace, »ist etwas sehr Starkes.« Und dann veränderte sich ihre Stimme abrupt. »Hör mal, Elisa, ich muss Schluss machen, gleich kommt eine Freundin vorbei, und …«

»Ja, ja, natürlich, Liebes. Bis bald.« Schuld? Elisa legte den Hörer auf.

Sie hatte Grace und ihrem Vater geholfen – natürlich. Aber sie hatten sie auch unterstützt. Sie hatten ihr ein ganz neues Leben geboten. Man brauchte sie ja jetzt nur anzusehen, mit ihrem Laptop, ihren Gemeindetreffen und all den Freunden, die sie dabei gefunden hatte. Und dann war da noch Grace. Die besondere Beziehung zu ihrer Stieftochter bedeutete ihr viel.

Doch etwas stimmte nicht mit Grace, und das wusste sie, genauso wie sie es damals bei ihrer ersten Begegnung gewusst hatte. Elisa beschloss, sie bei der nächsten Gelegenheit zu besuchen und herauszufinden, was genau das war.

# 7. Kapitel

»Hey, Gracie!« Robbie rauschte mit seiner Reisetasche, Laptop und Blumen ins Haus.

Grace lächelte gezwungen. »Hallo, da bist du ja.« Sie hatte sich noch nie so schlecht gefühlt. *Wenn er wüsste …* Die Heizung war für einen kühlen Frühlingsabend ziemlich niedrig eingestellt, aber sie spürte, wie sie feuchte Hände bekam.

Am Nachmittag war sie durch den Castle Park gegangen und hatte versucht, all die Dinge zu verstehen. Als könnte das jemand. Nicht die Trinkerei ihres Vaters – in diesem Punkt hatte sie schon lange aufgegeben, wie sie heute Morgen zu Elisa gesagt hatte. Aber was sie betraf und Robbie. Und Theo. Außerdem hoffte sie, dass der frische Wind und der blasse Sonnenschein den Gedanken daran, was sie getan hatte, betäuben würden. Was Theo und sie getan hatten. Doch das passierte nicht. Und ihr Körper war ein Verräter. Er fühlte sich immer noch warm von seiner Berührung an, ein Pulsschlag, den er in ihr erweckt hatte, flatterte noch immer.

Als sie am Innenhafen entlang und den Hügel zu der Kirchenruine St. Peter's hinaufging, ertappte sie sich dabei, auf ihrem Handy nachzuschauen, ob sie eine SMS bekommen hatte. Was er wohl gerade machte? Woran dachte er? Aber es gab nichts, das ihr den geringsten Hinweis gegeben hätte. Im Laufe des Morgens hatte sie schon zwanzig Nachrichten an ihn formuliert. *Wir hätten das nicht tun sollen. Wir können es nicht. Wir dürfen es nicht. Wir haben es getan. Nie wieder.* Keine davon hatte sie abgeschickt.

Im Park war der Frühling im Anzug. Unter den Bäumen lagen kleine Inseln aus weißen und violetten Krokussen und blühenden Narzissen. Eine Zeit der Veränderungen, dachte Grace unwillkürlich. Eine Zeit der Hoffnung und des Wachstums und … Ach, zur Hölle. Es gab niemanden, mit dem sie darüber sprechen konnte. Robbie und Theo waren ihre besten Freunde. Ihre anderen Freunde waren auch mit Robbie befreundet. Sie würden schockiert und entsetzt sein. Elisa würde schockiert und entsetzt sein. Elisa kannte Theo sogar noch besser als Robbie. Sie waren Landsleute und schon befreundet gewesen, bevor Theo und Grace sich überhaupt begegnet waren. Verdammt, es gab wirklich niemanden, dem sie alles erzählen konnte. Sie musste allein damit fertigwerden.

Sie stapfte den Hügel hinauf, bis sie die aus unregelmäßigen Steinen in Rosa- und Grautönen erbauten Kirchenmauern erreichte. Und was jetzt? Suchte sie nach irgendeiner Art von Absolution? Nein. Denn die Wahrheit war, dass auch Grace selbst schockiert und entsetzt war. Sie konnte nicht glauben, dass das passiert war. Es hätte nie geschehen dürfen – oh Gott, ihre Gedanken drehten sich im Kreis –, und doch, als Theo sie in der Diele küsste, hatte sie nicht den geringsten Wunsch verspürt, ihn wegzustoßen.

Nun war es Robbie, dem sie ihr Gesicht entgegenhielt, damit er sie küsste. Du Verräterin, dachte sie. Dieser Kuss war zärtlich, sanft und völlig anders. Allein der Gedanke an diesen Unterschied ließ einen Anflug von Begehren durch ihren Körper rieseln. Sie drängte das Gefühl zurück. Würde Robbie es spüren? Dass ihre Lippen die eines anderen Mannes berührt hatten? Würde er erraten, dass sie ihn betrogen hatte, dass sie beide ihn verraten hatten? Sie musste dem ein Ende machen.

Theo. Sie wäre nicht in der Lage gewesen, ihn wegzustoßen.

Er hatte sich wunderbar und vertraut angefühlt, und in diesem Moment wollte sie nichts anderes, als in seinen Armen zu liegen, mit ihren Fingern durch sein dunkles, welliges Haar zu streichen, seine Hände auf ihren Schultern zu spüren, sein Verlangen. Seine Lippen fühlten sich genauso an, wie sie es vorher gewusst hatte – warm und voll, und er hielt die Augen geschlossen. Mit einem sehnsüchtigen Aufstöhnen hatte sich Grace diesem Gefühl hingegeben, ihm. Und es war kein Trick. Es war unvermeidlich gewesen.

Grace ging in die Küche, um nachzusehen, ob sie das Abendessen unter Kontrolle hatte. Es überraschte sie fast, dass sie so etwas wie Kontrolle hatte. Robbie war voll nervöser Energie, rannte im Wohnzimmer herum, stellte seine Tasche auf die helle Kiefernholz-Kommode in der Ecke und seinen Laptop auf den Ercol-Tisch und hängte seinen Mantel über einen Stuhl – als erhebe er erneut Anspruch auf sein Revier. Durch die breite Durchreiche, die die beiden Räume verband, konnte sie ihn sehen.

Grace ging zurück ins Wohnzimmer. »Möchtest du Tee?« Sie warf einen Blick auf die Uhr. Sechs Uhr abends. »Oder Wein?«

»Wein, bitte, Gracie, es war ein höllisch langer Tag. Und mhh …« Er schob seine Brille zurück, reckte die Nase und tat, als wolle er dem Duft folgen, und ging hinter ihr her in die Küche. »Roastbeef?«

»Ebendies.« Sie unterhielten sich, dachte sie, wie ein altes Ehepaar. Redeten in Stichworten und witzelten herum. Sie sprachen nicht so miteinander wie Grace und Theo gestern Nacht, die Köpfe ganz nah, die Blicke ineinander verfangen.

»Was sollen wir machen?«

»Ich weiß es nicht.«

»Ach, Theo.«

»Grace, ich …«

»Wie lange weißt du es schon?« *Das mit uns*, meinte sie.

»Schon immer.« Und er hatte geblinzelt – als sehe er plötzlich in helles Tageslicht.

In der Küche rieb sich Robbie die Hände. »Das ist mein Mädchen.« Oje, dachte Grace.

Es war schließlich Sonntag. Und sie hatte nicht nur deshalb gut gekocht, weil sie ein schlechtes Gewissen hatte. Grace freute sich, ihn zu sehen. Er war ihr Mann. Sie liebte ihn. Er hatte ihr gefehlt. Sie trat von hinten an ihn heran und umarmte ihn fest. Warum, warum nur hatte er wegfahren müssen?

»Das ist schön.« Er drehte sich um und zog sie in die Arme. »Ich sollte öfter verreisen.«

»Nein«, flüsterte sie. »Bitte nicht.« Er war kleiner als Theo, dachte sie unwillkürlich. Er war blond, während Theo dunkel war. Robbie war fest. Fest wie ein Fels. Er würde sich nicht vor ihren Augen in Luft auflösen. Theo war ein Rätsel, schwer zu fassen wie ein Traum. Grace legte den Kopf an Robbies Schulter. Er war ihre Realität. Was hatte sie ihm angetan?

Nach diesem Kuss und dem nächsten und dem nächsten hatte Theo eine lange Weile die Hände um ihr Gesicht gelegt und sie aus seinen eindringlichen schwarzen Augen angesehen. Er seufzte. Es gab einen Moment, in dem sie sich sicher gewesen war, dass er gehen würde. Und da hatte sie ihn an den Schultern gefasst und ihn wieder an sich gezogen. *Geh nicht.* Er hatte kurz Luft geholt und an ihren Kleidern gezerrt und sie an seinen, und …

Grace warf einen Blick zum Sofa und schluckte. Sie hatte den Überwurf in die Waschmaschine gesteckt und alle Kissen aufgeschüttelt. Versucht, es wieder wie ein normales Sofa aussehen zu lassen.

Sie wandte sich wieder dem Roastbeef zu, und Robbie zog eine Weinflasche aus dem Regal. Aus der Schublade neben dem Herd nahm er einen Korkenzieher und öffnete die Flasche mit ein paar geschickten Drehungen und einem kräftigen Ruck.

»Und, wie ist es gelaufen?«, fragte sie ihn und stellte zwei Gläser auf die Arbeitsplatte.

Dann hörte sie seiner Geschichte über die Konferenz am Wochenende zu, wobei sie immer wieder an den Herd trat, um das Fleisch zu begießen, die Kartoffeln zu wenden oder nach dem Gemüse zu sehen. Eigentlich hörte sie nur mit halbem Ohr zu, aber sie wollte, dass er redete, damit sie nicht mehr denken musste und das Gefühl haben konnte, es habe sich nichts verändert. Grace und Robbie, ein Team. Von anderen Konferenzen her kannte sie die Geschichte so gut, dass sie an den richtigen Stellen lächelte, die richtigen Fragen stellte und mitfühlend schaute, wenn etwas nicht ganz nach Plan gelaufen war. Aber sie fühlte sich furchtbar.

Abrupt unterbrach er sich. »Und was hast du dieses Wochenende gemacht?«, fragte er.

Grace zuckte zusammen und verbrannte sich einen Finger am Bräter. »Ach, nicht viel.«

»Hast du dich mit jemandem getroffen?«

»Mit Dad.« Sie schob die Kartoffeln zurück in den Ofen. Oh ja, und mit Theo.

Robbie stieß ein mitfühlendes Brummen aus. Er war ein Familienmensch. Das hatte sie gewusst, als sie ihn geheiratet hatte. Es war sogar ein Teil dessen gewesen, was sie an ihm anzog. Er war in einem glücklichen und ausgeglichenen familiären Umfeld aufgewachsen – dem Gegenteil von Grace' Familie –, und ihm war noch nie etwas wirklich Schlimmes zugestoßen. Bis jetzt, dachte sie.

»Wie ging es ihm?«

Sie warf ihm einen Ich-möchte-nicht-darüber-reden-Blick zu. »Nicht besonders.« Sie nippte an ihrem Wein.

»Und?« Robbie hatte sein erstes Glas schon ausgetrunken.

Das war der Moment. Grace umklammerte den Stiel des Weinglases so fest, dass sie meinte, es müsse brechen. Oder sie würde zerspringen. Das war der Moment, in dem sie ihm sagen konnte, dass Theo vorbeigekommen war. In dem sie ihm sagen *musste*, dass Theo hier gewesen war. Denn abgesehen von allem anderen – ihrem Eheversprechen, rief sie sich ins Gedächtnis, ihrer Entschlossenheit, Robbie zu lieben und mit Robbie glücklich zu sein, ihrer Loyalität gegenüber dem Mann, den sie geheiratet hatte – hatte ihn bestimmt jemand gesehen. Sie hatte ihn ja eine ganze Weile draußen warten lassen. Jeder hätte Theo an der Tür stehen sehen und es Robbie gegenüber beiläufig erwähnen können, so wie die Leute das eben taten. Und als Nächstes … Aber Grace konnte nicht über das Nächste nachdenken.

Sie zwang sich, das Gespräch wieder aufzunehmen. »Nein«, sagte sie. Sie konnte es nicht ertragen, über Theo zu reden, obwohl es das war, was sie sich am meisten auf der Welt wünschte – seinen Namen auszusprechen. »Wir haben nicht viel gesprochen.« Sie stellte ihr Glas auf die Arbeitsplatte und trat wieder an den Herd. *Als könntest du Theo vergessen.*

Sie hatten nicht einmal eine Geschichte abgesprochen. Er

hatte sie einfach sanft auf die Lippen geküsst und war aus der Tür gegangen.

»Ich war im Park«, sagte sie. Sie hatte auf den Gehwegplatten an den Rosmarinbüschen gestanden, sich auf die dunkeltürkisen Geländer über der Steinmauer gestützt, den Duft nach Holz, Kiefern und Minze eingesogen und nachzudenken versucht. Nicht über Theo, sondern darüber, was sie tun sollte. Was sie tun könnte.

Vor ihr spazierten Menschen mit unkomplizierten Leben – das stellte sie sich zumindest gern vor – am Hafen entlang. Von ihrem Aussichtspunkt hinter den silbernen Birken konnte sie die Bürogebäude, die alten Lagerhäuser und sogar ihr eigenes Haus in der Passage Street sehen. Sie hörte eine Sirene und das stetige Dröhnen des Verkehrs auf der Bristol Bridge. An den Lavendelbeeten entlang schlenderte sie zurück, vorbei an den alten Holzbänken mit ihren breiten Armlehnen. Sie berührte einen braunen Stein, der aus der kunterbunten Mauer der Kirche ragte, und sah einer Taube zu, die in der Frühlingssonne einherstolzierte. Es nützte nichts. Sie bekam einfach keinen klaren Kopf. Es war, als hätte Theo darin Wurzeln geschlagen.

Robbie erzählte gerade von seiner Mutter. Warum redete er über seine Mutter? Grace runzelte die Stirn. Sie holte das Fleisch aus dem Ofen und prüfte es mit einem Spieß. »Du hast mit ihr gesprochen?«

Er warf ihr einen merkwürdigen Blick zu. »Ja, Träumerchen, ich hab's dir gerade erzählt. Ich hab sie Freitagabend angerufen.«

»Und wie geht's ihr?« Grace legte Alufolie über den Bräter. Das Roastbeef musste ruhen. Kurz schloss sie die Augen. Sie brauchte Ruhe.

Ja, Robbie war ein Familienmensch. Er hatte immer noch ein enges Verhältnis zu seinen Eltern, die in West Sussex wohnten, und zu seiner Schwester Nita. Letztere hatte ihren Eltern nicht weniger als vier Enkel geschenkt – natürlich mithilfe ihres Mannes Alex.

Grace holte Teller aus dem Küchenschrank. Sie würde sie im Ofen anwärmen. Sie schob sich das Haar aus dem Gesicht. Ihre Stirn fühlte sich heiß an. Sie hoffte, dass sie nicht in Ohnmacht fallen würde. Man sollte wirklich meinen, vier Enkelkinder seien genug, aber nein, Tony und Liz reichte das nicht, und sie – besonders Liz – wünschten sich noch eins oder zwei weitere – oder, um Himmels willen, vielleicht auch vier – von Robbie und Grace.

Aber dazu war Grace nicht bereit. Sie war sich nicht sicher, ob sie je dazu bereit sein würde.

»Mum geht es gut. Natalie ist jetzt im Kindergarten, und deshalb hat sie ein bisschen mehr Zeit für sich.«

»Das ist bestimmt schön für sie«, sagte Grace. Sie mochte Liz, wirklich. Und die Kinder von Nita und Alex waren sehr niedlich.

Robbies Mutter hatte Grace mit offenen Armen in die Familie aufgenommen, ohne diesen Unsinn von wegen »keine Frau ist gut genug für meinen Sohn«. Grace zog das überbackene Gemüse aus dem Ofen. Fast fertig. Sie setzte den Topf für die Soße auf und trank im Vorbeigehen noch einen Schluck Wein. Na ja, in den letzten Jahren, als die Zeit verging und Grace nicht die erforderliche Anzahl Enkel produzierte, die nötig war, um das Leben ihrer Schwiegermutter zu erfüllen, hatte vielleicht manchmal eine leichte Spannung geherrscht … *Hör auf, Grace*, dachte sie wieder. Kein Grund, gemein zu werden. Es war normal, sich Kinder zu wünschen –

und auch Enkelkinder. Grace war diejenige, die kinderlos war, kein Familienmensch und anscheinend etwas seltsam …

»Sollte man meinen.« Robbie goss sich Wein nach. »Aber es fehlt ihr. Weiß nichts mit sich anzufangen.« Er lächelte voller Zuneigung.

Grace verbrannte sich schon wieder die Finger an dem Bräter. »Vielleicht sollte sie mal ihr eigenes Leben führen«, sagte sie, bevor sie sich bremsen konnte.

»Grace!« Sie sah, dass er schockiert war.

»Tut mir leid.« Aber es war ihr Ernst gewesen. Sie gab Soßenbinder hinein und rührte um. Es tat niemandem gut, sein Leben stellvertretend über andere zu leben. Und gleichzeitig übte Liz dadurch Druck auf alle anderen aus.

»Was sie freuen … was sie wirklich glücklich machen würde …« Robbie ließ den Wein in seinem Glas kreisen. »Das wäre, wenn wir …«

»Ich trage das Essen auf.« Nicht das Babygespräch, dachte Grace. Bitte, nicht heute. »Schneidest du das Fleisch?«

Glücklicherweise warf Robbie ihr nur einen nachdenklichen Blick zu, schob sich die Brille auf der Nase hoch und widmete sich dem Roastbeef.

Aber als sie beim Essen am Tisch saßen und Grace gemerkt hatte, dass sie nicht entfernt hungrig war, brachte er das Thema erneut auf. Typisch Robbie, ständig auf den Busch zu klopfen. Er versuchte, geschickt zu sein, aber Grace konnte es immer aus einer Meile Entfernung kommen sehen. Er wartete, bis er sein Roastbeef fast vertilgt hatte, und dann erschien ein gewisser Ausdruck auf seinem Gesicht.

»Jack war bei der Konferenz.« Er spießte eine Möhre auf.

»Jack«, wiederholte sie. Das dürfte der Jack mit den zwei Kleinkindern sein. Jack, dessen Leben sich so verändert hatte, dass man es nicht wiedererkannte, und der jede Minute seines Vaterseins genoss. »Ach ja?«

»Er hat mir auf seinem Handy ein paar Fotos gezeigt.« Robbie lachte – mit einer plötzlichen Freude, die ihr fast Tränen in die Augen trieb. Ein Reflex. Sie legte Messer und Gabel weg. Wenn ich eine andere Frau sein könnte, dachte sie. *Wenn ich in der Lage wäre, ihm das zu schenken.*

»Fotos von den Kindern?« Natürlich von den Kindern – was sonst? Das hatte Grace bei ihren Freunden, die in den Dreißigern waren, festgestellt. Sobald sie Kinder hatten, konnten sie offenbar von nichts anderem mehr reden. Ihr ganzes Leben spielte sich in einer beschränkten Welt ab. Der Welt einer Familie.

»Es verändert alles«, sagte Robbie.

Grace warf ihm einen verblüfften Blick zu. Es war, als hätte er in dieselbe Richtung gedacht wie sie.

»Deine Mutter könnte nicht auf unsere Kinder aufpassen«, sagte sie behutsam und nippte an ihrem Wein. »Dazu wohnt sie zu weit weg.«

»Wir könnten ja umziehen.«

Grace starrte ihn an. Sie dachte über einen solchen Umzug nach – in das kleine Dorf in den South Downs, wo alles ruhig und sicher war und jeder wusste, was man tat, wann und warum. Sie dachte daran, dass Liz auf ihre Kinder – ihre gemeinsamen Kinder – aufpassen könnte und wie glücklich das Robbie machen würde. Und sie spürte, wie ein Gefühl von Grauen ihr das Herz zusammenpresste.

»Aber was wäre dann mit deiner Arbeit?« Und was wäre mit Theo?, dachte sie. »Was wäre mit Dad und Elisa?« Sie hörte, wie ihre Stimme lauter wurde. *Und mit Theo.* »Was ist mit meiner Arbeit?«

Nach und nach wuchs ihr Kundenkreis. Sie lernte immer noch dazu – vielleicht würde das ja nie aufhören. Manche Griffe und Techniken hatte sie von Anfang an favorisiert, aber sie behielt ein großes Repertoire bei und stellte fest, dass sie immer noch neue Griffe erfand. Ein wunderbares Gefühl war das – eine neue Technik anzuwenden, weil sie sich einfach richtig anfühlte, eine Zone instinktiv auf neue Art anzugehen. Grace wurde klar, dass sie immer noch auf dem Weg war, Sensibilität und Verständnis für das zu entwickeln, was unter ihren Fingerspitzen lag. Und das Beste von allem war, dass sie Freude an der Arbeit hatte. Sie war schwer, aber befriedigend. Wenn ein Patient kam und sagte »Sie werden nicht glauben, wie viel besser ich mich nach der letzten Stunde gefühlt habe«, dann glaubte sie es, und es erfüllte sie mit einem warmen Gefühl. Sie war wirklich eine Massagetherapeutin. Sie half Menschen. *Ja, und was ist mit Theo?*

»Von dort aus könnte ich leicht ins Londoner Büro pendeln.« Robbie schob seinen Teller beiseite und ergriff ihre Hand.

»Aber dann würdest du die Kinder kaum sehen«, stöhnte Grace.

»Welche Kinder?«

»Unsere Kinder.«

Sein Gesicht leuchtete auf. Der bloße Gedanke an imaginäre Kinder brachte das fertig.

»Ich weiß, dass Elisa dir fehlen würde«, sagte er, »aber wir könnten sie besuchen.«

Oh mein Gott, das ist wirklich sein Ernst, wurde ihr klar.

»Und dein Dad …« Er brauchte den Satz nicht zu beenden.

Aber Grace fühlte sich für ihren Vater verantwortlich. Und als sie das dachte, wusste sie, dass es stimmte. Sie konnte Elisa das nicht allein aufbürden. »Und mein Job?«, fragte sie. Er schien alles schon vorgeplant zu haben.

Er grinste. »Den würdest du doch aufgeben, wenn wir Kinder hätten, oder?«

»Warum sollte ich, wenn deine Mutter so darauf brennt, sie zu hüten?«, gab Grace zurück.

Und außerdem gab es noch das, was man Kinderbetreuung nannte. Sie konnte nicht glauben, dass sie dieses Gespräch überhaupt führten – so weit war es noch nie gegangen. Ihr wurde klar, dass es in einem Streit enden würde, eigentlich war es schon einer.

»Du könntest deine Massagen ja immer noch in Teilzeit anbieten«, meinte Robbie beruhigend. »Du könntest dir dort genauso leicht wie hier einen Kundenkreis aufbauen.«

»Nur dass ich damit schon angefangen habe.«

»Wir würden eine Lösung finden«, sagte er. »Wir würden uns etwas einfallen lassen.«

Aber nicht für Theo, dachte sie. Dafür würden sie keine Lösung finden.

»Ich bin noch nicht bereit dazu«, sagte sie ruhig. Sie hatte schon oft versucht, ihm das zu erklären. »Nach dem, was ich erlebt habe …«

Robbie stand von seinem Stuhl auf und trat auf ihre Seite des Tischs. Er legte ihr einen Arm um die Schultern. »Unseren Kindern wird das nicht passieren«, sagte er. »Unseren Kindern wird nichts Schlimmes zustoßen.«

Grace konnte es nicht ertragen. Er war zu nett. »Aber ich will keine Kinder«, sagte sie. Und dann, als sie seine Reaktion spürte und fühlte, wie er neben ihr erstarrte, fügte sie hinzu: »Noch nicht. Wir haben noch viel Zeit.«

Robbie nahm seinen Arm weg und ging zum Fenster. Er

sah nach draußen, in die Dunkelheit. Langsam und bedächtig ließ er die Rollladen herunter. »Das sagst du seit Jahren, Gracie«, sagte er. »Du bist neununddreißig. Ich bin mir nicht sicher, ob wir noch so viel Zeit haben.«

Grace stand auf, um den Tisch abzuräumen. *Und ich bin keine Gebärmaschine.* Das schien ihr Mann nicht zu verstehen. Sie konnte nicht mit den Fingern schnippen und ihr Leben verändern, sich in jemand anderen verwandeln, sich dazu zwingen, sich ein Kind zu wünschen. Sie war sie selbst. Grace. Ihre eigene Frau. Und – oh Gott –, sie hatte schreckliche Angst, dass sie im Begriff war, sich in einen anderen Mann zu verlieben.

# 8. Kapitel

Es ging auf ein Uhr zu, und Grace' letzte Patientin am späten Vormittag war gerade gegangen. Sie war offenbar mit ihrer Ganzkörpermassage sehr zufrieden gewesen – eine absolute Notwendigkeit nach ihrem extrem anstrengenden Wochenende, hatte sie geseufzt. Grace warf das Laken in den Wäschekorb und ersetzte das Papier auf der Massageliege. Kurz setzte sie sich mit ihrem Klemmbrett hin und machte sich ein paar Notizen darüber, was sie getan und welche Nachbehandlung sie empfohlen hatte.

Sie hatte die Anspannung der Frau von Anfang an gespürt. Die Gefühle und die Nervosität der Patienten übertrugen sich leicht auf sie, deswegen war es wichtig, mit guter Beleuchtung, Wärme und leiser klassischer Musik optimale Voraussetzungen für eine entspannende Stimmung zu schaffen. Grace hatte festgestellt, dass die Musik dazu beitrug, dem Unbehagen vorzubeugen, das manchmal durch Schweigen entstand – was einige Leute dazu veranlasste, es auszufüllen –, und sie unterstützte Grace auf praktischer Ebene dabei, abzuschätzen, wann sie sich dem nächsten Körperteil zuwenden sollte. Falls die Patienten reden wollten – und bei einigen war es so, als erwarteten sie von Grace, dass sie sich neben der Massage auch noch als Lebensberaterin betätigte –, dann war das für Grace in Ordnung. Für manche gehörte das zum Entspannen dazu. Sie hörte zu, versuchte aber, sich davon nicht in ihrer Konzentration, ihren Handbewegungen und ihrem Rhythmus unterbrechen zu lassen. Und was Anspannung anging, dafür brachte Grace nach dem Wochenende, das sie gerade hinter sich hatte, jedes Mitgefühl auf.

Diese Patientin hatte keine Einzelheiten erzählt, was wahrscheinlich gut war. Grace brauchte den Grund nicht zu kennen, sie musste nur dafür sorgen, dass es den Patienten besser ging. Überprüfen, ob sie sich wohlfühlten, dass nichts irgendwie wehtat, dass der Druck richtig war, mehr brauchte es nicht. Und bei einer längeren Sitzung wie dieser stellte Grace fest, dass sie sich vollständig darauf einlassen und sich in der Massage und den geeigneten Handgriffen nahezu verlieren konnte. Als sie ihre Praxis eröffnete, hatte sich Grace gegen Aromaöle gewehrt – für ihren Geschmack gehörten sie zur Schönheitspflege und lenkten von der Ernsthaftigkeit ihrer Therapie ab. Aber sie hatte festgestellt, dass viele Patienten danach verlangten. Deshalb hatte sie sich im letzten Jahr mit der Aromatherapie vertraut gemacht und ihre Behandlungen um eine zusätzliche Dimension erweitert. Sie hatte herausgefunden, dass sich beides keineswegs gegenseitig beeinträchtigte – Massage und Aromatherapie schienen wie füreinander geschaffen zu sein. Heute konnte sie sich nicht mehr vorstellen, ohne Aromaöle zu arbeiten.

Während der ganzen Behandlung hatte sie einen ziemlich festen Druck ausgeübt und vor allem am oberen Rücken, an den Schultern und um die Schulterblätter herum gearbeitet, wo diese Patientin besonders verspannt gewesen war. Grace hatte auf die Schultern gedrückt, war mit einem ihrer liebsten Griffe mit den Fingerknöcheln beidseitig am Hals heruntergefahren und hatte eine Streichung folgen lassen, die sie selbst erfunden hatte, indem sie langsam mit den Daumen an der Wirbelsäule hinabglitt, sich dann auf die Unterarme stützte, um den ganzen Rücken abzudecken, und dann wieder einwärts und hinauf zu den Schultern und den Halsseiten strich. Den Abschluss hatte wie üblich das Ausstreichen zum Herzen hin gebildet.

Grace schlüpfte aus dem weißen Baumwollkittel, den sie bei der Arbeit trug, und zog sich einen weiten Pullover über ihre Leggins. Es war eine gute Sitzung gewesen, und sie war erleichtert darüber, dass ihre Hände in ihren gewohnten Ablauf gefunden hatten und nicht von ihren eigenen Sorgen behindert worden waren. Und was die Patientin anging – als sie sich verabschiedete, hatte sie strahlend ausgesehen.

Jemand klopfte an die Tür, und einen Moment lang machte Grace' Herz einen Satz. Bestimmt nicht Theo. Nicht mitten am Tag. Nicht, wenn Robbie jeden Moment hereinkommen könnte – manchmal kam er ja zum Mittagessen nach Hause. Sie zog die Rollladen hoch und spähte aus dem Fenster. Sie konnte ohne Vertreter leben. Aber es war Elisa, die an dem schwarzen Geländer stand. Eine kleine Gestalt, die in ihren dicken Mantel mit dem Pelzkragen gewickelt war und ihre schwarze Lacklederhandtasche über dem Arm trug.

»Komme gleich«, rief Grace. Sie winkte ihr zu, um ihr zu zeigen, dass sie auf dem Weg zur Haustür war.

Robbie würde heute nicht zum Mittagessen nach Hause kommen. Am Morgen war er nicht glücklich gewesen. Er hatte sie zum Abschied geküsst, aber mit einem freudlosen Gesichtsausdruck, so als hätte sie ihn irgendwie getäuscht. Grace zog sich ihre weichen Hausschuhe über die nackten Füße – sie arbeitete immer barfuß, dann fühlte sie sich entspannter und geerdeter. Sie fand nicht, dass sie ihn getäuscht hatte. Sie hatten nicht wirklich über Babys gesprochen und darüber, was sie über Kinder dachten – nicht am Anfang ihrer Beziehung. Damals hatte Grace überhaupt nicht darüber nachgedacht.

Wahrscheinlich waren sie nur aufeinander konzentriert gewesen. Aber nachdem sie geheiratet hatten – da hatte Robbie mit diesen Babygesprächen begonnen. *Was glaubte Grace, wann sie versuchen sollten, eine Familie zu gründen? Wann, glaubte sie, würde sie so weit sein?* Nie fragte er: *Willst du das?* Immer nur: *Wann?*

Grace zog die Tür des Therapieraums hinter sich zu und öffnete ihrer Stiefmutter die Tür des Cottages. »Hallo, Elisa.« Sie trat zurück. »Komm doch rein.«

»Hast du Zeit?« Elisa trat in die winzige Diele und wies mit einer Kopfbewegung auf die geschlossene Tür. Früher war der Raum ihr Esszimmer gewesen. Er war klein, aber gerade groß genug für Grace' Bedürfnisse. Obwohl sie auch Hausbesuche anbot, hatte sie festgestellt, dass viele Menschen in Wirklichkeit lieber in einer Umgebung behandelt wurden, in der Grace mit ihren Ölen, ihren Kerzen und ihrer Musik eine ruhige und friedliche Atmosphäre zu schaffen versuchte.

»Die eine Patientin ist gerade gegangen, und die nächste kommt um halb drei. Das ist alles für heute.« Grace küsste Elisa auf beide Wangen. »Schön, dich zu sehen.« Das traf beinahe zu. Noch zutreffender war, dass sie beunruhigt war, weil ihre Stiefmutter sie viel zu gut kannte.

»Das ist gut. Dann hast du ja einigermaßen zu tun.« Elisa hielt ihr eine Tupperdose entgegen. »Ich hab was zum Mittagessen mitgebracht.«

»Nur zwei Patientinnen am Tag, ich weiß.« Grace nahm die Dose. »Aber das ist schon ganz nett.«

»Und du stehst erst am Anfang«, rief Elisa ihr ins Gedächtnis.

Der Anfang, dachte Grace, würde auch das Ende sein, wenn Robbie und sie nach West Sussex zögen. Ob er wohl schon mit jemandem von der Londoner Zweigstelle geredet hatte? Zutrauen würde sie es ihm. Sie konnte sich vorstellen, dass Robbie sie vor vollendete Tatsachen stellen und erwarten würde, dass sie sich freute. Es war nicht so, dass er sie nicht kannte. Er kannte sie. Aber manchmal dachte er einfach nicht nach.

Grace nahm die Tupperdose mit in die Küche, und Elisa folgte ihr. Grace nahm den Deckel ab. »Hm.« Fleischbällchen in Tomatensoße mit Reis. Sie hatte die Gerichte ihrer Stiefmutter schon immer geliebt. Sie wünschte nur, sie wäre hungriger gewesen.

Elisa nahm eine Schüssel aus dem Schrank – sie kannte diese Küche genauso gut wie ihre eigene –, kippte das Essen hinein und stellte die Schüssel in die Mikrowelle. Grace füllte den Wasserkocher. Die beiden waren es gewöhnt, zusammen zu kochen, sie waren ein gutes Team. Als Grace den Wasserkocher eingeschaltet hatte, drehte sie sich um und stellte fest, dass Elisa sie direkt ansah und die Hände in die Hüften gestemmt hatte. Hilfe, dachte sie, sie weiß Bescheid.

»Grace. Was ist los?«

»Hm …«

»Ich weiß, dass dich etwas bedrückt.« Sie seufzte. »Geht's um deinen Vater?«

Grace schuttelte den Kopf. Sie wusste nicht Bescheid. Sie dachte an Theo. Keine SMS. Kein Anruf. Würden sie einander jemals wiedersehen? Oder setzte er auf kalten Entzug – schon wieder? Wie konnte sie wieder werden wie früher? Aber genauso auch: Wie konnte sie weitermachen?

»Es geht um Robbie«, sagte sie leicht verzweifelt. Das stimmte ja – teilweise. »Immer dasselbe. Wir hatten das Baby-Gespräch.«

Sie sah, wie Elisa die Stirn runzelte, als sei das nicht ganz das gewesen, was sie meinte, aber ihre Stiefmutter gewann rasch die Fassung zurück und holte schnell zwei Teller aus dem Schrank. »Vielleicht solltest du darüber nachdenken, meine Liebe«, sagte sie. »Es ist nichts falsch daran, eine Familie zu gründen.«

Zum ersten Mal fragte sich Grace, ob Elisa wohl gern Enkelkinder hätte. Sie hatte nie etwas davon gesagt und immer darauf bestanden, Grace solle tun, was sie wollte. Aber was wollte Elisa? Sie wäre nicht blutsverwandt mit ihren Enkeln, aber sie war alles, was Grace hatte, und das wäre so gut wie dasselbe. Daran hatte Robbie nicht gedacht, oder? Selbst wenn Grace damit einverstanden wäre, Kinder zu bekommen, warum sollte sie dann ihre Stiefmutter benachteiligen, indem sie nach Sussex zog? »Ich hab drüber nachgedacht«, sagte sie. Ja, und es verworfen.

Elisa zuckte mit den Schultern. »Manchmal im Leben müssen wir Kompromisse schließen«, sagte sie. »Wir müssen nicht nur uns selbst gefallen, sondern auch dem Menschen, den wir lieben.«

Weise Worte. Darauf hatte Elisa sich schon immer verstanden. Und meist hatte Grace sie zu schätzen gewusst. Wie viele Kompromisse war Elisa in ihrer Ehe mit ihrem Vater eingegangen?, fragte sich Grace. Vermutlich sehr viel mehr, als sie gedacht hätte. Elisa hatte sicher nicht damit gerechnet, einen Alkoholiker zu heiraten.

Grace nahm das Besteck aus der Schublade, und als die Mikrowelle piepte, nahm Elisa die Schüssel heraus und stellte sie auf den Tisch. Grace schenkte ihnen Mineralwasser ein, und sie setzten sich zum Essen.

»Das Problem ist, er will auch, dass wir umziehen«, erklärte

Grace ihr. Sie nahm ihre Gabel und kostete die Tomatensoße. Sie war gut.

»Umziehen?« Elisa sah wenig begeistert aus.

»Nach West Sussex. Wo seine Familie lebt. Aber mach dir keine Sorgen.« Grace streckte die Hand aus und legte sie auf ihre. »Ich gehe nicht weg.«

»Egal wie, er ist dein Mann«, sagte Elisa. »Wenn er wegen der Arbeit umziehen muss …« Sie begann zu essen, zerteilte ein Fleischbällchen mit der Gabel, tauchte es in die Soße und schob ein bisschen Reis dazu.

»Es ist nicht wegen der Arbeit.«

Elisa beobachtete sie. »Du willst nicht umziehen?«

Grace dachte an Theo. Sie aß noch einen Bissen und kaute nachdenklich. Das wäre eine Lösung – in gewisser Hinsicht. Wenn sie nach West Sussex zog, wäre das ein Neuanfang, weg von ihm. Vielleicht könnte sie ihre eigene Familie gründen, mehr Zeit mit der von Robbie verbringen, sich der Familie widmen … Sie spürte, wie sie erneut Panik überkam. »Nein«, sagte sie. »Mein Leben ist hier.«

Das hatte sie auch gestern Abend zu Robbie gesagt. *Mein Leben ist hier.*

»Was ist mit unserem Leben, Gracie?«, hatte er gefragt und dabei anscheinend vergessen, dass auch sein Leben hier war. Dass es das Leben seiner Eltern und der Familie seiner Schwester war, das sich anderswo abspielte.

»Das hier *ist* unser Leben«, hatte sie entgegnet.

Elisa sah nachdenklich aus. »Und doch besteht euer Leben aus euch beiden und dem, was ihr daraus macht«, sagte sie. »Ich möchte nicht, dass ihr wegzieht, meine Liebe. Aber ihr könntet euch überall ein gemeinsames Leben aufbauen.«

»Das hier ist unser Leben«, sagte sie. »Hier. Jetzt.«

Elisa zuckte zusammen.

»Was hast du?« Grace erstarrte, und ihre Gabel mit Fleischsoße blieb in der Luft hängen.

»Eigentlich nichts«, sagte sie. »Ich hab nur neulich etwas Ähnliches gedacht.« Sie lächelte kläglich. »Bei mir ist das allerdings was anderes. Ich bin alt, und du bist jung. Du hast noch jede Menge Möglichkeiten.«

Jede Menge Möglichkeiten ... Warum fühlte Grace sich dann derart in die Ecke getrieben? Wieder griff sie nach der Hand ihrer Stiefmutter. Beide, ihr Vater und sie, hatten Elisa das Leben schwer gemacht. Aber wenn sie es bei ihr wiedergutmachen könnte ... Sie schob ihren Teller weg. In letzter Zeit hatte sie keinen Appetit mehr.

»Hast du dir nie Kinder gewünscht?«, fragte sie Elisa. Ihre Stiefmutter war erst Ende dreißig gewesen, als sie Grace' Vater kennengelernt hatte. Und was war davor gewesen? Grace war sich ziemlich sicher, dass es da jemanden gegeben hatte. Manchmal hatte sie seinen Schatten in Elisas Miene erkannt, in ihrer Stimme, wenn ihre Stiefmutter von ihrer Vergangenheit erzählte. Und dann entdeckte sie diesen Ausdruck genau in diesem Moment in Elisas Gesicht. Tiefe Trauer und Verlust.

»Ja«, sagte sie. »Ich habe mir Kinder gewünscht, meine ich.« Sie lächelte, aber es war wehmütig. »Ich hätte zu gern ein Baby gehabt.«

»Wirklich?« Grace runzelte die Stirn. »Gab es da ...« *Jemanden*, hatte sie sagen wollen.

»Ja.«

»Was ist zwischen euch passiert?«

Elisa schüttelte den Kopf. »Wir waren jung. Andere Dinge im Leben standen uns im Weg. Politik. Krieg. Ich habe ihn verloren, Grace, das ist alles.«

»Wolltest du Kinder mit ihm?«, fragte Grace. Manchmal hatte sie schreckliche Angst, es gehe nicht so sehr darum, dass sie keine Kinder wollte, sondern darum, dass sie mit Robbie keine Kinder wollte. Dass sie sich nicht die Art von glücklicher Familie wünschte, nach der er sich sehnte. Was furchtbar war – wenn es denn stimmte.

Elisa gabelte einen kleinen Bissen Tomate und Reis auf. »Bis zu diesem Stadium sind wir gar nicht gekommen, meine Liebe.«

»Und mit meinem Vater?« Grace mochte das Thema nicht auf sich beruhen lassen. »Wollte mein Vater keine Kinder mehr?« Vielleicht war es das. Ihr wurde bewusst, dass ihr dieser Gedanke noch nie gekommen war. Dass sie einen Halbbruder oder eine Halbschwester hätte haben können, dass sie vielleicht kein Einzelkind gewesen wäre.

Elisa warf ihr einen Blick zu, und Grace hob die Hand. »Tut mir leid. Ich wollte nicht neugierig sein. Es geht mich nichts an. Ich …« Ihre Stimme stockte. »Ich … hab mich das nur gefragt.«

»Wir waren noch nicht lange verheiratet …«, sagte Elisa. Ihre Stimme klang jetzt distanzierter. Auch sie schob ihren Teller weg, obwohl sie es wenigstens geschafft hatte, mehr als Grace zu essen. Sie zögerte. »… als ich schwanger wurde.« Ihre Stimme war so leise, dass Grace die Worte kaum verstand.

»Oh.« Grace versuchte, sich zu erinnern. »Was …« Was war passiert? Wieso wusste sie nichts davon?

Elisa schlug die Augen nieder. Mit einer Fingerspitze zeichnete sie ein Muster auf die hölzerne Tischplatte. »Ich habe das Kind verloren, Grace.« Sie seufzte, und Tränen traten ihr in die Augen. »Ich hatte eine Fehlgeburt. Es war im dritten Monat. Sehr früh, aber trotzdem …«

Grace wusste nicht, was sie sagen sollte. Ihre Frage an ihre Stiefmutter war ihr ganz unschuldig vorgekommen. Sie hatte ja keine Ahnung gehabt, dass Elisa ein Kind verloren hatte, und sie war vollkommen unvorbereitet gewesen. Sie hatte auch ein schlechtes Gewissen, weil sie so egoistisch war und kein eigenes Kind wollte – und dabei hatten Elisa und ihr Vater einen solchen Verlust erlebt. Sie erinnerte sich an jene frühen Jahre, nachdem Elisa ihren Vater geheiratet hatte und ins Haus gezogen war. Mehr als alles andere war sie erleichtert gewesen – dass sie jemanden hatte, an den sie sich wenden konnte. Dass Elisa bei ihnen wohnen und für sie kochen, sie zur Schule bringen würde und einfach da sein würde. Dass sie nicht mehr allein mit ihm zu sein brauchte. Aber das jetzt …

»Es tut mir so leid, Elisa.« Wie schlecht sie sie kannte. Wie wenig sie über das Leben ihrer Stiefmutter mit ihrem Vater wusste. »Ich hatte keine Ahnung.«

»Es ist lange her.« Elise sah auf, und auf ihrem Gesicht erschien noch einmal ein kleines Lächeln, doch es erreichte ihre Augen nicht. »Die Trauer ist noch da, aber wenigstens kann ich heute darüber sprechen.«

Grace drückte ihre Hand. »Aber eine Fehlgeburt zu haben, dein Baby zu verlieren …« Jetzt fühlte sie sich nicht nur unzulänglich, sondern auch schuldig. »Wie schrecklich für dich.« Sie versuchte, sich vorzustellen, wie es sich anfühlen musste, ein Baby zu verlieren – eines, das man sich gewünscht und herbeigesehnt hatte. »Das muss traumatisch gewesen sein.« Und dann dachte sie an ihren Vater. Wenn Grace einen Bruder oder eine Schwester gehabt hätte, wäre ihr Leben ganz anders verlaufen. Und vielleicht wäre auch ihr Vater anders gewesen.

»Das war es«, gestand Elisa. »Aber wie gesagt, Liebes, es ist lange her. Manchmal soll etwas einfach nicht sein. Und vielleicht ist das bei dir und Robbie auch so.«

»Vielleicht.« Aber Robbie und sie hatten es nicht versucht – noch nicht. Im Gegenteil, seit sie sich kennengelernt hatte, nahm Grace gewissenhaft die Pille. Vielleicht würde sie gar nicht schwanger werden – das kam vor. Vielleicht hatte Robbie auch eine niedrige Spermiendichte oder so. Aber Grace war nicht bereit, das Risiko einzugehen. »Der Unterschied ist, dass ihr beide ein Kind wolltet, mein Vater und du«, sagte sie. So musste es gewesen sein – auch wenn sie nichts davon gewusst hatte. »Der Unterschied ist, dass ihr beide dasselbe wolltet, mein Vater und du.« Grace stand auf und begann, die Teller abzuräumen. Und das war das Problem in ihrer Ehe, wurde ihr klar. Sie wünschten sich nicht dasselbe. »Robbie will, dass wir ein Kind bekommen, aber ich nicht.«

Als sie Elisas Gesichtsausdruck sah, stockte sie. Zuerst sagte ihre Stiefmutter nichts. »Ganz so war das nicht«, sagte sie dann. Ihr Blick schweifte ab. »Traurig, das zu sagen.«

Wie war es dann gewesen? Grace runzelte die Stirn. Sie bemühte sich, etwas zu verstehen, das ungesagt geblieben war. Aber es war da, im Hintergrund von Elisas Augen. »Trotzdem hätte ich dann einen Bruder gehabt – oder eine Schwester«, sagte sie leise.

Elisa erwiderte nichts. Wieder schweifte ihr Blick ab, als hätte sie sich einfach in eine andere Welt davongestohlen. Grace dachte an Theo und betrachtete ihre Stiefmutter, die gedankenverloren am Tisch saß. In wessen Welt mochte Elisa sein? Welche Geheimnisse verbarg sie? Wie gern hätte Grace das gewusst!

# 9. Kapitel

Während sie zu Fuß zurück zur King Street ging, dachte Elisa darüber nach – Robbie wollte das eine und Grace das andere. Wie würde sich das entscheiden? Grace war ebenso dickköpfig, wie Elisa es gewesen war, als Duardo in den Kampf ziehen wollte. Und so hoffte sie, dass Grace sich nicht – wie sagten die Engländer? – ins eigene Fleisch schneiden würde.

Vor dem Kriegerdenkmal der Handelsmarine, das an die Männer erinnerte, die in den beiden Weltkriegen, die Großbritannien im zwanzigsten Jahrhundert erlebt hatte, auf See umgekommen waren, blieb sie stehen. Viele Männer waren gestorben, und dennoch hatte ihrer Meinung nach diese Nation nichts erlebt, das vergleichbar war mit dem, was ihre Landsleute in Kuba durchgemacht hatten. Dennoch gefiel ihr die massive Stele, die an eine Ankerwinde erinnerte und mit Kompasselementen verziert war, und die an einzelne Männer erinnernden Messingplaketten auf den metallenen Bänken, die sich über das Kopfsteinpflaster schlängelten. Das Denkmal zollte Respekt, und diesen empfand sie ebenfalls, für welche Sache oder welches Land jemand auch kämpfen mochte – vorausgesetzt, es war eine gerechte Sache. Elisa ging weiter. Sie dachte über ihre Stieftochter und deren Mann nach. Elisa mochte Robbie gern. Er war gut für Grace, und sie hoffte, dass es den beiden gelingen würde, ihre Probleme zu lösen.

Als Elisa in die King Street einbog, fiel ihr Blick auf eine junge Familie, die auf den Holzbänken vor der dunkelroten Fassade des Old Duke Pub saß. Sie lachten zusammen, und der Vater zauste seinem Sohn das Haar, während die Mutter ihrer Tochter half, aus ihrem Limonadenglas zu trinken. Die Sonne ließ das blonde Haar des kleinen Mädchens aufleuchten, sodass sie fast aussah, als stehe sie in Flammen. Elisa lächelte. Sie dachte daran, was sie Grace über ihre eigene Schwangerschaft erzählt hatte. Wie sie gesagt hatte, war das inzwischen lange her, und Elisa spürte den Schmerz nicht mehr jedes Mal, wenn sie ein kleines Kind oder ein Baby sah, jedes Mal, wenn ihr eine Frau erzählte, sie sei schwanger, oder wenn jemand Großmutter wurde. Aber dennoch …

Sie nickte der Familie im Vorbeigehen grüßend zu und ging dann langsamer, als sie an dieses einzigartige Gefühl zurückdachte – lebendig zu sein, nicht nur als eine, sondern als zwei Personen. Die außergewöhnliche Empfindung, eine kostbare Last zu tragen. Sie blieb stehen. Bis sie es merkte. *Dass etwas nicht stimmte.*

Elisa hätte Grace so viel mehr erzählen können – sie spürte die Neugier ihrer Stieftochter, und sie hatte ihr allerdings einiges verschwiegen. Aber warum den alten Schmerz und die alte Trauer zur Sprache bringen? Das war Vergangenheit. Manchmal im Leben war es einfach Zeit, nach vorn zu schauen.

Vor dem Theater blieb sie stehen und sah nach, was gespielt wurde, obwohl sie wusste, dass sie nicht mit Philip hingehen würde. Sie hatte es bedauert, *Swallows and Amazons* zu verpassen, aber … Zuletzt hatten sie in diesem Theater, das direkt vor ihrer Haustür lag, das Sommerkonzert mit klassischer Musik – die *Bristol Proms* – besucht. In der Pause hatte Philip zu viel getrunken und war peinlicherweise in der zweiten Hälfte laut schnarchend eingeschlafen. Elisa spürte, dass sie keine große Lust hatte, nach Hause zu gehen. Was wartete dort schon auf sie?

Elisa war keine Närrin. Sie wusste genau, dass der Streit mit Robbie nicht das Einzige war, was Grace auf der Seele lag. Zum einen stimmte das Timing nicht. Grace war, schon lange bevor Robbie nach Hause gekommen war, nicht gut aufgelegt gewesen. Und sie hatte an diesem Morgen anders ausgesehen – überempfindlich und nervös. Anderseits war es ihr gutes Recht, ihr nichts zu erzählen. Grace war alt genug, um selbst zu wissen, was sie tat. Und sie wusste, zu wem sie kommen konnte, wenn sie eine Freundin brauchte.

Elisa schloss die Haustür auf. Sie streifte den schweren Mantel mit dem Pelzkragen ab und tauschte ihre Stiefel gegen flauschige Hausschuhe. Sie kochte Kaffee. Philip war ausgegangen – wohin, wusste sie nicht. In letzter Zeit hatte er sich angewöhnt, lange Spaziergänge zu unternehmen. Sie hoffte nur, dass er über etwas Produktives nachdachte. Denn es war noch nicht zu spät, sagte sie sich, als sie sich mit ihrem Kaffee ein paar Minuten in den Sessel setzte. Ihr Leben hätte so viel besser sein können!

Nachdem sie ihren Kaffee getrunken und sich ein bisschen ausgeruht hatte, war er immer noch nicht zurück. Elisa trug das Bügelbrett aus dem Schrank unter der Treppe ins Wohnzimmer und holte die trockene Wäsche aus dem Gästezimmer. Sie hatte Bügeln schon immer therapeutisch gefunden. Wie beim Spazierengehen konnte man dabei gut nachdenken.

Bei dem Gruppentreffen diese Woche hatte Elisa mit Theo über Kuba geredet. Das war nicht ungewöhnlich. Elisa sprach gern über ihr Heimatland, und Theo schien gern zuzuhören. Er war nie dorthin zurückgekehrt, vielleicht war das der Grund. Seine Eltern waren in die USA gegangen, als er noch ein Baby war, hatte er ihr erzählt. Wie so viele hatten sie einen der sogenannten Flüge in die Freiheit genommen, deshalb hatte er keinerlei Erinnerungen. Als die Grenzen geschlossen wurden, war eine Rückkehr unmöglich geworden. So viele Familien waren auf diese Art auf Jahrzehnte hinaus getrennt worden. Und als die Grenzen sich schließlich wieder öffneten … Bis dahin, vermutete Elisa, hatten viele Menschen mit ihrem alten Leben in ihrer Heimat abgeschlossen. Einige würden nie zurückkehren.

»Pop wollte immer nur weg«, hatte Theo ziemlich traurig gesagt. »Und Mom ist mitgegangen, wohin auch immer er wollte.«

Elisa nickte. »In meiner Familie war das auch so.«

Theo lachte. »Die Dinge zwischen Männern und Frauen haben sich inzwischen ein bisschen verändert, Elisa, hm?«

»Es scheint so.« Elisa dachte an Grace. Sie war nicht bereit, Robbie nach West Sussex zu folgen – obwohl Elisa vermutete, dass das teilweise an seinen Beweggründen lag. War das gut oder schlecht? Sie war sich nicht ganz sicher.

»Aber deine Leute müssen doch da noch Verwandte haben«, sagte sie zu Theo. Familie – das war immer die Verbindung. Familienangelegenheiten hatten Elisa 1984 zurück nach Kuba geführt, und als sie in Havanna angekommen war, hatte sie fast das Gefühl gehabt, nie weg gewesen zu sein.

»Der Großteil der Familie hat die Insel auch verlassen.« Theo zuckte mit den Schultern. »Es war ein Massenexodus. Wir sind praktisch Amerikaner geworden.« Er schnipste auf seine typische Art mit den Fingern. Als wäre das so einfach gewesen. »Aber …«

»Aber du würdest gern eines Tages zurückkehren?«, vermutete sie. »Auf Besuch?«

»Davon träume ich schon eine ganze Weile.« Er nickte. »Und wahrscheinlich geh ich auch zurück. Aber ich will nicht enttäuscht werden. Ich träume schon so lange davon, Elisa. Ich will den richtigen Zeitpunkt erwischen.«

»Du wirst nicht enttäuscht werden.« Sie lächelte. Er war ein guter Mann. Und es war natürlich, dass er seine Geschichte kennenlernen, seinen Geburtsort besuchen und zu seinen Wurzeln zurückkehren wollte.

»Und du?«

»Ich?«

»Du weißt, was ich meine.« Er sah sie aus seinen dunklen Augen an, die sie so sehr an Duardo erinnerten. »Würdest du jemals nach Havanna zurückkehren?«

*Würde sie das?* Elisa bügelte ihre rote Bluse. Sie bügelte methodisch – rechte Vorderseite, dann den Rücken, dann die linke Vorderseite. Die Ärmel waren bauschig, deshalb setzte sie das Eisen nur leicht auf, damit es keine Knitterfalten gab. Mohnblumenrot, dachte sie. Seit sie über sechzig war, hatte sie wieder angefangen, diese Farben zu tragen. Das war die Freiheit, die das Älterwerden einem schenkte. Mohnblumenrot, mimosengelb – die Farben Kubas und ihrer Mädchenzeit.

Bei ihrer ersten Begegnung mit Duardo hatte sie ein mimosengelbes Kleid getragen. Mit einer weißen Schmetterlingsblume im Haar. Auch an dem Tag, an dem sie zusammen weggelaufen waren, hatte sie ein gelbes Kleid getragen. Ihren Eltern hatte sie eine Nachricht hinterlassen, die sie unter das Kopfkissen ihrer Mutter gesteckt hatte, denn sie wusste, da würde sie sie erst finden, wenn sie weit genug weg waren. Damals war sie gerade erst sechzehn gewesen, genau wie er. Elisa hatte geglaubt, das sei der Beginn ihres gemeinsamen Lebens, aber es war anders gekommen. Sie hatte nicht damit gerechnet, dass er keine Arbeit finden würde. Sie hatte nicht damit gerechnet, solchen Hunger zu leiden. Nachdem sie sechs Monate zusammengelebt hatten, sprach er nur noch davon, mit den Rebellen in den Kampf zu ziehen. Er wollte fortgehen und sie zurücklassen – einsam und allein. Sie konnte den Gedanken nicht ertragen.

Nachts hatte sie sich an ihn geklammert, und tagsüber hatte sie ihn ausgezankt. Jeder hatte seinen Weg im Leben. Elisa glaubte, dass Duardo und sie sich für den Weg der Liebe entschieden hatten, aber jetzt wollte er einen anderen Weg gehen – einen, der Blut und Tränen mit sich brachte. Sie beobachtete, wie seine Stimmung umschlug, wenn er sie ansah. *Was wird dann aus uns?*, hatte sie gedacht. Und trotzdem bestand er darauf zu kämpfen.

»Ich kann nicht ruhig zusehen, wie andere Männer für die Sache sterben«, erklärte er. »Mit den Folgen müsste ich für den Rest meiner Tage leben, verstehst du das denn nicht, Elisa?«

*Nein*, hätte sie am liebsten gekreischt, *nein!*

Er schob seinen Aufbruch einmal, zweimal hinaus, als sie ihn anflehte, nicht zu gehen.

Und dann die politischen Versammlungen. »Weißt du, wie viele Männer Batista töten wollen?«, fragte er sie, wenn er mit Flugblättern in den Händen und diesem Feuer in den Augen von diesen Versammlungen zurückkehrte. *Tod dem Tyrannen*, las sie. *Lang lebe die Revolution*.

Und als er dann tatsächlich fortging, was sie schon vorher gewusst hatte, konnte sie nur noch bereuen, dass sie ihn nicht mehr unterstützt und ihm vor seinem Aufbruch nicht ihren Segen gegeben hatte.

Mit hoch erhobenem Kopf und diesem Feuer, das in seinen dunklen Augen brannte, schloss er sich den Rebellen an. Elisa blieb in Matanzas zurück, viele Meilen von ihrer Familie und ihren Freunden entfernt. Sie war sechzehn Jahre alt, hatte nichts zu essen, keine Arbeit und keinen Mann, der für sie sorgte. Was hatte sie getan? Unzählige Male weinte sie sich in den Schlaf. Und eines Tages stellte sie sich an die Landstraße und fuhr per Anhalter zurück nach Havanna. Sie ließ sich von einem Obstlaster mitnehmen und von einem Mann, der versuchte, auf der Rückbank seines Autos mit ihr zu schlafen.

Aber Theo hatte ihr eine gute Frage gestellt, dachte Elisa jetzt. Seit sie zuletzt in Havanna gewesen war, war viel passiert. Was würde sie tun? Würde sie je dorthin zurückkehren?

Philip betrat das Haus und riss sie aus ihren Tagträumen. Mit einem Ruck kam Elisa zu sich. Sie hatte zwei Blusen, drei Hemden von ihm und eine Hose gebügelt, ohne es überhaupt zu merken.

Er stand in der Tür. »Es tut mir leid, Elisa«, sagte er. »Ich weiß, dass ich dich enttäuscht habe, und es tut mir leid.«

Blinzelnd sah sie ihn an. Philip sprach inzwischen nur noch selten offen mit ihr. Was hatte ihn dazu gebracht?

»Als ich dich gefragt habe, ob du mich heiraten willst, haben wir eine Abmachung getroffen, aber ich habe dir nicht alles gesagt.«

»Das ist Jahre her«, sagte sie leichthin. Sie waren wegen Grace zusammengekommen, sie hatten wegen Grace geheiratet und weil sie einsam gewesen waren. Aber natürlich nicht nur deswegen und nicht nur, weil Philip versprochen hatte, ihr zu helfen, damit sie ein letztes Mal nach Kuba fahren konnte. Es war auch etwas zwischen ihnen gewesen. Das musste so gewesen sein, denn sie waren trotz allem zusammengeblieben. Vielleicht brauchte sie ihn ebenso sehr wie er sie. Trotz Philips Alkoholkonsum und trotz Kuba waren sie zusammengeblieben, sogar nachdem Grace zu Hause ausgezogen war – recht bald nachdem sie Robbie kennengelernt hatte, wie sich Elisa erinnerte. Und Elisa konnte ihr das nicht übel nehmen. Es war nicht mehr angenehm, in diesem Haus zu leben. Als Grace ausgezogen war, hätte Elisa ebenfalls gehen können. Aber sie hatte es nicht getan.

»Mir tut es auch leid«, sagte sie. Er wusste, was sie meinte. Sie beide wussten es.

Es war ein Friedensangebot, und er nahm es an. Als sie mit dem Bügeln fertig war, trug er den Stapel nach oben in den Wäscheschrank, und dann kam er wieder herunter, klappte das Bügelbrett zusammen und stellte es zurück in den Schrank unter der Treppe. Elisa musste lächeln.

»Wie geht es Grace?«, fragte er.

Sie warf ihm einen unmissverständlichen Blick zu. Sie konnte seine Aufrichtigkeit und Versöhnlichkeit ebenso gut ausnutzen, dachte sie. »Du solltest mit ihr reden, Philip.« Und sie meinte nicht, um Grace' Berufswahl zu kritisieren. »Richtig mit ihr über alles reden.« Er wusste, was »alles« bedeutete.

»Aber wenn ich das tue, dann …«, begann er.

»Du solltest mit ihr reden, wenn du nüchtern bist.«

Das war sein Stichwort, um sich in den nächsten Sessel sinken zu lassen. Das Zimmer zu verlassen. Oder nach der Whiskyflasche zu greifen. Jeder Vorwand war ihm recht.

Doch dieses Mal überraschte Philip sie. Er trat auf sie zu und legte ihr die Hände fest auf die Schultern. »Ich ertrage es nicht, Elisa«, sagte er. Wieder stand dieser traurige Ausdruck in seinen Augen, den sie immer gekannt, den sie bei ihrer ersten Begegnung gesehen und der in den letzten dreißig Jahren ab und zu nur kurz verschwunden war.

Elisa sah, dass er zitterte. Auch das war der Alkohol. Er

brauchte einen Drink. Sie verstand, dass es nicht einfach war. »Was?«, flüsterte sie. Was ertrug er nicht?

»Die Art, wie sie mich ansieht.« Er seufzte.

Elisa wartete darauf, dass er weitersprach. Sie erkannte einen Wendepunkt, wenn sie ihn vor Augen hatte. Man konnte den Kopf nur so lange in den Sand stecken, bis man … Nun ja, bis man entweder hochkam, um Luft zu holen, oder erstickte.

»Sie hasst mich. Sie ist meine Tochter, und sie hasst mich.«

Ein starkes Wort. War es die Wahrheit? Elisa war sich nicht sicher, ob es ganz so einfach war, aber sie widersprach ihm nicht. Früher einmal hatte sie geglaubt, sie könne das Verhältnis zwischen den beiden verbessern, aber es hatte sich gezeigt, dass das über ihre Kräfte ging. Grace war nicht der einzige Dickkopf. Anscheinend hatte sie diesen Charakterzug von ihrem Vater geerbt.

»Wann hat es angefangen?«, fragte sie. Offensichtlich war es zwischen den beiden nicht immer so gewesen.

»Als ihre Mutter starb.« Seine Miene wurde nachdenklich. »Früher einmal haben wir uns nahegestanden. Sehr nahe. Du würdest es nicht glauben.«

»Doch, ja.« Elisa hatte schon viel gesehen und konnte sich das meiste vorstellen.

»Und das nagt an einem, wirklich.« Sein Blick huschte zu der Whiskyflasche auf der Anrichte. Elisa begriff, dass sie sie hätte ausgießen sollen, solange sie die Gelegenheit dazu hatte. Aber sie dachte, er hätte sie mitgenommen. Sie hatte nicht einmal bemerkt, dass die Flasche die ganze Zeit, während sie gebügelt hatte, dort gehockt und sie angestarrt hatte, der Inbegriff des bösen Blicks.

»Ja«, sagte sie. »Das versteh ich.« Und sie verstand auch, dass jeder Alkoholiker eine Ausrede für jeden Drink finden konnte. So fing es wahrscheinlich an. Man wollte sich entspannen, sich vor einer Party oder einem gesellschaftlichen Ereignis selbstbewusster fühlen, sich nach einem schlechten Tag auf der Arbeit aufmuntern oder Hilfe bei einer Entscheidung finden. Man war traurig und wollte sich aufheitern, man war glücklich und wollte das feiern. Dann überschritt man die Grenze, nicht vor sechs Uhr zu trinken, nicht zu Mittag zu trinken, nicht nur ein oder zwei Gläser zu trinken, sondern drei oder vier. Und schließlich brauchte man den Alkohol, um überhaupt etwas tun zu können.

Philip trat einen Schritt vor.

»Ich mach uns einen Tee«, erklärte Elisa.

»Tee?« Philip starrte sie an. »Du kochst nie Tee.«

»Sag niemals nie.« Elisa liebte solche Redensarten. Für fast jede Gelegenheit gab es eine. »Wir trinken eine Tasse Tee zusammen, Philip«, sagte sie. »Und dann …«

Das hatte sie noch nie von ihm verlangt. Philip war ein sehr zurückhaltender Mensch, und bisher hatte sie lieber gewartet, bis er sich ihr anvertraute, wenn er bereit dazu war. Aber das war jetzt lange genug so gegangen. An der Art, wie er redete, erkannte sie, dass die Ereignisse auf eine Art verknüpft waren, die sie nicht einordnen konnte. Also sollte sie der Sache auf den Grund gehen. Was du heute kannst besorgen, das verschiebe nicht auf morgen, dachte sie finster. »Und dann«, sagte sie und warf ihm einen ihrer berühmten Blicke zu, »wirst du mir genau erzählen, was passiert ist, als Nancy starb.«

# 10. Kapitel

Als Philip zu reden aufgehört hatte, war die Teekanne eiskalt, und Elisas Glieder waren steif, nachdem sie so lange im Sessel gesessen hatte. »Ich verstehe.« Mühsam stand sie auf. Sie musste in Bewegung bleiben, das war wichtig. Sie hatte so viel mehr erfahren, als sie erwartet hatte. Aber andererseits auch weniger. Warum hatte er ihr das alles nicht früher erzählt? Aus Angst, es würde sie gegen ihn einnehmen? Hatte er sich geschämt – oder war es ihm ganz einfach auf altmodische Art peinlich gewesen? »Es tut mir so leid, mein Lieber«, sagte sie. »Das muss hart gewesen sein.«

»Das war es.«

»Und hast du sie geliebt? Die ganze Zeit, während ihr verheiratet wart? Auch noch als …« Sie seufzte. »Hast du sie immer geliebt?« Elisa hatte geglaubt, Nancy wäre Philips große Liebe gewesen, und diese Geschichte schien das zu bestätigen. Sie fand das nicht so entscheidend – schließlich war Duardo die Liebe *ihres* Lebens gewesen, und sie hatte nie versucht, so zu tun, als wäre es anders. Deswegen, vermutete sie, war es ihr auch so schwergefallen, noch einmal zu lieben. Für manche Menschen war Liebe eine einmalige Erfahrung im Leben. Aber man konnte trotzdem … etwas haben.

»Ja, ich habe sie immer geliebt«, sagte Philip. Er stand auf, hielt sich aber von der Whiskyflasche fern. Stattdessen nahm er eine Stola von der Sofalehne und legte sie Elisa vorsichtig, zärtlich um die Schultern. »Es war natürlich ein Schock. Aber das hat nichts geändert. Sie war alles für mich.«

Seine Worte und die einfache Geste rührten sie. Solche Freundlichkeiten hatten damals dafür gesorgt, dass sie Philip schätzen lernte, und sie bewogen, ihn zu heiraten. Und natürlich hatte er Nancy geliebt. Er schützte sie ja sogar jetzt noch.

»Aber sie hat's mir nicht leicht gemacht«, setzte er hinzu.

»Nein, das hat sie nicht.« Bilder flackerten in Elisas Kopf auf. Keines davon hatte sie selbst gesehen. Natürlich war sie Nancy nie begegnet. Aber sie fragte sich, was Grace gesehen hatte. Was wusste sie – oder glaubte sie zu wissen?

»Sollen wir noch einen Tee trinken?«, fragte Philip. Offensichtlich wusste er nichts mit sich anzufangen.

Wenn man süchtig nach einer Substanz war – Elisa erinnerte sich daran, das während ihrer intensiven Recherchen zu diesem Thema gelesen zu haben –, musste man seine Routine aufbrechen, um sich aus ihrer Umklammerung zu befreien. Tee statt Kaffee trinken. Seine Ernährung umstellen. Zu einer anderen Zeit zu Abend essen. Sich ein neues Hobby suchen. Spazierengehen, wenn man normalerweise dasitzen und sich entspannen würde. Es so sehen, dass man glücklich davongekommen war, statt sich beraubt zu fühlen. Elisa fragte sich, ob sie mit Philip über diese Dinge reden sollte. Wahrscheinlich lieber nicht. Er hatte nichts davon gesagt, dass er versuchen würde, mit dem Trinken aufzuhören.

»Oder ist es schon Zeit zum Abendessen?« Zeit für etwas Stärkeres, meinte er.

»Kaffee«, erklärte sie bestimmt. »Und vielleicht einen kleinen Snack.« Wenn – falls – er diese Entscheidung traf, dann war es seine Entscheidung. Und es würde bedeuten, kleine Schritte zu machen.

Elisa füllte die starke arabische Mischung, die sie am liebsten mochte, in den Filter und setzte die Kaffeekanne auf. Die ganze Zeit beobachtete sie ihn aus dem Augenwinkel. Er war nervös und zapplig. Einmal rang er die Hände, dann steckte er sie im nächsten Moment in die Hosentaschen und klimperte mit dem Kleingeld, als könne er die Hände nicht stillhalten. Elisa wusste, wo sie hinwollten, sie wusste, was sie beruhigen konnte. Aber gab es eine andere Möglichkeit? Sie überlegte, was ihm sonst helfen könnte.

»Weiß Grace irgendwas davon?«, fragte sie schließlich. Nur, um sicherzugehen.

»Natürlich nicht.« Seine Augen weiteten sich. Er sah schockiert aus, als wäre er nie auf den Gedanken gekommen, seiner Tochter die Wahrheit zu sagen.

»Dann denke ich, dass du es ihr sagen musst.« Sie nickte, holte die Milch aus dem Kühlschrank und goss etwas davon in einen Topf, um sie zu wärmen. Das wäre zumindest ein Anfang. Das wäre gut.

»Aber wie kann ich das?« Der Ton seiner Stimme überraschte sie. Sie drehte sich um und sah, dass er dastand und zitterte. Er schlug mit der Faust auf die Anrichte, und die Whiskyflasche rappelte. »Nancy war ihre Mutter. Sie hat sie geliebt. Ich kann unmöglich Grace' Erinnerungen zerstören.«

Seine Stimme klang schrill, doch daran war sie gewöhnt. Elisa wandte sich wieder ihrem Kaffee zu. *Oder Grace' Illusionen*, dachte sie. »Wie auch immer«, sagte sie. »Es wäre gut, wenn sie wüsste, wie es wirklich war.« Ja, und das sagte gerade sie, die so oft die Wahrheit verborgen hatte.

»Niemals.« Philip schüttelte den Kopf und presste die Lippen zusammen.

Elisa unterdrückte ein Seufzen. Er schützte Nancy noch immer – sogar auf Kosten der Beziehung zu seiner Tochter. Er war diese Art von Mann – loyal bis zum Schluss. »Es war nicht deine Schuld«, sagte sie.

Er sah sie an, als könne er ihr nicht ganz glauben. »Es war meine Schuld, dass sie an diesem Tag auf die Straße gerannt ist«, sagte er. »Und Grace weiß das.«

»Aber …«

Er warf ihr einen warnenden Blick zu. Er brauchte sich jedoch keine Sorgen zu machen. Es stand Elisa nicht zu, ihrer Stieftochter davon zu erzählen. Sie würde Philips und Nancys Geheimnis für sich behalten, so wie sie ihr eigenes für sich behalten hatte.

»Dich habe ich auch geliebt, Elisa.« Philip stand jetzt hinter ihr. Er legte ihr eine zitternde Hand auf die Schulter. »Ich habe dich aufrichtig geliebt.«

Sie hob eine Hand und legte sie auf seine. Fragte sich, ob seine Worte wahr sein konnten. Sie hatten inzwischen getrennte Zimmer, führten ihr eigenes Leben. Sie aßen zusammen – wenn er nüchtern war. Aber sie gingen nicht mehr ins Kino oder fuhren mit dem Zug nach Weston-super-Mare.

Sie nahm den Topf vom Herd und goss die warme Milch in ein Kännchen. Der Kaffee lief durch, und sie drehte die Hitze herunter, damit er nicht zu heftig schäumte.

»Und als wir geheiratet haben«, sagte er, »da glaubte ich fest, wir könnten auf dem, was zwischen uns war, aufbauen.«

Elisa nickte. Aber sie dachte zurück an die Zeit vor ihrer Hochzeit, als Philip sie ermuntert hatte, nach Kuba zu reisen, um Tante Beatriz ein letztes Mal zu sehen, um die Cousins und Cousinen zu treffen, die sie so weit hinter sich gelassen hatte. Sie dachte daran, wie großzügig er sie mit Geld für ihre Familie ausgestattet hatte. Und wie er ihr das Versprechen abgenommen hatte, zurückzukommen.

»Natürlich komm ich zurück«, hatte sie zu ihm gesagt. Etwas anderes wäre ihr gar nicht in den Sinn gekommen. Wenn schon nicht wegen Philip, dann wegen Grace. Damals hatte sie allerdings nicht geahnt, dass ihr Besuch in Kuba sich als eine solche Prüfung erweisen würde …

Aber sie war nach Bristol zurückgekehrt, und sie hatten geheiratet – nicht kirchlich, sondern auf dem örtlichen Standesamt. Das hatten sie beide so gewollt – schließlich war es keine Liebesheirat gewesen. Damals hatte Philip es eher wie eine Vernunftehe aussehen lassen. Dennoch waren Philip und sie einander nach ihrer Hochzeit nähergekommen – eine Zeit lang.

Elisa verquirlte die Milch, damit sie aufschäumte. Hatte er sie geliebt? Sie erinnerte sich daran, wie sie zum ersten Mal miteinander geschlafen hatten, behutsam. Er hatte solche Angst gehabt, ihr keine Lust zu bereiten, und geglaubt, sie werde voller Abscheu vor ihm zurückschrecken.

Aber sie hatte Philip gegenüber niemals Abscheu empfunden. Wie auch? Oh, sein Körper war ganz anders als der von Duardo – groß und blass, mit bräunlichen Sommersprossen gesprenkelt und feingliedrig. Wie Grace war er gertenschlank und schien sich fast im Wind zu biegen. Aber Elisa hatte ihre Wahl getroffen und war entschlossen, das Beste daraus zu machen. Etwas anderes war nicht mehr möglich. Sie hatte sich an Philip gebunden. Sie mochte ihn gern und hatte ihn geachtet – bis sie die Wahrheit über sein Alkoholproblem herausfand.

Elisa goss die aufgeschäumte Milch in die Tassen. Philip war im Wohnzimmer auf- und abgegangen, aber jetzt setzte er sich endlich wieder in den Sessel. Damals, zu Anfang, hatte sie mehr als einmal den Alkohol in seinem Atem gerochen, diesen widerlichen Geruch nach abgestandenem Whisky, und sie hatte sein Versteck gefunden – vier große Flaschen Jack Daniels, die hinter Papieren, Fotos, einer alten Küchenmaschine, die niemand benutzte, und sonstigem Krimskrams hinten in der Anrichte standen. Verwirrt hatte sie die Flaschen angestarrt. Es war doch nicht normal, so viel Whisky im Haus zu haben, oder? Sie wusste, dass er eine kleine Flasche hatte, aus der er regelmäßig trank. Ihr wurde klar, dass sie für gewöhnlich in seiner Jackentasche steckte, wo er sie zur Hand hatte, wenn er sie brauchte. Und sie stellte fest, dass er sie nachfüllte, und zwar oft.

»Warum trinkst du so viel, Philip?«, hatte sie ihn gefragt. Da waren sie erst ein paar Wochen verheiratet gewesen. Sie hatte gehofft, offen darüber reden zu können. Elisas Erfahrung nach konnte man ein Problem überhaupt erst angehen, wenn man es eingestand.

»Um zu vergessen«, sagte er. Ohne nachzudenken, rücksichtslos.

Elisa sah ihm in die Augen. »Um Nancys Tod zu vergessen?«, fragte sie.

Wäre Duardo nicht gewesen, hätte sie fast geglaubt, Philip lieben zu können – jedenfalls irgendwann. Sie waren einander nähergekommen, er war freundlich, und der Sex zwischen ihnen war jetzt natürlicher, zärtlicher. Sie war sich sicher, dass sie die richtige Entscheidung getroffen hatte – die einzige Entscheidung, die sie unter den Umständen hatte treffen können. Auch Grace war glücklicher. Aber Philip … Er hatte ihren Blick erwidert, starr, ausdruckslos und distanziert.

Elisa schenkte den Kaffee ein und trug die Tassen zum Tisch. Sie nahm einen kleinen Teller und schüttete ein paar Mandeln, geröstete Sonnenblumenkerne und einige Datteln darauf. Im Lauf der Jahre sollte sie sich an diesen starren Blick gewöhnen. Er bedeutete, dass sie für ihn nicht wirklich anwesend war. Er besagte, dass er getrunken hatte, und das hieß, dass es ihm gleichgültig war.

»Um zu vergessen«, hatte er gesagt.

Sie hatte ihm nie verraten, was für ein Schlag das für sie gewesen war. Für ihr Selbstwertgefühl, ihre Hoffnungen. So viel zu der Theorie, Probleme offen anzusprechen. Was hatte sie nur getan?, dachte sie wieder – zum zweiten Mal in ihrem Leben. Sollte sie doch einen weiteren furchtbaren Fehler begangen haben?

Elisa ließ sich wieder auf ihrem Sessel nieder. Philip sah sie nicht an. Er rutschte nervös und unbehaglich herum. Sie unterdrückte ein Seufzen. Hatte er da begonnen, mehr zu trinken? Hatte Elisa an diesem Punkt erkannt, wie er sie getäuscht hatte? Und doch hatten sie keinen schriftlichen Vertrag geschlossen. Er war einfach, was er war. Vielleicht hätte sie von Anfang an die Augen aufmachen und es sehen sollen.

Im Rückblick war Elisa sich nicht mehr sicher, ob sie auch nur eine dieser Fragen beantworten könnte. Aber, ja, Philip hatte sie getäuscht. Er hatte ihr nicht gesagt, wer – oder was – ihr gemeinsames Leben wirklich beherrschte, wer – oder was – über sie bestimmen würde. Er hatte ihr verschwiegen, dass er nicht nur der nette Mann war, der sie zum Weihnachtsessen eingeladen, sie aufgefordert hatte, ein Teil seines und Grace' Leben zu werden und dann ihre Familie in Kuba so großzügig unterstützt hatte, dass sie ihn unmöglich hätte verlassen können. Er hatte ihr nicht gesagt, dass der Alkohol ihn manchmal zu Wutausbrüchen trieb oder plötzlich in heiße Tränen ausbrechen ließ. Er hatte ihr nicht einmal gesagt, dass er nach dem Tod seiner ersten Frau einen Nervenzusammenbruch gehabt und deshalb seine Anstellung verloren hatte. Er hatte nicht erwähnt, dass nach Elisas Reise nach Kuba nie wieder genügend Geld da sein würde, damit sie noch einmal hinfahren konnte. Und er hatte ihr nicht die Wahrheit über Nancy erzählt. Alle diese Dinge – bis auf die Wahrheit über Nancy – waren in den ersten Monaten ihrer Ehe nach und nach ans Licht gekommen. Und diese Unehrlichkeit traf auf Elisas Gefühle für ihn, die gerade vorsichtig aufkeimten, und erstickte sie an der Wurzel.

Aber sie hatte auch ihren Anteil daran gehabt, rief sie sich ins Gedächtnis. Sie hatte das Unverzeihliche getan.

»Danke, Schatz«, sagte Philip jetzt. Mit zitternder Hand rührte er seinen Kaffee um. »Vielleicht, wenn ich mit dem Trinken hätte aufhören können, bevor wir geheiratet haben …«

»Warum hörst du dann nicht jetzt auf?« Elisa beugte sich in ihrem Sessel vor. Sie zwang ihn, sie anzusehen, aber sie war halb blind durch die Tränen in ihren Augen. »Warum hörst du nicht jetzt auf, bevor du uns weiter zerstörst?«

Philip sah sie über den Tisch hinweg an. Sie wusste, was er dachte.

»Philip. Hör mir zu«, sagte sie. »Vielleicht ist es noch nicht zu spät.«

# 11. Kapitel

Am nächsten Morgen kam Robbie zu spät los zur Arbeit. Er konnte nichts finden – kein sauberes Hemd, die Papiere nicht, die er mitnehmen musste, seine Schlüssel. Grace hatte ihn noch nie so durcheinander erlebt.

»Wir haben eine Besprechung«, erklärte er ihr.

»Davon hast du nichts gesagt.«

Er hielt inne. »Wir haben überhaupt nicht viel geredet, was, Gracie?«

»Nein.« Sie stritten sich nicht oft. Und wenn, dann hatten sie sich bisher immer an ihre Regel gehalten, sich vor dem Schlafengehen zu versöhnen. »Keine bösen Träume«, sagte Robbie immer. »Keine schlechten Gedanken. Du und ich. Wieder ein Herz und eine Seele.«

Aber diesmal hatten sie sich nicht vertragen. Was bedeutete, wie Grace mit einer Art dumpfer Gewissheit klar wurde, dass es wichtig war. Es war zu *dem* Thema geworden. Statt sich zu versöhnen, statt einander anzuschreien oder aus Zimmern zu stürmen, hatte zwischen ihnen eine schreckliche, steife Höflichkeit geherrscht. Grace hasste das. Es verletzte sie viel stärker als offene Feindseligkeit. Und Theo hatte sich nicht gemeldet. Es kam ihr vor, als wären er und das, was zwischen ihnen geschehen war – so lebendig, so elektrisierend – ein Trugbild gewesen wie einer seiner Zaubertricks. Vielleicht hatte sie sich in ihm getäuscht, dachte Grace. Er war ein Zauberer. Vielleicht hatte er immer vorgehabt, sie hinters Licht zu führen.

»Hör mal, Gracie«, sagte Robbie. »Können wir später reden? Richtig reden, meine ich.«

»Natürlich.« Sie trat einen Schritt auf ihn zu und er auf sie. Er breitete die Arme aus. »Waffenstillstand?«

»Waffenstillstand«, sagte sie und schmiegte sich an ihn. Wie gut sich das anfühlte! Sie war verrückt, verrückt, das aufs Spiel zu setzen. Sich überhaupt vorzustellen, dass es da draußen etwas Besseres geben könnte als das.

Er küsste sie leicht auf den Mund.

»Robbie?«

Von der Tür her, wo ihre Lederhandtasche an einem Messinghaken hing, war ein Summen zu hören.

»Hm?«

»Ach, nichts.« Grace warf einen Blick zu ihrer Tasche. Er hatte recht. Sie sollten später reden.

»Du hast eine SMS bekommen«, sagte er. »Und ich muss los.« Er sah ihr in die Augen. »Es tut mir leid. Okay?«

Bestimmt nicht von Theo. Sie war sich sicher, dass Theo keinen Kontakt zu ihr aufnehmen würde. »Mir auch«, sagte sie. Es tat ihr leid, dass sie so unfreundlich gewesen war. Aber es tat ihr nicht leid, was sie fühlte. Sie konnte nichts dagegen tun, wie sie empfand. Sie würde einfach versuchen müssen, es Robbie begreiflich zu machen.

Sie brachte ihn zur Tür und zum Auto und winkte ihm nach, als er die Straße entlangfuhr. Dann rannte sie los, um auf ihrem Handy nachzusehen.

Die Nachricht war doch von Theo. *Kann ich dich sehen?*, hatte er geschrieben. Keine *xxx* für Küsse.

Einen Moment lang starrte Grace einfach nur auf das Display. Dann flogen ihre Finger wie von selbst über die Buchstaben. *Wann?* Eine halbe Sekunde. Sie wusste, dass sie sogar eine

Unterhaltung per SMS in die Länge ziehen wollte. Sie wusste, dass sie sich etwas vorgemacht hatte. Das pulsierende Begehren war noch da. Eine vier Wörter lange Nachricht hatte es zum Leben erweckt. Was in Gottes Namen würde erst passieren, wenn sie ihn wirklich wiedersah?

Sie verabredeten sich für den Nachmittag in einem Café am Fuß der Christmas Steps, einer steilen alten Gasse. Es lag weit genug vom Haus und von Robbies Büro entfernt und war die Art von Lokal, wo sie höchstwahrscheinlich nicht zufällig auf einen Bekannten treffen würden. Und selbst wenn, dachte sie, waren sie einfach nur Freunde, die zusammen Kaffee tranken. Jedenfalls für alle anderen.

Rasch lief Grace die mit Kopfsteinen gepflasterten Stufen hinunter. Die Gasse stammte aus der Mitte des neunzehnten Jahrhunderts, und es gab dort viele kleine Läden, die diesem Teil der Altstadt seinen besonderen Charakter verliehen: der Briefmarkenladen, der Apfelweinladen, Flicks Videoverleih, das Geschäft für Blech- und Holzblasinstrumente und Harry Blades Salon mit seinen Postern und Stickern – der coolste Friseur von ganz Bristol. Am unteren Ende der Gasse lag das Café. Grace holte tief Luft und schob die Tür auf.

Drinnen war es warm und dunstig und roch nach frischem Kaffee und Mandelgebäck. Freunde, die zusammen einen Kaffee tranken, ja. Grace setzte sich vom Fenster weg, damit sie von draußen niemand sehen konnte. Es fing schon an. Das Lügen und Täuschen. Was hatte Robbie noch gesagt? *Welche Netze wir doch spinnen, wenn erstmals wir auf Täuschung sinnen …*

Wie aus dem Nichts tauchte Theo auf und glitt auf den Platz ihr gegenüber. »Danke, dass du gekommen bist.« Er nahm ihre Hände.

Sie spürte eine Wärme, einen Ruck. Es war also nicht verschwunden. Sie zuckte leicht mit den Schultern. »Ich konnte nicht widerstehen.«

Er nickte. »Ich auch nicht.«

Langsam ließ Grace seine Worte in sich einsinken. Sie vermutete, dass er aus dem Krankenhaus kam, wo er an den meisten Nachmittagen eine Stunde lang die Kinder auf der Kinderstation unterhielt. Es war eine gute Übung, hatte er Grace und Robbie erklärt, eine Chance, seine Tricks für die Erwachsenen zu verbessern, die schwerer abzulenken und stärker darauf aus waren, ihm auf die Schliche zu kommen. Aber Grace wusste, dass mehr dahintersteckte. Es war einfach nett von ihm. Die Leute redeten über Kinder in Not, und viele spendeten Geld für Wohlfahrtsorganisationen für Kinder. Theo schenkte ihnen seine Zeit und sein Geschick. In einer Zeit, in der sie es am meisten brauchten, brachte er sie zum Lachen.

»Ich hab mich gefragt, ob sich inzwischen dein schlechtes Gewissen gemeldet hat«, sagte er.

»Hat es.« Grace sah auf ihre miteinander verschlungenen Hände hinunter, auf ihre blasse Haut neben der karamellfarbenen von Theo. Er hatte geschickte Hände. Empfindsame Finger. Hände, die viele Tricks und Illusionen vollführen konnten, die Menschen vor Rätsel stellen konnten – bei Hochzeiten, Privatpartys, bei Kennenlernaktionen und Firmenveranstaltungen, bei denen es um Vertrauensaufbau und Teambuilding ging. Vertrauensaufbau, dachte sie. Das war ein Witz. Theo arbeitete immer noch nur nebenberuflich als Zauberer, aber er war bekannt – zumindest in Bristol –, denn sein Repertoire als Zauberer machte ihn zusammen mit seinem mehr als guten Aussehen – dem dunklen, welligen Haar, schrägen Wangenknochen und diesen schwarzen Augen – sehr attraktiv. Und Grace war anscheinend auch nicht immun gegen seinen Charme.

»Aber du bist trotzdem gekommen.« Er sah sie immer noch forschend an.

»Ich wollte hören, was du sagst.« Sie entzog ihm ihre Hände. »Ich dachte, du würdest dich eher per SMS melden. Als nichts kam, war ich mir nicht sicher …« *Was ich tun sollte? Was ich denken sollte? Wie ich damit umgehen sollte?* Tatsächlich war Grace sich in keiner Hinsicht mehr sicher gewesen. Theo hatte ihre Welt aus dem Gleichgewicht gebracht. Sie fühlte sich so unsicher wie mit neun Jahren.

»Du hast gedacht, ich hätte kalte Füße bekommen.« Sein Blick durchbohrte sie.

Sie nickte.

»Ich will ehrlich zu dir sein, Grace.«

Gut, dachte sie.

»Ich hätte mich zurückgezogen, wenn ich es gekonnt hätte.«

»Ich auch.«

»Aber es ging nicht. Ich wollte nur …« Er unterbrach sich. »Ich wollte nachdenken.«

Grace dagegen hatte versucht, nicht zu denken. Sie brauchte ihn nicht zu fragen, worüber er nachgedacht hatte, aber sie wollte wissen, zu welchen Schlüssen er gekommen war.

»Kaffee?«

»Bitte.«

Erstaunlich leichtfüßig für einen so großen Mann stand er auf und ging an die Theke. Sie sah ihm nach. Grace wurde bewusst, dass er nicht einmal zu fragen brauchte, was für einen Kaffee sie wollte, so gut kannte er sie.

Er kam mit zwei Tassen Cappuccino zurück und stellte sie auf den Tisch.

»Und was war das Ergebnis des ganzen Nachdenkens?«, fragte sie ihn.

Er runzelte die Stirn. »Grace.«

Sie liebte die Art, wie er ihren Namen aussprach. Sie zog ihren Kaffee heran und trank vorsichtig einen Schluck.

»Wir müssen dieses Problem logisch angehen«, erklärte er. Er legte die Hände mit den Fingerspitzen zusammen.

»Logisch!« Grace lachte humorlos. Damit hatte sie nicht gerechnet. »Das ist keine mathematische Gleichung, Theo.« Sie nahm leichtsinnigerweise einen größeren Schluck von ihrem Kaffee und verbrannte sich den Gaumen. »Hier geht's nicht um einen Klienten, der sich um seine Steuern drücken will.«

Theos andere Tätigkeit war in Grace' Augen sogar noch erstaunlicher als seine Mitgliedschaft im Magischen Zirkel. Der Job, in dem er für eine Kanzlei in Bristol gearbeitet hatte, bis er allmählich mit der Zauberei genügend Geld verdiente, um sich selbstständig zu machen und stundenweise zu arbeiten, war der eines Steuerberaters. Grace hatte sich das nie richtig erklären können. Wahrscheinlich hatte sie bestimmte Vorstellungen von Männern, die mit Zahlen umgingen – zumindest, bis sie Theo getroffen hatte.

»Steuerberatung ist gar nicht so viel anders als Zaubern, wisst ihr«, hatte er Robbie und Grace einmal erklärt und ihre hochgezogenen Augenbrauen und ihr ungläubiges Schulterzucken ignoriert. »Es hat auch mit Logik und Beobachtung zu tun, mit Mustern und Wahrscheinlichkeiten. Es ist analytisch. Es erfordert Geduld und Übung.«

»Und Täuschung«, hatte Robbie hinzugefügt.

»Im Gegenteil.« Theo hatte eine schnelle Bewegung mit

dem Handgelenk vollführt und ein schwarzes Taschentuch erscheinen lassen, das flach auf seiner Handfläche lag. »Steuerhinterziehung ist illegal, aber Steuern zu umgehen ist einfach nur vernünftig.«

»Und magisch?«, hatte Grace gefragt.

»Magie schließt etwas ein, das man nicht glauben oder verstehen kann. Eine besondere Macht, wenn ihr so wollt.«

Robbie schnaubte, aber Theo überging das. »Diese Macht bedeutet, dass du nicht siehst, was du zu sehen glaubst, dass deine Augen dich täuschen.« Er schloss die Handfläche, öffnete sie wieder, und das schwarze Taschentuch war verschwunden. »Also kann es keine richtige Täuschung sein. Wahre Täuschung kann es nur dann geben, wenn man den anderen nicht bewusst macht, dass es passieren wird.«

»Wahrlich kluge Worte«, hatte Robbie gesagt. »Auch bekannt als kompletter Blödsinn. ›Welche Netze wir doch spinnen‹ und so.«

»Was?«

»›Wenn erstmals wir auf Täuschung sinnen‹. Shakespeare, glaub ich.«

»Sir Walter Scott«, hatte Grace ihn verbessert.

Wahre Täuschung, dachte sie jetzt.

»Ich weiß.« Theo griff wieder nach ihren Händen. »Hier geht es um unsere Gefühle, und deswegen gefällt es dir nicht, ein Wort wie ›Logik‹ zu gebrauchen. Aber ein Problem ist es trotzdem, oder, Grace? Und wir müssen trotzdem eine Lösung finden.«

»Ja.« Damit hatte er recht. Aber Logik war viel zu rational.

Er gab ihre Hände frei. »Meine Position ist die: Ich liebe dich, und ich liebe Robbie.«

»Ich weiß.«

»Und was du außerdem wissen musst …«

Sie wartete. Wollte sie das wirklich hören?

»Dass ich nicht bedaure, was zwischen uns passiert ist.«

Blinzelnd sah sie ihn an. »Wirklich?« Ihr ging es genauso. Es war furchtbar, das zu denken, aber wenn sie eine Chance hätte, es zu wiederholen, würde sie es noch einmal tun. Ganz einfach.

»Es hat mein Leben verändert.« Sein Blick war düster und unergründlich, und doch vertraute sie ihm. Er war ein Zauberer, und Robbie sagte, er führe Leute hinters Licht, und dennoch vertraute sie ihm. »Du hast mein Leben verändert. Zum Teufel, Grace, du hast es so verändert, wie ich mir mein Leben wünsche.«

Meine Güte, das war starker Tobak. Genauso furchteinflößend wie aufregend. Grace hätte von Theo nicht weniger erwartet.

»Aber ich bin verheiratet«, sagte sie. Sie rührte ihren Kaffee um und trank noch einen Schluck. »Und zwar mit Robbie.« Denn, wie sie beide wussten, machte das alles noch so viel schlimmer.

»Genau. Und deshalb haben wir ein Problem.« Abrupt stand er auf und kippte seinen Kaffee in einem Zug hinunter. »Lass uns ein Stück gehen.«

Grace folgte ihm aus dem Café und musste sich selbst daran hindern, sich bei ihm einzuhaken. Das Schreckliche war, dass sie das noch hatte tun können, als sie nichts weiter als Freunde gewesen waren. Aber jetzt fühlte es sich mehr als seltsam an. Er wandte sich in Richtung Lewin's Mead, zögerte aber und schlug den Weg zurück nach Colston Hall ein. Ihr fiel auf, dass er durch die Hintergassen ging. Er benahm sich schon vorsichtig, obwohl sie beide dabei waren, jede Vorsicht in den Wind zu schlagen.

Seite an Seite gingen sie Richtung Westen. Sie näherten sich dem Rathaus, und Grace fragte sich, ob er es spürte. Ihre Körper, die sich wie aus eigenem Willen einander zuneigten. Die Art, wie sie sich am liebsten an ihn gepresst hätte, mit ihm verschmolzen und eins mit ihm geworden wäre. Oh Gott!

»Ich will dich«, murmelte er. »Ich brauche dich.«

Grace schluckte.

»Wie lange haben wir Zeit?«

Was meinte er? Die Gedanken rasten durch ihren Kopf. Tage? Wochen? Monate?

»Wann musst du wieder zu Hause sein?«

Grace verstand. »In etwas über einer Stunde«, sagte sie, als hätte sie schon darüber nachgedacht, es schon ausgerechnet. Dann hätte sie eine Viertelstunde, bevor Robbie von der Arbeit nach Hause kam. Eine Viertelstunde, um zu duschen und sich darauf vorzubereiten, ihm etwas vorzuspielen. Grace konnte nicht glauben, dass sie so kaltschnäuzig sein konnte.

»Gut.« Theo hatte sie beide durch eine Nebenstraße und dann eine andere manövriert. Schließlich erreichten sie die Jacob's Wells Road, und Grace begriff, dass sie unterwegs zu ihm waren. Natürlich. Was hatte sie denn gedacht?

Schon steckte sein Schlüssel im Türschloss seines sonnengelb gestrichenen Häuschens, und sie waren drinnen. Es war kleiner, als sie es in Erinnerung hatte, und, mein Gott, sie bekam keine Luft, es roch sogar nach ihm. Sie war schon ein- oder zweimal hier gewesen, und sie wusste, dass Robbie hier früher viel Zeit verbracht hatte, aber inzwischen kam Theo meist zu ihnen.

Im gleichen Moment, in dem die Haustür hinter ihnen zufiel, lag sie in seinen Armen, und er küsste sie. Alle Zweifel lösten sich in Luft auf, und es überkam sie wie schon einmal. Theo.

»Theo«, sagte sie.

»Grace.« Er nahm ihre Hand, und dann standen sie plötzlich im Schlafzimmer, wo sie noch nie gewesen war. Und dann … Und dann …

Es war langsamer als beim letzten Mal, sie ließen sich mehr Zeit. Sie sogen den Anblick und die Berührung ihrer Körper auf und erforschten einander. Grace strich mit den Fingern über seine karamellfarbene Haut, und sie küsste seinen Hals, seine Schultern, seine Brust und seinen Bauch, bis er sie stöhnend anflehte, damit aufzuhören. Als er endlich die Initiative ergriff, konnte sie es nicht mehr ertragen – am liebsten hätte sie seinen Namen herausgeschrien. Aber am Ende flüsterte sie ihn nur – wieder so, als läge darin alles, was ihr teuer war. »Theo.«

Anschließend kochte er Tee, den sie, im Bett sitzend, tranken. Der nachmittägliche Himmel wurde schon dunkler, was das Zimmer nur noch gemütlicher wirken ließ. Grace hatte das Gefühl, sie könnte für immer hierbleiben und in seinen Armen liegen. Die Vorhänge waren offen, und das Häuschen lag auf einem Hügel. Sie konnte die Dächer und Schornsteine gegenüber sehen und das ziemlich beeindruckende Gebäude der unabhängigen Schule für Jungen, das früher das Queen-Elizabeth-Krankenhaus beherbergt hatte. Sie wollte diesen kleinen friedlichen Hafen nicht verlassen und wieder in die Realität der Außenwelt zurückkehren, aber sie wusste, dass sie es tun musste. Liebe am Nachmittag, dachte sie. Sie sollte sich niederträchtig vorkommen. Dennoch … Sie ließ die Finger über seinen Rücken gleiten, und als sie die Augen schloss, fühlte sie alles beinahe noch einmal. Als laufe die Zeit rückwärts. In allen Einzelheiten.

»Nicht.« Er hielt ihre Hand fest. »Sonst muss ich dich noch einmal haben.«

Sie sah ihn unter zusammengezogenen Augenbrauen an. »Du könntest es versuchen.« Aber sie wussten beide, dass sie nicht genug Zeit hatten.

Sie stand auf und ging ins Bad. Sie konnte nicht anders, sie untersuchte die Dinge auf der Ablage über dem Waschbecken, alles, was seiner Haut so nahe gekommen war wie sie, den Rasierschaum, das Aftershave, die Teerseife. Dann ging sie zurück und setzte sich auf die Bettkante. Auf einer Kommode am Bett stand das Bild eines Jungen mit einem Magierhut auf dem dunklen Lockenhaar.

Entzückt lachte sie auf. »Du?«

»Ich.«

»Hat so alles angefangen?« Sie beugte sich zu ihm und schlang eine seiner Haarsträhnen um ihren Finger.

Er nickte. »Ich glaub schon. Mein Onkel hat mir mal zu Weihnachten einen Zauberkasten geschenkt«, erklärte er. »Mit Zauberstab und allem.«

»Und allem?«, neckte sie ihn. »Süß.«

Er zog eine Grimasse. »Wie es aussieht, war ich von Anfang an süchtig danach. Am Wochenende bin ich immer vor meiner Familie aufgetreten. Die Woche über habe ich dann meine Technik perfektioniert.« Er ließ die langen braunen Finger spielen und zog eine Augenbraue hoch.

Grace konnte es richtig vor sich sehen. Sie begann, sich anzuziehen, um nicht in Versuchung zu geraten, noch einmal mit ihm ins Bett zu springen. »Was hat dich daran so angezogen?«

Sein Blick wurde träumerisch. »Ich schätze, ich wollte einfach die Leute beeindrucken.«

»Und waren sie das? Beeindruckt?«

»Darauf kannst du wetten.« Er lachte. »Aber es war mehr als das ...« Er seufzte. »Ich wollte etwas verändern. Ich wollte feststellen, wie weit ich damit gehen konnte.«

»Damit?« Grace wusste, sie sollte gehen. Sie würde zu spät kommen. Aber es fiel ihr schwer, sich loszureißen.

»Der Illusion«, erklärte er. »Sehen, wie viel ich den Leuten vorspiegeln, was ich sie glauben machen konnte.«

Einen Moment lang schwieg Grace. »Und jetzt?«, sagte sie.

Er zuckte mit den Schultern. »Ist es noch genauso.«

»Ich muss gehen.« Sie stand auf.

Er rollte sich aus dem Bett und schnappte sich einen Frottee-Bademantel, der an dem Haken neben der Tür hing. »Grace«, sagte er, »wann hast du deinen nächsten freien Nachmittag?«

Ihr Herz machte einen Satz. Sie hatte das Gefühl, fliegen zu können. Lächerlich. »Donnerstag«, sagte sie. Sie brauchte nicht darüber nachzudenken.

»Kann ich dich sehen?«

Auch darüber brauchte sie nicht nachzudenken. »Ja«, sagte sie.

Immer noch hatten sie nicht darüber gesprochen, was sie tun würden, über das Problem und über die logische Lösung. Sie hatte versprochen, am Abend mit Robbie zu reden, aber daran konnte Grace gerade nicht denken. Sie war nicht in der Lage, über irgendetwas davon nachzudenken. Nicht, solange ihr Körper noch von seiner Berührung pulsierte. Nicht jetzt.

# 12. Kapitel

Elisa war auf dem Weg zum Gemeindezentrum. Sie nahm nicht die übliche Route über die Queen Charlotte Street, weil sie noch auf dem Markt ein Stück Stoff kaufen wollte. Aber sie dachte nicht an ihre neuen Kissen, sondern an Philip.

Nach ihrer Diskussion, nachdem er ihr von Nancy erzählt hatte, nachdem sie ihm erklärt hatte, es sei nicht zu spät, mit dem Trinken aufzuhören … Da war er aufgestanden und neben sie getreten.

»Ich werde es versuchen, Elisa«, hatte er gesagt.

Sie hatte ihn argwöhnisch gemustert. »Bist du dir sicher?«

»Ich bin mir sicher.«

Ihr war nicht einmal klar gewesen, dass sie die Luft angehalten hatte, aber jetzt stieß sie den Atem aus. »Aber warum jetzt?« Sie konnte es fast nicht glauben – das ging schon zu lange so. Aber er hatte genauso lange gebraucht, um ihr das mit Nancy zu erzählen. Und vielleicht hatte es ihm einen Teil seiner Last abgenommen, es ihr zu sagen.

»Ich war vorhin im Supermarkt«, sagte er.

Elisa nickte. Er lag gleich um die Ecke, und sie gaben sich ohnehin nicht mehr mit Großeinkäufen ab.

»Ich wollte nur …« Er verstummte.

Whisky kaufen. Er brauchte es nicht auszusprechen. Er hatte sie nicht gefragt, ob sie etwas brauchte. Sie vermutete, dass er abwechselnd in die Spirituosenabteilung verschiedener Supermärkte ging, damit niemand etwas ahnte. Als ob Kassiererinnen und Verkäuferinnen bemerken würden, wie oft pro

Woche ein Mann eine Flasche Whisky kaufte. »Und was ist passiert?«

»Eine Frau ist vor mir zurückgezuckt.«

»Was?« Elisa runzelte die Stirn.

»Es ist wahr.« Er ließ den Kopf hängen. »Sie kam den Gang herauf – eine Frau ungefähr in deinem Alter, gut gekleidet, teurer Schmuck, schöne Frisur. Ich habe ihr zugelächelt, nur so ein höfliches, verhaltenes Lächeln, wie man das so macht ...«

»Ja?«

»Und sie hat zurückgelächelt.« Er nickte. »Sie wirkte freundlich. Sie suchte gerade eine Flasche Wodka aus, sah sich die Etiketten an, als wäre sie sich nicht sicher, welche Marke sie nehmen sollte. Aber als sie in meine Nähe kam ...«

Elisa runzelte die Stirn. Sie glaubte zu wissen, was jetzt kam.

»Da ist sie zusammengezuckt«, erklärte er.

»Zusammengezuckt?«

»Ja. Sie hat geschnüffelt und ist zusammengezuckt. Sie ist tatsächlich rückwärts zurückgewichen. Und dieser Ausdruck auf ihrem Gesicht, Elisa.«

»Was für ein Ausdruck?« Sie streckte die Hand aus und legte sie auf seinen Arm.

»Angeekelt«, sagte er. »Sie hat mich angewidert angesehen.« Er schüttelte den Kopf. Er war entsetzt. »In all den Jahren, seit ich trinke, ist mir so was noch nie passiert, Elisa.«

»Verstehe.« Und das stimmte. Manchmal kam aus dem Nichts heraus der Moment, in dem man sich zum ersten Mal so sah, wie andere einen sahen. So wie der Moment, in dem man achtlos in einen Spiegel schaut und sieht, dass man alt ist und die eigene Mutter den Blick erwidert. Oder der Moment, indem man zufällig ein Gespräch zwischen zwei Personen aufschnappt, die über jemanden reden, der einem nicht bekannt vorkommt und nicht nett zu sein scheint, und plötzlich wird einem klar, dass sie über einen selbst reden. Dieser Moment. Die Selbsterkenntnis. Wenn die Seifenblase des Selbstbildes platzt und man sieht, was dahinter liegt. Was andere Menschen sehen. »Armer Philip«, sagte sie.

»Ich bin aus dem Laden gerannt«, sagte er. »Ich konnte den Whisky nicht kaufen. Konnte nicht dortbleiben. Ich bin gelaufen, immer weiter. Ich hab an dich gedacht und an Grace. *Du egoistischer Bastard*, hab ich gedacht.«

Elisa nickte. Jetzt begriff sie, warum er in einer so seltsamen Stimmung gewesen war, als er nach Hause kam. Sie verstand auch, warum er – als sie ihn gedrängt hatte – in der Lage gewesen war, ihr endlich von Nancy zu erzählen. Es mochte willkürlich erscheinen, dass eine Unbekannte in einem Supermarkt eine solche Wirkung haben konnte, dass sie Erfolg hatte, wo seine Frau und seine Tochter gescheitert waren. Aber so war das Leben. Und es war tatsächlich ein Wendepunkt gewesen.

Sie fasste ihn fest am Arm. »Das wird nicht einfach«, sagte sie. »Ich helfe dir, aber es wird nicht einfach. Vielleicht erlebst du Rückschläge. Aber …«

»Man kann sich Unterstützung holen«, sagte er. »Ich trete den Anonymen Alkoholikern bei. Ich tue, was ich tun muss, egal, was.« Und dann war er vor ihr zusammengebrochen und hatte so heftig geweint, dass er am ganzen Körper zitterte. »Ich will kein alter Säufer sein, und ich will auch nicht als Säufer sterben. Ich möchte zusammen mit dir neu anfangen, Elisa«, sagte er. »Und mit Grace auch.«

Elisa hatte ein ungutes Gefühl dabei gehabt, ihn an diesem Nachmittag allein zu lassen, aber sie musste ihm die Verantwortung überlassen. Sie konnte sie ihm nicht abnehmen, sondern ihn nur unterstützen. Und sie beschloss, ihre Erwartungen nicht zu hoch zu hängen. Nicht, weil sie nicht glaubte, dass er es schaffen könnte, und auch nicht, weil sie sich nicht gewünscht hätte, er würde aufhören. Aber sie wusste, dass es ein langer Weg werden würde. Gemeinsam hatten sie beschlossen, Grace nichts davon zu sagen, jedenfalls noch nicht. Was, wenn er bei seiner Tochter Hoffnung weckte und dann rückfällig wurde? Das würde noch größeren Schaden anrichten. Und Elisa musste auch sich selbst schützen.

Auf dem St.-Nicholas-Markt war viel los, und als Elisa mit ihrem kleinen Päckchen mit leuchtend rotem und gelbem indischen Baumwollstoff im Gemeindesaal ankam, war Theo schon da. Die Kissen würden das Wohnzimmer, das nach ihrem Geschmack ziemlich langweilig und altmodisch war, nicht völlig verändern, aber ein bisschen aufheitern.

»*Buenas tardes*, Theo.« Sofort verfiel Elisa ins Spanische. »*¿Cómo estás?*« Sie war erstaunt, ihn so kurz nach seinem letzten Besuch wieder hier zu sehen, obwohl er ja gesagt hatte, er werde versuchen, öfter zu kommen. Er war immer beschäftigt, erst recht, seit er nicht mehr nur als Steuerberater arbeitete. Elisa lächelte. Wahrscheinlich brauchte ein Mann wie Theo immer mehr Magie in seinem Leben, als Zahlen liefern konnten.

Er beugte sich vor und küsste sie auf die Wange. »*Hola*, Elisa. Mir geht's sehr gut, danke. Und dir?« Seine dunklen Augen blickten düster.

Sie zuckte mit den Schultern. »Mir geht's auch gut.«

Er zögerte. »Und der Familie?«

Elisa dachte an Philip. »Ach, irgendwas ist ja immer. Familienprobleme, verstehst du?« Sie zögerte. Sie musste daran denken, wie eng Theo mit Robbie und Grace befreundet war.

Und sie wollte nicht vorpreschen. Grace' Probleme mit Robbie waren ihre eigene Angelegenheit, und Philip und sie wollten noch warten, bis sie jemandem das mit Philip erzählten.

»Familienprobleme?« Theo runzelte die Stirn. »Hoffentlich nichts Ernstes?«

»Ach, nein. Hat sich bestimmt bald erledigt.« Das hoffte sie. Es war ja gut und schön, ihre Erwartungen herunterzuschrauben, aber wenn das Leben doch nur einfacher wäre … Elisa begann sich mit den Stühlen zu beschäftigen, und Theo half ihr.

»Du solltest keine Möbel rücken«, sagte er.

»Ha! Findest du, ich bin zu alt dazu?«

Er lachte. »Du bist eine Frau. Und ja, du solltest das all den starken jungen Männern überlassen, mit denen du dich umgibst.«

Elisa verdrehte die Augen. »Schön wär's, Theo.« Sie bemerkte, dass er einen Blick auf seine Uhr warf. Aha, er würde also nicht bis zum Schluss bleiben, dachte sie. »Und was führt dich heute her, Theo?« Sie hatte das Gefühl, dass er sie etwas fragen wollte. Ein paar Leute kamen hereingeschlendert, aber sie hatten noch zehn Minuten Zeit.

Sie setzten sich auf zwei Stühle gegenüber der Tür.

»Ich habe niemand anderen, den ich fragen könnte«, sagte er. Es brach geradezu aus ihm heraus. »Du bist schon immer, nun ja, so was wie eine Mentorin für mich gewesen, Elisa.«

»Es gibt Schlimmeres«, murmelte sie. Wenigstens hatte er nicht »so was wie eine Mutterfigur« gesagt. »Und? Spuck's aus, Theo.«

»Was würdest du tun«, fragte er nachdenklich, »wenn du dir etwas ganz, ganz unbedingt wünschen würdest, aber wüsstest, dass es falsch ist?«

»Wenn es falsch ist, dann solltest du es dir vielleicht nicht so sehr wünschen«, sagte Elisa. »Und wer sagt, dass es falsch ist? Du selbst oder die anderen?«

Er trommelte mit den Fingernägeln gegen den Rahmen des Stuhls. »Oh, alle anderen«, sagte er. »Kein Zweifel.«

Elisa dachte an Duardo. »Und ist es *etwas*, Theo?«, fragte sie. »Oder jemand?«

Er warf ihr einen Blick zu. Sie sah ihm an, dass er im Kopf Berechnungen anstellte. Wahrscheinlich taten Zauberer das. Kalkulierten ihre Chancen. Lenkten einen ab. Machten einem vor, etwas sei etwas anderes oder befinde sich an einem ganz anderen Ort. Ablenkungsmanöver. Sie war viel zu alt, um sich durch solche Sachen hinters Licht führen zu lassen.

Aber was waren Duardos Chancen gewesen, damals in den Tagen der Revolution? Wie viele Genossen waren im Kampf für ihre Freiheit gegen Batistas Männer gefallen? Er war noch jung, aber sie konnte nicht behaupten, überrascht gewesen zu sein, als Francisco an die Tür ihrer Eltern geklopft und ihr atemlos mitgeteilt hatte, dass ihre schlimmsten Befürchtungen wahr geworden waren, dass Duardo gefallen war – in dem beinahe letzten Kampf vor dem Sieg. »Da war ein Feuer«, sagte er. »Fast alle sind umgekommen. Wir haben sein Namensschild gefunden …«

»Ich wäre dir dankbar«, sagte Theo, »wenn du einfach nur die Frage beantworten würdest.«

Verständlich. »Ich würde immer meinem Herzen folgen«, sagte sie.

Damals waren alle gegen sie gewesen – gegen sie und Duardo. Aber sie hatten es trotzdem geschafft. *Hätten es geschafft.*

Sie war am Boden zerstört gewesen. Sie hatte »Nein!« geschrien und versucht, Francisco mehr Einzelheiten zu entlocken, aber er hatte einfach nur mit Tränen in den Augen den Kopf geschüttelt. Und er hatte Rosalyn das Namensschild gegeben, als Erinnerung an ihren Sohn.

Elisa dachte an Rosalyn, an den Gesichtsausdruck von Duardos Mutter, als Elisa hereingerannt kam, um Bestätigung für das zu suchen, was sie nicht ertragen konnte. Rosalyn war eine starke Frau, und sie war nicht immer freundlich zu ihr gewesen – sie hatte nichts Eiligeres zu tun gehabt, als Elisa zu verhöhnen, weil sie zurück nach Hause zu ihren Eltern gelaufen war, weil sie nicht in Matanzas auf Duardo gewartet hatte, wie sie es als seine Frau hätte tun sollen. Aber sie liebte ihren Sohn, daran bestand kein Zweifel. Und so musste Elisa glauben, dass es wahr war. Er war wirklich tot. Er würde nie zurückkommen. Sie würde den Rest ihres Lebens ohne ihn verbringen müssen.

Theo sah sie ein wenig seltsam an. Elisa fragte sich, ob sich ihre Gefühle auf ihr Gesicht gemalt hatten oder ob sie unabsichtlich laut gesprochen hatte. »Ja?«, sagte sie.

»Ach, nichts.« Er lächelte, obwohl er immer noch grimmig wirkte. »Ich dachte mir, dass du das sagen würdest. Muss los.« Und dann stand er auf und hatte in Windeseile den Saal verlassen.

Elisa sah ihm nach. Dieser junge Mann hatte so viel Energie. Und einen Teil davon unterdrückte er in seinem Inneren, was nicht immer gut war. »Allerdings nur«, fügte sie hinzu, »solange man dabei niemandem wehtut, hm?« Aber es war viel zu spät. Theo war fort.

# 13. Kapitel

*Havanna 2012*

Rosalyn nahm den Bilderrahmen mit dem Foto ihres Mannes, Tácito, zur Hand. Ihr lieber Tácito. Wie sehr er ihr immer noch fehlte. Der versilberte Rahmen war dunkel angelaufen und hatte Risse, und das Foto war ein bisschen unscharf. Aber seine dunklen Augen leuchteten immer noch so warm und sanft aus dem sepiafarbenen Bild wie in ihrer Erinnerung.

Tácito war im selben Dorf geboren wie Rosalyn. Als Kinder hatten sie zusammen gespielt, waren auf dieselben Hügel geklettert und im selben Becken geschwommen, und als sie zu Jugendlichen heranwuchsen, hatte sie oft den Blick seiner braunen Augen gespürt – forschend, als wolle er jedes ihrer Geheimnisse kennenlernen. Sie hatte es mit einem Lachen abgetan. Er war zu ernst, und damit konnte Rosalyn nichts anfangen. Außerdem hatte sie damals keine Geheimnisse. Aber dennoch ging ihr sein Blick nicht aus dem Kopf, und sie stellte fest, dass sie instinktiv nach ihm Ausschau hielt, wenn er nicht in ihrer Nähe war.

Einen kurzen Moment drückte sie das gerahmte Foto an die Brust und schloss die Augen. Ein paar Tränen quollen unter ihren Lidern hervor, und sie wischte sie mit der freien Hand weg. Die Zeit für Tränen war längst vorbei. Manchmal hatte sie das Gefühl, ihr geliebtes Kuba sei auf Tränen erbaut. Und falls ja, was hatten die Tränen bewirkt, hey? Viel, hatte ihre *abuela*, ihre verstorbene Großmutter, gesagt. So viel, ja, für eine Frau, die eine Sklavin gewesen war, die ihr ganzes Leben lang für andere gearbeitet hatte, Schwerstarbeit manchmal, nicht um sich zu bereichern, sondern einfach, um am Leben zu bleiben und dafür zu sorgen, dass ihre Familie ebenfalls am Leben blieb. Rosalyn war sich da nicht so sicher. So viel, hatte auch Tácito gesagt, denn er war der Sohn eines armen Bäckers gewesen und hatte einen Handkarren geschoben, von dem er für einen Hungerlohn, von dem sie kaum leben konnten, das Brot seines Vaters verkaufte.

Oh, als Rosalyn ihn damals kennenlernte, hatte er das nicht gesagt. Zu der Zeit war er nur ein Junge gewesen, der mit Steinen warf und Eidechsen jagte. Aber wenigstens hatte er immer gewusst, was ihm bevorstand. Er war der Sohn eines Bäckers. Das war sein vorgezeichneter Weg. Bei Rosalyn war das anders. Als sie zwölf war, starb ihr Vater. Ihre Mutter war erschöpft und früh gealtert, aufgerieben von der Armut und dem Kampf, den es bedeutete, genug Nahrung für ihre Familie aufzutreiben. Für Mädchen wie Rosalyn gab es keinen vorgezeichneten Weg. So hatte es jedenfalls ausgesehen.

Aber sie hatten Veränderungen erlebt. Ihre geliebte Großmutter war freigekommen. Das Ende einer Art von Sklaverei, während ihre Enkelin Rosalyn in eine andere Art von Sklaverei gezwungen worden war. Und Tácitos Familie wohnte nicht mehr in einer Hütte in den Slums, wo die Familien dicht gedrängt lebten und nachts nebeneinander auf Bodenmatten schliefen, während die Kinder barfuß herumliefen und durch schmutzige Pfützen platschten.

Behutsam stellte Rosalyn das Foto wieder an seinen Platz auf der Anrichte, neben das Radio – sie wusste nicht mehr, wie oft dieses alte Radio repariert worden war. Ihr Tácito … Sie lächelte. Tácito war derjenige gewesen, der Rosalyn aus ihrer besonderen Art von Sklaverei errettet hatte, und dafür würde sie immer dankbar sein.

Im Februar 1938 war sie ein junges Mädchen von fünfzehn Jahren, als sie sie holen kamen – eine Tante und ein Onkel väterlicherseits, die Verbindungen zu dem Besitzer eines Nachtklubs in Havanna hatten. Was sie ihm wohl erzählt hatten? Dass sie hübsch war? Dass sie Jungfrau war? Dass sie große braune Augen und Kurven an den richtigen Stellen hatte, sogar schon mit fünfzehn?

Und schwarze Haut – sicher hatte man ihren Onkel danach gefragt. Rosalyn wusste, das Mulattinnen als die attraktivsten Frauen galten, jedenfalls waren sie die begehrtesten. Schwarze Haut, hatten sie sicher gesagt, denn Rosalyn war durch und durch Afrokubanerin und stolz darauf. Wer wäre nicht stolz darauf gewesen, von Menschen abzustammen, die unter entsetzlichen Bedingungen mit Sklavenschiffen nach Kuba gebracht und gekauft und verkauft worden waren, als wären sie nicht mehr wert als eine Mango? Und sie hatten auf dieser Zuckerplantage gearbeitet – sie mussten. Rosalyns Großmutter hatte ihr erzählt, dass es auch schlimmere Besitzer gegeben hatte. Besitzer, die grausam gewesen waren und Abscheulichkeiten begangen hatten, über die sie nicht sprechen wollte. Aber alle Herren waren Herren. Jede Freundlichkeit war eine Art zu sagen: *Du gehörst mir, ich entscheide darüber, wie gut dein Leben sein kann.*

Ihrer Mutter gab Rosalyn keine Schuld. Sie hatte kaum eine Ahnung, wohin man sie brachte oder warum, sie hatte bei der Sache nichts mitzureden. Sie konnte nicht wissen, dass das Geschäft mit der Lust inzwischen der Haupterwerbszweig Havannas war.

»Bei uns wird sie es besser haben«, hatte ihr Onkel gesagt. Er trug einen alten Filzhut, seine Rippen standen hervor, und er hatte eine arrogante Art, sodass Rosalyn nicht bereit war, ihm zu vertrauen. »Wir werden auf dich aufpassen.«

Mit fünfzehn war Rosalyn die Älteste. Ihre Mutter musste sich noch um andere Kinder kümmern. Sie hatte keinen Mann mehr, der ihre Familie hätte beschützen können. Sie musste nehmen, was sie bekommen konnte, als sich die Chance bot.

Rosalyn war nie eine politisch denkende Frau gewesen. Auch Tácito war nicht politisch gewesen – obwohl er Ungerechtigkeit erkannte, wenn er sie sah. Wie sie und Tácito einen derart politischen Sohn hatten großziehen können … Rosalyn schüttelte den Kopf, einen Moment lang abgelenkt von ihren Gedanken an die Vergangenheit. Sie konnte es sich nicht erklären, sie wusste nur, dass ihr Duardo vom Moment seiner Geburt an Feuer im Blick gehabt hatte. Er hatte die Augen aufgeschlagen, sie angeschaut, und sie hatte es gesehen. Dieser Junge würde immer kämpfen, und die Frau war töricht, die glaubte, ihn daran hindern zu können. Die glaubte, sie könne ihn anbinden und ihn davon abbringen, die Welt verändern zu wollen. So war Rosalyn nicht. Sie wollte ihren Jungen nicht verlieren, und bei dem Gedanken daran überlief sie ein Schauder. Aber sie hatte immer gewusst, was er war und was er brauchte.

So hatte man die fünfzehnjährige Rosalyn an diesem Nachmittag in das von Schuhputzern, Zuhältern und Losverkäufern bevölkerte Stadtzentrum und in den Nachtklub gebracht, um ihr das Lokal zu zeigen. Genauer gesagt wurde *sie* herumgezeigt. Der Nachtklubbesitzer kam, um sie zu inspizieren, wie ein Bauer sich ein Nutztier angesehen hätte. Rosalyn wusste nicht viel über diese Art von Großstadtleben. Sie wusste nur, dass die Nachtklubs in Havanna Amerikaner bedeuteten, und Amerikaner bedeuteten Geld. Später erfuhr sie, dass die Amerikaner Kuba zum »Paris der Karibik« hatten machen wollen, einen Ort, an dem die Vergnügungssucht alles war und Moral keine Rolle spielte. Varietés, Nachtklubs, schäbige Striplokale und Bars, Glücksspiel und Wetten vom Abend bis zum nächsten Morgen – darum ging es. Und Kuba wurde zum Hurenhaus der Karibik, in dem die meisten Bewohner in Armut oder Slums lebten.

»Sie wird's schon hinkriegen«, meinte der Besitzer. Er hob Rosalyns Kinn an, sodass sie ihn ansehen musste. »Kannst du nett sein?«

Rosalyn gab keine Antwort. Sie spürte, dass ihre Augen immer größer wurden. Sie wusste immer noch nicht genau, was von ihr erwartet wurde. Sollte sie hier putzen? Drinks servieren?

»Klar kann sie nett sein«, antwortete ihr Onkel. »Sie hat bloß noch keine Übung, wenn Sie verstehen, was ich meine.«

Der Nachtklubbesitzer nickte. »Sie kann morgen Abend anfangen«, sagte er. »Wir werden sehen.«

Also hatte Rosalyn wohl den Test bestanden, worauf auch immer sie geprüft worden war.

»Du kannst hier gutes Geld verdienen«, sagte ihr Onkel. »Und du wirst es mir geben. Ich sorge dafür, dass deine Familie versorgt ist. Und du sollst auch ein kleines Taschengeld bekommen.«

Ihre Tante stieß sie mit dem Ellbogen an. »Aber du musst nett sein.«

»Nett?«, fragte Rosalyn.

»Du wirst schon sehen.«

Etwas an dem verschwörerischen Blick, den die beiden

wechselten, machte ihr Angst. *Maria, Muttergottes* … Sie schickte ein lautloses Gebet gen Himmel. Wie genau sollte sie so viel Geld verdienen – ein Mädchen wie sie? »Ich will nicht«, erklärte sie ihrer Tante und ihrem Onkel. »Ich will wieder nach Hause.« Ihr Zuhause war ärmlich, aber dort war sie sicher. Sie gehörte nicht hierher, und sie mochte den Nachtklubbesitzer nicht, genauso wenig wie die Art, wie er sie von oben bis unten angesehen hatte wie ein Stück Rindfleisch. Sein Starren hing in ihrem Kopf und traf auf die Stimme ihrer geliebten Großmutter. Und was sie gehört hatte, machte ihr Angst.

»Das geht nicht. Du wohnst ab jetzt bei uns.« Ihr Onkel kniff sie in die Wange, und der Blick aus seinen schmalen Augen glitt über ihre Schultern und ihre Brüste, wie vorhin bei dem Nachtklubbesitzer. »Du hast Glück, Mädchen, vergiss das nur nicht. Wir bekommen Geld, um dir ein paar Kleider zu kaufen. Und wir besorgen dir ein Zimmer.«

»Ein Zimmer?« Wieder riss sie die Augen auf.

»Aber ja«, sagte ihr Onkel. »Natürlich ein Zimmer. Allerdings nichts Großartiges. Aber dahin kannst du die …«

»Sei nicht blöd«, flüsterte ihre Tante ihr zu. »Auf diese Weise hilfst du deiner Familie. Sie bekommt ihren Anteil, wie wir dir gesagt haben. Und es ist ja nur für ein oder zwei Jahre …«

»Ein oder zwei Jahre?«

»Jesus!«, fluchte ihr Onkel. »Sie kann nichts anderes, als alles zu wiederholen. Sie hat keinen Verstand, Frau.«

»Sie braucht auch keinen.« Ihre Tante wandte den Blick ab. »Sie hat, was sie wollen – jedenfalls eine Zeit lang. Und das müssen wir nutzen, solange wir können.«

Und so war es abgemacht. Rosalyn wurde in einem billigen, schäbigen Zimmer untergebracht, aber sie durfte bei ihrer Tante und ihrem Onkel essen, bevor sie abends ausging. Sie musste jeden Abend in den Klub gehen. Sie würde einen oder zwei Drinks bekommen, und dann musste sie warten, bis ein dicker, Zigarren rauchender Amerikaner, der auf ein kleines Abenteuer aus war, sie aussuchte. So hatten ihre Tante und ihr Onkel es ihr nicht gesagt, aber sie reimte es sich zusammen, als sie dort hinkam, als sie endlich erkannte, wie genau sich alles abspielen würde.

Rosalyn dachte zurück an ihr erstes Mal. Eines der anderen Mädchen, die an der Bar saßen, erbarmte sich ihrer, gab ihr eine Zigarette und erklärte ihr, wie man sie rauchte. »Und sitz nicht so da, Schätzchen«, setzte sie hinzu. »Setz dich gerade hin, und stell die Beine zur Seite, so. Schultern zurück, mach keinen runden Rücken.« Aber vor diesen Mädchen mit ihren glamourös geschminkten Gesichtern, ihren tief ausgeschnittenen Kleidern und dem Schmuck, der an ihrem Hals und an ihren Fingern und Handgelenken glitzerte, fürchtete sich Rosalyn fast so sehr wie vor den Männern. Sie sahen aus wie reiche Frauen, und sie benahmen sich auch so. Aber Rosalyn beobachtete, wie sie zu den Tischen der Männer tänzelten, wenn sie gerufen wurden, und sie wusste, dass sie Huren waren.

Das Mädchen, das ihr die Zigarette gegeben hatte, hatte noch mehr Tipps auf Lager. »Wenn du so unfreundlich guckst, wirst du nie ausgesucht«, sagte sie. »Gewöhn dir diesen mürrischen Blick ab, rat ich dir.« Sie nahm sie auch mit auf die Toilette, malte ihr einen Lidstrich auf und zog ihre Augenbrauen nach. »Unnahbar zu wirken ist gut«, erklärte sie. »Das gefällt ihnen, weil sie wissen, dass es nicht stimmt. Aber du brauchst ein bisschen Glamour.« Sie zupfte an Rosalyns verwaschenem Baumwollkleid herum und seufzte beim Anblick der billigen Sandalen an ihren Füßen. »Du hast noch 'ne Menge zu lernen, Mädchen.«

Sie kehrten an die Bar zurück, und kurz darauf tippte der Kellner ihr auf die Schulter. »Hier lang.«

Rosalyn spürte, wie sich das Grauen in ihrer Magengrube niederließ. Auf diesen Moment hatte sie gewartet, und ihre Übelkeit wuchs von Sekunde zu Sekunde. Als sie von ihrem Barhocker aufstand, stolperte sie beinahe. Unmöglich, diesen geschmeidigen Gang zustandezubringen, der bei den anderen Mädchen so leicht aussah.

»Ich wette, er glaubt, sie wäre Jungfrau«, meinte eines der gehässigeren Mädchen an der Bar in ihrem kubanischen Spanisch. »Warum sollte er sich sonst so ein Mädchen aussuchen?«

*Warum sollte er sich sonst so ein Mädchen aussuchen?* Rosalyn folgte dem Kellner zur gegenüberliegenden Seite des Raums. An einem Tisch saß ein griesgrämig aussehender Mann, der eine Sonnenbrille trug und, wie sie vermutete, alt genug war, um ihr Vater zu sein.

»Kannst du Englisch?« Er sah sie genauso von oben bis unten an wie der Klubbesitzer und ihr Onkel.

»Nein, Mister.« Sie sah auf den Boden – das erschien ihr sicherer.

Aber er klopfte auf sein Knie. »Das ist gut. Heute Abend brauchst du nur zu tanzen, Schätzchen.«

Tanzen konnte Rosalyn, hatte es immer schon gekonnt. Jeder Kubaner lernte Salsa und Shimmy tanzen, sobald er laufen konnte – sie waren daran gewöhnt, dass ihre Mutter quer durch die Küche Cha-Cha-Cha tanzte oder ihr Vater einen Bolero sang, während er von der Arbeit nach Hause schlenderte. Und die Rumba gehörte zur Kultur von Rosalyns Vorfahren; die Rumba des *cajón* – der hölzernen Trommel – und der Kesselpauke, der Rhythmus ihres Volkes. Sie war eine Art, ihr Wesen zu bewahren, hatte ihre Großmutter ihr erklärt. Und sie wurde zu einem Ausdruck des Protests, obwohl er denen, die noch versklavt waren, wenig nützte. Aber sie war auch eine Art, ihre Identität zum Ausdruck zu bringen – und nicht einmal die Sklavenaufseher konnten ihnen das ganz wegnehmen. Rosalyns Großmutter hatte auch von Musik gesprochen, die auf einer *marímbula* aus Weidenholz gespielt wurde, einer Trommel mit einem tiefen Klang, von dem manche behaupteten, sie klinge wie eine Stimme aus dem Grab. Die Schwarzen auf der Plantage wären wahrscheinlich die halbe Nacht aufgeblieben und hätten Rumba getanzt, wenn sie gekonnt hätten.

Die Musik hier in dem verrauchten Nachtklub war anders, aber auch mit ihr war Rosalyn aufgewachsen. Zuerst waren ihre Glieder steif und reagierten nicht auf die Berührung des Amerikaners, aber als die Band weiterspielte, das Vibrieren der Trommeln durch ihren Körper lief, der Trompetenspieler loslegte und die schwarze weibliche *artista* sang … Da tanzte Rosalyn die Merenga.

Als sie den Klub verließen, winkte der Mann ein Taxi heran und versuchte, sie auf der Rückbank dieses großen schwarzen Cadillacs zu küssen. Rosalyn drehte ihr Gesicht weg. Seine Lippen waren schmal und unattraktiv, ein Schweißfilm überzog seine Haut, und seine Augen waren vom Alkohol gerötet. Sein schütteres blondes Haar war fettig und klebte in dünnen Strähnen an seinem Schädel. Ein Speicheltropfen war aus seinem Mund auf sein glattrasiertes Kinn geflossen, und sie bemühte sich, nicht darauf zu starren.

»Hab keine Angst, Schätzchen«, sagte er. »Ist das dein erstes Mal?«

Sie sah weg, über seine Schulter. Sie wusste nicht, was sie sagen oder wie sie sich verhalten sollte.

»Ich zeig's dir«, versprach er. »Du brauchst keine Angst zu haben.«

Bevor er am Morgen ging, steckte er mehrere Dollarscheine unter ihr Kopfkissen. »Bis bald«, sagte er.

Aber Rosalyn sah ihn nie wieder. Stattdessen sah sie eine Abfolge anderer Männer, jede Nacht einen anderen. Einige waren ruhig, andere laut, manche freundlich, ein paar nicht. Einige sanft, andere grob, manche geizig, manche großzügig – mit Geld und mit Schmuck.

Da begriff sie, woher der Schmuck der Frauen stammte. Sie verstand, warum sie sich aussuchen lassen mussten, während sie an der Bar saßen, die nichts weiter als ein Schaufenster für Frauenkörper war, und wozu sie in Wahrheit ausgewählt wurden. Denn wenn man nicht ausgesucht wurde, verdiente man kein Geld, und alles war umsonst gewesen. Wenn man nicht ausgewählt wurde … Zuerst hatte sie sich gedacht, dass sie es so machen würde – unglücklich aussehen, heruntergekommen und unattraktiv – und dass sie so dafür sorgen könnte, dass kein Mann sie wollte.

Aber das Mädchen, das sich als Erste mit ihr angefreundet hatte, klärte sie auf. »Jede, die am Ende des Abends noch übrig ist«, sagte sie, »wird dem Personal überlassen, gratis.« Und sie warf dem Barkeeper, der ihr anzüglich zuzwinkerte, einen Blick zu. »Wenn du verstehst, was ich meine.«

Rosalyn verstand. Auf keinen Fall würde sie das umsonst machen. Sie lernte, sich das Haar so aufzustecken, dass ihre Wangenknochen betont wurden, sich zu schminken, um ihre großen, schräg gestellten Augen hervorzuheben, ihre vollen Lippen. Sie bat ihren Onkel, ihr mehr Kleider zu kaufen, die ihre körperlichen Vorzüge betonten, und hochhackige Schuhe.

Und sie lernte, darin zu laufen – geschmeidig und seidig und jeder Schritt das Schwenken ihrer Rundungen und eine Verheißung. Sie lernte auch zu lachen, zuzuhören und sogar zu flirten. Immer noch war sie erst fünfzehn. In Kuba, lernte sie, war alles möglich, wenn man genug Geld hatte. Aber sie hasste jede Sekunde.

Sie fing an, Geld zurückzulegen. Der Großteil ging an ihren Onkel und ihre Tante für ihr Zimmer – als Entschädigung für diese kostbare Gelegenheit, etwas aus ihrem Leben zu machen, die sie ihr eröffneten. Sie behaupteten, einen Teil davon an ihre Familie weiterzuleiten, aber daran zweifelte Rosalyn inzwischen. Ihr wurde klar, dass ihr Onkel keine Möglichkeit hatte, zu erfahren, was genau sie verdiente, und dass manche Kunden sowohl leichtfertig als auch großzügig waren. Sie wusste, dass ihr Onkel regelmäßig ihr Zimmer durchsuchte, um sich zu vergewissern, dass sie nichts versteckte, aber sie war schlau und bewahrte es in der Nähe ihres Kochers auf, an einer Stelle, von der sie wusste, dass er dort nicht suchen würde. Er nahm ihr auch den geschenkten Schmuck nicht ab – den betrachtete er als Investition, die reichere Kunden anziehen würde, vermutete sie –, und sie verkaufte einen Teil davon, wenn sie die Gelegenheit hatte und glaubte, er werde es nicht bemerken.

Eines Tages, als sie schon mehrere Monate arbeitete und kurz nach ihrem sechzehnten Geburtstag – den sie unter einem dicken amerikanischen Matrosen beging, der zu viel Rum getrunken hatte, um sein Geschäft zu erledigen, aber nicht genug, um es nicht eine Stunde lang zu versuchen –, steckte sie sich Geld in die Unterwäsche und fuhr zurück nach Hause. Bewusst schminkte sie sich nicht, kleidete sich sittsam und schlang sich ein Tuch um den Kopf. Dann nahm sie ein

Taxi zu einer Adresse in der Nähe der Straße, in der ihre Familie lebte. Sie lauschte den Rufen des Scherenschleifers und des Obstverkäufers, dem Hupen der Autos auf der Hauptstraße und dem Rumpeln von Handkarren auf dem Kopfsteinpflaster. Sie suchte sich einen Weg zwischen den Pfützen. Wie sehr ihr Leben sich verändert hatte, dachte sie. Wer war dieses Wesen, zu dem sie geworden war? Sie kannte dieses Mädchen kaum. Sie wollte es nicht kennenlernen.

Sie traf ihre Mutter im Haus an, wo sie einen mageren Eintopf aus schwarzen Bohnen und ein paar Brocken Schweinefleisch kochte. Nichts schien sich verändert zu haben. Und doch hatte sie jetzt keinen Platz mehr in dieser Welt.

»Oh, mein Liebes, mein Schatz.« Ihre Mutter weinte. Sie streckte die Arme aus und umschlang sie. Rosalyn ließ sich umarmen, aber sie spürte ihre eigene Kühle. Sie gab ihrer Mutter keine Schuld, weil sie zugelassen hatte, dass sie weggebracht wurde – sie hatte sogar Verständnis dafür. Aber dennoch konnte sie nicht mehr dasselbe für sie empfinden. Ein Band zwischen ihnen war zerrissen und abgestorben. Außerdem konnte Rosalyn nicht weinen. All ihre Tränen waren in ihrem Inneren vertrocknet. Sie war sich nicht sicher, ob sie je wieder würde weinen können.

»Geht's dir gut?«, fragte ihre Mutter sie. »Bist du in Sicherheit?«

Was sollte sie sagen? »Mach dir um mich keine Sorgen.« Mehr brachte sie nicht heraus.

Aber da war noch etwas anderes. Rosalyn küsste ihre kleinen Brüder und Schwestern. Ihre Schwester Amelia war vierzehn und wurde rasch erwachsen. Rosalyn hatte schon jetzt Angst um sie. »Hast du Geld bekommen?«, fragte sie ihre Mutter.

»Ein bisschen.« Ihre Mutter sah zu Boden. »Aber wenn es dir nur gut geht …«

Einmal mehr schien es nichts zu geben, was sie sagen konnte. Also gab Rosalyn ihrer Mutter das mitgebrachte Geld und sah, wie sie ungläubig die Augen aufriss. »Nimm es«, sagte sie. »Es gehört mir. Gebrauche es klug. Und lass nicht zu, dass Amelia hingeht, wo ich hingegangen bin.«

Ihre Mutter schüttelte den Kopf. Sie weinte immer noch.

Als Rosalyn die Hütte verließ, sah sie auf der Straße Tácito, der Brot verkaufte. Sie versuchte, ihm aus dem Weg zu gehen, und eilte in die entgegengesetzte Richtung davon. Sie schämte sich so. Sie glaubte, noch nie so beschämt gewesen zu sein. Sie konnte ihm wirklich nicht gegenübertreten.

Aber sie hörte, wie er ihren Namen rief. »Rosalyn! Hey, Rosalyn!« Sie ignorierte ihn.

Aber er hatte sie schon eingeholt. Er musste seinen Brotkarren zurückgelassen haben, denn er war hier und zog sie am Arm. »Bleib stehen«, befahl er ihr.

Sie blieb stehen.

»Wo willst du hin?« Er ließ ihren Arm nicht los.

Sie schwieg, konnte ihn nicht ansehen.

»Wo bist du gewesen?«

Rosalyn schüttelte den Kopf.

»Rosalyn. Wo?«

»Lass mich los.« Sie versuchte, sich loszumachen, aber er war stärker als sie. »Das willst du nicht wissen«, sagte sie schließlich.

»Wo?« Und sie sah ihm am Gesicht an, dass er nicht aufgeben würde.

»In der Stadt«, sagte sie. »Havanna.«

Er nickte. »Deine Leute haben mir erzählt, dass du jetzt

bei deiner Tante und deinem Onkel lebst. Wo, wollten sie mir nicht sagen.«

Sie zuckte mit den Schultern.

»Aber eins sag ich dir.«

Nun fühlte sie sich doch gezwungen, zu ihm aufzusehen.

»Ich werd dich finden«, versprach er.

Sie schüttelte ihn ab. »Mach dir keine Mühe«, sagte sie. Sie war für immer verdorben. Es war sinnlos. Was das anging, war ihr Leben vorbei.

Einen Moment lang zögerte er. »Falls du mich mal brauchst«, sagte er. »Wenn du einen Freund brauchst …«

»Brauch ich nicht.« Und jetzt riss sie sich wirklich von ihm los und rannte davon. Denn am liebsten hätte sie es ihm erzählt, aber wie hätte sie können? Sie wollte seine Arme um sich spüren, fühlen, dass er sie beschützte, wie er es früher einmal versucht hatte – einmal, aber da hatte sie nur gelacht und ihn weggestoßen. Sie wollte es, aber es konnte nicht sein, nichts davon. Sie war jetzt ein anderer Mensch.

# 14. Kapitel

So lange schon hatte Grace sie ignoriert, ihre wachsenden Gefühle für Theo. Die Verbundenheit. Wenn sie sie sich nicht eingestand, konnten sie auch nicht existieren, oder?

»Er ist wie der Bruder, den ich nie hatte«, hatte Robbie einmal gesagt.

»Für mich auch.« Aber in Wahrheit war Theo nie so etwas wie ein Bruder für Grace gewesen. Eher ein Seelengefährte. Er schien sie einfach zu verstehen.

Nicht, dass sie sich je vorgestellt hatte … Sie hatte darauf geachtet, ihm nicht zu nahe zu kommen, diese Gedanken nicht auftauchen zu lassen. Sie hatte sich davor gehütet, ihn zu lange anzusehen, zu lange mit ihm zu lachen. Sie hatte ihn nur leicht auf die Wange geküsst und ihn nur kurz umarmt. Sehr kurz. Und er hatte mitgespielt. Jetzt erkannte sie, dass er nur mitgespielt hatte.

Am Abend, nach Theos SMS, nach diesem Nachmittag in seinem Haus, hatten Robbie und sie geredet.

»Denk mal drüber nach, Gracie«, hatte Robbie gesagt. »Die Sache mit dem Baby. Bitte sag einfach, dass du darüber nachdenken wirst. Bis dahin reden wir nicht mehr drüber.«

»Wirklich?«

»Und wir brauchen nicht nach Sussex zu ziehen. Du hast recht. Unser Leben ist hier. Wir haben hier Familie, deine Familie. Wir haben Theo und all unsere Freunde.«

Theo. Sein Name aus Robbies Mund. Grace musste ein Schaudern unterdrücken.

»Aber eine Sache musst du akzeptieren, Gracie.« Er konnte das Thema offenbar nicht ruhen lassen.

»Was?«

»Du bist fast vierzig.«

»Ja, ich weiß.« *Danke, Robbie.*

»Also …« Er fuhr sich mit der Hand durch sein kurzes blondes Haar. »Was ist, wenn du fünfundvierzig bist und unbedingt ein Kind haben willst?«

»Dann bekomme ich eins«, sagte Grace.

»Und wenn es dann zu spät ist und du keins mehr kriegen kannst?«

»Keine Ahnung.« Sie hatte darüber nachgedacht. Aber es war schwer, fünf Jahre vorauszudenken und zu wissen, wie man sich dann fühlen würde. Menschen veränderten sich.

Er rückte näher zu ihr. Jeder von ihnen saß an einem Ende des Sofas, und zwischen ihnen lag ein Kissen, als würde es eine Grenze markieren. Robbies Hartnäckigkeit, ja geradezu Sturheit hatten ihn zu dem treuen Problemlöser gemacht, in den Grace sich verliebt hatte. Aber im Moment trieb genau diese Hartnäckigkeit sie so ziemlich in den Wahnsinn.

Er nahm ihre Hand. »Sollen wir einfach die Natur darüber entscheiden lassen?«

Sie erstarrte. »Was meinst du?«

»Das weißt du doch.« Er spielte mit ihren Fingern, fast erwartungsvoll.

Grace hätte am liebsten ihre Hand weggerissen, zwang sich aber, es nicht zu tun. »Nein, weiß ich nicht.«

»Setz die Pille ab. Lass es darauf ankommen.«

»Das ist keine Entscheidung«, sagte sie. Und jetzt rückte sie wirklich von ihm ab. »Oder vielleicht doch. Und zwar eine unverantwortliche. Keine Frau sollte eine Schwangerschaft riskieren, wenn sie sich nicht mal sicher ist, ob sie das Kind will.«

»Um Himmels willen, Grace.« Er stand auf und ging im Zimmer auf und ab. »Wir sind verheiratet. Was ist unverantwortlich daran, wenn man tut, was die Natur beabsichtigt?«

Grace sah schon, worauf das hinauslief – schon wieder. »Robbie.« Sie hob die Hand, damit er nicht weitersprach. »Du hast gerade gesagt, ich könnte mir Zeit nehmen, darüber nachzudenken«, erinnerte sie ihn. »Du hast gesagt, bis dahin würdest du nicht mehr davon reden.«

»Natürlich.« Er stieß einen tiefen Seufzer aus und griff nach der Fernbedienung. »Wenn du versprichst, dass du es tust. Darüber nachdenken, meine ich.«

»Werde ich.«

Er schaltete den Fernseher an, und auf dem großen Bildschirm tauchte ein Nachrichtensprecher auf.

Grace entspannte sich. Es war ein Aufschub. Wenigstens hatte sie Zeit. Und Zeit war alles, was sie brauchte. Mit Zeit – und Logik, laut Theo – konnte man jedes Problem lösen. Alles würde sich klären. Darauf musste sie vertrauen. Und inzwischen …

»Seit wann weißt du es?«, fragte sie Theo am Donnerstagnachmittag in seinem Haus in der Gorse Lane. Dieses Mal hatten sie sich gar nicht mit dem Vorwand abgegeben, vorher Kaffee trinken zu gehen. Dieses Mal brauchten sie jede Minute für sich. »So richtig?«

Sie lagen im Bett. Er fuhr mit einer Fingerspitze an ihrem Rückgrat hinunter und strich über die Wirbel. Geschickte Finger. Es war keine anerkannte Massagetechnik, aber sehr angenehm.

»Du weißt, wann es mir klar geworden ist.«

Grace zappelte. Sie wusste, wann, aber sie wollte, dass er es aussprach.

»Finde die Dame«, flüsterte er. »Mein Untergang.«

Ihrer auch. Dieser Kartentrick. Ihr war es genauso gegangen.

An diesem Abend hatte es ganz unschuldig begonnen. Die drei hatten zusammen zu Abend gegessen – Grace hatte Linguine mit Krabben, karamellisiertem Knoblauch und Auberginen gekocht, und sie hatten wahrscheinlich alle ein bisschen mehr Wein als sonst getrunken. Solche Abendessen fanden ziemlich oft statt, ungefähr alle vierzehn Tage. Im Lauf der Jahre hatte Theo ab und zu eine Freundin gehabt, und Robbie sagte immer, er solle Jane oder Rosa oder Annie doch mitbringen. Aber das tat Theo nie. Und die Frauen, so nett sie auch waren, neigten dazu, nie so lange zu bleiben, dass sie ein fester Teil ihrer kleinen Runde geworden wären.

»Keine Ahnung, was mit dir los ist, Kumpel«, sagte Robbie zum Thema Rosa oder Jane oder Annie. »Ein nettes Mädchen. Was ist passiert?«

Und Theo zuckte dann mit den Schultern. »Es hat einfach nicht funktioniert«, sagte er, oder: »Sie wollte mehr, als ich ihr geben konnte«, oder: »Es hat einfach nicht gefunkt, verstehst du?«

Anders als die meisten Menschen, die Grace kannte, ließ er nie zu, dass aus einer Beziehung zu einer Frau etwas entfernt Bequemes wurde. Bei Theo hieß es alles oder nichts. Und allein bei dem Gedanken überlief sie ein Schauder.

An dem Abend mit dem Kartentrick saß Theo auf dem Sofa und übte einen Kartentrick mit Robbie, der immer frustriert war, wenn er nicht begriff, wie Theo das machte – und das war meistens so.

»Verdammt«, sagte er. »Wie hast du die Karte von da nach dort befördert? Das ist unmöglich.«

»Nichts ist unmöglich«, sagte Theo. Er hob sein Rotweinglas an die Lippen. Grace beobachtete ihn und fühlte sich in dem gemütlichen Halbdunkel sicher, denn das einzige Licht im Raum kam von der Art-déco-Lampe an der Wand und dem flackernden Feuer im Holzofen. *Nichts ist unmöglich*, dachte sie. Das Problem war, dass einige Dinge es offensichtlich doch waren.

»Du solltest mehr wie Grace sein«, sagte Theo, und ihr ging auf, dass er sie direkt ansah. »Ein bisschen vertrauensvoller.«

»Ich bin nicht vertrauensvoll«, wandte sie ein.

»Wirklich?« Robbie tat bestürzt.

»Ich akzeptiere den Trick nur einfach.« Grace schenkte sich Wein nach. »Das ist nicht das Gleiche, wie Vertrauen zu haben.«

Theo zog eine Augenbraue hoch.

»Ich muss nicht wissen, wie es geht.« Sie nippte an ihrem Wein und überlegte. »Ich weiß, dass es ein Trick ist. Aber ich will ja keine Zauberin werden. Warum sollte ich dann unbedingt wissen wollen, wie er geht?«

Theo lachte. »Mein perfektes Publikum. Sie weiß die Tricks zu schätzen, aber sie hinterfragt sie nicht.«

Robbie runzelte die Stirn. »Ein bisschen Neugier ist nie verkehrt«, sagte er.

»Und Hartnäckigkeit«, sagte Grace.

Theo wandte sich Robbie zu. »Eigentlich ist *Find the Lady* nur eine andere Form des Hütchenspiels.«

»*Find the Lady?*«

»Ich zeig's euch.« Theo wählte drei Karten aus dem Päckchen aus – zwei schwarze Asse und die Herzkönigin. »Der älteste Taschenspielertrick der Welt.«

»Ach ja?« Robbie beugte sich vor. Grace sah, dass er entschlossen war, hinter diesen Trick zu kommen.

»Okay. Euer Straßenzauberer spielt mit mehreren Komplizen. Sie sind eingeweiht, ein Teil der Show.« Während Theo sprach, schnippte er die drei Karten zwischen den Fingern herum. »Ihre Aufgabe ist es, die Dame zu finden – darauf zu kommen, wo der Zauberer die Karte hingeworfen hat.«

»Klingt einfach«, meinte Robbie.

»Ist es auch – relativ. Sie verlieren ein paarmal und gewinnen ein paarmal, aber sie sind nicht besonders gut. Dann kommt ein Mann vorbei, beobachtet sie und denkt, das könne er besser. Das ist die menschliche Natur.«

Die menschliche Natur, dachte Grace. Wie Robbie, der immer gewinnen will.

»*Yep*. Er braucht bloß auf die Dame zu achten.« Theo sah Grace an. Sie hoffte, dass ihr Gesicht im Halbdunkel verborgen war. Etwas war an diesem Abend anders als sonst. Robbie wirkte echt verärgert, und Theo ... Theo sah völlig unbeteiligt aus. Hätte er Poker gespielt, hätte er alles auf eine Karte gesetzt. »Aber wie ihr euch denken könnt, kontrolliert der Zauberer das Spiel.« Theo zeigte die drei Karten, eine nach der anderen, und legte sie dann mit dem Bild nach unten in einer Reihe aus. Er begann sie auszutauschen, langsam zuerst und dann immer schneller. Grace spürte, wie stark sich Robbie konzentrierte. Für jeden Menschen musste das aussehen, als wäre es ganz einfach, die Karten zu verfolgen.

Theo lehnte sich zurück. »Finde die Dame«, sagte er zu Robbie.

Robbie runzelte die Stirn. »In der Mitte.« Er zeigte darauf.

Grace sah, dass er überzeugt davon war, richtig gewählt zu haben. Sie war ebenso überzeugt davon, dass er sich irren würde. Es ist ein Trick, Robbie, hätte sie am liebsten gesagt. Vergiss das nicht.

Theo drehte die Karte um. Es war das Kreuzass.

Robbie fluchte unterdrückt. »Noch mal«, sagte er.

Seufzend schüttelte Grace den Kopf.

»Genau so funktioniert das«, erklärte Theo.

»Der Mann will es noch mal versuchen, weil er dich weiterhin schlagen will«, sagte Grace.

Theo nickte. »Und er ist sicher, dass er es kann.«

Grace lächelte. »Der Trick ärgert den Mann langsam. Er glaubt ja, es wäre ganz einfach.« Und Robbie spielte die Rolle perfekt.

Wieder nickte Theo. »Wie gesagt, das ist die menschliche Natur. Wir alle wollen gewinnen. Keiner von uns möchte sich zum Narren machen.«

»Außer wir sind Grace«, sagte Robbie.

Sie zog eine Grimasse. »Ich bin bloß realistisch.«

»Und ich will's noch mal probieren.« Erwartungsvoll sah Robbie Theo an.

»Die menschliche Natur«, wiederholte Theo. »Wir wollen alle glauben, was wir mit eigenen Augen sehen.«

Auf ihrem Stuhl in der Ecke veränderte Grace ihre Haltung ein wenig. Die eigenen Augen, Erinnerungen … Woran konnte man glauben, wenn nicht daran? Ungebeten huschten Bilder durch ihren Kopf, und sie spürte, wie Panik in ihr aufstieg. Ein Krachen, ein dumpfer Knall, ein Schrei, die Schritte eines Manns, der rennt. Seine Stimme. »Nancy. Oh, Nancy. Ich habe sie dazu getrieben. Sie wäre nie weggerannt …« Eine andere Stimme. »Bringt das Kind weg, um Himmels willen.«

Die ruhigere Stimme von Amandas Mutter. »Komm mit mir, Liebes.« Und eine Frau. Eine Frau, die neben ihrem Vater steht. Erstarrt und reglos. Eine Frau, die nach Maiglöckchen und nach Tod riecht.

»Grace?« Theo sah zu ihr herüber. Seine Miene wirkte besorgt. »Geht's dir gut?«

»Ja.« Grace hätte die Sekunden nach diesem schrecklichen Unfall nie miterleben dürfen. Sie hätte nicht einmal dort sein sollen. Sie sollte Tee bei ihrer besten Freundin Amanda trinken, nur dass Amanda schlecht gewesen war und Amandas Mutter Grace nach Hause gebracht hatte. Sie waren nur Sekunden, nachdem es passiert war, dort angekommen.

Im Lauf der Jahre hatte Grace sich oft gefragt, wer die Frau gewesen war, die neben ihrem Vater gestanden hatte. Es war keine Unbekannte, die zufällig vorbeigegangen war. Sie war hinter Grace' Vater aus dem Haus gelaufen und hatte regungslos und mit starrem Blick dort gestanden. Unter Schock, vermutete Grace. Sie konnte sich das nur auf eine Art erklären. Nein, ihr Vater hatte ihre Mutter nicht tatsächlich auf die Straße gestoßen. Natürlich nicht. Aber wie er selbst gesagt hatte, hatte er sie zum Weglaufen getrieben. Nur eines konnte sie dazu gebracht haben, so davonzurennen. Ihre Mutter hatte die beiden ertappt. Sie war früher nach Hause gekommen und hatte sie zusammen gesehen. Ihren Mann und seine Geliebte. Der Schock war zu viel für sie gewesen. Sie war Hals über Kopf aus dem Haus gestürzt und auf die Straße gelaufen, ohne sich umzusehen. Und … ihr Vater und die andere Frau waren ihr gefolgt.

Theo sah sie immer noch an. War er so ein guter Beobachter, weil er Zauberer war? Oder hatte das einen anderen Grund?

Robbie dagegen starrte immer noch wütend auf die Karten,

als versuchten sie, ihn dumm dastehen zu lassen. Das männliche Ego, dachte sie. Er tat sich das selbst an.

»Diese«, erklärte er triumphierend.

Und doch konnten die Augen sich täuschen. Auch Erinnerungen konnten verschwimmen, sich verändern und durch die Zeit fragmentiert werden.

»Tut mir leid, Kumpel.« Theo klang allerdings alles andere als bedauernd. Er drehte die Karte um, und das Pikass kam zum Vorschein.

»Verdammt«, sagte Robbie wieder. Er lehnte sich zurück. »Okay. Also, wie machst du das?«

Theo zuckte mit den Schultern. Manchmal weigerte er sich, seine Geheimnisse mit Robbie zu teilen. Er müsse sich an die Regeln des Magischen Zirkels halten, erklärte er. Er durfte nicht alles verraten. »Dieser Trick ist so alt wie die Zeit«, sagte er, »aber es gibt verschiedene Methoden. Alle haben mit Fingerfertigkeit zu tun.«

»Ist das alles?«, fragte Robbie verärgert.

»Es hat damit zu tun, wie man die Karten hält und wie man sie auf den Tisch wirft.« Theo machte es vor. »Der Zauberer kann zwei oder drei Karten abheben und es so aussehen lassen, als wäre es eine, oder nur so tun, als nehme er eine.«

Grace sah zu, wie seine geübten, geschickten Finger die Karten so schnell bewegten, dass es einem zwischen dem Zwinkern entging.

»Aber ich hab meine eigene Version«, erklärte Theo Robbie.

»Warum überrascht mich das nicht?«

»Es sind vier Karten, nicht drei. Und ich bin das Risiko eingegangen, dass du in der Lage sein könntest, sie zu verfolgen.«

»Ich glaube nicht, dass ich das kann.« Robbie schüttelte den Kopf.

»In meiner Version«, sagte Theo, »ist die Dame immer beim Zauberer. Sie ist niemals tatsächlich verfügbar oder da draußen. Er versteckt sie in seiner Handfläche.«

Die Dame ist immer beim Zauberer. Grace hatte Theo angesehen. Theo hatte sie angesehen. Der arme Robbie bekam nichts davon mit, denn er versuchte immer noch, hinter den Trick zu kommen. Und in diesem Moment fand der Austausch zwischen ihnen statt. Das Wissen. Das war der Moment, der sie an diesen Punkt geführt hatte. Da war es gewesen.

# 15. Kapitel

*Havanna 1939*

Aber Tácito fand sie. Irgendwie fand er sie. Eines Nachts kam Rosalyn mit einem Amerikaner, mit dem sie schon den ganzen Abend verbracht hatte, aus dem Klub. Der Mann wurde langsam zudringlich, und statt sofort ein Taxi heranzuwinken, zerrte er sie lachend die Straße entlang. Er zog sie in einen Hauseingang und beugte sich vor, um sie zu küssen.

Rosalyn küsste die Männer nie. Das würde sie nie tun. Sie stieß ihn zurück. »Warten Sie, Mister«, sagte sie zu ihm.

»Ich will dich jetzt«, knurrte er. »Gleich hier und jetzt, verdammt.«

Sie trat einen Schritt zurück. Er riss sie wieder an sich. Aha, er würde also einer von den Groben sein. Rosalyn hatte schon einige erlebt. Aber eine Ohrfeige hier oder da machte ihr nichts mehr aus, nicht mehr – sie wünschte sich beinahe, dass die Männer ihr wehtaten. Mehr war sie jetzt nicht mehr wert.

Und dann trat Tácito aus dem Schatten. Zuerst erkannte sie ihn nicht, denn seine Haut war so schwarz, dass sie nur seine Augen glitzern sah. »Lassen Sie sie in Ruhe.«

Sie keuchte auf.

Der Amerikaner starrte ihn wütend an. »Wer zum Teufel glaubst du, wer du bist?«

Tácito richtete sich gerader auf. »Ich passe auf diese Frau auf«, erklärte er.

Verzweifelt sah Rosalyn zwischen den beiden hin und her. Tácito hatte ja keine Ahnung. Er gehörte nicht hierher. Das hier war ihre Welt, und mit der hatte er nichts zu tun.

»Du bist ihr Zuhälter, ja?« Der Mann griff bereits nach seiner Brieftasche.

»Nein.« Tácito wich nicht von der Stelle. »Ich sagte, dass ich auf sie aufpasse. Ich beschütze sie.«

»Stimmt das?« Der Amerikaner wiegte sich auf den Fersen. »Also, was willst du mir sagen?«

Rosalyn wusste, was sie zu tun hatte. »Lassen Sie ihn doch, Mister«, sagte sie und zwang sich, Tácito nicht anzusehen. Mühsam suchte sie nach den Worten, die der Amerikaner verstehen würde. »Er ist nichts.«

»Nichts, ja?« Der Amerikaner taxierte ihn immer noch. Er steckte eine Hand in die Hosentasche und hielt mit der anderen weiter ihren Arm. »Hast du das gehört, Junge? Mein Mädchen hier sagt, dass du nichts bist.«

Rosalyn errötete vor Scham und sah auf das Straßenpflaster hinunter. Das hatte sie nicht gemeint. Aber sie musste irgendwie dafür sorgen, dass Tácito von hier verschwand. Er war hier nicht sicher. Er könnte verletzt werden – und sie auch.

»Sie ist nicht Ihr Mädchen«, erklärte Tácito.

»Ist sie nicht?« Wieder musterte der Mann ihn. »Du hast sie mal gehabt, stimmt's? Na, hier gibt's ja wohl genug für alle. Vielleicht kommt die hier ja an einem anderen Abend mit dir. Sie ist nicht wählerisch. Wenn ich mir dich so anschaue, seh ich, dass sie nicht wählerisch ist.«

Rosalyn wusste nicht mehr genau, was als Nächstes passierte. Aber Tácito musste ihn geschlagen haben, denn der Amerikaner lag am Boden und jammerte vor Schmerzen, und Tácito stand mit glühenden Augen über ihm.

»Was zum Teufel machst du?«, schrie sie ihn an. »Das ist meine Arbeit. Davon lebe ich.«

»In diesem Schuppen?« Mit einer Kopfbewegung wies er auf den Klub. Er verzog den Mund.

»Ja, in diesem Schuppen.« Rosalyn überlegte, ob sie jetzt noch dort arbeiten könnte. Es gab andere Klubs. Sie kannte die Namen: das Tropicana und das San Souci, das Lucky Seven und das New Capri. Aber … Sie sah auf den dicken Amerikaner hinunter, der stöhnend auf dem Gehweg lag. Das würde sich herumsprechen. Wer würde sie jetzt noch wollen? Und welche Arbeit könnte sie sonst tun?

»Warum, Rosalyn?«, fragte Tácito.

Sie zuckte mit den Schultern. »Ist das nicht klar?«

Er streckte die Hand aus. »Komm mit mir.«

»Warum sollte ich?«, fragte sie. Aber sie trat einen Schritt von dem Amerikaner auf dem Gehweg weg. Einen Schritt und dann noch einen.

»Weil es etwas Besseres gibt. Weil es ein besseres Leben geben muss als das hier.«

»Nicht für mich«, erklärte sie ihm. Und das war die Wahrheit.

»Jetzt schon«, sagte er. »Jetzt hast du mich.«

Sie sah ihn unter zusammengezogenen Augenbrauen an. Wusste er denn nicht, dass es zu spät war? »Warum solltest du mich wollen?«, flüsterte sie.

»Weil ich dich immer schon wollte«, sagte er. Immer noch streckte er die Hand aus. »Komm.«

Und so war sie mit ihm gegangen.

Rosalyn löste ihr Haar, zog ein anderes Kleid an und blieb in der Hütte, in die er sie gebracht hatte. Sonst wäre hier niemand anderes, sagte er, denn sein Vater sei gestorben, sie gehöre jetzt ihnen. Am ersten Abend hatte sie sich ausgezogen und halb damit gerechnet, dass er wie alle anderen Männer wäre, aber er hatte den Kopf geschüttelt. »Nein, Rosalyn«, hatte er gesagt. »Ich werde warten.«

Sie redeten miteinander, und nach und nach, Tag für Tag, erzählte sie ihm, was ihr zugestoßen war und wie sie sich gefühlt hatte – wie sie sich immer noch fühlte.

Zärtlich berührte er ihr Gesicht. »Das ist nicht das richtige Leben für dich«, sagte er. »Ich bin hier. Jetzt werden wir zusammen ein anderes Leben führen.«

Am fünften Tag brach sie zusammen und weinte, und es war, als hätten die Tränen sie irgendwie reingewaschen. Er hielt sie fest und beruhigte sie, und an diesem Nachmittag ging er mit ihr zum Haus ihrer Mutter.

Falls ihre Mutter erstaunt war, sie zu sehen, zeigte sie es nicht. Falls ihre Tante und ihr Onkel bei ihr gewesen waren und zu wissen verlangt hatten, wo sie geblieben sei, sagte sie nichts davon.

»Ich kann dir kein Geld geben«, erklärte Rosalyn ihrer Mutter. »Nicht mehr. Aber du darfst ihnen dennoch auf keinen Fall erlauben, Amelia mitzunehmen. Das wäre falsch. Du musst versprechen, dass sie hier bei dir bleibt, ganz gleich, wie schlimm alles für euch wird.« Sie wusste, es gab keinen schlimmeren Tod, als jede Nacht in den Armen eines anderen Mannes zu sterben.

»Ich werd's nicht tun«, beteuerte ihre Mutter ängstlich.

»Und wenn was passiert«, sagte Tácito, »dann kommen Sie zu mir.«

Sie nickte. »Und Rosalyn …«

»Ich sorge jetzt für Rosalyn«, erklärte er.

Und das tat er. Rosalyn hätte sich nie träumen lassen, dass sie einmal einen Mann begehren würde, aber irgendwann war es so. Und an diesem Tag küsste sie zum ersten Mal einen Mann. Ihren Tácito.

# 16. Kapitel

Grace ging von Theo aus nicht auf direktem Weg nach Hause. Sie machte einen Umweg, den sie sich schon vorher ausgedacht hatte. Das verschaffte ihr Zeit zum Nachdenken, und vielleicht konnte sie sogar wieder ein anderer Mensch werden konnte – die Grace, die mit Robbie verheiratet war. Sie hätte mit dem Auto zu Theo fahren können, aber Autos waren leicht zu erkennen, wenn sie in einer Straße in der Nähe parkten. So hinterhältig war sie geworden, dachte sie. Aber Grace brauchte diesen Spaziergang nach Hause auch. Sie musste einen Teil des Adrenalins loswerden, das noch durch ihren Körper summte, nachdem er sie berührt hatte. Sie würde weniger als eine halbe Stunde brauchen, und sie wollte die frische Frühlingsbrise spüren, die sie daran erinnerte, dass das, was sie tat, real war. Sie wollte sich nicht zu sehr wohlfühlen. Denn das hier hatte nichts mit einem guten Gefühl zu tun, nicht im Geringsten.

Sie trafen sich inzwischen fast jeden Nachmittag. Sie gingen zu Fuß durch den Brandon-Hill-Park, weil er in der Nähe lag, weil es dort schön war und weil es schmale, hügelige Wege und kleine abgeschiedene Nischen gab – meist mit einer Bank und einer spektakulären Aussicht –, wo sie ein paar Minuten allein sein konnten. Am Fuß der Treppe, die zum Cabot Tower hinaufführte, lagen ein Teich und ein Aussichtspunkt, den sie oft aufsuchten. Der Ort war so imposant, wirkte so erhaben und seiner selbst sicher, und er strahlte so etwas Friedliches aus. Sie saßen meist auf einer der in einem dunklen Türkiston gestrichenen Bänke und schauten hinaus auf die Bäume, Terrassen, Kirchtürme und die offene Landschaft jenseits der Stadt, und es fühlte sich wirklich so an, als befänden sie sich in einer anderen Welt. Vielleicht erschien es deswegen entschuldbar, dachte Grace. Dieses Gefühl, dass das, was sie mit Theo hatte, ein anderes Leben war, dass sie sich hier wirklich in einer anderen Verkörperung und an einem anderen Ort befanden. Vielleicht war sie überhaupt nur deswegen dazu in der Lage.

Sie redeten über alles, was man sich vorstellen kann. Theo erzählte ihr davon, wie er in Florida aufgewachsen war. In Miami hatte es ein Klein-Havanna gegeben – die Männer spielten weiter Domino und verkauften Zigarren, und die Menschen sprachen weiter über Politik und waren über die Lage in Kuba auf dem Laufenden. Aber niemand, sagte er, hätte viel für Fidel Castro übrig gehabt. Theo erzählte Grace, warum er nach dem Tod seiner Eltern nach England wollte, ein Land mit so viel Geschichte. Er hatte nie vorgehabt, zu bleiben, dann aber festgestellt, dass er die Landschaft von Somerset liebte, die exzentrische Art der Engländer, die Geschichte der Bauwerke von Bristol.

Auch Grace sprach über ihre Kindheit und erzählte ihm von ihren Gefühlen nach dem Tod ihrer Mutter, davon, wie sie Elisa kennengelernt hatte, und von ihrer schwierigen Beziehung zu ihrem Vater. »Ich habe beschlossen, mich eine Weile von ihm fernzuhalten«, vertraute sie Theo an. »Es ist der Alkohol – ich kann es nicht ertragen, ihn so zu sehen.« Sie redeten über Politik, über Bücher, über Länder, die sie besucht hatten, und wohin sie vielleicht als Nächstes reisen wollten. Aber sie sagten nicht, mit wem. Und sie erwähnten Robbie nicht. Dieses Thema war tabu.

Sie gingen spazieren, sie unterhielten sich, sie gingen verrückte Risiken ein. Während sie gingen und redeten, beugte er sich manchmal hinunter, um sie zu küssen oder den Arm um sie zu legen. Oder sie hielten sich an den Händen, und jeder … jeder, sagte sich Grace, hätte sie sehen können. Aber sie konnte nicht anders. Sie fühlte sich von ihm angezogen wie eine Motte vom Licht. Vielleicht würde sie sich die Flügel verbrennen, aber das kümmerte sie nicht mehr. Und wenn sie über die Hügelkuppe gingen, konnte sie das leuchtend gelb gestrichene Haus in der Gorse Lane wie einen Leuchtturm strahlen sehen. Sie würden hinuntergehen, und es käme näher und näher … Und sie wussten beide, was sie dort erwartete.

Manchmal – wenn es regnete oder sie das Warten nicht ertrugen – blieben sie einfach zu Hause und liebten sich, verbrachten lange, wohlige Nachmittage im Bett, und Grace wünschte sich, sie würden niemals enden. Sie liebte es, wie er dachte, und sie liebte seinen Körper – ihn zu spüren, ihn zu berühren, die Verbindung zwischen ihnen. Er war ihr bester Freund und war ihr Liebhaber geworden. Es war eine wunderbare Zeit. Aber sie wusste auch, dass es gestohlene Zeit war. Sie konnte sich nicht vorstellen, wie je etwas anderes daraus werden sollte.

Grace stieg nun wieder die Treppe zum Brandon Hill hinauf – diesmal auf dem Heimweg. An der Ecke der Park. An diesem Punkt blickte sie immer zurück, auf den Weg, den sie gekommen war, zurück zur Gorse Lane und den hohen Reihenhäusern von Clifton, bevor sie über den schattigen Weg nach Hause ging. Hier war ihr Wendepunkt. An diesem Nachmittag bemerkte sie die Narzissen unter den Bäumen auf dem sanft ansteigenden Hügel, die bald aufblühen würden, und hörte das Vogelgezwitscher, das auf reizende Art versuchte, den fernen Verkehrslärm zu übertönen – was ihm erstaunlicherweise auch gelang. Sie passierte den von Weiden umstandenen Teich. Er wirkte immer noch leblos und war verschlammt und von Dornenranken überwuchert, aber Theo hatte ihr erzählt, dass es hier im Sommer von gelben Sumpfschwertlilien, Sumpfdotterblumen, Fröschen, Kröten, Wassermolchen und glitzernden Libellen, die dicht über der Oberfläche dahinhuschten, vor Aktivität nur so wimmelte. Jetzt gab es hier hauptsächlich Grauhörnchen und Vögel, aber später im Jahr würden das Heidekraut und die Wiesenblumen Schmetterlinge und Bienen anlocken. Würde sie im Sommer hier sein? Grace konnte es nicht sagen. Sie ging weiter, bis sie die grauen und zitronengelben dreistöckigen Reihenhäuser aus georgianischer Zeit auf der Queens Terrace sehen konnte. Sie ging auf Brandon Steep zu. Sie konnte es nicht sagen, weil sie es einfach nicht wusste.

Sie nahm inzwischen keine Patienten für den Nachmittag mehr an. Sie vermutete, dass auch Theos Arbeit zu kurz kam. Er ging immer noch ins Krankenhaus, er absolvierte weiter seine Wochenend- und Abendtermine, aber er sah müde und abgespannt aus. Sein Gesicht war hagerer als früher, und er machte einen gehetzten Eindruck. Theo und sie ertranken ineinander. Grace ging am Brandon Cottage mit seinen Butzenfenstern und der königsblauen Tür vorbei und warf einen Blick auf die Plakette. *Home of the Bristol Savages 1907–1920*. Das klang leicht bedrohlich, aber Theo hatte ihr erklärt, dass es sich dabei um eine 1904 von Malern gegründete Künstlervereinigung handelte.

Grace gefiel Theos gehetzte Miene nicht. Ihr gefiel nicht, was passierte. Es war zu viel, zu extrem, ein Wahnsinn, der so nicht weitergehen konnte. Das war nicht das richtige Leben, sagte sie sich noch einmal, während sie an der hohen Steinmauer mit den seltsamen, skurrilen Skulpturen von Meerjungfrauen und Fischen, die jemand darauf angebracht hatte, und an der kleinen Holztür vorbeiging. Wie *Alice im Wunderland*. Es war ein unhaltbarer Zustand. Aber die ganze Zeit über und trotz alledem sehnte sie sich nach seinem Blick, seiner Stimme, seiner Berührung. Sie hungerte auch jetzt danach, obwohl sie gerade erst von ihm fortgegangen war. Und es ging immer so weiter. Es war, als könnten sie nicht genug voneinander bekommen.

Grace umrundete das Rathaus, bis sie vor der Vorderfront stand. An dem beeindruckenden Platz erhob sich nicht nur der elegante Halbbogen des Rathauses selbst, sondern auch die Bibliothek und die kantige Kathedrale. In dem Wassergraben und dem Wasserfall vor dem Rathaus badeten Tauben und schüttelten ihre Flügel. Viele Menschen standen vor dem Eingang der Kathedrale. In Bristol traf man immer auf Touristen, und Grace mochte das Gefühl, hier zu leben, sich unter ihnen verlieren zu können. Es ist eine Illusion, Grace, erklärte sie sich streng. Sie machte es wie Theo: Sie versuchte etwas vorzutäuschen.

Manchmal, wenn ihr die Zukunft so furchteinflößend erschien, dass sie in Panik verfiel, fragte Grace ihn: »Was sollen wir nur tun?« Er war doch derjenige, der immer eine logische Antwort auf alles hatte. Aber er zuckte nur mit den Schultern. »Ich weiß es nicht, Grace. Ich weiß es einfach nicht.« Und so ging es weiter.

Nach dem Abendessen sprang Robbie auf, um abzuräumen. Er legte ihr eine Hand auf die Schulter. »Bleib sitzen«, sagte er. »Ich mach das schon.«

So war das jetzt. Robbie war nett zu ihr – was furchtbar für sie war. Besonders wegen des Grundes dafür: Er war nett zu ihr, weil sie immer krank war. Oder behauptete, es zu sein. Sie konnte nicht mit ihm schlafen, weil sie Kopfschmerzen oder einen verdorbenen Magen hatte. Genau wie Theo nahm sie ab. Wenn sie in den Spiegel sah, wirkten ihre Augen beinahe eingefallen. Sie war zwar immer schlank gewesen, aber jetzt hing die Kleidung praktisch an ihr herunter. Sie versuchte, es zu verbergen, aber das fiel ihr schwer. Sie konnte nicht essen. Sie konnte nicht essen, weil …

»Danke, Schatz.« … Weil Grace' Adrenalin inzwischen vollkommen verpufft war und sie sich nur noch erschöpft fühlte. Sie konnte nicht glauben, wie viel Energie sie den ganzen Tag über gehabt hatte, aber sie wusste, dass es morgen genauso sein würde. Der Gedanke an Theo trieb sie vorwärts.

Während Robbie die Teller abräumte, warf Grace ihm einen misstrauischen Blick zu. Sie hatten sich an ihren unsicheren Waffenstillstand gehalten. Zu ihrer großen Erleichterung war nicht von Familien und Babys die Rede gewesen. Und sie konnte nicht behaupten, dass dieses Thema für sie momentan im Vordergrund stand.

Robbie kam wieder ins Zimmer. Er sah sie stirnrunzelnd an.

»Was?«

»Du musst zum Arzt, Gracie«, sagte er. »Das geht doch jetzt schon seit Wochen so. Dir fehlt irgendwas.«

»Ein Arzt kann mir nicht helfen.« Wie auch? Ihr Problem war, dass sie in einen dunkeläugigen Zauberer verliebt war, der zufällig der beste Freund ihres Mannes war. Dagegen halfen keine Pillen, oder?

»Woher weißt du das? Er könnte dich wenigstens untersuchen. Tests machen oder so. Komm und setz dich.« Er zupfte an ihrer Hand und zog sie zum Sofa.

Grace ließ sich von ihm stützen. »Bestimmt nur irgendein Virus«, sagte sie. »Mir geht's bald wieder besser.« Aber ihr war klar, dass sie ihn nicht ewig abwimmeln konnte. Es musste sich etwas ändern.

Später lag Grace im Bett und war schon fast eingeschlafen, während Robbie sich auszog. »Noch was«, sagte er plötzlich.

»Hm?«

»Etwas richtig Merkwürdiges.«

»Bitte?« Sie schlug ein Auge auf.

»Ich hab Theo gesehen.«

»Was?« Grace setzte sich im Bett auf. Das war's dann also. Er hatte sie gesehen. Er wusste Bescheid. Grace spürte die aufsteigende Panik in der Magengrube.

»Ja. Na, du weißt doch, dass er gesagt hat, er würde eine Weile verreisen.« Robbie nahm seine Brille ab. Ohne sie wirkte er immer viel verletzlicher.

Grace nickte.

»Das war komisch, weil ich auch versucht habe, ihn anzurufen. Aber anscheinend ist er nicht nur weg, sondern auch nicht erreichbar.«

»Hm.« Sie wartete.

»Und wie's aussieht, ist er wieder da.«

»Wieder da«, wiederholte sie. »Oh … gut.« Was sollte sie jetzt sagen? Vorschlagen, dass sie ihn einluden? Sie mochte sich nicht einmal annähernd vorstellen, wie grauenvoll das werden würde.

»Und trotzdem hat er uns nicht besucht. Keine SMS, kein Anruf, nichts.« Robbie stieg aus der schwarzen Hose, die er bei der Arbeit trug. Er hatte sich nicht umgezogen, als er am

Abend nach Hause gekommen war. Schnell schlüpfte er ins Bett und streckte die Arme nach ihr aus.

»Vielleicht ist er ja noch nicht dazu gekommen«, murmelte Grace. Sie schmiegte sich in ihrer gewohnten bequemen Stellung in seine Arme. Ihr war es fast lieber, wenn sie sich stritten. Zumindest war das ehrlicher.

»Ja, aber …« Robbie schüttelte den Kopf. »Ich hab ihn angerufen. Ich hab ihm SMS geschrieben. Verdammt noch mal, Gracie, es ist, als gäb es mich für ihn nicht mehr.«

So hob den Kopf und schaute ihn an. Er sah so unglücklich aus, dass Grace plötzlich am liebsten in Tränen ausgebrochen wäre. Sie selbst hatte ihm das angetan. »Vielleicht hat er ja nur viel zu tun«, sagte sie. »Oder er hat eine neue Freundin.« Es war schrecklich, ihn anzulügen. Sie wollte nur, dass er sich besser fühlte.

»Glaub ich nicht«, sagte er. Er streckte sich aus und knipste die Nachttischlampe aus.

So war es besser. Wenigstens konnte er jetzt ihr Gesicht nicht sehen. »Du hast ihn gesehen?«, fragte sie vorsichtig.

»Ja. In der Nähe der Kathedrale.«

Was hattest du an der Kathedrale zu suchen?, hätte sie am liebsten gekreischt, weil das ihr üblicher Heimweg war. Aber sie hielt sich zurück. Mit einem Mal schien ihr Glück – das Glück aller drei – an einem seidenen Faden zu hängen. Und sie hatte keine Ahnung, was sie dagegen tun sollte.

»Hast du mit ihm gesprochen?«, fragte sie stattdessen. Ihre Stimme klang vollkommen ausdruckslos.

»Hab ich versucht. Ich saß im Auto und habe aus dem Fenster gerufen. Aber ich glaube, er hat mich nicht gehört. War viel los auf der Straße.«

»Hast du angehalten?«, fragte sie.

»Klar. Ich habe bei der nächsten Gelegenheit geparkt und bin zurückgegangen, um nach ihm zu suchen.« Er hielt inne.

»Und?«

»Er war verschwunden.«

Grace drehte sich um, weg von ihm. Der Zauberer, dachte sie. Immer so gut darin, sich in Luft aufzulösen. Theo und Robbie hatten nicht miteinander geredet – aber irgendwann mussten sie es tun. Theo konnte seine Freundschaft mit Robbie nicht einfach auslaufen lassen. Und doch … gäbe es eine andere Möglichkeit?

»Ich hab keine Ahnung, was da los ist, Gracie«, murmelte Robbie und drehte sich ebenfalls zum Schlafen um.

Gott sei Dank. Sie hätte nicht mehr länger über Theo reden können. Aber sie würde etwas unternehmen müssen. Sie würde Theo erzählen, was passiert war, und sie würden sich etwas einfallen lassen. Sie mussten. Sonst … Sie schloss die Augen.

»Ich geh bei ihm vorbei«, brummte Robbie in die Dunkelheit hinein, »und ich werde es verdammt noch mal rauskriegen.«

# 17. Kapitel

Am Nachmittag des nächsten Tages wagte es Grace fast nicht, zu Theo zu gehen. Aber sie konnte nicht anders. Als sie den Brandon Hill hinaufstieg, spürte sie nicht die gewohnte Vorfreude, die Erregung bei dem Gedanken, was sie erwartete. Ausnahmsweise beschäftigte sie sich mit der Frage, was sie zu ihm sagen würde, und ihr körperliches Verlangen meldete sich nicht. Während sie rasch die Jacob's Well Road entlangging, sah sie nach links und rechts und blickte auch über die Schulter, als sie in die Gorse Lane einbog. Sie hasste das. Trotz allem schien das gelbe Haus mit der Buntglas-Tür sie anzulächeln.

Theo öffnete ihr. Sie huschte hinein und sank in seine Umarmung. Einen Moment lang bekam sie keine Luft, doch dann nahm sie den beruhigenden Duft nach roten Äpfeln und Pfeffer wahr, der zu ihm gehörte, und sie spürte, wie sie sich zum ersten Mal, seit sie am Vortag hier gewesen war, allmählich entspannte.

»Was ist los, Grace?« Er küsste sie auf den Scheitel. »Warum bist du so nervös? Was ist passiert?«

Sie hob den Kopf und sah ihn an. »Robbie hat dich gestern gesehen. Er kann nicht verstehen, warum du dich nicht bei ihm gemeldet hast. Er hat gesagt, er hätte dir SMS geschrieben und versucht, dich anzurufen.« Sie wartete auf seine Erklärung.

»Hat er, ja.« Er streichelte ihr Haar.

»Das hast du mir nicht erzählt.«

»Ich wollte dich nicht aufregen. So wie jetzt«, sagte er.

»Aber wie hast du darauf reagiert?«, fragte sie ihn.

»Ich habe seine Nachrichten ignoriert.« Er seufzte. »Was hätte ich ihm denn sagen sollen? Ich kann dich nicht treffen, Rob, tut mir leid. Ich bin zu beschäftigt mit meiner Affäre mit …«

»Nicht«, sagte sie.

»Komm, trink einen Tee.« Er nahm ihre Hand und führte sie in die Küche.

Der Raum war ihr im Lauf des vergangenen Monats vertraut geworden – die grünen Kacheln, der cremeweiße Herd, die Küchenschränke im Shaker-Stil und die Arbeitsplatte mit dem knalligen Mosaikmuster. Ein kleiner Holztisch mit zwei Stühlen stand da, und Grace setzte sich auf den, der dem Fenster am nächsten war. Sie sah hinaus auf den kleinen, mit Platten belegten Hof und die Steinmauer dahinter.

»Wenn es wärmer wird«, hatte Theo vor ein paar Tagen gesagt, »können wir in Liegestühlen da draußen sitzen und Cocktails trinken.« Sie hatte gelacht und entgegnet, sie könne es kaum erwarten, und sie hatte die Bilder geliebt, die seine Worte vor ihrem inneren Auge heraufbeschworen. Aber wie hätten sie solche Dinge tun können? Wie konnten sie überhaupt über die Zukunft nachdenken?

»Und wenn er herkommt, jetzt, heute Nachmittag?« Grace fühlte Panik in sich aufsteigen.

»Entspann dich. Wir machen einfach nicht auf.« Er lächelte. Doch es war kein glückliches Lächeln – nicht sein Lächeln von früher, wenn er die beiden besucht und den Abend mit ihnen verbracht hatte –, sondern sein neues, gehetztes Lächeln. *Ja, es ist schrecklich, aber etwas Besseres bringe ich nicht zustande*, sagte diese Art von Lächeln. Und Grace hasste es.

»Jedenfalls …« Er griff nach dem Wasserkocher, füllte ihn,

schaltete ihn ein und ließ Teebeutel in zwei Tassen fallen – Grüntee mit Minze für sie, Assam für ihn. »Es kommt nur darauf an, dass du in diesem Moment hier bist. Wenn wir das nicht hätten …«

»Ach, Theo.« Grace verschränkte die Hände. »Das ist nicht gut. Wir können das nicht tun, oder?«

Er trat an den Tisch und setzte sich ihr gegenüber. »Was sagst du da, Grace?«

Sie streckte die Hand aus und berührte seinen Mund. »Wir müssen aufhören, uns zu treffen«, sagte sie leise. Das war die einzige Möglichkeit. Robbie und sie konnten nach West Sussex ziehen, um in der Nähe seiner Familie zu sein, wie er wollte. Sie würde das Baby bekommen, nach dem er sich sehnte. Und mit der Zeit würde sie Theo und die Gefühle, die er in ihr erweckt hatte, vergessen. Sie musste es.

Er griff nach ihrer Hand, küsste sie und ließ sie dabei nicht aus den Augen. »Weil du dir keinen anderen Ausweg aus unserer Lage vorstellen kannst«, sagte er.

»Du hast recht. Das kann ich nicht.« Ihre Stimme war leise und klang unglücklich. »Kannst du das?«

Theo hielt ihre Finger jetzt mit beiden Händen fest. Sie fühlte sich warm und umschlossen. Sicher. »Ich habe Robbie verloren«, sagte er. »Was immer jetzt noch passiert, ich hab ihn verloren.«

Er brauchte es nicht auszusprechen. Wenn sie ihn verließ, hätte er auch sie verloren. Also verlor er entweder beide, oder Robbie verlor sie beide – und sie war diejenige, die sich zwischen ihnen entscheiden musste. Was, soweit es Grace anging, eine unmögliche Wahl war.

»Aber du könntest deine Ehe kitten – ja? Glaubst du, das könntest du, Grace?«

Sie konnte ihm nicht in die Augen sehen. »Vielleicht.«

»*Falls* er das mit uns nie herausbekommt«, setzte Theo hinzu.

»Falls er es nie herausfindet«, pflichtete Grace ihm bei. Wenn er das mit Theo herausfand, würde er ihr nie verzeihen, und sie könnte ihm das nicht übel nehmen.

»Du könntest wieder leben wie früher? Du könntest zu Robbie zurückkehren und mich vergessen? Du könntest glücklich sein?«

Grace war sich da gar nicht sicher. Sie beobachtete ihn, sein geliebtes Gesicht, seinen geschwungenen Kiefer, seine schrägen Wangenknochen. Und sie sah, dass sie ihn verletzt hatte. »Wir müssten von hier fortgehen«, sagte sie. »Aber ich glaube, wir könnten es versuchen, ja.«

»Aber du würdest mich verlieren.« Er fasste ihre Hand fester. »Du weißt schon, dass wir nie mehr einfach nur Freunde sein können?«

Grace zitterte. Ja, das wusste sie. Aber sie hatte keine Ahnung, wie schwer das werden würde. »Ich sehe keinen anderen Ausweg«, sagte sie. »Ich kann ihm einfach nicht länger wehtun, Theo.«

Theo schwieg einen Moment lang und sah starr auf einen Punkt hinter ihr. »Du könntest jederzeit mit mir fortgehen«, sagte er schließlich.

»Was?«

»Wir könnten Bristol verlassen. Irgendwo anders leben. Du und ich, Grace.«

Sie starrte ihn an. »Du meinst, ich soll Robbie verlassen?«

»Das ist eine Möglichkeit«, sagte er. »Ehen zerbrechen manchmal. Und ihr habt schließlich keine Kinder. Wenn du mich liebst …«

Aber sie schüttelte schon den Kopf. Das war Wahnsinn, sie

wollte nicht einmal ansatzweise darüber nachdenken. Wenn sie das täte, wäre die Versuchung zu groß. »Das könnte ich ihm nicht antun, Theo. Du und ich? Das würde ihn zerstören, das weißt du.« Es war undenkbar. Wenn Robbie es herausfand … Das wäre zu furchtbar. »Und wir beide würden nachher nie wieder mit uns selbst leben können. Kannst du dir das vorstellen? Wir wären so von Schuldgefühlen zerfressen, dass wir nicht mal genießen könnten, was wir hätten.« Sie war den Tränen nahe.

Er ließ ihre Hände los. »Dann geh«, sagte er.

»Aber …«

»Geh.«

Grace stolperte auf die Füße. So also würde es ohne ihn sein. Hätte sie geahnt, dass es sich so anfühlen würde, hätte sie nie zugelassen, dass es überhaupt anfing. »Wenn Robbie kommt …«, begann sie.

»Mach ich die Tür nicht auf.«

»Danke.«

Vor dem Haus holte Grace tief Luft und machte sich automatisch auf den Weg nach Hause. Sie schlug ihre übliche Route über den Brandon Hill ein, wandte sich in Richtung College Green und merkte dann, dass sie nach Clifton zurückging. Sie konnte noch nicht nach Hause gehen – sie konnte einfach nicht. Sie ging und ging. Eine Stunde lief sie weiter und fand sich dann auf der Bellevue Terrace wieder, am oberen Ende der Treppe, die zur Gorse Lane hinunterführte. Sie rannte auf Theos Tür zu.

Er machte ihr auf. Er sah nicht aus, als wäre er erstaunt darüber, sie zu sehen.

»Ich kann dich nicht verlassen«, erklärte sie. Und trat wieder ins Haus.

# 18. Kapitel

Mit Robbies Hilfe hatte Elisa ein paar Handzettel ausgedruckt, als Werbung für den Kunsthandwerk- und Kochtag ihrer spanischsprachigen Gemeindegruppe Ende Juni. Diese Veranstaltung fand regelmäßig statt. Sie diente dazu, die Gruppe bei Menschen bekannt zu machen, die erst vor Kurzem in die Gegend gezogen waren und sich vielleicht genauso isoliert fühlten wie Elisa damals und gern ein paar Stunden in der Woche Spanisch sprechen und sich unter eine multinationale Gruppe mischen wollten. Und es erhielt ihre Verbindungen zu ihren Heimatländern aufrecht. Es sorgte auch dafür, dass einige exotische Produkte nach Bristol gelangten, und warf etwas Gewinn ab, von dem sie einen Teil ihrer Saalmiete zahlten.

Sie hatten klein angefangen, aber abgesehen von einigen Briten, die die Sprache lernten und sich für die spanische Kultur interessierten, gab es jetzt eine Reihe von Leuten aus südamerikanischen Ländern wie Argentinien und Mexiko, zwei Kubaner – sie selbst und Theo –, ein Paar von den Kanarischen Inseln und einige Spanier. Ihre Muttersprachen wiesen Unterschiede und Eigenheiten auf, aber im Allgemeinen verstanden sie einander sehr gut. Das Kunsthandwerk und der Schmuck, die bei der Veranstaltung verkauft wurden, waren entweder hier hergestellt oder aus ihren Heimatländern importiert und bestanden oft aus recyceltem Material. Und zum Essen gab es Spezialitäten der Gebiete, aus denen sie jeweils stammten.

Elisa betrachtete den ordentlichen Stapel Handzettel, der

vor ihr auf dem Schreibtisch lag. Sie hatte eine leuchtende Farbe ausgewählt, die an das Fruchtfleisch einer Mango erinnerte – ein weiteres Zeichen dafür, dass sie täglich versuchte, mehr kubanische Farben in ihre Welt zu bringen.

Aber sie hatte sich angepasst.

Ende der 1950er-Jahre hatten ihre Eltern eine Zeit lang davon gesprochen, Kuba zu verlassen. Viele waren schon vor ihnen gegangen, und niemand – außer vielleicht Duardo und seine Genossen, die für die Revolution kämpften – hätte ihnen das übel genommen. Die Menschen hatten es schwer, was Essen, Arbeit und eine anständige Wohnung betraf. Man brauchte sich nur ihren Vater anzusehen. Ein Fernández García, dessen Familie einst eine blühende Zuckerplantage betrieben hatte – obwohl es in der Zuckerindustrie nach allem, was man hörte, ein ständiges Auf und Ab gegeben hatte –, arbeitete als Page in einem Hotel in Havanna. Elisa hatte natürlich zuerst überhaupt nicht darüber nachgedacht, fortzugehen. Selbstverständlich würde sie darauf warten, dass Duardo zurückkehrte. Ihre Familie würde ihr natürlich fehlen, aber Duardo war immer noch ihre Triebfeder, obwohl er in den Kampf gezogen war. Sie sehnte sich danach, ihn wiederzusehen.

Aber sobald sie die Gewissheit hatte, dass Duardo für sie verloren war, dass er gefallen war und nie zurückkehren würde, sah sie sich gezwungen, noch einmal darüber nachzudenken. Sie war immer noch erst sechzehn Jahre alt. Sie würde mit ihren Eltern gehen müssen, für welches Land sie sich auch entschieden. Was für eine Wahl hatte sie?

»Bristol«, erklärte ihr Vater eines Abends, zu Hause in ihrer überfüllten Wohnung in Havanna. »Dahin werden wir gehen. Nach Bristol in England.«

»Was ist denn da in Bristol?«, hatte Elisa weinend gesagt. Oh, sie wusste alles über das prächtige Hotel Bristol in der San-Rafael-Straße in Havanna. Aber was bedeutete es ihr? Ihr Vater hätte ebenso gut Timbuktu sagen können. Bristol klang furchtbar fremd und einsam. Und ihr Herz war gebrochen. Begriffen sie denn nicht, dass sie furchtbar traurig war? Sie hatte den einzigen Mann verloren, den sie je lieben würde – zumindest hatte sie das damals gesagt. Sie war jung. Sie wollte überhaupt nicht nach England.

Papis Miene hatte sich verdüstert. »Wir haben Verbindungen zu dieser Stadt«, sagte er. »Weißt du nicht, dass Bristol einmal das Zentrum der englischen Zuckerindustrie war?«

Ach, Zucker, Zucker, wann würde er endlich den Zucker vergessen? Elisa hätte schreien können. »Und warum England?«, fragte sie. Obwohl sie die Antwort schon kannte. Wieder Hotels. Er arbeitete im Hotel Inglaterra, und obwohl manch einer gesagt hätte, seine Stelle sei erniedrigend, schien es, als sei er stolz auf das Hotel selbst. Anscheinend hatte er auch im Lauf der Jahre mehrere Engländer getroffen, die Kuba bereisten, und war beeindruckt von ihnen gewesen. Sogar Winston Churchill war 1895 als junger Journalist im Hotel Inglaterra abgestiegen, wie ihr Vater gern erzählte. Papi war zu dem Schluss gekommen, dass sie nach England gehen mussten.

»England ist ein Land des Überflusses«, erklärte er jetzt und bewies damit, dass sie richtig vermutet hatte. »Alle sagen das. Es ist ein Land voller Chancen. Ein Ort, an dem es Jobs gibt. Die Menschen arbeiten schwer und werden dafür bezahlt.« Was, wie Elisa zugeben musste, ein großer Unterschied zu Kuba war, wo alle arm waren, ganz gleich, wie schwer sie arbeiteten, und sehr wenig für ihre Arbeit bekamen.

Sie dachte an Duardo. So oft dachte sie an Duardo. »Aber hier wird sich jetzt alles verändern, Papi«, sagte sie. »Die Rebellen haben gesiegt. Fidel Castro ist an der Macht, er wird für uns sorgen. Das weiß ich.«

Betrübt schüttelte ihr Vater den Kopf. »Wenn es nur so einfach wäre, mein Schatz«, sagte er. »Aber du weißt doch, dass es mit diesem neuen Kampf um die Unabhängigkeit nicht erledigt ist. Das ist es nie. Die Amerikaner werden niemals aufgeben. Sie werden uns drangsalieren und bestrafen. Wir werden arm bleiben, und wir werden niemals frei sein.«

Elisa antwortete nicht, weil sie nicht wusste, was sie sagen sollte. Wenn Duardo hier gewesen wäre, hätte er es gewusst. Aber er war tot, und das musste sie akzeptieren. Und außerdem, was machte es schon aus, ob sie nach England ging, nachdem sie keine Chance mehr hatte, seine dunklen Augen noch einmal wiederzusehen?

»Aber was ist verkehrt an Amerika, mein Lieber?«, hatte Elisas Mutter ihren Mann behutsam gefragt. »Du weißt doch, alle gehen dorthin.« Und es stimmte – einige ihrer Verwandten auf beiden Seiten der Familie lebten bereits in Miami. Tausende Kubaner waren in Miami. Sie waren in kleinen Booten und mit Flößen aufgebrochen, und Elisa wusste, dass viele umgekommen waren. Amerika hatte ihr Land schlecht behandelt, ja, Elisa hatte das von ihrem Vater gehört, aber vor allem von Duardo, der für Castros Revolution alles gegeben hatte. Aber sie *kannten* Amerika. Es war nahe, und es war vertraut. England nicht. England war so weit entfernt – von ihren Hoffnungen, ihren Träumen, von dem, was hätte sein können.

»Wie kannst du das nur fragen?« Verzweifelt hatte ihr Vater die Hände zusammengeschlagen. »Nachdem sie uns unsere Plantage genommen haben, unsere Lebensgrundlage, unseren

Zucker?« Er unterbrach sich, wie um den Verlust zu betrauern, obwohl ihm persönlich nie etwas weggenommen worden war, denn das alles war seiner Familie Jahre, bevor er überhaupt geboren war, widerfahren.

»Wenn wir bleiben, bekommen wir vielleicht alles zurück«, warf Elisa ein. Sie hatte gehört, dass Fidel Castro kubanischen Plantagenbesitzern inzwischen Land zurückgab, das ihnen die USA weggenommen hatten, als in Kuba die Marionetten an der Regierung gewesen waren und sich die amerikanischen Bürger an Kubas Zucker bereicherten. Viel würden sie von Castro vielleicht nicht bekommen, denn Duardo hatte ihr erklärt, wahrer Kommunismus halte nicht viel von Besitz und Gewinnen. Das Land diene dem Allgemeinwohl, und niemand sollte so arm sein, dass er seinen Kindern kein Essen geben oder ein kranker Angehöriger nicht medizinisch versorgt werden könne. Aber vielleicht würden sie etwas zurückbekommen. Eine Lebensweise. Ein bescheidenes Auskommen.

»Nachdem sie unsere Frauen zu Prostituierten gemacht hatten …« Elisas Vater schimpfte weiter, als hätte sie nichts gesagt. »Und unsere schönste Stadt mit ihrem Glücksspiel, ihren Besäufnissen und ihrem schmutzigen Treiben zerstört hatten. Kuba war ein Spielzeug für sie, sag ich euch, ein Spielzeug!« Sein Gesicht war rot angelaufen. Elisa trat einen Schritt auf ihn zu, aber ihre Mutter war ihr schon zuvorgekommen.

»Keine Sorge, mein Liebster«, beruhigte sie ihn. »Dann eben England.«

Elisa schüttelte den Kopf. Ihrem Vater war nie klar gewesen, wie sehr seine Ansichten denen von Duardo ähnelten. Schön wär's gewesen, dachte sie. Obwohl das heute keine Rolle mehr spielte. Durch das Fenster sah sie auf die schmale Straße hinunter. Nichts schien sich verändert zu haben, und doch war alles anders. Sie seufzte. Wie sehr wünschte sie, sie hätte Duardo in den Tagen und Wochen, bevor er sie zurückgelassen hatte, um in den Kampf zu ziehen, stärker unterstützt. Wie sehr wünschte sie, sie hätte sich nicht gegen ihn aufgelehnt und versucht, ihn zum Bleiben zu bewegen. Es hatte nichts genützt, und seine letzten Erinnerungen an sie waren sicherlich nicht von Liebe bestimmt gewesen, sondern von Enttäuschung, weil sie versucht hatte, ihn davon abzubringen, zu tun, was er tun musste. »Aber …«, begann sie.

Ein strenger Blick ihres Vaters brachte sie zum Schweigen. Als Duardo an ihrer Seite gewesen war, hatte Elisa zu einer Kraft gefunden, die sie nie zuvor besessen hatte. Einer Kraft, die sie in die Lage versetzt hatte, ihre eigene Stimme zu finden, statt, ohne nachzudenken, das Diktat ihrer Familie zu akzeptieren. Aber ohne ihn … würde sie diese Stimme vielleicht nie wiederfinden.

»Wir tun das für dich, Elisa«, sagte ihr Vater. »In Kuba würdest du weiter Hunger leiden.«

Sie wusste, dass er recht hatte. Als Duardo fort war, hatte sie Hunger erlebt, und das hatte ihr Angst gemacht. So wollte sie sich nie wieder fühlen. Sie hatten alle gehofft, die Revolution würde Verbesserungen bringen. Aber würde sie das? In diesem Moment erschien das unwahrscheinlich.

Und so hatten sie mit den Vorbereitungen für ihre Abreise begonnen. Elisas Vater sparte schon länger die Trinkgelder, die er von reichen amerikanischen und englischen Touristen bekam. Er hatte alle Familienerbstücke aus den alten Zeiten, als Hispanokubaner noch hoch angesehene Leute gewesen waren, verkauft. Auch einen großen Teil des Schmucks von Elisas Mutter, den sie teilweise schon seit Kindertagen besessen hatte. Sie hatten genügend Geld für ihre Überfahrt und noch ein bisschen mehr. Sie packten ein paar Sachen und verschenkten den Rest an die Familie, die noch übrig war. Sie würden über Spanien reisen. Alles war entschieden, alles war geplant. Und so verabschiedeten sie sich und machten sich auf die strapaziöse Reise zu einem Ort, über den sie kaum etwas wussten.

Elisa fuhr aus ihren Gedanken hoch. Sie wusste, dass sie all das, indem sie es niederschrieb, wieder in den Vordergrund ihrer Gedanken holte. Jeden Tag verbrachte sie eine Stunde damit, Erinnerungen an ihre Jungmädchenzeit in Kuba zu notieren – an Orte und Menschen, an Düfte und Farben. Lächelnd sah sie wieder auf ihre Handzettel. Der Orangeton würde bestimmt ins Auge fallen. Ein paar Leute hatten sich freiwillig gemeldet, um sie zu verteilen, und sie hatte auch gehofft, Theo bei dem Treffen gestern welche geben zu können, aber er war nicht aufgetaucht.

Elisa runzelte die Stirn. Hoffentlich hatte er in Ordnung gebracht, was immer ihn beschäftigte. Sie machte sich nicht wirklich Sorgen um ihn, Theo war vollkommen in der Lage, auf sich selbst aufzupassen. Aber … Sie sah aus dem Fenster. Die Sonne versuchte durchzubrechen, und es versprach ein strahlender Nachmittag zu werden. Philip war bei einer Sitzung mit seiner Therapeutin. Und es war erst halb vier. Also.

Vielleicht sollte sie bei Theo vorbeigehen und ein paar Handzettel mitnehmen? Sie könnte frische Luft gebrauchen, und sie hätte einen guten Vorwand für ihren Besuch – er hatte versprochen, ein paar Handzettel mit ins Krankenhaus, zum Pflegedienst und in die Bücherei zu nehmen, was ein guter Anfang sein würde. Je länger Elisa über diese Idee nachdachte, umso besser gefiel sie ihr. Theo arbeitete normalerweise von zu

Hause aus, daher würde er nach seinem Auftritt im Krankenhaus am frühen Nachmittag wahrscheinlich zu Hause sein. Sie glaubte nicht, dass er etwas gegen eine kurze Unterbrechung hätte.

Sie fischte ihr Handy aus ihrer schwarzen Lackledertasche und tippte auf Theos Nummer, aber sofort sprang die Mailbox an. Verständlich, wenn er arbeitete. Sollte sie eine Nachricht hinterlassen? Sie entschied sich dagegen – sie hatte noch nie viel davon gehalten, mit Maschinen zu sprechen.

Elisa schnappte sich ihre Tasche, nahm einen kleinen Stapel mangofarbener Handzettel, steckte sie in eine durchsichtige Plastikhülle und ging damit nach unten. Sie zog ihren Mantel, Handschuhe und einen Schal an – Frühling mochte es ja sein, aber es war immer noch nicht das, was sie warm nennen würde. Sie warf einen Blick auf die Uhr und verließ das Haus. Gleich um die Ecke, im City Centre, fuhren regelmäßig Busse bis nach Triangle West, und von dort aus konnte sie einfach zur Gorse Lane laufen. Vielleicht könnte sie zuerst sogar noch ein wenig im Triangle-Viertel durch die Geschäfte bummeln. Theo und sie könnten einen Kaffee zusammen trinken und plaudern. Vielleicht könnte sie ihm noch einmal Hilfe bei seinem unbekannten Problem anbieten.

Als Elisa im Bus saß und durch die Altstadt fuhr, vorbei am Bristol Museum & Art Gallery und dem Berkeley Square und weiter auf das geschäftige Viertel Triangle West zu, ließ sie ihre Gedanken zu Philip schweifen. Die Therapeutin war Elisas Idee gewesen. Sie hatte das starke Gefühl, dass Philip es allein nicht schaffen würde, und sie war sich nicht sicher, ob sie selbst die richtige Person war, um ihn zu unterstützen. Es waren erst ein paar Wochen, aber er hielt sich gut, wirklich gut. Endlich schien er entschlossen, sich allem zu stellen, und während der letzten Wochen hatte sie ein wachsendes Gefühl von Kameradschaft für ihren Mann empfunden. Natürlich würde er niemals Duardo sein …

Ihre Schultern sackten ganz leicht nach vorn, aber sofort richtete sie sich wieder auf. Das war etwas Besonderes gewesen. Etwas, wie man es nur einmal im Leben erlebt. Philip brauchte sie, und wahrscheinlich brauchte sie ihn auch. Sie kannten einander, ihre Vertrautheit und dreißig gemeinsame Jahre sprachen für sie. Sie hoffte, dass er durchhalten würde, und wie sie das hoffte! Vielleicht würde sie dann endlich zumindest einen Teil ihres Lebens zurückbekommen.

In Triangle West stieg Elisa aus dem Bus, ließ sich eine Weile durch die Läden treiben – sie suchte nach einer neuen Bluse, in leuchtendem Türkis vielleicht? –, bevor sie noch einmal auf ihre Uhr sah. Sie sollte mit ihrem Hauptanliegen weiterkommen. Flotten Schrittes, ihre Plastikhülle unter dem Arm, ging sie in Richtung Clifton Hill. Von der Bellevue Terrace aus konnte sie Theos Haus sehen – mit seinem leuchtend gelben Anstrich war es unverwechselbar, und sie lächelte beifällig –, und natürlich war sie schon einmal hier gewesen, als Theo vor ein paar Jahren in der Weihnachtszeit zu einem Cocktailabend eingeladen hatte.

Abrupt blieb sie stehen. Die Haustür öffnete sich. Jemand kam heraus, eine Frau. Neugierig hielt Elisa inne. Die Tür schloss sich hinter der Frau, und sie sah nicht zurück. Stattdessen blickte sie schnell nach rechts und links und ging dann rasch und mit gesenktem Kopf davon, bis sie nicht mehr zu sehen war. Sie winkte nicht. Theo war nicht in der Tür stehen geblieben.

Elisa eilte die Treppe hoch, um besser sehen zu können. Aber sie wusste schon, dass es Grace war, sie sah, dass es Grace war, obwohl ihre Stieftochter jetzt die Ecke erreicht hatte. Und dann war sie nicht mehr zu sehen.

Elisa runzelte die Stirn. Da stimmte etwas nicht. Grace war mit Theo befreundet. Es gab keinen Grund, dass sie ihn nicht hätte besuchen sollen. Aber … Die Art, wie sie sich bewegte, hatte eine andere Geschichte erzählt. Die Art, wie sie gegangen war und nicht zurückgeschaut hatte. Selbst die Art, wie sich die Tür hinter ihr so schnell geschlossen hatte. Ob sie sich gestritten hatten? Nein, das glaubte Elisa nicht. Und dann dachte sie daran, wie Grace in letzter Zeit gewesen war – nervös und empfindlich, und sie hatte abgenommen, ihre Wangen waren gerötet gewesen, und ein Leuchten hatte in ihren Augen gestanden … Wie hatte Elisa nur so blind sein können?

Grace war verliebt. Und Theo war ebenfalls verliebt. Elisa war nicht so alt, dass sie Liebe nicht erkannt hätte, wenn sie sie sah – und sie erinnerte sich.

# 19. Kapitel

Elisa blieb an derselben Stelle auf der Bellevue Terrace stehen, als hätte sie Wurzeln geschlagen. Wie Liebe aussah. Oh ja, daran erinnerte sie sich gut. Gestern Nachmittag hatte sie begonnen, über ihre Reise nach Kuba 1985 zu schreiben, nachdem Philip ihr den Heiratsantrag gemacht hatte. Diese Zeit hätte solch einen Wendepunkt in ihrem Leben bedeuten können, aber … Manchmal erkannte man Wendepunkte nicht oder höchstens im Rückblick. Bei anderen Gelegenheiten konnte man nicht anders, als sie zu sehen …

Ihre Rückkehr nach Kuba war für Elisa mit einigen Ängsten verbunden gewesen. Sie hatte sich Sorgen um ihre Tante gemacht. Es war so lange her. Und … Nun ja. Der eigentliche Anlass hatte irgendwie mit Duardo zu tun und allem, was sie damals zusammen erlebt hatten. Elisa hatte schreckliche Angst, dass es wehtun würde, nach Kuba zurückzukehren …

*Kuba 1985*

Merkwürdig, dachte sie im Flugzeug, aber Kuba stand ihr so lebhaft vor Augen, als hätte sie es erst gestern verlassen, obwohl sie über zwanzig Jahren aus dem Land fort gewesen war. Und was Duardo anging – sein Bild war nie verblasst. Sie konnte ihn so klar vor sich sehen wie immer. Den Hut, den er schräg aufsetzte, sodass ein Teil seines Gesichts immer im Schatten lag, die dunklen, großen, ernsten Augen, die vollen Lippen, die warme, schokoladenbraune Haut. Die Art, wie er sie bei ihrer ersten Rumba gehalten hatte – als kenne er sie bereits, die Form ihres Körpers, die Art, wie sie sich bewegen würde. Wie er mit den Lippen leicht ihren Mund streifte, sanft wie eine Sommerbrise, aber mit der Verheißung eines aufziehenden Sturms. Seine Freude, die Lebendigkeit. Sie schienen sich in ihre Seele eingebrannt zu haben, und sie war sich nicht sicher, ob sie davor fliehen konnte, unabhängig davon, dass er schon lange nicht mehr lebte, wie alt sie war oder wie viel Zeit vergangen war.

Endlich landete das Flugzeug – Elisa hatte von ihrem Bordfenster aus innerlich den Umriss ihres geliebten Kuba nachgezogen: das saphirblaue karibische Meer um die Insel, das an den weißen Sandstränden allmählich in Türkis und Grün überging, und ganz zum Schluss das Gewirr von Gebäuden und Plätzen, aus dem die Stadt Havanna bestand, sein *centro histórico*, die Altstadt, ihre halbverfallenen Häuser und prächtigen Boulevards im amerikanischen Stil. Elisa ging ins Terminal, stellte sich mit den Touristen an und fühlte sich in dieser rauchgeschwängerten Atmosphäre, in der sogar die Bürokratie entspannt ablief, selbst fast wie eine Touristin. Es war eine Weile her. Aber sie war zu Hause, und ihre Füße fanden den Weg wie von allein.

Draußen drängte sie sich durch die Menge und winkte ein kleines gelbes Taxi heran. Sie gab der Fahrerin die Adresse und verfiel sofort in das kubanische Spanisch, das sie so lange nicht gesprochen hatte – schnell und lässig und Silben verschluckend –, und schuf damit gleich eine Verbindung mit der Fahrerin.

»Waren Sie lange weg?«, fragte die Frau, als sie den Rand des alten Havanna erreichten.

»Über zwanzig Jahre.« Elisa lehnte sich in ihrem Sitz zurück und betrachtete die Pferde und Karren, die amerikanischen Autos und die *camellos*, die langsamen und schmutzigen zu Bussen umgebauten Sattelschlepper, die über das Kopfsteinpflaster krochen, die buntgekleideten Menschen auf den Straßen, die einen Kontrast zu der allgemeinen Atmosphäre des Verfalls bildeten, den bröckelnden Putz heruntergekommener Häuser. Das alte Havanna hatte im Lauf der Jahre gelitten, und selbst wenn sie von ihrer Familie nicht über die Probleme gehört hätte, dann hätte sie sie jetzt selbst gesehen. Die Lage war schlimm genug gewesen, als sie fortgegangen war, aber sie hatte gehofft, die Revolution würde mehr bewirken als das hier …

»Aber jetzt bin ich zurück«, erklärte sie. »Wenigstens eine Zeit lang.« Sie hoffte, dass es lange genug sein würde, um schöne Stunden mit ihrer Familie zu verbringen, bevor sich die Gesundheit ihrer Tante weiter verschlechterte. Und um ihnen das Geld zu bringen, das Philip ihr gegeben hatte, und dafür zu sorgen, dass sie es besser hatten. Es fühlte sich an, als wolle sie Wiedergutmachung leisten. »Aber jetzt kommt es mir überhaupt nicht so lange vor«, meinte sie zu der Fahrerin.

Das Taxi hielt in der Nähe der Plaza de Armas an. Auf den ersten Blick hatte sich der Platz nicht groß verändert. Es hatte einige Versuche gegeben, Gebäude zu restaurieren, aber sie vermutete, dass Bauwesen und sozialer Wohnungsbau nicht zu den Hauptanliegen der Regierung gehört hatten. Wiedergutmachung, dachte sie noch einmal. Weil sie fortgegangen war und sie im Stich gelassen hatte – den Rest ihrer Familie, ihr geliebtes Land und, ja, sogar das Andenken an ihren Duardo. Sie schaute auf die vertrauten verfallenen Gebäude – geschwärzt, mit abblätternder Farbe und zerbrochenen Fensterläden und Balkonen –, auf den üppigen Pflanzenwuchs auf dem Platz, den Springbrunnen und den Ceiba-Baum, dessen Rinde wie Elefantenhaut aussah. Und sie spürte, wie tief in ihrer Brust pochend Emotionen erwachten. Sie schluckte heftig. Dafür ist noch Zeit genug, dachte sie.

Elisa war seit zwölf Tagen zurück in Havanna, als sie beschloss, an der Plaza einen Kaffee zu trinken. Das fühlte sich fast wie Verrat an, aber manchmal musste man einfach von der Familie wegkommen und nachdenken.

Im Jahr 1985 waren die Zeiten in Kuba schwerer, als sie gedacht hatte. Die Krise verschlimmerte sich, und den Menschen mangelte es sowohl an Nahrung als auch an Wohnraum – sie lebten dicht gedrängt in Häusern, in denen auf jeder Etage eine Familie unterkommen musste. Die Läden waren fast leer, und es sah aus, als gebe es nichts zu kaufen. Das Hotel Inglaterra, das ihrem Vater so am Herzen gelegen hatte, war noch in Betrieb und immer noch prachtvoll, aber das Hotel Bristol war schon vor langer Zeit geräumt worden und verfiel. Sie hatte gehört, die ehemaligen Angestellten hätten dort gelebt – vielleicht wohnten sie ja immer noch dort – und den leeren, rissigen Swimmingpool auf dem Dach als Küche benutzt. Elisas erster Eindruck war richtig gewesen. Und doch hatten so viele Menschen, darunter Duardo, ihr Leben für die Revolution gegeben. Was kostete die Freiheit? Und wenn das hier Freiheit war – sich ständig abmühen, um ohne fließendes Wasser, mit wenig Nahrung und kaum einem Dach über dem Kopf auszukommen –, war es das dann alles wert gewesen? Grundnahrungsmittel gab es zwar, weißen Reis und schwarze Bohnen, und Elisa konnte fast Duardos Stimme hören, der sie daran erinnerte, wie es gewesen war, bevor die staatlichen Läden dafür sorgten, dass jede Familie zumindest etwas zu essen hatte. Aber es reichte nicht. Ihre Tante und ihre Cousinen hatten ihr erzählt, dass es nicht genug war, und nun hatte sie es mit eigenen Augen gesehen.

Ihre Familie gehörte zu den Glücklicheren. Ganz in der Nähe der Plaza lebten sie nur zu sechst in einer großen Wohnung und mussten zwar schuften, überlebten aber. Zwei der Cousinen hatten Arbeit. Elisa war zwar schockiert darüber, wie wenig sie verdienten, aber sie konnten wenigstens etwas zu essen kaufen – das hieß, wenn es etwas gab. Trotzdem, als sie sah, wie wenig sie hatten, und an Philips herrschaftliches Haus in der King Street dachte und an das Essen, das sie in England aßen, ohne sich Gedanken zu machen, da musste sie einen Schauder unterdrücken. Wäre ihr Vater nicht so entschlossen gewesen, Kuba zu verlassen, wäre Duardo nicht für die Sache gefallen, wie anders wäre Elisas Leben verlaufen!

»Erzähl uns von England«, hatten die Kinder ihrer Cousine Ramira mit großen Augen verlangt. »Was isst du? Wo schläfst du? Was arbeitest du?«

Elisa hatte gelacht und ihnen von ihrem Unterricht erzählt. Sie hatte ihnen auch von Grace erzählt. Als sie Philip erwähnte, musste sie sich eine Menge Scherze und raues Gelächter gefallen lassen.

»Du durchtriebenes Ding«, schalt Ramira. »Davon hast du nichts gesagt. Dann hast du dir einen reichen Engländer gesucht, was? Du hast Glück, Elisa. Und ein Glück für dich war es auch, dass du damals weggegangen bist.«

Was Elisa daran erinnerte, wie unglücklich sie damals gewesen war, wie ungern sie gegangen war. Sie hatte überhaupt nie das Gefühl, Glück gehabt zu haben.

»Vermisst du ihn?«, fragte Ramiras Tochter, die selbst fast

erwachsen war. »Fehlt dir dein Engländer jetzt, wo du hier bei uns bist?«

Elisa lächelte. Sie wusste, sie wollten eine romantische Geschichte über Liebe und einen attraktiven englischen Prinzen hören. Aber die Wahrheit war, dass Philip ihr nicht fehlte. Als sie die Insel betreten hatte, war es, als wäre sie nie fort gewesen. Das machte sie traurig, war aber nicht gerade eine Überraschung. Schließlich hatten sie beide nie so getan, als wären sie junge, romantische Liebende. Beide hatten schon einmal geliebt, und sie würden aus anderen, praktischeren Gründen heiraten. Aber Elisa vermisste Grace. Und ihr fehlte der Friede in England; die Ruhe, die sie in ihrem Leben geschaffen hatte. Hier war es immer so laut – Musik, laute Stimmen, immer wollte sich jemand zu Gehör bringen. »Natürlich«, sagte sie leichthin. »Aber ich bin froh, hier bei euch zu sein.«

Sie berührten ihre Kleidung und probierten die wenigen Schmuckstücke an, die sie bei sich hatte. Als Geschenke hatte Elisa Kosmetika und ein paar kleine Luxusartikel mitgebracht, und die schnappten sie sich und zankten sich um die besten Teile. Natürlich wollten sie alles über das Essen in England wissen, also erzählte Elisa ihnen von den Sonntagsessen bei Philip, wobei sie taktvoll untertrieb, wie viele Fleischsorten und welche Mengen an Gemüse man kaufen konnte. »Aber ich koche immer noch kubanische Gerichte«, sagte sie. »Das sind und bleiben die besten.« Sie hielt die Finger an die Lippen und küsste sie. Das hieß, wenn sie die Zutaten bekommen konnte.

Ihre Verwandten schienen das sowohl rasend komisch als auch schwer zu glauben zu finden. »Nichts ist besser als Reis und Bohnen?«, fragte Ramira. »Darauf wette ich. Ich glaube, du bist in England ein bisschen übergeschnappt, Elisa.«

»Es ist einfaches Essen«, sagte sie, »aber es schmeckt gut.« Sie sehnte sich danach, ihnen mehr Hühnchen, mehr Gemüse, alles, was ihnen fehlte, besorgen zu können. »Und man kann keinen frischen Obstsaft trinken wie hier.«

»Warum nicht?«

»In England ist es kalt«, antwortete Ramira an ihrer Stelle. »Mangos und Papayas mögen das nicht.«

Und sie alle hatten gelacht.

Wie wunderbar, dachte Elisa bei sich, während sie auf der Plaza langsam ihren heißen, starken Kaffee trank. Kubaner waren imstande, sich ein sonniges Gemüt zu bewahren, ganz gleich, was sie durchmachten, ganz gleich, wie hungrig oder verzweifelt sie waren. Sie sahen das Positive, und sie hielten zusammen. Und doch … es war nicht wegzudiskutieren, dass Elisa nicht nur ein anderes Leben führte, sondern dass ihr neues Leben sie auch zu einem anderen Menschen gemacht hatte.

»Sind Sie fertig, *señora*?«, fragte die junge Kellnerin.

»Ja. Ich hab nur nachgedacht«, antwortete sie. Sie wusste nicht, wie lange sie schon hier in dem Café am Platz saß. »Es ist lange her, dass ich in Havanna gelebt habe.«

»Oh?« Die junge Frau überspielte ihre offensichtliche Überraschung darüber, dass Elisa keine spanische Touristin war. Wahrscheinlich hatte sie das ebenso an ihrem Akzent erkannt wie daran, was sie tatsächlich gesagt hatte.

»Man kann fortgehen«, sagte Elisa. »Das ist manchmal wirklich nicht schwer. Aber wissen Sie, zurückzukommen ist nie so einfach.«

Schon seit Jahren hatte sie sich gefragt, wie sie sich fühlen würde, wenn sie wieder den Fuß auf kubanischen Boden setzte. Und jetzt wusste sie es. Der Lärm machte sie wahnsinnig, aber diese Insel rührte etwas tief in ihrem Inneren an. Auch hier empfand sie den Schmerz über ihren Verlust, aber irgendwie tröstete sie sie. Die Zeiten waren schwer, aber die Kubaner machten immer noch Musik und tanzten. Bei dem Gedanken, nach England zurückzukehren, bekam sie schon jetzt Heimweh. Hier gab es etwas, das ihr gefehlt hatte – vieles vermutlich. Sie hatte sich verpflichtet, bei Philip und Grace in England zu bleiben – deshalb hatte sie überhaupt erst herkommen und ihre Familie unterstützen können. Also hatte sie keine andere Wahl. Außerdem war Duardo tot. Aber wahrscheinlich lag ihr Kuba trotzdem noch im Blut.

Sie erhaschte einen Blick auf einen jungen Mann, der aus dem aus grau gesprenkeltem Stein errichteten, tempelähnlichen El-Templete-Gebäude kommend – der Stelle, an der die Stadt San Cristóbal de la Habana einst gegründet worden war – den Platz überquerte. Er ging an dem majestätischen Ceiba-Baum vorbei und kam auf sie zu. Sie starrte ihn an, bis er irgendwo in der Bepflanzung der Plaza verschwand. Und dann tauchte er wieder auf.

Elisa stockte der Atem. Er hatte etwas an sich – diesen selbstbewussten Hüftschwung, die braunen Arme, die locker an seinen Seiten herabhingen, die kecke Art, wie er seinen Hut schräg aufgesetzt trug, das sie exakt an Duardo erinnerte. Sie zog ihre Wasserflasche aus der Handtasche und nahm verzweifelt einen großen Schluck. Wie lächerlich sie war. Man sehe sie nur an. Eine Frau von über vierzig, die diesen Jungen von zwanzig oder jünger anstarrte, obwohl sie alt genug war, um seine Mutter zu sein. Trotzdem. Sie dachte an Philip und hatte das Gefühl, ihn zu verraten. Das unangestrengte Selbstbewusstsein der kubanischen Männer gefiel ihr immer noch. In ihrem Gang lag ein gewisser Rhythmus – als könnten sie plötzlich in eine Salsa oder Rumba ausbrechen. Elisa musste lächeln. Dann schüttelte sie den Kopf und verzweifelte erneut an sich selbst. Nun, diese Zeiten waren jedenfalls vorbei.

Sie stand auf und verließ das Café, wobei sie den Blick nicht von der Gestalt des Mannes nahm, der jetzt an dem steinernen Springbrunnen vorbeiging. Sein Gang wirkte locker und lässig. Er hatte es nicht eilig, und als er näher kam, wurde ihr klar, dass er vor sich hin pfiff. Heilige Mutter Gottes. Sogar sein Pfeifen klang wie das von Duardo.

Der Junge befand sich jetzt fast auf gleicher Höhe mit ihr, trat beiseite, um sie vorbeizulassen, und tippte sich dabei an den Hut. Charmant, dachte sie. So charmant.

»*Hola*«, sagte sie spontan.

»*Hola, señora.*« Ihr Gruß schien ihn nicht zu erstaunen, aber natürlich redeten Kubaner ständig mit Fremden – so waren sie nun mal. »Haben Sie einen schönen Tag?« Er grinste.

Ach, du meine Güte. Sogar sein Grinsen war das von Duardo. Obwohl seine Augen ganz anders waren. In ihnen stand eher ein herausforderndes Glitzern und weniger von Duardos Ernst. Sein Haar war viel kürzer und lockiger, und er war auch größer und schmaler. Elisa holte tief Luft. Hier stehe ich, dachte sie, rede mit einem jungen Mann und stelle mir meinen toten Liebsten von vor zwanzig Jahren vor. Was bin ich nur für eine Närrin.

»Das hab ich«, entgegnete sie. »Es ist schön, wieder in meinem Heimatland zu sein.«

»Sie sind Kubanerin?« Er zog eine Augenbraue hoch. »Das dachte ich mir, nach ihrer Stimme. Aber …« Er sah sie an. »Sie kleiden sich wie eine Europäerin – wenn ich das sagen darf, *señora.*« Wieder grinste er.

Elisa war sich sicher, dass die meisten Menschen ihm alles

verziehen hätten. Sie sah an ihrem rotgelben Baumwollkleid hinunter. Für englische Verhältnisse sah sie wie ein Papagei aus. Hier war ihr Kleid weder kurz genug noch eng genug und wahrscheinlich nicht einmal bunt genug, um einer Musterung standzuhalten. Sie erwiderte sein Lächeln. »Ich bin vor vielen Jahren weggegangen«, gestand sie. »Mit meiner Familie, nach England.«

»Wirklich?«, fragte er. »Ich kenne viele Leute, die nach Amerika gegangen sind. Aber England – das ist wirklich aufregend, was?«

Sie lachte über seine Begeisterung. Und dachte daran, wie einsam ihr Leben manchmal gewesen war, besonders nach dem Tod ihrer Eltern. Wie grau ihr England oft vorgekommen war. Wie öde und ohne die Freuden ihrer Heimat. »Es hat schon was«, versetzte sie trocken. »Aber ich vermisse eine Menge.«

Wieder sah er sie mit hochgezogener Augenbraue an. »Zum Beispiel?«

»Die Menschen, zum Beispiel«, antwortete sie. Das war nicht schwer. »Die Sonne. Die Rumba.« Weil die Rumba Kuba war – so einfach war das.

»Ah, die Rumba.« Er musterte sie jetzt neugieriger.

Wahrscheinlich war es merkwürdig gewesen, das zu sagen. Hatte sie gehofft, dieser gut aussehende junge Mann, der sie so sehr an Duardo erinnerte, würde sie in einer Rumba von den Beinen reißen? Wohl kaum. Er war freundlich – aber nicht verrückt.

»Und haben Sie noch Familie hier in Havanna?«, fragte er.

»Ein paar Verwandte.«

»In der Altstadt?«

»In der Altstadt.«

»Das ist schön.« Er nickte. »Dann genießen Sie Ihren Aufenthalt noch, *señora*. War schön, mit Ihnen zu plaudern.«

»Ganz meinerseits«, sagte sie.

Als er davongegangen war, ging Elisa um den Platz herum und ließ den vertrauten Anblick auf sich wirken. An der Ecke gegenüber dem El Templete lag die Festung Castillo de la Real Fuerza, die aus dem sechzehnten Jahrhundert stammte und von einem breiten Wassergraben und kantigen Befestigungsmauern umschlossen war. An der nächsten Ecke befand sich der alte Gouverneurspalast, in dessen prächtigem Innenhof eine Kolumbus-Statue und zwei hohe Königspalmen standen. Kuba zu verlassen hatte ihr aber eine andere Perspektive eröffnet, dachte Elisa jetzt. Es hatte sie dazu gebracht, über die Geschichte ihres Landes nachzudenken, von den Konquistadoren bis zur Revolution. Anscheinend hatte es immer jemanden gegeben, der die Macht an sich reißen wollte.

Diese Begegnung, dieser *encuentro* mit dem Jungen war interessant gewesen. Langsam ging sie über die Plaza, vorbei an der weißen Statue und einem weiteren Ceiba-Baum mit knorriger Rinde, und wieder zurück zum Café. Sie sah sein Gesicht noch vor sich, sein Lächeln und seinen schräg aufgesetzten Hut. An einem Stand für gebrauchte Bücher wurden Zeitschriften aus den 1940er- und 1950er-Jahren und Zeitungen aus der Zeit der Revolution angeboten. Elisa blieb stehen und blätterte in einer davon. Sie wollte sich nicht erinnern, aber … Sie legte die Zeitung wieder hin. Das ist Vergangenheit, Elisa, sagte sie sich. Sie hatte damit gerechnet, sich irgendwie fehl am Platz zu fühlen, wenn sie hierher zurückkam. Aber es fühlte sich immer noch wie ihre Heimat an.

Sie drehte sich um und wollte zurück zu dem Mietshaus gehen, in dem ihre Tante lebte, als sie hörte, wie jemand ihren

Namen sagte. Die Stimme kam ihr merkwürdig vertraut vor. Sie fuhr herum.

»Elisa«, sagte der Mann. »Du bist es.«

Elisa überlegte, wie nahe sie daran gewesen war, direkt mit Grace zusammenzustoßen. Vielleicht war es ja ein glücklicher Zufall, dass man sich der Gorse Lane aus zwei Richtungen nähern konnte – von der Jacob's Wells Road aus und über die Treppe, die zur Bellevue Terrace hinaufführte. Vielleicht ein glücklicher Zufall, dass Elisa sich nicht für den anderen Weg entschieden hatte. Sie schnalzte mit der Zunge.

Und was jetzt? Sie ging die Stufen hinunter, die zu Theos Haustür führten, und klingelte so lange und so heftig, wie sie konnte.

# 20. Kapitel

Keine Reaktion. Kein Laut von drinnen. Aber Elisa wusste, dass Theo da war. Er musste da sein. Sie hob die Klappe des Briefkastens hoch. »Theo!«, rief sie hinein. »Komm an die Tür, ja?« Nichts. Sie klopfte noch einmal. »Theo?« Lauter jetzt. »Ich weiß, dass du …«

»Elisa?«

Sie fuhr herum. Robbie stand mit verwirrter Miene neben ihr. »Was machst du denn hier?« Er schob sich die Brille auf der Nase hoch. »Ist er da?«

»Ich wollte ihm ein paar Handzettel bringen«, stammelte sie. Sie hielt den Plastikumschlag in der Hand. *Oh, mein Gott.* »Nein, er ist nicht da.«

»Nicht? Ich dachte, du hättest durch den Briefkasten mit ihm geredet.« Er legte den Kopf schräg.

Elisa überlegte schnell. »Nein, nein, ich hab nur nach ihm gerufen, um festzustellen, ob er da ist.« Sie lachte unsicher und fasste dann Robbies Arm. »Könntest du mich vielleicht nach Hause fahren, Robbie? Ich bin mit dem Bus gekommen, aber ich fühle mich gerade nicht so gut.« Es stimmte, mit einem Mal hatte sie so weiche Knie, als würde sie gleich umfallen.

»Klar kann ich das. Ist alles in Ordnung, Elisa? Was hast du? Möchtest du dich hinsetzen?« Er wirkte so besorgt, der arme, liebe Junge. *Wie konnten die beiden nur?*

»Ich glaube, mir geht's gut, ja.« Tat es aber nicht. Sie stand noch völlig unter Schock.

Aber Robbie wollte offenbar noch nicht gehen. »Bist du sicher, dass er nicht zu Hause ist? Wenn er doch da ist, könntest du dich einen Moment hinsetzen.« Er hämmerte an die Tür. »Theo?«

»Nein, er ist nicht da«, erklärte sie bestimmt. Sie zog an seinem Arm. »Können wir gehen, mein Lieber? Es tut mir so leid, dass ich dir zur Last falle.«

»Ja, klar. Entschuldigung.« Er warf einen Blick auf den Plastikumschlag mit den Handzetteln, den sie immer noch in der Hand hielt. »Sie sind ziemlich gut geworden, finde ich. Willst du sie nicht durch den Briefschlitz werfen oder so?«

»Nein. Oh ja. Ja, natürlich.« Mit Robbies Hilfe schob sie den Packen durch den Schlitz. Sie hörte, wie er ein Stück rutschte, und dann das dumpfe Geräusch, mit dem er drinnen auf der Fußmatte landete. Aber sie hatte nur den Wunsch, Robbie von hier wegzulotsen. Seine Frau war nicht mehr im Haus, aber trotzdem musste er von hier verschwinden.

»Dann komm.« Er nahm ihren Arm. »Was für ein Glück, dass ich gerade vorbeigekommen bin. Das Auto steht gleich um die Ecke.« Er wies die Jacob's Wells Road entlang, in die Richtung, in die Grace gegangen war.

Meine Güte, dachte Elisa. Wie war es möglich, dass er sie nicht gesehen hatte? Sie hatte das verwirrende Gefühl, als passiere alles zu schnell, als laufe das Leben gerade im Zeitraffer ab. Hatte sie recht, was Grace und Theo anging? Es musste so sein, sie spürte es in ihren Knochen. Und wenn sie jetzt darüber nachdachte, sah sie …

Als sie zur Hauptstraße kamen, sah Elisa sich um, aber von Grace war nichts mehr zu sehen. Inzwischen musste sie den Fuß des Hügels erreicht haben, vermutete Elisa, oder durch den Park gegangen sein. Jedenfalls war sie in Sicherheit. Sie stützte sich schwerer auf Robbies Arm und überlegte, was sie tun, was sie sagen sollte.

Auf dem ganzen Heimweg plauderte Robbie unaufhörlich mit ihr. Elisa antwortete, so gut sie konnte, und versuchte zu klingen, als sei alles in Ordnung. Hoffentlich würde er einfach denken, sie sei müde oder ihr sei unwohl. Auf den wahren Grund würde er nie kommen, da war sie sich sicher. Elisa lief ein Schauder über den Rücken.

»Danke, Robbie«, sagte sie, als er schließlich vor dem Haus in der King Street anhielt. »Ich bin dir sehr dankbar. Und merkwürdigerweise fühle ich mich schon viel besser.« Obwohl das nicht stimmte, ganz im Gegenteil.

»Kein Problem.« Er runzelte die Stirn. »Sag mal, hast du ihn in letzter Zeit gesehen?«

»Ihn?«, fragte sie schwach.

»Theo. Anscheinend war er verreist. Und jetzt ist er da, aber auch wieder nicht.« Er lächelte betreten. »Wenn du verstehst, was ich meine.«

»Ja, Robbie, aber ich fürchte, ich habe keine Ahnung.« Was sollte sie sagen? »Vielleicht war er ja weggefahren, und …« Sie verstummte.

»Okay. Warte einen Moment.« Robbie sprang aus dem Auto und ging auf die andere Seite, um ihr die Tür zu öffnen.

»Danke.« Elisa schwang die Beine hinaus, schob sich aus dem Wagen und strich ihren Mantel glatt. »Möchtest du auf einen Kaffee reinkommen, mein Lieber?« Das würde schwierig werden, und sie hatte keine Ahnung, was sie zu dem armen Jungen sagen sollte, aber Höflichkeit war bei ihr ein Instinkt.

»Danke, aber ich sollte lieber nach Hause fahren.« Er stand schon wieder an der Fahrertür.

Elisa zögerte. »Wie geht's Grace?« Sie hatte gewusst, dass

sie nicht ganz auf dem Posten war, aber sie konnte immer noch nicht glauben, dass sie die Zeichen nicht erkannt hatte.

»Ach, weißt du.« Kurz schwieg er. »Sie ist ein bisschen schlapp. Irgendein Virus, nehme ich an. Das wird schon wieder.«

Elisa nickte. Wann könnte sie Grace besuchen? Wann könnte sie mit ihr reden? »Grüß sie schön von mir«, sagte sie.

»Mach ich.« Er öffnete die Autotür, stieg ein und winkte ihr ein letztes Mal zu.

Elisa ging ins Haus und ließ sich in ihren Lieblingssessel fallen. Sie brauchte ein paar Minuten, bis sie auch nur die Kraft hatte, ihren Mantel auszuziehen.

Philip war in der Küche. Von dort zog ein ziemlich ungewöhnlicher Geruch heran, aber darüber konnte Elisa jetzt nicht nachdenken. Jedes Hobby, das sich Philip aussuchte, um sich abzulenken, war besser, als dass er trank.

»Geht's dir gut, Schatz?«, rief er. »Was ist los?«

»Nichts«, sagte sie. »Alles in Ordnung.« Mit besorgter Miene kam er an die Tür. Aber sie konnte ihm das nicht erzählen – nicht nach dem, was er mit Nancy durchgemacht hatte.

»Eine Tasse Tee?«, schlug er vor.

»Wunderbar.« Elisa seufzte. »Und wie ist es gelaufen heute Nachmittag? Bei Ruth?«

»Sehr gut.«

Sie hörte zu, wie er in der Küche herumhantierte, den Kessel aufsetzte, Tee kochte und ihr erzählte, worüber er und seine Therapeutin am Nachmittag gesprochen hatten. Obwohl ihre Gedanken abschweiften. Zurück zu Grace, zurück zur Plaza de Armas im Jahr 1985, dazu, wie Liebe aussah.

»Und ich habe nachgedacht.« Er stellte das Tablett vorsichtig auf den kleinen Tisch vor sie hin. »Ich glaube, ich bin bereit, mit Grace zu reden. Ich glaube, das könnte helfen.«

»Mit Grace reden?« Sie starrte ihn an. »Worüber?«

»Ich will ihr sagen, dass ich aufgehört habe zu trinken. Ich möchte sie um Verzeihung bitten. Ich möchte, dass wir versuchen, von vorn anzufangen.«

»Oh, Philip.« Elisa legte ihm eine Hand auf den Arm. »Das ist gut. Sie wird …« Aber ihr Kopf war leer. Wie würde Grace reagieren? Wäre sie erfreut? Oder wären ihr Kopf und ihr Herz so voll von Theo, dass sie auf ihren Vater nicht so eingehen würde, wie er es verdient hatte?

»Sie war seit Wochen nicht hier«, sagte er. »Aber wer könnte ihr das verdenken?«

Das war Elisa auch aufgefallen. »Bist du dir sicher, dass du so weit bist?«, fragte sie.

Er nickte. »Ja. Und vielleicht hilft es mir. Ich kann sie ja nicht noch mal enttäuschen, oder, Elisa?«

Sie schüttelte den Kopf. Nein, das konnte er nicht. Aber zuerst musste sie selbst mit Grace reden. Sie durfte keine Zeit verschwenden. Und mit Theo. Jemand musste die beiden aufhalten. Und soweit sie erkennen konnte, was sie die Einzige, die dazu in der Lage war.

Später saß Elisa an ihrem Schreibtisch. Sie schloss die Augen und fühlte sich wieder auf die Plaza de Armas in Havanna und in das Jahr 1985 zurückversetzt. Sie versuchte, regelmäßig und langsam zu atmen.

»Elisa«, hatte er gesagt. »Du bist es.«

Verständnislos hatte sie ihn angestarrt. *Aber du bist tot*, war alles, was sie denken konnte. Und doch war er offensichtlich nicht tot. Duardo – ein älterer Duardo mit Furchen im Gesicht und Falten um die Augen, mit der Statur, dem Blick und dem Stirnrunzeln eines älteren Mannes, stand vor ihr. Älter, aber vollkommen lebendig.

»Aber …«, stammelte sie.

»Du hast mit meinem Sohn gesprochen.« Er machte einen Schritt auf sie zu und streckte die Hände aus. Diese Geste hatte etwas so Vertrautes, dass ihr fast das Herz stehenblieb. Sie erinnerte sie schmerzhaft an ihre Wurzeln, an Kuba, an zu Hause. »Du hast von England und Kuba geredet. Von deiner Familie hier in der Altstadt. Über die Sonne.« Scharf sog er den Atem ein. »Und über die Rumba.«

Elisa nahm immer noch jede Einzelheit seines Gesichts in sich auf. Seine Lippen, die kleine Lücke zwischen seinen Schneidezähnen, seinen ernsten Blick. Natürlich, dachte sie, sein Sohn. Dann war sie doch nicht so dumm gewesen. Sie hatte es erkannt. Nur, dass … »Ich dachte, du bist tot«, erklärte sie.

Sein Blick wurde düster. »Elisa«, sagte er. Und dann lag sie in seinen Armen und hatte Mühe, überhaupt an irgendetwas zu denken.

# 21. Kapitel

*Havanna 2012*

Rosalyn stand in der Schlange in der staatlichen Lebensmittelausgabe. Duardo hatte ihr ein ums andere Mal gesagt, sie brauche das nicht zu tun. »Schick doch jemand anderen mit der *libreta*, dem Rationierungsheft, Mami«, sagte er immer. »Bleib in der *casa*. Ruh dich aus.«

*Du bist alt* – das meinte er eigentlich. Und es stimmte, dass sie sich dieser Tage auch so fühlte. Morgens wachte sie verwirrt aus ihren Träumen auf, die sich immer auf die Vergangenheit bezogen und immer von ihrem Tácito handelten. Einem viel jüngeren Tácito, der lachte und strahlte und sie damit ansteckte. Aber wenn er die Hand nach ihr ausstreckte, gerade bevor er sie berührte, wachte sie immer auf, und dann lag sie im selben Bett, ohne ihn. Kein dunkler Lockenschopf auf dem Kissen neben ihr, keine warmen, starken Arme, die sich um sie legten und sie beschützten. Sie war wieder allein.

Dann seufzte Rosalyn und stand auf. Und, oh heilige Muttergottes im Himmel, wie ihre Gelenke schmerzten – jedes Einzelne, wie es ihr vorkam –, ihre Augen waren trüb, und es fiel ihr wieder ein. Tácito war tot, und sie war alt. Aber sie wollte nicht alt sein, also ging sie in die Küche und machte Essen. Jaquinda, die Frau, mit der Duardo zusammenlebte, kümmerte sich kaum darum. Sie war zu rein gar nichts zu gebrauchen. Aber manchmal half ihr Benita, die Frau ihres Enkels Federico, und sie plauderten über dies und das. Anders als die anderen erklärte die junge Benita ihr nicht, sie solle sich hinsetzen oder ausruhen. Sie akzeptierte Rosalyn so, wie sie gesehen werden wollte – immer noch tüchtig. Trotzdem waren es Benitas flinke Hände, die den Reis wuschen und das Hühner- oder Schweinefleisch zurechtmachten, den Maniok und die Yamswurzeln schälten und vorbereiteten, sodass Rosalyn kaum einen Finger zu rühren brauchte, wenn sie nicht wollte.

Die Wohnung, in der sie jetzt lebten, war viel gepflegter als die, in der sie mit Tácito und Duardo gewohnt hatte, als ihr Sohn klein war. Dieses Haus war so marode gewesen und der Balkon so unsicher, dass sie darauf nicht einmal ihre Wäsche hatte aufhängen können. Unten hatte ein alter Mann in Schmutz und Dunkelheit und nur in Gesellschaft seiner Hühner gelebt, und der Gestank war zusammen mit den Abwassergerüchen der Straße zu ihnen hochgezogen und hatte zu ihrem Alltag gehört. Aber Duardo hatte schwer gearbeitet. Jetzt lebten sie zwar weiter in einem alten Haus, in dem jede abblätternde Farbschicht eine Geschichte erzählte, aber es war nicht so feucht und auch nicht so voll. Sie hatten fließendes Wasser – obwohl die Rohre gelegentlich unzuverlässig waren –, und in der Küche gab es ein gutes Spülbecken aus Steingut und einen Gasherd. Verglichen mit vielen anderen lebten sie gut.

Nachdem Duardo ihr gesagt hatte, sie solle sich ausruhen, und dann zur Arbeit gegangen war – entweder fuhr er Taxi oder bastelte an seinem Wagen herum –, machte sich Rosalyn ausgehfertig, um den Weg zum staatlichen Lebensmittelladen oder dem Obst- und Gemüsestand zu gehen. Sie wollte verdammt sein, wenn sie aufhören würde, sich zu bewegen. Es musste doch ein besseres Leben geben als das hier. Genau das hatte Tácito vor sehr langer Zeit einmal zu ihr gesagt – *weil es ein besseres Leben geben muss als das hier.*

»Soll ich mitkommen?«, fragte Benita dann. Sie war immer gern bereit dazu, aber Rosalyn wusste, dass sie ihre eigene Hausarbeit zu erledigen hatte.

»Nicht nötig.« Und Rosalyn lächelte ihr beruhigend zu und verließ das Haus. Das war ihre Unabhängigkeit. Sie war lieber allein unterwegs.

Sie ging den zerfallenden Gehweg entlang, vorbei an den Männern, die in Gruppen zusammenstanden, dem räudigen Hund, der wie tot mitten auf der Straße lag, und den heruntergekommenen Gebäuden und Mietshäusern. Ein Stück die Straße hinunter, auf der Seite gegenüber ihrer Wohnung, bot sich ihr ein bizarrer Anblick, obwohl sie inzwischen daran gewöhnt war – das Gebäude bestand nur noch aus seiner kunstvollen Barockfassade aus zerfallendem Stuck und wurde von alten, modrigen Balken aufrecht gehalten. Rosalyns Meinung nach sagte das eine Menge über ihr Land aus.

Sie holte ihre Lebensmittel ab und ging weiter zur Plaza de Armas, um Gemüse und Obst zu kaufen. Auf einer Seite des Platzes spielten ein paar Jungen Fußball. Rosalyn traute diesen Jugendlichen nicht. Sie kamen nicht aus ihrer unmittelbaren Nachbarschaft, und sie kannte ihre Familien nicht. Früher einmal war Havanna eine Stadt gewesen, in der man sich in Sicherheit bewegen konnte, und die Jungen waren höflich gewesen und hatten Erwachsene respektiert. Jetzt sah sie die Augen eines der Jungen boshaft funkeln – ein hochgewachsener Junge mit einer Baseballkappe. Wie sie Baseballkappen hasste. Sie hatte Duardo, Federico oder Luis immer verboten, sie zu tragen. Ein Strohhut war gut genug für ihren Tácito gewesen und war auch gut genug für den Rest ihrer Familie.

Wegen dieses Funkelns und weil sie keine Lust hatte, sich einen Fußball gegen die Beine schießen zu lassen, wenn sie am wenigsten damit rechnete, schlug Rosalyn einen Bogen um den improvisierten Fußballplatz und ging stattdessen dicht an der kühlen Fassade des Hotels Santa Isabel mit seinen blauen Fensterrahmen, Balkongittern und Markisen vorbei. Natürlich waren Touristen in der Nähe, aber vor denen brauchte sie sich nicht zu fürchten. Manchmal fragten sie Rosalyn nach dem Weg zur Plaza de la Catedral oder zum Rum-Museum, und dann bereitete es ihr großes Vergnügen, sie in die falsche Richtung zu schicken. Sie war vielleicht alt, aber in ihrem Leben war immer noch Platz für etwas Spaß …

Die Tasche hing ihr schwer am Arm. Sie ging an dem Stand mit gebrauchten Büchern vorbei und warf einen Blick auf die zum Verkauf angebotenen Bücher und Poster. Das Bild Che Guevaras war allgegenwärtig. Wenn Duardo hier wäre, würde er ihr die Tasche tragen. Sie schob sie auf ihren anderen Arm. Federico oder Luis auch, obwohl ihr Urenkel immer mit seinem Studium beschäftigt war und Federico … Nun ja, sogar Benita wusste nicht immer, wo ihr Mann gerade steckte.

Jaquinda, die Frau, mit der Duardo zusammenlebte, erbot sich nie, für den Haushalt einkaufen zu gehen. Missbilligend schnalzte Rosalyn mit der Zunge. Mit ihr hatte Duardo einen Fehlgriff getan – einen großen. Rosalyn gab ihrem Sohn keine Schuld. Er war halb tot aus dem Kampf zurückgekehrt, und als er feststellte, dass seine Freundin fortgegangen war – diesen Punkt übersprang Rosalyn in ihrer Erinnerung, manchmal war es praktisch, alt zu sein und Einzelheiten zu vergessen –, da hatte er sich die erste halbwegs anständige Frau geschnappt, die er sah. Jaquinda hatte zweifellos gut ausgesehen – früher –, jetzt war sie fett. Auch einen Sohn hatte sie ihm geschenkt, aber abgesehen davon war sie träge und nichtsnutzig, faulenzte, aß ihnen die Haare vom Kopf und trug ihre Gunst – wenn auch nicht ihren Appetit, wie Rosalyn bemerkte – zu einem anderen. Sie seufzte. Das war demütigend für Duardo, obwohl er so tat, als mache es ihm nichts aus.

Am Café blieb Rosalyn stehen. Sie gab sich nicht damit ab, die reichen Touristen zu beobachten. Sie bedeuteten ihr nichts. Aber sie konnte nicht umhin, festzustellen, dass Havanna inzwischen zweigeteilt war. Es gab Bars für Touristen und Bars für Einheimische. Es gab Geld für Touristen, und es gab ihr Geld. Das El-Templete-Gebäude, das »Tempelchen« am Platz, erinnerte an die Stelle, an der ihre Stadt gegründet worden war. Die Touristen kamen in Scharen, um mit aufgerissenen Augen die prächtigen Kolonialbauten zu bestaunen. Aber der Kolonialismus war nicht Kuba, er war Kuba aufgezwungen worden. Von anderen. Sie sah sich auf dem Platz zwischen dem Castillo und dem Palast um und verglich sie mit dem farblosen, baufälligen Mietshaus, in dem sie wohnte. Das hatte ihnen die kostbare Revolution ihres Sohnes eingebracht – sie hatte sie aus einem System herausgeholt, in dem die Reichen reich waren und die Armen in Slums lebten, und sie in ein anderes versetzt, in dem sie überleben konnten, aber nur mit knapper Not.

Sie dachte an ihren Urenkel Luis. Bildung gab es in Kuba – aber nichts Erstrebenswertes, was man damit anfangen konnte. Man konnte versuchen, im Leben voranzukommen wie Duardo, aber es schien, als sei das System selbst gegen ihn. Oder man konnte faul sein wie Federico und sich einfach treiben lassen. Die Wahrheit – eine, die sie ihrem Sohn gegenüber nicht aussprechen konnte – war, dass es nicht funktioniert hatte. Rosalyn schüttelte den Kopf und sah in den Korb, den sie trug.

Mit einer gewissen Bitterkeit dachte sie an die Sonderperiode der 1990er-Jahre zurück. Kein Fleisch, kein Gemüse, nur Reis. Schlange stehen für Getreide, Öl, Salz, Zucker, Zahnpasta und Seife. Schlangen, die so lang die Straße hinunterreichten, dass sie kein Ende zu haben schienen. »*¿Quién es el último?*«, pflegten die Leute zu fragen, wenn sie sich anstellten. *Wer ist der Letzte?* Denn auf diese Art konnten sie herumlaufen und sich vielleicht hinsetzen und wussten trotzdem, wer vor ihnen an der Reihe war. Aber wenn man vorn ankam – wer wusste schon, was man dann noch bekommen würde?

Sie hatten nicht viel, obwohl die meisten Menschen einige in den USA hergestellte Elektrogeräte aus den 1950ern besaßen, die inzwischen mit russischen Ersatzteilen liefen. Und durch das US-Embargo konnten sie sich erst recht keine beschaffen. Wohnen, Strom und Wasser waren praktisch gratis, ja. Aber selbst einen einfachen Teebeutel mussten sich vier Personen teilen. Manche – wie Rosalyns Schwester Amelia – überlebten die Strapazen nicht. Und Rosalyn hatte sich oft gefragt, wo das alles enden würde.

Jetzt war die Lage besser, und auch Duardo verdiente gutes Geld. Aber vielen fehlte der Anreiz, wie Federico. Sie taten, als arbeiteten sie, genau wie die Regierung so tat, als bezahle sie sie. Und das war es dann schon.

Rosalyn ging weiter zum Obst- und Gemüsestand an der Ecke der Calle Obispo. Sie würde nicht viel kaufen, eine schöne Wassermelone vielleicht oder ein paar Mangos. Sie konnte morgen wieder herkommen und mehr kaufen. Sie würde sie vor Jaquinda verstecken, bis die Männer nach Hause kamen. Diese Frau hatte kein frisches, reifes Obst verdient. Wieder verlagerte Rosalyn das Gewicht der Tasche. Sie hatte immer gehofft, Duardo werde eine andere Frau finden. Nicht jemanden wie Elisa Fernández García, die nicht die Richtige für ihn gewesen war, weil sie war, wer und was sie war, und niemanden wie Jaquinda, die gierig war und nicht richtig für ihn sorgte. Sondern die Frau, die er verdiente. Die Frau, die ihm eine Beziehung wie die bot, die Rosalyn mit Tácito genossen hatte. Das hatte sich Rosalyn für ihren Sohn gewünscht. War das denn zu viel verlangt?

Als Rosalyn sich der Obstverkäuferin näherte, sah sie auf der anderen Seite des Platzes eine Frau, die sie wiedererkannte und die gerade aus der Calle O'Reilly kam. Sie sah sie nicht zum ersten Mal. Auch sie war alt, wenn auch nicht so alt wie Rosalyn. Immer lächelte sie – Rosalyn hatte keine Ahnung, was sie so amüsant fand –, und sie nickte Rosalyn immer zu, als kenne sie sie. Das war äußerst irritierend. Rosalyn wappnete sich. Und tatsächlich, die Frau nickte ihr zu.

»*Hola*«, sagte sie. »Heute ist ein schöner Tag, finde ich.«

Rosalyn ignorierte sie wie immer, kaum dass sie den Augenkontakt erwiderte. Ein schöner Tag wofür?, fragte sie sich. Wahrscheinlich war die Frau nicht ganz richtig im Kopf. Mit ihr konnte etwas nicht stimmen, weil sie die ganze Zeit so lächelte.

Rosalyn wusste natürlich, wer die Frau war. Sie war die Ältere der Cousinen, noch eine Fernández García. Und Rosalyn ignorierte sie aus vielen Gründen, nicht zuletzt, weil sie nicht an die Cousine der Frau erinnert werden wollte, an Elisa, die vor vielen Jahren mit Rosalyns Sohn durchgebrannt und dann mit ihrer Familie nach England abgehauen war. Ihretwegen hatte Duardo hier in Havanna keine anständige Frau gefunden – und er trauerte ihr immer noch nach.

Rosalyn nickte der Obstverkäuferin zu, stellte mit einem leisen »Ah« der Erleichterung ihren Korb ab und begutachtete gemächlich das Angebot. Die Qualität des Obstes war gemischt. Heute zum Beispiel waren die Bananen zu schwarz und die Mangos zu hart. Probeweise drückte sie ihren Finger in eine hinein und schüttelte verzweifelt den Kopf.

Und welche Mutter in ihrer Lage, fragte sie sich, hätte anders gehandelt, was Elisa Fernández García und Duardo anging? Niemand konnte ihr irgendwelche Schuld geben, oder? Es war nicht einmal eine Lüge gewesen, eher eine kleine Verdrehung der Wahrheit. Der Zweck heiligt die Mittel, dachte sie gern. Nur, dass die Sache nicht so ausgegangen war, wie sie es sich vorgestellt hatte.

Rosalyn suchte Obst aus und bezahlte die Verkäuferin. Jetzt war ihr Korb noch schwerer, aber sie hatte es nicht weit bis nach Hause. Sie machte sich auf den Weg und erinnerte sich dabei an Duardos ernstes Gesicht, als er es ihr damals gesagt hatte. *Ich habe ein Mädchen kennengelernt*. Er war so ernst gewesen.

Alarmiert war Rosalyn zurückgezuckt. »Aber du bist noch so jung, mein Sohn«, sagte sie. Viel zu jung, dachte sie in ihrem Herzen, obwohl sie natürlich wusste, dass sowohl Männer als auch Frauen nie zu jung für die Liebe waren.

»Er wird schon drüber wegkommen«, hatte Tácito später an diesem Abend beruhigend zu ihr gesagt. »Mach dir keine Sorgen. Unser Sohn ist nicht dumm. Er ist jung, ja, aber er weiß, was er tut.« Aber selbst damals war Rosalyn klar gewesen, dass Duardo nicht darüber hinwegkommen würde. Er war damals ernsthaft gewesen und war es heute noch. Wenn er liebte, war er wie sein Vater. Er liebte für die Ewigkeit.

»Wer ist sie?«, hatte Rosalyn ihn ein paar Tage später gefragt. Sie meinte nicht ihren Vornamen, denn den hatte er ihr schon gesagt, und er bedeutete ihr nichts. Elisa. Wer war

Elisa? Was wichtig war – wer war ihre Familie? Sie konnte nicht aus dem Viertel stammen, sonst hätte Rosalyn sie gekannt. »Ist sie eine von uns?«

Duardo sagte ihr Elisas Familiennamen, und Rosalyn musste sich haltsuchend an die Tischplatte klammern. Sie ließ sich schwer auf den Stuhl fallen und schlug die Hände vors Gesicht. Fernández García. Diesen Namen kannte sie nur zu gut.

»Mami?« Sie hörte die Besorgnis in Duardos Stimme. »Was hast du? Geht's dir nicht gut? Soll ich meinen Vater holen?«

»Nein«, hatte sie gesagt. *»Mi madre.«* Oh, Mutter.

»Du darfst dich nicht weiter mit ihr treffen.« Rosalyn hatte den Kopf gehoben und sah ihn durchdringend an. »Es ist unmöglich.« Dann hatte sie ihm erzählt, warum das so war.

Immer noch hörte Rosalyn in ihren Träumen und Gedanken oft die leise, singende Stimme ihrer toten *abuela*, ihrer Großmutter, genau wie damals als Mädchen. Damals, vor ihrem Tod, hatte sie Rosalyn oft von ihrem Leben auf der Zuckerpflanzung der Fernández García erzählt. Sie erzählte ihr von der Zuckermühle, dem *cachimbo* – der Plantage –, davon, wie das Zuckerrohr geschnitten wurde und wie man den Rohrzucker zu Muscovado-Zucker verarbeitete. Sie erzählte ihr, wie sie gelebt hatten: in Sklavenhütten, heiß wie Glutofen und fast ohne Lüftung, mit Böden aus gestampftem Lehm, von außen weiß getüncht und bei Nacht mit einem Vorhängeschloss gesichert, was kein Wunder war, weil viele Sklaven wegliefen. Und sie erzählte ihr, wie ihr Großvater in den Wald geflüchtet war und *cimarrón* werden wollte, ein entlaufener Sklave, sich versteckte, denn er wünschte sich ein freieres Leben.

»Viele Afrikaner fürchteten sich vor den Schatten in den Wäldern«, sagte sie. »Sie bildeten sich ein, er sei voller böser Geister. Aber er nicht.« Und ihre Stimme klang stolz. »Dieser Mann war entschlossen zu fliehen. Er wollte nicht als Sklave in Ketten leben.« Aber er wurde von den Sklavenfängern gefunden, den bösen *guajiros*, die der Herr mit ihren Jagdhunden, die dazu abgerichtet waren, Schwarze zu fangen, hinter ihnen herschickte. Nach ein paar Tagen wurde er zurück auf die Plantage gebracht, und da waren die beiden zusammengekommen und hatten auf diese Weise etwas Trost gefunden.

Rosalyn stellte sich vor, wie ihr Großvater sich gefühlt haben musste, als er in die Wälder floh. Wie viel Angst hatte er wohl vor den Schatten gehabt? Wie viel Furcht vor den Folgen, wenn er gefangen würde? »Was haben sie mit Großvater gemacht?«, fragte sie. »Als sie ihn gefangen haben?« Sie hatte ihren *abuelo* nie gekannt, denn er war Jahre vor ihrer Geburt gestorben. Aber sie konnte seinen Schmerz immer noch nachfühlen.

Die Miene ihrer Großmutter verdüsterte sich. »Sie haben ihn ausgepeitscht«, erklärte sie. »So schlimm, dass seine Haut davon aufplatzte. Obwohl er Glück hatte, nicht ein paar Tage in den Stock gesteckt zu werden. Mit den Männern machte man das.«

Wenn Rosalyns Mutter die *abuela* so reden hörte, versuchte sie, sie zum Schweigen zu bringen. »Sie ist jung«, sagte sie. »Heute ist alles anders. Sie braucht das alles nicht zu wissen.« Aber Rosalyn fand, dass sie es erfahren musste. Und sie dachte an die Haut ihres Großvaters, ledrig und schwarz wie Erde und aufgerissen von der Peitsche des Aufsehers.

»Wir hatten Kräuter«, sagte ihre Großmutter weise. Bei

der Erinnerung legte sie eine knochige braune Hand an ihr graues Haar. »Wir wussten, wie man mit Tabakblättern, Urin und Salz heilt ... Viele Frauen haben sogar Hexerei benutzt.« Diesen Gedanken schien sie von sich zu schieben.

Rosalyn war näher an sie herangerückt, denn sie brannte darauf, mehr zu erfahren.

»Dein Großvater sagte immer, Frauen seien gut zum Träumen«, sagte sie. »Und wir mussten träumen, manchmal mussten wir uns davon, wie wir lebten, wegträumen.«

Rosalyn erschauerte und stellte sich einmal mehr die zermürbende Schufterei vor, die Armut, die Krankheiten und die abstoßenden Bedingungen, unter denen ihre Großeltern gelebt hatten. Sie hatte als Kind und Jugendliche nicht viel gehabt, ja, nicht einmal, nachdem sie zu Tácito gezogen war, aber es war viel mehr als das gewesen. Doch seit ihren Tagen und Nächten in Havanna konnte sich Rosalyn mit diesem Bedürfnis nach Träumen identifizieren. Manchmal war es die einzige Möglichkeit, sich seelisch nicht erdrücken zu lassen.

»Wir hatten aber nicht nur schlechte Zeiten, meine Kleine«, pflegte die *abuela* mit ihrer singenden Stimme fortzufahren. »Wir hatten einander.« Sie begann, sich langsam hin und her zu wiegen. »Wir hatten unseren *conuco*, unseren kleinen Garten. Wir haben Spiele gespielt, weißt du.«

»Spiele?« Das konnte sich die junge Rosalyn überhaupt nicht vorstellen. Woher hatten sie nach so vielen Stunden Arbeit unter diesen Bedingungen die Kraft dazu genommen?«

»*Tejo.*« Die *abuela* lächelte und erklärte, wie man es mit einem Maiskolben und einem Stein spielte. »Und wir haben gesungen und getanzt«, murmelte sie.

Rosalyn nickte. Über die selbst gemachten Instrumente und

die Tänze wusste sie schon Bescheid. »Was habt ihr denn in dem Garten angebaut?«, fragte sie.

Ihre Großmutter zuckte mit den Schultern. »Süßkartoffeln, Kürbis, Mais, Bohnen, Kartoffeln. Milch haben wir eingetauscht. Milch reinigt innerlich und heilt Entzündungen. Wir haben den Zuckerrohrsaft so getrunken, wie er aus der Presse kam. Wir haben unser Bestes getan. Wir waren eine Gemeinschaft.« Wieder klang sie stolz.

Und es waren dieser Stolz und diese Würde, die Rosalyn mehr als alles andere berührten. Sie wusste, ihre Großeltern hatten auf den Feldern zu arbeiten begonnen, als sie erst sechs Jahre alt waren. Aber nicht ihre Mutter. Rosalyn wusste auch, dass bei der Geburt ihrer Mutter die Sklaverei in Kuba schon abgeschafft war. Wäre sie ein paar Jahre früher geboren worden, wäre sie auf der Krankenstation der Plantage zur Welt gekommen und hätte wie ein Tier an eine andere Plantage verkauft werden können, wie es so vielen erging, die ihre Eltern niemals wiedersahen.

Wenn ihre Großmutter an diese Zeit zurückdachte, sah Rosalyn, wie ihre dunklen Augen feucht wurden und in die Ferne sahen. »Aber der menschliche Körper nutzt sich schnell ab«, seufzte ihre Großmutter, »und das ist die Wahrheit.«

Nun, da Rosalyn ebenfalls alt war, dachte sie nicht wie ihre Großmutter zurück an die schlechten Zeiten. Sie hatte Duardo auch nie davon erzählt, nur Tácito. Wenn sie begraben war, würden diese Zeiten mit ihr ruhen. Aber es war trotzdem die Wahrheit. Körper nutzten sich schnell ab. Rosalyn war jetzt fast zu Hause und verlagerte das Gewicht des Korbs noch einmal.

Aber diese andere Last würde sie nicht auf sich nehmen, auch wenn sie dazu manchmal vergessen musste, was Tácito zu ihr gesagt hatte. Sie hatte getan, was jede Mutter getan hätte. Und jetzt war es zu spät, um etwas daran zu ändern. Manche Dinge, dachte sie düster, konnte man nicht verzeihen. Das war eine Sache des Stolzes. Des Stolzes ihrer Großmutter. Und manche mussten dafür büßen.

# 22. Kapitel

Grace stand noch unter der Dusche, als sie Robbie nach Hause kommen hörte. Das Zufallen der Tür, das leise »Hallo«.

Was war bei Theo passiert? Hatte er mit ihm gesprochen? Sie würde es herausfinden müssen. Grace drehte das Wasser ab und trat aus der Dusche. Sie schnappte sich ihr Handtuch, schloss kurz die Augen und dachte daran, was am Nachmittag geschehen war. So viel zu ihren guten Absichten. Die sie wohin geführt hatten?

»Ich bin im Bad«, rief sie zurück und trocknete sich eilig ab, weil sie Angst hatte, Robbie könnte hereinkommen und … Was? Sie berühren? Das hatte er in letzter Zeit kaum gewagt, da immer etwas bei ihr nicht stimmte. Aber wenn sie tun wollte, was sie zu Theo gesagt hatte – versuchen, ihre Ehe zu retten –, dann gewöhnte sie sich besser daran. Sie wünschte sich, sie wäre dazu in der Lage. Aber war sie das? Heute hatte sie Theo nicht verlassen können.

Grace spähte in den beschlagenen Spiegel. Stand es ihr ins Gesicht geschrieben? Wo sie gewesen war? Was sie getan hatte? Sie war gelaufen und gelaufen, sie hatte nicht vorgehabt, zurückzugehen. Aber der Gedanke, ohne ihn zu sein … Noch jetzt wurden ihr dabei die Knie weich. Grace hielt sich an der Handtuchstange fest. Wie waren Menschen nur in der Lage, monatelang, sogar über Jahre hinweg Affären zu haben? Das war ihr ein Rätsel. Wann hörten Affären auf, so … aufreibend zu sein?

Seit Theo hatte sie jede Ausrede, die der weibliche Teil der

Menschheit kennt, gebraucht, um nicht mit ihrem Mann schlafen zu müssen. Sie war sich gemein vorgekommen und hatte Schuldgefühle gehabt, und sie hatte dennoch weitergemacht. Es war, als hätte sie gute Absichten, Treue und Wahrheit, all die Eigenschaften, die sie wertschätzte, an dem Abend, als Theo zu ihr nach Hause gekommen war, in den Wind ihres Lebens geschlagen. Es war nicht fair, und es war nicht richtig, aber das hatte ihr die Liebe angetan.

Sie wusste, sie war nicht dazu geschaffen, zwei Männer zugleich zu lieben. Und nach dem, was ihrer Mutter zugestoßen war … Sie hatte es einfach nicht für möglich gehalten, dass sie sich genauso verhalten könnte wie ihr Vater. Hatte sie geglaubt, darüber erhaben zu sein? Sich törichterweise eingebildet, sie würde nie in Versuchung geraten? Und dass sie, falls es doch passierte, viel, viel mehr Selbstbeherrschung aufbringen würde? Man brauchte sie nur anzusehen. Es war jämmerlich, wie sehr sie Theo begehrte. Es stand ihr ins Gesicht geschrieben. Sie benahm sich wie ein verliebter Teenager, und sie war nicht stolz darauf.

»Ich kann das nicht«, hatte sie ihm zugeflüstert, als er sie wieder in das Haus in der Gorse Lane ließ. »Ich kann dich nicht verlassen.«

»Ich weiß.« Er legte die Hände um ihr Gesicht und sah ihr in die Augen.

Was machte ihn so sicher? Lag es daran, dass er genauso empfand?

Sie waren nach oben gegangen und hatten sich fast fieberhaft geliebt. Grace wollte es nicht einmal denken – *als wäre es das letzte Mal* … Aber es war etwas Verzweifeltes daran gewesen, wie sie sich aneinandergeklammert hatten, sich geküsst und berührt und … Sie vergrub das Gesicht in den Händen und erlebte es noch einmal. Überwältigend, aber so furchtbar schmerzhaft.

Grace hörte, wie Robbie in der Wohnung herumging. Sie liebte ihn immer noch. Sie wollte ihrer Ehe immer noch eine Chance geben, sie wusste nur nicht, wie. Und wenn sie daran dachte, wie nahe sie an diesem Nachmittag daran gewesen waren, dass Robbie alles herausfand …

Angesichts ihres Gemütszustandes war es ein kleineres Wunder gewesen, dass sie nur ein paar Minuten, nachdem sie Theos Haus verlassen hatte, sein Auto entdeckt hatte, das den Hügel heraufkam. Sie hatte sich hinter einem Baum versteckt, als müsse sie sich einen Schuh zubinden. *Wenn er mich sieht* …, hatte sie gedacht. Glücklicherweise befand sie sich schon auf der anderen Straßenseite, an der Treppe, die zum Brandon Hill führte, und die Straße war ziemlich belebt.

Er konnte sie nicht gesehen haben, sonst hätte er angehalten. Er hätte gerufen. *Grace? Was machst du denn hier?*, hätte er gefragt. Sie konnte fast die Neugier in seiner Stimme hören, spürte beinahe den Moment, in dem er begreifen würde. Stattdessen war er vorbeigefahren. Lautlos verfluchte sie ihre Schwäche. Als sie das erste Mal von Theo fortgegangen war – das war ihr Moment, ihre Chance gewesen. Sie hätte einfach weitergehen sollen.

Wenn Robbie sie gesehen hätte … Etwas in ihrem Inneren brach in blinde Panik aus. Das wäre grauenhaft. Was sie für ihren Mann empfand, war nicht die Art von Liebe, die sie an diesem Nachmittag erlebt hatte, und sie war es nie gewesen. Es war eine andere Art von Liebe. Sie war warm und behaglich und manchmal sogar aufregend, aber sie war nie verzweifelt und niemals stürmisch. Sie war ihr nie unausweichlich erschienen.

Wie konnte sie erwarten, auf Robbie zu reagieren, wenn sie den Geschmack von Theos Haut noch frisch auf ihren Lippen spürte? Wenn sie noch fühlen konnte, wie sein harter Körper sich an sie presste? Etwas in ihrem Inneren schien ihn noch zu umarmen. Und noch so viel Duschen konnte das nicht wegschwemmen.

Robbie zog sich im Schlafzimmer um. Er sah aus, als wäre Sex das Letzte, was er im Kopf hatte.

»Guter Tag?« Sie küsste ihn leicht auf die Wange und ging auf ihre Seite des Zimmers. Unterwegs nahm sie frische Sachen aus ihrer Unterwäscheschublade. Wartete.

»Nicht besonders.« Robbie runzelte die Stirn. »Ich bin bei Theo vorbeigegangen.«

Grace verkrampfte sich, obwohl sie das natürlich wusste. Sie zog ihren Slip an und hakte den BH zu. »War er da? Hast du mit ihm geredet?« Sie versuchte, beiläufig zu klingen. Was war passiert?

»Nein.« Er schüttelte den Kopf. »Aber mit jemand anderem.«

*Oh mein Gott.* Grace streifte ein weit geschnittenes Baumwolltop über und drehte sich um, damit er ihr Gesicht nicht sah. Also hatte er sie *doch* gesehen.

»Ach?« Ihre Stimme klang schrill.

»Ich hab Elisa getroffen.«

»Elisa?« Grace stieß einen Seufzer der Erleichterung aus. »Was wollte sie denn da?« Sie zog ihre Jeans an. *Oh, Mist*, dachte sie dann, wenn Elisa in der Nähe gewesen war ... Hatte ihre Stiefmutter sie entdeckt? Aber hätte sie dann nicht etwas zu Robbie gesagt? Außer ... Grace drehte sich der Kopf.

»Anscheinend wollte sie ihm ein paar Handzettel vorbeibringen.« Robbie hatte sich ebenfalls umgezogen und trug jetzt Jeans und ein T-Shirt. Er fuhr sich mit den Fingern durch das blonde Haar. »Sie wusste offenbar nicht mal, dass Theo verreist ist.« Sichtlich ratlos schüttelte er den Kopf.

»Und Theo hat nicht aufgemacht?«

Er warf ihr einen merkwürdigen Blick zu. »Na, ich bin davon ausgegangen, dass er nicht da war«, sagte er. »Selbst wenn er mich aus irgendeinem Grund, den ich nicht kenne, ignoriert, würde er doch nicht auch Elisa abblitzen lassen, oder?«

Grace dachte daran, wie Theo in der Gorse Lane hinter der Tür gestanden haben musste. Zuerst Elisa und dann Robbie. Was würde Theo tun, nachdem Robbie jetzt wusste, dass er in der Stadt war? Er konnte seinem besten Freund nicht für immer aus dem Weg gehen. Alles war verdorben – ihre Freundschaft, ihre ungezwungene Beziehung. Alles war ein Chaos. Alles. Das war ein ernüchternder Gedanke. Sie schob den Vorhang ein Stück beiseite und sah hinüber zu dem alten Lagerhaus. Sie schaute auf das Wasser darunter, das im Licht der Straßenlampe fast unheimlich wirkte.

»Elisa hat sich ein bisschen merkwürdig benommen«, setzte Robbie hinzu. »Bist du hier oben fertig?«

Sie nickte und folgte ihm nach unten. Sie musste anfangen, das Abendessen zu kochen. Sie musste weiter so tun, als sei alles bestens. »Was heißt merkwürdig?« Also hatte sie sie gesehen. Und sie hatte Robbie nichts gesagt. Was bedeutete … *Verdammt.* Ihre Stiefmutter hatte erraten, was los war.

»Sie war ein bisschen unsicher auf den Beinen und hat mich gebeten, sie nach Hause zu fahren.«

Sie wollte ihn von dort wegschaffen, dachte Grace. Sie wusste alles. Das war's dann. Ihr Geheimnis war keines mehr. Wie lange würde es wohl dauern, bis Elisa herkommen und Grace fragen würde, was zum Teufel los wäre?

# 23. Kapitel

Elisa verbrachte eine unruhige Nacht. Alles, was Grace betraf, ging ihr nahe. Sie versuchte, sich nicht allzu sehr damit zu befassen, und am Morgen zog sie sich nach oben zu ihrem Laptop und ihrer Geschichte zurück. Sie wollte noch etwas schreiben. Wollte über Duardo schreiben und darüber, wie sie ihn wiedergefunden hatte.

*Havanna 1985*

Er hielt sie lange in den Armen. *Als wolltest du mich nie wieder loslassen*, dachte sie. Sie schloss die Augen. Sein Geruch verblüffte sie, denn er war so vertraut – der schwache Hauch von Tabak, die Wärme, die seine Haut ausstrahlte, eine schwache Ahnung von süßer Mango. Er hielt sie so lange fest. Und doch war es nicht lange genug.

Er kam vor ihr wieder zu sich. Er umfasste ihre Oberarme und trat von ihr zurück – was ihr eine Menge verriet. Er ließ sie los, seine Arme hingen jetzt an seinen Seiten herab. Elisa und er starrten einander schockiert an. Tausend Emotionen rasten ihr durch den Kopf, aber sie hatte keine Ahnung, an welches Gefühl sie sich halten sollte.

»Duardo«, sagte sie schließlich. »Wieso bist du hier? Bist du es wirklich?« Ihre Stimme klang atemlos in ihren Ohren, fast als wäre sie wieder das Mädchen, das ihn damals in der dunklen Höhle des La Cueva kennengelernt hatte.

»Ich lebe hier«, entgegnete er, als wäre sie nicht ganz bei Sinnen. »Wie kommt es, dass *du* hier bist, Elisa?«

»Meine Tante ist krank.« Sie konnte ihn nicht länger ansehen und starrte stattdessen auf das graue Kopfsteinpflaster hinunter. »Ich bin für zwei Wochen zurückgekommen …«, sie zögerte, »um zu helfen.«

»Zwei Wochen?«, wiederholte er. *»Por dios«*, murmelte er. Um Gottes willen!

Elisa hörte einen Unterton in seiner Stimme, den sie nicht einordnen konnte. »Ich fliege morgen zurück.« Das klang so endgültig, aber sie wusste nicht, wie sie es sonst hätte sagen sollen. Ihr wurde klar, dass sie hätte abreisen können, ohne zu ahnen, dass er noch lebte. Hatten ihre Tante und ihre Cousinen das gewusst? Mit Sicherheit. Und warum hatten sie ihr nichts gesagt? Elisa konnte es sich vorstellen. *Am besten, wir lassen alles, wie es ist, hatten sie wohl gedacht. Die beiden haben nie zusammengepasst. Sie hat ein gutes Leben in England.* Ja, dachte Elisa. Und ich schicke ihnen Geld … Obwohl das natürlich unfair war, so sollte sie nicht denken. Und dann war sie hergekommen und hatte von Philip erzählt … Ihre Gedanken überschlugen sich. Hatten ihre Eltern gewusst, dass Duardo lebte? Damals, als sie nach England gezogen waren? Zu einem Zeitpunkt, an dem sie zu ihm hätte zurückkehren können? Sie glaubte es nicht, aber sicher konnte sie sich nicht sein.

»Verstehe.« Er nickte. Aber sie war sich sicher, dass er überhaupt nicht verstand.

»Ich dachte, du wärst tot«, flüsterte sie.

Überall auf der Plaza gingen die Menschen ihren Angelegenheiten nach, als wäre nichts geschehen, was Elisa erstaunlich vorkam. Ein paar Leute musterten die beiden neugierig.

Duardo schien das im selben Moment bemerkt zu haben

wie sie, denn er nahm ihren Arm und führte sie in die Abgeschiedenheit einer der kleinen Anlagen. Dort war niemand, abgesehen von einer freundlichen kubanischen Amsel, die im Boden nach Würmern pickte.

Er ließ ihren Arm los und sah sie ernst an. »Hast du deswegen nicht auf mich gewartet?«

»Wie soll man auf jemanden warten, der tot ist?« Noch während sie sprach, wurde ihr klar, dass man das konnte und sie es tatsächlich getan hatte.

»Aber wie du siehst …« Er breitete die Hände aus. Diese lieben, vertrauten Hände. »Ich bin äußerst lebendig.«

»Aber … Francisco …« Das war ihr Landsmann, der Freund, der an jenem Tag zu ihr gekommen war. »Er hat gesagt, du wärst gefallen.« Sie verstand das alles nicht. »Und deine Mutter …«

»Was ist mit meiner Mutter?«

Sie bemerkte seine gereizte Reaktion und schüttelte unglücklich den Kopf. »Nichts.« Was spielte das jetzt noch für eine Rolle?

»Hat Francisco gesagt, dass er meine Leiche gesehen hat?«, fragte er.

»Nein.« Elisa erinnerte sich genau an seine Worte. *Er muss tot sein. Es hat gebrannt.* »Aber sie hatten dein Namensschild gefunden«, sagte sie. »Alle sind davon ausgegangen …«

»Wir sind in die Berge geflohen«, sagte Duardo düster. »Es war hart. Wir sind fast gestorben. Aber du hast nicht lange auf mich gewartet, Elisa.«

Einmal mehr hätte sie am liebsten instinktiv weggesehen. Aber nein. Sie erwiderte seinen Blick und hielt ihm stand. Sie war jung damals und dumm, aber so war sie eben gewesen. Sie konnte nichts daran ändern. »Ich hatte Angst«, gestand sie. »Und nachdem du mich in Matanzas zurückgelassen hattest, hatte ich auch Hunger. Ich hatte nichts zu essen. Keine Freunde in der Nähe, keine Familie. Ich wusste nicht, wohin ich mich wenden sollte.«

»Und dann bist du nach Hause zu deiner Mami gelaufen?« Sein Ton war schroff.

Elisa hasste das. Sie richtete sich gerader auf. »Ja, ich bin nach Hause zurückgelaufen. Ich war sechzehn Jahre alt, Duardo. Fast noch ein Kind. Du bist von mir weggegangen, um in den Kampf zu ziehen. Ich habe mich verlassen gefühlt. Was hätte ich denn tun sollen?«

Er verzog den Mund. »Ich war kein Feigling, Elisa.«

Sie fühlte sich an all die Auseinandersetzungen zwischen ihnen erinnert, nachdem sie nach Matanzas durchgebrannt waren. Sie waren weggelaufen, sie waren zusammen, sie hatten das, wonach sie sich gesehnt hatten. Und doch, wie heftig und zornig hatten sie sich darüber gestritten, dass Duardo fortgehen und kämpfen wollte! »Nein«, sagte sie. »Du warst kein Feigling. Aber du hattest noch eine andere Verantwortung. Du hattest mich.«

Sie schwiegen einen Moment lang, als würden sie diese Zeit neu überdenken. Elisa versuchte immer noch zu begreifen, dass er lebte. Und Duardo ... Nun ja. Sie warf ihm einen verstohlenen Blick zu. Er war einen oder zwei Schritte von ihr weggetreten und lehnte an dem knorrigen grauen Stamm des Ceiba-Baums. Er war ein stolzer Mann, das war er immer gewesen. Man erkannte es an seinem vorgereckten Kinn und der Art, wie er den Kopf hielt. Er war zu stolz gewesen, um nicht zu kämpfen. Und jetzt war er zu stolz, um ihr auch nur einen Millimeter entgegenzukommen und zu verstehen versuchen, wie sie diese Zeit erlebt hatte.

»Du hast Kuba verlassen«, sagte er schließlich und trat einen Schritt auf sie zu. Die Anklage lag in seiner Stimme, seinen Augen, seinen gereckten Schultern. »Trotz allem, wofür wir gekämpft haben.«

»Meine Familie hat Kuba verlassen«, gab sie zurück. »Ich hatte keine andere Wahl. Allein konnte ich nicht hierbleiben.« Und sie erinnerte sich daran, wie sie ihre Eltern angefleht hatte. »Und ich war nicht wie du. Ich bin nie ein politischer Mensch gewesen. Ich war niemals tapfer. Warum hätte ich hierbleiben sollen? Mein Herz war gebrochen. Ich dachte, du wärst tot.«

Endlich wirkte er ein wenig besänftigt. »Setzen wir uns einen Moment.« Er wies auf die marmorne Bank hinter ihnen.

Gehorsam setzte sie sich. »Hast du je versucht, mich wissen zu lassen, dass du noch lebst?«, fragte sie ihn.

Sie sah, wie seine Miene sich verfinsterte, und wusste sofort, was seine Mutter zu ihm gesagt haben musste: *Sie ist weggelaufen. Sie ist schwach. Sie hat dich nicht genug geliebt. Sie hat nicht auf dich gewartet, mein Sohn.* Elisa glaubte, Rosalyn zu verstehen. Duardos Mutter hatte genau gewusst, wo sie den Hebel ansetzen musste, um zu verhindern, dass er versuchte, Kontakt zu ihr aufzunehmen. Es wäre nicht einfach gewesen, ihr eine Nachricht zukommen zu lassen, aber Duardo hätte zu Elisas Tante gehen können. Er hätte sie anflehen können, ihm ihre Adresse in England zu geben. Er hätte irgendetwas tun können.

»Was hätte das für einen Sinn gehabt?«, sagte er langsam. »Du hattest dich entschieden, nicht auf mich zu warten. Du warst weggegangen, um ein besseres Leben zu finden, während ich für die Freiheit unserer kubanischen Landsleute gekämpft habe. Warum hätte ich versuchen sollen, dich zurückzuzerren, wo du es gar nicht abwarten konntest, deine Heimat zu verlassen?«

*So war das nicht!* Elisa hätte es am liebsten laut herausgeschrien. Aber nicht nur sie war jung gewesen. Duardo hatte in vielen Schlachten und Scharmützeln gekämpft und um der Revolution willen enorme Strapazen ertragen. Und dafür bewunderte und achtete sie ihn. Auch er war jung gewesen.

Elisa nahm seine Hand. »Es war ein Verlust«, sagte sie. »Ich habe dich so geliebt.«

Sein Blick verdüsterte sich, aber er sagte nichts. Trotzdem war er zur Plaza gekommen, um sie zu suchen, dachte sie. Er hatte mit seinem Sohn gesprochen und gedacht, dieser habe vielleicht mit Elisa geredet. Und er war gekommen, um sie zu finden. Bei dem Gedanken schlug ihr Herz schneller.

»Bist du verheiratet?«, fragte sie ihn. Ihre Stimme zitterte ein wenig.

Er schüttelte den Kopf und sah sie lange und eindringlich an. »Und du, Elisa?«

Auch sie schüttelte den Kopf. Aber beinahe, dachte sie. Sehr bald würde sie verheiratet sein. »Aber es gibt einen Mann.«

Sein Lächeln blitzte kurz auf und war dann verschwunden. »Und es gibt eine Frau.«

»Natürlich. Du hast einen Sohn.« Sie nickte. »Er ist ganz reizend, Duardo. Er ist dir so ähnlich. Deshalb habe ich ihn angesprochen.«

Er umfasste ihre Hand fester. »Hast du Kinder mit diesem Mann?«

»Nein.« Sie dachte an Grace. »Obwohl es da ein Kind gibt. Seine Tochter. Sie verlässt sich auf mich.«

Duardo schaute hinüber auf den Platz. »Natürlich wirst du ein Leben haben«, sagte er. Sie hörte die Verbitterung in seiner

Stimme. »Natürlich haben wir beide nach all dieser Zeit ein Leben ohne den anderen.« Er sah sie an. »Aber was für ein Leben? Das ist die Frage. Was für ein Leben, Elisa?«

Elisa wusste nicht, was sie darauf antworten sollte. Sie wagte nicht einmal, darüber nachzudenken. »Erzähl mir von deinem Leben«, flüsterte sie stattdessen.

Lange sagte er nichts. Dann seufzte er – wieder auf eine Art, an die sie sich von früher erinnerte. »Verbringst du den Abend mit mir, Elisa? Um der alten Zeiten willen? Und dann erzähle ich es dir.«

Elisa dachte an ihre Tante und ihre Cousinen. Sie würden erwarten, dass sie ihren letzten Abend bei ihnen war. »Ja«, sagte sie. Sie konnte ihm das unmöglich abschlagen.

»Gut.« Langsam breitete sich ein Lächeln auf seinem Gesicht aus. »Wir essen, und wir reden. Und wir gehen ins La Cueva. Und vielleicht tanzen wir die Rumba – ein letztes Mal, was hältst du davon?«

Auch Elisa lächelte. Sie konnte nicht anders. An diesem Tag erlebte sie etwas Erstaunliches: Sie hatte die Liebe ihres Lebens wiedergefunden, den Mann, den sie all diese Jahre für tot gehalten hatte. Er war noch hier, noch am Leben, und in diesem Moment kam ihr alles andere unwichtig vor. »Ein letztes Mal«, sagte sie.

Elisa und Duardo gingen in eine Bar hinter der Bodeguita del Medio, die in Althavanna, ein paar Straßen von seinem Viertel entfernt, lag. Elisa verstand, dass Duardo niemanden sehen wollte, den er kannte – wahrscheinlich vor allem nicht die Frau, mit der er zusammenlebte –, und ihr ging es genauso. Ihre Tante hatte erraten, mit wem sie sich traf, ehe sie auch nur ein Wort gesagt hatte. Lag es an einem neuen Funkeln in ihren Augen? Erstaunt hätte sie das nicht. Aber sie konnte nichts dagegen tun. Er war wirklich am Leben. Und sie traf ihn heute Abend. Es musste ein Traum sein, und sie kniff sich immer wieder – aber es tat weh, also musste es wahr sein.

»Sei keine Närrin, Elisa«, hatte ihre Tante von ihrem Krankenbett aus gesagt, bevor sie gegangen war. »Setz dein neues Leben nicht aufs Spiel. Was glaubst du, was du da tust? Lass es bleiben.«

*Was* tat sie denn nun? Elisa war das ziemlich egal. Aber sie wusste, dass sie es tun musste. Also wischte sie die Sorgen ihrer Tante beiseite. »Ich werde tun, was richtig ist, *tía*«, sagte sie und bemühte sich um einen beiläufigen Ton, der weit von ihren wahren Empfindungen entfernt war. »Mach dir keine Gedanken.«

»Und was ist richtig? Ist es richtig, alles aufs Spiel zu setzen, was du hast? Eh?«

Wäre es ihrer Tante nicht so schlecht gegangen, hätte Elisa vielleicht die Beherrschung verloren. Außerdem, was hatte Tante Beatriz überhaupt damit zu tun? Was wusste sie schon über Elisa? Elisa war es satt, dass alle versuchten, sie zu beherrschen, zuerst ihre Eltern und jetzt ihre Tante, und das, obwohl sie die lange Reise gemacht hatte, um ihr zu helfen. »Ich kann meine eigenen Entscheidungen treffen, *tía*«, sagte sie leise. »Ich bin kein Kind mehr. Ich werde nichts Verrücktes tun. Aber selbst wenn … selbst wenn ich …« Sie unterbrach sich. Natürlich war es verrückt, sich überhaupt mit ihm zu treffen. »Dann wäre das meine Sache.«

»Ach, *lah di dah.*« Ihre Tante verzog das Gesicht, als habe sie Schmerzen. »Keine Tochter meiner Schwester ist zu alt, um sich ein paar Wahrheiten von einer Respektsperson anzuhören. Wenn es meine Tochter wäre und deine Mutter noch lebte, Gott hab sie selig, würde ich von ihr erwarten, dass sie ihr Bestes täte, um meine Tochter daran zu hindern, sich zum Narren zu machen …«

Sie redete immer noch, als Elisa die Wohnung verließ und die Tür hinter sich zuknallte, dass die Wände zitterten. Es war erst zwanzig Jahre her, seit sie fortgegangen war, aber sie hatte vergessen, wie viel sie alle *redeten*.

In dem Café bestellten Duardo und Elisa Bier und ein einfaches Gericht – *ropa vieja*, ein Schmorgericht aus Rindfleisch mit gebratenen Kochbananen –, das sehr schmackhaft war.

»Erzähl mir von der Frau«, begann Elisa vorsichtig, »deiner Frau.« Der Gedanke an sie gefiel ihr nicht, aber sie hatte jedes Recht auf Duardo verwirkt.

Er musterte sie ernst und aß noch einen Bissen von der *ropa vieja*. Langsam kaute er. »Sie war da, als ich aus dem Kampf zurückkam«, sagte er. Was heißen sollte: *du nicht*. »Sie war fröhlich.« Er machte eine Pause. »Und willig.«

Elisa zog eine Augenbraue hoch. Mehr brauchte es nicht? »Warum hast du sie nicht geheiratet?« Die Frau hatte ihm schließlich einen Sohn geschenkt.

»Es gab nur eine Frau, die ich heiraten wollte.« Er hörte auf zu essen und legte eine warme Hand auf ihre.

Die unvermittelte Geste und seine Worte verblüfften sie. Einen Moment lang schwieg sie. Dann zog sie ihre Hand weg und spießte mit der Gabel ein Stück Schmorfleisch auf. »Auch nicht, als sie dir deinen Sohn geboren hat?«

»Auch da nicht.« Er schüttelte den Kopf. »Und daran hat sich nichts geändert.«

»Aber ihr lebt immer noch zusammen?«

Er runzelte die Stirn. »Sie kann nirgendwo anders hin. Wir kommen zurecht.«

Elisa beobachtete ihn. Sie hatte seine Ernsthaftigkeit immer geliebt. Er war nicht wie andere Männer. Um sie herum tranken ein paar Einheimische Rum, redeten laut und lachten über die Witze der anderen. Der Barkeeper erzählte eine Geschichte über einen Kerl, der am Abend zuvor in der Bar getrunken hatte, untermalte seine Erzählung mit schallendem Lachen und schlug dabei ab und zu mit der flachen Hand auf die Theke. Es war gut, dass um sie herum so viel los war. Niemand achtete auf Elisa und Duardo. Niemand belauschte ihr Gespräch.

»Du liebst sie nicht?«, fragte sie.

»Elisa.« Wieder legte er die Hand auf ihre. »Du weißt doch, wie es in diesem Land aussieht.« Und ganz kurz, einen Moment lang hörte sie darin alten Schmerz und seine Gefühle gegenüber dem Regime, für das er gekämpft hatte. »Wir haben miteinander geschlafen, wir haben einen Sohn bekommen, wir haben zusammengelebt, wir sind zusammengeblieben. Als ich sie kennenlernte, war ich einsam, und dann war ich eine Weile weniger einsam. Und jetzt …«

»Jetzt?«

Er zuckte mit den Schultern. »Sie hat einen Liebhaber.«

Elisa versuchte das zu verdauen. Um sie herum war es immer noch laut, und jemand hatte Geld in die alte Jukebox gesteckt, die merkwürdigen alten Rock'n' Roll im spanischen Stil spielte. Sie wusste, dass die Situation, die Duardo beschrieb, nicht gerade unüblich war. Nach europäischen Begriffen hatten die Kubaner eher laxe Moralvorstellungen. Sie neigten auch dazu, weiterhin zusammenzuleben, selbst wenn sie keine sexuelle Beziehung mehr hatten. So knapp, wie der Wohnraum war, blieb ihnen manchmal gar nichts anderes übrig.

»Macht es dir was aus?«, fragte sie ihn. »Liebst du sie noch?«

Diese Frage hatte er noch nicht beantwortet. Vielleicht hatte sie kein Recht, ihn diese Dinge zu fragen, aber sie sehnte sich verzweifelt danach, sie zu erfahren.

»Sie ist die Mutter meines Sohnes.« Duardo schob seine leere Schale weg. »Aber sie kann tun, was sie will. Manchmal kocht sie für uns, obwohl das meistens meine Mutter übernimmt. Jaquinda putzt, wenn sie Lust dazu hat. Sie ist unserem Sohn eine gute Mutter. Sie ist keine schlechte Frau, Elisa.«

»Nein.« Jaquinda ... Natürlich konnte sie keine schlechte Frau sein, wenn Duardo sie wenigstens ein wenig gern hatte. Elisa lehnte sich auf ihrem Stuhl zurück und ließ die Geräuschkulisse des Cafés auf sich wirken. Es machte ihm nichts aus, dass sie einen Liebhaber hatte. Vielleicht hatte er sie sogar dazu gebracht, oder vielleicht war er selbst fremdgegangen und tat es noch. Aber er hatte Elisas zweite Frage noch nicht beantwortet. Elisa wartete.

»Nicht so, wie du meinst«, erklärte er nachdrücklich. »Ich habe sie nie geliebt. Nicht so, wie du meinst.«

Und Elisa dachte, dass sie eigentlich froh sein müsste, das zu hören. Aber ihr tat die Frau leid, die seine zweite Wahl gewesen war, genau wie Philip bei ihr. Und sie wollte nicht, dass Duardo unglücklich war ... Deshalb freute sie sich nicht darüber. Sie schob ihren halb leeren Teller *ropa vieja* beiseite. Außerdem, was könnte Elisa ihm jetzt noch bieten?

Kurz darauf verließen sie die laute Bar und schlenderten Seite an Seite, nahe beieinander, ohne sich zu berühren, zum Malecón. Ihr alter Treffpunkt, dachte Elisa. Der Ort, an dem sie sich ineinander verliebt hatten. Sie kamen an einem fast leeren Schaufenster vorbei, in dem nicht viel mehr ausgestellt war als eines der üblichen Plakate von Fidel Castro, und Elisa spürte, wie Duardo innehielt. Sie stellte fest, dass er nicht das Poster ansah, sondern eine Büste des Revolutionärs, Dichters und Philosophen José Martí, die eine Gedichtzeile von ihm trug: *Unser Wein ist bitter, aber es ist unser Wein.*

Sie stieß einen leisen Seufzer aus. Duardo sagte nichts, fasste aber ihren Arm fester, als sie auf den Malecón traten und auf die aus hellem Stein errichtete Festung Castillo de San Salvador de la Punta zugingen, den Straßenmusikern dort zuhörten oder ab und zu stehenblieben, um den Anglern zuzusehen, die ihr Glück versuchten. Überall waren Paare, die Hand in Hand gingen oder auf der niedrigen Hafenmauer saßen und auf die Bucht von Havanna und die dahinterliegende Stadt hinaus sahen. Hier trafen sich die Verliebten. Elisa blickte hinüber zu den prächtigen Gebäuden, die sie als Kind kaum zur Kenntnis genommen hatte. Jetzt waren die dekorativen Fassaden verblasst. Rosafarbene, gelbe und graue Säulen verfielen langsam durch die Sonne, die salzige Luft und den Wind. Elisa und Duardo bewegten sich zusammen mit den anderen Spaziergängern rasch von der Mauer weg, denn der Wind hatte zugenommen, fuhr in Elisas dunkles Haar und ließ die erste Woge über die Ufermauer hinweg auf die breite Promenade krachen.

»Meine Großmutter hätte gesagt, dass Yemayá böse ist«, erklärte Duardo ironisch, als sie, dieses Mal aus größerer Entfernung, auf das Meer hinaussahen. Im Abendlicht sah das Wasser dunkel und graugrün aus, und die Wellen bäumten sich auf wie ein urzeitliches Tier.

»Yemayá?« Elisa beobachtete, wie die weißen Wogen sich kräuselten und die Gischt in die Abendluft spritzte. Sie hielt sich das Haar mit der Hand aus dem Gesicht. Als Kind hatte sie es geliebt, wenn es Sturm gab in Havanna. Mit ihren Freundinnen war sie dann immer gern zum Malecón hinuntergegangen, um das Meer herauszufordern und vor der einlaufenden Flut davonzurennen, bevor sie bis auf die Haut nass wurden.

»Die Meeresgöttin.« Lächelnd wandte er sich ihr zu und berührte ihr windzerzaustes Haar.

»Aha, in der Santería.« Diese Religion, die ursprünglich auf einen afrikanischen Glauben zurückging, war für einige Menschen ein wichtiger Teil ihrer nationalen Identität und im Lauf der Jahre fast nahtlos mit dem römisch-katholischen Glauben verschmolzen. Elisa hatte immer von den Ritualen gewusst – der Musik, den Blumen, den Opfergaben –, aber ihre Familie war durch und durch katholisch gewesen. Sie warf Duardo einen Blick zu. »Glaubst du …?«

Er schüttelte den Kopf. »Aber ich weiß, dass die Dame Yemayá Blau trägt und dass sie wie die meisten Frauen zu großer Zärtlichkeit und großem Zorn fähig ist.«

»Hm.« Also nichts Neues. Wieder dachte Elisa über die Frau nach, mit der er zusammenlebte, Jaquinda. War sie zu Zärtlichkeit und Zorn fähig? Und was würde sie sagen, wenn sie sie jetzt zusammen sähe?

Duardos Stimmung hatte sich aufgehellt, seit sie das Café verlassen hatten, und er plauderte weiter, größtenteils über seine Arbeit, seine Familie und seine Pläne. Er erzählte ihr von dem Auto, das er fuhr, dass Francisco es ihm umsonst überlassen hatte, als er das Land verließ, und wie Duardo es mit Erfindungsreichtum, ein paar russischen Ersatzteilen und einem neuen ausländischen Motor wieder fahrtüchtig gemacht hatte.

»Dann hast du ein Auto?«, fragte sie scherzhaft.

»Nicht irgendein altes Auto. Einen amerikanischen Wagen.« Und er erzählte ihr von seinen Plänen, in die Tourismusbranche zu gehen, denn da verdiene man das beste Geld – Geld, das man nicht immer offiziell angeben müsse und das einem niemand wegnehmen könne. »Ich mache mich selbstständig«, erklärte er stolz. »Sobald ich die Möglichkeit dazu habe.«

»Zusammen mit deinem Sohn?« Elisa dachte an den jungen Mann, den sie auf der Plaza de Armas getroffen hatte und der keine Sorge der Welt zu kennen schien. Er hatte sie an Duardo erinnert, und doch war er so ganz anders als er.

Duardo stieß ein verächtliches Schnauben aus. »Mein Sohn interessiert sich nicht dafür, als Fahrer zu arbeiten.«

»Nicht?«, fragte sie, obwohl sie das nicht erstaunte.

»Er spielt in einer Band – falls sie mal einen Auftritt haben. Hauptsächlich macht er aber nichts. Und darin ist er gut, verstehst du?«

Elisa lächelte. Sie kannte Kuba und konnte es sich vorstellen.

»Er ist faul«, fuhr Duardo fort, »aber auch er wird Söhne bekommen. Und dann werden wir sehen …«

Elisa glaubte Duardo, dass er tun würde, was er sagte. Er hatte für dieses Leben gekämpft und würde das Beste daraus machen.

Sie gingen an der *caleta* entlang, dem Strand, an den die *habaneros* jeden Sonntag strömten, um Strandspiele zu spielen, zu schwimmen, Kontakte zu pflegen und Rum zu trinken. Jetzt war der Strand fast vollkommen verlassen. Elisa dachte daran zurück, wie sie als junges Paar hergekommen waren, denn hier konnten sie verhältnismäßig anonym bleiben. Sie erinnerte sich daran, wie sie während ihrer Beziehung immer nach Orten gesucht hatten, an denen sie anonym sein konnten. Vielleicht hatte sie das in gewisser Weise noch enger zusammengeschmiedet und abgesondert.

Sie wartete darauf, dass er sie nach Philip fragte, doch das tat er nicht. Sie wandten sie vom Malecón ab, passierten die Calle San Lázaro und bewegten sich wieder durch kleine Gassen, vorbei an schäbigen Bars und Wohnhäusern, zum La Cueva. Das würde schmerzhafte Erinnerungen wachrufen, aber Elisa wollte den Abend noch nicht beenden.

Und dann waren sie dort. Sie traten ein, und sofort fühlte sich Elisa in die Zeit zurückversetzt, als sie mit fünfzehn zum ersten Mal hergekommen war. Die Wände waren immer noch rot und schwarz gestrichen, eine Band spielte – ein Gitarrenspieler in einem cremefarbenen Leinenanzug und mit einer Gardenie im Knopfloch, ein Trommler und ein Schlagzeuger –, und die Tanzfläche war bereits voll. Die Atmosphäre war laut, heiß und elektrisch aufgeladen. Das Lokal roch nach Rauch, Rum und Körperwärme.

Duardo drängte sich zur Bar durch, um Bier zu holen, und es gelang ihnen, einen Ecktisch zu finden. Wenn sie miteinander sprachen, mussten sie sich näher zueinanderbeugen, damit sie sich trotz der Musik verstehen konnten. Aber meist lehnten sie sich einfach zurück, beobachteten die Tänzer, sahen einander an und lächelten. Die Erinnerungen waren fast überwältigend.

Irgendwann – wann genau, war Elisa sich nicht sicher – nahm Duardo ihre Hand und schien sie nicht wieder loslassen zu wollen. Elisa wehrte sich nicht. Sie mochte dieses Gefühl, hatte es immer schon gemocht. Philip hielt nie ihre Hand. Er streckte ihr die Armbeuge entgegen und forderte sie damit wortlos auf, ihn unterzuhaken, was sie auch immer tat. Es war irgendwie nett und altmodisch, und außerdem war sie sich nicht sicher, ob sie Philips Hand halten wollte, die blass und weich war und sich leicht feucht anfühlte – die Hand eines

Mannes, der wahrscheinlich nie in seinem Leben einen Tag körperlich gearbeitet hatte. Duardos Hand fühlte sich natürlich vollkommen anders an. Sie war trocken, fest und schwielig. Es war die Hand eines Mannes, der Felder umgegraben hatte, der in der Revolution gekämpft und in den Bergen gelebt und der viele Stunden an Automotoren herumgeschraubt hatte. Es war die Hand eines Mannes, der so vollkommen anders war als Philip – der Mann, den sie heiraten würde –, dass sie dieses Missverhältnis kaum ertragen konnte. Eine Hand, die sich so vertraut und richtig anfühlte.

Später, nach der bunt schillernden Energie der Salsa, wurde das Licht gedämpft, und die drei Congaspieler begannen zu trommeln. Elisa hielt den Atem an. Die Rumba. Früher hatten sie auf *cajones* gespielt, dachte sie, einfachen Holzkisten. Die Rumba war damals das Freizeitvergnügen einfacher Leute gewesen, von Menschen, die nur sehr wenig besaßen. Aber alles, was sie hatten, ließ sich als Schlaginstrument benutzen: eine hölzerne Schublade, auf der man mit Löffeln spielte zum Beispiel, eine Tischplatte, eine Flasche, zwei Stöcke, sogar die Hauswand. Das klang wahllos, aber Elisas Erfahrung nach war es das nicht. Als Kind hatte sie diese improvisierten Instrumente oft gehört, und sie erzeugten eine erstaunliche Vielfalt an Klangfarben und Tonlagen und schienen jeweils eine genau definierte Rolle im Rhythmus auszufüllen.

Sie beobachtete, dass die Musiker jetzt ins Zentrum der Aufmerksamkeit rückten. Die traditionelle Rumba beruhte immer noch nur auf Schlaginstrumenten, der Gitarrenspieler mit der Gardenie im Knopfloch machte Pause. Bei der Rumba ging es um den Rhythmus. Elisa begann instinktiv mit dem Fuß zu wippen. Einer der Sänger begann mit der *diana* – einer Art Sprechgesang, der in einem nasalen Ton vorgetragen wurde und die Tonlage der dritten Trommel, der *quinto*, aufnahm. Die *diana* bestand einfach aus bedeutungslosen Silben, nichts, was man verstehen konnte. Dennoch wirkte sie hypnotisierend und erfüllte Elisa mehr und mehr. Die Schlaginstrumente fielen ein – der harte, trockene Klang der *guagua*, eines ausgehöhlten Stücks Bambusrohr, das körnige Schütteln der *maracas,* der Rhythmus der trockenen Samen, mit denen sie gefüllt waren, die den Haupttakt vorgaben, die metallenen *marugas*, die der Spieler der *quinto* an den Handgelenken trug, das helle Klicken der hölzernen *claves*, die sich mit dem Tempo und Ablauf der *guagua* verschlangen. Verschlungen und einladend setzte die Melodie ein.

Wie sie es erwartet hatte, erhob sich Duardo. Er streckte die Hand aus. »Möchtest du tanzen, Elisa?«, fragte er.

Sobald sie aufgestanden war und ihm gegenüberstand, ließ Elisa sich von der Musik überfluten. Sie ließ zu, dass der Rhythmus in sie eindrang und sie erfüllte. Sie beugte leicht die Knie, entspannte ihre Schultern und tat zitternd die ersten vorsichtigen Schritte. Sie bewegten sich im Takt miteinander, Seite an Seite, anfangs, ohne sich zu berühren. Sie setzten die Füße auf, verlagerten ihr Gewicht und wiegten sich in den Hüften. Jeder nahm das Tempo des Liedes auf und beobachtete den anderen schweigend. Beim ersten Refrain fielen zwei weitere Sänger mühelos und harmonisch ein und verstärkten die Melodie. Duardo streckte einmal mehr die Hand aus, die braun wie die Erde war und genauso fest und sicher. Elisas Hand hob sich ihm entgegen wie eine Woge. Seine andere Hand lag auf ihrem Rücken, er zog sie näher an sich heran, und jetzt hatte der Tanz richtig begonnen.

Der Hauptsänger improvisierte. Der Text zog über Elisa hinweg wie in einem Traum. Der Takt der Trommeln durchdrang sie und wurde zu einem Teil von ihr, der in ihrem Inneren pulsierte. In der Rumba verschmolzen Kubas Kulturen miteinander, hatte Elisa schon oft gedacht. Hier waren das spanische und das afrikanische Kuba eins und bildeten eine neue, gemeinsame kulturelle Identität.

Duardo und sie hatten seit zwanzig Jahren nicht mehr miteinander getanzt, und doch kannten ihre Körper einander, und sie wusste, wo und wann sie sich drehen, winden, beugen und herumwirbeln musste. Er beugte sich auf sie zu und wieder zurück, er zog sie an sich und schob sie weg. Er erforschte sie, sie verweigerte sich, er zog sie näher heran, sie lehnte sich an ihn. Sie verhielten, sie warfen sich in Positur, sie nahmen, sie gaben. Und einmal mehr war sie wie besessen vom Feuer der Rumba – der Tanz befreite sie.

Duardos Hand glitt in ihr Kreuz. Sie spürte den Druck seiner Fingerspitzen an ihrem Rückgrat. Dann lagen seine Hände auf ihren Schultern, und seine Handfläche strich über ihren Nacken. Beim *vacunao* versuchte er, sie mit einer schnellen Schrittkombination einzufangen. Sie wirbelte davon und zog in der traditionellen Schutzbewegung ihre Röcke zusammen, als wedele sie die sexuelle Energie aus ihrem Körper heraus. Als ob … Der Rhythmus wurde stärker, in ihrem Inneren staute sich Hitze an, Duardos Augen wirkten immer dunkler, und sie schmiegten sich in der sinnlichen Hitze des Tanzes mit schweißfeuchten Körpern aneinander. Er wirbelte sie herum, schien sie fallen zu lassen, fing sie auf und barg ihren Kopf in der Hand, wobei seine Finger ihren Nacken liebkosten. Elisa sah zu ihm auf, in seine dunklen, funkelnden Augen, und konnte kaum atmen. Und dann brach die Rumba ab.

Sie blieben noch im La Cueva und tranken bis in die frühen Morgenstunden Bier und *canchanchara*, einen Cocktail aus Rum, Limettensaft und Honig. Bis dahin hatte sich die Menge auf dem Tanzboden gelichtet, der Gitarrenspieler war zurück, und die Musik war verführerisch und langsam. Die Harmonien der Rumba klangen noch in Elisas Kopf nach, genau wie Duardos Berührung auf ihrer Haut. Auf dem Holzboden waren Drinks verschüttet worden, und Absätze und Schuhsohlen waren klebrig von den Überresten von Rum und frischem Obstsaft. Es herrschte Dämmerlicht, eine Rauchwolke hing im Raum, und ein paar Männer saßen noch mit halb leeren Gläsern neben sich an der Bar oder waren darüber zusammengesunken. In den entlegenen Ecken des La Cueva, wo es am dunkelsten war, lagen sich einige Paare in den Armen und nahmen die Leute um sich herum nicht wahr. Auch Elisa spürte es, dieses alte Pochen der Erregung und Sinnlichkeit, das von der Musik ausging, von dem Tanz, von Duardo. Sie tanzten noch einmal. Diesmal drückte er sie an sich, und sie schmiegte sich an seinen Körper. Zwischen ihnen war kein Abstand mehr – es war, als tanzten sie wie ein einziger Körper oder vielleicht wie eine einzige Seele. Und Elisa hatte das Gefühl, all ihre Sinne stünden in Flammen.

Eine Frau trat auf die Bühne – eine Schwarze, deren zimtfarbene Augen älter wirkten, als sie war. Sie trug ein langes Kleid mit schimmernden, silbrigen Pailletten. Ihre Arme sahen aus wie poliertes Ebenholz, und sie wiegte die Hüften im Rhythmus der Musik. Elisa erkannte die musikalische Einleitung, die Melodie war ihr vertraut. Es war *Noche de Ronda*, ein Lied über den Mond und einen nächtlichen Beobachter; über einen Mann, der darauf wartet, dass seine Frau zu ihm zurückkommt. Leise und langsam begann sie zu singen, mit ungekünstelter Inbrunst, als würde sie nicht für die letzten

Gäste des La Cueva in dieser Nacht singen, sondern für sich selbst. Ihr Gesang war nicht sentimental, aber ihre Stimme war weich und geschmeidig, und die Worte sanken in Elisas Kopf.

Sie schaute Duardo an und konnte sehen, was er dachte.

»Lass uns gehen«, flüsterte er ihr ins Ohr. »Es ist spät. Es gibt keine *cantos* mehr.«

Keine Lieder mehr? Aber sie glaubte ihn zu verstehen. Widerwillig riss sie sich von ihm los und ging ihr Umschlagtuch holen.

Vor dem La Cueva wandte er sich ihr zu. Sie dachte, er wolle sie küssen – wie sollte er sie auch nicht küssen, wo sie doch das Gefühl hatte, sie hätten sich beim Tanzen schon geliebt? Aber er tat es nicht. Stattdessen legte er beide Hände um ihr Gesicht, als sei das alles, was er wolle. Es war, als nähmen seine dunklen Augen sie langsam in sich auf. Elisa hielt seine Schultern umfasst und spürte, wie die feuchte Hitze seiner Haut durch das Baumwollhemd unter ihren Fingern drang.

»Ich muss dich haben, Elisa«, sagte er. »*Por Dios*, bei Gott … Ich muss mit dir schlafen. *Te quiero*. Ich liebe dich.«

Ihr Körper schien sich in Wasser zu verwandeln. *Er wollte sie*. »Aber …« Sie konnten nirgendwohin. Das war alles, was sie denken konnte: dass sie nirgendwohin konnten.

»Aber?« Er hob ihr Kinn, damit sie ihn weiter ansehen musste.

»Ja«, sagte sie. Weil sie es auch wollte. Sie konnte nicht an ihr Leben in England denken, nicht in diesem Moment. Sie konnte nur an Havanna, Duardo und die verführerische Macht der Rumba denken. »Aber wo?«

»Ich weiß, wo.« Er drehte sich um und fasste ihre Hand. »Komm mit mir. Es ist da, wo ich arbeite.«

»Wo du arbeitest?« Eine Autowerkstatt? Nach der Atmosphäre im La Cueva war das ein bisschen ernüchternd.

Er zuckte mit den Schultern. *»Cuba e' Cuba«*, sagte er.

Sie lächelte. Das war eine verbreitete Redewendung bei den Kubanern. Kuba ist eben Kuba. Ja, und das würde es immer sein. Es war schwer durchschaubar und ein bisschen verrückt, und nichts war einfach. Aber … Sie eilten durch die Gassen und erreichten schließlich einen heruntergekommenen Schuppen in einem Hof. Es war *madrugada*, diese besondere Zeit zwischen Mitternacht und sechs Uhr morgens. Und Kuba war Kuba. Es war vielleicht ein wenig enttäuschend, aber Elisa zögerte nur kurz. Mit ihm würde sie überall hingehen. Sie hätte ihm ihr Leben anvertraut.

Duardo tastete in seiner Tasche nach einem Schlüssel und schloss die Tür des Schuppens auf. »Komm«, sagte er. Er trat hinein, aber Elisa blieb auf der Schwelle stehen. Sie hatte recht gehabt. Es war eine Autowerkstatt. Ein amerikanisches Auto – die Farbe oder die Marke konnte sie nicht erkennen – nahm fast den ganzen verfügbaren Platz ein.

»Wo?«, fragte sie ihn. War er verrückt? Wahrscheinlich, aber das war sie auch. Er hätte sie im La Cueva an Ort und Stelle nehmen können, und sie glaubte nicht, dass sie ihm Einhalt geboten hätte. Diese Wirkung hatte er immer auf sie gehabt, seit er zum allerersten Mal vor ihr gestanden hatte, seit er zum ersten Mal die Hand ausgestreckt und sie zum Tanzen aufgefordert hatte.

Er schloss das Auto auf und nickte ihr kurz zu. An dieses Nicken erinnerte sie sich von früher. »Hier, Elisa«, sagte er. »Es ist der einzige Platz. Ein guter Platz.«

Meine Güte! Sie lachte und kletterte auf die Rückbank. Das Innere roch nach Tabak und altem Leder und war erstaunlich bequem – bequemer als das Bett in der Wohnung ihrer Tante, in dem sie geschlafen hatte. »Ah.« Sie lehnte sich zurück und zog die Augenbrauen hoch, als er neben ihr einstieg. Sie fühlte sich wieder wie sechzehn.

Er legte einen Arm um sie und strich ihr behutsam das Haar zurück. *»Bésame, mi amor«*, sagte er. Und endlich küsste er sie. Sanft glitten seine Lippen über ihren Mund. Lösten sich. Kehrten zurück. Härter jetzt, fordernder. Es war wie der Tanz selbst. Es fühlte sich gut an. Es fühlte sich vollkommen richtig an. Elisa schlang die Arme um seinen Hals und zog ihn näher an sich heran. Sie konnte es kaum glauben, aber es fühlte sich genauso an wie schon immer.

»Duardo«, hauchte sie. Sie küsste seinen Hals, vergrub die Finger in seinem weichen afrikanischen Haar und sog seinen heißen, feuchten Geruch ein. Jetzt war sie wirklich nach Hause gekommen.

# 24. Kapitel

*Havanna 1985*

Später schliefen sie ein, gleich dort auf der Rückbank des Autos, mit Duardos Jacke und einer alten Decke als provisorischem Kissen, das sie sich teilten. Zumindest er war eingeschlummert. Elisa hatte das Gefühl, die ganze Nacht wach zu liegen und nachzudenken.

Als das Licht des frühen Morgens schon durch die Spalten an der Tür drang, fiel sie endlich in einen unruhigen Schlaf, und beim Aufwachen stellte sie fest, dass Duardo auf sie hinuntersah.

»Elisa«, sagte er leise, und sie drehte sich zu ihm um. Er zog sie an sich, und ihr dunkles Haar fiel auf seine Brust.

Später frühstückten sie in einem kleinen Café in der Nähe. »Was wirst du tun, Elisa?«, fragte Duardo, während sie ihren Kaffee tranken. Er sah genauso ernst aus wie früher.

»Was meinst du?« Was konnte sie tun? Sie musste zurück nach England. Sie hatte ein Rückflugticket. Und da waren Philip und das Versprechen, das sie ihm gegeben hatte. Elisa tauchte die Ecke ihres Brotes in einen Klecks Guavenpüree. Duardo war wie eine Fata Morgana. Die ganze Situation konnte nicht real sein, und doch war sie es. Sie hatte auf der Rückbank seines Autos die Nacht mit ihm verbracht, und sie hatten miteinander geschlafen – nicht einmal, sondern zweimal. Sie liebte ihn immer noch, wurde ihr bewusst. Es war so, wie sie gedacht hatte – nichts hatte sich verändert.

»Bleibst du bei mir in Havanna? Ich bitte dich darum. Bitte, Elisa? *Por favor?*«

Die halbe Nacht hatte sie an ihn geschmiegt auf der Rückbank seines Autos wach gelegen und nur diesen Gedanken gehabt. Wäre das noch möglich? Sie konnte es sich nicht vorstellen. Sie seufzte. »Wenn ich könnte, würde ich bleiben«, sagte sie. Wenn sie von ihrem eigenen Ersparten hergekommen wäre, wenn sie Philip nicht verpflichtet wäre, wenn sie ihm nicht hoch und heilig versprochen hätte, zurückzukommen und seine Frau zu werden … All das waren sehr große »Wenns«.

»Warum kannst du nicht? Was sollte dich davon abhalten?« Er spielte mit den Fingern ihrer freien Hand. Er war behutsam, aber sie spürte trotzdem seine grüblerische Kraft, seine ernste Absicht, die sie während der Jahre in England fast vergessen hatte. Diese Heftigkeit hatte ihn für ihre erste Rumba zu ihr geführt, und dieselbe ernste Zielstrebigkeit hatte ihn zum Kampf in der Revolution bewogen. In diese Intensität hatte sie sich damals verliebt. Und sie machte es ihr unmöglich, ihn zu vergessen.

»Duardo«, begann sie, »du bist nicht frei. Wir sind beide nicht frei.«

»Wir sind freier als die meisten Menschen«, sagte er.

Er hatte sich immer gut auf Worte verstanden, besonders auf Worte über die Freiheit. Aber Elisa war inzwischen älter und war pragmatischer geworden. Worte mussten eine Bedeutung, eine reale Bedeutung haben. »Was ist mit der Frau, die mit dir zusammenlebt?«, fragte sie ihn. »Was ist mit der Mutter deines Sohns?«

»Ich habe es dir gesagt.« Er fasste ihre Hand heftiger. »Sie hat einen Liebhaber. Sie macht sich nichts aus mir.«

»Ja.« Behutsam entzog Elisa ihm ihre Hand. Wenn er sie berührte, konnte sie nicht logisch denken. »Aber sie lebt mit dir zusammen. Was wird dann aus ihr?«

Er starrte sie an. »Ich würde das in Ordnung bringen.«

»Wie?«

»Weiß ich nicht. Noch nicht.« Sie sah die Frustration in seinem Blick. »Aber ich würde es tun, Elisa. Ich würde es schaffen, und wir könnten heiraten.« Sein Blick glühte. »Stell dir das nur vor!«, flüsterte er.

Sie tat es, einen Moment lang. Sie sah vor sich, wie sie zusammen schliefen und zusammen aßen, sich endlich ein gemeinsames Leben aufbauten. Aber dann sah sie auch, wie Duardo Federicos Mutter aus dem Haus jagte. Sie sah, wie Federico sie dafür hasste. Sie sah Duardos Schmerz. Und sie sah seine Mutter, Rosalyn. »Was ist mit deiner Mutter?«, fragte sie ihn.

Er schaute sie verblüfft an. »Wo ich bin, da ist auch meine Mutter. Natürlich«, sagte er. »Ich muss mich um sie kümmern.«

»Und was glaubst du, wie ihr das gefallen würde?« Elisa hasste es, das zu sagen, aber sie musste ihm das begreiflich machen. »Wenn du und ich zusammenleben würden? Wenn dadurch ihre Familie zerstört würde? Wäre das ihr gegenüber nicht unfair?«

»Sie würde es akzeptieren.« Aber sie nahm auch die Wahrheit hinter seinen Worten war. Er erinnerte sich daran, dass seine Mutter immer gegen ihre Verbindung gewesen war und aus welchen Gründen. Er dachte daran, dass sie gezwungen gewesen waren, zusammen durchzubrennen, als sein Vater noch lebte und Duardo jung und dickköpfig gewesen war und noch für keine eigene Familie verantwortlich. Jetzt musste er sich um seine Mutter kümmern, wie er gesagt hatte. Jetzt hatte er einen Sohn und eine Frau, für die er ebenfalls verantwortlich war – ganz gleich, wie sie sich benahm und wie wenig sie ihn liebte.

»Es ist zu spät, Duardo.« Elisa sagte es, obwohl ihr Herz das Gegenteil schrie. Wenn nur, dachte sie, wenn es doch nur möglich wäre. Wenn es doch nur nicht zu spät wäre.

»Wie kann es zu spät sein? Es ist nie zu spät. Du irrst dich.« Seine Stimme klang heftig. »Ich kann dafür sorgen, dass es funktioniert, Elisa. Ich kann dafür sorgen, dass alles gut wird.«

»Und da ist noch etwas anderes.« Langsam rührte sie ihren Kaffee um, obwohl er inzwischen schon kalt geworden war.

»Noch was?« Sie sah, wie er unsicher wurde.

»Da ist der Mann in England«, erklärte sie. »Ich hab's dir erzählt. Er hat mir das Geld gegeben, damit ich herkommen und meine Tante besuchen konnte, bevor sie stirbt, und auch Geld, um der Familie zu helfen. Denk dran, dass ich dir gesagt habe, sie sei krank – deswegen bin ich nach Havanna zurückgekehrt.«

»Wer ist er?«, knurrte er.

»Sein Name ist Philip.«

»Und liebst du ihn?« Er schien kaum in der Lage zu sein, die Worte zu äußern.

»Nicht so, wie du meinst«, gab sie schnell zurück. Obwohl sie Philip gern mochte und ihm dankbar war, konnte keines dieser Gefühle sich damit messen, was sie in der Nacht auf der Rückbank von Duardos Chevrolet oder bei ihrer Rumba empfunden hatte. Aber bis dahin war sie der Meinung gewesen, dass es ausreichen würde, rief sie sich ins Gedächtnis.

Ratlos breitete er die Hände aus. »Warum dann?«

»Ich hab es ihm versprochen.« Sie nahm ihre Tasse und

zwang sich, einen Schluck zu trinken. Sie war entschlossen, Duardo ihren Schmerz nicht zu zeigen, entschlossen, nicht zu weinen. Wenn sie weinte, dachte sie, dann wäre sie verloren.

»Ein Versprechen gegenüber einem anderen Mann«, sagte er. »Was bedeutet das für mich?« Er schlug mit der Faust fest auf den Tisch. Sie zuckte zusammen. »Früher habe *ich* in deinem Leben an der ersten Stelle gestanden.«

*Das ist immer noch so. Du bist alles für mich.* Aber sie sprach es nicht aus. »Ich könnte Philip nicht so verletzen. Das wäre nicht fair.« Sie schlug die Augen nieder, denn sie konnte ihn nicht länger ansehen. Wenn sie ihn weiter ansah, würde er sie umstimmen, das war ihr klar. Und es gab einen Teil von ihr, der sich das so sehr wünschte. »Genau, wie du den Menschen, die dir nahestehen, nicht wehtun kannst.«

»Ein Versprechen …« Er lehnte sich auf seinem Stuhl zurück und schaute zum Himmel, als sei das unmöglich. »Was bedeutet ein Versprechen für mich? Was ist damit, was wir einander versprochen haben, Elisa? Mit dem, was du mir versprochen hast?«

Elisa wollte nicht an diese Versprechen denken. »Ich habe ihm gesagt, ich würde ihn heiraten«, sagte sie. Angespannt wartete sie auf die Explosion.

Aber Duardo lachte nur, rau und humorlos. »Weil er Geld hat?«, fragte er.

Sie hielt seinem Blick stand. »Aus vielen Gründen«, erklärte sie. »Weil er einsam ist und ich es auch bin. Weil ich ihn lieb gewonnen habe. Und wegen Grace.«

»Grace?«

»Seiner Tochter.«

»Ah.« Er runzelte die Stirn. »Die, die sich auf dich verlässt.«

»Ja.« Elisa erinnerte sich an Grace' Gesicht am Tag ihrer

Abreise, den Ausdruck in ihren grauen Augen. »Kommst du wieder?«, hatte sie gefragt. Das arme Mädchen hatte schon so viel verloren. Sie musste glauben, dass sie immer, wenn sie jemanden liebte, Gefahr lief, wieder alles zu verlieren. »Ich komme zurück«, hatte Elisa ihr versichert. »Mach dir keine Sorgen, Grace.« Und sie hatte dem Mädchen, das ihre Stieftochter werden würde, die Arme entgegengestreckt.

»Dann verlässt du mich also ein zweites Mal?« Einen Moment lang sah er sie forschend an. Und dann lehnte er sich so zurück, dass er noch weiter von ihr entfernt war. »Du verlässt mich wegen eines Mädchens, das nicht deine Tochter ist, und um einen Mann zu heiraten, den du nicht liebst?«

So ausgedrückt klang es allerdings verrückt. »Ich habe das Gefühl, ich hab keine andere Wahl«, sagte sie. »Verstehst du das denn nicht, Duardo? Es gibt so viele Hindernisse. Wie können wir …«

»Es hat immer viele Hindernisse gegeben, Elisa.« Er beobachtete sie aufmerksam. »Aber die Frage ist doch – ist es zu viel, als dass die Liebe es nicht überwinden könnte?«

Sie konnte ihm nicht antworten. Sie hatte das Gefühl, in einem unlösbaren Dilemma zu stecken. Und es gab keine richtige Antwort, denn sie und Duardo lebten nicht in einem Vakuum. Es gab andere Menschen, andere Situationen, die bedacht werden mussten. Wie konnten sie so egoistisch sein und nur an ihre Liebe denken? Was war das Richtige? Sie wünschte, sie hätte es gewusst. »Es tut mir leid«, flüsterte sie.

»Was tut dir leid?« Kopfschüttelnd stand er auf. »Tut dir leid, was zwischen uns passiert ist?«

Unglücklich schüttelte sie den Kopf. Nie würde sie das bedauern.

»Tut es dir leid, dass du Kuba damals verlassen hast? Tut es dir leid, dass du jetzt wieder weggehst?«

Elisa biss die Zähne zusammen. Sie sehnte sich nur danach, sich in seine Arme zu stürzen. Zu sagen, ja, wir schaffen das. Wir überwinden die Hindernisse. Wir können zusammen sein. Liebe überwindet alles.

»Ich hatte gehofft, ich wäre über dich weggekommen, Elisa«, sagte er, »und dann, als ich dich gesehen habe, wusste ich, dass ich nie über dich weggekommen war.«

Sie nickte. »Bei mir war es genauso.«

»Ich hatte damit gerechnet, anders zu empfinden als der Mann, der ich einmal war – als wir geredet, als wir getanzt, als wir uns geliebt haben.« Er unterbrach sich. Elisa schwieg. Er neigte den Kopf auf sie zu. »Aber die Sache ist die: Meine Gefühle haben sich nie geändert, verstehst du?« In seiner Stimme lag so viel Schmerz und solche Zärtlichkeit in seinem Blick, dass Elisa sich zu fragen begann, ob sie wirklich imstande war fortzugehen.

»Meine auch nicht«, sagte sie. »Meine auch nicht.«

»Also …?«

Elisa umklammerte seine Hand. »Ich wäre niemals gegangen, Duardo«, sagte sie, »wenn deine Mutter mir nicht erzählt hätte, du wärst tot. Das schwöre ich.«

»Meine Mutter? Was soll das heißen? Ich dachte, Francisco sei zu dir gekommen?«

Elisa hatte das nicht sagen wollen, es war ihr im Eifer des Gefechts herausgerutscht. Das Letzte, was sie vorhatte, war, nach all den Jahren noch mehr Probleme zu verursachen. Aber sie hasste den Gedanken, dass er glaubte, sie hätte nicht auf ihn gewartet, obwohl sie keine Gewissheit über seinen Tod gehabt hatte. »Ich hätte gewartet«, erklärte sie, »aber deine

Mutter war sich sicher. Sie hat es mir gesagt. Sie hat mich aufgefordert, mir ein neues Leben ohne dich aufzubauen. Dich zu vergessen. Sie hat gesagt, sie spüre tief in ihrem Inneren, dass du tot wärst. Dass es keinen Zweifel gebe …« Ihre Stimme schwand durch die Art, wie er sie ansah. Nicht mehr voller Liebe, sondern voller Wut.

»Wie kannst du es wagen!«, sagte er. »Wie kannst du es wagen, ihr die Schuld zu geben?«

»Aber …«

»Ich will nichts mehr davon hören.« Er schüttelte den Kopf. »Ich werde nicht hierbleiben und mir anhören, wie du sie beleidigst! Wie kannst du das tun? Sie ist alt und hat nur noch mich, um sie zu beschützen.«

»Duardo. Ich habe sie nicht …« Beleidigt, wollte sie sagen. Aber ein einziger Blick in sein Gesicht ließ sie abbrechen.

»Wenn du zugegeben hättest, dass du dich geirrt hast«, sagte er langsam. »Wenn du mir gezeigt hättest, dass du jetzt mehr Mut hast …« Er beendete seinen Satz nicht.

Sie wusste, das war ihre letzte Chance. Elisa hätte es am liebsten laut herausgeschrien. *Aber den habe ich! Wenn du bereit bist, bin ich es auch*. Aber er wirkte so kalt und abweisend, dass sie es nicht über sich brachte. Sie konnte nicht an ihre Liebe denken, sondern nur an Rosalyns Hass. An Philip, der in England wartete, dieser arme, traurige Mann. Und an Grace, die tat, als sei sie so stabil, aber in Wahrheit so verletzlich war. Das Mädchen, das seine Mutter verloren hatte und das Elisa inzwischen als ihre Tochter betrachtete. Das Mädchen, das sich darauf verließ, dass sie zurückkam.

Sie war kurz davor gewesen, den Menschen in Bristol, die sie liebte, den Rücken zu kehren. Sie hatte sich gewünscht, Duardo würde sie davon überzeugen, dass die Liebe wirklich alles besiegen, all diese praktischen Hindernisse überwinden konnte, wenn sie sich ihnen gemeinsam stellten. Aber am Ende hatte sie ihm nur nachgeschaut, als er davonging.

Später am selben Tag, am Flughafen, hielt ein Teil von ihr immer noch Ausschau nach ihm, hoffte immer noch halb, er werde im letzten Moment auftauchen und sie am Fortgehen hindern. Dass er ihre Einwände beiseiteschieben und sie dahin zurückbringen würde, wo sie hingehörte. Aber er war nicht gekommen. Er würde nie erfahren, wie sehr sie sich das gewünscht hatte.

Elisa speicherte die Datei und fuhr den Laptop herunter. Genug. Jetzt wusste sie, was sie zu tun hatte. Sie musste zu Grace gehen. Sie musste mit ihr reden und diesen Wahnsinn beenden, bevor es zu spät war.

# 25. Kapitel

Als Grace die Haustür öffnete, um eine der wenigen Patientinnen, die sie am frühen Nachmittag annahm, hinauszulassen, sah sie Elisa an der Treppe zum Kai stehen, wo sie sich am Geländer festhielt. Es sah aus, als hätte sie schon längere Zeit dort gestanden.

»Mach bloß die Tür nicht zu«, sagte Elisa streng, sodass die Patientin, die noch dabei war, sich zu verabschieden, sich verblüfft umsah.

»Danke.« Grace winkte ihr nach und wandte sich ihrer Stiefmutter zu. »Hallo, Elisa. Warum sollte ich?« Elisa hatte zuvor schon zwei Nachrichten auf dem Anrufbeantworter hinterlassen und gefragt, wann Grace ein Besuch recht sei.

»Weil du anscheinend nicht mit mir sprechen willst, deswegen.«

»Red doch keinen Unsinn. Komm rein.« Es hatte keinen Sinn, an der Tür herumzudiskutieren. Grace ging ins Haus. Sie zog ihren weißen Baumwollkittel aus und schlüpfte wieder in Jeans und ein Hemd. »Ich hatte eine Menge zu tun heute Morgen.« Was irgendwie sogar stimmte. Sie hatte zwei Patienten behandelt, und sie hatte viel nachgedacht. Über Robbie, über Theo und ja, auch über Elisa.

Elisa brummte etwas, als sie ihr nach drinnen folgte. Wie immer küssten sie einander auf beide Wangen und umarmten sich kurz.

»Überhaupt, warum sollte ich nicht mit dir reden wollen?« Grace war zu dem Schluss gekommen, dass Elisa unmöglich über sie und Theo Bescheid wissen konnte – zumindest konnte sie sich nicht sicher sein.

Elisa zog die Augen zusammen. »Dann gehst du mir nicht aus dem Weg?«

»Natürlich nicht.« Obwohl Grace heute wirklich jedem gern aus dem Weg gegangen wäre – ihrem Vater ganz bestimmt, Elisa, Robbie und sogar Theo. Er hatte sich nicht bei ihr gemeldet. Sie wusste, er wartete darauf, dass sie den nächsten Schritt tat.

Elisa drohte ihr mit dem Finger. »Du kannst niemanden schützen, indem du dich in eine Seifenblase zurückziehst«, sagte sie. Wie immer schrecklich nah an der Wahrheit.

Grace zuckte die Schultern. Sie ging voran, ins Wohnzimmer. »Es ist eigentlich keine Seifenblase«, sagte sie. »Ich brauche nur etwas Zeit für mich selbst.« Sie spürte, dass sie nicht in der Stimmung für dieses Gespräch war. Elisa würde Klartext reden, und Grace wollte keine Konfrontation. Es war ihr Problem, und sie würde damit auf ihre Art umgehen. Zumindest versuchte sie, gründlich über die Dinge nachzudenken. Und vielleicht tat Theo das auch.

»Ich weiß über Theo Bescheid«, erklärte Elisa ohne weitere Vorrede, »also brauchst du dich bei mir nicht zu verstellen.«

»Was ist denn mit ihm?« Sie glaubte es also zu wissen. Dennoch war Grace entschlossen, es ihr nicht zu leicht zu machen.

»Ich weiß, dass du dich mit ihm triffst.«

»Treffen?«

»Grace.« Elisa schloss die Augen, als wolle sie Kraft sammeln, und schlug sie dann wieder auf. »Ich weiß, dass du in ihn verliebt bist.«

Grace sah sie an, diese kleine, unbeugsame Frau, die zu einem so wichtigen Teil ihres Lebens geworden war. Sie konnte sie nicht anlügen. Was hätte das für einen Sinn gehabt? »Ich weiß, es klingt verrückt, aber …«

»Es *ist* verrückt.« Elisa schlug mit der flachen Hand auf den Holztisch.

Grace zuckte zusammen. Sie hatte sie noch nie so verärgert erlebt. Ihre kleine Gestalt war starr vor Wut, und ihre dunklen Augen blitzten.

»Daran gibt's überhaupt keinen Zweifel«, fügte Elisa zur Sicherheit hinzu.

»Es ist einfach passiert.« Grace setzte sich an den Tisch, aber Elisa setzte sich nicht ihr gegenüber, wie sie erwartet hatte. »Es war keine Absicht. Ich hab nicht darauf gewartet.«

»Es ist einfach passiert«, wiederholte Elisa spöttisch. »Meiner Erfahrung nach *passieren* solche Dinge nicht einfach.«

Grace runzelte die Stirn. Was wusste sie schon darüber? Wie konnte jemand das nachvollziehen?

»Und was jetzt?«, verlangte Elisa zu wissen. »Was hast du vor, nachdem das jetzt … passiert ist?«

»Ich weiß es nicht.«

»Was ist zum Beispiel mit Robbie?« Elisa marschierte zum Fenster und starrte hinaus. »Was ist mit eurem gemeinsamen Leben, eh? Was ist mit deinem Mann?« Sie drehte sich wieder zu ihr um. »Hast du mal darüber nachgedacht?«

»Natürlich hab ich das.« Grace kämpfte um Beherrschung. Solche Vorwürfe brauchte sie nicht. Sie fühlte sich wegen Robbie schon schlecht genug. Wusste Elisa das denn nicht? Wenn nicht, sollte sie es aber, verdammt. »Ich wollte Robbie nicht verletzen«, sagte sie. »Wir wollten ihm nie wehtun.« Aber so fing es immer an: Man dachte nicht über die Konsequenzen nach.

»Theo ist Robbies bester Freund.« Elisa kam zurück zum

Tisch. Sie sah Grace unverhohlen feindselig an, und Grace war schockiert.

»Ich weiß«, sagte sie. Aber sollte Elisa nicht eigentlich auf ihrer Seite sein? Grace wusste, dass sie als junges Mädchen nicht gerade einfach gewesen war. Einmal hatte sie einen unpassenden Freund mitgebracht, und nachdem sie durch ihre Prüfungen gefallen war, hatte sie Hausarrest bekommen. Aber was sie auch falsch gemacht hatte, Elisa hatte so vernünftig und ruhig mit ihr geredet, als wäre sie erwachsen und kein Kind. Sie hatte sie gegenüber den Lehrern und ihrem Vater immer in Schutz genommen. Sie war Grace gegenüber noch nie aus der Haut gefahren.

»Robbie wird am Boden zerstört sein«, sagte Elisa. Endlich ließ sie sich auf den Stuhl gegenüber Grace sinken. Traurig schüttelte sie den Kopf. »Wie konntest du nur?«

»Glaubst du, das wissen wir nicht?« Dachte ihre Stiefmutter, sie nähme das alles auf die leichte Schulter? Kannte sie Grace wirklich so schlecht?

»Oh, jetzt heißt es schon ›wir‹, was? Du und Theo?« Sie beugte sich zu ihr hinüber. Ihre dunklen Augen verrieten, wie zornig sie war. »Wie nett. Wie intim.« Sie holte tief Luft. »Du bist eine dumme Gans, Grace. Du hast so viel. Wie kannst du auch nur daran denken, all das wegzuwerfen?«

Grace riss der Geduldsfaden. »Was gibt dir das Recht, hier aufzutauchen und mich anzuschreien?« Sie stand auf. Sie war es leid, ständig kritisiert zu werden. Robbie hatte die schlechte Laune eines Mannes gehabt, der keinen Sex bekommt, immer noch nichts von Theo und jetzt das.

»Jemand muss es tun.«

»Und warum du? Was weißt du denn darüber?«, schoss sie zurück. »Hast du so was schon mal erlebt?«

»Was meinst du damit?« Elisas Stimme klang gefährlich ruhig.

Grace war sich nicht ganz sicher, was sie meinte. Aber sie spürte, dass sie einen wunden Punkt getroffen hatte. »War es dieser Mann, den du vor meinem Vater gekannt hast? Hat er dich nicht genug geliebt? Ist er fremdgegangen – ist es das?« Sie erinnerte sich an Elisas Gesichtsausdruck, als sie von dem Baby erzählt hatte, das sie verloren hatte. Es war fast gewesen, als ob … »Hast du auch schon mal riskiert, alles wegzuwerfen?«, fragte sie atemlos. »War das so?«

Ihre Stiefmutter erwiderte ihren durchdringenden Blick. »Nein, Grace«, sagte sie, »das hab ich nicht.« Sie sah auf den Tisch hinunter, und ihre Schultern waren gebeugt.

Einen Moment lang tat sie Grace leid. Aber Elisa war zu weit gegangen – sie waren beide zu weit gegangen. »Ich will es nicht wissen«, sagte Grace. »Es ist mir wirklich egal. Aber was immer du auch erlebt hast, du hast kein Recht, hier aufzukreuzen und dich päpstlicher aufzuführen als der Papst.« Sie wartete auf eine Antwort, doch Elisa schwieg. »Du hast überhaupt keine Ahnung, was zwischen Theo und mir ist«, fuhr Grace fort. »Aber was für andere Schwächen du auch hast, ich hätte dir zumindest ein bisschen mehr verdammte Fantasie zugetraut …« Grace verstummte. Sie atmete schwer. Und da war noch etwas. Irgendein alter, bitterer Groll stieg in ihr auf, und sie konnte ihn nicht aufhalten, nicht in diesem Moment. All der Druck und die Anspannung der vergangenen Wochen drangen an die Oberfläche, und Elisa stand in der Schusslinie.

»Meine anderen Schwächen?« Elisas Stimme klang ruhig. Sie hatte die Hände im Schoß gefaltet und sah zu ihr hoch. »Was für andere Schwächen, Grace?«

»Dein Bedürfnis, alles zu kontrollieren.« Grace hielt ihrem

festen Blick stand. Sie stützte sich auf die Stuhllehne. Sie hatte das Gefühl, als prüfe sie ein Argument daraufhin, ob es passte. Und ja, es passte. »Dein Drang, alles zu organisieren, alles in Ordnung zu bringen, uns bewusst zu machen, wie kaputt wir waren und wie gut du uns repariert hast.« Die Worte klangen gut, richtig.

Elisa war auf ihrem Stuhl noch mehr zusammengesunken und blickte Grace wie gebannt an. Sie sagte nichts und versuchte nicht, sich zu verteidigen.

Grace wusste, dass sie sofort aufhören sollte. Es war unfair, Elisa hatte das nicht verdient. Grace' Worte waren grausam und unnötig gewesen. Sie wusste nicht einmal, aus welchen dunklen Tiefen sie aufgestiegen waren. Aber sie konnte nur an ihre Mutter denken, ihre Mutter, die überfahren und sterbend auf der Straße gelegen hatte. Der Straße, die Grace jedes Mal, wenn sie in die King Street ging, überqueren oder entlanggehen musste. Die Stimme ihres Vaters: »Ich habe sie dazu getrieben.« Die Frau, der Duft nach Maiglöckchen. Das spröde Klappern ihrer hohen Absätze auf dem Straßenpflaster. Wie hatte er das tun können? Wie hatte er eine andere Frau lieben können? Wie hatte er eine Affäre unterhalten können, und wie hatte er später zulassen können, dass Elisa ihren Platz einnahm? Die Tatsache, dass auch sie eine Affäre hatte, machte Grace nur noch wütender, noch gereizter gegenüber ihrer Stiefmutter. Es ergab keinen Sinn, aber nichts ergab einen Sinn. Sie war sich nicht einmal sicher, warum sie sich so benahm. War sie dabei, den Verstand zu verlieren?

»Ich hatte keine Ahnung, dass du das so empfindest«, sagte Elisa steif. »Ich wollte dir immer nur raten, dir helfen …«

»Du bist nicht meine Mutter!«, fiel Grace ihr ins Wort. Anscheinend war sie noch nicht fertig. »Und ich brauche keinen

Rat von dir. Du hast kein Recht, mir vorzuschreiben, wie ich leben soll. Überhaupt kein Recht.«

Sie konnte Elisa nicht mehr anschauen. Konnte sie nicht so niedergeschlagen und alt sehen. Grace wusste, dass sie zu weit gegangen war. Sie konnte selbst nicht glauben, was sie zu ihr gesagt hatte.

»Ich verstehe.« Langsam stand Elisa auf, und Grace hörte, wie sie durch die Diele ging, die Haustür öffnete und sie hinter sich schloss.

Was hatte sie getan? Grace starrte ins Leere. Sie hatte sich schrecklich benommen. Sie war nicht besser als ihr Vater, und Elisa hatte recht gehabt. Sie riskierte, alles, was sie hatte, wegzuwerfen. Es war so einfach, anderen die Schuld zu geben. Und jetzt hatte sie genau den Menschen verletzt, der ihr geholfen hatte, ihrem Leben einen Sinn zu geben, der immer für sie da gewesen war, den sie so sehr liebte. Sie hatte Elisa wehgetan – vielleicht konnte sie das nie wieder ins Reine bringen. Konnte es noch schlimmer kommen?

Grace schlug die Hände vors Gesicht und brach in Tränen aus.

# 26. Kapitel

*Havanna 2012*

Duardo sah sich am Esstisch um. An diesem Abend würde er seiner Familie seine Entscheidung mitteilen, beschloss er. Es war der richtige Zeitpunkt.

Er konnte nicht anders, als sich stolz zu fühlen. Sein Leben war nicht immer problemlos verlaufen. Durch die Entscheidungen, die er getroffen hatte, hatte er manches verloren, aber er hatte gelernt, das zu akzeptieren. Er aß noch eine Gabel von dem Schmorgericht und warf einen Blick nach links zu Jaquinda, der Frau, mit der er zusammenlebte. Hatte er sie je geliebt? Er hatte sie gern gehabt, ja, besonders als sie mit ihrem gemeinsamen Sohn schwanger war. Natürlich hatte er sie begehrt – am Anfang, als er so lange keine Frau gehabt hatte und sie ihn mit ihrem neckischen Lächeln und der Art, wie sie ihr glänzendes, braunes Haar zurückwarf, angezogen hatte. Und er hatte tiefste Dankbarkeit empfunden, als Federico geboren war, als er seinen Sohn betrachtete, der, in ein weißes Baumwolltuch gewickelt, in ihren Armen schlief. Aber wie sollte er sie lieben, wenn sein Herz schon immer einer anderen gehörte?

Er sah zu, wie Jaquinda in ihrem Essen herumstocherte, das seine Mutter und seine Schwiegertochter Benita gekocht hatten. Warum tat sie das immer? Sie kochte nie, und trotzdem stocherte sie mit verdrossenem, kritischem Blick in dem Essen herum, was andere für sie zubereitet hatten. Duardo hasste das. Wie auch immer, sie war hier, rief er sich ins Gedächtnis. Er trank aus seinem Wasserglas. Sie war hier, und sie war die Mutter seines Sohnes, deswegen musste er tolerant sein und das Beste draus machen. Sie war hier und gleichzeitig nicht hier. Viel lieber, vermutete er, würde sie mit Felipe essen, der ein paar Straßen weiter wohnte. Wenn er nicht verheiratet gewesen wäre. Wenn er nicht wie Duardo mit der ganzen Großfamilie in einer einzigen Wohnung leben würde. Gefangen.

Duardo häufte Hühnchen und Reis auf seine Gabel. Besser, man dachte nicht über solche Dinge nach. Er hatte gelernt, vieles zu akzeptieren, weil er für ihr Recht gekämpft hatte, dieses Leben zu führen. Er hatte der Rebellenarmee angehört und war sogar mit Guevara – Gott sei seiner Seele gnädig – durch unwegsames, überflutetes, von Moskitoschwärmen heimgesuchtes Terrain marschiert und hatte, schwach vor Hunger, Wasser aus sumpfigen Flüssen getrunken. Er hatte den Lärm, den Qualm, das Blut ertragen … Aber es war es wert gewesen! Zusammen mit all den anderen Männern, ihren *compañeros*, hatten sie das kubanische Volk vom amerikanischen Joch befreit. Duardo hatte gekämpft, weil es richtig war, obwohl Elisa das nie verstanden hatte. Er hatte gekämpft, weil er sich nicht in die Augen hätte sehen können, wenn er es nicht getan hätte.

Neben Jaquinda saß Federico, der Duardos Hoffnungen und Erwartungen nie ganz erfüllt hatte. Doch Duardo sah ihn voller Zuneigung an – natürlich liebte er ihn, er war sein Sohn. Federico trank Bier aus einer Flasche und lachte über etwas, was seine Frau Benita gesagt hatte. Er war faul – eben der Sohn seiner Mutter –, und nichts, was Duardo je dazu gesagt hatte, konnte daran auch nur einen Deut ändern. Als Kind hatte sich Federico auf den Straßen und Hinterhöfen in der Nähe ihrer

Wohnung herumgetrieben und als Teenager auf dem Malecón und weiter außerhalb. Jetzt, als Erwachsener und Vater eines erwachsenen Sohns, trieb er sich immer noch herum. Er verbrachte viel Zeit unten am Hafen, er spielte mit seinen Kumpanen in den Bars im Viertel Karten und Domino, und wenn es kein Bier gab, trank er den Fusel, der hier schwarz destilliert und mit verbrannter Melasse braun eingefärbt wurde. Nachmittags faulenzte er in der Sonne und schlenderte gelegentlich unter dem Vorwand, nach Arbeit zu suchen, in der Stadt herum. Als er jünger war, war er Musiker gewesen und spielte immer noch gelegentlich, aber inzwischen gab er sich meist nicht mehr damit ab. Die beiden größten Errungenschaften seines Lebens waren die Heirat mit Benita – der fleißigsten Frau, die man sich vorstellen konnte – und die Zeugung seines Sohns Luis, der Duardos Augapfel war.

Und Luis … Duardo aß einen Löffel schwarze Bohnen und lächelte seinem Enkelsohn zu, der am anderen Ende des Tisches saß. Er war wirklich vom alten Schlag. Er war jetzt zwanzig und hatte die Universität besucht. Er war groß und hielt sich gerade, und er trug sein dunkles, lockiges Haar kurz geschnitten, sodass der kräftige Umriss seines jungen Kopfes zu erkennen war. Wie sein Großvater Duardo vor ihm war er ein Mann mit einer Mission und war voller Tatendrang. Er würde etwas erreichen und etwas werden, das wusste Duardo.

Von klein auf hatte sich Luis für Autos interessiert – besonders für den alten Chevrolet seines Großvaters –, und von klein auf hatte Duardo dieses Interesse gefördert. Er war entschlossen gewesen, es in eine Leidenschaft zu verwandeln, und das hatte funktioniert. Als Luis sechs war, half er dabei, das »Taxi Parisien«, wie Duardo das Auto manchmal nannte, um die Touristen zum Lachen zu bringen, zu waschen und zu polieren, und mit sieben konnte er kleine Reparaturen vornehmen. Mit acht unterhielt er sich keck, aber einnehmend mit einigen von Duardos Kunden. Er lernte, »*Afternoon, ma'am and sir*« zu sagen. Manchmal fuhr er sogar im Taxi mit.

Duardo genoss weiter sein Essen und lauschte mit halbem Ohr den Gesprächen, die rund um den Tisch geführt wurden. Seine Mutter beklagte sich bei Benita über die Ware der Obstverkäuferin, und Jaquinda und Federico diskutierten darüber, ob Alfonso, der Besitzer der Bar, in der sie beide Stammgäste waren, wohl eine Affäre mit Zelia, einer Nachbarin von ihnen, anfangen würde. Luis war ungewöhnlich still. Oft saß er zur Rechten seines Großvaters, und sie sprachen beim Essen über verschiedene Aspekte des Geschäfts und darüber, wie viel Geld sie an diesem Tag eingenommen hatten, aber heute hatte er sich auf die andere Seite von Duardos Mutter zurückgezogen, wie er es manchmal tat, damit sie neben ihrem Sohn sitzen konnte, der gute Junge. In einer Ecke des Raums plärrte der Großbildfernseher, der das gewohnte orangestichige Bild zeigte, aber niemand schaute hin.

In vieler Hinsicht war Duardo stolz auf das Regime, obwohl selbst er zugeben musste, dass es in manchen Dingen versagt hatte. Er war stolz auf das Gesundheitswesen, aber ganz besonders auf das Bildungssystem. Heute konnten seine Landsleute lesen und schreiben, hatten Zugang zu guter Gesundheitsversorgung und genügend zu essen. Dafür hatten sie gekämpft. Federico verstand nicht, warum überall in der Stadt immer noch die politischen Poster hingen, aber Duardo wusste, dass sie diese Gedächtnisstütze brauchten. Raúl Castro war alt, und sie durften nicht zulassen, dass es noch einmal passierte. Amerika durfte nicht einmarschieren und die Macht übernehmen. Kuba war arm, die Arbeiter waren unterbezahlt, und den Menschen fehlten die materiellen Güter, nach denen einige sich sehnten. Aber Kuba war frei. Und jeder Mensch hatte es verdient, frei zu sein.

Federico hatte nicht viel vom Bildungswesen profitiert – die halbe Zeit hatte er die Schule geschwänzt, und was er doch lernte, vergaß er bald wieder. Aber Luis … Er war ein intelligenter Bursche. Duardo lächelte ihm über den Tisch hinweg zu, und sein kluger Enkel mit dem wachen Blick erwiderte sein Lächeln. Er konnte alles werden, was er wollte.

Duardo hatte Luis auch ein bisschen Englisch beigebracht. Im Lauf der Jahre hatte er selbst viel gelernt und es sich zur Aufgabe gemacht, seinen Enkel zu unterrichten. »Es kommt nicht nur auf die Sprache oder die Grammatik an«, erklärte er ihm. »Und nicht auf das Vokabular oder darauf, wie viele Wörter man kennt. Wichtig ist, *wie* man etwas sagt.«

»Was meinst du, *abuelo*?« Luis war neugierig, und er lernte schnell.

»Du bist ein Teil des Erlebnisses«, erklärte Duardo ihm. »Die Menschen wollen nach Hause fahren und allen erzählen, dass sie mit echten Kubanern gesprochen haben. Sie möchten glauben, dass sie uns kennen – wie wir ticken, worüber wir reden, wie wir leben. Sie möchten hören, wie wir über unser Land reden, über Castro, über die Revolution. Dazu müssen wir ihre Sprachen lernen. Englisch, Deutsch und Französisch.«

»Und erzählen sie uns dann auch von ihrem Leben?«, hatte Luis ihn gefragt.

Duardo lachte. »Oh ja, Kleiner, das tun sie. Wir müssen nur die richtigen Fragen stellen.«

»Und dann?«, fragte Luis. »Was dann?«

»Na ja, dann werden wir für unsere Mühe bezahlt«, erklärte

Duardo. »Wir arbeiten in der Tourismusbranche, Luis, und die wird sich weiterentwickeln. Die Leute werden immer herkommen wollen. Und sie werden sich immer bei uns bedanken wollen, weil wir ihnen ihren Besuch angenehmer gestaltet haben. Man könnte gewissermaßen sagen, dass wir unser Land repräsentieren. Wir sind die Menschen, mit denen die Touristen sprechen. Von uns lernen sie etwas über das wahre Kuba. Das ist eine große Verantwortung, keine Arbeit, die man auf die leichte Schulter nehmen sollte.«

Natürlich lernte Luis in der Schule noch vieles andere. Aber wie das Glück es wollte, war der Junge nicht nur gut in Sprachen, sondern er entwickelte sich auch mehr und mehr zu einem guten Automechaniker. Er hatte das Gefühl dafür. Er konnte erkennen, wo etwas an dem Wagen nicht stimmte, und war einfallsreich genug, um herauszufinden, wie es in Ordnung gebracht werden konnte. Not macht erfinderisch. Dieser Spruch hätte auf die Kubaner gemünzt sein können – wie viele ihrer Nachbarn hatten zum Beispiel alte Badewannen mit Autolack besprüht? Wenn man nichts hatte, um damit zu arbeiten, musste man etwas aus dem machen, was man in seiner Umgebung fand. Luis konnte das. Der Junge hatte Grips, und er hatte geschickte Hände. Bei ihm konnte nichts schiefgehen.

Der Chevy, Duardos andere Quelle von Stolz und Freude, hatte inzwischen natürlich den Motor eines Peugeots 405. Die Antriebswelle stammte von einem Mitsubishi, und oft brachte Duardo sie mit einer Machete in Gang. Not kannte kein Gebot. Die Stoßstangen waren zusammengenietet, und das Chrom war so oft poliert worden, dass an einigen Stellen das Metall darunter zum Vorschein kam. Auf dem Armaturenbrett prangten LED-Lichter, überall steckten Familienfotos, und über die großen Boxen auf der Heckablage konnte er

Musik abspielen. Eine Tür ließ sich von außen nicht öffnen – ein kleineres Problem, das Duardo noch nicht hatte lösen können –, und eine andere ließ sich nur mit einem Kleiderbügel aus Draht aufmachen. Aber es war trotzdem ein bequemes Auto. Das Leder war rissig, aber intakt, und er hatte sich anders als ein paar seiner Kollegen vernünftigerweise gegen diese billigen Scheibentönungsfolien entschieden – die Touristen hassten das, weil sie nicht hinaussehen konnten. Der Wagen hatte reichlich Fußraum und fuhr, ohne zu ruckeln. Und noch besser, er hatte inzwischen so viel Trinkgeld angespart, dass er bald ein weiteres amerikanisches Auto anschaffen konnte.

Zwischen Luis und Duardo saß Duardos Mutter, sein Fels in der Brandung. Duardo wusste, wenn sie nicht gewesen wäre, hätte er nicht erreicht, was er hatte. Ohne sie wäre er ein gebrochener Mann gewesen. Sie hatte zu ihm gestanden und war mit ihm durch dick und dünn gegangen, sie hatte ihn aufgerichtet, als er sich besiegt fühlte und glaubte, alles verloren zu haben. Und er wusste, dass sie ihn immer unterstützen würde. Duardo spürte, wie ihm die Tränen in die Augen stiegen. Deshalb hatte er sie verteidigen müssen, als Elisa das über sie gesagt hatte. Seine Mutter hatte immer nur sein Bestes gewollt. So einfach war das. Und jetzt … Er beschloss, dass es Zeit war, seine Erklärung abzugeben.

Er schlug mit dem Messer auf den Tisch. »Dürfte ich um eure Aufmerksamkeit bitten, ihr lauter Haufen?«, sagte er.

Erfreut bemerkte er, dass Luis sofort aufblickte. Der Junge hatte Respekt vor Älteren, und das war gut so. Auch Duardos Mutter sah ihn erwartungsvoll an. Er bezweifelte nicht, dass sie schon wusste, was er sagen würde. Federico und Jaquinda nahmen allerdings keine Notiz von ihm und waren immer noch mit Essen, Trinken und dem Klatsch über anderer Leute Leben beschäftigt, als hätten sie nichts gehört.

Duardo räusperte sich. »*Bueno.* Gut. Ich möchte etwas sagen.« Er sprach leise, aber bestimmt. Das zeigte die gewünschte Wirkung. Jetzt hatte er ihre ganze Aufmerksamkeit. Sogar Jaquinda war still.

»Ich bin kein junger Mann mehr …«, begann er.

»Jetzt mach schon, Papi«, unterbrach ihn Federico lachend, aber Duardo tat seine Bemerkung mit einer Handbewegung ab.

»… und für mich ist es Zeit, Bilanz zu ziehen.« Er musterte sein Publikum. Seine Mutter nickte leicht, und Luis sah ihn gespannt an. Jaquinda, Benita und Federico, alle schauten ihn an. »Ich habe hart gearbeitet«, sagte er, »und das in einem Geschäft, das im Lauf der Jahre recht einträglich war.«

Weiteres Nicken von Benita und seiner Mutter.

Er legte die Handflächen auf den Tisch. »Aber ich habe nicht mehr die Energie von früher. Und ich bin nicht mehr mit dem Herzen dabei.« Das war ein ziemlich großes Eingeständnis. In den letzten Monaten hatte Duardo mehrmals gedacht, er habe genug, aber es war nicht der richtige Zeitpunkt gewesen, und er hatte sich zum Weitermachen gezwungen. Inzwischen musste er auch an andere Menschen denken. Er musste für Kontinuität und das künftige Wohlergehen seiner Familie sorgen.

»Ich möchte euch also mitteilen, dass ich mich offiziell aus dem Geschäft zurückziehe«, erklärte er. »Es ist vorbei. Ich habe meinen Teil getan. Es ist Zeit, die Zügel zu übergeben.« Er warf Luis einen Blick zu und erhaschte im Gesicht seines Enkels einen Ausdruck, den er nicht ganz einordnen konnte. Furcht vielleicht? Der Junge musste vor nichts Angst haben.

Er war der Aufgabe gewachsen. Natürlich würde Duardo ihm am Anfang helfen, so lange, wie er gebraucht wurde. Aber er zweifelte nicht daran, dass Luis, sobald er sein Studium abgeschlossen hätte, in der Lage wäre, dort anzuknüpfen, wo Duardo aufhörte – und dann das Geschäft auf seine eigene Art weiterzuentwickeln.

»Ich dachte, du würdest nie aufhören zu arbeiten«, sagte Jaquinda.

Duardo zuckte mit den Schultern.

»Was hast du vor?« Federico runzelte die Stirn. »Ich kann mir nicht vorstellen, dass du den ganzen Tag rumsitzt.«

Er müsste eigentlich wissen, wie sich das anfühlt, dachte Duardo. »Ich werde meinen Projekten nachgehen.« Er lächelte in die Runde. »Ich finde schon was zu tun, keine Sorge.«

»Und du hast es verdient, dich auszuruhen, mein Sohn«, warf seine Mutter ein. »Du hast so schwer gearbeitet und dieses Geschäft aus dem Nichts heraus aufgebaut.«

Duardo lächelte bescheiden. Das stimmte. Zu Anfang hatte er natürlich Glück gehabt. Als Francisco erzählte, er werde das Land verlassen, als er Duardo sagte, er könne sein uraltes Auto umsonst haben … »Wenn du es zum Laufen bringst, bist du ein besserer Mann, als ich je sein werde!«, da hatte Duardo gewusst, dass das eine perfekte Gelegenheit war. Dann hatte er wie verrückt an diesem Wagen gearbeitet. Er hatte Himmel und Hölle in Bewegung gesetzt, um Ersatzteile aufzutreiben, anzupassen oder zu erfinden, um dieses Baby zum Laufen zu bringen. Ein Mann brauchte nur eine Chance. Ob er sie ergriff, war seinem Ehrgeiz überlassen – er warf seinem Sohn einen Blick zu – oder dem Mangel daran.

»Was denkst du, Luis?«, fragte Duardo.

Luis blickte auf, als sei er schockiert darüber, angesprochen zu werden. »Ich finde, du solltest das nicht tun, *abuelo*«, sagte er. »Jedenfalls noch nicht. Ohne das Geschäft wirst du dich langweilen. Es ist dein Leben.«

Duardo lachte. Aber der Junge wusste, wovon er sprach. Es war wirklich sein Leben. Es hatte eine Zeit gegeben, da hatte eine Frau im Mittelpunkt seines Lebens gestanden. Auch eine Zeit, in der die Revolution seine Triebfeder gewesen war. Aber das mit der Frau hatte nicht funktioniert, und die Revolution ... Manche behaupteten, die Revolution habe auch nichts gebracht, Dummköpfe alles. »Das Geschäft macht einen großen Teil meines Lebens aus, ja«, räumte er ein. »Und mach dir keine Sorgen – ich bleib noch eine Weile dabei und sorge dafür, dass alles so läuft, wie es soll.«

Er sah, wie Luis seinem Vater einen unbehaglichen Blick zuwarf. Was war denn jetzt? Glaubte Luis, dass Federico verärgert wäre, dass er zugunsten seines Sohnes übergangen wurde? Das war albern. Federico war nicht im Geringsten an dem Geschäft interessiert. Das war er noch nie gewesen. »Ich muss wissen, dass es in guten Händen ist«, sagte Duardo. »Das ist alles, was ich mir je gewünscht habe. Bei jemandem, der es zu schätzen weiß, der mich versteht und weiß, wie es funktioniert. Bei jemandem, der jung ist und seine eigenen Vorstellungen davon hat, wie man es für die nächste Generation weiterentwickelt.«

Er nickte. Er hatte seinen Teil gesagt.

»Das ist wunderbar, mein Sohn«, sagte seine Mutter. Sie legte den Arm um Luis' Schultern und drückte sie. »Ist das nicht wunderbar, Luis?«

»Luis?«, fragte Federico. »Redest du davon, dass Luis das Geschäft übernehmen soll?«

Dieser Junge konnte manchmal begriffsstutzig sein. »Natürlich rede ich von Luis«, sagte Duardo. »Du bist doch jetzt mit dem Studium fertig, oder, Luis?«

»*Sí, abuelo.*« Luis sah auf seinen Teller hinunter.

Duardo hatte nicht erwartet, dass er aufspringen und seinen alten Großvater umarmen würde. Aber mit etwas mehr Begeisterung hatte er schon gerechnet. Und schließlich, hatte er der Familie nicht immer gesagt, dass er das vorhatte, dass er sich das für den Jungen wünschte?

»Tourismus«, sagte Federico. »Man sollte meinen, heutzutage gäbe es eine bessere Beschäftigung für einen gebildeten jungen Mann.«

Duardo starrte ihn aufgebracht an. »Die Touristen sorgen für das Essen auf deinem Teller.«

Federico war unbeeindruckt – wie immer. Er war völlig gelassen. Noch entspannter, und er wäre bewusstlos gewesen. »Das weiß ich«, sagte er. »Aber findest du es richtig, dass junge Männer, die zum Beispiel Ärzte oder Ingenieure werden könnten, stattdessen als Köche in schicken Hotels enden? Um reiche Touristen zu verhätscheln?«

»Das sag ich doch gar nicht!« Duardo war der Erste, der das Beste für ihre jungen Leute und für Kuba wollte.

Benita legte ihrem Mann eine Hand auf den Arm. »Dein Vater gibt unserem Sohn eine wunderbare Chance«, sagte sie mit ihrer ruhigen Stimme. »Vergiss das nicht.«

»Ich weiß.« Federico trank noch einen Schluck Bier. »Ich werf ihm ja nichts vor. Ich sage nur – seht euch unser Land an. Castro hat versucht, uns alle gleich zu machen, aber wir sind so ungleich wie schon immer. Es ist nur eine andere Art von Ungleichheit.« Er warf seinem Vater einen trotzigen Blick zu. »Und Kuba hat was Besseres verdient.«

»Seit wann bist du denn Politiker?« Duardo runzelte die

Stirn und schob seinen Teller weg. Er hatte das Gefühl, als sei ihm das Gespräch entglitten und als müsse er einmal mehr die Castros und das, was sie getan hatten, verteidigen. Und er war das ehrlich gesagt leid. Selbst er musste zugeben, dass Fidel Castro damals zwar viel Gutes getan und bezüglich Freiheit und sozialer Gerechtigkeit die besten Absichten gehabt hatte, dass er aber inzwischen als so etwas wie ein Tyrann angesehen wurde.

Duardos Desillusionierung hatte während der Sonderperiode begonnen, als niemand etwas zu essen oder Arbeit gehabt hatte. Damals hatten sich praktisch ganze Familien auf selbst gebauten Flößen aus Holz oder sogar Lastwagenreifen ins Meer gestürzt, um die amerikanische Küste zu erreichen, weil sie wussten, dass sie, sobald sie den Fuß auf amerikanischen Boden gesetzt hatten, bleiben durften. Sie waren verzweifelt. Die Regierung ließ sie ziehen, und sie gingen. Früher hätte die Polizei sie verhaftet, jetzt winkten die Polizisten ihnen nach und wünschten ihnen Glück für die Reise. Manche behaupteten, es sei großzügig von den Amerikanern gewesen, dieses *Wet foot/dry foot*-Vorgehen zu erlauben – solange man noch auf dem Meer festgenommen wurde, machten die US-Beamten kurzen Prozess und schickten einen dahin zurück, woher man gekommen war. Nicht alle kamen an. Die amerikanische Küste lag nicht weit entfernt, aber zu weit, um sie schwimmend zu erreichen.

Trotzdem, rief Duardo sich ins Gedächtnis, waren die Nahrungsmittelknappheit und andere Probleme nicht die Schuld der Regierung gewesen. Nach dem Fall der Berliner Mauer 1989 war die Hilfe aus dem Ostblock zwangsläufig versiegt. Kuba musste sich neue Überlebensstrategien suchen. Und doch gab es Land, das nicht bewirtschaftet wurde. Stromausfälle – *apagones* – konnten bis zu zwanzig Stunden täglich dauern. Eine Währungsreform fand statt, und alle gierten nach dem CUC, der neuen, konvertierbaren Parallelwährung. Familien verkauften Gold, Silber und alles andere, was sie hatten, um heranzukommen. Die Männer arbeiteten nicht, weil es sinnlos erschien – sie bekamen so wenig dafür, und Aufstiegsmöglichkeiten wie früher gab es nicht mehr.

Dafür war der Tourismus gefördert worden. Ausländer durften im Land investieren, Hotels wurden auf Kosten des sozialen Wohnungsbaus renoviert, und an den schönsten Stränden schossen exklusive Ferienorte aus dem Boden. Der Tourismus wurde sogar bedeutender als Tabak oder Zucker. Und Duardo war bereit gewesen, seinen Vorteil aus dieser Situation zu ziehen. Die Zeiten hatten sich geändert – er hatte selbst bewiesen, dass das möglich war –, und weitere Veränderungen würden kommen. Außerdem sollte Federico einmal mit seiner Großmutter reden – sie würde ihm erzählen, wie »gut« alles vor der Revolution gewesen war. In den 1940er-Jahren war die Kluft zwischen Arm und Reich am größten gewesen. Ihre Familie hatte in einem Slum gelebt. Jetzt hatten die Menschen wenigstens zu essen, jetzt waren sie wenigstens gleich.

»Also, was sagst du, junger Luis?«, fragte Duardo. Alle sahen den Jungen erwartungsvoll an.

Armer Bursche. Es war ein bisschen zu viel für ihn. Duardo stand auf und klopfte ihm auf die Schulter. »Sag nichts«, sagte er. »Das ist mein Rat. Sag nichts, und mach dir auch nicht die Mühe, mir zu danken. Ich bin einfach froh, dass ich dich habe und dir das Geschäft überlassen kann. Ich erwarte allerdings nicht, dass du es genauso führst wie ich – bestimmt hast du deine eigenen Vorstellungen. Ich konnte nur den Gedanken nicht ertragen, es einem Fremden zu hinterlassen.«

Luis stand auf und umarmte ihn. »Ach, *abuelo*«, sagte er. »Ach, *abuelo*.«

»Ist schon in Ordnung.« Duardo sah die Tränen in den Augen des Jungen und spürte, wie auch seine Gefühle aufstiegen. »Ist ja gut, mein Junge«, sagte er. »Schon gut.« Luis hatte viel zu verdauen. Aber natürlich würde am Ende alles gut werden. Denn selbst, wenn die schlimmsten Dinge passierten … Duardo dachte an Elisa, er konnte nicht anders, als an Elisa zu denken … dann war immer die Familie da, um einem hindurchzuhelfen.

# 27. Kapitel

Als Elisa Grace verließ, fragte sie sich, ob sie überhaupt einen Fuß vor den anderen setzen konnte. Sie fühlte sich angegriffen, beschimpft, verletzt. All ihre Energie war ihr entzogen worden. Und das Schlimmste war: Grace war diejenige gewesen, die das getan hatte.

Sie musste nach Hause. Aber zuerst würde sie sich kurz hinsetzen und zu sich kommen. Sie stieg die Treppe zum Kai hinunter und ging vorsichtig bis zur nächsten Bank, die direkt am Ufer stand. Ah. Seufzend ließ sie sich darauf nieder. Sie musste sich ausruhen. *Wie konnte sie nur?*, dachte sie. Wie hatte Grace nur all diese Dinge sagen können, nach allem, was Elisa für sie zu tun versucht hatte? Ja, nach den Entscheidungen, die Elisa getroffen hatte. Manche waren ihr nicht leichtgefallen. Sie dachte an Duardo. Wie nahe sie damals daran gewesen war, bei ihm in Kuba zu bleiben. Aber sie hatte sich für Grace verantwortlich gefühlt. Sie hatte sie geliebt wie eine eigene Tochter.

Elisa beobachtete eine Flotte von Schwänen, die über das Wasser glitten. Hör dich doch an, schalt sie sich im Stillen. Grace hatte recht. Elisa hatte sich so wichtig genommen, war sich so sicher gewesen, dass sie den Bruch zwischen Grace und ihrem Vater kitten könnte. Hatte sie sich so verzweifelt danach gesehnt, gebraucht zu werden?

Es mussten mindestens acht Schwäne sein, elegant und majestätisch. Ihre Federn waren weiß und glänzend, und sie genossen hoch erhobenen Kopfes die nachmittägliche Frühlingssonne. Sicher spürten sie, dass es tatsächlich Frühling geworden war. Vielleicht würden sich ja bald Schwanenküken zu der Gruppe gesellen, das wäre ein Vergnügen! Kleine Tiere waren das immer. Elisa seufzte. Es gab so vieles, was sie zum Seufzen brachte. Auf der einen Seite Philip mit seinen Versprechungen – die Aussicht auf ein besseres Leben, die Gemeinschaft mit einem Mann, den sie wieder zu achten lernen konnte. Und auf der anderen der Paukenschlag, als sie von Grace und Theo erfahren hatte. Und jetzt das.

Elisa lockerte den Schal, den sie um den Hals trug. Sie hatte das Gefühl, er ersticke sie. Dieses Jahr war der Frühling wirklich spät gekommen. Endlich war es sonnig, ja, aber trotzdem lag keine echte Wärme in der Luft. Wenn sie nur zurückkehren könnte, dachte sie, zurückkehren und echte Hitze spüren, die kubanische Hitze. Auch nach all den Jahren hatte sie das Gefühl, nicht hierher, zu diesen Menschen, zu gehören. Sie hatte sich geirrt, als sie sich das eingebildet hatte. Sie war immer noch eine Fremde und würde es für den Rest ihres Lebens bleiben. Sie waren ganz anders als sie – Philip, Grace und sogar Theo, obwohl er ihr Landsmann war. Sie dachte daran, wie er ihr erzählt hatte, dass alle seine Entscheidung missbilligen würden, und wie sie an Duardo gedacht und Theo geraten hatte, seinem Herzen zu folgen.

Seinem Herzen folgen … Lieber Gott … Sie hatte ihm praktisch die Erlaubnis gegeben, ihre Stieftochter zu verführen. Elisa schüttelte den Kopf.

Auf der anderen Seite des Kanals standen einige moderne Wohnblocks und die Fassade eines alten Lagerhauses. Nur die Fassade – der Rest war abgerissen worden – schmale Backsteine und Bogenfenster, und alles von Stahlschienen gestützt. Elisa fühlte sich selbst ein bisschen wie diese Fassade – nur, dass sie momentan ihre Stahlstützen verloren hatte. Wahrscheinlich war das Gebäude aus ästhetischen Gründen vor dem Abriss bewahrt geblieben. Es gehörte zu den vielen architektonischen Eigenheiten, die Bristol seinen Charakter verliehen. Zumindest verstanden die Briten sich gut darauf, die Geschichte zu bewahren. Vielleicht nicht in den 1960ern und 1970ern, als sie einige dieser monströsen Bürogebäude und Wohnblocks hochgezogen hatten, aber auf jeden Fall seit einigen Jahren.

Ja, sie hatte an Duardo gedacht, als sie mit Theo gesprochen hatte, wie so oft. Ein Stück weiter an diesem Parkweg blühte ein Baum. Einmal war sie näher herangegangen, um den Namen zu lesen, denn er trug eine Plakette. Aber darauf stand einfach nur *Bobs Baum. Verloren, aber nicht vergessen.* Genau wie Duardo. Jedes Mal, wenn sie an dem Baum vorbeikam, dachte sie an ihn.

Auch mit den anderen Dingen, die Grace gesagt hatte, war sie der Wahrheit ziemlich nahegekommen. *Hast du mal riskiert, alles wegzuwerfen?* Ihre Stieftochter musste erraten haben, dass Elisa, bevor sie Philip kennenlernte, etwas Ähnliches erlebt hatte wie sie. Sie hatte nicht ins Schwarze getroffen, weil sie es natürlich nicht wissen konnte. Es war allerdings eine Tatsache, dass Elisa nicht loyaler gewesen war als Grace. Was für ein Recht hatte Elisa also, über sie zu richten, ihr zu sagen, das, was sie tat, wäre falsch?

Elisa sah auf das Wasser hinaus. Sie hatte das Recht, nicht zu wollen, dass Grace den gleichen Verlust erlitt wie sie selbst, nicht zu wollen, dass Grace die gleichen Fehler machte wie sie. Nur dieses Recht. Es stand ihr zu, weil sie Grace immer geliebt hatte. Sie liebte sie noch. Aber wenn nun Theo für Grace die Liebes ihres Lebens war, so wie Duardo für Elisa? Versuchte sie, Grace an etwas zu hindern, wonach sie sich selbst gesehnt hatte – die Konventionen in den Wind zu schlagen und auf die Kraft dieser Liebe zu vertrauen?

Elisa war aus Kuba zurückgekehrt, wie sie es Philip und Grace versprochen hatte, obwohl es ihr ein zweites Mal das Herz gebrochen hatte. Dass Duardo all die Jahre am Leben gewesen war und sie es nicht gewusst hatte … Das war beinahe unfassbar gewesen. Trotzdem hatte sie Philip geheiratet, wie sie es versprochen hatte. Und ein paar Wochen später hatte sie die Wahrheit erkannt. Sie war schwanger.

Ein kleines rot-grünes Boot kam näher und tuckerte auf die Brücke zu. Elisa beobachtete es. Zuerst war sie überglücklich gewesen. Sie war zum Arzt gegangen, hatte die Bestätigung bekommen und war dann gezwungen gewesen, sich der Wahrheit zu stellen. Sie konnte sie an den Daten ablesen. Sie war mit Philip verheiratet und erwartete Duardos Kind. Die Daten ließen keinen Zweifel daran. Die Aussicht darauf, ein Kind von Duardo zu bekommen, erfüllte sie mit Staunen und einer seltsamen Freude, wie sie sie nie zuvor gekannt hatte. Ein Kind der Liebe, ein besonderes Kind, ein Kind, das ein Teil von ihnen sein würde. Aber sie war mit dem falschen Mann verheiratet …

Ein Pärchen näherte sich und kam Hand in Hand die Treppe hinunter. »Schau mal«, sagte die Frau zu ihrem Begleiter und wies auf das kleine Boot. »Hübsch«, pflichtete er ihr bei, lachte über ihre Begeisterung und zog sein Handy hervor, um ein Foto zu machen.

Heutzutage war es so einfach, dachte Elisa, jeden beliebigen Moment einzufangen und für immer festzuhalten.

Sie folgte dem Blick der beiden, aber das Boot war schon fast außer Sicht. Auf einer kleinen Insel jenseits des Innenhafens saß ein Moorhuhn mit seinen Küken, während das Männchen wichtigtuerisch herumschwamm, um kleine Zweige und anderes Material für ihr Nest zu sammeln, das durch das Kielwasser scheinbar teilweise weggeschwemmt worden war. Es war sehr fleißig. Kleine Wesen, schon wieder.

Elisa lächelte. Sie konnte nicht anders. Sie hatte für Grace gesorgt wie für ein eigenes Kind, aber Grace hatte recht: Elisa war nicht ihre Mutter, und selbst wenn, was sollte Grace davon abhalten, auf sie loszugehen, genau wie Elisa auf ihre Mutter losgegangen war, als Mami sich geweigert hatte, das mit Duardo zu verstehen? Damals war sie viel jünger gewesen, viel jünger als Grace jetzt. Grace war kein Kind mehr, nicht einmal mehr eine junge Frau, und gerade Elisa wusste, was einer Frau, ganz gleich welchen Alters, passieren konnte, wenn sie sich verliebte.

Das Pärchen ging weiter, vorbei an ihr und ihrer Bank. Wahrscheinlich nahmen sie kaum wahr, dass Elisa existierte. Die Frau sah lächelnd zu dem Mann auf, aber sein Blick schweifte über den Park im Hintergrund. Er war bei ihr, aber doch nicht ganz. Elisa erkannte diesen Blick, den sie oft bei Philip gesehen hatte. Es hatte lange gedauert, bis er Elisa so angeschaut hatte, als sehe er sie wirklich. Der Blick des Mannes glitt über das Gras und die Bäume in der Ferne und jetzt über Elisa, die dort saß und sie beobachtete. Wenn wir jung sind, betrachten wir die Alten als alt, dachte sie bei sich. Aber wenn wir alt werden, fühlen wir uns innerlich noch jung.

Elisa erwartete Duardos Kind. Was sollte sie tun? Sie konnte es Philip sagen, ihre Ehe beenden und nach Kuba zurückkehren. Das hätte sie am liebsten getan. Duardo und sie konnten alle Hindernisse überwinden. Sie wusste, dass er sie noch wollen würde, wenn er wüsste, dass sie sein Kind trug. Aber was würde dann aus Grace? Und was war mit dem Mann, den sie geheiratet hatte und der sie jetzt mehr denn je brauchte? Philip war nicht gerade überglücklich gewesen, als er von ihrer Schwangerschaft erfuhr, und sie hatte zu diesem Zeitpunkt schon herausgefunden, wie viel er trank. Sie konnte das Baby loswerden – aber alles in ihr schreckte davor zurück. Die Vorstellung war so abstoßend, dass sie nicht einmal darüber nachdenken konnte. Sie konnte Philip anlügen und so tun, als sei das Kind von ihm – es wäre einfach, die Daten zu manipulieren, und selbst wenn das Kind dunklere Haut hatte als vielleicht erwartet, wäre das nicht so überraschend. Oder sie konnte Philip die Wahrheit sagen und dann entscheiden.

Nacht für Nacht wälzte sie diese Möglichkeiten in ihrem Kopf und versuchte eine Lösung zu finden, mit der sie alle leben konnten. Sie lag wach, dachte nach und legte dabei die Hand auf ihren Bauch, als könnte sie das Kind darin schützen. Sie überlegte, ob sie Kontakt zu ihrer Cousine in Havanna aufnehmen und Duardo eine Nachricht zukommen lassen sollte. Sie dachte darüber nach, wie sie das Geld für einen Flug nach Kuba zusammenbekommen könnte.

Und dann hatte sie eine Fehlgeburt.

Sie erledigte gerade leichte Hausarbeiten, nichts Anstrengendes, als sie die Wärme zwischen ihren Beinen spürte, den Blutschwall. Sie schrie, als würde ihr das Herz brechen. Das war ihre Strafe dafür, was sie ihnen angetan hatte – Philip und Duardo. Und als Philip unbeholfen versuchte, sie zu trösten, als er ihr sagte, alles werde wieder gut und sie dürfe sich nicht so aufregen … Ja, da hatte sie die Unaufrichtigkeit nicht länger ertragen.

»Du verstehst es nicht, Philip«, hatte sie weinend gesagt.

»Oh doch, meine Liebe, das tu ich.« In seinen blauen Augen hatte tiefes Bedauern gestanden.

»Es war nicht dein Kind«, flüsterte sie. »Als ich nach Kuba zurückgekehrt bin …« Und sie erzählte ihm von Duardo, von ihrem Wiedersehen, davon, dass sie ihren Geliebten für tot gehalten hatte.

Sie hatte damit gerechnet, dass er wütend wäre. Sie hatte erwartet, dass er schockiert wäre. Aber wenigstens herrschte jetzt Ehrlichkeit zwischen ihnen. Wenigstens hatte sie getan, was sie konnte, um alles in Ordnung zu bringen, denn das meiste war furchtbar schiefgegangen, und dann hatte irgendein Gott, den sie einst verachtet hatte, lieblos den Rest erledigt.

»Und du hast dich für uns entschieden?« Philip sah gerührt aus. »Du bist nach Bristol zurückgekehrt und hast dich für uns entschieden?«

Darauf wusste sie keine Antwort. So einfach war das nicht. Nichts war einfach. »Aber das Kind …«, begann sie.

Er tätschelte ihre Hand. »Ich wusste, dass es nicht von mir sein konnte«, sagte er leise. »Nach Grace' Geburt … Nancy hatte dabei so sehr gelitten. Verstehst du, sie war nicht geschaffen, um Kinder zu bekommen, deshalb …«

Sie starrte ihn an und versuchte zu begreifen, was er ihr da erzählte.

Er nickte. »Sie wollte das nicht noch mal durchmachen«, erklärte er, »also war ich bereit, mich sterilisieren zu lassen.«

Er hatte es die ganze Zeit gewusst!

Elisa lehnte sich auf der Bank zurück und schloss die Augen. Sie hätte vorhin ruhig mit Grace reden sollen, statt derart die Kontrolle über ihre Gefühle zu verlieren. Bestimmt wusste ihre Stieftochter nicht mehr aus noch ein. Von Natur aus war sie weder unfreundlich noch treulos. Was immer zwischen Theo und ihr vorgefallen war, musste aus einem bestimmten Grund passiert sein, und Elisa hätte versuchen sollen, diesen herauszufinden. Natürlich musste Grace an Robbie gedacht haben. So unsensibel war sie nicht. Was sie jetzt brauchte, war eine Freundin, mit der sie über alles reden konnte, und keine völlig durchgedrehte Stiefmutter, die die Beherrschung verlor. Wirklich. Nach allem, was sie selbst erlebt hatte, war Elisa sehr schlecht mit dieser heiklen Situation umgegangen. Und sie wusste, warum. Wegen dem, was sie selbst getan hatte. Sie seufzte. Wegen Duardo.

Sie zog ihr Handy aus ihrer schwarzen Lackledertasche und rief zu Hause an. Robbie hatte recht. Ein Handy war doch sehr nützlich.

Philip meldete sich fast sofort.

»Ich brauche dich«, erklärte sie ihm. Solange er getrunken hatte, hätte sie das nicht sagen können. Aber inzwischen erlaubte sie sich endlich, sich auf ihn zu stützen – nur ein bisschen. Sie war stolz auf seine Entschlossenheit, die Kurve zu kriegen, sich seiner Verantwortung zu stellen, zu akzeptieren, wer und was er geworden war. »Ich bin im Castle Park, bei Grace in der Nähe. Kannst du kommen und mich abholen?«

»Natürlich kann ich das.« Er klang ein wenig verwirrt, aber ach, wie gut war es zu hören, dass er nüchtern war. »Wo im Park bist du? Geht es dir gut, meine Liebe?«

»Ja.« Sie war froh, dass er sie nicht gefragt hatte, was genau passiert war. »Gleich unterhalb der alten Kirche. Ich sitze auf einer Bank am Hafen direkt gegenüber dem Lagerhaus, von dem nur noch die Fassade steht.«

»Nur noch die Fassade«, wiederholte er. Sie spürte, wie er sich die Information einprägte.

»Du könntest in der Queen Street oder in der Grimes Lane parken«, schlug sie vor. Nicht in der Passage Street, sie wollte nicht in die Passage Street zurückgehen. »Ich bleibe hier und beobachte die Moorhühner.«

Er lachte leise. »Mach das. Ich finde dich. Ich brauche eine Viertelstunde.« Und dann hatte er aufgelegt.

Wie versprochen setzte Philip sich gut eine Viertelstunde später zu ihr auf die türkisfarbene Bank. Statt des üblichen schweren schwarzen Mantels trug er eine marineblaue Fleecejacke, die ihn irgendwie jünger aussehen ließ.

Sie nahm seinen Arm. »Danke, dass du gekommen bist«, sagte sie. Sie beugte sich zu ihm hinüber und legte kurz den Kopf an seine Schulter, die immer noch knochig war. Aber die Jacke war dick gepolstert und fühlte sich angenehm an.

»Hab ich gern getan«, sagte er fröhlich. Er wirkte glücklicher als sonst, selbstsicherer. »Lange her«, setzte er hinzu, »dass du mich gebeten hast, etwas für dich zu tun.«

Das stimmte. Aber man musste einen Mann, der trank, aus seinem Leben heraushalten. Man konnte sich nicht auf ihn verlassen. Sie hatte sich nie richtig auf Philip verlassen können.

»Ich muss dich noch um etwas anderes bitten«, sagte sie.

»Ja?«

»Du hast gesagt, du wolltest mit Grace reden.«

»Ja.« Er nickte. »Ich hab ihr mehrmals auf den Anrufbeantworter gesprochen, aber sie hat mich nie zurückgerufen.«

Mich auch nicht, dachte Elisa. Grace hatte natürlich andere Dinge im Kopf.

»Ich weiß, es ist noch nicht lange«, sagte Philip gerade,

»aber ich bin entschlossen, nicht so weiterzumachen wie früher. Ich muss es ihr sagen. Ich werde nicht wieder zu trinken anfangen.«

Lieber Philip. Elisa tätschelte seinen Arm. »Und wenn du mit ihr redest«, sagte sie, »möchte ich, dass du ihr auch das von ihrer Mutter erzählst.« Er hatte gesagt, er könne seiner Tochter nicht die Wahrheit zumuten, aber Elisa musste ihn vom Gegenteil überzeugen.

»Was ist passiert?«, fragte er sie. Er legte einen Arm um ihre Schultern. »Du warst bei Grace, oder?«

Sie nickte. »Wir haben uns gestritten.«

»Ach, Elisa.« Er drückte ihre Schulter. »Worüber?«

Elisa fand, dass sie es ihm sagen musste. Es war zwar nicht ihr Geheimnis, aber es ging nicht anders. »Grace hat ein Verhältnis«, erklärte sie, »und ich hab das herausgefunden.«

Wie sie es vorausgesehen hatte, war Philip schockiert. Er starrte auf das Wasser hinaus und sagte kein Wort. Elisa vermutete, dass er an Nancy dachte.

»Du musst ihr erzählen, was passiert ist, Philip«, sagte Elisa. »Nicht, weil sie dir dann endlich nicht mehr die Schuld an Nancys Tod gibt, sondern weil jeder Mensch die Wahrheit verdient.«

Er sah sie lange an, und wieder wusste sie genau, was er dachte. »Und du meinst, das könnte sie dazu bewegen, ihre eigene Affäre zu beenden?«, fragte Philip.

Sie nickte. »Vielleicht. Wenn sie sieht, welchen Schaden eine Affäre anrichten kann. Bei einem Paar. Bei einem Kind. In einer Familie.«

Er sah nicht überzeugt aus. Stirnrunzelnd schaute er wieder auf die Wasserstraße. Die gelbe Fähre näherte sich. »Aber ist das Nancy gegenüber fair?«, fragte er.

»Nancy ist tot«, gab Elisa zurück.

»Aber ist es fair gegenüber ihrem Andenken? Ja, sie ist tot. Deswegen kann sie nicht einmal für sich selbst sprechen.«

»Deshalb musst du ja das Reden übernehmen.« Elisa stieß ihn mit dem Ellbogen an. »Und wenn du es nicht für Grace oder für dich selbst tun kannst, dann tu es für mich.«

»Für dich?« Er riss die Augen auf.

»Ja. Denn dieses Mädchen hat mir nicht verziehen, dass ich dich ihr weggenommen habe. Sie glaubt das vielleicht, aber das ist nicht wahr. Nicht tief in ihrem Inneren. Sie kann nicht verstehen, wie ihr Vater, so kurz nachdem er ihre Mutter verloren hatte, eine andere Frau heiraten konnte.« Elisa unterbrach sich, damit er das verdauen konnte, und in diesem Moment verschwand die Sonne kurz hinter einer Wolke. Elisa fröstelte. »Sie glaubt nicht, dass du Nancy wirklich geliebt hast«, fuhr sie fort. Es war wichtig, ihm das begreiflich zu machen. »Sie glaubt, dass du schuld bist an ihrem Tod.«

Daraufhin nickte Philip, und Elisa hatte das schreckliche Gefühl, er werde gleich in Tränen ausbrechen. Aber er fasste sich wieder, und sie fuhr fort. »Sie ist verwirrt, weil nichts zusammenpasst und nichts richtig Sinn ergibt. Aber das ist bei Lügen immer so.« Sie schüttelte seinen Arm. »Und deshalb musst du mit ihr reden, Philip. Du musst ihr reinen Wein einschenken. Sie ist neununddreißig Jahre alt, Philip. Aber sie ist immer noch deine Tochter.«

Das war eine lange Rede gewesen, und Philip dachte schrecklich lange über ihre Worte nach, bevor er antwortete. Sie konnte ihm ansehen, dass er darüber nachgrübelte. Konnte er eine Entscheidung zurücknehmen, die er vor dreißig Jahren getroffen hatte? Sie hoffte es.

»Nun gut«, sagte er schließlich. »Wenn du denkst, es ist das

Beste, rede ich mit ihr.« Er seufzte. »Ich erzähle ihr alles.« Er rieb seine Hände. »Aber zuerst bring ich dich nach Hause. Dir ist kalt. Du bist müde. Du brauchst was Schönes, Heißes zu trinken.«

Elisa sah in blinzelnd an. »Du willst jetzt gleich mit ihr reden?«, fragte sie. Philips blaue Augen und sein vorgerecktes Kinn strahlten eine neue, beinahe stahlharte Entschlossenheit aus.

»Das hab ich vor, Elisa. Ich fahre einfach bei ihr vorbei. Was du heute kannst besorgen …«

# 28. Kapitel

*Kuba 2012*

»Morgen nehm ich dich mit nach Cayo Levisa«, hatte Duardo gesagt. »Da warst du noch nie, Mami. Es ist ein Vorgeschmack aufs Paradies.«

»Cayo Levisa?« Hatte sie Geburtstag? In all ihren Jahren in Havanna war Rosalyn noch nie dort gewesen, obwohl sie gehört hatte, die Insel sei sehr schön. Sobald Duardo mit seinem Taxi erfolgreich im Geschäft war, hatte er sie zu allen möglichen Orten gefahren, an denen sie noch nie gewesen war. Rosalyn fühlte sich geschmeichelt und war gern mit ihm zusammen, ganz gleich, wo. Aber um die Wahrheit zu sagen, machte sie sich nicht viel aus Reisen, und jetzt im Alter noch weniger. Sie war ganz zufrieden damit, zu Hause in Havanna ihren eigenen Angelegenheiten nachzugehen. Sie wusste, dass Benzin teuer war – eine Supersteuer, sagten manche Leute, für Menschen wie ihren Sohn, die mit ihrem Auto das Taxigeschäft betrieben –, und so sah sie keinen Sinn darin, hierhin und dorthin zu flitzen. Aber sie fuhr mit Duardo, weil ihm das offensichtlich Freude machte.

»Also gut. Wenn du darauf bestehst, mein Sohn.« Sie verstand, was er ihr sagen wollte, obwohl es nicht nötig war, es auszusprechen. Sie wusste, wie gut er sich im Leben geschlagen hatte. Außerdem war sich Rosalyn nicht sicher, ob sie bereit für einen Vorgeschmack auf das Paradies war – dazu war noch Zeit genug, falls sie dieses Glück haben sollte. Wenn es so etwas gab, wäre Tácito bestimmt dort. Sie fragte sich, worüber ihr Sohn reden wollte. Er musste etwas auf dem Herzen haben.

Cayo Levisa war genauso, wie Duardo versprochen hatte. Sie nahmen eine Fähre über das glatte, türkisfarbene Meer, die sie auf einer behelfsmäßigen Plattform in einer kleinen Mangrovenpflanzung absetzte. Ein Holzsteg führte zum Strand, einem langen Streifen aus weißem, pudrigem Sand, hinter dem eine mit Büschen bewachsene Graslandschaft und Palmen lagen. Das Meer war ruhig, und die Sonne fing die kleinen Kräusel und Wellen der Flut ein. Sie ließen sich unter kleinen Sonnendächern aus gewobenen Palmblättern auf Liegestühlen nieder. Es war heiß, aber es wehte eine leichte Brise, sodass sich Rosalyn wohlfühlte. Sie musste zugeben, dass es hier jedenfalls ruhig war – und ganz anders als in Havanna. Sie lehnte sich zurück, spürte die Wärme der Sonne auf ihrer Haut und roch die salzige, durchdringende Seeluft, die hier frischer war als in der Stadt und in die sich der scharfe Duft nach Algen und trockenen Muschelschalen mischte.

Aber Duardo war unruhig. Er stand auf, rannte über den weißen Sand und tauchte in das glitzernde blaue Meer ein, als glaubte er, er könnte wieder ein kleiner Junge sein. Rosalyn schnalzte nachsichtig mit der Zunge und holte ihr Stickzeug hervor. Das Licht war hier gut, das musste sie schon sagen – ausnahmsweise strengte die Arbeit ihre Augen nicht an.

Minuten später tauchte Duardo glatt wie ein Seehund wieder aus dem Meer auf. Er grinste sie verlegen an, trocknete sich ab und ging zur Strandbar, die zwischen den Palmen hinter ihnen stand, um frischen Ananassaft für sie beide zu holen.

Als er damit zurückkam, schüttelte Rosalyn den Kopf. »Ich hab doch was zu trinken für uns mitgebracht«, sagte sie vorwurfsvoll. »Das hatte ich dir gesagt. In der Tasche da ist Limonade. Ich hab sie heute Morgen selbst gemacht.« Misstrauisch musterte sie das Glas Ananassaft. »Wie viel hast du dafür bezahlt?« Es steckten Strohhalme darin, als könnten sie nicht aus dem Glas trinken wie normale Menschen, als wären sie Kinder oder Touristen.

»Entspann dich, Mami«, sagte er. »Lehn dich einfach zurück, und genieß es. Es ist *nada*, nichts.«

Rosalyn versuchte zu tun, was er sagte. Aber der Saft fühlte sich an ihren Zähnen kalt an, und außerdem konnte sie sich nie entspannen, wenn es um Geld ging. Wer konnte das, wenn es schon einmal eine Zeit gab, in der er keins hatte?

»Und was ist das Problem?«, fragte sie ihn, als er sein Glas abstellte, sich auf die Liege legte und die Augen schloss, als wolle er schlafen. Keine Chance. Sie hatte selten erlebt, dass er ein solches Unbehagen ausstrahlte.

»Probleme«, sagte er. Er setzte sich auf und stieß einen schweren Seufzer aus. »Immer gibt's Probleme. Neulich beim Abendessen zum Beispiel.«

»Beim Abendessen?« Sie wusste, welches Essen er meinte. Duardos Ankündigung, er wolle demnächst in den Ruhestand gehen, war nicht so aufgenommen worden, wie ihr Sohn es erwartet hatte. Federico hatte Luis angesehen, und der Junge hatte seinen Blick beinahe schuldbewusst erwidert, als hätten sie irgendein Geheimnis … Sie hatten alle ziemlich verhalten darauf reagiert. So etwas sah einer kubanischen Familie gar nicht ähnlich, und Rosalyns Familie schon gar nicht.

»Ich hatte mehr von ihm erwartet.« Duardo runzelte die Stirn.

Von Luis, meinte er. Sie wusste, Duardo wollte, dass Luis das Geschäft ausbaute und alle Veränderungen nutzte, die gerade im Land stattfanden und noch kommen würden. Das war eine großartige Chance. Er hatte erwartet, dass Luis etwas sagen würde …

»Wahrscheinlich stand er unter Schock«, sagte Rosalyn. »Er wusste sicher nicht, wie er dir danken sollte.« Sie nahm sich vor, mit Federico zu reden. Er wusste Bescheid. Ihr gegenüber würde er offen sein, wenn sie es richtig anfing. Es hatte eine Zeit gegeben, da hatte Rosalyn alles gewusst, was in ihrem Haushalt vorging, niemand hatte Geheimnisse vor ihr gehabt. Jetzt hielten sie alle für zu alt, um ihr etwas anvertrauen zu können. Aber nicht Duardo. Er wollte seine Probleme immer noch mit seiner alten Mutter besprechen.

Bei ihren Worten hellte sich Duardos Miene auf. »Unter Schock, ja«, pflichtete er ihr bei. »Wahrscheinlich hast du recht. Er muss über vieles nachdenken. Für den Jungen ist das eine große Verantwortung.«

Rosalyn schob den Gedanken an diesen schuldbewussten Blick beiseite. Später. Sie würde sich später damit beschäftigen. »Und was noch?«, hakte sie nach.

Duardo schaute unbehaglich drein. »Jaquinda«, sagte er.

»Aha.« Also, das war jetzt keine Überraschung.

»Wir schlafen nicht mehr miteinander, verstehst du?«, bemerkte er beiläufig.

Hielt er sie für dumm? Natürlich wusste sie das.

»Sie hat einen anderen. Seit Jahren.«

Auch das wusste Rosalyn. »Macht es dir etwas aus, mein Sohn?«, fragte sie ihn.

»Früher hab ich gedacht, es würde mir nichts ausmachen.« Er rückte seinen Strohhut zurecht, der ihn vor der Sonne schützte und wie üblich schief auf seinem Kopf saß.

»Und jetzt?«

»Es kommt mir unehrlich vor, das ist alles.«

Rosalyn zuckte mit den Schultern. »Sie ist Federicos Mutter«, sagte sie. So war das in Kuba. Wo sollte Jaquinda sonst hingehen? Ihr Leben hatte sich verbessert, sie hatten mehr zu essen, und Duardo konnte mit seiner Mutter in seinem amerikanischen Auto ans Meer fahren. Aber sie mussten immer noch mit Menschen zusammenleben, die sie nicht liebten. Sie hatten immer noch nicht die Freiheit, nach der sie sich sehnten. Wann würden sie diese Freiheit haben? Wenn Männer und Frauen ungehindert auf der ganzen Welt herumreisen konnten, wenn sie alles, was sie sich wünschten, kaufen konnten, wo sie wollten, wenn sie eine Frau oder einen Mann so leicht ablegen konnten, wie man die Schale einer Papaya wegwarf, was dann? Wären sie dann glücklich? Sie beobachtete ihren Sohn genau. Sie hatte schon immer an klare Worte geglaubt. »Aber du musst dich doch nach einer Frau sehnen?«

»Manchmal.« Der Hut war ihm noch tiefer über die Augen gerutscht.

Jetzt war es Rosalyn, die seufzte. Sie schob ihr Stickzeug auf dem Schoß herum. Es war natürlich, dass ein Mann eine Frau wollte, aber Sex war in Kombination mit Liebe besser. Viel befriedigender, wie ein gutes selbst gekochtes Essen mit Huhn, weißem Reis und schwarzen Bohnen. Und er hatte das beste Vorbild gehabt. Tácito hatte nie eine andere Frau begehrt und sie nie einen anderen Mann.

»Vielleicht hättest du sie heiraten sollen«, meinte sie, »dann hätte sie wenigstens mehr Respekt vor dir.«

Duardo schwang die Beine über die Kante der Liege. Gute, starke Beine, dachte sie. Früher hatte sie gern getanzt, und auch auf diesem Gebiet schlug Duardo ihr nach. Tácito hatte es beim Shimmy und beim Cha-Cha-Cha mit jedem aufnehmen können, aber er war kein Mann gewesen, der sofort aufsprang, wenn Musik gespielt wurde. Duardo dagegen … Selbst als Junge hatte er schon nicht widerstehen können. Es lag ihm im Blut und war tief in seiner Seele verankert.

»Du weißt, warum ich das nicht tun konnte«, sagte er.

Sie schon wieder. Rosalyn zuckte kurz mit den Schultern und wandte sich wieder ihrer Handarbeit zu. Elisa Fernández García. Die einzige Frau, die je eine Bedrohung für Rosalyn gewesen war. Die einzige Frau, die in der Lage gewesen wäre, ihr ihren Sohn wegzunehmen, und die das auch getan hatte, zumindest eine Zeit lang.

Abrupt stand Duardo auf und ging davon, wieder in Richtung Meer. Wenn Rosalyn die Augen fast ganz schloss, versetzte das Glitzern der Sonne auf dem bewegten Wasser sie in die Vergangenheit zurück, und sie konnte sich vorstellen, er wäre wieder ein kleiner Junge. Wie hatte sie diesen Jungen geliebt! Sie hätte ihm alles gegeben. Tácito hatte das gewusst. Er hatte sie sogar gewarnt, aber sie hatte nicht auf ihn gehört. Das hätte sie tun sollen. Sie hätte sich zurückhalten und Duardo nicht jede Faser ihres Herzens schenken sollen.

Rosalyn rückte ihr Halstuch zurecht und lehnte sich ein wenig zurück, damit die Sonne ihr nicht in die Augen stach. Sie konnte nachvollziehen, dass er desillusioniert war. Sie hatte Verständnis dafür, dass er ein Mensch war, für den es nur alles oder nichts gab, und dass er von anderen das Gleiche erwartete. Aber wenigstens hatte Duardo schwer gearbeitet und es im Leben zu etwas gebracht. Man brauchte ihn jetzt nur anzusehen – er fuhr seine alte Mutter nach Cayo Levisa und kaufte ihr frischen *piña*-Saft. Und außerdem … Er hatte immer noch Zeit, die Liebe zu finden – er könnte noch zwanzig Jahre oder länger leben.

Sie sah ihm nach, während er ins Meer watete, in die Wellen sprang und dann hinausschwamm. Weiter draußen wurde das türkisfarbene Wasser dunkler wie die Mitte eines Edelsteins, und der Horizont in der Ferne war von einem grauen, scheckigen Purpur. Alles, was sie hörte, war das Rauschen, mit dem die Brandung auf den Sand und die Muscheln traf, das Strömen des Wassers und ab und zu Vogelgezwitscher.

»Kehr um«, flüsterte sie. »Schwimm nicht zu weit raus.« Sie wollte ihn nicht zurückhalten, das hätte sie nie getan. Sie wollte einfach, dass er seine Wurzeln achtete, sich daran erinnerte, was früher gewesen war, und in Sicherheit war.

Die Zeit verging. Gerade, als sie nach ihm rufen wollte – *Duardo! Komm jetzt raus. Komm bitte raus!* –, drehte er um. Rosalyn merkte, dass sie schon halb von ihrer Liege aufgesprungen und angespannt wie eine Straßenkatze war. Was war nur los mit ihr? Er war ein erwachsener Mann.

Braun wie kubanischer Kaffee und tropfend kam er aus dem Wasser, und seine Haut schimmerte in der Sonne. Er war immer noch ein schöner Mann, dachte sie, genau wie sein Vater. Und oh, sie war stolz auf ihn.

Er kam den Strand hinauf, blinzelte sich immer noch das Wasser aus den Augen und schnappte sich ein Handtuch.

»Du hast mir nie erzählt«, sagte Rosalyn, »warum sie nicht geblieben ist.«

»Bitte?«

»Das zweite Mal. Als Elisa Fernández García noch mal nach Kuba gekommen ist. Wolltest du sie nicht, mein Sohn?« Das wollte Rosalyn natürlich hören.

Er rieb sich das Haar trocken. Seine dunklen Locken wurden grau, aber sein Haar war bestimmt noch weich, und Rosalyn wünschte, sie könnte es berühren.

»Ich wollte sie.« Seine Stimme war leise. »Ich habe alles getan, was ich konnte, damit sie blieb.«

Wieder schnalzte Rosalyn mit der Zunge. Aha. Das Mädchen hatte eine zweite Chance gehabt, und trotzdem hatte sie sie weggeworfen. Das rechtfertigte ja wohl, was Rosalyn getan hatte, oder? »Sie war wohl nicht interessiert, was?«, fragte sie. »Hatte in England ein besseres Leben gefunden, ja?«

Er legte das Handtuch weg und sah sie an. »Ich glaube nicht, nein.«

Damit hatte Rosalyn nicht gerechnet. »Das zeigt, wie wenig sie an dich gedacht hat.« Sie konnte nicht anders. Es war gemein, und sie hasste es, ihn zu verletzen, aber die Bitterkeit war immer noch in ihr und legte ihr manchmal solche Worte in den Mund.

Duardo sah sie mit einer Miene an, bei der sie schreckliche Angst hatte, sie könnte Mitleid ausdrücken. »So war das nicht, Mami«, sagte er.

Es sah jedenfalls so aus. Was meinte er? Rosalyn beschäftigte sich weiter mit ihrer Handarbeit. »Menschen gehen fort«, sagte sie in einem Ton, der ihn besänftigen sollte. »Immer sind Menschen aus unserem Land fortgegangen.«

»Sie hat gedacht, ich wäre tot«, sagte Duardo.

»Und du hast ihr geglaubt?« Man höre sie an. Was eine Mutter alles aus Liebe tat.

»Ja.« Bildete Rosalyn sich das ein – oder musterte er sie eingehender?

Rosalyn beugte sich über ihre Stickarbeit und schenkte ihr mehr Aufmerksamkeit, als sie verdiente. »Aber als sie dann festgestellt hat, dass du noch am Leben bist …« Sie ließ die Worte so stehen. Mehr brauchte sie nicht zu sagen.

»Da hatte sie bereits ein Versprechen abgegeben.« Duardos Stimme klang jetzt todtraurig, und Rosalyn bedauerte, das Thema angesprochen zu haben. Immer wenn sie über Elisa redeten, trat sie ins Fettnäpfchen und sagte Dinge, die sie nicht hatte sagen wollen.

»Einem anderen Mann?«, vermutete sie.

»Einem anderen Mann und seiner Tochter. Der Mann hatte ihr Geld für ihre Familie gegeben. Deswegen musste Elisa zurück nach England. Alles andere wäre nicht fair gewesen.«

»Hm.« Rosalyn versuchte, ihre Stimme skeptisch klingen zu lassen, aber tatsächlich war sie sich eines seltenen Anflugs von Bewunderung für Elisa bewusst. Wenigstens hatte sie sich anständig verhalten.

Sie tippte auf die Uhr, die Duardo ihr zu ihrem letzten Geburtstag geschenkt hatte. »Wir müssen die Fähre erwischen«, sagte sie zu ihm. Zu Hause waren die Hausarbeit zu erledigen und das Essen zu kochen. Nach dem Abendessen würde sie Federico beiseitenehmen und mit ihm reden. Geheimnisse waren gut und schön, aber Rosalyn würde nicht zulassen, dass man in ihrem eigenen Haus etwas vor ihr verbarg. Und sie würde sich auch nicht mit ihren eigenen Geheimnissen beschäftigen.

Sie sah aufs Meer hinaus. Die Wellen peitschten jetzt das türkisfarbene Wasser auf, und am Horizont stand ein rosiges Licht, das in Schwarz überging. Rosalyn fröstelte. Sie spürte, dass Veränderungen in der Luft lagen, und das gefiel ihr nicht – ganz und gar nicht.

# 29. Kapitel

Grace sah ihren Vater an, der vor der Tür stand. Er trug eine Fleecejacke mit Kapuze, die sie noch nie gesehen hatte, und er hatte nicht dieses falsche Lächeln aufgesetzt, das sie in den Wahnsinn trieb. Tatsächlich lächelte er überhaupt nicht.

»Hallo, Dad.« Sie wusste, dass ihre Stimme misstrauisch klang. Seit ihrem letzten Besuch in der King Street hatte sie ihn nicht gesehen, teils mit Absicht und teils wegen Theo. Der, dachte sie schuldbewusst, praktisch das Einzige gewesen war, was sie im Kopf gehabt hatte.

»Hallo, Grace.«

Sie zögerte.

»Kann ich reinkommen?«

»Ja, natürlich.« Hatte er mit Elisa geredet? Bestimmt. Also, was sollte das werden? Die zweite Angriffswelle? Grace brauchte das Gespräch mit ihrem Vater ebenso wenig, wie sie diese Predigt von ihrer Stiefmutter gebraucht hatte.

Das war erst sein zweiter Besuch in ihrem Haus. Beim ersten Mal hatte Grace zur Feier ihres und Robbies Einzugs einen Sonntagsbraten für die Familie zubereitet. Ihr Vater hatte zu viel getrunken, gelallt und dann über etwas zu lamentieren begonnen, was er in den Nachrichten gesehen hatte, und schließlich hatte Elisa ein Taxi gerufen und ihn nach Hause befördert. Nie wieder, hatte Grace gedacht. Jedenfalls nicht, bis er aufhörte, so viel zu trinken. Wenn sie ihren Vater und Elisa in der King Street besuchte, konnte sie wenigstens flüchten, wenn sie das Bedürfnis hatte.

Sie ging vor ins Wohnzimmer. »Ich hab in einer halben Stunde einen Termin«, sagte sie. Die Standpauke würde also kurz ausfallen müssen.

»Es kommt jemand her?«

Sie nickte. »Zu einer Behandlung.« Sie wappnete sich, aber er reagierte nicht so, wie sie vermutet hatte.

»Ich könnte warten.« Er warf ihr einen Blick zu. »Wenn das in Ordnung ist?«

Das konnte Grace ihm kaum abschlagen. Es war nur ein halbstündiger Termin für eine Fußmassage. Außerdem wirkte ihr Vater entschlossener als sonst. Gefasster. Nüchterner, dachte sie. Sie richtete sich gerade auf. »Bist du wegen dem, was ich zu Elisa gesagt habe, gekommen?«, fragte sie ihn.

Er schien darüber nachzudenken und sah sie mit zur Seite gelegtem Kopf an. »Könnte man so sagen. Irgendwie.«

Grace seufzte. »Ich hätte ihr das alles nicht vorwerfen sollen. Das weiß ich. Ich bin zu weit gegangen.« Sie ging in Richtung Küche. »Tee?«

»Bitte.« Er zog die Jacke aus und hängte sie über eine Stuhllehne. »Aber das betrifft in erster Linie euch beide.« Er setzte sich. »Ich bin mir sicher, ihr bringt das wieder in Ordnung.«

Aber wäre das möglich? Grace war schockiert über sich selbst gewesen, über einige der Dinge, die aus ihr herausgesprudelt waren. Sie hatte keine Ahnung, was in sie gefahren war. In letzter Zeit hatte sie einige Dinge getan, die sie schockiert hatten. Es war fast, als würde sie zu einem anderen Menschen werden – oder vielleicht auch endlich zugeben, was für ein Mensch sie war. Sie setzte den Wasserkessel auf und stellte Tassen auf ein Tablett.

»Ich werde mich natürlich bei Elisa entschuldigen«, sagte sie, als sie wieder ins Zimmer trat. Elisa hatte so viel für sie getan. Vielleicht hatte sie sich ja das Recht verdient, Grace zu sagen, was sie zu tun hatte. »Ich war wütend auf sie«, gestand sie. »Sie wollte mich anscheinend nicht verstehen. Sie ist einfach hergekommen und wollte mir Vorschriften machen.« Trotzdem. »Ich habe mich vollkommen unmöglich benommen.«

Er zuckte mit den Schultern. »Ich bin mir sicher, Elisa wird damit fertig«, sagte er. »Schließlich habe ich mich jahrelang ihr gegenüber vollkommen unmöglich benommen.« Bildete Grace sich das ein, oder lag da die Andeutung eines Lächelns um seinen Mund, in seinen Augen? Eines echten Lächelns.

»Aber ich kann auch nicht alles zurücknehmen, was ich gesagt habe«, erklärte Grace ihm. Es war zwar von einer dunklen Stelle in ihrem Herzen aufgestiegen, aber zumindest ein Teil davon war wahr gewesen.

»Nein. Aber ihr könnt gemeinsam darauf aufbauen.«

Grace warf ihm einen Blick zu. »Du siehst anders aus«, sagte sie. Er klang auch anders.

Das Wasser kochte, und sie ging zurück in die Küche. Sie gab Teebeutel in die Tassen und goss das Wasser darüber.

»Ich trinke nicht«, hörte sie ihn sagen.

Sie warf einen Blick durch die Durchreiche und sah, wie er sich im Sitzen aufrichtete. »Das heißt, ich habe aufgehört zu trinken.«

»Aha.« Grace sah ihn weiter neugierig an. Deswegen kam er ihr so anders vor. Versucht hatte er das schon früher. Allerdings hatte er sich – jedenfalls, soweit sie wusste – nie das Ausmaß des Problems eingestanden. Wahrscheinlich leugneten die meisten Süchtigen, ein Problem zu haben – das machte einen Teil der Abhängigkeit aus. »Wie geht's dir damit?« Sie versuchte, unverbindlich zu klingen, goss Milch in seinen Tee und rührte um. Sinnlos, sich Hoffnungen zu machen. Sie hatte schon vor langer Zeit akzeptiert, was er war. Aber die Sache war die, dass sie ihn trotzdem in ihrem Leben haben wollte. Sie gab ihm die Schuld am Tod ihrer Mutter, und manchmal hasste sie ihn. Aber sie konnte ihn auch nicht ganz loslassen. Sie ging zurück ins Wohnzimmer und stellte das Tablett auf den Tisch.

»Ich steh noch ganz am Anfang.« Er nahm die Tasse Tee an, die sie ihm reichte. »Danke. Ich bin den Anonymen Alkoholikern beigetreten«, setzte er hinzu. »Ich gehe sogar zu einer Therapeutin.«

»Großartig.« Das überraschte sie.

»Und ich habe meine Gewohnheiten geändert, verstehst du?«

Sie nickte. Vielleicht musste sie das auch tun. Die Gewohnheiten ändern, die sie sich mit Theo zugelegt hatte, um sich von ihrer Sucht nach Liebe zu heilen. »Wie viel hat Elisa dir erzählt?«, fragte sie ihn.

»Genug.« Er nippte an seinem Tee. »Ich muss zugeben, dass ich erstaunt war, Grace«, sagte er. »Aber es ist dein Leben. Du bist diejenige, die es leben muss.«

Und die Konsequenzen tragen, fügte sie im Stillen hinzu. Sie nahm ihm gegenüber Platz und griff nach ihrem Pfefferminztee. In gewisser Weise war die ruhige Reaktion ihres Vaters schwerer zu ertragen als Elisas offener Zorn. »Und trotzdem bist du hier, oder?«, betonte sie. Wenn es nicht um Theo oder Elisa ging, worum dann? »Elisa hat dich doch bestimmt geschickt.«

»Hat sie, ja.«

Grace schüttelte den Kopf. Das hatte sie sich gedacht. »Tja, du hast recht«, sagte sie. »Es ist mein Leben. Und wenn du dir nur die Mühe machst, herzukommen und mit mir zu reden, weil meine Stiefmutter dich darum gebeten hat, nur weil ich ausnahmsweise etwas tue, was sie nicht billigt …« Sie spürte ihn schon wieder – den aufsteigenden Ärger. »Obwohl …« Sie unterbrach sich gerade noch rechtzeitig. Obwohl sie so etwas wahrscheinlich schon selbst getan hat, hatte sie sagen wollen. Sie war kurz davor gewesen, ihm etwas zu erzählen, von dem sie nicht einmal wusste, ob es stimmte.

»Obwohl?«, fragte er sanft.

»Nichts.«

Ihr Vater trank noch einen Schluck Tee. »Du hast recht, wenn du wütend auf mich bist«, sagte er.

Was sie noch wütender machte. Sie wollte nicht, dass er ihr zustimmte, verdammt. »Denk bloß nicht, dass du herkommen und mir sagen kannst, was ich tun soll, genauso wenig wie Elisa«, sagte sie. »Diese Art von Autorität hast du schon lange verloren.« Ja, und sie war schon lange erwachsen – angeblich.

»Deswegen bin ich nicht hier, Grace«, sagte er. »Das habe ich dir doch schon erklärt.« Seine Stimme klang jetzt einen Hauch kühler, aber abgesehen davon schien ihr Ausbruch ihn nicht zu beeindrucken. Er trank einfach weiter seinen Tee. Grace kam sich erst recht wie ein Kind vor.

»Warum bist du dann gekommen?«, murmelte sie.

Er sah ihr direkt in die Augen. »Ich wollte dir sagen, dass ich mit dem Trinken aufgehört habe«, sagte er. »Ich hatte dir eine Nachricht hinterlassen.«

»Tut mir leid.« Sie hatte die Nachrichten ignoriert, die nichts mit der Arbeit zu tun hatten, sie war allem ausgewichen. »Warum hat Elisa dich dann gebeten, vorbeizukommen?«

»Sie hat mich gebeten, zu dir zu gehen und dir die Wahrheit zu sagen«, erklärte er. »Darüber, was wirklich beim Tod deiner Mutter passiert ist.«

Die Wahrheit, dachte Grace, während sie ihren Patienten massierte und behutsam die Fußknöchel mobilisierte. Das war ja ein Ding! Von dem Öl, das sie benutzte, stieg ein intensiver Rosmarinduft auf. Allerdings roch es nicht wie frischer Rosmarin, sondern hatte eine stärkere Kampfernote. Als ätherisches Öl wirkte es anregend und kräftigend und sollte ihrem Patienten Energie und Zuversicht schenken. Grace hatte der Massage wie immer eine Beratung und das Erden vorangehen lassen. Manche Rituale waren sowohl professionell, zum Beispiel, dass man den Raum verließ, während der Patient sich auf die Behandlung vorbereitete, als auch persönlich – so nahm sich Grace immer einen Moment Zeit, um gleichmäßig zu atmen, ihren Körper still werden zu lassen, gerade zu stehen und sich geistig auf diese Arbeit vorzubereiten. Da waren das Gespräch mit ihrem Vater und die Spekulation darüber, was er ihr erzählen wollte, keine ideale Vorbereitung gewesen. Aber in einer halben Stunde würde sie alles hoffentlich ein für alle Mal mit ihm klären können.

»Warum gerade jetzt?«, hatte sie ihn gefragt.

Er stieß einen tiefen Seufzer aus. »Weil Elisa – und ich – finden, dass du es wissen solltest. Weil es sich anfühlt, als gehöre es dazu, reinen Tisch zu machen, schätze ich.« Er zuckte mit den Schultern. »Es hat keinen Sinn, in einem Teil seines Lebens ehrlich zu sein, wenn man es in einem anderen nicht ist.«

Wie in einer Seifenoper, bei der immer an der spannendsten Stelle Schluss ist, hatte es exakt in diesem Moment an der Tür geklingelt, und Grace hatte nur noch die Zeit gehabt, ihm einen Blick zuzuwerfen, bevor sie ihren Patienten empfing.

Sie bemühte sich noch einmal, ruhig zu atmen, während sie die streckenden Bewegungen auf dem Fußrücken durchführte. Ihre Berührungen waren instinktiv, aber gerade jetzt war sie nicht richtig präsent, und das irritierte sie. Sie hatte ihren Rhythmus gefunden, und ihre Hände arbeiteten gut, aber ein Teil ihrer Gedanken war noch bei ihrem Vater im Wohnzimmer. Er hatte ihr keine richtige Antwort auf die Frage gegeben, warum er ausgerechnet jetzt gekommen war. Und hatte es etwas mit Theo zu tun? Sie war sich ziemlich sicher, dass es so war.

Während sie mit den Knöcheln die erste Fußsohle bearbeitete und sie streckte und mobilisierte, dachte Grace an ihren Vater und an die Vergangenheit. Hatte sie ihn geliebt? Wie sah Liebe überhaupt aus? Vor ihrem inneren Auge stieg ein Bild auf – blaue, funkelnde Augen, ein Stoppelkinn, der kühle Baumwollstoff eines Hemdes an ihrer Wange, während er sie schützend in den Armen hielt. Sandburgen, Sommerpicknicks und Gelächter.

Grace führte das übliche Ziehen an den Zehen und die kreisförmigen Bewegungen unterhalb der Zehen durch, beendete die Massage, indem sie auf jedem Fuß eine Acht zog und zum Schluss mit beiden Händen daran entlangstrich. An so etwas hatte sie lange nicht gedacht. Wahrscheinlich war das Liebe.

Als sie ins Wohnzimmer zurückkam, saß ihr Vater immer noch am Tisch. »Lust auf einen Spaziergang?«, fragte sie ihn. »Ich bin den ganzen Tag noch nicht aus dem Haus gekommen.«

»Oh.« Er sah erstaunt aus. Es war lange her, dass sie zuletzt etwas so Alltägliches miteinander unternommen hatten. Spazierengehen. Reden. Wirklich einfach Zeit miteinander verbringen. »Ja, gern.« Langsam stand er auf.

Grace wurde bewusst, dass er alt wurde. Seine Gesichtsfarbe war blasser geworden, seine Wangen waren eingesunken, und seine Augen lagen tief in den Höhlen, wie es bei älteren Menschen der Fall ist. Seine Haut war faltig, und sein weißblondes Haar war seit ihrer letzten Begegnung noch schütterer geworden. Den größten Teil ihrer Zeit mit ihm hatte sie schon verloren. Und jetzt wollte er ihr beichten, was beim Tod ihrer Mutter passiert war. Eigentlich nicht nötig. Sie wusste schon Bescheid.

»Wir haben nach ihrem Tod nie viel über deine Mutter gesprochen«, begann er fast im Plauderton, als sie in Richtung Brücke und Innenhafen aufbrachen.

»Nein.« Grace erinnerte sich, dass er das vermieden hatte. Ein Teil der Anziehungskraft des Aufenthalts in Madrid bei Tange Mag war es gewesen, dass sie die Schwester ihrer Mutter war und Grace über ihre Mutter reden konnte, sogar so tun, als sei sie noch in England und warte geduldig auf Grace' Rückkehr.

»Wahrscheinlich haben wir beide auf unterschiedliche Art getrauert. Aber …« Er warf ihr einen Blick zu. »Ich glaube, gemeinsam hätten wir stärker sein können.«

Aber ich habe dir die Schuld gegeben, dachte Grace, sprach es jedoch nicht aus. Sie hatte ihm die Schuld gegeben und ihn gehasst. Sie hätte ihm gar nicht zugehört, wenn er etwas über diese Zeit zu sagen gehabt hätte.

Sie passierten den Pub, der Hole in the Wall hieß und, wie sein Name sagte, ein kleines Fenster in der Wand besaß, durch das die Seeleute früher Ausschau nach Zöllnern auf der Suche nach Schmugglern oder Anwerbern halten konnten, die Betrunkene zum Dienst in der königlichen Marine pressten. Wie sich die Zeiten doch geändert haben, dachte Grace. Jetzt saßen Gruppen von jungen Leuten an den Holztischen vor dem Lokal, um eine bessere Aussicht auf den Fluss zu haben, und tranken Bier oder Wein.

Grace warf ihrem Vater einen verstohlenen Seitenblick zu. Während sie auf das Backsteingebäude des Mud Dock – einer Kombination aus Fahrradladen und Café – zu gingen, bemerkte sie erstaunt, dass sie den gleichen Schrittrhythmus hatten. Bei Robbie musste sie sich immer beeilen. Bei Elisa verlangsamte sie ihr Tempo grundsätzlich ein wenig. Bei Theo … Sie schaute hinauf zu den bunten Reihenhäusern aus georgianischer Zeit, die aus der Höhe auf den Fluss hinunterblickten. Sie liebte diese Häuser.

»So ist das oft, wenn man jemanden verliert.« Ihr Vater zog die Fleecejacke fester zu, um sich vor der Frühlingsbrise zu schützen. »Manchmal kann man es gemeinsam ertragen. Manchmal bringt es Menschen auseinander.«

Grace warf ihm einen weiteren verstohlenen Blick zu. Wusste er denn nicht, wie ihre Gefühle ihm gegenüber gewesen waren? »Hast du dich schuldig gefühlt?«, fragte sie.

»Schuldig. Oh ja.« Er zögerte ganz kurz und verhielt den Schritt. »Ich habe festgestellt, dass Trauer und Schuldgefühle eine ziemlich heftige Mischung sind.«

Auf der Drehbrücke blieben sie stehen und sahen auf die breite Wasserstraße hinunter. Von hier aus hatte man einen guten Blick auf einen eleganten alten Schoner auf dem Fluss, einen rotschwarzen Schlepper, die alten Kräne und die bunten Hausboote, den Kirchturm in der Ferne und an der Brücke auf einen schwarzen Kormoran, der gelassen die Schwingen ausbreitete.

»Und hast du da mit dem Trinken angefangen?« Grace wandte sich ihm zu. Das hatte sie immer vermutet.

»Trauer hatte auf jeden Fall viel damit zu tun«, erklärte er. »Deine Mutter war mein Leben.«

»Wirklich?« Grace konnte ihren skeptischen Unterton nicht unterdrücken. Er sah aus, als sei ihm das ernst. Aber sie hatte festgestellt, dass der Schein trügen konnte.

Sie gingen weiter den breiten Fußgängerweg entlang und sahen wahrscheinlich genau wie jedes andere Vater-Tochter-Paar aus, das einen Nachmittagsspaziergang machte. Nur dass sie nicht wie alle anderen Väter und Töchter waren. Was würde er ihr erzählen? Dass er ihre Mutter so sehr geliebt hatte, dass er gezwungen war, Sex mit einer anderen zu haben?

Grace atmete tiefer. Sie versuchte sich zu entspannen und wie üblich die Umgebung zu bewundern – wie die Sonne auf dem leicht bewegten Wasser schimmerte und glitzerte, wie sich die Boote am Kai sanft wiegten, als wärmten sie sich für einen langsamen Walzer auf. Aber dies war keine normale Situation. Alles andere als das. Ihr war klar, dass sie selbst im Glashaus saß. Aber Robbie war nie ihr Leben gewesen. Er war ihr Mann, und sie liebte ihn. Wäre er ihr Leben gewesen, hätte sie Theo keinen zweiten Blick gegönnt.

»Mein Leben«, wiederholte er. »Zusammen mit dir natürlich.« Er wandte sich zur Seite, um ihr zuzulächeln – noch ein echtes Lächeln, ein längst verloren geglaubtes. Grace schockierte sich selbst, indem sie es erwiderte.

»Aber dann verstehe ich es nicht«, begann sie. »Warum hast du …?«

Er schüttelte den Kopf. »Dieser Blick aus deinen Augen, Grace«, sagte er. »Du warst noch ein Kind. Ich wusste verdammt noch mal nicht, was ich anfangen sollte. Manchmal hast du mich angesehen, als könntest du meinen Anblick nicht ertragen.«

Oh Gott. Während Grace über das Kopfsteinpflaster ging, wurde ihr klar, dass er eine andere Frage beantwortet hatte als die, die sie ihm hatte stellen wollen. Kurz schwieg sie. Wie sich das wohl anfühlte? Wenn das eigene Kind einen so ansah? Sie wollte es sich gar nicht vorstellen.

Sie erreichten das prächtige Ostrich Inn, eine weitere ehemalige Hafenkneipe, in der sich in vergangenen Jahrhunderten Matrosen und Dockarbeiter aufgehalten hatten. Jetzt war es mit cremefarbenem und schwarzem Anstrich und roten Sonnenschirmen vor der Tür herausgeputzt.

An der Brücke blieben sie einen Moment stehen. »Ich habe aus Kummer zu trinken angefangen«, sagte ihr Vater, »und weil ich mich so allein fühlte.« Er drehte sich so, dass er sie ansah, und der Schmerz in seinen Augen bereitete Grace ein schlechtes Gewissen. Sie musste sich wieder ins Gedächtnis rufen, was er getan hatte, an den Grund.

»Ich habe versucht, deinetwegen stark zu sein, mein Schatz«, sagte er traurig, »aber ich kannte die Wahrheit. Ich hatte meine Frau enttäuscht, und ich hatte meine Tochter enttäuscht – so sehr, dass sie mich hasste.«

Grace konnte ihm nicht in die Augen sehen. Sie schaute zu Boden. Sie fand, sie sollten nicht weitergehen. Es war Zeit, umzukehren.

Sie drehten um und gingen auf dem Weg, den sie gekommen waren, zurück. »Ich hatte nie vor, so viel zu trinken«, sagte er nach einer Weile. »Verstehst du, es ist schleichend mehr geworden, Grace. Das geht meistens so.«

Sie nickte.

»Es war eine Art zu vergessen.« Er holte tief Luft. »Und bevor ich es gemerkt habe, war es die einzige Art, wie ich einen weiteren Tag überstehen konnte.«

Grace wusste nicht, was sie sagen sollte. So hatte er noch nie geredet. Er war noch nie so offen gewesen. Und sie konnte nachvollziehen, wie es dazu gekommen war und sogar, wie sie das noch weiter voneinander entfernt hatte. Jetzt, wo ich selbst eine Affäre habe, dachte sie bitter. Jetzt, wo ich mich nicht mehr überlegen fühlen kann.

»Möchtest du eine Tasse Tee trinken, mein Schatz?«, fragte er sie. Sie hatten das Riverstation-Restaurant erreicht. »Oder Kaffee?« Er zögerte. »Oder was anderes?«

Grace sah ihm ins Gesicht. Er sah ziemlich blass und erschöpft aus, und sie vermutete, dass beides seinen Tribut forderte: die Wahrheit und der Verzicht auf den Alkohol. »Natürlich«, sagte sie. »Wenn du möchtest.«

»Besser, als in ein Pub zu gehen.« Er verzog das Gesicht.

»Ja.« Grace vermutete, dass die klaren Linien und Chromakzente eines modernen Lokals wie des Riverstation nicht seine erste Wahl gewesen wären. Aber er gab sich Mühe, das musste sie ihm zugestehen.

Sie suchten sich einen Tisch auf der Terrasse mit Blick auf den Fluss und bestellten. Earl Grey für ihn und grünen Tee mit Lavendel für sie.

»Wie war sie?«, fragte sie ihn, während sie darauf warteten, dass ihr Tee gebracht wurde. »Meine Mutter?« Es schien ein guter Zeitpunkt für diese Frage zu sein. »Manchmal hab ich das Gefühl, dass ich mich kaum an sie erinnern kann.«

»Sie war wunderschön«, sagte er. Seine Augen wurden feucht, und er lehnte sich auf seinem Stuhl zurück. »Ich habe sie vom ersten Moment an geliebt.«

Grace lächelte. »Wo war das?«

»In einer Teestube in der Stadt.« Er lachte leise, und mit einem Mal wirkte sein Gesicht jünger und weniger grau, als erlebe er den Moment noch einmal. »Ich hab sie gefragt, ob ich mich an ihren Tisch setzen dürfe.« Dieses Mal lachte er laut heraus.

Sein Lachen hat einen angenehmen Klang, dachte Grace, und das Schreckliche war, dass sie sich nicht erinnern konnte, wann sie es zum letzten Mal gehört hatte. »Und sie hat es dir erlaubt?«

Er nickte. »Das war sehr altmodisch von uns«, sagte er. »Aber sie war jung und hatte etwas Unschuldiges an sich, und ich …«

»Ja?« Sie beugte sich vor.

»Ich wollte sie beschützen«, erklärte er schlicht.

Was ironisch war, fand Grace, wenn man bedachte, was später passiert war.

Die Kellnerin brachte den Tee, und Grace beschäftigte sich damit, alles auf dem Tisch zurechtzuschieben. Ihr Vater sprach weiter. Es war, als habe er sich eine Geschichte zurechtgelegt und müsse sie jetzt loswerden. »Wir haben uns immer öfter getroffen, und es wurde ziemlich schnell ernst«, sagte er. »Den Hof machen, nannten wir das damals. Sie war jung, aber ich spürte, dass sie wegwollte.«

»Von ihren Eltern?« Grace hatte ihre Großeltern mütterlicherseits nicht gekannt. Sie waren gestorben, als sie noch ein Baby gewesen war. Die Eltern ihres Vaters hatte sie ab und zu getroffen – sie hatten im Süden Irlands gelebt –, aber auch sie waren mit über siebzig gestorben und ihr fremd geblieben, sowohl von ihrer Art her als auch, weil sie so weit entfernt wohnten.

»Wahrscheinlich.« Ihr Vater runzelte die Stirn. »Ich glaube, sie hatte keine leichte Kindheit. Sie hat immer gesagt, Margaret sei ihr vorgezogen worden. Aber wer weiß?«

Grace dachte an Tante Mag, erinnerte sich, wie sehr sie sich nach ihrem Besuch in Spanien gewünscht hatte, dort zu leben, wie entschlossen sie gewesen war, anderswo hinzuziehen, jemand anderer zu werden. »Ich wollte auch weg von zu Hause – so bald wie irgend möglich«, gestand sie. »Und als dann Robbie aufgetaucht ist …«

»Hast du die Chance genutzt.«

Sie nickte. »Ich hab ihn geliebt.« Sie verbesserte sich. »Ich liebe ihn, wirklich. Aber ja, ich habe die Chance genutzt.« Grace schenkte sich Tee ein und wies dann auf die Tasse ihres Vaters. »Soll ich?«

»Bitte.« Ihr Vater beobachtete sie genau, schien aber nicht in der Stimmung zu sein, sie zu verurteilen. »Ich habe das beides nie so richtig in Verbindung gebracht«, räumte er ein, »aber ich glaube, deine Mutter hat das Gleiche getan wie du. Ich habe sie gefragt, ob sie mich heiraten will, und sie hat ja gesagt. Damals war mein Onkel Mervyn schon verstorben und hatte mir das Haus hinterlassen. Ich hatte einen anständigen Job und keine Geldsorgen. Da hat sie ebenfalls die Chance genutzt.«

Grace schob ihm seine Tasse hin. Was versuchte er ihr zu sagen? »Hat sie dich nicht geliebt, Dad?«, fragte sie ihn behutsam. »Wart ihr nicht glücklich?« Früher wäre sie nicht imstande gewesen, diese Möglichkeit zu akzeptieren. Aber jetzt, seit Theo, hatte sie erfahren, wie kompliziert Beziehungen sein konnten.

»Ich glaube, sie hat es versucht«, sagte er fest. »Das Körperliche, also …« Er warf ihr einen Blick zu. »Ich will das nicht vertiefen. Aber es fiel ihr schwer.«

»Sie hat mich bekommen.« Grace lachte. So schwer konnte es doch nicht gewesen sein.

»Ja. Und sie hat versucht, eine gute Mutter zu sein.« Sein Blick schweifte zum Wasser und den Kanalbooten.

Grace nippte an ihrem Tee und überließ es ihm, weiterzusprechen. Sie wusste, dass er noch viel mehr erzählen wollte.

»Sie *war* eine gute Mutter, Grace.« Er sah sie an, als hätte sie das abgestritten. »Aber sie war ein menschliches Wesen mit Fehlern, wie wir alle.« Er griff nach seiner Tasse und trank einen großen Schluck von dem heißen Tee. »Und sie hatte andere Bedürfnisse als ich.«

Grace zog eine Augenbraue hoch. Andere Bedürfnisse? Was meinte er damit?

»Vielleicht war es mein Fehler.« Er stellte die Tasse ab und hob sie erneut. »Vielleicht hat sie etwas gebraucht, das ich ihr nicht geben konnte.«

»Was denn?« Grace beugte sich zu ihm hinüber. »Wovon redest du, Dad? Hat das etwas damit zu tun, wie sie gestorben ist?« Die Geschichte wurde mit jeder Sekunde verwirrender. Was genau versuchte er ihr zu sagen?

Aber er schüttelte den Kopf. »Wir hatten Probleme«, sagte er. »In der Vergangenheit hatten wir uns ab und zu gestritten, aber deine Mutter konnte einfach nicht damit umgehen.«

»Niemand mag Konfrontation«, murmelte Grace, obwohl das wahrscheinlich nicht stimmte.

»Sie wurde dann überemotional, beinahe hysterisch. Ich habe gelernt, sie nicht aufzuregen. Das war es nicht wert.«

Grace starrte ihn an. »Dann hattest du aber eine ziemlich komische Art, das zu tun«, sagte sie. Ehebruch war wahrscheinlich nicht die ideale Art, mit der Unsicherheit und emotionalen Verletzlichkeit seiner Frau umzugehen.

»Aber ich hab es wirklich versucht.« Er runzelte die Stirn. »Erinnerst du dich denn nicht? An gar nichts?«

Grace schüttelte den Kopf. Sie sah auf das Wasser hinaus, auf die Boote und Brücken. Es wurde jetzt kühler, sie sollten zurückgehen. Aber ihr Vater hatte es ihr noch nicht erzählt. Sie runzelte die Stirn. Woran erinnerte sie sich? Sie erinnerte sich an Tränen, sie erinnerte sich an Geschrei. Wer hatte geschrien? Wer hatte geweint? Ihre Mutter? Sie trank ihre Tasse leer und goss sich nach. Der grüne Tee war erfrischend, und der Lavendelduft mischte sich hinein wie eine schwache Erinnerung an den Duft von Sommernachmittagen. Wieder wurde ihr bewusst, dass der größte Teil ihrer Erinnerungen sich auf ihren Vater bezog – ihre Mutter kam darin nicht wirklich vor. Und doch war Grace neun Jahre alt gewesen, als sie gestorben war. Warum konnte sie sich nicht klarer erinnern?

»Hat sie mich geliebt?«, fragte sie ihn. Sie schob ihre Tasse weg. Mit einem Mal schien es schrecklich wichtig zu sein, das zu erfahren.

»Natürlich.« Er lächelte ihr zu. »Wir haben dich beide geliebt.«

»Aber …«

»Die Sache ist die, Grace. Deine Mutter war, was sie war.«

Wovon redete er? »Und was war sie?«, flüsterte Grace.

In diesem Moment tauchte die Kellnerin auf und fragte sie, ob sie noch etwas bestellen wollten. Sie lehnten ab, und Grace' Vater kramte in seiner hinteren Hosentasche nach seiner Brieftasche. Er zog einen knisternden Fünfer heraus.

»Danke, Dad.« Sie standen beide auf.

Ihr Vater sah sich um und beugte sich dann auf sie zu und sprach mit leiser Stimme. Die Kellnerin war nach drinnen gegangen, um das Wechselgeld zu holen. »Als ich an diesem Tag früher von der Arbeit kam …«, begann er.

»Welchem Tag?« Jetzt war Grace verwirrter denn je.

»An dem Tag, an dem sie starb, Grace.«

»Aber du warst zu Hause.« Grace stellte fest, dass sie in ihrer Erinnerung hektisch nach … wonach suchte? Was immer es war, sie konnte es nicht richtig festmachen. »War es nicht Mum, die nach Hause gekommen ist und …« Ihre Stimme versagte. Sie konnte es nicht aussprechen. An der Geschichte stimmte etwas nicht, aber sie kam nicht darauf, was es war.

Die Kellnerin kehrte mit dem Wechselgeld für ihren Vater zurück. Er ließ ein Trinkgeld für sie auf der Untertasse liegen, und sie bedankte sich mit einem Lächeln. »Einen schönen Abend noch«, sagte sie.

»Ebenfalls«, sagte Grace.

Sie verließen die Terrasse. »Sie war zu Hause«, sagte ihr Vater leise, als sie wieder den Weg am Wasser entlanggingen. Inzwischen waren mehr Menschen unterwegs. Sie hatten Feierabend und verließen die Stadt. Grace sah auf die Uhr und stellte fest, dass Robbie bald nach Hause kommen würde. Um diese Zeit lief sie normalerweise eilig zurück nach Hause, nachdem sie bei Theo gewesen war. Aber sie waren an diesem Tag nicht verabredet gewesen, und Grace hatte nichts von ihm gehört. Sie wusste, er wartete darauf, dass sie sich bei ihm meldete, dass sie eine Entscheidung traf.

»Sie war die ganze Zeit zu Hause.« Ihr Vater sprach immer noch. »Sie ist nicht oft ausgegangen, hat nicht gearbeitet.« Seine Stimme klang ruhig, aber die Worte schienen sich in sie hineinzubohren. »Erinnerst du dich denn nicht, Grace?«

Grace nickte. Weil sie jetzt wieder alles wusste. Sie sah ihre Mutter vor sich, wie sie am Telefon redete und lachte. Sie erinnerte sich daran, wie sie auf dem Sofa gelegen und ein Buch gelesen hatte. Sie sah sie in der Küche, wie sie Essen kochte, von dem Grace und ihr Vater beide behaupteten, es schmecke ihnen, obwohl sie versuchten, einander nicht anzusehen und loszulachen. Grace starrte ihn an. Sie blieb stehen. Jetzt erinnerte sie sich.

»Du warst zum Tee bei deiner Freundin Amanda, weißt du das noch?«

»Natürlich. Amanda war schlecht. Ihre Mutter …«

»… hat dich nach Hause gebracht, ja.« Er unterbrach sich. »Also, ich wusste, dass du bei Amanda sein würdest, weil du beim Frühstück davon erzählt hattest, und deswegen bin ich an diesem Tag früher nach Hause gegangen. Ich wollte mit deiner Mutter reden, über alles. Ich wusste, dass sie nicht glücklich war. Ich dachte sogar, vielleicht …«

Er zögerte. Grace wartete.

»Dass wir ein Ende machen sollten.«

Wieder blieb sie stehen und starrte ihn an.

Er hob die Hand. »Ich weiß, was du denkst«, sagte er. »Wie hätten wir uns trennen können, obwohl wir dich hatten? Aber sie war so unglücklich, Grace, und …« Er seufzte. »Um dir die Wahrheit zu sagen, ich hatte keine Ahnung, was zum Teufel ich tun sollte.«

Also hast du eine Affäre angefangen, dachte Grace. Genau wie sie selbst.

Er fuhr sich mit den Händen durch das weißblonde Haar. »Also bin ich an diesem Tag nach Hause gekommen und ins Haus gegangen, und …« Er fasste Grace am Arm. »Es tut mir leid. Ich wollte dir das nie erzählen. Ich hatte mir geschworen, es nicht zu tun.«

»Und was?« Etwas in ihr geriet ins Schlingern. Aber sie wollte es wissen. Auch nach all diesen Jahren wollte sie es wissen.

»Es gibt keine leichte Art, das zu sagen, Grace.« Er seufzte.

»Sie war mit jemandem zusammen. Sie traf sich mit jemandem. Ich habe nichts geahnt. Ich habe die beiden ertappt und …« Er schüttelte den Kopf. »Ich habe die Beherrschung verloren.«

»Sie hat sich mit einem anderen Mann getroffen?« Grace fiel es schwer, an diese Kehrtwende zu glauben. So viele Jahre lang hatte sich die Geschichte in ihrem Kopf andersherum abgespielt. »Und wer war dann …« Wer war diese Frau gewesen, die aus dem Haus gelaufen war? Diese Frau mit den klappernden Absätzen, die nach Maiglöckchen und Beerdigungen gerochen hatte? Die Frau, von der sie immer angenommen hatte, dass sie an diesem Tag mit ihrem Vater im Haus gewesen war?

»Deine Mutter hat sich mit einer Frau getroffen, Grace«, sagte ihr Vater traurig. »Ich hatte keine Ahnung. Aber das war natürlich eine Erklärung für alles. Sie mochte keine Männer, verstehst du? Nicht auf diese Art. Deswegen …«

Deswegen hatten sie so viele Probleme. Grace sah ihn sehr lange an, dann ging sie weiter und schlug ein schnelleres Tempo an. Ihr Gehirn versuchte zu verarbeiten, was er ihr erzählt hatte. Sie erreichten den Welsh Back genannten Teil des Weges und wandten sich in Richtung Passage Street. Grace wusste, dass ihr Vater mit dem Auto gekommen war. Als sie das Haus verließen, hatte sie den Volvo ein Stück weiter in der Counterslip Road gesehen.

Die Straßen schienen mit jeder Sekunde belebter zu werden. Sie hörte das vertraute Heulen einer Sirene. »Sagst du mir die Wahrheit?«, fragte sie schließlich. Aber sie wusste, dass es wahr war. Es passte alles zusammen. Natürlich hatte ihre Mutter ihn an diesem Tag nicht ertappen können – er war bei der Arbeit gewesen. Um diese Tageszeit war er immer bei der Arbeit. Er hätte nicht zu Hause mit jemandem zusammen sein können. Ihre Mutter war diejenige gewesen, die immer zu Hause war. Grace konnte nicht glauben, dass ihr etwas so Offensichtliches entgangen war. Und die Frau. Sie war die Geliebte ihrer Mutter gewesen. Ja, es passte alles perfekt zusammen. Aber es war fast unglaublich. Grace versuchte, diese neuen Fakten geistig zu verarbeiten.

»Ja, Grace«, sagte er. »Das ist die Wahrheit.«

»Arme Mum.« Sie fasste den Arm ihres Vaters, als sie die belebte Straße an der Bristol Bridge überquerten. Sie waren einfach nur zwei Menschen gewesen, die nie hätten zusammenkommen sollen. »Und du Armer.« Schweigend gingen sie einen Moment weiter, bis sie zum Castle Park kamen. »Aber warum hast du mir das nicht eher erzählt?« Natürlich nicht, solange sie noch ein Kind war, aber als sie alt genug war, um das zu verstehen. Da hätte er es ihr erzählen sollen.

»Ich wollte dir deine guten Erinnerungen an sie nicht nehmen«, sagte er. »Es ist schlimm genug, mit neun Jahren die Mutter zu verlieren, auch ohne dass man zusätzlich seine Erinnerungen verliert. Es war nicht ihre Schuld, dass sie das falsche Leben gewählt hat.«

»Deine aber auch nicht«, versetzte Grace scharf. »Aber warum ist sie auf die Straße gerannt?«

Er sah sie bedrückt an. »Das war meine Schuld«, gestand er. »Als ich hineingestürmt bin und dieser Frau befohlen habe, mein Haus zu verlassen … Da haben die beiden mich ausgelacht. Ich habe ganz schön getobt, das weiß ich. Deine Mutter hat sich aufgeregt. Sie fing an zu weinen und schrie, sie könne es nicht ertragen, in einem Käfig zu leben.« Er seufzte. »Und dann ist sie nach draußen gerannt.«

»Ich verstehe.« Er hatte ihr vorhin erklärt, dass sich ihre

Mutter oft heftig aufregte, und jetzt erinnerte Grace sich mit furchtbarer Klarheit auch daran. Wie ihre Mutter geweint hatte, wenn ihnen ihr Essen nicht schmeckte, wie sie aus dem Zimmer marschierte, wenn die beiden zu lange miteinander redeten und lachten. Und sie erinnerte sich an die Arme ihrer Mutter. Ihre heftigen Umarmungen. *Wenn dir etwas zustoßen würde, Grace, würde ich sterben.* So dramatisch! Aber ja, sie hatte sie geliebt. Grace hatte sich oft zwischen ihren Eltern entscheiden müssen, weil sie nie zusammen waren, nicht wirklich. Damals hatte sie das nicht verstanden. Kein Wunder, dass sie ihrem Vater all die Jahre die Schuld gegeben hatte. Sie hatte sich das nicht ausgesucht. Diese Wahl war ihr genommen worden, als ihre Mutter starb.

Sie stiegen die Treppe hinauf, die zum Haus führte. »Komm doch noch einen Moment rein«, drängte sie.

Er schüttelte den Kopf. »Ich muss zurück zu Elisa. Wenn mit dir alles okay ist, meine ich.«

»Mir geht es gut.« Sie lächelte schwach. Er hatte eine Bombe platzen lassen, aber ihr ging es gut. Das war ein höllischer Tag gewesen. Zuerst der furchtbare Streit mit ihrer Stiefmutter und jetzt das, was ihr Vater ihr eröffnet hatte. Ihre Erinnerungen waren erwacht. Bilder und Szenen aus der Vergangenheit überschlugen sich in ihrem Kopf. Vielleicht wirkte ein Trauma so – es zwang einen zum Vergessen.

»Dann mach ich mich mal auf den Weg.« Er zögerte, stand am Tor und wirkte ein wenig verloren.

»Danke, Dad.« Und plötzlich lag Grace in seinen Armen, was schon schrecklich lange nicht mehr vorgekommen war.

»Wofür denn?« Seine Stimme klang erstickt.

»Dafür, dass du es mir gesagt hast.« Sie hielt sich an ihm fest. Er roch nach altmodischer Rasiercreme, aber nicht nach

Alkohol. »Und dafür, dass du nicht trinkst«, sagte sie. »Ich weiß, wie schwer das sein muss. Danke, dass du es versuchst.«

»Es tut mir leid, Grace.« Endlich ließ er sie los. »Alles.«

Sie nickte. Und sie dachte an Theo. »Mir tut's auch leid.«

# 30. Kapitel

*Havanna 2012*

Erstaunt sah Duardo, wie die hochgewachsene, vertraute Gestalt seines Sohnes über das Pflaster auf ihn zugeschlendert kam.

Er war mit dem Polieren der Scheinwerfer des Chevys fertig, die nun hell wie ein Spiegel glänzten. Es war ein merkwürdiger Gedanke, dass er das bald nicht mehr tun würde, dass er den Wagen bald nicht mehr liebevoll pflegen, warten, putzen und – das Beste von allem – fahren würde, die Hände auf dem lederbezogenen Steuer und im Rücken gestützt durch das bequeme, vertraute rote Leder, das inzwischen vom Alter rissig und faltig war. Galt das nicht für sie alle …

»Hey«, begrüßte er seinen Sohn. »Was gibt's, Federico?« Federico hatte nie etwas mit dem Taxigeschäft seines Vaters zu tun, das hatte er sich zum Prinzip gemacht. Also war er bestimmt nicht hergekommen, um mit anzupacken.

»Hey, Papi,« Federico klopfte ihm auf die Schulter. Wie üblich trug er ein Grinsen im Gesicht, aber Duardo sah ihm an, dass er etwas auf dem Herzen hatte. Sein Schritt war nicht ganz so schwungvoll wie sonst, sein Hut saß nicht in einem solch heiklen Winkel wie sonst, und über seiner Braue lag die Andeutung eines Stirnrunzelns.

»Was gibt's?«, fragte Duardo noch einmal.

Statt einer Antwort fuhr Federico mit der Handfläche über den glatten Kotflügel des Chevys.

*Beschmier ihn nicht*, hätte Duardo am liebsten gesagt. Die Kunden wollten glänzende Autos, das machte einen Teil des Reizes aus. Aber er schwieg.

»Gute Geschäfte heute?«, fragte sein Sohn.

Aha, das war es. Er überprüfte Luis' Erbe. Er wollte die Zahlen wissen, die Einnahmen und Ausgaben.

»Nicht übel.« Duardo kniff die Augen zusammen. Er hatte gelernt, bei allem, was Federico betraf, vorsichtig zu sein. »Du hast Glück, dass du mich erwischst. Ich hatte heute schon eine Tour nach Trinidad.« Trinidad war eine Stadt in Zentralkuba, in der Provinz Sancti Spíritus, das war keine kurze Fahrt.

»Trinidad?« Federico schien darüber nachzudenken. »Wie viel nimmst du dafür?«

Duardo nannte eine Summe. »Das ist das Übliche. Wenn ich mehr nähme, würden sie woanders hingehen.« In den großen und kleinen Städten Kubas fuhren immer noch jede Menge Importautos aus der sowjetischen Ära herum – Moskwitschs und Ladas, die man inzwischen ebenfalls als Relikte einer weiteren untergegangenen Welt hätte betrachten können –, aber die Leute wollten trotzdem die amerikanischen Klassiker. Man hätte denken können, dass Duardo bei seinen politischen Ansichten die Sowjets den Amerikanern vorgezogen hätte. Aber er war schon immer Pragmatiker gewesen. Und in mancherlei Hinsicht waren die Kubaner nie auf derselben Wellenlänge gewesen wie die Russen. Die Russen waren ein kühles, introvertiertes Volk und die Kubaner herzlich und offen. Außerdem konnte man einem Auto nicht die Schuld an einem verkommenen System geben.

»Und das Trinkgeld?« Federico runzelte die Stirn.

Als ginge ihn das etwas an. »Fünf CUC«, sagte Duardo. Konvertible Pesos. Das konnte alles zwischen einem halben und zehn Pesos bedeuteten – für die meisten Menschen mehr als zwei Wochenlöhne.

Federico stieß einen Pfiff aus. Hatte er jetzt erst begriffen, wie gut das Geschäft lief?

Duardo unterdrückte einen Seufzer. Er dachte an das Pärchen von heute, dass mit dem Chevy für Fotos posiert hatte: eins von ihr, wie sie die Tür öffnete und auf den Beifahrersitz kletterte, eins von ihm auf dem Fahrersitz. Als ob. Eins von beiden auf der Rückbank, wo sie in einer Haltung, die Besitzerstolz ausdrückte, die Arme über den roten Ledersitz ausstreckten. *Er gehört mir*, hätte er sie am liebsten erinnert. Ihr könnt so tun, als ob. Aber er gehört mir.

»Das ist mein Verdienst«, sagte er nur zu Federico. Sein Sohn hatte keine Ahnung. Luis dagegen … Aber das war eine andere Geschichte.

»Klar«, sagte Federico.

»Brauchst du Geld?« Das war fast der einzige Grund, aus dem sein Sohn normalerweise herkam und solche Fragen stellte.

Federico zuckte mit den Schultern. »Nicht direkt.«

»Warum fragst du mich dann über Geld aus?« Duardo warf das Poliertuch wieder auf den Stapel von Lappen in der Werkstatt. Für heute war er hier fertig. Er würde nach Hause gehen, sich ein Bier schnappen und sich ausnahmsweise entspannen. Sehr bald, rief er sich ins Gedächtnis, würde er noch viel mehr Ruhe haben. Er müsste darüber nachdenken, was diese Projekte, von denen er seiner Familie erzählt hatte, sein könnten. Kurz spürte er ein dumpfes Gefühl in der Magengrube. Aber warum sollte er Angst haben? Er würde ja nichts verlieren. Er hätte trotzdem noch ein Leben. Er war sich sicher, dass Luis ihn noch mitmischen lassen würde.

»Einfach so.«

Duardo warf ihm einen Blick zu. Federico war zwar sein Sohn, aber er war etwas, das Duardo nie gewesen war – ein Schnorrer. »Wenn du wissen willst, wie viel Luis verdienen wird … Falls du dir einbildest, dass dir was davon zusteht …«

»Er wird nichts verdienen.« Federico lehnte sich an den Chevy. Aber nicht auf seine übliche selbstbewusste Art. Er sah aus, als fühle er sich unbehaglich, wäre über irgendetwas verärgert. »Und das bilde ich mir nicht ein, nein.«

Langsam wurde ihm bewusst, was Federico gesagt hatte. »Was meinst du mit ›Er wird nichts verdienen‹?«

»Ich meine, dass er nicht hier sein wird.«

»Wann wird er nicht hier sein?« Duardo stöhnte. Also wollte Luis weggehen und noch weiterstudieren, oder? Verdammt! Warum konnte er nicht einfach bleiben, wo er hingehörte? Es hatte eine Zeit gegeben, da war er ständig in der Werkstatt herumgelungert. Jetzt sah Duardo den Jungen oft tagelang nicht. Er hielt inne und dachte darüber nach. Er hatte schon etwas gemerkt, aber er war schlicht davon ausgegangen, dass Luis mit etwas anderem beschäftigt war – Lernen vielleicht oder sogar einem Mädchen. Aber innerlich wusste er, dass er seine Ankündigung kürzlich abends schon zu diesem Zeitpunkt gemacht hatte, weil Luis ihn vernachlässigt hatte und nicht wie sonst immer seine rechte Hand gewesen war. Duardo musste seinen Enkel wieder in die Spur bringen.

»Er wird nicht hier sein, wenn du dich zur Ruhe setzt.« Federico angelte in seiner Tasche nach einer Zigarette.

Wieder fluchte Duardo unterdrückt. »Ich kann warten«, sagte e. »Ich mach einfach noch ein paar Monate allein weiter. Kein Problem.« Das erklärte Luis' Reaktion auf seine Ankündigung. Er musste sich gefragt haben, wie er seinem alten *abuelo* erklären sollte, dass er eine Weile nicht hier sein würde.

»Das ist ja der Punkt«, sagte Federico. Er zündete sich die Zigarette an und inhalierte tief, als brauche er das.

»Was ist der Punkt?«

»Es werden keine paar Monate sein.«

»Wovon redest du?« Duardo spürte, wie ihn langsam ein ungutes Gefühl beschlich. Warum keine paar Monate? Manchmal sprach sein Sohn in Rätseln.

»Er geht fort«, erklärte Federico. Er schnippte Asche von seiner Zigarette ab.

»Das hast du schon gesagt.«

»Für lange Zeit.«

Duardo starrte ihn an. Das ungute Gefühl verfestigte sich zu etwas Konkretem. Zu echter Angst, schrecklicher Angst. »Wie lange?«

Federico zuckte mit den Schultern. »Vielleicht für immer«, sagte er.

Einen Moment lang fühlte Duardo sich körperlich krank. So hatte er sich nicht mehr gefühlt, seit … seit langer Zeit. Er spürte, wie die furchtbare Angst, zu der sich das Unbehagen ausgewachsen hatte, weiter in ihn hineinkroch und ihn vollständig zu verschlingen drohte. Er holte tief Luft und konzentrierte sich auf Federicos Mund, auf die Worte, die er sagte. Er versuchte, einen Sinn hineinzubringen. »Das kann nicht wahr sein. *Por Dios* … Das kann nicht wahr sein.«

»Für Benita und mich war es auch, als wäre eine Bombe explodiert.« Er tat noch einen tiefen Zug. »*Mira,* sieh mal …, er kam einfach eines Tages rein und hat uns von diesem Stellenangebot erzählt. In Spanien. Als so eine Art Reiseleiter.«

»Reiseleiter?« Duardos erste, instinktive Reaktion war, ihm

nicht zu glauben. Reiseleiter? Vielleicht hatte er das falsch verstanden. Luis konnte nicht fortgehen, das ging einfach nicht. Nicht nach allem, was Duardo getan hatte, nach allem, was er sich erhofft hatte. Es konnte nicht alles umsonst gewesen sein. Was den Job als Reiseleiter anging … Duardo hatte das Luis alles schon beigebracht – damit er Fremdenführer in Kuba sein konnte. Damit er sein Land vertreten konnte, so wie Duardo es tat, damit er das Geschäft übernehmen und auf dem aufbauen konnte, was Duardo begonnen hatte. Nicht, um nach … »Spanien?«, hörte er sich schreien. »Was zum Teufel will er denn in Spanien?«

Wieder zuckte Federico mit den Schultern. »Was weiß ich denn? Es war ein Deutscher, den er kennengelernt hat. Ein Deutscher, der in Madrid lebt. Der Typ war beeindruckt von Luis und ist in Verbindung mit ihm geblieben.«

Trotz allem bemerkte Duardo den stolzen Unterton in der Stimme seines Sohnes.

»Dieser Kerl hat mit seinen Leuten geredet und Luis einen Job angeboten.« Noch ein Zug an der Zigarette. »Einen guten Job. Die Firma wird sich für ihn einsetzen, wenn er nach Spanien geht.« Federico trat vom Auto weg. In einer Hand hielt er die Zigarette, und die andere steckte in seiner Jeanstasche. Er wirkte lässig, aber Duardo wusste, dass er sich nicht so fühlte.

Er schüttelte den Kopf. Ein guter Job? Bot Duardo ihm denn keinen guten Job an? Er bot Luis sein eigenes Geschäft in seinem eigenen Land an, verdammt! Eine Firma in Spanien wollte sich für ihn einsetzen? Was für ein himmelschreiender Unsinn. »Wo zum Teufel hat er diesen Deutschen kennengelernt?«, knurrte Duardo. Ihm wurde klar, dass er die Fäuste geballt hatte, und er tat nichts, um sie zu öffnen. Wenn dieser

Bastard in diesem Moment auf den Hof käme, würde er ihn verprügeln.

»In deinem Taxi.« Mit einer Kopfbewegung wies Federico auf den Chevy.

»Mist«, sagte Duardo. Langsam öffnete er die Hände. Für wen hielt er sich? Die Zeiten, in denen er gekämpft hatte, waren lange vergangen. Er dachte an seine kleine Rede am Esstisch. Jesus. Hatten sie ihn alle ausgelacht? Er spürte ein brennendes Gefühl von Demütigung. »Wie lange wisst ihr das schon?«

»Erst ein paar Wochen«, sagte Federico.

Ein paar Wochen ... »Warum hat mir niemand was gesagt?«

Wieder zuckte Federico mit den Schultern. »Schätze, wir hatten alle zu viel Angst. Dachten, du würdest an die Decke gehen.«

Und da lagen sie ganz richtig. »Trotzdem habt ihr mich diese ganze Ruhestandsrede halten lassen, oder?« Wütend sah er seinen Sohn an. »Wenigstens das hättet ihr mir ersparen können.«

Federico besaß genügend Taktgefühl, um eine beschämte Miene aufzusetzen. »Ich hatte keine Ahnung, dass du das vorhast«, sagte er. »Ich wusste, dass vielleicht eines Tages ..., aber ...«

»*Er* hätte es mir sagen müssen.« Duardo spürte kalte Wut in sich aufsteigen. Eine kalte Wut auf den Jungen, den er herangezogen, geliebt und aufgebaut hatte, damit er das Geschäft von ihm übernahm.

»Ja.« Federico hielt seinem Blick stand. »Ich hab ihm gesagt, dass er das tun sollte, aber ...«

»Aber er hatte nicht den Mumm«, beendete Duardo den

Satz. War er denn so furchteinflößend? Er hatte immer nur das Beste für Luis gewollt.

»Richtig.« Federico zog eine Augenbraue hoch. »Er wollte dich nicht enttäuschen.«

Darüber dachte Duardo nach. Enttäuschung war nicht das richtige Wort. Er war niedergeschmettert. »Aber du hattest den Mumm«, sagte er und sah seinen Sohn an.

»Jemand musste es tun.« Federico trat seine Zigarette mit dem Schuh aus. »Es musste gesagt werden. Jetzt liegt es bei dir, was du damit anfängst.«

Duardo steckte die Hände in die Taschen. Was sollte er damit anfangen? »Irgendeine Chance, dass er es sich anders überlegt?«, fragte er.

»Würdest du das wollen?«

Wieder hatte Federico ihn überrascht. Duardo überlegte. »Nein.« Der Junge war alt genug, um seine eigenen Entscheidungen zu treffen und zu ihnen zu stehen. Wenn er ihn nur durch Drohungen oder emotionale Erpressung halten konnte, dann wollte er ihn nicht.

»Wann geht er?«, fragte er Federico.

»Sobald sie den Papierkram erledigt haben, vermute ich. Visum und so was, du weißt ja, wie das ist. Auch mit einem Sponsor ist das nicht einfach.«

Duardo nickte. Er sah die Traurigkeit in Federicos Augen. Er war im Begriff, seinen Sohn zu verlieren. Wenn Luis nach Spanien ging, würde er nicht zurückkommen – jedenfalls nicht oft. Und wahrscheinlich würde er nie mehr auf Dauer in seine Heimat zurückkehren. Er würde ein anderes Leben in einer anderen Welt führen, ein anderer Mensch werden. *Wie Elisa*, erinnerte ihn eine leise Stimme. »Dir wird er auch fehlen«, sagte er.

»Ja.« Wieder klopfte Federico seinem Vater auf die Schulter. Es war eine mitfühlende Geste, aber auch eine kameradschaftliche, verständnisvolle. »Ich werde ihn auch vermissen.«

Warum verließen alle Menschen, die er liebte, das Land, das er liebte? Duardo setzte sich auf den Fahrersitz und manövrierte den Chevy behutsam in seine Garage – eigentlich eher ein Schuppen –, wo er in einem Land, in dem sich, den Elementen ausgesetzt, Rost und Zerfall explosionsartig entwickeln konnten, geschützt war. Das war ein schwerer Schlag.

Er legte die Hände auf das Steuer, schloss die Augen und dachte an Elisa. Wie hatte er dieses Mädchen geliebt! Während jener langen Wochen und Monate im Jahr 1958 hatte er öfter an sie gedacht, als er sich eingestehen mochte – an jedem Tag, an dem er sich durch die Berge geschleppt hatte, an jedem Abend, wenn sie ein Lager aufgeschlagen hatten, schwer mit Munition beladen, weil die Pferde so schwach waren, dass sie rein gar nichts tragen konnten, ohne zu wissen, woher die nächste Mahlzeit kommen würde. Der Gedanke an sie war das Einzige gewesen, was ihn aufrecht gehalten hatte. Elisa. Ihre Zukunft. In einem Land, das ganz anders sein würde als das, in dem sie aufgewachsen waren, in dem die Reichen über die Armen herrschten, wo die Bars in Havanna voller Amerikaner waren und seine Familie in einem Viertel lebte, das wenig mehr als ein Slum war. *¡Hasta la victoria siempre!* Immer weiter bis zum Sieg … Gemeinsam konnten sie Teil dieser neuen Vision sein.

Doch indem er für ihre gemeinsame Zukunft kämpfte, hatte er sie verloren, hatte Elisa verloren. Während er für ihre Zukunft kämpfte, war sie verängstigt davongelaufen – zuerst zurück zu ihren Eltern und dann weg aus Kuba, fort von ihm, in ein Land, das er noch nie gesehen hatte und über das er nichts wusste. Ein Land, in dem sie sich niedergelassen hatte, obwohl sie bei ihm in Kuba hätte sein sollen. Und wo mochte sie jetzt sein?

Langsam stieg er aus dem Auto. Oh, sie hatte ihm ihren Standpunkt erklärt, damals, als er ehrlich geglaubt hatte, sie wäre zu ihm zurückgekehrt. Und er hatte versucht, sie zu verstehen. Natürlich hatte er ihr verziehen – denn sie war immer noch seine Elisa, und ihm blieb wenig anderes übrig. Aber letztendlich fühlte er sich trotzdem verraten. Sie hatte nie akzeptiert, warum er damals in den Kampf ziehen musste. Mein Gott ... Fünfzehnjährige Jungen hatten in der Revolution gekämpft. Wie hätte er da zu Hause bleiben können?

Er zog eine Flasche Wasser hervor, die nach dem heutigen Ausflug noch im hinteren Fußraum des Wagens lag. Konnte nicht anders, als an die Nacht mit Elisa auf dieser Rückbank zu denken ... Den Abend im La Cueva, als sie wieder die Rumba getanzt hatten, nachdem er geglaubt hatte, sie hätten sie schon zum letzten Mal getanzt. Die Rumba. Ihren letzten Tanz in Havanna. Die Rumba bedeutete Duardo viel. Er wusste, dass der Tanz sich auf den Zuckerplantagen von Havanna und Matanzas entwickelt hatte, dass er ursprünglich ein afrokubanischer Fruchtbarkeitstanz war und dass er im siebzehnten Jahrhundert ausgehend vom einflussreichen kubanischen *son* die Grundlage des Gesellschaftstanzes gebildet hatte. Aber noch wichtiger, er wusste, dass die Rumba ein Teil von ihm war, ein Teil von Kuba und ein Teil von Elisa – und dass sie beide durch den Widerhall der Musik in ihren Seelen miteinander verwoben waren. Deshalb hätte er sie nie mit einer anderen Frau getanzt. Deshalb traten ihm bei der Musik immer noch manchmal die Tränen in die Augen.

Er hatte geglaubt, sie werde bleiben. Wenn er verzeihen konnte, wenn er dort weitermachen konnte, wo sie damals aufgehört hatten, dann konnte sie doch wohl zu ihm zurückkehren? Aber nein. Seine Mutter hatte recht gehabt. Dazu hatte Elisa ihn nicht genug geliebt.

Sein Leben war natürlich weitergegangen, und es würde auch jetzt weitergehen. Luis war sein Enkel, aber dennoch empfand er seinen Verlust als genauso schmerzhaft. Er dachte an den Nachmittag, den er mit seiner Mutter am Strand von Cayo Levisa verbracht hatte. Sie hatte es nicht gewusst, da war er sich sicher. Sie war die Einzige von ihnen, die ihn nie verraten würde.

Konnte Duardo seinem Enkel verzeihen? Er dachte an die Stunden, in denen sie wie Kameraden zusammen an dem Auto gearbeitet hatten. Die Stunden, in denen er ihm Sprachen beigebracht hatte, die er seitdem so flüssig sprach, dass sie ihm wahrscheinlich diesen Job in Spanien eingebracht hatten. Die Hoffnungen, die er sich gemacht hatte. Die Träume. Manchmal, dachte Duardo, gab es einfach zu viel, um verzeihen zu können.

# 31. Kapitel

»Ich habe mir was überlegt, Gracie.« Robbie trat hinter sie und legte die Arme um ihre Taille. »Wie wäre es, wenn wir heute Abend essen gehen?«

»Was feiern wir denn?« Grace spürte, wie sich ihr Körper verspannte, als sie gegen das Bedürfnis ankämpfte, sich aus seiner Umarmung zu winden. Es war ein anstrengender Tag gewesen, und sie versuchte immer noch, damit klarzukommen. Und doch … irgendwie hatte sie Lust zu feiern. Zum ersten Mal seit Jahren hatte ihr Vater mit ihr geredet – richtig geredet. Und zum ersten Mal seit Jahren hatte sie ihre Erinnerungen wirklich zugelassen. Grace hatte das Gefühl, als würde sich der Schleier, der die Gegenwart von der Vergangenheit und Gedanken von Erinnerungen trennte, endlich langsam heben und ihr einen Blick auf etwas ziemlich Erstaunliches eröffnen.

»Müssen wir denn etwas feiern?« Robbie drehte sie so herum, dass sie ihn ansah. Seine Miene wirkte besorgt. »Du fühlst dich doch besser, oder?«

»Ein bisschen«, pflichtete sie ihm bei und weigerte sich, an Theo zu denken. »Ich hab dir eine Menge zu erzählen.«

»Klingt bedrohlich.« Er hielt sie weiter leicht an den Armen fest, zog die Augen zusammen, neigte den Kopf zur Seite und sah sie an. »Gute oder schlechte Nachrichten?«

»Gute.« Hoffentlich. »Dad hat aufgehört zu trinken.« Sie fing seinen Blick auf. »Schon wieder, ich weiß. Und ich weiß, was du denkst. Aber diesmal …« Sie berührte seinen Arm, trat davon und beschäftigte sich damit, Teller und Tassen vom Mittagessen und vom Tee mit ihrem Vater wegzuräumen. »Er kommt mir anders vor.« Sie schloss die Schranktür.

»In welcher Hinsicht anders?«

Sie drehte sich wieder zu ihm um. »Es scheint ihm ernst zu sein, Robbie. Als ob …« Wie sollte sie das erklären? »Als hätte er sich allein dazu entschlossen und nicht, weil alle ihm deswegen in den Ohren liegen. Als wäre er an einem Wendepunkt angekommen, verstehst du?«

Robbie nickte. Er ging zurück ins Wohnzimmer und hob den Mantel auf, den er beim Hereinkommen über einen Stuhl geworfen hatte. »Ich hoffe nur, du hast recht, Gracie«, meinte er. »Wir wissen alle, dass es nicht das erste Mal ist.«

Sie stand mit verschränkten Armen in der Tür. »Und er hat über meine Mutter gesprochen«, setzte sie hinzu. Das *war* das erste Mal gewesen.

»Ja?« Er blickte auf. Sie sah ihm an, dass er halb mit etwas anderem beschäftigt war. Wo sie essen gehen sollten vielleicht oder was er am nächsten Morgen für die Arbeit brauchte.

Die Ehe, dachte sie. Wann hörte man auf, zuzuhören, wirklich alles aufzunehmen, was der Partner sagte, als wäre es kostbar, als könnte es einem mehr über ihn verraten? Wann bildete man sich ein, ihn so gut zu kennen, dass man nicht mehr darauf zu hören brauchte, was er sagte? Sie dachte an einige der Gespräche, die sie im Lauf der letzten Wochen mit Theo geführt hatte. Über sein Leben in Florida, seine Eltern. Darüber, wann er mit dem Zaubern angefangen hatte und warum er in das Kinderkrankenhaus ging. Würde jemals eine Zeit kommen, in der sie auch aufhören würden, einander zuzuhören? Sie wusste es nicht – und wahrscheinlich würde sie es nie herausfinden.

Dennoch musste sie es versuchen. »Er hat mir erzählt, was er für meine Mutter empfunden hat. Was passiert ist, als sie gestorben ist. Und meine Erinnerungen …« Sie wusste nicht, wie sie das beschreiben sollte. Robbie sah immer noch so aus, als höre er nur mit halbem Ohr zu, und jetzt hielt er sein iPad in der Hand, als warte er nur darauf, dass sie zu reden aufhörte, um es anzuschalten. Sie fragte sich, ob es ihr leichter fallen würde, wenn sie Theo davon erzählte. Verdammt, sie wollte es Theo erzählen … »Die Erinnerungen haben mich einfach überfallen.«

»Ist das jetzt gut?« Robbie runzelte die Stirn.

Vielleicht tat sie ihrem Mann ja unrecht. Sie war ihm wichtig, oder? Das war die Hauptsache. Bei ihm war immer alles entweder schwarz oder weiß, aber so eindeutig waren die Dinge nicht immer. Eher gab es viele Grauschattierungen. Sie zuckte mit den Schultern. »Ich glaube schon.«

War es nicht gut, seine Kindheit zurückzubekommen? Grace war klar, dass es lange dauern würde und dies nur der erste Schritt gewesen war. Man konnte dreißig Jahre Feindseligkeit nicht mit einem einzigen Gespräch und einer Umarmung auslöschen. Außerdem musste sie jetzt ihr Bild von ihrer Mutter und der Person, die sie gewesen war, zurechtrücken … Grace ging zum Tisch, legte die Platzdeckchen zusammen und stellte die kleine Vase mit Narzissen wieder in die Mitte. Schon der kleine Fleck Sonnenschein, den die Blumen bildeten, heiterte sie auf.

Ihre neuen Erkenntnisse ließen sie zuversichtlicher in die Zukunft schauen. Sie wollte es zumindest versuchen. Und noch etwas. Als ihr Vater über ihre Mutter gesprochen und ihr erzählt hatte, warum sie auf die Straße gerannt war, war Grace bewusst geworden, dass das nie passiert wäre, wenn sie Robbie nicht betrogen hätte, wenn sie keine Affäre gehabt hätte. Sie warf Robbie, der dabei war, seinen Mantel auf den Haken an der Tür zu hängen, einen Blick zu und dachte daran, was ihr Vater über Ehrlichkeit gesagt hatte. Was Theo und sie taten, war nicht ehrlich, und so wollte Grace nicht leben. Es führte zu Schmerz und Zorn und Verrat. Und sie wollte die Menschen, die sie liebte, nicht verletzen oder betrügen.

Schwer ließ sie sich auf einen Stuhl am Tisch fallen. Also würde sie mit Theo Schluss machen, wie sie es schon einmal versucht hatte – aber diesmal würde sie es mit Entschlossenheit im Herzen tun. Es war ein Pakt: Wenn ihr Vater den Alkohol aufgeben konnte, dann konnte sie auch Theo aufgeben. Sie musste ihn aufgeben. So konnte sie nicht weitermachen – keiner von ihnen konnte das.

»Also gibt's doch was zu feiern«, sagte Robbie, fast als wäre er ihren Gedanken gefolgt. Er setzte sich ihr gegenüber und schaltete das iPad an.

»Ja.« Grace beschloss, ihm nichts von dem Streit mit Elisa zu erzählen. Das wäre ein wenig zu nahe an dem Thema, das sie vermeiden wollte. Sie sah zu, wie er seine Aufmerksamkeit dem Tablet zuwandte, das er vor sich hatte. Ob der zunehmende Gebrauch dieser Art von Technologie die Scheidungsrate zu- oder abnehmen ließ? Man konnte das aus mehreren Blickwinkeln betrachten.

»Und, wohin sollen wir gehen?«, fragte sie munter.

Wie als Antwort auf ihre Frage klingelte das Telefon. Grace nahm ab.

Es war Elisa.

Grace holte tief Luft. Sie huschte in ihr Therapiezimmer und schloss die Tür hinter sich. »Es tut mir so leid, Elisa«, sagte sie. »Ich weiß nicht, was heute Nachmittag über mich gekommen ist. Du hast nur versucht zu helfen. Ich hätte das alles nicht sagen sollen.«

Sie hörte, wie Elisa seufzte. »Ich auch nicht, Grace, Liebes«, sagte sie. »Aber deswegen ruf ich nicht an. Wir können ein andermal richtig darüber reden.«

»Natürlich.« Grace war erleichtert. »Also, was ist?« Sie trat ans Fenster und ließ die Jalousie herunter. Aber die Abende wurden heller. Es wurde Sommer.

»Es geht um deinen Vater«, sagte Elisa.

»Was ist mit ihm?« Grace wollte ihr danken, weil sie ihn dazu ermuntert hatte, vorbeizukommen und mit ihr zu reden, aber sie spürte, dass auch das nicht der Grund für Elisas Anruf war. Sie klang besorgt.

»Ist er noch bei dir?« Die Stimme ihrer Stiefmutter bebte.

»Nein.« Automatisch sah Grace auf ihre Armbanduhr. »Er ist schon vor einer Weile gegangen.« Sie versuchte nachzudenken. Das war gewesen, bevor Robbie nach Hause gekommen war. »Vor mindestens einer Stunde.«

»Verstehe.« Sie hörte, wie Elisa der Atem stockte.

»Dann ist er noch nicht zu Hause?« Grace runzelte die Stirn. »Er hat gesagt, er wolle direkt …« Abrupt unterbrach sie sich, denn ihr wurde klar, worauf ihre Worte hinausliefen. »Du glaubst doch nicht … ?«

»Kannst du mir sagen, was zwischen euch passiert ist?« Grace fühlte, dass Elisa sich große Mühe gab, gleichmütig zu klingen. »War er aufgeregt? Zornig?«

»Nein.« Grace dachte darüber nach. »Es schien ihm gut zu gehen. Wir hatten ein richtig tolles Gespräch, Elisa. Ich hab's gerade Robbie erzählt. Wir sind spazieren gegangen, und Dad hat mir alles gesagt – über meine Mutter, über ihr Zusammenleben …« Sie verstummte.

»Und du hast dich nicht aufgeregt?«, fragte Elisa sie. »Tut mir leid, dass ich frage, Liebes. Aber du hast nichts gesagt, weshalb er sich …«, sie zögerte, »schlecht gefühlt haben könnte?«

»Nein.« Grace drückte das Telefon fester ans Ohr und versuchte, nicht verteidigend zu klingen. Natürlich musste Elisa nachfragen. »Ganz bestimmt nicht. Es war nett.« Sie hörte den wehmütigen Unterton in ihrer Stimme. »Als er gegangen ist, haben wir uns umarmt, und …« Und sie hatte gehofft, wirklich gehofft.

»Danke. Ich bin sehr erleichtert, das zu hören. Es ist nur, weil er so entschlossen wirkte. Und er hat sich so wacker geschlagen.« Ihre Stimme brach.

Grace wusste, was sie dachte. Nein. »Ich bin mir sicher, dass er nicht getrunken hat«, sagte sie ruhig. »Ehrlich, Elisa. Vielleicht ist er irgendwohin gefahren.« Nur dass ihr nichts anderes einfiel. »Es ist erst eine Stunde her.«

»Ich wünschte, ich hätte deine Zuversicht, Grace«, entgegnete Elisa traurig, »aber du weißt so gut wie ich, dass man als Süchtiger …« Sie seufzte. »Es hat einen so fest im Griff. Man versucht, ihm zu entkommen, und trotzdem zieht es einen zurück.«

»Ja.« Grace dachte an Theo. Aber es änderte nichts. Dieses Mal würde er sie nicht zurückziehen. »Ruf mich an, wenn er nach Hause kommt, ja? So oder so?«

»Natürlich«, sagte Elisa. »Bis dann, Liebes.«

Grace legte das Telefon weg und ging zurück ins Wohnzimmer. Robbie las immer noch seine E-Mails. Sie berührte ihn an der Schulter. »Macht es dir was aus, wenn wir heute Abend zu Hause bleiben?«, fragte sie ihn. »Das war Elisa. Ich mache mir Sorgen wegen Dad.«

»Oh nein.« Robbie starrte sie an. »Er hat doch nicht jetzt schon einen Rückfall, oder? Tut mir leid, Liebling.«

Er stand auf. Aber als er sie in den Armen hielt, dachte Grace darüber nach. Sie war sich so sicher gewesen, dass ihr Vater nicht wieder zu trinken anfangen würde – zumindest nicht so bald. Sie hatte das ganz starke Gefühl gehabt, dass es ein Neuanfang war. Und sie konnte nicht glauben, dass sie sich derart geirrt haben sollte.

Grace wärmte die Spaghetti Bolognese auf, die sie zum Abendessen geplant hatte, und Robbie und sie aßen, wobei sie nicht besonders viel sprachen. Grace hatte das Gefühl, ihr Kopf sei zum Platzen gefüllt, mit allem, was passiert war. Mit all den neuen Informationen, die sie verarbeiten, und den neuen Gefühlen, mit denen sie sich anfreunden musste, was sie zumindest von Theo ablenkte. Wo mochte ihr Vater stecken? Elisa hatte nicht angerufen, um zu sagen, dass er heil angekommen wäre, und das konnte nur eines bedeuten. Nach ihrem offenen Gespräch, nachdem er ihr die Wahrheit über den Tod ihrer Mutter gesagt hatte, nach diesem seltenen Moment der Nähe zwischen ihnen … Ihr Vater musste wohl der Versuchung erlegen und etwas trinken gegangen sein. Grace empfand nicht einmal Zorn. Nur Traurigkeit.

Als sie die Spülmaschine einräumte, klingelte das Telefon. Grace rannte hin.

»Ja?«

»Grace.« Es war Elisa, aber sie klang nicht wie Elisa.

»Ist er wieder da?«, flüsterte sie.

»Nein«, sagte Elisa. »Er kommt nicht wieder.« Ihre Stimme brach, und Grace glaubte, ein unterdrücktes Schluchzen zu hören.

»Was ist passiert? Was meinst du?«

Offenbar versuchte Elisa, ihre Gefühle zu beherrschen. »Die Polizei war hier«, sagte sie.

»Die Polizei?« Grace spürte Panik in sich aufsteigen. Und … was weiter? Hatte er sich verletzt? Hatten sie ihn irgendwo betrunken in der Gosse aufgelesen? Was?

»Ein Unfall«, flüsterte Elisa. »Ein Autounfall. Ich weiß nicht, wie ich es dir sonst sagen soll. Dein Vater – er ist noch auf dem Weg ins Krankenhaus gestorben.«

Gestorben? Ihr Vater war tot? Grace sagte nichts. Sie starrte auf einen Punkt direkt über dem Spiegel, der über dem Kamin hing. Sie sah eine große, ernste, stirnrunzelnde Frau, die nicht in der Lage war, das aufzunehmen. »Das begreife ich nicht«, sagte diese Frau verständnislos. »Wie kann er tot sein? Er war doch heute Nachmittag noch hier.«

Mit ein paar Schritten stand Robbie neben ihr. »Was ist?«, zischte er. »Dein Vater?«

Sie brachte ein Nicken zustande. Aber sie konnte nicht denken. Sie bekam kaum Luft und fühlte sich wie betäubt. »Wie?«

»Sie glauben, er hatte am Steuer einen Herzanfall«, sagte Elisa. »Er hat an einer Ampel fast nicht gebremst. Eine Frau ging gerade über die Straße.«

Meine Mutter, dachte Grace. Was war passiert? War er so tief in Gedanken versunken gewesen, dass er nicht gesehen hatte, wie die Ampel umsprang? Hatte er nicht gesehen, wie sie vor ihm auf die Straße trat? Grace konnte es sich nur vorstellen.

»Ist sie verletzt?«, fragte sie scharf.

»Nein.« Grace vermutete, dass Elisa in dieselbe Richtung dachte wie sie.

»Das ist nicht fair«, sagte Grace.

»Nein, ist es nicht«, flüsterte Elisa und unterdrückte ein Aufschluchzen.

Es hatte ein Neuanfang sein sollen – für ihn, für sie alle.

»Bleib, wo du bist«, sagte Grace. »Ich komm zu dir.«

# 32. Kapitel

*Havanna 2012*

Als Duardo an diesem Abend die Wohnung betrat, sah er aus wie ein gebrochener Mann. Rosalyn fuhr hoch – sie hatte am offenen Fenster gesessen, auf Tácitos Lieblingsstuhl. Sie war in der Sonne des späten Nachmittags tatsächlich eingedöst. Tácito hatte den defekten Stuhl selbst repariert, indem er eine neue Sitzfläche aus Schnur gewebt hatte, sodass er wieder brauchbar war. Er hat so vieles in Ordnung gebracht, was an meinem Leben verkehrt war, dachte sie.

»Hallo, mein Sohn.« Wie üblich stand die Tür offen, damit es ein bisschen Durchzug gab, und sie hatte sich nicht die Mühe gemacht, das schmiedeeiserne Gitter abzuschließen. Schwerfällig setzte sich Rosalyn auf und versuchte, die Mischung aus Träumen und Erinnerungen abzuschütteln, die sie sowohl quälte als auch tröstete.

»Hallo, Mami«, sagte Duardo, aber er sah sie kaum an.

»Möchtest du Kaffee? Ein Bier?« Langsam stand sie auf. Heutzutage konnte sie sich nicht mehr schnell bewegen. Sie konnte kaum glauben, wie flink sie früher in der Wohnung herumgesaust war, um die Hausarbeit zu erledigen. »*¿Algo para comer?*« Etwas zu essen?

Er brummte. »Nur ein Bier. Ich hol's mir selbst.«

Behutsam schob sie ihn beiseite und auf den Stuhl zu, den sie gerade geräumt hatte. Es war nicht viel, aber sie wollte noch in der Lage sein, diese Kleinigkeiten für ihn zu tun.

Sie nahm die Dose aus dem laut brummenden russischen Kühlschrank und ging zurück ins Wohnzimmer. Sie reichte sie ihm.

»Danke.« Er riss die Lasche ab und trank gierig.

Was konnte passiert sein? Rosalyn erinnerte sich an den Entschluss, den sie am Strand von Cayo Levisa gefasst hatte, und an Luis' schuldbewusste Miene kürzlich beim Abendessen. Sie hatte versucht, zuerst mit Federico und dann mit Benita zu reden, aber beide hatten nicht viel gesagt. Federico hatte wie immer lässig mit den Schultern gezuckt. »Es kommt sowieso bald raus«, hatte er gesagt. »Aber es ist nicht meine Sache, darüber zu reden.«

»Über was denn?«, hatte Rosalyn ihn gefragt. »Worüber willst du nicht reden?« Wieder sein lässiges Schulterzucken, und dann war er weggegangen.

Benita war auch nicht entgegenkommender gewesen. Sie hatte ein Schluchzen unterdrückt und das Gesicht abgewandt. »Das ist der Lauf der Dinge«, hatte sie gesagt. »In dieser modernen Welt.«

Rosalyn war frustriert. Sie hatte immer über alles Bescheid gewusst, was in ihrem Haushalt vorging, und jetzt sah es aus, als entglitten ihr tatsächlich die Zügel. Hatte sie noch die Kraft, sie festzuhalten? Sie fürchtete, nicht. Aber sie spürte, dass sie die Wahrheit nur allzu bald erfahren würde.

Was konnte passiert sein? War etwas mit Federico? Mit Luis? Rosalyn hielt sich an der Tischplatte fest. In dieser Verfassung, mit dieser ausdruckslosen Miene hatte sie Duardo nicht mehr gesehen seit … nun ja, seit dem Tag, an dem er endlich aus den Bergen zurückgekehrt war und festgestellt hatte, dass das Leben, für das er gekämpft hatte, nicht mehr existierte. Elisa Fernández García war fort. Rosalyn hatte sich gewünscht, dass es so ausgehen würde, das konnte sie nicht abstreiten, aber sie würde Elisa nie verzeihen, dass sie so leicht aufgegeben hatte.

»Geht es dir gut, Sohn?« Rosalyn sah sich um, aber Jaquinda war nicht da, und außerdem, was hätte die schon ausrichten können? Sie war immer häufiger nicht zu Hause – Rosalyn wünschte, sie würde ganz ausziehen. Konnte es etwas mit ihr zu tun haben? Aber nein, dazu machte Duardo sich zu wenig aus ihr. »Was ist passiert?« Federico und Benita waren nicht da, und auch Luis nicht. Duardo und sie waren allein.

Duardo trank die letzten Tropfen aus der Bierdose. Er stand auf, stapfte zur Tür und warf die leere Dose ins Küchenspülbecken. Rosalyn zuckte zusammen. Als er sich wieder umdrehte, glühte sein Blick vor Zorn.

»Alles, wofür wir gekämpft haben«, schimpfte er, »alles, wofür ich gearbeitet habe.«

Rosalyn wartete, obwohl sie das Gefühl hatte, sich kaum aufrecht halten zu können. »Was?«, flüsterte sie. Und jetzt war sie froh, dass sie es nicht wusste. Es war schlimmer, als sie befürchtet hatte.

Duardo kam näher. Behutsam legte er die Hände auf ihre Schultern und sah ihr ins Gesicht. »Luis wird mein Geschäft nicht übernehmen, wenn ich aufhöre zu arbeiten«, erklärte er steif. »Er hat kein Interesse daran.« Er ließ sie los und trat ans Fenster.

Rosalyn runzelte die Stirn. Seit wann das denn? Von klein auf hatte Luis seinen *abuelo* verehrt, war seinem Großvater auf Schritt und Tritt gefolgt und hatte den rot-weißen Chevrolet liebevoll poliert, bis er glänzte. Und dafür hatte Duardo ihn alles gelehrt, was er wusste. Duardo hatte sich das alles natürlich selbst beigebracht. Aber sie wussten beide, dass sein Enkel es noch besser konnte. Er war jung, er war charmant. Was konnte da schiefgegangen sein?

»Was will er denn sonst tun?«, flüsterte Rosalyn. Sie konnte es sich nicht vorstellen.

Duardo ballte die Fäuste. »Er wird uns verlassen, Mami«, sagte er. »Ich dachte, er sei unser leuchtender Stern, aber er wird uns verlassen.« Er sah aus dem Fenster auf die Straße draußen, als sähe er Luis, der schon unterwegs war.

»Uns verlassen?« Was sagte er da? Aber da fiel Rosalyn Benitas unterdrücktes Schluchzen ein.

Duardo richtete sich gerader auf. »Mein Enkel bewirbt sich um ein Visum, um unser Land zu verlassen«, erklärte er. Er drehte sich wieder zu ihr um.

»Oh.« Rosalyn war wie vor den Kopf geschlagen. Viele Jahre lang war es allzu einfach gewesen, aus Kuba auszuwandern – und dann war es unmöglich geworden. Sie wusste, dass es immer noch schwierig war und dass es viel bürokratischen Kram und lange Wartezeiten gab. Raúl Castro hatte die Gesetze allerdings ein wenig gelockert. Und jetzt …

»Aber wohin will er denn?« Was Rosalyn anging, konnte sie nicht verstehen, warum jemand den Wunsch haben sollte, Kuba zu verlassen. Die Zeiten waren schwer – wenn auch nicht so schwer, wie sie früher einmal waren. Aber letzten Endes war es ihre Heimat.

»Spanien.« Duardo spuckte das Wort praktisch aus. Er trat vom Fenster weg und kam wieder auf sie zu.

»Spanien?« Rosalyn wurde schwindlig. Sie streckte den Arm aus und hielt sich an einer Stuhllehne fest. Sie konnte nur noch an ihre Großmutter und die Geschichten denken, die sie über die Plantagen und deren spanische Besitzer erzählt hatte. Zu Anfang hatten in Kuba Indianer gelebt. 1492 war Columbus gekommen und hatte es erobert. Weil aber so viele Indianer im Krieg und an Krankheiten starben, die in ihr Land eingeschleppt wurden, brauchten die Spanier neue Arbeiter – für den Tabak und für den Zucker. Und so sahen sie sich in Afrika um. Rosalyns und Tácitos Familien stammten von den afrikanischen Yoruba ab. Sie waren mit Sklavenschiffen gekommen, auf denen Männer und Frauen angekettet, gefoltert und, wenn sie zu krank wurden, über Bord geworfen wurden. Sie kamen, um für die Spanier zu arbeiten. Es gab gute und schlechte Spanier. Gute und schlechte Herren. Mit der Zeit hatten sich die Rassen vermischt, und heute waren sie alle Kubaner. Das war der Lauf der Welt. Macht. Krieg. Integration. Zuerst Duardo, dachte sie, und jetzt Luis. Aber was sollte er dem Jungen sagen? Er war sein Großvater, und auch er hatte für sein Recht gekämpft, unabhängig zu sein. Dasselbe Recht konnte er Luis nicht absprechen.

»Wie will er denn nach Spanien kommen?«, fragte sie »So einfach ist das immer noch nicht. Er hat kaum Geld. Keinen Job. Seine Arbeit ist hier, bei dir.«

»Jemand hat ihm eine Stelle angeboten«, erklärte Duardo, »jemand, den er in meinem Taxi kennengelernt hat.« Er schlug mit der flachen Hand auf den Tisch neben ihnen und fluchte lästerlich.

Rosalyn zuckte nicht mit der Wimper. »Wer?«, fragte sie.

»Spielt das eine Rolle?«, fauchte er. »Der Kerl war beeindruckt von seinem Auftreten – das ich ihm beigebracht habe. Er war von seinen Sprachkenntnissen beeindruckt – die ich gefördert habe. Alles hat ihn beeindruckt – einschließlich meines verdammten Autos.«

»Und deswegen hat er ihm einen Job angeboten? Einfach so?« Die Welt war wirklich seltsam, dachte Rosalyn.

»Er hat dem Jungen Flausen in den Kopf gesetzt.« Duardo seufzte. »Er hat ihm erzählt, als Reiseleiter könne er um die Welt gondeln. Hat ihm gesagt, er würde seine Fähigkeiten vergeuden, wenn er hier bei uns lebt, für mich arbeitet und einen Hungerlohn verdient.« Er schüttelte den Kopf. »Er hat ihm erzählt, wie viel er verdienen, wohin er reisen und was er alles sehen könnte.«

Rosalyn nickte. Jetzt verstand sie. Die Welt veränderte sich, und jetzt war es Duardo, der zurückblieb. Aber Luis war jung, er gehörte in diese neue Welt. »Aber das wäre eine wunderbare Erfahrung für ihn«, sagte sie, fast zu ihrer eigenen Verblüffung.

Duardo starrte sie an. »Was? Was sagst du da?«

Rosalyn strich ihren Rock glatt und reckte sich. Ja, sie hatte ihren Sohn immer unterstützt, aber jetzt fühlte sie sich in ihrer Loyalität hin- und hergerissen. Duardo würde für sie immer an erster Stelle stehen, doch sie war alt genug, um zu erkennen, dass er noch stärker verletzt werden würde, wenn er versuchte, Luis zurückzuhalten, und ihm seinen Segen nicht gab. Luis war ein lieber Junge. Er erinnerte sie so sehr an Duardo. »Du und ich, wir hatten diese Möglichkeit nicht«, sagte sie. »Nicht mal Federico. Aber Luis ist jung. Vielleicht hat er diese Chance verdient.«

Duardo schüttelte seinen grauen Kopf. »Ich kann nicht glauben, dass du das sagst, Mami.« Und als er sie ansah, hatte sie das Gefühl, ihn verraten zu haben.

Sie breitete die Hände aus. »Ich auch nicht. Ich kann es auch nicht glauben.« Sie lächelte, und einen Moment darauf lächelte Duardo auch. Sie tätschelte ihm die Hand. »Ich weiß, wie du dich fühlst, und es ist schwer. Aber er wird zurückkommen. Wir werden ihn nicht verlieren.« Da war sie sich ganz sicher. »Er trägt Kuba in seiner Seele.«

»Und was wird inzwischen aus dem Geschäft?« Duardo sah immer noch sehr niedergeschlagen aus. »Es war alles für ihn, verstehst du?«

Rosalyn zuckte mit den Schultern. »Wir tun Dinge für unsere Verwandten, ohne vorher zu fragen, ob sie das auch wollen. Deswegen können wir auch nicht immer damit rechnen, dass man es uns dankt, weißt du?«

Duardo warf ihr einen scharfen Blick zu. Sie war sich nicht sicher, was er dachte. Aber er setzte sich an den Tisch, und sie stellte sich neben ihn und strich ihm übers Haar, wie sie es gern getan hätte, als sie in Cayo Levisa gewesen waren, wie sie es so oft getan hatte, als er ein Kind war.

»Wann bist du nur so weise geworden, Mami?«, fragte er sie.

Das war einfacher zu beantworten. »Als ich so alt geworden bin.« Sie klopfte ihm auf die Schulter. »Du wirst arbeiten, bis du damit aufhörst, und dann wirst du das Auto und das Geschäft verkaufen«, sagte sie. »Du hast dich gut geschlagen im Leben. Ich bin stolz auf dich, und dein Vater wäre es auch. Und du hast Luis den besten Start ermöglicht, den ein Großvater seinem Enkel geben kann. Jetzt kann er die Flügel ausbreiten und fliegen.«

»Was würde ich nur ohne dich anfangen, meine liebe Mami?« Duardos Worte klangen gedämpft durch seine Fäuste. »Du bist die Einzige, die mich nicht verlassen hat.«

Aber darauf gab Rosalyn keine Antwort. Sie hatte das Gefühl, dass es nicht lange dauern würde, bis er es herausfand.

# 33. Kapitel

In den Tagen, die auf Philips Tod folgten, wusste Elisa nicht, wohin mit sich selbst. Ihr gingen so viele Gedanken durch den Kopf, so viele »Wenns«. Wenn sie ihn nur nicht an diesem Nachmittag gebeten hätte, bei Grace vorbeizugehen, wenn er nur früher oder später aufgebrochen wäre, wenn nur diese Frau nicht exakt in diesem Moment auf die Straße getreten wäre. Aber, wie Grace ihr gesagt hatte, als sie an diesem Abend gekommen war, als sie über Nacht und auch noch den nächsten Tag bei ihr geblieben war, als sie dasaßen und darüber redeten, bis sie nichts mehr zu sagen hatten ... Es war sinnlos, sich von den »Wenns« verfolgen zu lassen. Das Leben bestand daraus. Wenn man wüsste, was einen draußen erwartete, würde man das Haus nie wieder verlassen. Man musste leben, man musste hoffen, und man musste mit den Tiefschlägen und Tragödien des Lebens fertigwerden.

Und nach den Verlusten, die sie schon erlitten hatte, wusste Elisa, dass sie eine Überlebenskünstlerin war. Was auch sonst? Also werkelte sie in der Küche herum, redete mit dem Essen, dem Kühlschrank und sich selbst und beschäftigte sich, damit sie nicht allzu viel Zeit zum Nachdenken hatte. Dazu hatte sie ohnehin schon reichlich Gelegenheit, wenn sie in den frühen Morgenstunden nicht mehr schlafen konnte, es aber noch zu früh war, um aufzustehen.

Am Abend würde Grace zum Essen kommen, und Elisa hatte beschlossen, *Moros y Cristianos* zu kochen, »Mauren und Christen«. Sie vermutete, dass es ursprünglich ein spanisches Gericht war, aber keine andere Speise repräsentierte die kubanische Küche besser. Es war ein traditionelles Grundnahrungsmittel. Elisa brauchte Essen für die Seele, und sie dachte, dass es Grace wahrscheinlich nicht anders erging. Wie frustrierend musste es sein, die lange verlorene Beziehung zu seinem Vater zu erneuern, endlich die Hoffnung zu haben, er könne seine Rolle so ausfüllen, wie man es sich immer gewünscht hatte, dass er seine Sucht aufgeben und ein normales Leben führen könnte … nur, damit er einem entrissen wurde, bevor all das überhaupt Wirklichkeit wurde.

Elisa schüttelte den Kopf. Das war hart. Grace hatte recht gehabt mit dem, was sie an jenem Abend gesagt hatte. Es war nicht fair. Elisa sah nach den schwarzen Bohnen, die zusammen mit Knoblauch, Zwiebeln, geräucherter Schweinshaxe und Gewürzen in ihrem großen Gemüsetopf köchelten. Das Leben war nicht fair.

Was Elisa anging … Kurz lehnte sie sich haltsuchend an die Arbeitsplatte. Philips Alkoholkonsum war eine schwere Bürde gewesen. Aber es hatte sich ihr die kurze, verlockende zweite Chance auf Zufriedenheit in dieser Ehe geboten, und diese war ihr genauso grausam entrissen worden. Sie konnte sich nur sagen, dass es vielleicht so vorherbestimmt gewesen war.

Es klingelte an der Tür. Elisa wischte sich die Hände an ihrer Schürze ab und ging, um aufzumachen. Grace stand auf der Schwelle. Sie sah blass aus, versuchte sich aber an einem Lächeln. »Komm rein, Liebes«, sagte Elisa. »Wie fühlst du dich?«

»Ganz gut.« Grace küsste sie und folgte ihr nach drinnen.

»Ich nehm dir die Jacke ab.« Elisa wartete, während Grace ihre Jacke abstreifte, und hängte sie an den Haken an der Tür. Sie war sich fast sicher, dass ihre Beziehung so gut war wie vor Grace' Ausbruch an dem Tag, an dem Philip gestorben war. In vielerlei Hinsicht fand sie, sie sei noch besser geworden. Zwischen ihnen herrschte mehr Ehrlichkeit. Aber keine vollständige Offenheit, rief sie sich ins Gedächtnis. Noch nicht.

»Und du?«, fragte Grace.

Elisa nickte. »Ich koche *Moros y Cristianos*«, sagte sie, obwohl das die Frage nicht beantwortete.

Grace lächelte. »Klingt gut.« Elisas Küche hatte ihr immer geschmeckt, und sie hatte immer gern etwas Neues probiert, schon als Kind.

»Und, wie geht's Robbie?«, fragte Elisa vorsichtiger. Sie ging vor in die Küche und hob den Deckel vom Topf, um nach dem Schmorgericht zu sehen. Eine wohlduftende Dampfwolke stieg auf. Sie nahm eine Gabel und stach versuchsweise hinein. Alles schien so, wie es sein sollte.

»Oh, ihm geht's gut, weißt du?« Grace war ihr in die Küche gefolgt, stand da und sah ihr zu.

Ein Ausweichmanöver, dachte Elisa. Sie hatte den Reis in der Spüle in einem großen Topf gewässert. Nun goss sie ihn ab und setzte noch mehr Wasser zum Kochen auf.

»Riecht auch gut«, meinte Grace und schnüffelte beifällig.

Elisa schüttelte das Sieb energisch. »Ich gehe davon aus, dass er heute Abend nicht mitkommen wollte«, sagte sie.

Grace sah aus dem Fenster. Kein gutes Zeichen. Sie drehte sich um. »Ich wollte nicht, dass er mitkommt.«

*Ach, du meine Güte.* »Aber er hilft dir doch? Unterstützt dich?« Elisa konnte sich nicht vorstellen, dass Robbie das nicht tat. Er gehörte zu den Unterstützern. Aber das schloss Theo nicht ein.

»Oh ja.« Grace sprach schnell. Zu schnell. »Er ist sehr lieb.

Aber was kann man schon zu jemandem sagen, dessen Vater gerade gestorben ist?«

Elisa wusste, was sie meinte. Jemand wie Robbie, der außerhalb des engsten Kreises stand, konnte die Trauer nicht teilen, nicht wirklich. Er konnte hohle Phrasen murmeln und für sie da sein, er konnte sie in den Armen halten und Mitgefühl zeigen. Aber er war nie imstande, selbst in diesen Kreis einzutreten.

»Ich muss nur …«, Grace zuckte mit den Schultern, »… manchmal allein sein.«

Elisa nickte. Alleinsein war ein notwendiger Teil der Trauerarbeit. Zeit, um nachzudenken und sich zu erinnern. Zeit zum Trauern. Aber es war auch gut, mit jemandem zusammen zu sein, der ebenfalls trauerte. Sie hob die Schweinshaxe aus ihrem Eintopf und machte sich daran, die Knochen zu entfernen. Sie holte tief Luft. »Und Theo?«, fragte sie und warf einen schnellen Blick über die Schulter, um Grace' Reaktion abzuschätzen.

»Was soll mit ihm sein?« Grace war rot geworden, als sein Name fiel. Aber wenn sie ehrlich zueinander sein wollten, dachte Elisa, dann war Aufrichtigkeit nötig.

»Wie empfindest du jetzt für ihn?« Das Fleisch ließ sich leicht von den Knochen lösen. Elisa sammelte es in ihrer hohlen Hand und gab es zurück in den Schmortopf. Dann spülte sie ihre Hände unter dem Wasserhahn ab.

»Er fehlt mir.« Grace warf ihr einen Blick zu und schaute dann rasch wieder weg.

Sie leidet, dachte Elisa. »Aber?«

»Aber ich habe es mir nicht anders überlegt.«

Elisa fiel auf, dass sie die Hände zu Fäusten geballt hatte. So schlimm war es? Ach je.

»Ich hab mich an dem Tag entschieden, als Dad vorbeikam, eigentlich schon früher«, sagte Grace. Tränen traten ihr in die Augen. »Seitdem hat sich nichts geändert.«

Abgesehen vom Tod deines Vaters, dachte Elisa. »Verstehe«, sagte sie behutsam. Aber was sie auch sah, war der Ausdruck in ihrem Gesicht. In Theos und in Grace'. Nicht, wenn sie zusammen waren – Elisa hatte sie noch nie zusammen gesehen –, aber jeder für sich, wenn der eine an den anderen dachte. Und an die Liebe. Seufzend wandte Elisa sich wieder ihrem Essen zu. Sie hoffte, dass Robbie Grace half, dass sie am Ende stark genug wären, um alles gemeinsam durchzustehen, und dass ihre Gefühle für Theo vorübergehen würden ... Aber sie kannte diese Gefühle nur zu gut. Schließlich hatte sie diese letzte Rumba mit Duardo nie vergessen.

Elisa schmeckte das Essen ab, fügte Gewürze und etwas Essig hinzu und setzte den Reis auf.

»Und was ist mit dir?«, fragte Grace sie. Sie klang wieder gefasster. Sie trat an den Herd und spähte in den Topf, den Elisa die letzten fünfzehn Minuten der Kochzeit offen köcheln ließ. »Kommst du zurecht?«

»Natürlich.« Elisa merkte, dass ihre Antwort etwas zu prompt herausgeschlüpft war. Als ob das alles so einfach wäre. Sie tauschten ein ironisches Lächeln. »Weißt du, dein Vater und ich, wir hatten nie eine richtige Chance«, sagte Elisa. »Was möchtest du trinken? Wasser? Wein?«

»Wein?« Grace zog die Augenbrauen hoch.

Elisa zuckte mit den Schultern. »Heutzutage darf ich Alkohol im Haus haben, glaube ich«, sagte sie. »Ein wenig von dem, was einem schmeckt, schadet nicht, da bin ich sicher.«

»Wenn das so ist, wäre es wohl unhöflich, wenn ich mich dir

nicht anschließen würde.« Grace öffnete den Küchenschrank und nahm die Gläser heraus. »Robbie hat gesagt, er holt mich um zehn ab.«

»Perfekt.« Elisa zeigte auf den Kühlschrank. »Da drin ist Weißwein.«

Grace holte ihn und entkorkte die Flasche. »Warum hattet ihr nicht wirklich eine Chance, Dad und du?«, nahm sie den Gesprächsfaden wieder auf. »Meinst du wegen seiner Gefühle für Mum? Oder wegen der Art, wie sie gestorben ist?«

»Beides.«

Grace goss den Wein ein und reichte Elisa ein Glas. Sie stießen an und wechselten ein trauriges Lächeln. »Und dann, weil er getrunken hat?«, fragte Grace.

»Ja«, entgegnete Elisa. Sie nippte einmal an ihrem Wein und dann noch einmal, um sich Mut zu machen. »Und auch«, sagte sie, »wegen Duardo.«

»Duardo?« Grace setzte sich an den Tisch, den Elisa schon gedeckt hatte, bevor sie gekommen war. »Wer ist Duardo?«

Ja, das war die Frage. Elisa sah nach dem Reis. Er war gar. »Du hattest recht«, sagte sie, »für mich hat es auch einen anderen gegeben. Immer schon.«

Grace starrte sie an.

»Ja, es ist wahr.« Elisa nickte. Sie goss den Reis ab und ließ sich Zeit, sich zu fassen, während sie den Reis mit einer Gabel auflockerte. Sie servierte ihn auf zwei Tellern und stellte die Bohnensoße getrennt auf den Tisch, damit Grace sich selbst bedienen konnte.

»Elisa? Du brauchst es mir nicht zu erzählen, das weißt du.« Grace legte ihr eine Hand auf den Arm.

Elisa bedeutete ihr mit einer Kopfbewegung, sich zu bedienen. »Will ich aber.« Ehrlichkeit, darauf kam es an.

»Eigentlich geht's mich nichts an.« Grace nahm sich von den Bohnen und löffelte sie über den lockeren weißen Reis. »Ich habe das alles an diesem Tag zu dir gesagt, weil ich müde und gestresst war und weil ich nicht wusste, was ich tun sollte – wegen Theo.«

»Ich weiß.« Das war nicht so wichtig. Nicht jetzt.

»Also ...«

Elisa legte eine Hand auf ihre. »Ich möchte es dir erzählen, Grace«, sagte sie. »Als ich Duardo kennenlernte, war ich sehr jung, weißt du?« Sie lächelte bei der Erinnerung. »Es war in Havanna, in einer Bar namens La Cueva. Er kam auf mich zu und hat mich zur Rumba aufgefordert ...«

Als Elisa zu Ende erzählt hatte, hatten sie ihre Mahlzeit beendet und beide noch ein zweites Glas Wein getrunken. Elisa hatte die Teller abgeräumt, aber sie saßen immer noch am Tisch und steckten die Köpfe zusammen. Elisa hatte Grace erzählt, wie Duardo und sie nach Matanzas durchgebrannt waren, wie er in den Kampf gezogen war, dass sie ihn für tot gehalten und die Wahrheit erst bei ihrer Rückkehr nach Havanna 1985 herausgefunden hatte, als Philip und Grace schon zu einem Teil ihres Lebens geworden waren. Schließlich erzählte sie ihr von dem Baby, Duardos Baby, das sie schon verloren hatte, bevor sie eine Entscheidung treffen konnte. Philip hatte immer gesagt, dass er ihr verziehen habe, aber als er Elisa dann von seiner ersten Frau und ihrer Affäre erzählt hatte, war Elisa stutzig geworden. Welchen Anteil hatte ihr Verhalten zum Alkoholkonsum ihres Mannes beigetragen? Wie mochte er sich gefühlt haben – wieder einmal betrogen?

»Ich wusste, dass da etwas war«, sagte Grace schließlich. »Oder jemand. Noch bevor du mir von deiner Fehlgeburt erzählt hast.« Sie legte die Hand auf die von Elisa und drückte sie sanft.

»Woher?« Elisa hatte doch so sehr darauf geachtet, nichts preiszugeben.

»Wenn du von Kuba erzählt hast.« Grace schüttelte den Kopf. »Da stand so ein Ausdruck in deinen Augen.«

»Aha.« Elisa kannte diesen Ausdruck ziemlich gut.

»Und, wirst du noch mal zurückkehren?«

»Nach Kuba?« Elisa war schockiert.

»Natürlich. Er könnte ja noch leben.«

Darüber dachte Elisa nach. »Ja, vielleicht«, räumte sie ein.

»Willst du es nicht rausfinden?«

Elisa war sich bewusst, dass sie das jederzeit herausfinden konnte. Sie hatte immer noch Familie in Havanna – nicht ihre Tante Beatriz natürlich, die vor vielen Jahren gestorben war, aber ihre Cousinen. Es wäre kein Problem. Aber sie hatte es zu einer Frage der Loyalität gemacht, es nicht zu tun. Diese Zeit war vergangen. Sie hatte ihre Entscheidung getroffen und war zu Philip zurückgekehrt, entschlossen, eine glückliche Ehe zu führen – obwohl sie nicht sicher war, ob sie dieses Ziel erreicht hatte. Aber jetzt … »Ich weiß es nicht«, sagte sie.

Grace hatte sich offenbar an dem Thema festgebissen. »Du könntest jetzt zurückgehen«, sagte sie. »Es gibt nichts, das dich daran hindern könnte.«

Elisa sah sie unglücklich an. Da war immer noch Grace. Es gab immer noch die Verpflichtungen in ihrem Leben hier. Und sie war nicht mehr jung. Sie war müde. Sie hatte den besten Teil ihres Lebens hinter sich.

»Du musst doch darüber nachgedacht haben«, sagte Grace.

Es schien treulos, das zuzugeben. Sie hatte Philip erst vor so kurzer Zeit verloren und damit auch die neue Verheißung zwischen ihnen. Elisa hatte ihn nie so verzehrend und leidenschaftlich geliebt wie Duardo. Dennoch war immer etwas zwischen ihr und Philip gewesen, ein kleiner Funke zwar, aber etwas, das man vielleicht zu einer Flamme hätte entfachen können. Aber … »Ja«, sagte sie, »ich habe daran gedacht. Aber Grace, Liebes, selbst wenn ich mich dazu überwinden könnte, nach Kuba zurückzugehen, ist es mit Sicherheit viel, viel zu spät.«

# 34. Kapitel

»Lass uns übers Wochenende wegfahren«, hatte Robbie gesagt. »Wir brauchen eine Auszeit.«

Grace war in einer Stimmung, in der man sich einfach treiben lässt, so als warte man darauf, dass jemand oder etwas den Schalter umlegt, damit man agiert oder reagiert. Also …

»Okay«, sagte sie. »Warum nicht?« Sie wollte nicht hier in Bristol sein. Jedes Mal, wenn sie das Haus verließ, fiel ihr Blick flüchtig auf Männer, die sie für Theo hielt. Gestern hatte sie geglaubt, sie hätte ihn im Supermarkt entdeckt – aber als sie am Ende des Ganges ankam, war er nicht da. Dann, später am Tag, als sie in den Castle Park gegangen war, um Luft zu schnappen und einen kleinen Spaziergang zu machen, dachte sie wieder, sie hätte ihn gesehen. Einen großen, dunkelhaarigen Mann mit olivfarbener Haut, der mit jeder Umgebung verschmelzen konnte, wenn er wollte. Einen Mann, der da sein konnte und doch nicht da war. Einen Mann, der mit den Fingern schnippen und eine Münze auf seiner Handfläche erscheinen lassen konnte. Wo steckte er? Wusste er das mit ihrem Vater? Was er wohl gerade machte? Sie hätte es zu gern gewusst.

Sie fuhren hinunter nach Dorset, in einen Ort namens West Bay. Dort ragten rötliche Klippen hoch in den frühlingsblauen Himmel auf. In dem kleinen Hafen lagen echte Fischerboote, und Möwen schossen waghalsig herab, um einen Bissen zu ergattern. Kinder saßen mit ihren Netzen und Eimern auf der Hafenmauer und fingen Krabben. Es gab einen Teesalon in einem nicht mehr genutzten Bahnhofsgebäude, ein Strandcafé und bunt angestrichene Buden, an denen Backfisch mit Pommes frites und Zuckerwatte verkauft wurden. Es gab eine alte Kapelle, ein paar neue Wohnhäuser und Fischerhütten, die über hundert Jahre alt waren. Der Ort fühlte sich authentisch an – eine gute Wahl.

Als sie am Samstagmorgen gemächlich den Kieselstrand in der Nähe der goldfarbenen Klippen entlangschlenderten, wehte eine frische Brise. Es war noch früh, sodass sie praktisch allein waren. Grace nahm Robbies Arm. Er fühlte sich fest und beruhigend an. Sie gingen in einem ungezwungenen, stetigen Tempo, so langsam, dass sie die Landschaft auf sich wirken lassen konnten. Grace spürte, wie sich in ihren Schultern ein Teil der Anspannung aus der letzten Zeit löste. Die vergangenen Wochen waren nicht einfach gewesen – sie hatte versucht, zwischen ihrer Arbeit und ihrer Unterstützung für Elisa bei den Behördengängen nach dem Tod ihres Vaters zu jonglieren. Sie hatte versucht, trotz allem, was passiert war, positiv zu denken, versucht, Theo nicht zu vermissen. Robbie hatte auch nichts von ihm gehört. Vielleicht war er ja weggefahren? Grace wagte nicht, Elisa danach zu fragen, obwohl sie vermutete, dass sie es wusste.

Zu ihrer Verblüffung hatte Robbie das Thema der Suche nach ihm fallengelassen. Er war noch ein- oder zweimal zunehmend halbherzig bei Theo vorbeigegangen. »Weißt du, Gracie, ich versteh das einfach nicht«, hatte er ein paarmal gesagt. Aber das war auch schon alles gewesen.

Grace war erstaunt. Die beiden Männer waren lange und eng befreundet gewesen, und sie war sich ziemlich sicher, dass sie selbst nicht ganz so leicht aufgegeben hatte. Aber sie wusste, dass Robbie auch sehr viel zu tun gehabt hatte – ein neuer Auftrag bei der Arbeit, ein Kollege, den er einarbeiten musste, ganz zu schweigen davon, dass er sich nach dem Tod von Grace' Vater um ihr Wohlergehen gekümmert hatte. Wahrscheinlich brauchten wir alle jemanden, der auf uns aufpasste.

Aber was bedeutete das? Ließ Theos Schweigen darauf schließen, dass er vorhatte, einfach aus ihrem Leben zu verschwinden wie bei einem seiner Zaubertricks? Hieß es, das sie hier in Bristol wohnen bleiben konnte und sich nicht in Sussex unter die Fittiche von Robbies Familie zu begeben brauchte? Sie hoffte es. Sussex erschien ihr mit jedem Tag weniger anziehend. Sie war dabei, sich hier in Bristol einen Patientenstamm aufzubauen. Und jetzt hatte sie noch einen besseren Grund zu bleiben, nämlich, Elisa Gesellschaft zu leisten.

»Fühlt sich gut an, oder?« Robbie tätschelte ihren Arm. »Mal woanders zu sein.«

»Hm.« Grace sah an den hohen Klippen hoch und betrachtete die Möwen, die bis zu den grasbewachsenen Gipfeln aufstiegen und wieder herabschossen, um auf den Felsvorsprüngen zu landen, hinter denen in kleinen sandigen Höhlen und Spalten ihre Nester lagen. Der Sandstein an der Küste war so erodiert, dass es aussah, als könnte jeder Teil dieser Felswand jeden Moment zerfallen und ins Meer stürzen.

»Und, weißt du, das mit uns wird schon wieder.«

»Ja«, sagte sie. Jetzt, nachdem das Begräbnis vorbei war, fühlte sie sich erleichtert und entlastet. Sie hatte sich von dem Mann verabschiedet, den sie den größten Teil seines Lebens kaum gekannt hatte, und sie hatte auch eine Entschuldigung geflüstert. Weil sie ihn verurteilt hatte. Weil sie nicht mit ihm kommuniziert hatte. Weil sie unfair gewesen war. War das genug? Innerlich zuckte sie mit den Schultern. Es würde reichen müssen. Sie hatte das Gefühl, dass ihr Vater – ihr richtiger Vater, der Mann, der kein Alkoholiker war, sondern einfach ein Mensch, der versucht hatte, das Beste für seine Familie und die Menschen, die er liebte, zu tun – Verständnis dafür gehabt hätte.

»Wir sollten öfter wegfahren«, sagte Robbie gerade. Und es stimmte, dass sie beide lockerer waren als in der letzten Zeit. Robbie trug Jeans und ein weites Hemd, und sein Haar war gewachsen. Dieser lässige Stil stand ihm besser. Wenn sie unterwegs waren, lächelte er öfter und sah weniger häufig seine E-Mails nach. Sie erhaschte einen Blick auf einen gelasseneren, entspannteren Mann, auf eine selbstbewusstere Seite seiner Persönlichkeit, die häufig im Hintergrund blieb.

Sie kamen an einem einsamen Angler vorbei, der ein kleines blaues Zelt aufgebaut hatte, neben dem er in seinen Wattstiefeln breitbeinig dastand und seinen Körper ausbalancierte, bevor er seine Leine ins Meer auswarf. Grace fragte sich, ob er schon die ganze Nacht hier gestanden hatte.

»Nichts kann uns davon abhalten«, setzte Robbie hinzu.

»Nein.« Aber was hatte sie dann vorher gehindert? Nichts. Ihr Vater jedenfalls nicht.

Grace' Füße sanken tiefer in den weichen Strand aus winzigen Kieseln und Sand. Vor ihnen schien der Chesil Beach sich in alle Ewigkeit fortzusetzen, obwohl die hohe, goldene Klippe in der Ferne langsam absank, bis sie sich auf gleicher Höhe mit dem Strand befand. Sie waren so weit gegangen, bis sie einen Campingplatz erreicht hatten. Eine Familie kam hinter einem der Wohnwagen hervor. Die Eltern hielten sich an den Händen, und der Junge und das Mädchen rannten voraus. Grace nahm wahr, wie Robbie kurz stehen blieb und dann langsam weiterging. Sie sah zu ihm hinüber und folgte seinem

Blick. Er starrte die Kinder an, und seine Miene verblüffte sie: Sie las darin pure Sehnsucht.

Aber er fasste sich fast sofort wieder. »Das ist ein toller Ort, um mit den Kindern herzukommen«, sagte er, als hätten sie bereits ein paar im Ärmel. *Im Ärmel ...* Grace dachte an Theo. Konnte nicht anders, als an ihn zu denken. Er war physisch aus ihrem Leben verschwunden, aber es war nicht so einfach, ihn aus ihren Gedanken zu verbannen.

Was für Kinder?, hätte sie am liebsten gefragt. Aber sie wusste, welche Kinder er meinte. Die Kinder, die sie bekommen sollten. Die Kinder, die Robbie sich wünschte. Die Kinder, die er verdiente.

Die Kinder, die, wie sie annahm, ungefähr fünf und sieben waren, rannten zum Wasser und kamen dann kreischend zurück, als die Flut hereinströmte. »Passt auf«, rief ihre Mutter, aber sie lachte.

Grace versuchte sich vorzustellen, sie wäre diese fürsorgliche, lachende Mutter. Würde sie das fertigbringen? Könnte sie wie sie sein?

»Setzen wir uns einen Moment«, sagte Robbie und ließ sich auf die Steine sinken.

Grace setzte sich neben ihn und umschlang ihre Knie. Lieber wäre sie weitergegangen. In letzter Zeit hatte sie festgestellt, dass ihr das öfter so ging. Sie konnte nicht damit aufhören, etwas zu tun oder sich zu bewegen. Es war, als hätte sie Angst, still zu stehen. Als wagte sie es nicht. Innezuhalten bedeutete, Zeit zum Nachdenken zu haben.

Die Eltern der Kinder setzten sich ebenfalls, ein Stück seitlich vor ihnen, sodass sie in ihrem Blickfeld waren. Der Vater warf Steine ins Meer und ließ sie übers Wasser hüpfen. Bald kamen seine Kinder hinzu, und alle versuchten es, bis auf die

Mutter, die sich einfach auf die Steine zurücksinken ließ und zum klaren blauen Himmel aufsah. Grace vermutete, dass sie nicht allzu oft Gelegenheit dazu hatte. Sie hatte große Lust, es ihr nachzutun. Einfach nur daliegen und in den Himmel schauen … und was? Sie hatte einfach keine Ahnung.

»Hast du jetzt genug Zeit gehabt, Gracie?«

Einen Moment lang glaubte Grace, sie hätte sich die Frage eingebildet. Als ihr bewusst wurde, dass sie sie wirklich gehört hatte, begriff sie nicht, wer sie ausgesprochen hatte und was sie bedeutete. »Zeit?«, wiederholte sie. Ihr Kopf war leer.

»Zeit zum Nachdenken«, sagte Robbie.

Grace nahm einen leicht frustrierten Unterton wahr. Sie merkte, dass er immer noch die Familie ansah, mit diesem Ausdruck im Gesicht. Sie seufzte. Wie lange war es jetzt her? Wochen? Und gerade war ihr Vater gestorben, Herrgott noch mal! »Jetzt, Robbie?« Sie starrte ihn an. »Müssen wir jetzt darüber reden?«

Er zuckte mit den Schultern. »Ich weiß, dass es kein guter Zeitpunkt für dich ist.« Er nahm ihre Hand. »Aber in Zeiten wie diesen kann neues Leben ein Trost sein.«

Es klang wie eine Binsenweisheit. Leben und Tod, dachte Grace. Ihr Vater war gestorben. Das klang nicht nach dem besten Anlass, ein Baby zu bekommen. War Robbie so verzweifelt, dass er alles, was passierte, als Grund deutete, eine Familie zu gründen?

»Außerdem hast du bald Geburtstag.«

Daraufhin drehte sie sich von ihm weg. Beobachtete die unermüdlich ans Ufer rollenden Wellen. Sie kräuselten und schäumten, und die kleinen Blasen platzten, wenn sich die Brandung von dem feuchten Kieselstrand zurückzog. Nichts konnte sie aufhalten.

»Gracie?«

»Um Himmels willen«, fauchte sie. »Das Leben ist doch nicht zu Ende, wenn man vierzig wird.«

»Aber manches andere geht zu Ende, Gracie.« Er sprang auf. Einen Moment lang hatte sie den Eindruck, er würde wütend davonstürzen, aber stattdessen streckte er ihr eine Hand entgegen. Sie nahm sie, und er zog sie hoch. »Zum einen lässt die Fruchtbarkeit nach.«

Grace warf der kleinen, vierköpfigen Familie einen Blick zu. Der Vater war ebenfalls aufgestanden und spielte unten am Wasser mit den Kindern. Die Frau lag immer noch da, das Gesicht dem Himmel zugewandt und die Augen geschlossen. »Ich weiß«, sagte sie.

»Ja, also dann.« Er zuckte mit den Schultern, als wäre dazu nicht mehr zu sagen.

Grace hatte keine Lust zu streiten. Nicht jetzt, wo die dunkelblauen Wellen in der Morgensonne aufleuchteten und die Thermik die Möwen mühelos kreisen ließ und alles so frisch und neu aussah. Später, dachte sie.

Das Später kam, als sie in einem Fischrestaurant am Hafen zu Abend aßen. Grace' erster Gang – Jakobsmuscheln mit Erbsensprossen und Kreuzkümmel – war köstlich. Die Süße und Zartheit der Jakobsmuscheln wurden durch die ausgefallene Würze des Kreuzkümmels und die knackigen Sprossen hervorragend ergänzt. Robbie hatte einen Garnelenspieß mit Chili gewählt.

Er spießte eine Garnele auf. »Ich versteh überhaupt nicht, warum du dich so dagegen sträubst, Gracie«, sagte er im Plauderton, als diskutierten sie darüber, welchen Film sie ansehen sollten. »Wovor hast du Angst?«

»Muss ich denn Angst vor etwas haben?« Grace tauchte eine Muschel in den Kreuzkümmelschaum.

Mit leicht gerunzelter Stirn dachte Robbie über ihre Worte nach. »Ich glaub schon«, sagte er schließlich. Er verspeiste die nächste Krabbe. »Frauen sollten in einem bestimmten Alter schwanger werden, oder? Ist das nicht ein biologisches Bedürfnis?«

»Falls es das gibt, habe ich es nie gespürt.« Obwohl das nicht ganz stimmte. Grace erinnerte sich, wie eines Nachmittags eine Freundin von Elisa mit ihrem Baby vorbeigekommen war. Sie wusste noch, wie sie den Kleinen auf dem Arm gehabt hatte – sie wollte ihn gern halten, obwohl sie Angst davor hatte. So viel Verantwortung. Das Baby war ihr so winzig, so verletzlich und zerbrechlich vorgekommen.

»Babys sind ziemlich robust«, hatte die Freundin gesagt, und Elisa hatte ihr lächelnd beigepflichtet. Wenn sie jetzt darüber nachdachte, hatte sie auch ein bisschen Sehnsucht empfunden. Das Baby hatte nach Milch und frischer Sahne gerochen, und als sie es auf dem Arm hielt, hatte sich etwas in Grace geöffnet. Es war eine Art besonderer Babygeruch, der sich nicht beschreiben ließ, aber in direkter Verbindung zu einem Teil von ihr tief in ihrem Inneren stand.

»Und außerdem ist das nicht eins von deinen Computerprogrammen«, fügte Grace hinzu. Dieses biologische Bedürfnis war nur eine vorübergehende Empfindung gewesen. Etwas anderes hatte ihr einen Widerwillen dagegen eingeflößt, eine Familie zu gründen, und das war der bei Weitem stärkere Einfluss gewesen.

»Was meinst du?« Robbie sah verletzt aus.

»Es ist keine exakte Wissenschaft«, sagte sie. »Es ist persönlich, subjektiv. Kompliziert.«

»Kompliziert?«, wiederholte er.

Also, ehrlich. »Und mit Kindern ist man total gebunden.« Sie aß den letzten Bissen ihrer Vorspeise. »Man muss hundertprozentig engagiert sein.«

»Aber das bin ich.« Auch Robbie schob seinen Teller weg und griff nach ihrer Hand.

Unwillkürlich musste Grace über seine Begeisterung lächeln. Sie erinnerte sie daran, wie er ihr den Heiratsantrag gemacht hatte. »Jetzt schon?«, hatte sie gesagt. »Bist du dir sicher?« Denn da waren sie erst seit zwei Monaten zusammen gewesen. »Jetzt schon«, hatte er erklärt. »Und ich bin mir sicher. Das war ich mir schon an dem Abend, an dem ich dich kennengelernt habe.«

Aber jetzt musste sie ehrlich sein. »Du bist auch nicht das Problem«, sagte sie, »oder zumindest bist du …«

Die Kellnerin kam, um ihre Teller abzuräumen, und Robbie goss ihnen Wein nach. »Und wenn ich auf Teilzeit gehe und dir helfe, das Kind zu versorgen?«, fragte er. »Würde dich das umstimmen?«

Grace tupfte sich die Lippen mit der Serviette ab. Er begriff es einfach nicht. Er glaubte, sie hätte Angst vor der vielen Arbeit, die ein Kind mit sich bringen würde, oder um das, was sie verlieren könnte. »Ich möchte dich etwas fragen«, konterte sie.

»Okay.«

»Warum ist es dir so wichtig, dass wir Kinder haben?« Sie stützte die Ellbogen auf den Tisch, beugte sich vor und sah ihm in die Augen. »Weil deine Familie das erwartet? Weil deine Schwester welche hat? Weil du glaubst, dass wir dadurch irgendwie vollständig würden? Oder spürst du ein tiefes, urtümliches Verlangen danach, Vater zu werden?« Sie lehnte sich wieder auf ihrem Stuhl zurück und nippte an ihrem Wein.

Auch er griff nach seinem Glas. Er wirkte nachdenklich. »All das«, sagte er, »und noch mehr.« Hinter seiner Brille wurde sein Blick weich. »Ich will einen Jungen, mit dem ich Fußball spielen kann, Gracie, oder dem ich die Wissenschaft oder alles Mögliche nahebringen kann. Ein Mädchen, mit dem ich schwimmen gehen oder das ich zur Tanzstunde fahren kann … Ich weiß nicht.«

»Sämtliche Klischees«, frotzelte Grace. »Alle Stereotypen.« Aber innerlich begehrte sie schreiend dagegen auf. Sie konnte nicht anders. Es erschien ihr einfach nicht richtig. Für sie schien es nicht das Richtige zu sein.

»Wahrscheinlich.« Die Kellnerin brachte ihren Hauptgang, und sie dankten ihr. »Ich würde ihnen alles geben, was sie brauchen.« Er schaute sie ernst an. »Ich würde ihnen alles geben, Gracie.«

Sie senkte den Kopf. Er machte es ihr so schwer. Sie wusste, dass er ein toller Vater wäre. Das war das Problem. »Und wenn ich nicht will …« Sie verstummte.

Sie sah, wie er erstarrte. Er entgegnete nichts, sondern griff nach seiner Gabel und begann von seiner Seebrasse mit frischer Minze und Rucola zu essen. Sie zögerte, griff auch nach Messer und Gabel und beobachtete ihn weiter.

»Du willst nicht?«, fragte er nach ein paar Minuten. »Du hast immer gesagt, du bräuchtest nur Zeit.«

Grace schaute an ihm vorbei auf den Hafen hinaus, der nun im Dunkeln lag. Die Boote waren entladen und gesäubert, der Fisch in Kisten verpackt und an Läden und Restaurants geliefert worden. Die Lichter an der Hafenmauer beleuchteten das leicht bewegte Wasser. »Ich bin mir nicht sicher, ob ich es will«, sagte sie. »Ich bin mir nicht sicher, ob ich je den Wunsch haben werde.«

Robbie ballte die Fäuste. »Was stimmt bloß nicht mit dir, Gracie?«, murmelte er.

Grace sah zu ihm hinüber und zog eine Augenbraue hoch. Vielleicht war hier nicht der richtige Ort dazu.

Beinahe brutal schnitt er in seinen Fisch hinein. »Man heiratet jemanden, man bekommt Kinder. So ist der Deal.«

Grace legte Messer und Gabel wieder auf den Teller. Ihre Scholle mit Spargel in Weißweinsauce war leicht und köstlich, aber ihr war der Appetit vergangen. »So einem Deal habe ich nie zugestimmt«, sagte sie leise. Sie nippte an ihrem Wein und sah ihren Mann an. Wozu hatte sie sich verpflichtet? Ihn zu lieben, ihn zu ehren und ihm gehorsam zu sein? Ihn zu schätzen? Ihm treu zu sein?

Verzweifelt schüttelte Robbie den Kopf. Auch er schob seinen Teller weg, und die Kellnerin stürzte herbei, um sich davon zu überzeugen, dass alles in Ordnung war. »Alles bestens«, sagte er knapp. »Sie können uns die Rechnung bringen.«

Ach, zum Teufel, dachte Grace. Sie waren in einen Kurzurlaub gefahren, und sie hatte so sehr gehofft, alles werde wieder ins Lot kommen und sie würde wieder die richtigen Gefühle entwickeln. Aber nun saßen sie hier und stritten sich. Über Babys. Schon wieder.

»Liegt es an deiner Kindheit?«, fragte er sie, als sie das Restaurant verließen und zum Strand und zu ihrem Hotel zurückgingen. »Ist es, weil deine Mutter gestorben ist, als du noch so klein warst?«

Der Wissenschaftler in ihm ging immer davon aus, dass es eine Antwort gab und dass man einfach nur tief genug graben musste, um sie zu finden. Aber Grace war sich nicht so sicher, dass es eine einfache Antwort gab. »Ich weiß es nicht«, gestand sie. »Früher habe ich das gedacht. Es ist furchtbar schwer, seine Mutter zu verlieren, wenn man noch so jung ist.« Sie steckte die Hände in die Taschen.

»Aber Menschen sterben nun mal.«

Grace zuckte zusammen. Glaubte er, das wüsste sie nicht?

»Es passiert einfach. Das ist traurig für sie und für die Menschen, die sie zurücklassen. Aber es kommt vor.« Er fasste ihren Arm. »Du kannst dir davon nicht dein Leben ruinieren lassen«, sagte er. »Du musst weiterleben. Du wirst nicht sterben. Du wirst unsere Kinder nicht verlassen.«

»Es wird keine Kinder geben.« Das sagte sie so leise, dass sie sich einen Moment lang nicht einmal sicher war, ob sie es ausgesprochen hatte.

»Was?«

Grace holte tief Luft. Sie sah auf den tiefen, dunklen Ozean hinaus, der vor ihr lag. Wolken verbargen den Mond. Das war nur fair. »Es wird keine Kinder geben, Robbie«, erklärte sie. »Nicht für uns. Es tut mir leid.«

»Aber …«

»Es wird keine Kinder geben.« Sie blieb stehen, drehte sich zu ihm um und sah ihn fest an. »Und du hast etwas Besseres verdient.«

»Was sagst du da, Gracie?« In der Dunkelheit verschwammen seine Züge, aber sie konnte seine Augen hinter der Brille deutlich erkennen. Er schien immer noch nicht zu begreifen, was sie ihm mitteilte.

»Du hörst, was ich sage.« Grace holte Luft. Lauschte dem Rauschen der Brandung, die ohne Unterlass ans Ufer rollte, dem Zischen, mit dem sie sich über die Kiesel zurückzog. Es war falsch von ihr, Robbie daran zu hindern, Kinder zu haben, das sah sie jetzt ein. Er verdiente es, Töchter und Söhne zu haben. Er würde ein großartiger Vater sein. Vater zu werden würde den Robbie, der im Hintergrund lebte, zum Vorschein bringen. Sie konnte es vor sich sehen: Er würde mit ihnen spielen, er würde ihnen etwas beibringen, er würde ihnen alles geben, wie er gesagt hatte. Dafür würden sie ihn über alles lieben. Und Robbie würde der entspannte und selbstbewusste Mann werden, auf den sie heute Morgen am Strand fast einen Blick erhascht hatte. Das war sein Schicksal, und Grace musste ihm helfen, es zu erfüllen. Aber nicht so, wie er es sich von ihr wünschte.

»Geht es darum, ob wir nach Sussex ziehen?« Er nahm ihre Hände. »Du weißt, dass du das nicht zu tun brauchst. Ich wollte nie …«

»Nein«, unterbrach sie ihn.

»Dann bekommen wir eben keine Kinder.« Er wandte sich ab, obwohl er immer noch ihre Hand hielt, und zog sie näher ans Wasser. Ihre Schritte knirschten auf dem Kies. »Was macht das schon? Jede Menge Leute haben keine Kinder. Außerdem spart es eine Menge Geld.« Er lachte und schwang ihre Hand hin und her, aber es klang hohl und wurde von der Brandung zurückgeworfen.

Grace wusste, wenn sie sich darauf einließ, dann würde ein Tag kommen, an dem er ihr nicht verzeihen könnte. Sie blickte in den Nachthimmel auf und sah, wie die Wolken langsam vorbeizogen und einen Lichtstrahl enthüllten. Es war Vollmond, und als Grace ihn unverwandt ansah, schien er eine Aura heiterer Gelassenheit auszustrahlen, die sie anrührte. »Du brauchst jemand anderen, Robbie«, sagte sie. Sie konnte nicht glauben, dass sie das nicht vorher begriffen hatte, dass diese Klarheit erst an einem Sommerabend in Dorset an einem dunkelgoldenen Strand über sie gekommen war, während sich der Vollmond im Wasser spiegelte.

»Jemand anderen?«, wiederholte er. Die Wellen schienen seine Worte wegzutragen.

»Jemanden, der dir gibt, was du dir wünschst«, sagte sie. Sie hatte sich geirrt. Es war nie um die Wahl zwischen Robbie und Theo gegangen. Es war immer eine Entscheidung für sie selbst gewesen. Was Grace jetzt – nach der Enthüllung ihres Vaters, seinem Tod, dem, was sie von Elisa erfahren hatte, und nach Theo – brauchte, war es, allein zu sein. Wie konnte sie mit jemandem leben, wenn sie noch nicht einmal gelernt hatte, allein zu sein?

Es fühlte sich an, als wären sie die einzigen Menschen am Strand. Sie waren von Wind, Wellen, dem Mond und noch etwas anderem umgeben, das Grace den Atem verschlug. Man entliebte sich, oder? Das kam vor. Es war besser und ehrlicher, das einzugestehen, als weiter so zu tun, als ob.

»Trennen wir uns gerade, Grace?« Robbies Stimme klang dünn und unsicher. »Machst du gerade Schluss mit mir?«

Grace wandte sich ihm zu. »Ich liebe dich.« Sie nahm seine Hand und umschloss sie mit beiden Händen. »Aber ich bin nicht die Richtige für dich. Ich habe dich schlecht behandelt. Ich habe dir nicht gegeben, was du brauchst. Und ich kann es auch nicht, denn wenn ich das täte, dann aus lauter falschen Gründen.«

»Aber …«

Sie sah ein, dass sie noch mehr sagen musste. »Theo …«, flüsterte sie, »hat uns meinetwegen verlassen.« Denn was machte das jetzt schon noch aus? Ihre Freundschaft war vorbei. Und es würde seinen Zweck erfüllen. Es würde dafür sorgen, dass er sie hasste.

»Theo.« Mehr sagte er nicht. Einen kurzen Moment lang schien er durch sie hindurch und in ihr Inneres zu sehen, als begreife er etwas zum ersten Mal. Dann drehte er sich um und ging davon, in die Dunkelheit hinein.

# 35. Kapitel

Elisa war auf dem Weg zu ihrer Massage bei Grace. Sie war gern bereit gewesen, sich ihrer Stieftochter als eines ihrer Versuchskaninchen zur Verfügung zu stellen, und seit sie Philip verloren hatte, wusste sie ihre regelmäßigen Besuche noch mehr zu schätzen. Das Älterwerden wurde überschätzt, befand sie, während sie durch den Castle Park ging. Endlich war es wirklich Sommer geworden, und die Geranien und die Büsche blühten. Weisheit und Erfahrung waren gut und schön, aber man lebte in seinem Körper, und sie hatte die Gelenke, die nicht mitmachen wollten, die steifen Glieder und schmerzenden Muskeln gründlich satt. Da waren Grace' heilende Hände alle vierzehn Tage einfach himmlisch. Grace' Berührung war einfach himmlisch.

Grace öffnete die Haustür und küsste sie zur Begrüßung. »Komm rein, Elisa. Wie fühlst du dich?« Sie trug den weißen Baumwollkittel, den sie bei der Arbeit immer anhatte, und sie war barfuß. Das dunkle Haar hatte sie zu einem Pferdeschwanz hochgebunden, und sie sah lächerlich jung aus.

»Dankbar für die Sonne.« Elisa folgte ihr ins Therapiezimmer. Es war hell, heiter und duftete leicht nach Rosenöl.

Grace lächelte. »Erinnert sie dich an zu Hause?«

»Ein bisschen.« Seltsam, dachte Elisa, sie beide betrachteten Kuba als ihr Zuhause. Was war dann England für sie? Was war es all die Jahre gewesen, seit sie als achtzehnjähriges Mädchen hergekommen war? Sie zog ihren Mantel aus und legte ihn zusammen mit ihrer Handtasche auf den Stuhl an der Tür.

Grace nahm ihr Klemmbrett und setzte sofort eine professionelle Miene auf. »Irgendwelche Schmerzen oder Beschwerden zu vermelden? Verletzungen?«

»Du würdest als Erste davon hören«, sagte Elisa. Sie war überzeugt, dass sie einander seit Grace' Trennung von Robbie nähergekommen waren. Zuerst war Elisa schockiert gewesen, aber sie hatte auch ihre Beweggründe verstanden und respektierte Grace' Ehrlichkeit. Nach dem Wochenende in West Bay war Grace zu ihr in die King Street gekommen, und alles war aus ihr herausgebrochen: ihre Diskussion mit Robbie über das Thema Familiengründung, wie Grace' erkannt hatte, was Robbie brauchte, und auch, was ihre eigenen Bedürfnisse waren. Dass sie ihm das mit Theo gesagt hatte. Eine Woche später war Robbie ausgezogen, und Grace hatte nicht versucht, ihn daran zu hindern.

»Magst du dich ausziehen und für mich hinlegen? Das Gesicht nach unten in die Aussparung, und hier ist ein schönes vorgewärmtes Laken zum Zudecken. Ich bin in ein paar Minuten wieder da.« Grace lächelte und verließ den Raum.

Elisa streifte ihre rote Bluse ab und legte sie auf ihre Sommerjacke, trat vorsichtig aus ihrem violetten Rock und schlüpfte aus dem Unterhemd, von dem sie sich – wenn überhaupt – erst im August trennte. Sie warf einen kurzen, zufriedenen Blick auf Grace' gerahmte Abschlussurkunde und betrachtete mit einem Nicken die Massage- und Anatomiebücher im Regal. Grace' kleinem Skelett Angus, das auf einem Eckregal stand, schnitt sie eine Grimasse. Dann legte sie sich bäuchlings auf die Massageliege und deckte sich mit dem behaglichen Laken aus Biber-Baumwolle zu. Im Zimmer war es schön warm. Elisa wusste, dass Grace extra die Heizung hochdrehte, bevor sie kam.

An der Tür klopfte es leise.

»Komm rein.« Elisa hörte, wie Grace leise in den Raum trat. Ihr gefiel die professionelle Art ihrer Stieftochter. Wenn sie hier lag, war sie lieber Patientin als Stiefmutter, und sie schätzte es, dass die Beziehung zwischen ihnen der Behandlung nie im Weg stand. Wahrscheinlich wirkte sie sich sogar positiv darauf aus.

Grace ging hinüber zu dem Tisch in der Ecke und begann die Öle vorzubereiten. In einer großen Glasflasche bewahrte sie das Öl auf, das sie zum Massieren benutzte – meist auf Mandelölbasis –, und in kleinen Fläschchen ätherische Öle, die sie hinzugab. »Möchtest du Lavendel und Thymian oder etwas anderes?«, fragte sie.

Elisa seufzte. Lavendel und Thymian nahm sie immer, und Grace hatte gesagt, Lavendel sei gut für eine ausgeglichene seelische Verfassung. Aber … Sie bekam den Duft der Schmetterlingsblume nicht aus dem Kopf. Er war süß und zart, mit einem Unterton von Ingwer. Die Schmetterlingslilie oder Schmetterlingsblume war die Nationalblume Kubas. Und Grace hatte recht gehabt. Dort war sie zu Hause.

Grace warf ihr einen Blick zu. »Wie wäre es mit Rose?«, fragte sie behutsam. »Sie liegt schon in der Luft. Ich könnte sie mit einer Zitruskerze und frischer Luft neutralisieren, aber vielleicht hilft es dir, besser zu schlafen. Und Rose ist sehr gut bei Trauer.«

»Warum nicht?« Trauerte sie? War es das? Grace war gut in ihrem Job, dachte Elisa. Sie achtete auf Stimmungen, darauf, was jemand zu einer bestimmten Zeit vielleicht brauchte. »Es ist ein sehr angenehmer Duft«, räumte sie ein. Trotzdem war es keine Mariposa. Die weiße Schmetterlingslilie würde hier in Bristol nicht wachsen. Es war eine tropische Pflanze, die viel Sonne brauchte, um zu gedeihen. Elisa lächelte und erinnerte sich daran, wie die *zunzúnes*, die Kolibris, immer zu den berauschend duftenden Schmetterlingsblumen geflogen waren statt zu den Rosen oder zum Jasmin. Und sie dachte daran, wie gern sie als Mädchen die weiße Blume im Haar getragen hatte.

Elisa rutschte herum, um es sich bequem zu machen, und spürte, wie Grace das Tuch zurechtzog, sodass die Wärme erneut in sie eindrang. Ah. Sie schloss die Augen. Grace hatte leise klassische Musik eingeschaltet. Und jetzt begann sie. Sie legte die Hände zuerst auf das Tuch und zog es dann behutsam ein wenig hoch. Elisa spürte, wie das warme Öl in ihre Haut einzog, und dann die erste sichere Berührung durch Grace' Hände. Nach dem ersten beruhigenden Griff, der das Vertrauen zwischen ihnen aufbaute, ging sie dazu über, mit lang gestreckten, sicheren Bewegungen Elisas Beine zu bearbeiten. Oh, du meine Güte, dachte Elisa. Wie hätte sie das damals geliebt, als sie noch getanzt hatte.

Zuerst schwiegen beide, während Grace zu ihrem Rhythmus fand. Sie drückte und knetete und arbeitete die Knoten und Verklebungen aus den Muskeln und Sehnen unter der Haut heraus und konzentrierte sich zuerst auf einen Körperteil und dann auf den nächsten. Die leise Hintergrundmusik erfüllte zusammen mit dem süßen Duft des Rosenöls Elisas Sinne. Faltige alte Haut, dachte sie unwillkürlich. Aber eine gute Massage ließ einen all das vergessen. Das Alter war nicht länger ein Problem. Menschliche Berührung wirkte an und für sich schon heilend. Und dies hier war so viel mehr. Es sorgte dafür, dass Elisa sich verwöhnt und umsorgt fühlte.

»Würdest du dich bitte umdrehen?«, fragte Grace, als sie mit Elisas Rücken und Schultern fertig war. »Kann ich dir helfen?« Und sie hielt das Laken hoch, um ihre Würde zu wahren, während Elisa sich umdrehte, und reichte ihr den anderen Arm, um sie zu stützen. »Ein bisschen tiefer dieses Mal bitte, sodass dein Kopf auf der Liege liegt.«

Grace rückte das Laken neu zurecht und begann ihre Arme zu bearbeiten. Das war Elisas liebster Teil. Sie genoss es, wie Grace mit den Händen über ihre Handgelenke und Ellbogen strich, und die Aufmerksamkeit, die sie jedem einzelnen arthritischen Finger schenkte. Wieder seufzte sie – diesmal vor Behagen. Sie wusste, dass Grace gelegentlich mit ihrer Ausbildung gekämpft hatte – der Lehrgang war theoretischer gewesen, als sie erwartet hatte, und ihr Selbstbewusstsein war manchmal alarmierend gesunken –, aber es war die Anstrengung wert gewesen. Man schaue sie sich jetzt an. So ein Profi. So gut in ihrem Job. Und sie tat etwas so Lohnendes.

»Gibt's was Neues über das Haus?«, murmelte Elisa. Es war auf dem Markt, so viel wusste sie. Grace hatte vor, sich etwas Kleineres zu kaufen. »Es muss ja nur groß genug sein für mich und meine Massageliege«, hatte sie Elisa gegenüber gescherzt, und natürlich musste sie den Erlös aus dem Hausverkauf mit Robbie teilen. Trotzdem … Elisa sah die Traurigkeit in ihren Augen. Sie wusste, dass die Entscheidung ihr schwergefallen war. Nichts von alldem war einfach.

Grace rieb ihr die Handflächen und drückte die Finger hinein. Es war ein Genuss. Elisa stieß die Luft aus.

»Ein paar Interessenten waren da«, erklärte sie, »und eine zweite Besichtigung. Aber noch kein konkretes Angebot.«

»Und Robbie?« Elisa wusste, dass er ausgezogen war. Aber wo wohnte er jetzt? Und was hatte er vor? »Hast du ihn gesehen?«

Grace antwortete nicht sofort. Elisa sah, dass ihr so einiges durch den Kopf ging. Vielleicht sollte sie nicht so viele Fragen stellen, sie in Ruhe lassen – vor allem, wenn sie sich auf die Arbeit konzentrierte. Aber Elisa hatte sie großgezogen, zumindest eine Zeit lang, und alte Gewohnheiten waren hartnäckig.

»Er hat beschlossen, nach West Sussex zu ziehen«, sagte Grace schließlich. »Er will richtig von allem loskommen.«

Elisa zog die Augenbrauen hoch. »Wird er bei seinen Eltern wohnen?«, fragte sie.

»Nur, bis dieses Haus verkauft ist und er etwas anderes gefunden hat.« Grace deckte sie wieder mit dem Baumwolllaken zu und zog es bis zu ihrem Hals hoch. »Das hat er sich immer gewünscht«, fügte sie hinzu. »In der Nähe seiner Familie zu leben. Und zu seinem Glück hat seine Firma eine Zweigstelle in London, sodass er pendeln kann.«

Elisa verzog das Gesicht. Sie selbst hätte nichts von einer so langen Anfahrt gehalten. Dazu war das Leben zu kurz. Aber andererseits war heute alles anders. Wenn man mit dem Zug fuhr, konnte man so viel erledigen – auf seinem Laptop arbeiten, zu Abend essen, mit Freunden oder der Familie kommunizieren, im Internet surfen. Schließlich hatte er ja keine Frau, die zu Hause auf ihn wartete. Sie fragte sich allerdings, wie lange Robbie brauchen würde, um sich neu zu orientieren. Nicht lange, vermutete sie. Dieser Mann brauchte eine unkomplizierte Frau, die sich einfach einen guten Mann und eine nette Familie wünschte. Sie würde ihn glücklich machen und er sie. Ein Mann wie Robbie brauchte ihre wunderbare, aber eigenwillige Stieftochter nicht. Sie war viel zu kompliziert für ihn. Aber was brauchte Grace?

Grace endete auf ihre übliche Art mit Ausstreichen und Halten. Sie legte beide Hände an Elisas Hals und verhielt so ein paar Herzschläge lang, um das Ende zu bezeichnen. Elisa hörte, wie ihre Atmung sich veränderte, spürte, wie die Berührung ihrer Stieftochter verweilte und sie dann verließ. Es war fast, dachte Elisa, als sei sie auseinandergenommen, geheilt und wieder zusammengesetzt worden.

»Fertig«, erklärte Grace ihr. Behutsam hüllte sie sie vom Kinn bis zu den Zehen in das warme Laken. »Wie fühlst du dich?«

»Wunderbar.« Es stimmte, Elisa fühlte sich entspannt und doch von neuer Energie erfüllt – eine starke Kombination.

»Gut.« Grace stand jetzt am Waschbecken und wusch sich die Hände. »Lass dir Zeit mit dem Aufstehen. Auf dem Tisch steht ein Glas Wasser.« Sie drehte sich um und warf ihr ein Lächeln zu. »Kannst du auf eine Tasse Kaffee bleiben?«

»Natürlich, wenn du die Zeit hast.« Langsam setzte Elisa sich auf. Nachdenklich sah sie Grace an. Was Grace brauchte … War es möglich, dass es immer noch Theo war? »Und was ist mit Theo?«, fragte sie, obwohl sie es fast nicht gewagt hätte. »Was willst du seinetwegen unternehmen? Hast du einen Entschluss gefasst?«

Mit dem Laken in der Hand fuhr Grace herum. Mit einem Mal wirkte sie wehrlos. »Nichts«, sagte sie.

»Nichts?«

»Ich werde nicht versuchen, ihn wiederzusehen, wenn es das ist, was du meinst.«

»Warum nicht?« Elisa zog sich langsam an. Sie dachte zurück an diesen Blick voller Liebe. Es war eine solche Vergeudung.

»Das zwischen uns ist vorbei.« Grace streifte ihren weißen Kittel ab und zog ein legeres Sommerkleid an. Elisa war sich bewusst, dass das ihren Übergang von der Massagetherapeutin zu Stieftochter, Bekannter oder Freundin symbolisierte. »Es war damals unmöglich und ist es immer noch. Es ist …« Sie zuckte mit den Schultern. »Kompliziert.«

»Zu kompliziert, um es zu erklären?«, fragte Elisa. Obwohl sie aus eigener Erfahrung wusste, dass das mit der Liebe häufig so war.

»Ich brauche etwas Zeit für mich«, sagte Grace. »Theo war so etwas wie ein Anflug von Verrücktheit.«

»Verstehe.« Elisa fragte sich, ob sie sich geirrt hatte.

»Und ich will Robbie nicht noch mehr verletzen.«

Elisa nickte. »Hat Robbie sich mit ihm getroffen?« Sie griff nach ihrer Tasche.

»Ich weiß es nicht.« Grace sah sie traurig an. »Um ehrlich zu sein, habe ich Robbie selbst kaum gesehen. Er will Abstand wahren.«

Das konnte Elisa ihm nicht übel nehmen. Er trauerte um das, was er verloren hatte, genau wie Grace und sie.

»Aber weiß Theo Bescheid?«, fragte sie Grace. »Dass ihr euch getrennt habt, Robbie und du?«

»Ich habe keine Ahnung.« Grace' Stimme klang jetzt anders, lebhafter. »Ich habe dir doch gesagt, es ist aus, Elisa. Ich hatte mich für Robbie entschieden. Es gibt kein Zurück. Ich bin jetzt allein. Und das ist vollkommen in Ordnung.«

»Nun gut, Liebes.« Vielleicht war es so am besten.

Elisa folgte ihr ins Wohnzimmer. »Aber wirst du in Bristol bleiben?« Sie ließ sich auf einem Stuhl am Tisch nieder. Sie fühlte sich wie erschlagen und so entspannt, dass sie auf der Stelle hätte einschlafen können.

In der Küche füllte Grace die Kaffeemaschine. Sie schaltete sie ein und kehrte ins Wohnzimmer zurück. »Oh ja. Zum einen könnte ich ja nicht all meine Patienten im Stich lassen.«

Elisa lächelte. »Wir verlassen uns alle auf dich.«

»Und es dürfte nicht so schwer sein, etwas anderes zu finden.«

Elisa fragte sich, wie gut sie nach dem Verkauf des Hauses finanziell gestellt sein würde. Vielleicht würde Grace sich nicht einmal etwas Kleineres leisten können. »Du könntest auch zu mir ziehen«, schlug sie vor.

»Nein.« Grace hatte so schnell reagiert, dass Elisa ziemlich betroffen war.

»Ich meinte ja nur für eine Weile«, sagte sie. »Falls es irgendwie hilfreich wäre.«

»Das ist sehr lieb von dir, Elisa.« Sekundenschnell war Grace durchs Zimmer gekommen und stand neben ihr. Sie sank auf die Knie und nahm Elisas Hand. »Und es sollte wirklich nicht so schroff klingen.« Sie verzog das Gesicht. »Aber ich möchte unabhängig sein, verstehst du? Es fühlt sich an, als wäre es das erste Mal.«

»Ich weiß.« Elisa nickte. »Das kann ich vollkommen verstehen.« Bei ihrer Stiefmutter zu leben wäre ein Rückschritt. Und sie glaubte auch, das mit Theo zu verstehen.

Der Kaffee gurgelte in der Maschine, und Grace stand auf und ging wieder in die Küche. Die Trennung von Robbie so kurz nach dem Tod ihres Vaters hat ihr schwer zugesetzt, dachte Elisa, aber jetzt sieht es so aus, als würde sie auf positive Art weitermachen. Natürlich war es ihre Entscheidung gewesen, aber Elisa hoffte, dass sie sie nicht bereute. Manchmal tat oder sagte man etwas spontan – um es dann den Rest seines Lebens zu bedauern.

»Und was ist mit dir?« Elisa wurde bewusst, dass Grace neben ihr stand und sie forschend ansah. In jeder Hand hielt sie einen kleinen Becher Kaffee.

»Mit mir?« Sie war ein wenig verwirrt.

»Ja. Hast du schon entschieden, was du machst?«

»Nicht wirklich.« Elisa nahm die angebotene Tasse. »Danke, Liebes.« Sie schnüffelte an dem Kaffee. Er war nicht so kräftig wie ihre eigene Marke – Grace zog den weicheren Geschmack italienischen Kaffees vor –, aber er roch frisch und einladend.

»Ich hab mich gefragt, ob du noch mal darüber nachgedacht hast, Kuba zu besuchen«, sagte Grace.

Aha. »So einen Urlaub könnte ich mir nicht leisten«, sagte Elisa. »Selbst wenn ich wollte.«

»Das klingt ein wenig pessimistisch.« Grace setzte sich ihr gegenüber und nippte an ihrem Kaffee. »Du könntest doch einen Kredit auf das Haus aufnehmen.«

»Hm.« Wahrscheinlich könnte Elisa das. Es war, dem Herrn sei Dank, mit keiner Hypothek belastet. Allerdings gab es abgesehen von dem Haus in der King Street selbst keine großen Ersparnisse. Dieser Riesenkasten – sie hatte ihn und den Einfluss, den er auf Philip gehabt hatte, immer gehasst. Nancys Geist und Grace' Unglück waren darin umgegangen. Er war mit Profiten aus dem Sklavenhandel erbaut. Und doch war er jetzt fast alles, was Elisa besaß.

»Oder du könntest es verkaufen.« Grace' Augen funkelten. Elisa wusste vermutlich ziemlich genau, welche Gefühle sie mit dem Haus verband.

»Ja, wahrscheinlich könnte ich das.« Wenn sie es verkaufte, dachte sie unwillkürlich, dann konnte sie sich verkleinern und zusätzlich Grace unterstützen. Es war das Elternhaus ihrer Stieftochter, und doch hatte Philip es Elisa treuhänderisch vermacht.

»Damit du nach Kuba fliegen kannst. Dort Urlaub machen.

Und deine Familie besuchen und bleiben, so lange du willst.« Grace unterbrach sich. »Vielleicht könntest du sogar deinen Duardo wiedersehen.«

Elisa warf ihr einen scharfen Blick zu, aber Grace schaute vollkommen unschuldig und nippte an ihrem Kaffee, als hätte sie nichts von Bedeutung gesagt. »Ja«, sagte sie. »Daran hatte ich gar nicht gedacht.« Aber das hatte sie. Ununterbrochen.

»Ich finde, du solltest fliegen.« Grace stellte ihre Tasse ab und fixierte Elisa mit entschlossenem Blick.

»Ach ja?«

»Ja. Denn wenn du nicht fliegst …« Grace ließ ihre Worte in der Luft hängen. »Dann wirst du es nie erfahren.«

Dann werde ich es nie erfahren, dachte Elisa, als sie an diesem Mittag nach Hause kam. Sie machte sich ein schnelles Sandwich und bereitete dann ihr *pollo de coco* für das Abendessen vor, briet Hühnchen, Knoblauch, Zwiebeln und Paprikaschoten in ihrer Pfanne an und gab die Kokosmilch dazu, sodass sie die Pfanne später nur in den Ofen zu schieben brauchte. Und dann schlug sie in ihrem Adressbuch eine Nummer nach und wählte sie auf dem Festnetztelefon.

Er hob beim dritten Klingeln ab.

»Theo? Hier ist Elisa.«

»Elisa. Wie geht's dir?« Einigermaßen freundlich, dachte sie, aber mit einem argwöhnischen Unterton.

»Ich schlag mich so durch«, sagte sie. »Aber es ist schwer.«

»Natürlich.« Er zögerte. »Es tut mir so leid. Kann ich irgendwas für dich …?«

»Ja«, erklärte sie bestimmt. »Wir haben uns viel zu lange nicht gesehen, und ich möchte mit dir über eine bestimmte

Angelegenheit reden. Ich hab mich gefragt, ob du mal rüberkommst? Oder vielleicht noch besser, könntest du heute Nachmittag zum Gruppentreffen kommen?«

Er zögerte wieder.

»Es geht nicht um Grace«, sagte sie. Denn es war immer das Beste, gleich mit einer Sache herauszurücken. »Es ist etwas anderes.«

»Gut, gern.« Eine Pause. »Wenn das so ist, komme ich zu dem Treffen. Anschließend können wir uns unterhalten, wenn du magst.«

»Ausgezeichnet.« Elisa zog ihre Jacke an, nahm ihre schwarze Lackleder-Handtasche und brach nach Welsh Back auf, zur Gemeindehalle. Es war immer gut, Zukunftspläne zu schmieden, dachte sie. Schließlich brauchte man etwas, wofür man leben konnte.

Theo war zurückhaltender gewesen als sonst, aber das Treffen war gut verlaufen, und sie hatten an ihrem Kunsthandwerk- und Kochtag gute Einnahmen erzielt, selbst nach Abzug ihrer Ausgaben.

Am Ende des Treffens zog sie ihn beiseite. »Was hast du vor, Theo?«, fragte sie ihn behutsam, denn er wirkte angeschlagen. »Hast du vor, in Bristol zu bleiben?«

»Obwohl Grace und ich nicht zusammen sind?« Er zog eine Augenbraue hoch, aber sie sah, dass er verletzt war. »Obwohl Robbie und sie sich trotzdem getrennt haben?«

»Es tut mir leid.« Sie konnte ihm seine Verbitterung nicht verübeln. Er hatte seine beiden besten Freunde verloren, und es musste ihm vorkommen, als wäre alles umsonst gewesen.

»Ich war eine Weile verreist«, erklärte er ihr. »Es war nicht so, dass ich dir einfach aus dem Weg gegangen wäre.«

Elisa lächelte. Sie war erleichtert, einen Abglanz seines alten Humors wahrzunehmen. »Und jetzt?«

»Jetzt muss ich nachdenken. Soll ich bleiben, oder soll ich gehen?«

Elisa sah ihm aufmerksam ins Gesicht. Er hatte etwas abgenommen, was sich jemand, der so schlank wie Theo war, nicht leisten konnte. Aber er strahlte etwas anderes, für ihn Neues aus – eine Art Härte. Die Tiefschläge des Lebens, dachte sie. Es war nicht angenehm, zurückgewiesen zu werden, das Gefühl zu haben, die zweite Wahl gewesen zu sein, besonders nachdem man so viel riskiert hatte.

»Und wie ich schon am Telefon sagte, das mit Philip tut mir leid.«

Elisa quittierte das mit einem Nicken. »Theo«, sagte sie und berührte seinen Arm, »ich hoffe doch, wir sind noch Freunde?«

»Natürlich. Und wenn ich etwas für dich tun kann, dann brauchst du nur zu fragen, jederzeit.«

»Danke.« Aber das hatte sie nicht gemeint. »Ich will dir etwas vorschlagen. Deswegen wollte ich, dass wir uns treffen.« Elisa war sich nicht sicher, woher sie gekommen war, ihre Idee, aber sie erschien ihr gut. Sie hoffte nur, dass Theo einverstanden sein würde.

# 36. Kapitel

*Havanna 2012*

»Hast du das gewusst?«, fragte Duardo Jaquinda barsch. Ihm war klar, dass sie ausgehen wollte – nach dem Abendessen hatte sie sich die Lippen nachgezogen und Parfüm aufgesprüht, das klebrig-süß in der Luft hing. Sie trug ein tief ausgeschnittenes orangefarbenes T-Shirt und eine schwarze Caprihose. Sie war jünger als er, aber keine zwanzig Jahre jünger. Wie sollte er eine Frau wie sie respektieren?

»Was?« Jaquinda kramte in ihrer Handtasche. Sie schien nicht zu bemerken, wie er sich fühlte, wie er sich seit diesem Gespräch mit Federico in der Werkstatt fühlte.

»Das mit Luis. Sein Stellenangebot in Spanien.« Er konnte sich kaum dazu überwinden, die Worte auszusprechen. »Dass er Kuba verlässt.« Natürlich wusste sie Bescheid. Sie war fast nie da, und doch wusste sie scheinbar alles.

»Inzwischen weiß ich's«, sagte sie. »Federico hat es mir gestern erzählt.«

»Und?« Sie schien das sehr ruhig aufzunehmen.

Kurz richtete sich Jaquinda auf, um ihn anzusehen. Sie zuckte mit den Schultern. »Es ist eine Schande. Wir werden ihn alle vermissen.«

*Wir alle werden ihn vermissen.* War das alles? Er war schließlich auch ihr Enkel. Verzweifelt schüttelte Duardo den Kopf.

»Noch was?« Sie kniff die Augen zusammen.

»Egal.« Er hatte es schon lange aufgegeben, etwas anderes von ihr zu erwarten.

»Sag's mir.« Sie stemmte die Hände in die Hüften und sah ihn herausfordernd an. Sie wollte Streit, wurde ihm klar. Also gut. Sollte sie ihn haben.

»Du begreifst es offenbar nicht«, sagte er. »Mein Geschäft, meine Gefühle für Luis, wie hart ich gearbeitet habe, weil ich es an ihn weitergeben wollte.« Jedenfalls die letzten zwanzig Jahre. Davor hatte er vergeblich darauf gehofft, sein eigener Sohn könnte sich dafür interessieren. Aber Federico besaß nicht mehr Ehrgeiz als seine Mutter.

»Ich begreif's nicht?«, kreischte sie. Er hasste es, wenn sie so kreischte. Das war so hässlich bei einer Frau. Elisa würde bestimmt niemals kreischen. Schreien ja, wenn sie wütend war. Sie war sehr temperamentvoll, und an Temperament war nichts verkehrt. Aber sie würde nicht kreischen. Es hatte etwas Durchdringendes, Verbittertes, das er hasste.

»Natürlich begreife ich es. Schließlich redest du seit Jahren über kaum was anderes!«

Er blinzelte. War das so? Er hatte oft darüber nachgedacht, aber er hatte nicht gemerkt, dass er solch ein Langweiler war.

»Hast du uns nicht allen die große Rede über deinen Ruhestand aufgetischt?« Sie unterbrach sich, um Luft zu holen. Ihre Brust hob und senkte sich heftig. »Natürlich begreife ich es, du Idiot.«

Duardo zuckte zusammen. Aber sollte sie ihn doch mit Beleidigungen überschütten, wenn sie sich dann besser fühlte. »Dann weißt du ja, wie's mir geht«, sagte er knapp.

»Und?« Offensichtlich war sie noch nicht fertig.

»Und deshalb könnte ich als Mann von der Frau, die unter

meinem Dach lebt, wenigstens etwas Mitgefühl erwarten.« Vielleicht tat er sich ja selbst leid? Wäre das ein Wunder? Selbst seine Mutter hatte sich nicht auf seine Seite geschlagen, wie er erwartet hatte. Er akzeptierte ihre weisen Worte, aber er war immer noch frustriert. Ja, und er fühlte sich ungerecht behandelt. Er hatte Luis so viel gegeben.

»Mitgefühl?« Wieder wurde ihre Stimme schrill. »Wann hast du denn mir gegenüber schon mal Mitgefühl gezeigt? Wann hast du je an meine Gefühle gedacht? Sag mir das!«

Er sah sie an, ihre vollen roten Lippen, den Lippenstift, der in die Falten rund um ihren Mund auslief. Er betrachtete ihre Augen – sie lagen tiefer in den Höhlen als früher, aber sie malte sich immer noch einen schwarzen Lidstrich, der oft verschmiert war, so wie jetzt. Er musterte ihr T-Shirt und ihre Hose, die viel zu eng war, die Fettwülste an Bauch und Schenkeln. »Ich habe dir ein Zuhause geboten«, gab er ruhig zurück. »Zumindest habe ich dir Essen auf dem Tisch und ein Dach über dem Kopf gegeben.« Aber die Frage, die sie gestellt hatte, blieb unbeantwortet.

Jaquinda schnaubte verächtlich. »Und ich soll niederknien und dir dafür danken, oh freigebiger Herr? Ich bin die Mutter deines Sohnes, und du klopfst dir selbst auf die Schulter, weil du mir gestattest, in deiner Wohnung zu leben und an deinem Tisch zu essen?« Sie verzog den Mund zu einem höhnischen Grinsen, einem Grinsen, das er im Lauf der Jahre sehr gut kennengelernt hatte.

»Wenn ich dir nicht gegeben habe, was du wolltest, tut mir das leid«, sagte er. Was unangemessen war. Aber andererseits hatte sie ihm auch nicht gegeben, was er wollte, daher fand er, sie wären quitt.

»Nein, das hast du ganz sicher nicht.« Sie veränderte ihre

Haltung und schob eine Hüfte nach vorn. »Aber du bist ja auch nicht als freier Mann zu mir gekommen, oder?«

Er gab keine Antwort, denn er wusste, was nun kommen würde.

»Elisa hier, Elisa da …«

»Ich habe nicht über sie geredet«, unterbrach er sie. »Nicht mit dir.« Und er wollte auch nicht, dass Jaquinda von ihr sprach – nicht einmal jetzt.

»Das brauchtest du auch nicht!«, fauchte sie. »Es war ja offensichtlich. Wir wussten alle, wen du wolltest. Wir wussten alle, wen du geliebt hast.«

»Hör mal, ich wollte sie nicht …« Sie nicht lieben, hätte er fast gesagt. Er wollte nicht ständig an sie denken müssen. Mit Jaquinda hatte er sich einen Neuanfang gewünscht. Als sie sich kennenlernten, hatte es ein wenig zwischen ihnen geknistert. Er hatte gehofft, dass es ausreichen würde, immer gehofft, daraus würde mehr. Bis er schließlich erkannt hatte, dass das nicht ging. »Ich hab versucht …«, begann er noch einmal.

»Die Sache zwischen uns ans Laufen zu bringen?«, spottete sie. Ihre Augen waren wie dunkle Flammen. Sie trat auf ihn zu und versetzte ihm eine schallende Ohrfeige.

Diese plötzliche körperliche Attacke verblüffte ihn so, dass er einen Augenblick brauchte, um zu reagieren. Doch dann packte er ihr Handgelenk. »Wofür war das denn?«

»Für all die Jahre!« Sie spie die Worte fast aus. Sie versuchte ihn abzuschütteln, aber er war zu stark für sie. »Für alles, was du mir nicht gegeben hast.«

»Ich habe mein Bestes versucht.« Seine Wange brannte. Er hielt Jaquinda immer noch fest, und in ihren Augen standen Tränen, als würde sie gleich weinen. Duardo versuchte, Mitleid mit ihr zu empfinden. Er hatte sie nie verschmähen wollen, aber anscheinend fühlte sie sich wie eine verschmähte Frau. Wahrscheinlich hatte sie recht. Er hatte nie Mitgefühl für sie gezeigt. Es war falsch gelaufen, weil es von Anfang an nicht richtig gewesen war. Und das war seine Schuld, was seine Mutter immer gewusst hatte. Er hatte sich zu schnell, zu verzweifelt für Jaquinda entschieden, weil er nur den Wunsch hatte, Elisa zu vergessen, statt sich Zeit zu lassen und sich eine Frau zu suchen, die er lieben konnte. Es war nicht Jaquindas Schuld. Sie hatte ganz recht. Er war nie ein freier Mann gewesen.

Jetzt schüttelte sie den Kopf. »Du hast es nie ernsthaft genug versucht«, sagte sie.

Duardo schwieg. Er wusste, er hätte mehr tun können, hätte mehr tun sollen. Sie hätte nicht hierbleiben müssen, bis er sie verachtete.

»Und dein Bestes ist miserabel«, zischte sie. »Dein Bestes ist weniger als nutzlos. Du hast immer von mir erwartet, jemand anderer zu sein als der Mensch, der ich wirklich bin – bedeutet das, dein Bestes zu geben?«

Er schüttelte den Kopf. Inzwischen war er fast hypnotisiert von ihr. Zum ersten Mal hatte sie ihm wirklich gesagt, was sie dachte, und es schockierte ihn.

Sie trat näher an ihn heran. Instinktiv ließ er ihr Handgelenk los. Jetzt roch er ihr Parfüm noch stärker. Ihm wurde übel davon. »Es macht dir nicht mal was aus, dass ich ausgehe und mit Felipe schlafe«, sagte sie. »Es macht dir nicht mal was aus, dass deine Frau mit einem anderen Mann ins Bett geht, wann immer ihr danach ist.«

»Doch, es macht mir was aus.« Duardo richtete sich auf. Er hasste es.

»Warum sagst du dann nichts? Warum versuchst du nicht,

mich daran zu hindern? Warum gehst du nicht zu Felipes Wohnung und schlägst dich mit ihm, wie ein normaler Mann das tun würde? Warum lässt du es einfach zu?«

»Weil …« Er wusste nicht recht, was er antworten sollte. Was war überhaupt die Wahrheit? »Ich glaube nicht, dass ich das Recht habe, dich daran zu hindern.«

Sie nickte. »Das hast du verdammt auch nicht.«

»Also …«

»Die Wahrheit ist doch, dass du es nur hasst, weil ich dich in deiner Männlichkeit demütige. Und du hinderst mich nicht daran, weil du dann nicht so tun musst, als ob.«

»So tun, als ob?«, wiederholte er. Aber er wusste, was sie meinte.

Sie rückte noch näher an ihn heran. Dann streckte sie die Hand aus, strich ihm übers Gesicht und kratzte mit den langen roten Nägeln über die Wange, auf die sie ihn schon geschlagen hatte. Duardo zuckte zusammen. »Wenn ich mit einem anderen Mann zusammen bin, brauchst du nicht so zu tun, als würdest du mich lieben«, flüsterte sie. »Du brauchst nicht so zu tun, als wolltest du mit mir schlafen, Liebe mit mir machen. Du brauchst nicht so zu tun, als wolltest du mich umarmen.«

Duardo schwieg. Sie hatte recht – schon wieder. Lieber Gott! Sie sorgte dafür, dass er sich wie ein Ungeheuer vorkam.

»Stimmt das nicht, Liebling?«, murmelte sie. Sie reckte sich und küsste ihn auf die Lippen. Er konnte nicht darauf reagieren, aber er wusste, dass sie das auch nicht erwartete.

»Was hast du vor?«, fragte er ausdruckslos. Sicher, natürlich lebten sie eine Lüge. Das galt auch für Felipe. Was hätten sie sonst tun können – in Kuba?

»Ich werd's dir sagen.« Abrupt drehte sie sich von ihm weg.

Sie schnappte sich ein paar Kleidungsstücke von der provisorischen Kleiderstange und begann, sie wahllos in ihre Reisetasche zu stopfen. »Ich zieh aus deiner Wohnung aus, damit ich mir deine Predigten nicht mehr anhören muss. Ich hab genug. Ein für alle Mal! Ich kann es keine Sekunde länger ertragen, hier mit dir und deiner Familie zu leben. Ich zieh aus, und Felipe findet eine Wohnung für uns.«

»Wo denn?« Duardo wusste, dass es nur ein Bluff war. Jaquinda hatte schon viele Male ihre Sachen gepackt und war gegangen. Felipe hatte allerdings nicht genügend Geld für eine Wohnung. Und was war mit Felipes Frau?

»Lieber übernachte ich auf der Straße, statt weiter hier zu wohnen.« Jaquinda beschäftigte sich mit dem Inhalt der Kommode und stopfte Tops, Leggins und Unterwäsche in die Tasche. Sie führte sich wie eine Besessene auf.

»Dein Sohn lebt hier«, erinnerte Duardo sie. Er ließ sich auf den einen Stuhl neben seinem Bett sinken. Am nächsten Morgen würde sie zurück sein. Sie kam immer wieder.

»Mein Sohn kann tun, was er will.« Heftig schob sie die Schubladen zu. »Mein Enkel kann tun, was er will.« Sie richtete sich auf und warf ihm einen wütenden Blick zu. »Und je eher ihr das erkennt, du und deine Mutter, und nicht mehr versucht, das Leben aller Leute zu kontrollieren, desto besser für diese Familie.« Sie kippte den Inhalt ihrer Schmuckschatulle hinter den anderen Sachen her in die Tasche und schnappte sich einige Schuhpaare.

*Das Leben anderer Leute kontrollieren?* Duardo starrte sie an. Tat er das?

»Leb wohl, Duardo«, sagte sie. Sie nahm die Reisetasche, marschierte aus dem Zimmer und knallte, um das Maß vollzumachen, die Tür hinter sich zu.

In dieser Nacht wälzte sich Duardo auf seinem schmalen Bett hin und her und träumte von seinen afrikanischen Vorfahren, die auf der Zuckerplantage gearbeitet hatten. Er hatte keine konkreten Bilder im Kopf, aber als er mitten in der Nacht aufwachte, spürte er noch die Essenz des Traums. Seine Vorväter und so viele andere hatten gelitten, und dann waren sie befreit worden und hatten weiter gelitten, weil sie immer noch misshandelt wurden und weiter hungerten. Aber wenigstens waren sie nun, da sie alle Kubaner waren, keine Sklaven mehr. Er wusste, jetzt ging es darum, für die Verbesserung ihrer gesellschaftlichen Verhältnisse zu kämpfen, für eine andere Art von Freiheit – dieses Mal für ihr Land.

Und obwohl Duardo Elisa Fernández García immer als gleichgestellt betrachtet hatte, strahlte sie etwas aus, etwas Undefinierbares, zu dem er aufsah, nach dem er sich sehnte.

Als seine Mutter zum ersten Mal gefragt hatte, mit wem er sich treffe, als er Elisas Familiennamen genannt und gesehen hatte, wie die Miene seiner Mutter sich veränderte, wie sich ihre Augen weiteten und sie den Mund zu einem entsetzten, lautlosen Aufschrei öffnete … »Nein«, hatte sie gesagt. Das war alles, was sie zuerst gesagt hatte. »Nein.«

»Was hast du? Was ist los?« Duardo vergaß den Stolz, den er noch vor zwei Minuten empfunden hatte. *Sie hat mich gern. Ich weiß, dass ich ihr wichtig bin. Und wenn ich sie in den Armen halte, fühle ich mich lebendig* … Er war voller Sorge um seine Mutter. Fühlte sie sich unwohl? Sollte er seinen Vater holen?

Sie schrie oder tobte nicht. »*Mi madre*«, sagte sie leise. »Du kannst dich nicht mehr mit ihr treffen. Das ist unmöglich.«

Duardo starrte sie an. »Aber warum?«

Und so hatte sich seine Mutter mit ihm gesetzt und ihm ruhig erklärt, wer diese Leute waren, was sie für sie, für seine Familie bedeuteten. »Sie waren eine bekannte spanische Landbesitzer-Familie«, sagte sie, »und sie waren unsere Herren.«

»Unsere Herren?« Er runzelte die Stirn.

Seine Mutter seufzte. »Du weißt doch, dass unsere Vorfahren Sklaven waren, mein Sohn. Die Zuckerplantage, auf der sie gearbeitet haben, gehörte ihren Vorfahren. Du kannst dich nicht mit der Tochter dieser Familie treffen.« Sie wiederholte ihre Worte. »Das ist unmöglich.«

*Unmöglich* … Das Wort hallte in seinem Kopf wider. Das durfte nicht sein. Nun, da er sie gefunden hatte, konnte er sie doch nicht wieder verlieren – und wegen Dingen, die vor Jahrhunderten geschehen waren. Aber …

Seine Mutter hatte sich in ihrem Stuhl aufgerichtet. »Du hast deine Würde«, sagte sie. »Du hast deine Freiheit. Du brauchst diesen Leuten für nichts dankbar zu sein.«

»Aber ich liebe sie.« Die Worte brachen ohne sein Zutun aus ihm heraus.

Da ging sie auf ihn los. »Mehr, als du deine Familie liebst?«

Er starrte sie an und wusste keine Antwort darauf. »Nein, aber …« Wie konnte man unterschiedliche Arten von Liebe vergleichen? Es gab die Liebe, die man für die Menschen empfand, die einem am nächsten standen, mit denen man zusammenlebte, die einen großgezogen und, im Fall seiner Eltern, in die Welt gesetzt hatten. Und dann war da die Leidenschaft. Und was für eine Leidenschaft … So etwas hatte Duardo noch nie zuvor erlebt. Sie war allumfassend. Sie erfüllte jeden wachen Moment. Elisas Bild erfüllte jeden seiner wachen Momente.

»Dann weißt du ja, was du zu tun hast.« Seine Mutter

nickte. »Sie ist bloß ein Mädchen«, sagte sie. »Es werden andere Mädchen kommen, mein Sohn.«

Andere Mädchen, dachte Duardo, aber keine wie sie. Keine, deren schwarzes Haar schimmerte wie ein Amselflügel, deren Körper ihm das Gefühl gab, in Flammen zu stehen, wenn er sie in den Armen hielt, wenn sie die Rumba tanzten, wenn er sie küsste. Keine, deren Lippen nach Granatapfel schmeckten, die mit den Händen gestikulierte, wenn sie glücklich oder aufgeregt war, deren dunkle Augen indigoblau schimmerten. Keine, die ihn hypnotisieren und bezaubern konnte und in ihm den Wunsch erweckte, sie vor der Welt zu beschützen.

Dennoch war er durch und durch der Sohn seiner Mutter, und so traf er eine bittere Entscheidung – Elisa zu vergessen. Als er an diesem Abend zu ihr ging, um es ihr zu sagen, glaubte er, vor Schmerz sterben zu müssen. »Ich kann mich nicht mehr mit dir treffen«, hatte er ihr erklärt. »Meine Vorfahren waren Sklaven – auf der Plantage deiner Familie.« Und dann sprach er dieselben Worte aus wie seine Mutter. »Es ist unmöglich.«

Elisa hatte sich aufgebäumt, als hätte er sie geschlagen. »Nichts ist unmöglich«, sagte sie hoheitsvoll. »Unsere Familie ist kreolisch. Wir sind in Kuba geboren und spanischer Abstammung, und die Hautfarbe hat für uns keine Bedeutung. Weder heute noch damals. Wir sind keine Rassisten, verstehst du? Wir sind so kubanisch, wie es überhaupt möglich ist.«

Er staunte über ihren Mut. Auf merkwürdige Art erinnerte sie ihn sogar an seine Mutter, die für das kämpfte, was sie wollte und woran sie glaubte. Aber er schüttelte betrübt den Kopf. »Meine Mutter könnte es nicht ertragen«, sagte er.

»Mit der Zeit …«

»Du kennst sie nicht so gut wie ich.«

Elisa dacht darüber nach. »Aber du liebst mich?«

»Das weißt du doch.« Er umfasste ihre Schultern.

»Und ist es dir wichtiger als alles andere, dass wir zusammen sind?«

»Du weißt, dass es so ist.« Schon wurde die Stimme seiner Mutter in seinem Kopf leiser. Er konnte nur Elisa sehen, das Mädchen, das er liebte.

»Dann kommt es darauf an, ob du mutig genug bist, in der Gegenwart zu leben und dich über die Vergangenheit hinwegzusetzen.«

Daraufhin versuchte er, sie zu küssen, aber sie wand sich aus seinen Armen. »Komm zu mir zurück, wenn du weißt, was du willst«, hatte sie gesagt. Und war weggerannt.

Drei Tage lang blies Duardo zu Hause Trübsal. Er konnte sich auf nichts konzentrieren, aß fast nichts und sprach kaum mit seinen Eltern. Dann ging er zurück zu Elisa. Er hatte sich entschieden. Auch ihre Eltern waren gegen die Verbindung. Sie sagten, Elisa und Duardo seien zu jung. Aber Elisa und Duardo waren nicht ihre Eltern. Sie *waren* jung, ja, und sie wollten die Welt verbessern. Die Verhältnisse hatten sich geändert. Sie waren nicht für die Sünden ihrer Vorfahren verantwortlich – damals waren sie noch nicht einmal auf der Welt gewesen. Es war nicht ihre Schuld, dass selbst noch in der Generation ihrer Eltern schwarze Kubaner nur die niedrigsten Arbeiten verrichtet hatten und Pagen, Schuhputzer oder Straßenkehrer gewesen waren. Elisa hatte recht, die Hispanokubaner dachten nicht so und hatten das nie getan. Und außerdem mussten die Menschen sich weiterentwickeln, ganz gleich, was in der Vergangenheit geschehen war. Wenn sich überhaupt etwas verändern sollte, mussten die Menschen umdenken.

Duardo und Elisa waren gezwungen gewesen, vor ihren Eltern wegzulaufen, die ihre Beziehung nicht billigten. Es war die einzige Möglichkeit für sie, zusammen zu sein. Aber seine Mutter, dachte er jetzt, hatte nicht umgedacht. Sie war froh gewesen, als die Beziehung zwischen Elisa und Duardo scheiterte, froh, als Elisa das Land verließ und sie sich ihretwegen keine Gedanken mehr zu machen brauchte. Trotzdem hatte seine Mutter recht gehabt mit dem, was sie gestern zu ihm gesagt hatte. Heute war es Luis, der jung war. Duardo hatte ihn unterstützt, so gut er konnte, aber vielleicht war es jetzt Zeit, ihn seinen eigenen Weg gehen, seine eigenen Entscheidungen treffen und seinen eigenen Pfad im Leben finden zu lassen. Es wäre falsch, wenn er versuchen würde, ihn aufzuhalten. Er wollte Luis' Leben nicht kontrollieren, wie seine Mutter versucht hatte, das seine zu beherrschen. Duardo sollte stolz auf Luis sein, so wie Federico es war.

Er stand auf und ging hinüber zu dem kleinen Porzellanwaschbecken, ließ kaltes Wasser laufen und wusch sich mit dem dünnen Stück Seife das Gesicht. Was war aus diesem Mädchen geworden, das einst so mutig gewesen war? Während er sich mit einem verschlissenen Handtuch das Gesicht abtrocknete, sah er sich in dem kleinen Zimmer um, dass nur noch halb so groß war wie zuvor, nachdem er eine Wand eingezogen hatte, um seine wachsende Familie unterzubringen. Ohne Jaquindas leuchtend bunte Kleidungsstücke wirkte es trist und kahl. Aber ihm wurde bewusst, dass es so war, wie es sein sollte. Er dachte an Luis und kam zu einer neuen Einsicht: Es war richtig, dass Luis seinen eigenen Weg ging, denn es war wieder einmal so weit – die Verhältnisse in Kuba änderten sich. Und es gab auch etwas, das Duardo verändern musste.

# 37. Kapitel

*Bristol, vier Monate später*

Von ihrem Wohnzimmerfenster im ersten Stock aus beobachtete Grace, wie Robbie die Straße entlang auf ihre neue Wohnung zukam. Sie musste zugeben, dass sie einen kleinen, schmerzhaften Stich spürte. Man konnte wohl nicht so viele Jahre mit jemandem verheiratet gewesen sein und dann keinen Stich fühlen, oder? Der Gehweg war belebt – das war er immer, denn sie wohnte jetzt auf der Ecke der St. Nicholas Street in der Altstadt, einer dynamischen, geschäftigen Gegend, nur fünfzig Meter von den Markthallen und der alten Getreidebörse entfernt. Aber sie hatte ihn dennoch entdeckt. Er orientierte sich an den Hausnummern der Gebäude und Läden. Runzelte die Stirn. Und er trug einen Karton mit Sachen, ihren Sachen.

Sie ging die Treppe zur Haustür hinunter und öffnete sie. »Hi.« Sie lächelte. Er trug seine verwaschenen Wochenendjeans und einen dunkelblauen Pullover, und sein Haar war viel kürzer als zu der Zeit, als sie zusammen gewesen waren. Davon abgesehen sah er beruhigend vertraut aus.

»Hallo, Gracie.« Er erwiderte ihr Lächeln – ein gutes Zeichen – und sah sie lange an, als unterziehe er sie einer ähnlichen Musterung.

»Komm rein.« Sie ging voran, nach oben, in ihre Wohnung.

Der Karton mit ihren Sachen war der Grund für seinen

Besuch. »Wir haben die Kartons vertauscht«, hatte er vor ein paar Tagen am Telefon gesagt. »Ich hab einen von deinen.«

»Ach so.« Sie hatte überlegt, welcher das sein könnte. Sie war fast mit dem Auspacken fertig. Es war nicht leicht gewesen, all ihre Habseligkeiten in dieser Wohnung unterzubringen – obwohl sie und Robbie einiges untereinander aufgeteilt hatten –, aber es war ihr gelungen. Es gab ein einigermaßen großes Schlafzimmer und ein kleineres, das Grace' Therapieraum werden würde und in dem gerade genügend Platz war für ihre Bücher, ihre Massageliege und für Angus, das Skelett.

»Ich könnte den Karton am Wochenende vorbeibringen«, hatte Robbie gesagt.

»Oh. Du kommst nach Bristol?« Sie fragte sich, warum. Nur um sie zu sehen? Oder hatte er etwa wieder Kontakt zu Theo? Sie konnte sich nicht vorstellen, wer oder was ihn sonst herführen sollte. Sie hatte Theo nicht getroffen, obwohl sie immer noch ab und zu seinen Geist sah und von Elisa wusste, dass er noch hier wohnte. Bristol war anscheinend eine große Stadt. Doch Theos Geist war wenig mehr als ein Schatten. Manchmal sah Grace ihn, wenn sie in ein Schaufenster blickte – hinter ihrer Schulter und einen Moment da und im nächsten verschwunden. Sie sah ihn kurz hinter einem Baumstamm im Castle Park oder auf dem Queens Square auftauchen und sich dann in nichts auflösen. Sie sah ihn über dem Wasser schimmern, wenn der Sonnenschein den Kanal so beleuchtete, dass man meinte, bis auf den Grund sehen zu können.

»Nur für einen Tag.« Weiter ließ er sich nicht darüber aus. »Bist du da? Kann ich kurz vorbeikommen?«

»Also, wenn's dir nichts ausmacht …« Sie hatte ihm die Adresse genannt.

Jetzt fühlte es sich allerdings komisch an, ihren Mann in

ihre neue Wohnung zu bitten. Wahrscheinlich sollte sie von ihm als »Exmann« denken, aber ganz so weit war sie noch nicht. Die Unabhängigkeit, hatte sie festgestellt, war eine heikle Angelegenheit. Manchmal dachte man, man hätte sie, dann wieder glitt sie einem einfach durch die Finger, und man musste einsehen, dass man es noch nicht ganz geschafft hatte.

»Danke.« Er kam herein und stellte den Karton auf den Boden.

»Was ist überhaupt drin?« Grace ging in die Hocke und zog vorsichtig die Klappen auseinander.

»Bücher«, sagte er.

»Ach ja.« Grace sah ihren John Donne oben aus dem Karton linsen. Der D.H. Lawrence war auch da. »Gedichte.« Früher hatte sie viel Lyrik gelesen – das gehörte zu den Dingen, die wiederzuentdecken sie beschlossen hatte. »Danke.«

»Das ist sie also?« Er sah sich im Wohnzimmer um, an das sich eine offene Küche anschloss.

»Sie ist klein.« Grace stellte fest, dass sie das Bedürfnis hatte, ihre Wohnung zu verteidigen. »Aber ich mag die Lage.« Sie trat ans Fenster, das aus den 1930ern stammte. Es hatte geteilte Scheiben, und die weiße Farbe blätterte ab. Es gefiel ihr, im Mittelpunkt all dieser Aktivität zu leben. Sie genoss das bunte Treiben um den Markt herum und liebte den Pub The Elephant, der praktisch nebenan lag.

Er nickte. »Eine schöne Wohnung.«

»Und du? Hast du was gefunden?« Ob sie ihm Tee anbieten sollte? Grace zögerte.

»Ja, hab ich. Gleich außerhalb von Brighton.« Er verzog den Mund. »Das hat die Hypothek ein bisschen hochgeschraubt, aber es ist näher an London.«

»Und gefällt dir die Arbeit in dem neuen Büro?« Herrje,

dachte Grace, dieses höfliche Geplauder brachte sie um. Gleich würden sie anfangen, über das Wetter zu reden.

»Ja, es ist ganz gut da.« Er lächelte, und Grace sah etwas. Sie erhaschte nur einen Blick darauf, aber … Er hat sich neu orientiert, dachte sie. Er hat jemanden kennengelernt – vielleicht sogar im Büro – und eine neue Beziehung angefangen. Sie freute sich für ihn, aber es machte sie auch ein wenig traurig. Vielleicht, weil es ihm so leicht gefallen war.

»Möchtest du eine Tasse Tee?« Halb hoffte sie, er werde nein sagen und ihnen beiden dieses Gespräch ersparen. Andererseits war sie neugierig. Robbie war so viele Jahre ein Teil ihres Lebens gewesen. Man konnte die Zuneigung nicht einfach abschalten.

»Ähem, ja, gern.« Er setzte sich an den Tisch. »Danke.«

Küche und Wohnzimmer gingen praktisch ineinander über. Grace setzte den Wasserkessel auf und dachte daran, wie sie Robbie zum letzten Mal gesehen hatte – als er mit zusammengepressten Lippen und zornig das Haus in der Passage Street verlassen hatte. Wenn er neu verliebt war, hatte er ihr dann vielleicht auch verziehen? Sie hoffte es. Sie hatten nie darüber geredet, was mit Theo passiert war. Er hatte nie eine Erklärung von ihr verlangt oder sie für das, was sie getan hatte, mit Beleidigungen überschüttet. Sie hatten nicht gestritten, geweint oder diskutiert. Sie hatten sich einfach getrennt. Über die Schulter warf Grace ihm einen Blick zu. Er saß am Tisch und wartete auf seinen Tee. Ihr fehlte der Robbie, der ihr Mann gewesen war, aber trotzdem fühlte sie sich frei. Das war furchteinflößend, fühlte sich aber gleichzeitig gut an.

»Und wie geht's dir inzwischen?«, fragte Robbie vom Wohnzimmer aus. »Hast du viel Arbeit? Kommst du finanziell zurecht?«

Grace hoffte, er werde ihr kein Geld anbieten. »Prima«, erklärte sie munter. »Wir wissen ja alle, dass Umziehen stressig ist, aber ich hab alles mehr oder weniger sortiert. Und ich habe eine Menge Patienten.« Das stimmte, aber das war auch schon alles. Sie war nicht gerade wohlhabend, aber sie kam über die Runden. Und Elisa wollte das Haus in der King Street verkaufen und war entschlossen, ihr einen Anteil zukommen zu lassen.

»Wie geht's Elisa?«, fragte Robbie, als wäre er ihrem Gedankengang gefolgt. Er streckte die Beine auf eine Art aus, an die sie sich erinnerte.

»Sie fliegt bald nach Kuba.« Als sie Robbies Gesichtsausdruck sah, musste sie lächeln. Auch sie hatte erstaunt reagiert, obwohl sie selbst ihre Stiefmutter zu dieser Reise überredet hatte.

»Auf Dauer?«, fragte Robbie. »Oder für einen Urlaub?«

»Urlaub«, sagte sie. Obwohl Grace dazu ihre eigene Theorie hatte.

»Und denk bitte nicht, dass das jetzt etwas mit dir zu tun hätte«, hatte Elisa hinzugesetzt, als sie Grace von ihren Plänen erzählt hatte.

Grace runzelte die Stirn. »Was meinst du?«

Elisa hatte sich gereckt und die Hände auf Grace' Schultern gelegt. »Theo kommt mit mir«, erklärte sie.

Wahrscheinlich, dachte Grace, hätte sie nicht so überrascht sein sollen. Elisa war nicht mehr so jung, wie sie einmal gewesen war, und da würde ein Reisegefährte hilfreich sein. Ihre Stiefmutter hatte Theo immer gern gemocht, und schließlich waren beide Kubaner. Theo hatte keinerlei Erinnerungen an Kuba, und Grace vermutete, dass er mehr als froh darüber sein würde, zu verreisen, das Land zu besuchen, in dem er geboren war, und vielleicht sogar ein paar Freunde seiner Eltern zu treffen, die noch dort leben könnten. Allerdings … Jedes Mal, wenn sie über das Vorhaben ihrer Stiefmutter nachdachte, spürte sie einen Anflug von Traurigkeit.

»Du wirst sie vermissen«, sagte Robbie.

Grace nickte. »Ja. Aber ich freue mich für sie.« Es war höchste Zeit, dass Elisa anfing, ihr eigenes Leben zu leben statt das anderer Menschen.

Das Wasser kochte. Grace bereitete den Tee zu und trug ihn zum Tisch. Sie setzte sich ihm gegenüber, in einem Abstand, der ihr angemessen vorkam. Worüber sollten sie jetzt reden? Die Verlegenheit, die in der Luft lag, war fast mit Händen zu greifen.

Robbie hielt die Tasse zwischen seinen Händen und sah überallhin, nur nicht zu ihr. »Triffst du dich mit jemandem, Gracie?«, fragte er schließlich.

Sie schüttelte den Kopf. Damit hatte sie nicht gerechnet.

»Nicht mit Theo?«

Dann war er also nicht gekommen, um seinen alten Freund zu besuchen. »Nicht mit Theo«, sagte sie. Ganz bestimmt nicht mit Theo. Natürlich vermisste sie ihn mehr, als sie es geahnt hatte. Nicht nur den Theo, der ihr Liebhaber gewesen war, sondern den Freund, den sie gehabt hatte, seit sie Robbie kannte. Ihr fehlte die Nähe zwischen ihnen, die Intimität, die sie nur so kurz geteilt hatten, das Strahlen seiner Augen und die magische Berührung seiner Hand. Aber sie hatte ihn enttäuscht, als er sie gebeten hatte, sich für ihn zu entscheiden, und für einen Mann wie Theo gab es danach kein Zurück mehr. Sie hatte sich für Robbie entschieden, und Theo war viel zu stolz, um an zweiter Stelle zu stehen. Dabei war er niemals der Zweitbeste für sie gewesen. Grace seufzte. Aber wie sie zu Elisa gesagt hatte – es war kompliziert.

Robbie nickte, als stelle ihn das zufrieden.

»Und du?«, fragte sie. »Ich meine, triffst du dich mit jemandem?«

Über den Rand seiner Tasse hinweg sah er sie an, während er an seinem Tee nippte. »Ich hab jemanden kennengelernt«, sagte er.

Das hatte sie sich gedacht. Grace nickte aufmunternd.

»Deswegen wollte ich dich auch heute sehen«, fügte er hinzu.

Grace zog eine Augenbraue hoch. Dann war er also nicht einfach so hergekommen. Er hatte sich aus einem bestimmten Grund auf den Weg gemacht, und der Karton mit ihren Gedichtbüchern war nur ein Vorwand gewesen. Aber warum?

»Wahrscheinlich wollte ich dich wiedersehen«, er schob sich die Brille hoch, »bevor ich … mich neu orientieren kann.«

Grace nickte. Das konnte sie verstehen.

»Ich wollte sichergehen, dass wir das Richtige tun«, sagte er. »Eine Ehe zu beenden ist ein drastischer Schritt. Mit Kindern oder ohne.«

»Ja, das ist wahr.« Grace nahm einen Schluck von ihrem Pfefferminztee. Es hatte sie überrascht, wie schmerzhaft das gewesen war. Sie nahm seine Hand. »Aber es ist okay«, erklärte sie. »Wir haben das Richtige getan, auch wenn ich es nicht richtig angefangen habe.«

Das Merkwürdige war, dass ihre Trennung Grace fast genauso verblüfft hatte wie Robbie. Fast als hätte alles, was passiert war – Theo, der Tod ihres Vater und der anschließende emotionale Aufruhr –, ihr die Augen geöffnet, sodass sie alles klarer gesehen hatte. Sie wusste, dass es so das Beste für sie beide war.

»Ist sie nett?«, fragte sie. Obwohl sie wusste, dass sie nett sein würde.

»Ja, ist sie.« Er lachte. »Ich könnte dir ein Bild zeigen.« Er zögerte. »Falls du das nicht unangebracht findest.«

»Nein, finde ich nicht.« Grace versuchte, nicht zu lächeln, und wartete, während er sein Handy aus seiner Jeanstasche fischte und ein Bild auf das Display holte. Sie beugte sich näher. Die Frau war blond und lächelte. Ja, sie sah nett aus. »Kinder?«, fragte sie ihn.

»Ein Junge von drei.« Er scrollte weiter.

Ein keckes Gesicht grinste Grace entgegen. Meine Güte, dachte sie, sie sind erst seit fünf Minuten zusammen, und schon hat Robbie ein Bild ihres Sohnes auf dem Handy. Er war wirklich von der schnellen Truppe.

»Und bereit, noch mehr zu bekommen?«, neckte sie ihn. Gott sei Dank konnte sie das. Sie hatte Robbie aus lauter falschen Beweggründen geheiratet – jetzt war ihr das klar. Er war ein Problemlöser, und irgendwo in ihrem Inneren hatte sie sich vorgestellt, er könnte all ihre Probleme lösen. Sie war viel zu früh von zu Hause ausgezogen, um mit ihm zusammen zu sein, weil er ungefährlich war, mit beiden Beinen auf dem Boden stand und sie sich auf ihn verlassen konnte. Sie verstand ihn, er liebte sie und war berechenbar – genau das, was sie gebraucht hatte. Damals. Grace lächelte Robbie an, eher den Mann als den Ehemann. Manchmal musste man sein eigener Problemlöser sein, auf die eigene Urteilskraft vertrauen, seine innere Stärke entwickeln und lernen, unabhängig zu sein. Und wenn man das alles geschafft hatte, schien genau der Mensch, der einem dabei geholfen hatte … nun ja, nicht mehr der Richtige zu sein.

Robbie zuckte mit den Schultern. »Es ist noch zu früh«, sagte er. »Aber ja, das will sie.«

»Dann ist es richtig, wenn du dich neu orientierst.«

Ein erleichterter Ausdruck huschte über Robbies Züge. Es war fast so, dachte Grace, als brauchte er ihre Erlaubnis, damit er den letzten Schritt tun und sich neu binden konnte.

Sie plauderten noch über andere Themen, und nach einer halben Stunde stand er auf, um zu gehen.

»Es war schön, dich zu sehen«, sagte Grace und spürte, dass es ihr ernst war. Ob sie noch Freunde sein konnten? Vielleicht.

»Geht mir genauso.« Er küsste sie auf die Wange, und auch das fühlte sich richtig an. »Und wegen Theo …«

»Ja?«, fragte Grace misstrauisch.

»Falls es passiert ist, wäre es okay.« Er warf ihr einen langen Blick zu und ging durch die Tür.

Als Grace ihm nachsah, wie er sich auf der Straße entfernte, lächelte sie in sich hinein. Er musste wissen, dass es jetzt nicht mehr passieren konnte. Ihr wurde bewusst, dass sie zum ersten Mal ihr Leben selbst in die Hand nahm. Sie hatte ihren Vater verloren und ihren Mann. Aber sie hatte ihre Praxis und ein paar gute Freunde, und sie kam allein zurecht, lernte, wer sie war, und entdeckte ihre eigene Wahrheit. Und vielleicht war das das Wichtigste überhaupt. All das gehörte ihr, auch wenn sie Theo oder Robbie oder ihren Vater nicht mehr hatte. Sie hatte dafür gekämpft, und es gehörte ihr.

# 38. Kapitel

*Havanna 2012*

Rosalyn war auf ihrem üblichen Weg zur Plaza de Armas und zum Obststand in der Calle Obispo und wünschte sich, sie würde sich sicherer auf den Beinen fühlen. Es war noch nicht zehn Uhr morgens, und die Sonne brannte ihr schon auf den Kopf. Sie stolperte über einen zerbrochenen Pflasterstein. Sicher, in der Stadt war vieles restauriert worden, aber die Straßen von Havanna waren immer noch von Schlaglöchern, zerfallenden Straßenbelägen und löchrigem Kopfsteinpflaster, das einen zu Fall bringen konnten, übersät wie mit Pockennarben.

Wieder einmal war ihr ein wenig schwindlig. In diesen Tagen war ihr morgens oft schwindlig, obwohl sie das zu verbergen versuchte. Aber sie war glücklicher. Ja, wirklich. Alles war viel besser geworden. Sie war von einem Stachel in ihrem Fleisch befreit.

An dem Abend nach dem, was sie bei sich ihren letzten Streit nannte, an dem Abend, als Jaquinda aus der Wohnung gestürmt war, hatte Rosalyn erkannt, dass dieses Mal etwas anders war. Das Geschrei war weitergegangen, immer weiter, und war durch die dünnen Wände gedrungen. Rosalyn hatte zu schlafen versucht, aber es war schwer, sie zu überhören. Ein Teil von ihr wäre am liebsten aufgestanden, zu den beiden gegangen und hätte Jaquinda gesagt, was genau sie von ihr hielt. Aber sie wusste, dass sie das nicht tun durfte. Es war Duardos

Leben, nicht ihres. Es war nicht ihre Angelegenheit. Und irgendwann musste sie eingeschlafen sein.

Am nächsten Morgen war sie aufgestanden wie immer. »Wo ist sie?«, hatte sie Duardo gefragt.

Er hatte mit den Schultern gezuckt. »Wer weiß?«

»Aber sie kommt wieder.«

»Wenn, dann werden wir nicht hier sein.« Seine Miene war finster, sein Gesicht verschlossen.

»Was meinst du, mein Sohn?« Blinzelnd sah Rosalyn ihn an.

»Ich meine«, erklärte er, »dass es mir reicht. Ich habe Geld – Luis braucht es jetzt nicht mehr. Und es wäre sinnlos, ein zweites Auto zu kaufen.«

»Was willst du damit sagen?« Rosalyn war verwirrt. Warum sollte er ein zweites Auto kaufen? Obwohl sie sich zu erinnern glaubte, dass er das früher vorgehabt hatte.

»Ich meine, dass wir es uns leisten können, eine andere Wohnung zu mieten«, sagte Duardo. »Du und ich, Mami. Die anderen …«, mit einer ausladenden Handbewegung zeigte er auf die Wohnung, die so viele Jahre ihr Zuhause gewesen war – »… können hierbleiben. Aber ich lebe keine Sekunde länger mehr mit Jaquinda zusammen. Das war's.«

»Aber …« Rosalyn wusste nicht, was sie sagen sollte. Sie konnte sich nicht vorstellen, hier auszuziehen. Und doch warum eigentlich nicht? Es könnte recht angenehm sein, in einer anderen Wohnung zu leben. Keine Jaquinda, die sich herumdrückte und weniger als nichts tat, keine Jaquinda, die ihren Sohn betrog, während sie das Essen aß, für das er sorgte, und unter seinem Dach schlief. Sie mochte ja die Mutter von Rosalyns Enkel sein, aber in ihren Augen war Jaquinda wenig mehr als ein faules Flittchen. »Also gut, mein Sohn«, hatte sie gesagt.

Sie hatte sich mit dem Frühstück beschäftigt, frischen Mangosaft und Kaffee zubereitet und Papayas und die reife Wassermelone aufgeschnitten, die sie gestern vom Obststand mitgebracht hatte.

»Ich bin ebenso schuld daran wie Jaquinda«, hatte Duardo gesagt. »Früher hab ich geglaubt, es würde vielleicht besser werden. Aber jetzt …« Er seufzte.

Rosalyn drehte sich um und umarmte ihn, nur ein paar Sekunden lang. Jetzt würde es besser werden, dachte sie bei sich. »Es hat nicht gestimmt«, murmelte sie. »Du darfst dir keine Schuld geben.« In Wahrheit hatte es schon lange nicht mehr gestimmt. *Und außerdem hast du noch mich* … Aber das flüsterte sie nur lautlos in sich hinein.

»Glaubst du, es ist meine Schuld, dass Luis fortgeht?«, fragte er, während er sich aus ihrer Umarmung löste.

Verblüfft fuhr Rosalyn zurück. »Wieso denn das?«

Er zuckte mit den Schultern. »Vielleicht hab ich ihn verwöhnt und auf die Idee gebracht, er könnte es besser haben.«

Rosalyn dachte darüber nach. Bis zu einem gewissen Punkt traf das zu. Aber wie sollte jemand sein Leben verändern, wenn er nicht glaubte, es verbessern zu können? Wenn Tácito nicht gekommen wäre, dann hätte sie weiter in den Bars von Havanna ihren Körper verkauft. Wenn ihr Großvater sich nicht aus der Sklaverei hätte befreien wollen, wäre er niemals weggelaufen. »Es ist nichts falsch daran«, sagte sie, »jemanden auf die Idee zu bringen, er könnte ein besseres Leben haben.«

Rosalyn stapfte weiter in Richtung Plaza. Vielleicht war es ja nicht mit der Politik des Regimes vereinbar, dachte sie, aber das Regime war der Traum ihres Sohnes, nicht ihrer. Und Duardo war auch nicht mit seinem Los zufrieden gewesen, sondern immer ehrgeizig und auf sein Fortkommen bedacht.

Das Ironische daran war, dass ehrgeizige Menschen wie er in Kuba damit rechnen mussten, frustriert zu werden.

Also lebte Rosalyn jetzt zusammen mit Duardo in einer viel kleineren Wohnung im Häuserblock nebenan, und Benita, Federico und Luis wohnten weiter mit Jaquinda zusammen wie vorher. Offenbar störte sich niemand an dieser neuen Situation. Benita kam vorbei, um beim Kochen zu helfen, und sie aßen oft zusammen. Aber jetzt hatte Rosalyn ihren Sohn ganz für sich.

Doch Duardo schien fast ein Schatten seines alten Ichs zu sein. Rosalyn vermutete, dass ihn Luis' Verlust mehr belastete als die Trennung von Jaquinda. Formalitäten dauerten in Kuba lange, aber Luis hatte endlich sein Ausreisevisum erhalten, und jetzt schmiedete er eifrig Pläne für seine Abreise. Rosalyn sah zu, wie Duardo seinen Enkel beobachtete, und es brach ihr fast das Herz. Was konnte sie tun?

Sie musterte das Obst und Gemüse auf dem Karren des Verkäufers. Vielleicht ein paar gebratene Kochbananen? Das war immer Duardos Leibgericht gewesen. Er brauchte etwas, das ihn aufmunterte, das ihn mit seinem Platz in der Welt versöhnte. Mit Daumen und Zeigefinger prüfte sie die Qualität und begann zu feilschen. Sie konnte ebenso gut beim Essen anfangen.

»Rosalyn?«

Sie hörte, wie jemand ihren Namen sagte. Einen Moment lang kam es ihr vor, als höre sie ihn aus weiter Ferne – vielleicht aus ferner Vergangenheit? Sie verstummte und legte das Obst weg.

»Rosalyn?«

Ihr gefror das Blut. Ihre Gedanken gerieten in freien Fall. Sie spürte, wie sie schwerer atmete, und versuchte sich zu beruhigen. Aber das war nicht ihr Schwindel, sonders etwas vollkommen anderes. Es war das, was sie immer befürchtet hatte. Langsam drehte sie sich um. Sie kannte diese Stimme. Trotzdem musste sie sich vergewissern.

# 39. Kapitel

*Havanna 2012*

Als sie das letzte Mal fortgegangen war, nach dieser letzten Rumba mit Duardo im La Cueva und der Nacht mit ihm auf dem Rücksitz seines Chevrolets war Elisa davon überzeugt gewesen, dass sie nie wieder nach Havanna zurückkehren würde.

Aus welchem Grund auch? Ihre Tante war tot, den Kontakt zu ihren Cousinen hatte sie praktisch verloren, und sie hatte Duardo abgewiesen. Er würde ihr sicher keine Chance mehr geben, oder? Außerdem war sie inzwischen viel älter – zu alt, hätten manche Leute gesagt. Aber Grace hatte sie überredet, es zu versuchen, »weil du es sonst nie wissen wirst«. Und Kuba war ihre Heimat – das war ja wohl eine Rückkehr wert. Also.

Philips Tod war ihr wie ein Wendepunkt vorgekommen, wie eine letzte Gelegenheit. Also hatte sie beschlossen, doch, sie würde zurückkehren – zumindest für einen Urlaub. Und ihren Stolz vergessen – was Duardo betraf, besaß sie keinen. Sie würde sich ihm ein letztes Mal anbieten. Alles oder nichts – bisher hatte sie nie die Freiheit gehabt, sich ihm rückhaltlos anzubieten. Und wenn er nein sagte, dann hatte sie getan, was sie konnte. Wenn er nein sagte, dann könnte sie zu Grace und ihrer kleinen Gemeinschaft in Bristol zurückkehren, und wie Grace gesagt hatte, wüsste sie dann wenigstens Bescheid.

Elisa ging jedoch nicht gleich zu Duardo. Sie zwang sich zu warten. Zuerst musste sie Theo Havanna zeigen, sie musste ihre Familie besuchen, und dann … Elisa hoffte, dass sie Duardo zufällig begegnen würde, so wie sie damals seinen Sohn getroffen hatte. Sie wusste, wie es hier in der Altstadt zuging. Neuigkeiten verbreiteten sich von Balkon zu Balkon und wurden durch die schmalen Straßen weitergetragen – also hatte er vielleicht gehört, dass sie zurück war.

Aber nun war sie schon eine Woche in Havanna und hatte weder Duardo noch seinen Sohn gesehen, obwohl sie sich oft in der Nähe ihres Viertels aufhielt. Es hatte sich nicht viel verändert. Laut war es hier immer noch, Hunde bellten, Kinder kreischten, Männer schrien, und an jeder Straßenecke spielten Musiker. Die Gebäude verfielen immer noch, die Straße war weiterhin von Schlaglöchern übersät, immer noch fielen Sonnenstrahlen schräg durch die auf den Balkonen zum Trocknen aufgehängte Wäsche.

Es war eine Erleichterung für sie gewesen, dass Theo mitgekommen war, obwohl sie inzwischen getrennte Wege gingen. Er wollte die Insel erkunden und war deshalb, nachdem er ein paar Tage in Havanna verbracht hatte, auf eigene Faust zu einer Rundreise aufgebrochen.

»Es ist bemerkenswert«, hatte er gesagt, als sie am Abend vor seiner Abreise vor einem kleinen Café an der Calle Obispo gesessen hatten. »In dem Land zu sein, in dem meine Eltern aufgewachsen sind und ich geboren bin.«

Elisa spürte, dass Kuba eine große Wirkung auf ihn ausübte. Sein Gesicht zeigte nicht mehr diesen verletzten Ausdruck wie in Bristol. Er beschäftigte sich intensiv damit, so viel wie möglich über die kubanische Geschichte herauszufinden, und sog sie in sich auf, als könne sie ihm etwas Wichtiges über sich selbst und seine Familie mitteilen, über seine Wurzeln. Elisa musste an all die anderen Kubaner denken, die seit der Revolution fortgegangen waren. Sie hatten bestimmt geglaubt, dass es das Beste für ihre Kinder war, und von einem materiellen Standpunkt aus gesehen war es das vielleicht auch gewesen. Aber wurden sie dadurch nicht ihrer Wurzeln, ihrer Kultur beraubt? Elisa war sich sicher, dass viele Migranten auf dieser Welt, in der viele Menschen ihre Heimatländer verließen, das starke Gefühl hatten, vertrieben worden zu sein.

»Wohin fährst du als Nächstes?«, fragte Elisa ihn.

»Nach Trinidad. Meine Familie hat da gelebt, weißt du?«

»Und wie lange bleibst du?« Elisa dachte an Grace. Sie konnte nicht anders, als an Grace zu denken, und fand, dass sie sie wohl im Stich gelassen hatte.

»Bis mir das Geld ausgeht.« Theo grinste.

Aber Elisa war gespannt. Theo war an einen Wendepunkt in seinem Leben gelangt. Falls er je in seine Heimat zurückkehren würde, wäre jetzt der richtige Zeitpunkt.

Und so verließ Theo Havanna gen Osten, und Elisa stolperte über den allerletzten Menschen, den sie zu sehen wünschte – Duardos Mutter.

Die alte Frau stand vor einem Obst- und Gemüsestand in der Nähe der Plaza de Armas, um Bananen und Papayas zu kaufen. Zumindest stritt sie sich mit dem Verkäufer über das Obst, das sie kaufen würde oder auch nicht. Elisa starrte sie an. Sie wedelte mit den Armen, um ihr Argument zu unterstreichen, nahm ein Stück Obst und dann noch eines in die Hand, drückte die Früchte zwischen Daumen und Zeigefinger und legte sie dann mit einer verächtlichen Geste wieder zurück. Es war eindeutig Rosalyn. Natürlich war sie viel älter geworden, aber abgesehen davon, dass ihre Haut jetzt mit Linien und Falten überzogen und sie ein wenig stämmiger geworden war, sah sie nicht viel anders aus als früher. Ihr Haar war immer noch schwarz, wenn auch von Weiß durchzogen, und ihre Bewegungen und ihre Art zu sprechen strahlten immer noch dasselbe Selbstbewusstsein aus, obwohl sie inzwischen wirklich eine sehr alte Dame sein musste.

Elisa hörte zu, wie sie schimpfte, dass die Bananen überreif waren, die Mangos zu klein, die Preise der angebotenen Waren zu hoch. Ihre Stimme war dieselbe, obwohl sie mit dem Alter tiefer geworden war, und die Art, wie sie den Obstverkäufer unmissverständlich auf seinen Platz verwies, versetzte Elisa sofort in die Zeit zurück, als sie gerade sechzehn gewesen war und Rosalyn ihrem Sohn befohlen hatte, sich von ihr fernzuhalten. Es war so unfair, hatte die junge Elisa damals gedacht und regelrecht Angst vor der winzigen Frau gehabt, die das, was sie als ihr Schicksal ansah, bedrohte. Aber jetzt sah sie stattdessen ihren Stolz, den Stolz einer Frau, deren Vorfahren Sklaven gewesen waren. Den konnte ihr niemand nehmen.

»Rosalyn«, sagte sie leise. »Rosalyn?«

Eigentlich war es kaum laut genug, als dass sie es gehört haben konnte, aber die alte Frau drehte sich instinktiv um. Sie zog die Stirn in Falten – eine tiefe Falte, die zwischen ihren Augenbrauen auftauchte. Elisa sah, dass auch Rosalyns Augen gealtert waren – sie waren braun, milchig und ein wenig glasig, als könne sie nicht mehr allzu weit sehen.

»Ich bin's. Elisa«, sagte sie.

»Elisa!« Rosalyn fuhr zurück, als hätte jemand sie geschlagen. »Du«, sagte sie.

Elisa nickte. »Wie geht es Ihnen? Es ist lange her.« Sie streckte ihr die Hand entgegen.

Rosalyn starrte sie wütend und misstrauisch an. »Was willst du hier?«, fragte sie barsch. »Unruhe stiften? Schon wieder?« Das klang so, als wüsste sie, dass Elisa nicht zum ersten Mal wieder in Havanna war.

»Ich hoffe nicht.« Sie lächelte. Duardos Mutter jagte ihr nicht mehr eine solche Angst ein wie früher. Schließlich war Elisa auch älter geworden. Ganz bestimmt zu alt, um sich auf der Plaza de Armas von einer alten Dame einschüchtern zu lassen.

Rosalyn stemmte die Hände in die Hüften. »Warum bist du dann zurückgekommen?«, brummte sie. »Was willst du diesmal?« Oder *wen*, hätte sie auch hinzufügen können.

Elisa sah sie offen an. »Das war einmal auch meine Heimat«, erklärte sie.

»Aber du bist weggegangen.«

»Weil meine Familie weggegangen ist. Weil ich jung war. Weil ich Ihren Sohn für tot hielt.« Als wüsste Rosalyn das alles nicht …

»Pff!« Rosalyn schnaubte verächtlich, obwohl sie wenigstens den Anstand hatte, leicht beschämt auszusehen. »Eine bessere Frau hätte gewartet, um sicher zu sein.« Sie wandte sich erneut dem Obstverkäufer zu und nahm ein Bündel Bananen von der Auslage, die sie ihm zum Abwiegen zuschob. Dann gab sie ihm noch zwei Mangos und drei Papayas.

Elisa wartete geduldig, während Rosalyn ihre Geldbörse hervorzog und bezahlte. Sie hatte nicht vor, unauffällig zu verschwinden, aber sie würde auch nicht mit ihr streiten. Außerdem hatte ihr Argument durchaus etwas für sich. »Vielleicht haben Sie recht«, sagte sie, als Rosalyn fertig war, dem Obstverkäufer knapp zunickte und von dem Stand wegtrat. »Aber ich war sehr jung.«

»Und eine bessere Frau wäre nie zurückgekehrt, um ihn noch einmal zu quälen«, fügte Rosalyn hinzu. Sie rückte die schwere Einkaufstasche auf ihrem Arm zurecht und ging von Elisa weg, in Richtung Calle Obispo.

Elisa blieb an ihrer Seite. Rosalyn hatte sich nicht verändert. Sie war immer noch so uneinsichtig und engstirnig wie früher. »Ich quäle niemanden.«

Kopfschüttelnd ging Rosalyn weiter. »Er konnte sich nicht wehren«, sagte sie. »Bei manchen Männern ist das so. Du warst für ihn immer wie eine Droge.«

Darüber hätte Elisa am liebsten laut gelacht. Sie – eine Droge? Nun ja, inzwischen war sie fast siebzig, und diesen Vorwurf konnte man ihr wohl nicht mehr machen. »Ich habe ihn immer geliebt«, sagte sie.

Rosalyn warf ihr einen scharfen Blick zu. »Aber du bist ein zweites Mal fortgegangen«, sagte sie. »Ich weiß über alles Bescheid. Du bist abgereist, und dann hast du in England irgendeinen anderen Mann geheiratet. Nennst du das Liebe?« Sie blieb stehen.

Ja, du weißt alles, dachte Elisa. Zumindest glaubst du das. Sie vermutete, dass Rosalyn nicht wollte, dass sie weiter neben ihr herging. Bestimmt wollte sie nicht, dass Elisa in die Nähe der Wohnung der Familie kam. »Ich hatte diesem Mann und seiner Tochter ein Versprechen gegeben. Ich hatte das Gefühl, zurückgehen zu müssen.« Sie senkte den Kopf. Sie würde Rosalyn nicht erzählen, dass sie mit Duardo gestritten hatte und dass sie um ein Haar geblieben wäre. Und sie würde ihr nicht erzählen, dass sie es oft bereut hatte, besonders als sie herausgefunden hatte, dass sie Duardos Kind unter dem Herzen trug.

»Na schön.« Wieder runzelte Rosalyn die Stirn. »Vielleicht hat mein Sohn ja die Nase voll davon, dass du immer wegläufst, wie?«

»Ich wollte nie weglaufen.«

Aber Rosalyn wirkte nicht überzeugt. »Lass ihn in Ruhe, ja?«, bat sie. »Meinetwegen. Er ist sehr zufrieden ohne dich.«

Und dann tat sie wieder einen Schritt nach vorn, als wolle sie weitergehen.

Elisa blinzelte. Warum sollte sie irgendetwas für die Frau tun, die ihr Möglichstes versucht hatte, um zu verhindern, dass sie alles bekam, was sie sich je gewünscht hatte? »Sagen Sie ihm, dass ich hier bin, ja?«, bat sie. Sie berührte Rosalyns Arm. »Wenn Ihnen an Ihrem Sohn und seinem Glück gelegen ist, sagen Sie ihm einfach, dass ich hier bin, falls er mich noch will, das ist alles.«

»Ja, du bist hier.« Rosalyn musterte sie von oben bis unten. »Aber für wie lange? Und was ist mit diesem anderen Mann, deinem Ehemann?«

»Er ist gestorben, Rosalyn.« Elisa ballte die Hände zu Fäusten und öffnete sie wieder. Sie war eine alte Frau. Sie war seine Mutter. Elisa musste ruhig bleiben. »Wenn Duardo will, bleibe ich dieses Mal«, sagte sie. »Werden Sie ihm das sagen?«

Rosalyn schien zu überlegen. »Ich sag's ihm.« Aber ihre Augen verrieten nichts.

»Ich wohne bei meiner Cousine. Er weiß, wo das ist.«

Rosalyn nickte brüsk und wandte sich ab.

Ob sie ihm Bescheid sagen würde? Elisa hatte keine Ahnung. Aber sie war hier und musste jemandem vertrauen. Das Schicksal hatte sie schon einmal zu ihm geführt. Wenn es so sein sollte, würde es sie wieder zu ihm führen.

# 40. Kapitel

*Havanna 2012*

Eines frühen Morgens gelang es Duardo, Luis in der alten Wohnung abzupassen. Sein Enkelsohn war ihm in letzter Zeit aus dem Weg gegangen, und er hasste das. Er konnte Luis' Entscheidung sogar fast akzeptieren, aber nicht die Tatsache, dass er, Duardo, anscheinend so furchteinflößend war, dass er mit ihm nicht darüber reden konnte.

»Ich möchte mit dir an einen bestimmten Ort fahren«, erklärte er ihm. Nicht mehr lange, und Luis würde fort sein. Und es gab noch einiges, das zwischen ihnen ausgesprochen werden musste. Seinem Sohn hatte er nie so nahegestanden wie diesem Jungen. Das musste etwas zu bedeuten haben.

»Heute Morgen?« Er sah, wie Luis die Stirn runzelte, als versuche er, sich eine Ausrede einfallen zu lassen.

Duardo nickte. »Es ist wichtig.« Und als der Junge keine Antwort gab, sprach er weiter. »Irgendwann müssen wir drüber reden, Luis. Oder hattest du vor, eines Tages einfach zu verschwinden, ohne dich zu verabschieden?«

Der Junge sackte ein bisschen in sich zusammen. »Nein, natürlich nicht, *abuelo*. Ich ...«

»Reg dich nicht auf.« Duardo klopfte ihm auf die Schulter und wechselte einen verschwörerischen Blick mit Benita, die hinter ihm am Spülbecken stand. Luis war schließlich noch jung, das musste man ihm zugutehalten. »Nicht hier«, sagte er, »und nicht jetzt. Wir sollten woanders hinfahren.«

Der Junge nickte.

»Dann komm.« Und Duardo klapperte mit den Autoschlüsseln in seiner Tasche. »Fahren wir los.«

Duardo war schon eine Weile nicht mehr in Santa Clara gewesen. Gelegentlich fuhr er Touristen dorthin, aber die meisten interessierten sich nicht für diesen Ort. Sie fuhren in die andere Richtung zu den Tabakplantagen in Viñales, an die Küste nach Varadero und weiter in den Süden und Osten nach Trinidad. Das war traurig, dachte Duardo jetzt, während er den Wagen über die halb leere Autobahn steuerte, denn Santa Clara war die Stadt von Che, und ohne Che wäre alles vergebens gewesen. Eine Schande, dass so viele Menschen das offenbar vergessen hatten.

Doch die Plakatwände und Poster erinnerten sie daran, als sie die Industriegebiete am Stadtrand erreichten. Sie zeigten nicht nur Che Guevara, sondern Fidel Castro, den Venezolaner Hugo Chávez und Nelson Mandela, alles Freiheitskämpfer. Und wofür sie gekämpft hatten … Konnte das alles umsonst gewesen sein?

»Wir fahren zur Gedenkstätte in Santa Clara«, sagte Luis, obwohl das inzwischen offensichtlich war. Sie hatten sie von der Autobahn aus gesehen. Sie lag am Südrand der Stadt, über zwanzig Minuten Fußweg vom Zentrum entfernt.

Duardo nickte. »Mach dir keine Sorgen, ich versuche nicht, dich umzustimmen.« Obwohl er es wahrscheinlich versuchen würde, wenn er glaubte, die geringste Chance zu haben. »Ich will nur, dass du es siehst.« Das war so nicht ganz richtig. Luis war schon einmal hier gewesen. Er hatte es bereits gesehen. »Ich möchte es zusammen mit dir anschauen.« Mit den Augen seines Enkels? Meinte er das, war das sein Wunsch?

»Ich weiß«, sagte Luis. »Und ich habe gründlich darüber nachgedacht. Über alles.«

»Warum hast du dann nichts zu mir gesagt?« Duardo war erstaunt darüber, dass seine Stimme so ungezwungen klang. Luis hatte es weit gebracht. Irgendwann musste er dabei gelernt haben, sich zu verstellen.

»Ich wollte ja«, begann Luis. »Aber am Anfang hab ich gedacht, dass aus der Sache ohnehin nichts würde. Die Leute erzählen viel, stimmt's?«

»Ja.« Die Gedenkstätte lag auf einem leicht ansteigenden Hügel. Sie fuhren den Hang hinauf und parkten unter einer hohen Baumreihe auf der rechten Seite. Die Statue und das Mausoleum lagen links von ihnen. Duardo zog die Handbremse und drehte sich so, dass er seinen Enkel ansah. »Die Leute erzählen viel«, pflichtete er ihm bei.

»Und dann ging alles so schnell. Und ich hatte einfach keine Ahnung, wann ich es dir sagen sollte – oder wie.«

Duardo nickte. Das verstand er. Aber … Die ganze Familie wusste, wie viel Luis ihm bedeutete. Und sie hatten auch alle gewusst, was er vorhatte – umso dümmer von ihm. Jaquinda hatte recht gehabt – Duardo wollte die Dinge kontrollieren. Die Vorstellung, dass er das Recht hätte, anderen Menschen ihr Leben vorzuschreiben, war entstanden, ohne dass er es bemerkt hatte. Wofür hielt er sich? »Komm«, sagte er noch einmal, munterer jetzt. Sie konnten später darüber reden. Das hier war die Plaza de la Revolución. Der *Complejo escultórico Memorial Comandante Ernesto Che Guevara* – das Che-Denkmal – war 1988 aus Anlass des dreißigsten Jahrestags der Revolution erbaut worden, und seitdem war Duardo oftmals hergekommen, um es zu betrachten. Es war eine Ehrbezeugung. Der weite, offene Platz war mit Platten belegt, begrünt und in Flutlicht getaucht und wurde von der hohen Bronzestatue des großen Mannes beherrscht. Er war in einen Kampfanzug gekleidet und trug einen Arm in Gips – er hatte ihn sich bei einer vorhergehenden Schlacht gebrochen, und solche Einzelheiten verrieten jedem, der darüber nachdachte, eine Menge über seinen Mut. Wenn Duardo einfach nur auf dem Platz stand und die Gestalt vor dem Hintergrund des blauen kubanischen Himmels ansah, fühlte er sich von ehrfürchtigem Gedenken erfüllt, und er erinnerte sich an diese harten Tage und Nächte in den Bergen, die Märsche, die Kämpfe, den Lärm und Gestank der Schlacht. Heutzutage kamen hier auf der Plaza Menschen zu Kundgebungen und Konzerten zusammen, aber für Duardo schmälerte das die Ausstrahlung dieses Ortes nicht. Für ihn bedeutete er immer noch so viel wie früher. Unterhalb der Statue befand sich ein Relief, das Kampfszenen darstellte, und die historischen Worte, die der Che in seinem Abschiedsbrief vor seinem Aufbruch nach Bolivien geschrieben hatte, waren dort eingraviert.

Duardo schaute hinauf zu einer der Plakatwände. »Wir wollen sein wie Che«, las er.

»Wolltest du sein wie Che?«, fragte Luis ihn. Er schien sein Gleichgewicht zurückgefunden zu haben, und er wirkte aufrichtig neugierig.

Duardo konnte nicht anders, als zu lächeln. »Natürlich«, sagte er. »Er war ein Held.« *Unser Held.* Er musterte die steinernen Stufen, die gewaltigen Granitblöcke, Reliefs und die riesige Statue. Che und ihre kubanische Flagge, die in all ihrer Pracht flatterte. Das sagte eigentlich alles.

»Das wünschen wir uns aber nicht alle«, meinte Luis, »ganz gleich, wie oft wir das behaupten mussten.«

Duardo nickte. Er wusste das. Er hatte sogar Verständnis

dafür. Manche Männer hatten einfache Träume, und wenn man Che Guevara folgte, war kein Platz für einen simplen Traum. »Ich habe dich nicht hergebracht, um dir etwas zu beweisen, weil du vorhast, das Land zu verlassen«, sagte er, »und auch nicht, um über Politik zu diskutieren.«

Luis zog eine Augenbraue hoch.

»Na gut, vielleicht ein bisschen«, räumte Duardo ein.

»Es ist nicht so, dass ich das alles nicht zu schätzen wüsste.« Mit einer Handbewegung umfasste Luis die Statue, ja den ganzen Platz. »Aber was nützt einem Bildung, wenn man keine Gedanken- und Handlungsfreiheit hat, *abuelo*?«

Duardo sagte nichts. Aber er dachte an die *Granma*, die Zeitung, die sie alle lasen, die Zeitung, in der nichts weiter stand als ein endloses Wiederkäuen der Parteilinie. Er wusste es. Er hatte es immer gewusst, aber bis jetzt hatte er es nicht einmal sich selbst eingestanden. Es war leichter, den Amerikanern und dem US-Embargo die Schuld an allem zu geben, an allem, was in Kuba nicht wahr geworden war. Und es stimmte ja auch – die USA hatten seinem Land Schreckliches angetan. Aber man konnte sie nicht für alles verantwortlich machen, denn es gab andere Länder, mit denen man Handel treiben konnte, und es gab andere Regierungsformen.

»Als Papi dir erzählt hat, was ich vorhabe«, fragte Luis, »da warst du bestimmt ziemlich wütend, oder?«

Das konnte Duardo nicht abstreiten. »Zuerst war ich ärgerlich, ja. Ich hatte so viele Hoffnungen, so viele Träume.« Er schüttelte den Kopf und spürte, wie das Gefühl in ihm aufstieg. Fantasien, hätte man sie wohl eher nennen sollen. Er hatte gewusst, dass es darauf hinauslaufen würde, wenn sie hierherkamen. Luis und seine Entscheidung – Che Guevara und das, was er für ihr Land erreicht hatte. Obwohl es eigentlich umgekehrt sein müsste. Denn sie hatten nicht dafür gekämpft, dass junge Männer fortgingen.

»Es tut mir leid, *abuelo*.«

Duardo nahm die Entschuldigung mit einem leichten Nicken an. Es freute ihn, dass Luis Rückgrat zeigte und für seine Überzeugungen und seine Entscheidung einstand. Er wollte den Jungen nicht unterwürfig und sich rechtfertigend sehen, ganz im Gegenteil.

»Warum bist du mit mir hergefahren?«

Duardo bemerkte die üblichen bewaffneten Wachposten und die hohe Sicherheitsstufe, was auch richtig so war. Dies war ein besonderer Ort, der entsprechend geschützt werden musste. Unterhalb des stufenförmig angelegten Geländes befanden sich die Gräber und die ewige Flamme. Als die Kämpfe vorüber waren, hatte Duardo geglaubt, diese schöne neue Welt, die sie geschaffen hatten, würde wachsen und stärker werden, dass das kubanische Volk frei, unabhängig und dankbar dafür sein würde. Aber so war es nicht gekommen. Nicht nur sein Enkel orientierte sich anderweitig. Warum war er mit Luis hergekommen? Das war eine gute Frage.

Er nahm seinen Arm. »Das ist alles lange her«, sagte er leise, »die Kämpfe und die Veränderungen, der Beginn von Fidels Regime. Wir hatten hochfliegende Ambitionen, könnte man sagen, leidenschaftliche Träume. Aber in Wirklichkeit …« Er seufzte. »Ich bin mit dir hergekommen, weil ich mich daran erinnern wollte, wie es hätte sein sollen, und ich wollte, dass du hier bist, um mich an die Realität zu erinnern.« Jedenfalls etwas in der Art.

Luis nickte und sah ihn lange an. »Willst du, dass ich dir erzähle, warum ich fortgehe?«

»Wenn du magst.« Obwohl Duardo das schon zu wissen

glaubte. Luis ging fort, weil seine Heimat ihm nicht die Möglichkeiten bieten konnte, nach denen er sich sehnte. Hier konnte er nicht viel Geld verdienen, und das System würde seinen Erfolg immer vereiteln. Er wäre nicht frei, bestimmte Entscheidungen zu treffen. Keiner von ihnen war das. Obwohl sich einiges veränderte. Seit Raúl Castro war das System nicht mehr so streng – und genau aus diesem Grund konnte Luis überhaupt gehen.

»Ich möchte reisen«, erklärte er. »Ich möchte etwas von der Welt sehen. Und ich möchte etwas bewirken.«

»Glaubst du, dass es im Rest der Welt so viel besser zugeht?«, fragte Duardo ihn.

Sein Enkel spreizte die Hände. »Keine Ahnung. Aber ich möchte es herausfinden. Ich möchte es selbst sehen.«

Duardo musste einräumen, dass Luis' Beweggründe eindeutig waren. Deswegen liefen ihnen ihre jungen Leute davon. Man erwartete von ihnen, den Spuren ihrer Vorfahren zu folgen und nichts weiter anzustreben. Aber so ging es in der Welt nun einmal nicht zu. Die Welt bestand aus Veränderung und Weiterentwicklung, und wie er sich selbst schon gesagt und wie seine Mutter es ihm auf ihre Art hatte begreiflich machen wollen, musste er Manns genug sein, um das zu verstehen und zu akzeptieren.

»Sollen wir reingehen?«, fragte Duardo. Die Gedenkstätte war ein stiller, heiliger Ort. Sie mussten sich auf das Erlebnis vorbereiten.

Luis nickte. Duardo sah ihm an, dass dieser Ort eine Wirkung auf ihn ausübte. Durch die imposante hölzerne Tür traten sie in die schwach beleuchtete, einer Kapelle ähnelnde Grabkammer, eine Höhle mit Nischen, in denen die einzelnen Gräber lagen. Zusammen mit Ches Überresten, die aus

Bolivien hergebracht worden waren, ruhten an einer Wand entlang die sterblichen Überreste von achtunddreißig seiner Genossen. Jedes Grab war mit einem Relief des Kämpfers und einer künstlichen roten Nelke geschmückt, und am Ende des Raums brannte in einer Kohlenpfanne ein ewiges Licht. Zum Zeichen des Respekts schloss Duardo die Augen und flüsterte ein stilles Gebet.

Sie gingen wieder hinaus und traten durch eine weitere Tür in das Museum. Duardo war natürlich schon hier gewesen, aber er wurde es niemals müde, die Gegenstände aus dem Leben Ches zu betrachten: von Babyfotos bis zu seinem Arztkittel, von Briefen, die er geschrieben hatte, bis zu seiner Pistole. Da waren seine Pfeife, seine Uhr, sein Barett – Che Guevaras Dornenkrone – und das Telefon, dass er bei der Schlacht von Santa Clara benutzt hatte, sein Fernglas, seine Kamera und seine Ausrüstung für den Piratensender Radio Rebelde, der im Februar 1958 auf Sendung gegangen war. Unter den Ausstellungsstücken war sogar das Gefäß, aus dem er seinen Matetee zu trinken pflegte. Eine chronologische Rekonstruktion seines Lebensweges ermöglichte es dem Betrachter, die Entwicklung seiner revolutionären Ideen nachzuvollziehen, und ein Film in Schwarz-Weiß trieb Duardo die Tränen in die Augen.

Der gut aussehende, charismatische Che war der Archetyp des tragischen, romantischen Helden, der in der Blüte seiner Jahre niedergemäht worden war. Er vereinte all die neuen Ideale in seiner Person. Als Arzt und Intellektueller hatte er instinktiv Mitgefühl mit den Unterdrückten empfunden. Er war ebenso ein Denker wie ein Kämpfer gewesen, rief sich Duardo ins Gedächtnis. Und er fand nichts Falsches an Ches Überzeugung, dass der einzige Weg, sich von einem Unterdrückerregime zu befreien, eine bewaffnete Revolution war. Und dann so brutal hingerichtet zu werden … Kein Wunder, dass er zu einer Kultfigur, einem Märtyrer und zum Symbol seiner Zeit geworden war – nicht nur in Kuba, so hatte Duardo es sich oft erzählen lassen, sondern in der ganzen Welt. In den 1960er-Jahren hing bei vielen Teenagern ein Che-Guevara-Poster an der Wand. Touristen hatten Duardo in seinem Auto alles darüber erzählt. Man stelle sich das vor …

»Was empfindest du, wenn du hierherkommst?«, fragte Duardo Luis. Wahrscheinlich wollte er es einfach von ihm hören.

»Stolz.« Sie befanden sich jetzt auf der Rückseite der Gedenkstätte, in einem weiteren Garten der Erinnerung mit noch mehr Gräbern, Widmungen und einer weiteren ewigen Flamme.

Duardo nickte. Wie jeder wusste er, dass Schulkinder nicht nur immer noch jeden Morgen »Wir wollen sein wie Che« aufsagten, sondern dass sie immer noch hier zu diesem Komplex in Santa Clara gebracht wurden, um sie zu inspirieren. Aber er hatte kein Interesse an Gehirnwäsche oder gedankenlosem Nachplappern. Er wollte wissen, was Luis wirklich empfand, in seinem Herzen. Er wollte sich zu seiner Zufriedenheit versichern, dass nicht alles umsonst gewesen war, obwohl sein Enkel Kuba verließ.

»Ich weiß, was er für uns getan hat«, erklärte Luis. »Ich weiß, was ihr alle geleistet habt.«

Das war vor langer Zeit gewesen. Wenn Duardo hier in diesem friedlichen, gepflegten Garten stand, schienen die Kämpfe, die Entbehrungen und der Hunger so weit weg zu sein, dass er manchmal kaum glauben konnte, dass er wirklich einmal barfuß durch Oriente marschiert oder durch den Jobabo geschwommen war. »Immerhin«, sagte er. Und er erinnerte sich daran, wie er sich gefühlt hatte, barfuß im Schlamm von Süd-Camagüey mit Che und den anderen Männern, ihren Brüdern. *Einer für alle* ... Ches chronisches Asthma hatte sie genauso aufgehalten wie feindliche Hinterhalte und Batistas Luftwaffe, aber von heute aus gesehen konnte man fast nicht glauben, dass Batista nicht unbesiegbar gewesen war.

Damals im Frühsommer 1958, als Duardo Elisa zurückließ und sich den Männern in der Sierra Maestra anschloss, hatte die Guerilla ihre militärische Stellung konsolidiert. Sie hatte ein beachtliches Gebiet besetzt und befand sich in einem Waffenstillstand mit dem Diktator Batista. Die Rationen waren von Anfang an mager. Sie ernährten sich von dem Gemüse, das in der Gegend wuchs, und gelegentlich Hühnersuppe oder Schweinefleisch, mit denen sie ihre Sympathisanten vor Ort, die *campesinos*, versorgten, und sie hatten ein Kommunikationsnetzwerk sowie Krankenhäuser aufgebaut, wo die Kranken und Verwundeten gepflegt wurden, und Fabriken, in denen sie Waffen herstellten. So war während dieses Frühjahrs und Sommers ihre Macht gewachsen. Spitzel konnten enttarnt und jegliche Militärpräsenz rasch entdeckt werden. Und was noch wichtiger war, die gewöhnlichen Menschen schlugen sich auf ihre Seite. Im feindlichen Lager war die Moral so schlecht, dass die Batista-Armee den Revolutionären Straffreiheit zusicherte, falls sie sich dafür entschieden, ihren Kampf aufzugeben. Aber das taten sie natürlich nicht, und die Scharmützel setzten sich fort, während die Revolutionäre versuchten, an Boden zu gewinnen. Doch sie wussten, was kommen würde. Etwas musste sich verändern. Batistas Armee war auf dem Vormarsch. Ihre Offensive mit dem Ziel, sie einzukesseln und zu vernichten, begann. Fidel, Che und die anderen arbeiteten ihre Strategie für den letzten Kampf aus.

»Ihr habt euren Krieg geführt«, sagte Luis jetzt, »damit sich etwas verändert.«

»Ja.« Und sie hatten gewonnen. Nicht alles konnte über Nacht perfekt werden – was war schon vollkommen? Che hatte einmal gesagt, Revolutionen seien aus Leidenschaft gemacht und könnten niemals perfekt sein. Aber sie hatten die Gewaltherrschaft beendet, und sie hatten gewonnen.

Sein Enkel drehte sich zu ihm um. Seine Augen wirkten dunkel und unergründlich, und sein Kiefer war kräftig und fest. Duardo wurde mit einem Mal bewusst, dass Luis erwachsen geworden war. Durch seine Entscheidung war er zum Mann geworden.

»Und jetzt wollen einige von uns unseren Kampf auf andere Art führen«, sagte Luis.

»Indem ihr unser Land verlasst?« Duardo sah ihn blinzelnd an. Es war schwer, die Logik dahinter zu erkennen.

»Unser Kampf ist vielleicht eher persönlich«, sagte Luis.

»Oder egoistisch.« Die kommunistische Art war es jedenfalls nicht.

Luis nickte. »Oder vielleicht ist er auf lange Sicht angelegt«, sagte er. »Denk drüber nach, *abuelo*. Ist es gut für unser Land, wie im Mittelalter zu leben, ohne die Vorteile von Technologie, Gewerbe und Handel? Soll das Kubas Zukunft sein?«

Duardo wusste nicht, was er darauf antworten sollte. Er dachte an die neueste Supermacht, die sich in ihr Leben einzuschleichen begann. Inzwischen gab es in Kuba chinesische Busse, chinesische Züge, chinesische Energiesparlampen … Und er dachte darüber nach, was Ende Dezember 1958 passiert war, als die Rebellen mit ihren Molotowcocktails die Männer gezwungen hatten, den gepanzerten Zug zu verlassen. »Sollen wir zum Denkmal für den Panzerzug fahren?«, fragte er.

Luis lachte. »Natürlich, *abuelo*«, sagte er.

Sie fuhren quer durch die Stadt, vorbei am zentralen Platz, dem Parque Leoncio Vidal, der, wie Duardo immer dachte, mit seinen prächtigen Gebäuden, blühenden Bäumen und schmiedeeisernen Bänken und Lampen erstaunlich elegant wirkte. Das Hotel, ein grünes Hochhaus, bildete einen starken Kontrast dazu. Es mochte hässlich sein, war aber, wie er fand, auf eine Art realer, da es immer noch die Einschusslöcher der Kämpfe aufwies. Noch eine Erinnerung, noch eine Schlacht.

Sie erreichten das Gelände an der Zugstrecke nach Remedios, wo es passiert war, und stiegen wieder aus dem Auto. Duardo sah sich um. Er meinte fast, immer noch das Gewehrfeuer zu hören, den Gestank nach Blut und Tod zu riechen, die verkohlten Körper der Männer zu sehen, die in diesem letzten Feuer gestorben waren … Und dann das Licht der Hoffnung. Der Sieg. Am 28. Dezember 1958 hatte Che Guevara mit der Unterstützung von nur dreihundert Männern – Duardo war stolz darauf, einer davon gewesen zu sein – endlich die Stadt eingenommen und Batistas Soldaten besiegt, die ihnen zahlenmäßig zehnfach überlegen gewesen waren. Am nächsten Tag hatte er genau an dieser Stelle einen Zug zum Entgleisen gebracht, einen Zug mit zweiundzwanzig Wagen, der mit Munition, Flugabwehrgeschützen und Maschinengewehren beladen war, die für den Kampf gegen die Rebellen bestimmt waren. Sie nahmen das Kraftwerk und den Nordwesten der Stadt ein. Dann verkündeten sie per Radio, dass Santa Clara in der Hand der Revolutionäre sei. Durch dieses Ereignis hatte sich das Blatt der Revolution zu ihren Gunsten gewendet, und es war zweifellos der beste Tag von allen gewesen.

Duardo und Luis gingen um den Sockel herum, wo der gelbe D6-Bulldozer, mit dem sie die Schienen zerstört hatten, um den Zug entgleisen zu lassen, und die roten Güterwagen kreuz und quer neben einer Skulptur aus Betonstacheln standen. Das war alles echt – restauriert natürlich, aber es war der Original-Bulldozer, der aussah, als sei er in dem dramatischen Moment, in dem der Zug entgleiste, stehen geblieben. Im Inneren der Wagen waren Fotos, Karten und Gegenstände ausgestellt, die den Ablauf des Überfalls schilderten. Seite an Seite sahen Duardo und Luis sie sich an.

Natürlich hatte es nach dem Sieg in Santa Clara noch weitere Kämpfe gegeben. Zum Beispiel das Gefecht, bei dem die Scheune bombardiert worden war und viele von Duardos Brüdern umkamen – der Tag, an dem er und ein paar andere zurück in die Berge geflohen waren, weil sie nicht ahnten, wie nahe der Sieg der Rebellen bevorstand. Damals war Duardo schwer verletzt worden. Er war halb wahnsinnig und fast verhungert gewesen. Auf einem entlegenen Hof hatten ein freundlicher Bauer und seine Frau ihn gesund gepflegt, ohne dass er erfahren hatte, dass alles vorbei war. Diese Zeit hatte ihm einen hohen Preis abverlangt.

Aber Fidel Castro hatte triumphiert. Ja, dachte Duardo. Und er war erst ein halbes Jahr an der Macht gewesen, als die USA seinen Sturz zu planen begannen. Oder Schlimmeres. Als sie scheiterten … brachen sie 1961 die diplomatischen Beziehungen ab und verhängten ein Jahr später das Embargo. Und so …

»Ich verstehe, dass ihr euch bessere Lebensbedingungen wünscht«, sagte Duardo, nachdem sie eine Weile geschwiegen hatten. »Ich verstehe, dass ihr alles wollt, was man mit Geld kaufen kann. Ihr seid jung. Das ist normal. So ist es im Rest der Welt auch, jedenfalls erzählt man mir das.« Und ich habe versucht, dir das zu geben, dachte er bei sich. Das hatte er sich immer für Luis gewünscht. Durch sein Geschäft, über den Tourismus, hatte er ihn zu einem jungen Botschafter ihres Landes machen wollen. Anscheinend hatte er sich sehr viel gewünscht. Zu viel.

»Aber ich will mehr als das«, sagte Luis.

»Mehr?«

»Ich möchte, dass wir Kubaner den Platz auf der Welt einnehmen, der uns zusteht.«

Duardo starrte ihn an. Er versuchte zu begreifen, was sein Enkelsohn ihm sagen wollte.

»Und dazu«, erklärte Luis, »müssen wir Kuba verlassen und in die Welt hinausgehen.«

# 41. Kapitel

Grace spähte aus dem Bordfenster und sah sich auf der Luftkarte ihre Position an. Sie hatte fast die Hälfte geschafft. Wie so oft in ihrem Leben.

»Du hast so viel durchgemacht«, hatte Elisa zu ihr gesagt, als sie aus Kuba anrief, »du brauchst Urlaub, Liebes.« Kuba war schrecklich weit weg, aber sie klang, als wäre sie nebenan. »Ist das Geld schon angekommen?«

»J… ja.« Das Haus in der King Street war schnell verkauft gewesen, und Elisa hatte darauf bestanden, den Erlös zu gleichen Teilen zwischen ihnen beiden aufzuteilen. »Den Rest bekommst du, wenn ich mal nicht mehr bin«, hatte sie versprochen. Tatsächlich hatte sie Grace alles überlassen wollen, was einfach lächerlich war. Elisa musste schließlich selbst von irgendetwas leben, und Grace' Vater hätte sich gewünscht, sie für den Rest ihres Lebens versorgt zu wissen. Das sah Grace im Übrigen genauso.

»Und kannst du dir eine Weile freinehmen?«

»Ich hab ein paar Termine. Aber wahrscheinlich könnte ich sie verschieben.«

Sie hatte darüber nachgedacht. Urlaub klang reizvoll. Vielleicht auf den Kanaren, wo es im November noch warm sein würde. Sie könnte versuchen, etwas Sonne für den Winter einzufangen. Sich entspannen. Ihre Batterien aufladen.

»Dann komm nach Kuba«, sagte Elisa.

»Kuba …«

An Kuba hatte Grace gar nicht gedacht. Es schien so weit

weg zu sein, so … nun ja, so kompliziert. Sie konnte sich nicht vorstellen, sich in Kuba zu entspannen. Wenn sie an Kuba dachte, dann dachte sie an Theo – sie konnte nicht anders.

Zum letzten Mal hatte sie ihn – real, nicht nur seinen Schatten – an diesem letzten Nachmittag in der Gorse Lane gesehen, am Tag vor dem Tod ihres Vaters. Sie dachte an die Nachricht, die sie ihm einige Tage später geschickt und in der sie ihre Beziehung beendet hatte und damit etwas, das nie hätte beginnen dürfen. Sie hatte nicht den Mut aufgebracht, zu ihm zu gehen. Sie war so schwach und voller Trauer um ihren Vater gewesen, dass sie es nicht riskieren konnte, der Versuchung zu erliegen, sich in seine Arme zu werfen und dort zu bleiben. Aber sie wollte sich auch nicht am Telefon oder per SMS trennen, deshalb hatte sie einen Brief geschrieben und ihn mit der Post geschickt. Theo hatte nie darauf reagiert.

Und jetzt? Grace vermisste ihn immer noch. Aber sie hatte ihre Chance vertan, und sie hatte sich entschieden. Sie wusste, dass es vorbei war.

»Kommt ihr nicht sowieso bald zurück nach Bristol?«, hatte sie ihre Stiefmutter gefragt. In diesem Punkt hatte Elisa bisher sehr ausweichend reagiert. »Du und …?« Sie stellte fest, dass es ihr sogar schwerfiel, seinen Namen auszusprechen.

»Theo hat beschlossen, noch eine Weile zu bleiben.« Elisas Stimme klang nüchtern. »Es würde mich nicht wundern, wenn …«

»Wenn was?«

»Ach, nichts.«

Grace hörte, wie sie tief Luft holte. Hieß das, dass er in Kuba bleiben würde? Konnte er das – in Kuba bleiben? Er hatte gesagt, er müsse fortgehen, aber sie hatte angenommen, er spreche von einer anderen Stadt, nicht von einem anderen Land auf der entgegengesetzten Seite der Welt.

»Und ich …« Elisa stockte.

»Ja? Hast du ihn gesehen? Duardo?«

»Noch nicht.«

»Und?« Grace fasste den Hörer fester. Sie hatte Elisa zwar zu dieser Reise ermuntert, und sie fühlte sich unabhängiger als je zuvor, aber trotzdem konnte sie sich das Leben noch nicht recht vorstellen, ohne ihre Stiefmutter täglich zu sehen.

Elisa seufzte. »Ich würde dir so gern Kuba zeigen, Liebes«, sagte sie, »und ich glaube, du weißt, dass ich bleiben werde, selbst wenn ich Duardo nie wiedersehe.«

»Du hast immer noch das Gefühl, dort zu Hause zu sein«, murmelte Grace.

»So ist es. Ich habe Kuba mit achtzehn verlassen, Grace«, sagte sie, »aber es liegt mir im Blut – und daran wird sich nie etwas ändern.« Sie unterbrach sich. »Hier ist es so warm, verstehst du? Aber es ist nicht nur die Sonne, es sind auch die Menschen. In Havanna kennen die meisten Leute die meisten anderen. Hier sind die Bindungen stärker. Für eine Frau, die allein lebt …« Sie verstummte.

»Verstehe.« Grace begriff, wie schwer ihre Stiefmutter es hier in England gehabt haben musste, wo sie vor sich hinwelkte wie eine Treibhausblume, die man nach draußen in den Regen gestellt hat.

»Wir müssen alle unserem Herzen folgen, Liebes. Ich hoffe, du kannst das verstehen.«

»Natürlich kann ich das.« Und das tat sie wirklich. Aber mit einem Mal fühlte sich Grace schrecklich allein.

»Aber du fehlst mir so. Das weißt du. Also, kommst du mich besuchen? Bitte.«

Grace traf eine schnelle Entscheidung. Auf die Kanaren konnte sie immer fliegen. Aber Kuba … »Ich versuche, sofort einen Flug zu buchen«, sagte sie. Weil es Elisa so viel bedeutete, und Elisa bedeutete Grace so viel. Und weil Grace es auch sehen wollte, dieses Land, das sowohl Elisa als auch Theo so sehr am Herzen lag. Wie sie in den Nachrichten gehört hatte, veränderte sich dort gerade alles. Das Handelsembargo der USA wurde aufgehoben, und die beiden Regierungen hatten begonnen, über zukünftige Gespräche zu verhandeln. Nach und nach genossen die Kubaner mehr Freiheiten.

»Wunderbar.« Elisa klang triumphierend. »Ich rufe dich in ein, zwei Tagen an, dann kannst du mir deine Flugdaten durchgeben.«

Und jetzt, nur Wochen später, war Grace unterwegs – nach Kuba, zu ihrer Stiefmutter, zu Theo.

Es schien eine Ewigkeit zu dauern, bis sie in die Ankunftshalle des Flughafens trat, nachdem sie sich durch Lärm und Sicherheitskontrollen gekämpft hatte, die strenger gewesen waren als beim Verlassen von Großbritannien. Vorbei an streng blickenden Frauen mit kurzen Röcken und Haarnetzen und Männern, die stirnrunzelnd hinter Schreibtischen und Bildschirmen hervorschauten, sie zu sich winkten und ewig brauchten, um ihren Pass und ihr Visum zu stempeln. Und da stand Elisa. Sie sah irgendwie anders aus – strahlender, wärmer. Sie ist zu Hause, dachte Grace.

»Grace!«, sagte sie. »Wie schön, dich zu sehen, Liebes. Aber … oh.« Sie trat kurz zurück und zog sie dann wieder an sich. »Du siehst viel zu dünn aus.«

Über Elisas Schulter hinweg sah sich Grace nach Theo um, aber natürlich war er nicht da.

Während der ersten paar Tage zeigte Elisa ihr Havanna. »Wir machen alles wie die Touristen«, sagte sie. Also schlenderten sie den baumbestandenen Paseo del Prado entlang, einen malerischen Boulevard, der vom Hafen hinauf zu dem prachtvollen Capitolio führte und an dem sich auf engstem Raum maurisch inspirierte Architektur neben raffiniertem Barock und halb verfallenen Villen erhob. »Damals war das eine der reichsten Straßen von Havanna«, erklärte ihr Elisa. »Man fuhr täglich mit der Kutsche auf dem Paseo spazieren – ein wichtiges gesellschaftliches Ritual.«

Grace lachte über Elisas leicht skeptischen Ton. Dieses Kuba dürfte ihre Stiefmutter als Kind in Havanna nicht erlebt haben.

Überall gab es etwas zu sehen. Unterwegs wurden sie alle paar Meter von zusammengewürfelten Bands unterhalten, deren Musik eine Mischung aus spanischen Wurzeln, afrikanischen Trommeln und ein paar kubanischen Eigenentwicklungen darstellte. Künstler standen an Staffeleien und fingen mit kräftigen, bunten Pinselstrichen den Geist des Platzes ein, und dunkelhäutige Kinder spielten im Schatten Ball oder Fangen. Die Menschen waren sehr farbenfroh gekleidet. Die Männer erinnerten Grace an Theo – sie strahlten das gleiche lässige Selbstbewusstsein aus. Die Frauen trugen knapp geschnittene Oberteile und enge Leggins oder Jeans und waren zu Recht stolz auf die großzügigen Kurven, die sie zur Schau stellten.

Anschließend bummelten sie über alle vier Plätze in der Altstadt. Grace gefiel besonders die trotz der Touristen ruhige Atmosphäre auf der Plaza de la Catedral mit ihrem Kopfsteinpflaster und die majestätische, cremeweiße Barockfassade der Kathedrale, die laut Elisa ein kubanischer Schriftsteller einmal als »in Stein gegossene Musik« bezeichnet hatte. Dem konnte sich Grace nur anschließen. Sie mochte auch die schmale, chaotische Calle Obispo, die heute mit Märkten, historischen Apotheken, die in den gewaltigen Eingangshallen aller Kolonialgebäude lagen, Buchläden und Cafés vollgestopft war. »Hier hat früher der Bischof gewohnt, wie der Name sagt«, sagte Elisa. »Wirklich.« Und Grace war begeistert von ihrer luftigen Ausfahrt in einem klassischen amerikanischen Wagen – einem rot-weißen, offenen Chevrolet –, auf der Elisa bestanden hatte.

»Jeder Tourist macht das«, erklärte Elisa. Grace sah, wie sie sich umschaute, aber anscheinend war in der Schlange der Fahrer, die alle ihnen zur Verfügung stehenden Überredungskünste einsetzten, um sie als Fahrgäste zu gewinnen, keine Spur von Duardo zu entdecken. Elisa hatte erklärt, das sei die beste Art, sich Havanna anzusehen, und als sie ihre Wahl trafen und die prächtigen Gebäude des Parque Central hinter sich ließen und über den Malecón nach Vedado und Westhavanna fuhren, wo stählerne Hochhäuser die Silhouette der Stadt beherrschten, musste Grace ihr zustimmen. Und mehr noch, man kam sich vor wie ein Filmstar aus den 1950er-Jahren.

Nach der aufregenden Autofahrt tranken sie in Ernest Hemingways altem Lieblingslokal, der Bodeguita del Medio, kubanischen Kaffee. »Das war vorher ein kleiner Krämerladen an der Straße«, erklärte Elisa. »In den 1940er-Jahren fingen die Betreiber an, Getränke auszuschenken, und im Handumdrehen war daraus ein Treffpunkt für Künstler, Schriftsteller und Intellektuelle geworden.« Die Wände waren mit Graffiti, alten Fotos und den Autogrammen berühmter Gäste wie Nat King Cole und dem guten alten Hemingway selbst geschmückt. Grace fand es zu voll und zu laut.

Als sie nach ihren Wanderungen durch die Stadt erschöpft waren, ging Elisa mit Grace ins Hotel Ambos Mundos, um auf der Dachterrasse bei einem Cocktail zu entspannen. Hier oben wehte eine erfrischende Brise, die Wände waren mit hübschen Mosaiken geschmückt, und man hatte den besten Blick über die Stadt. Grace stützte sich auf die Balustrade. Sie konnte die Dachlandschaft unter sich sehen, die Menschen, die die Calle Obispo entlangschlenderten, die blauen Fensterläden des Hotels Santa Isabel, den alten Gouverneurspalast zusammen mit den zwei hoch aufragenden Königspalmen in seinem Hof, die Festung auf dem Hügel, den Malecón und das Meer. Außerdem hatte – fast unvermeidlich, dachte Grace, als sie in ihren Reiseführer sah – Hemingway das Hotel Ambos Mundos geadelt, indem er hier gewohnt hatte, als er begann, *Wem die Stunde schlägt* zu schreiben. An diesem Nachmittag fanden hier allerdings profanere Aktivitäten statt. Irgendwie. Männer, die gefährlich auf hölzernen Sitzen, die an Seilen hingen, balancierten, strichen die hübsche, pfirsichrosa und weiße Fassade neu. Auf der Dachterrasse spielte eine Band *Que será será* und legte sich ordentlich ins Zeug dabei.

Grace drehte sich um. »Was ist mit Duardo?«, fragte sie ihre Stiefmutter. »Wie kommt's, dass du ihn noch nicht getroffen hast?« Sie wusste, dass er nicht der einzige Grund war, aus dem Elisa nach Kuba zurückgekehrt war. Die Wärme und die Kultur fehlten ihr, und Grace konnte verstehen, dass ihre Stiefmutter den Rest ihres Lebens dort verbringen wollte, wo sie groß geworden war. Aber …

»Es ist so viel Zeit vergangen, Grace, Liebes.« Elisa nippte an ihrem Mojito. Anscheinend hatte ihr die direkte Frage nichts ausgemacht. »Wir werden alt, und es ist natürlich viel zu spät.«

»Dann hast du nicht versucht, ihn zu treffen?«

»Nein. Ich dachte, vielleicht begegne ich ihm zufällig. Aber das bin ich nicht – noch nicht.«

Grace setzte sich ihr gegenüber an den Tisch. »Warum gehst du nicht einfach zu ihm nach Hause und redest mit ihm?«, fragte sie. »Das Schlimmste, was passieren kann, ist, dass er dir sagt, er sei nicht mehr interessiert.« Sie griff nach ihrem Rumcocktail. »Wenigstens weißt du dann Bescheid.«

»So einfach ist das nicht.« Elisa seufzte. »Er lebt wahrscheinlich noch mit der Mutter seines Sohnes zusammen, obwohl die beiden nicht wirklich zusammen sind.« Sie lehnte sich auf ihrem Stuhl zurück. Grace fand, dass sie müde aussah. »Aber vielleicht sind sie es inzwischen auch wieder. Und außerdem kann ich nach all der Zeit nicht einfach bei ihm reinplatzen. Besonders, nachdem ich ihn schon zweimal verlassen habe.«

Grace dachte an Theo. Wo mochte er sein? Elisa hatte kein Wort über ihn verloren. »Aber wenn Duardo gar nicht weiß, dass du hier bist?«, wandte sie ein. »Dann gibst du ihm nicht mal eine Chance.«

»Ich habe seiner Mutter gesagt, dass ich für immer hierbleibe«, erklärte Elisa. »Wenn es also sein soll …« Sie verstummte. *Qué será será*, allerdings.

Grace hörte zu, wie die Musiker auf der Terrasse ihr Tempo änderten. Was alles gut und schön war, aber manchmal musste man dem Schicksal auf die Sprünge helfen. So funktionierte es immer besser.

Während sie Havanna erkundeten, rechnete Grace ständig halb damit, dass Theo hinter einer Balustrade aus der Kolonialzeit auftauchen oder hinter einer goldenen Statue in der Calle Obispo hervortreten würde. Aber das geschah nicht.

Und sie hatte nicht vor, Elisa ins Kreuzverhör zu nehmen. Er musste wissen, dass sie hier war, und hatte offensichtlich beschlossen, ihr aus dem Weg zu gehen. Das tat weh, aber Grace war zu stolz, um zu riskieren, mit der Nase darauf gestoßen zu werden. Vielleicht empfand Elisa das mit Duardo ja genauso. Im Leben der beiden schien es mehr Parallelen zu geben, als sie je gedacht hätte.

An ihrem dritten Tag führte Elisa Grace ins Schokoladenmuseum, wo sie draußen saßen und kalten Kakao mit Honig und Milch tranken, das Köstlichste, was Grace je gekostet hatte. Und plötzlich hielt sie es nicht mehr aus. »Also, wo steckt Theo?«, fragte sie.

Elisa zog eine Augenbraue hoch. »Drei Tage hat es gedauert«, staunte sie. »Du bist so dickköpfig, Grace. Dein Vater wäre stolz auf dich.«

Grace trank weiter ihre Schokolade. Sie war leicht körnig und nicht zu süß. »Vielleicht denke ich ja nicht so oft an ihn, wie du glaubst«, konterte sie.

»Vielleicht.« Aber Elisa schüttelte lächelnd den Kopf.

»Also?«

»Er ist in Trinidad.«

»Trinidad?« Grace starrte sie an. »Was macht er denn da?«

Elisa zuckte mit den Schultern. »Es ist sehr schön dort. Historische Gebäude aus der Kolonialzeit, eine wunderbare Landschaft, die Ruinen ehemaliger Zuckerplantagen …«

»Ist er da hingefahren, um mir aus dem Weg zu gehen?« Was sollte sie sonst für einen Schluss daraus ziehen?

Elisa sah sie lange an. »Ich hab ihm gesagt, dass du kommst, aber da war er schon auf seiner Rundreise über die Insel. Seine Familie stammt aus Trinidad. Möglicherweise leben dort noch Freunde und Verwandte seiner Eltern.«

»Stimmt.« Grace war niedergeschlagen. Sie war sehr nervös bei dem Gedanken gewesen, ihn wiederzusehen, aber jetzt sah es so aus, als wünsche sie es sich mehr als alles andere. Wahrscheinlich vergeudete sie ihre Zeit. Aber sie wollte wenigstens mit ihm reden, erfahren, was er fühlte, herausfinden ... ob sie noch Freunde sein konnten. »Meinst du, er wird in Kuba bleiben?«, fragte sie.

Elisa schaute sie aus ihren dunklen Augen mitfühlend an. »Ich weiß es nicht, Liebes, aber ich glaube schon, dass Kuba eine starke Wirkung auf diesen jungen Mann hat. Du solltest darauf vorbereitet sein.«

Dann hatte sie also recht gehabt. Er würde vielleicht nicht zurückkommen. Grace verdaute diesen Gedanken. Vielleicht würde sie ihn nie wiedersehen.

»Morgen möchte ich mit dir gern nach Viñales fahren«, fuhr Elisa fort. »Die Landschaft ist einzigartig, ein bisschen wie eine vergessene Welt.«

Eine vergessene Welt. Es klang, dachte Grace, als würde sie genau das brauchen.

Viñales war wirklich einzigartig. Die *mogotes*, riesige, uralte Kalksteinkegel, die mit dichtem Pflanzenwuchs bedeckt waren, stiegen übergangslos aus den leuchtend grünen Tabakfeldern und der roten Erde des Tals auf und schufen eine Atmosphäre, die nicht von dieser Welt war. Grace und Elisa wanderten über die rostroten Pfade des Valle de Viñales und sahen den Reihern zu, die dort, wo Bauern die rote Erde auf die Aussaat vorbereiteten, den von Ochsen gezogenen Pflugscharen folgten. Sie erkundeten die Höhlen und Grotten, schlenderten in die Hütten, in denen Tabak getrocknet wurde und deren Dächer mit den Wedeln der Königspalme gedeckt waren. Sie sahen erfahrenen *torcedores*, Zigarrenrollern, bei der Arbeit zu und tranken so viel Kokoswasser, dass ein Kreuzfahrtschiff darauf hätte schwimmen können.

Aber es war sinnlos. Grace bekam Theo nicht aus dem Kopf.

»Elisa«, sagte sie eines Abends nach dem Essen zu ihrer Stiefmutter, »meinst du, ich soll nach Trinidad fahren?«

Elisa sah sie lange an und legte dann ihre Hand auf ihre. »Liebst du ihn, mein Schatz?«, fragte sie. »Bedeutet er dir alles?«

Grace meinte, die tiefe Traurigkeit im Herzen ihrer Stiefmutter wahrzunehmen. Sie nickte. »Ich glaube schon.«

Elisa nickte. »Dann solltest du nach Trinidad fahren, ja. Und du solltest es ihm sagen.«

# 42. Kapitel

Rosalyn trat ihren mühseligen Heimweg an. Seit sie an jenem Tag auf der Plaza Elisa getroffen hatte, machte sie sich jedes Mal, wenn sie ausging, Sorgen, sie könnte ihr wieder begegnen. Elisa könnte auf sie zukommen wie schon einmal und sie fragen, ob sie Duardo ihre Nachricht weitergegeben hatte.

Die Antwort lautete nein, das hatte sie nicht. Oh, an jenem Tag … Sie konnte sich kaum überwinden, daran zu denken, obwohl sie in manchen Nächten an nichts anderes dachte. Sie konnte kaum glauben, wer da ihren Namen ausgesprochen und wen sie vor sich gesehen hatte. Sie. Elisa Fernández García, oder wie sie heute heißen mochte. Nach all den Jahren war sie zurück in Havanna. Es ging nicht nur darum, wer sie war, um ihre Familie und die Tatsache, dass Rosalyns Vorfahren deren Eigentum gewesen waren. Es ging nicht nur darum, dass sie ihr Duardo weggenommen und so viel Macht über Rosalyns Sohn gehabt hatte, dass sie ihn dazu verführt hatte, mit ihr durchzubrennen. Es ging nicht nur darum, wie sie ihn behandelt und wie sie ihn enttäuscht hatte. Elisa hatte immer Rosalyns verborgene Angst verkörpert. Macht bedeutete anscheinend nicht nur Besitz. Sie war die einzige Frau, die Rosalyn Duardo wegnehmen könnte – auf jede Art, auf die es ankam.

Sie konnte sich vorstellen, wie sich das abspielen würde. Elisa würde sich wieder in sein Leben einschleichen. Er würde sich Elisa anvertrauen. Elisa würde seine Seele besitzen. Duardo würde nicht mehr zu seiner Mutter kommen, um mit ihr über die Probleme und Höhepunkte seines Tages zu sprechen. Sie würde leer ausgehen und vergessen werden – da könnte sie ebenso gut tot sein. Und dass das ausgerechnet passieren musste, nachdem Rosalyn endlich in Frieden mit ihrem Sohn zusammenlebte ... Das durfte nicht geschehen! Wie konnte diese Frau es überhaupt wagen, sie darum zu bitten, ihretwegen mit Duardo zu sprechen? Nach all dem Schmerz und dem Verlust, den sie ihm bereitet hatte? Als könnte er ihr je vergeben oder vergessen. Hielt Elisa sie für verrückt? Das würde Rosalyn ihrem Sohn nicht antun. Elisa würde ihn nur über ihre Leiche bekommen.

Allein diese Gedanken versetzten Rosalyn in Panik. Sie holte mehrmals tief und rasselnd Luft. Sie musste ruhig bleiben, und sie musste sich einen Ort suchen, wo sie besser atmen konnte, so viel war sicher. Seit ihrer Begegnung wurde Rosalyn das Gefühl nicht los, dass das Schicksal gegen sie arbeitete. Sie vielleicht dafür bestrafte, was sie getan hatte.

Sie war nie religiös gewesen, hatte nie etwas von den Ritualen der Santería gehalten, der Verehrung der Götter und Göttinnen, die sie angeblich alle beschützten. Was hatten sie je für jemanden getan? Sie verstand allerdings, dass Menschen – besonders verletzte oder unterdrückte Menschen – etwas brauchten, an das sie glauben konnten, und die Afrikaner hatten einfach versucht, sich an etwas festzuhalten, das ihnen allein gehörte. Manchmal war das alles gewesen, was sie hatten. Ihr Vater hatte in einer Nische in ihrem Wohnzimmer einen Schrein stehen gehabt und den afrikanischen Göttern oft Opfergaben und Gebete dargebracht und dabei vor sich hin gemurmelt. Als junges Mädchen hatte Rosalyn die Opfergaben, zum Beispiel eine reife Banane oder Papaya, nicht selten voller Groll gemustert, da die Familie oft so wenig zu essen hatte. Da war es nicht erstaunlich, dass sie wie ihre Mutter zu einer praktisch denkenden Frau herangewachsen war. Man konnte sich nur auf sich selbst und seine Familie verlassen. Das war alles. Und sogar die eigene Familie konnte einen manchmal enttäuschen.

Als sie eine Klingel hörte, blieb sie stehen, um sich von einem Fahrradtaxi überholen zu lassen, das über das Kopfsteinpflaster fuhr. Die Innenstadt von Havanna, dachte sie, wurde von Touristen überrannt, so weit das Auge sah. Einmal mehr kam es ihr fast vor, als wäre es nicht länger eine kubanische Stadt. Kopfschüttelnd nahm sie ihren Gedankengang von eben wieder auf. Man sehe sich Luis an. Er hatte Duardo nicht direkt enttäuscht, der Junge hatte sich nur einfach für seinen eigenen Weg entschieden. Aber Duardo fühlte sich verraten, so viel war sicher.

Der Zeitpunkt dieser Begegnung mit Elisa hatte ihr das schreckliche Gefühl gegeben, es wäre vorherbestimmt gewesen. Es war erst ein paar Monate her, seit Jaquinda … Aber nein, das war Zufall gewesen, nichts weiter. Daran musste Rosalyn glauben.

Auf dem Platz spielten ein paar Jugendliche Ball, und der große Dünne mit der Baseballkappe hatte wieder dieses Glitzern im Blick. Ungewöhnlich, es waren nicht viele Menschen unterwegs, wahrscheinlich, weil es nach zwölf Uhr mittags war. Rosalyn beschloss, ihren Weg abzukürzen. Sie war müde. Inzwischen war sie immer müde.

Einer der Jungen trat fest gegen den Ball. Rosalyn sah ihn kommen. Geschickt wich sie ihm aus, und er flog vorbei. Rosalyn verzog das Gesicht und nahm ihre schwere Einkaufstasche auf den anderen Arm. *Seht ihr*, hätte sie am liebsten gerufen. So alt und hinfällig war sie nicht … Peng!

Der Ball war aus dem Nichts gekommen – oder jedenfalls von hinten – und traf sie mit Wucht gegen die rechte Wade. Sie geriet ins Schwanken, nur ein wenig, und drehte sich um, um den Jungen, der ihn getreten hatte, mit wütenden Beschimpfungen zu überschütten. Was glaubte er, was das für ein Spiel war? Hatte er denn keine Augen im Kopf? Hatte er nichts Besseres zu tun – zum Beispiel seinem Vater zu helfen oder Hausarbeiten zu erledigen –, statt sich wie ein nichtsnutziges Straßenkind zu benehmen und den Platz zu blockieren, sodass anständige Leute, die ihren Angelegenheiten nachgingen, nicht vorbeigehen konnten, ohne von einem Ball getroffen zu werden? Es wurde Zeit, dass die jungen Leute mehr Respekt für die älteren an den Tag legten.

Rosalyn holte Luft. Es war der Junge mit dem Glitzern im Blick und der Baseballkappe gewesen. Aber das wurde ihr zu spät klar. Sie sah sein breites Grinsen zu spät. Erkannte, wie das Glitzern zu etwas Boshafterem umschlug.

»Hey, willst du mitspielen, Oma?«, rief er. »Hast du da eine Wassermelone in der Tasche? Die könnten wir gut gebrauchen.« Die anderen lachten laut.

Er klang wie ein Amerikaner. Ein Schauer überlief Rosalyn. Sonnenklar stand ihr wieder der erste Abend in der Bar vor Augen, als der glatzköpfige Amerikaner mit der Zigarre den Arm um ihre Taille gelegt und sie auf sein Knie gesetzt hatte. Als ihr zum ersten Mal bewusst geworden war: *Ich habe keine andere Wahl. Das werde ich tun müssen.*

Und dann spürte sie wieder diesen Schwindel und fühlte, wie sie das Bewusstsein verlor, fiel … Im Hintergrund hörte sie Stimmen – die Jungen –, die irgendwie sowohl durchdringend als auch ängstlich klangen. Dann hörte sie Schritte, als sie davonliefen. Vielleicht hatten sie Angst, dass sie sich wirklich verletzt hatte. *Heilige Muttergottes*, betete sie lautlos. Vielleicht war sie ja schwer verletzt, würde sogar sterben.

Eine Sekunde darauf – oder länger, sie konnte es nicht sagen – wurde es schwarz um sie.

Als sie wieder zu sich kam, hörte sie eine andere Stimme – die weiche Stimme einer älteren Frau. »Geht es Ihnen gut? Lassen Sie sich helfen. Können Sie den Kopf heben? Vorsichtig jetzt.«

Rosalyn wurde klar, dass sie auf den harten Pflastersteinen lag, und noch dazu in einem eigenartigen Winkel. Dann war sie also gestürzt. Sie blinzelte. Ihr drehte sich immer noch der Kopf. Behutsam bewegte sie ein Bein, dann einen Arm. Keine Schmerzen. Wundersamerweise schien sie sich nichts gebrochen zu haben. Die Frau gab ihr Wasser aus einem Becher und stützte sanft ihren Kopf, während sie daran nippte. Rosalyn richtete sich ein wenig auf, öffnete die Augen und sah das freundliche Gesicht der Frau, die ihr half – und ihr Obst und Gemüse, dass auf dem Pflaster der Plaza verstreut war. Sie stöhnte.

»Ganz ruhig.« Die Frau hatte offenbar einen Mann herbeigeholt, und gemeinsam halfen sie Rosalyn, sich aufzusetzen. Sie warteten noch ein paar Minuten, zogen sie dann hoch und führten sie zu einer nahegelegenen Bank.

»Wie dumm von mir«, murmelte Rosalyn. »Diese Jungen …«

»… sollten es besser wissen«, sagte die Frau.

Rosalyn erhob keine Einwände. Sie saß da und spürte, wie sie wieder etwas zu Kräften kam, aber in Wahrheit fühlte sie sich nicht wie sie selbst, nicht annähernd. Was war mit ihr los? War sie jetzt so alt, dass sie nicht einmal mehr in die Stadt gehen konnte?

»Kommen Sie mit zu mir nach Hause, *a mi casa*«, sagte die Frau bestimmt. »Es ist ganz in der Nähe. Können Sie gehen, wenn Sie sich auf meinen Arm stützen und ich ihr Gewicht abfange? Bei mir können Sie sich ausruhen, bis sie so weit sind, und dann bringe ich Sie nach Hause.«

Rosalyn hatte nicht die Kraft zu protestieren. Außerdem, was blieb ihr sonst übrig? Sie war immer noch verwirrt, ihr war ein wenig schwindlig, und sie war auf jeden Fall unsicher auf den Beinen. Sie hatte den Eindruck, die Frau von irgendwoher zu kennen, aber es gelang ihr nicht, die Erinnerung aus den Winkeln ihres Gedächtnisses hervorzuholen.

Sie ließ sich behutsam zu einer nahegelegenen Wohnung führen. Sie war nicht groß und nicht schick, aber gemütlich und behaglich und erinnerte sie an ihre eigene. Die Frau setzte sie auf einen Stuhl und erklärte, sie werde Lindenblütentee kochen. Rosalyn erlaubte sich, sich zu entspannen.

»Vielen, vielen Dank«, sagte sie, als die Frau mit einem Tablett voll heißer Getränke zurückkehrte. »Der Ball, dieser Junge … Mir war nur ein bisschen schwindlig.«

»Sie haben eine sehr schwere Tasche getragen«, sagte die Frau. Es klang, als verstehe sie die Situation vollkommen. »Und es ist sehr heiß draußen.«

»Ja.« Rosalyn fühlte sich besser. Die Frau hatte angedeutet, dass das jedem hätte passieren können. »Aber es war sehr nett von Ihnen«, setzte sie hinzu.

Lächelnd zuckte die Frau mit den Schultern. »Das war doch nichts. Ich hab Ihnen gern geholfen.«

Irgendetwas mit ihrem Gesicht. Rosalyn blinzelte. Jetzt passte endlich alles zusammen. Natürlich kannte sie die Frau. Sie gab sich schon lange Zeit die größte Mühe, sie zu ignorieren.

»Ich habe Sie schon oft gesehen«, sagte die Frau. »Unsere Familien kennen einander. Erinnern Sie sich?«

Rosalyn sah sie an und fühlte sich von Scham überwältigt. Weil sie so nett zu ihr gewesen war, diese Frau, die Rosalyn so oft ignoriert hatte, nur weil sie eine Cousine von Elisa war.

Sie schloss die Augen. »Ich erinnere mich«, flüsterte sie. Was für eine stolze Närrin sie gewesen war, dachte sie. Was für eine stolze Närrin, aus Liebe.

# 43. Kapitel

Grace wurde erst nervös, als sie die *autopista* verließen und die Provinz Cienfuegos erreicht hatten. Alex, ihr Fahrer, redete immer noch – er hatte den größten Teil der Fahrt pausenlos erzählt, während Grace versucht hatte, sich zu entspannen und die vorbeiziehende Landschaft zu genießen. Am Hafen von Havanna hatten sie Schwerlaster aller Arten und Größen passiert. Vor ihnen hatte lockend eine dunstumflossene Aussicht auf Palmen gelegen. Nach dem Industriegebiet waren sie auf die *autopista* aufgefahren. Alex hatte lang und breit erklärt, er dürfe nicht schneller als hundert Stundenkilometer fahren, sonst würde er die Benzinzuteilung der Regierung überschreiten und müsse die Differenz selbst tragen. Ein völlig anderes Leben, dachte Grace, während sie ihm zuhörte. So wenige von den Freiheiten, die für sie und die meisten Menschen, die sie kannte, selbstverständlich waren.

Während sie die Kontrollpunkte an den Provinzgrenzen passierten, machte Grace eine Bemerkung über die vielen Anhalter an der Straße. »Ich kann niemanden mitnehmen«, erklärte er. »Sie könnten Rindfleisch dabeihaben.«

»Rindfleisch?«

Wie sich herausstellte, was das Schmuggeln von Rindfleisch in Kuba verbreitet – Rindfleisch war ein äußerst beschränktes Handelsgut. »Kühe sind in diesem Land Nutztiere«, erklärte Alex. »Wir brauchen sie wegen der Molkereiprodukte. Ein Tierarzt muss bescheinigen, dass eine Kuh eines natürlichen Todes gestorben ist. Eine Kuh zu schlachten ist eine strafbare

Handlung, die mit bis zu fünfzehn Jahren Gefängnis geahndet wird.«

Du meine Güte! Grace revanchierte sich mit ein paar Anekdoten über britische Staus, Benzinpreise und aggressives Verhalten im Straßenverkehr, aber meist ließ sie ihn einfach reden. So fiel ihr das Nachdenken leichter.

»In Kuba ist das ganz anders«, sagte Alex häufig. Er erklärte, warum manche Nummernschilder einen blauen Teil mit einem »B« als erstem Buchstaben besaßen – es waren Privattaxis – und warum eine kubanische Bank einem normalen Menschen wie ihm niemals Geld leihen würde. Die meisten Kubaner besaßen so gut wie nichts. »In Kuba verdient ein ausgebildeter Ingenieur oder Tierarzt fünfundzwanzig CUC im Monat«, sagte er, »da ist man als Taxifahrer besser dran.«

Wegen des Trinkgelds, dachte sie. Also ja, in Kuba war alles ganz anders. Wie würde Theo mit dem Leben hier zurechtkommen, falls er sich dazu entschloss? Sie konnte sich vorstellen, dass seine Fähigkeiten als Steuerberater ebenso wenig gefragt sein würden wie seine Zauberkünste.

»Was ist denn da los?« Grace zeigte nach vorn. Anscheinend war mitten auf der Autobahn ein Auto stehen geblieben. Der Fahrer und fünf Passagiere bewegten sich um das Fahrzeug herum und untersuchten den Motor, wobei sie gar nicht zu bemerken schienen, dass der entgegenkommende Verkehr ihnen ausweichen musste.

Alex zuckte mit den Schultern. »Sie müssen über das Problem diskutieren«, sagte er. »Jemand muss es in Ordnung bringen. Bis dahin …« In Kuba herrschte anscheinend das Prinzip »Wie gewonnen, so zerronnen«. Einen Automobilklub oder eine Pannenhilfe gab es nicht. »In Kuba leben wir für den Augenblick«, erklärte Alex. »Hier ist das anders.«

Sie passierten die Abzweigung nach Matanzas, wo die Plakatwände am Straßenrand mit politischen Parolen zugepflastert waren. Grace sah ein Poster mit einem strahlenden Raúl Castro mit Armeemütze und Brille. *Einheit bedeutet Stärke und Sieg* … Die Revolution war schon eine Weile her, dachte Grace, aber die Legende um Che und Fidel lebte weiter und wurde immer noch zelebriert, zumindest äußerlich. Sie wollte Alex schon über die Revolution ausfragen, weil sie spürte, dass er ihr ohne zu zögern seine Meinung kundtun würde, aber da klingelte sein Handy, und er sprach in dem schnellen kubanischen Spanisch, dem zu folgen ihr schwerfiel, hinein. Grace machte es nichts aus, dass er am Steuer telefonierte. Es herrschte kaum Verkehr, und schon gar nicht am Wochenende, hatte Alex ihr erzählt. Sie vermutete, dass nur Lastwagen, die in Regierungsbesitz waren, Taxis und Touristen sich das Fahren überhaupt leisten konnten. Kein Wunder also, dass so viele Anhalter an den Straßen standen.

Die Landschaft wurde trockener, und sie kamen an Bananenplantagen, Orangenhainen und knochigen, buckligen Rindern auf ihren Weiden vorbei. Über den weiten, klaren blauen Himmel glitten auf breiten Schwingen Truthahngeier dahin. Alex beendete seinen Anruf und begann Grace die Bilder auf seinem Handy zu zeigen.

Sie beugte sich vor, um sie anzusehen. Er hatte fünf Kinder, obwohl er kaum alt genug dazu zu sein schien, und einen frisierten alten roten Lada, auf den er anscheinend ebenso stolz war. »Ich habe mehr als die meisten Menschen in Kuba«, erklärte er ihr. Und Grace hatte in Havanna genug gesehen, um zu wissen, dass er recht hatte.

In der Provinz Cienfuegos fuhren sie von der *autopista* ab. Die Felder wurden hier intensiver bewirtschaftet, und die

Straßen wurden ländlicher. Sie überholten uralte Traktoren, Pferdekarren und klapprige alte Fahrräder und hielten gelegentlich an, um streunende Kühe, Pferde oder Hühner über die Straße zu lassen. Die Häuser waren aus Holz erbaut und mit Stroh gedeckt, am Straßenrand verliefen tiefe Gräben, und entlang der Straßen lagen Felder mit dicht gepflanztem, limonengrünem Zuckerrohr. Grace konnte sich nur zu gut vorstellen, welche Knochenarbeit es früher gewesen sein musste, es von Hand zu ernten.

Sie lehnte sich auf ihrem Sitz zurück. Okay, dachte sie, also was würde sie Theo sagen, wenn sie ihn wiedersah? Und wie würde er auf ihr Auftauchen reagieren? Niemand ließ sich gern zurückweisen – obwohl sie guten Grund dazu gehabt hatte. Grace erwartete nicht, dass er sie mit offenen Armen empfangen würde, sie rechnete auch nicht damit, noch einmal eine Beziehung zu ihm aufbauen zu können. Aber sie sehnte sich nach seiner Freundschaft und hoffte, er werde ihr verzeihen können, irgendwann. Wenn sie nur mit ihm reden könnte … Sie hoffte, sie könnte ihn dazu bringen, sie zu verstehen.

Sie erreichten die Bahía de Cienfuegos, dann führte die Straße wieder von der Küste weg, und als sie sich der Provinz Sancti Spíritus näherten, tauchten viele Mango- und Zuckerrohrplantagen auf. Sie waren fast da, und Grace spürte, wie ihre Beklommenheit wuchs.

Alex fragte sie, ob sie eine Pause machen wolle.

»Nein, danke.« Grace wollte einfach nur so schnell wie möglich ankommen. »Wie sieht es mit Ihnen aus? Sie müssen doch müde sein.«

Lachend schüttelte er den Kopf. »Ich fahre direkt nach Havanna zurück«, erklärte er. »Ich treffe mich mit ein paar Freunden auf ein Bier, und vielleicht hören wir Musik.« Er schwenkte die Hüften, als bereite er sich schon darauf vor. »Und wer Geld hat, der bezahlt.«

»Wie funktioniert das?«, fragte sie. Und wenn niemand Geld hatte?

Er lächelte ihr im Rückspiegel zu. »Wenn wir kein Geld haben, bleiben wir zu Hause«, sagte er. »Ganz einfach. So machen wir das in Kuba.«

Heute Abend. Grace fragte sich, was sie heute Abend tun würde. Wahrscheinlich würde es nicht einfach werden. Aber Kuba war auch nicht einfach. Einige Menschen schienen trotz des Mangels an Freiheiten und Geld glücklich zu sein – wenigstens hatten sie, wie man ihr immer wieder sagte, zu essen, kostenfreie Gesundheitsfürsorge und Bildung. Andere hassten das Castro-Regime und die Diktatur, zu der es sich entwickelt hatte. Ein paar hassten Amerika, andere wünschten sich nichts mehr, als dort zu leben. Manche wollten arbeiten, um voranzukommen, andere waren zufrieden damit, sehr wenig zu tun. Jeder hatte etwas anderes über die Vergangenheit zu sagen, und jeder hatte andere Erwartungen an die Zukunft. Was würde aus diesem Land werden? Grace fragte sich, ob Theo davon eine genauere Vorstellung hatte als sie.

Als sie endlich in Trinidad ankamen, fragte Alex mindestens ein halbes Dutzend Leute nach dem Weg zu ihrem Hotel, und Grace bekam langsam den Eindruck, dass er sich einfach gern selbst reden hörte. Aber das machte nichts, schließlich fanden sie es – das La Ronda, rosa und weiß gestrichen, mit flatternden Fahnen, innen mit bequemen Stühlen aus Weidengeflecht ausgestattet und mit einem wunderbar kühlen Innenhof.

»*Gracias*, Alex.« Danke. Grace holte ihre Geldbörse hervor und zog einen Schein als Trinkgeld für ihn heraus. Sie wusste nie genau, wie viel Trinkgeld sie geben sollte, daher übertrieb sie es für gewöhnlich, um sicherzugehen. Wenigstens könnte er dann heute Abend seinen Freunden das Bier ausgeben, dachte sie.

Alex verbeugte sich und küsste ihr die Hand. »Ich hoffe, Sie finden, was Sie suchen«, sagte er.

Er verließ das Hotel, und Grace sah ihm nach, während die Frau an der Rezeption ihr einen kühlen, frischen Guavensaft reichte. Wie in aller Welt hatte Alex, der Dampfplauderer, erraten, dass sie auf der Suche nach etwas war?

Sobald sie eingecheckt und geduscht hatte, beschloss Grace, keine Zeit mehr zu verschwenden. Sie würde losgehen und ihn suchen. Schließlich war sie deshalb hergekommen.

Bewaffnet mit einem ziemlich unzulänglichen Stadtplan, den sie im Hotel bekommen hatte, verließ sie das La Ronda und wandte sich nach rechts in Richtung Altstadt und zu dem Hotel, von dem Elisa ihr gesagt hatte, dass Theo dort abgestiegen sei. Sie kam an einer Bank vorbei, vor der eine lange Warteschlange stand, und einer Gruppe von Männern, die auf niedrigen Schemeln auf der Straße saßen, die *Granma* verkauften und jedem Touristen, der vorbeikam, leise und hoffnungsvoll »Che Guevara« zumurmelten. Elisa hatte ihr erzählt, dass die Zeitung nach der Jacht »Granma« benannt war, mit der Fidel Castro und andere Rebellen 1956 an der kubanischen Küste gelandet waren, womit die Revolution begonnen hatte. »Viele Menschen«, hatte sie erklärt – nach ihrem wehmütigen Blick zu urteilen, auch ihr Duardo –, »werden dafür sorgen, dass das nie vergessen wird.«

Trinidad war eine geschäftige, hübsche Stadt. Die rosa, türkis und pfefferminzgrün gestrichenen Häuser waren bezaubernd. Mit Leitungsgewirr beladene Telefonmasten, die gleichzeitig als Straßenlampen dienten, neigten sich gefährlich schief über schmale Sträßchen. Und auch die Menschen waren bunt gemischt, dachte Grace, während sie an einem Obststand auf Rädern vorbeiging, auf dem sich saftige, reife Mangos, Orangen und Papayas häuften, und dann an einem der staatlichen Lebensmittelläden, auf die Elisa sie schon in Havanna hingewiesen hatte. An der Bäckerei in der Calle Simon Bolívar bog sie nach rechts ab. Der süßliche Duft des backenden Brots erinnerte sie daran, dass es nach eins war und sie noch nicht zu Mittag gegessen hatte.

Sie näherte sich der Altstadt mit ihrem Kopfsteinpflaster. Hier säumten Hutgeschäfte, Lederwarenläden und Kunstgalerien die Straßen, aber es war schwierig, auf dem glatten, rutschigen Kopfsteinpflaster zu gehen, daher hielt sich Grace an die größeren Steine in der Straßenmitte und wich den Pferdekarren und Fahrradtaxis aus, wenn sie hinter ihr auftauchten und klingelten und hupten. Theo war in dieser Stadt, dachte sie unwillkürlich.

Die Kunst war so bunt wie alles in Kuba, fiel ihr auf, als sie an den Galerien vorbeiging, in denen von Picasso inspirierte Gestalten, farbenprächtige Darstellungen alter amerikanischer Autos, nackte Frauen mit riesigen Brüsten und Che Guevaras angeboten wurden. Auch in Privathäusern gab es Läden mit Kunsthandwerk, manche geräumig und mit großen, schattigen Innenhöfen, andere düster und auf so engem Raum, dass auch noch Bett und Esstisch Platz finden mussten. Grace hatte schon gelernt, wie schwer es war, in Kuba Geld zu verdienen, warum also nicht malen? Selbst wenn man nur ein Bild pro Monat verkaufte, war das besser als nichts. Märkte breiteten sich von der Hauptstraße in die Seitengassen aus, aber Grace widerstand ihnen und konzentrierte sich darauf, zum Ende der Straße zu kommen, wo, wie sie hoffte, das Hotel lag, das sie suchte, das Mesón del Regidor.

Und plötzlich war es da, ein kleines, ockerfarben gestrichenes Gebäude mit einfachen, in Weiß und Türkis gehaltenen Holzbalkonen. Die Eingangstür stand weit offen, und dahinter war ein sonnenbeschienener Innenhof zu sehen. Grace ging darauf zu. Sie holte tief Luft, straffte die Schultern und trat ein.

Die Rezeption war üppig mit polierten Mahagonimöbeln ausgestattet. An den Wänden hingen Landschaftsgemälde, und ein bezaubernder Fries in Rot, Gelb und Türkis verlief rund um den Raum. Von der Decke hing ein kunstvoll verschnörkelter Kronleuchter, und rechts konnte sie einen Speisesaal erkennen, in dem die Tische bereits gedeckt waren. Eine junge Frau in einem sonnengelben Kleid putzte die alten Terrakottafliesen. »*Hola*«, sagte sie fröhlich.

»*Hola, señorita.*« Grace erwiderte ihr Lächeln, obwohl sich ihr der Kopf drehte. »Ich suche Theo Cantos.«

»Theo?« Bildete sie sich das ein, oder huschte ein Anflug von Zuneigung über die ausdrucksvollen Züge der jungen Frau? »Ah, Theo, *sí, sí.*«

»Ist er da?« An ihr vorbei sah Grace in den mit üppigem Grün bewachsenen Hof. Dort standen ein Tisch und zwei Stühle in der prallen Sonne, aber niemand saß dort.

»Jetzt gerade nicht, nein.« Die Frau schüttelte den dunklen Kopf und führte es dann in einem Strom aus schnellem kubanischen Spanisch weiter aus.

Grace versuchte, ihr zu folgen. »*Gracias*«, sagte sie. Danke. »Ich komme später wieder.« Die Enttäuschung saß ihr in der Magengrube. Sie trat wieder nach draußen, wo ein Mann mit einem Huhn auf dem Kopf auf dem Straßenpflaster saß.

*»De dónde?«*, knurrte er zwischen fehlenden Zähnen hindurch.

*»Inglaterra«*, antwortete sie. Diese Frage hatte sie schon oft beantworten müssen, seit sie hier angekommen war. Er nickte beifällig und warf ihr ein lückenhaftes Grinsen zu, während das Huhn mit den Flügeln schlug und sich wieder zurechtsetzte. Grace musste lachen. Alex hatte ganz recht gehabt. In Kuba war definitiv alles anders.

Sie ging zum zentralen Platz und blieb alle paar Sekunden stehen, um die Umgebung auf sich wirken zu lassen. Das historische Zentrum von Trinidad war so atemberaubend schön, dass es fast irreal wirkte. Vor ihr lag eine hellgelbe Kirche mit neoklassischer Fassade, und mehrere prächtige, in Blau, Cremeweiß und Buttermilchgelb gehaltene Villen mit Fresken, Wandgemälden und Holzbalustraden umgaben den Platz. Sie hatte gelesen, dass die Stadt 1514 gegründet worden war und als Weltkulturerbe restauriert und erhalten wurde, und jetzt erkannte Grace auch, warum. Angesichts des Kopfsteinpflasters und der Gebäude im Kolonialstil hatte sie das Gefühl, die Zeit sei stehengeblieben. *Wenn nur …*

Vier symmetrisch angelegte Grünanlagen bildeten das Zentrum des Platzes. Jede war von einem weißen Zaun umgeben, um dessen Innenseite eine niedrige Hecke mit roten Blüten verlief und dessen Ecken von dekorativen grün-weißen Keramikvasen markiert wurden. Aus den Grasflächen ragten hohe Königspalmen auf. Grace setzte sich auf eine von mehreren verschnörkelten weißen Metallbänken in der Mitte des Platzes, gegenüber einer weißen Statue und der Stelle, an der sich die mit staubigen Platten belegten Wege kreuzten. Ein paar kleine Jungen spielten Fangen, und sie sah zu, wie sie die Wege entlangrannten und um die kunstvoll verzierten Laternenpfähle herumliefen, wobei die meiste Zeit der Kleinste und Jüngste mit dem Fangen an der Reihe war. Sie trank einen Schluck aus ihrer Wasserflasche. So war es halt im Leben, dachte sie.

Also, wo mochte er stecken? Grace sah sich um, von dem in einem dunklen Türkiston gestrichenen Gebäude im Kolonialstil bis zu der Kirche hinter ihr und dem in aprikosenfarben und grün gehaltenen kegelstumpfförmigen kleinen Glockenturm eines Klosters, der ein Wahrzeichen von Trinidad sein musste, da sie schon recht oft Bilder davon gesehen hatte, sogar in Havanna. Das historische Zentrum von Trinidad war nicht besonders groß, aber Theo könnte auch einen Tagesausflug unternommen haben – in die Berge, zu den ehemaligen Zuckerplantagen oder an den Strand. Er konnte überall sein.

Musik drang zu ihr – sie war nie weit weg –, die Musik und Kuba schienen unzertrennlich zu sein. Sie trieb auf dem Wind über Straßen und stieg pulsierend aus dem Boden unter den Füßen hoch. Sie schwappte aus hoch gelegenen Fenstern, hallte durch Wände und ergoss sich aus Bars, Restaurants oder Cafés. Neugierig stand Grace auf und folgte dem verlockenden Salsa-Rhythmus, vorbei an der Kirche und um die Ecke zu einer gewaltigen Treppe aus breiten, gepflasterten Stufen, auf denen Tische aufgestellt waren. Oben spielte eine Band: ein Trommler, ein Gitarrenspieler und zwei Männer mit Holzinstrumenten, von denen einer die *maracas* schüttelte und einer auf einem geriffelten Holz kratzte, um einen ungewöhnlichen schnarrenden Klang zu erzeugen. Lächelnd sah Grace zu.

Menschen waren aus dieser *casa de la trova*, dem Haus der Musik, geströmt und hatten vor der Band zu tanzen begonnen. Paare bewegten ihre Körper zu der Salsa-Musik, hielten einander an den Händen und traten vorwärts und zurück. Die

Frauen schüttelten ihre Brüste, schwenkten die Hüften und drehten sich im Takt. Röcke rutschten über glatten Knien hoch, Arme fuhren durch die Luft, Hüften wackelten und kreisten, Gliedmaßen schienen aus Gummi zu bestehen. Alle Altersgruppen und Körperformen waren vertreten, niemand wirkte verlegen, nicht einmal die Männer, die sich mit einer selbstbewussten, sinnlichen Eleganz bewegten, die ihnen ganz allein gehörte. Eine Schwarze in einem knallpinken Kleid kam, einen Shimmy tanzend, die Treppe herunter. Zwischen ihren Brüsten sammelten sich Schweißperlen. Grace stellte fest, dass ihre Füße mitwippten. Sie entspannte die Schultern und ließ zu, dass die Musik ihre Sinne in Schwingung versetzte. Sie war schnell, und sie war stark. Es war fast unmöglich, zuzuhören und sich nicht zu bewegen.

Und dann entdeckte sie ihn. Er saß weit vorn auf einer Stufe und sah vor sich hin, fast als warte er auf sie – was unter diesen Umständen offensichtlich Wunschdenken war.

»Theo«, hauchte sie, obwohl er sie nicht gesehen hatte. »Also da bist du.«

Er sah anders aus und doch genau wie früher. Sein Körper wirkte ruhig und entspannt, aber auch aufmerksam. Diese Eigenschaft war Grace schon immer an ihm aufgefallen. Als wäre er stets bereit für den Fall, dass etwas passierte. Sein Haar war ein wenig länger geworden, er trug Jeans, obwohl es ein heißer Tag war, und sein hellblaues, kurzärmliges Hemd war kragenlos und stand am Hals ein Stück offen. Grace beobachtete ihn ein paar Minuten lang, während die Musiker weiterspielten. Und dann, gerade als sie hinübergehen und behutsam seine Schulter berühren wollte, blickte er in ihre Richtung und sah sie.

Er trug eine Sonnenbrille, die aber seine Verblüffung nicht

verbarg. Ihr folgten schnell eine traurige Miene und dann ein cooles Lächeln, als er aufstand. Cool zu sein, dachte Grace, war schrecklich. Sie trat ein paar Schritte auf ihn zu, und auch er bewegte sich in ihre Richtung.

»Hallo, Grace.« Er stand da, ließ die Hände locker an den Seiten herabhängen und beobachtete sie. Ihr fiel auf, dass seine Körpersprache abwehrend wirkte. Ein starker Kontrast zu der mitreißenden Musik und dem Tanz im Hintergrund. »Dich hätte ich hier nicht erwartet.«

Sie versuchte es mit einem lässigen Schulterzucken, aber das fühlte sich falsch an. Lässig war anscheinend ebenso unpassend wie cool. »Elisa hat mich ermuntert, herzukommen«, erklärte sie, »nach Kuba, meine ich.«

»Elisa ist nicht hier in Trinidad?« Er sah sich um, als rechne er damit, dass sie auf den Stufen über ihm tanzte.

»Nein. Ich bin allein gekommen.«

»Aha.« Er nahm die Sonnenbrille ab und musterte sie genauer, mit diesem düsteren, eindringlichen Blick. Grace zuckte fast zurück, aber sie hielt die Stellung. Sie war jetzt hier. Sie musste es versuchen.

»Ich wollte dich sehen«, sagte sie. Obwohl er das wohl schon erraten hatte.

»Langer Weg, zu mir zu kommen, Grace.« Aber er lächelte beinahe, und das machte ihr Mut. Es war nur ein leises Zucken um seine Lippen, aber glücklicherweise kannte Grace ihn so gut, dass sie es wahrnahm. Zumindest hatte sie ihn gut gekannt.

»Ich hatte das Gefühl, kommen zu müssen.« Was schrecklich lahm klang, aber sie gab sich Mühe.

Er warf ihr einen langen Blick zu. Allerdings kannte sie ihn nicht so gut, dass sie hätte sagen können, was er dachte. Sie sah ihm nicht einmal an, ob er sich freute, sie zu sehen, oder nicht.

Abrupt wandte er den Blick ab und brach den Bann. Er sah zu den Tänzern hinauf, die über ihnen immer noch Shimmy tanzten und sich wiegten. »Der Tanz ist ihre Freiheit«, sagte er.

Grace folgte seinem Blick. Das stimmte wohl. Die Kubaner wirkten immer so glücklich, wenn sie tanzten – noch nie hatte sie so eine pure Lebensfreude gesehen, solch eine Leidenschaft für die Musik und einen so angeborenen Rhythmus. Es war, als wären sie alle zum Tanzen geboren. Sie nickte.

»Wie lange bist du schon in Trinidad?«, fragte sie ihn. Es war Smalltalk, aber sie fand Zuflucht darin. Grace und Theo hatten sich immer gut über gewichtige Themen unterhalten können – aber das war vorher gewesen.

»Ein paar Tage«, sagte er. »So langsam bekomme ich ein Gefühl für diese Stadt.«

Grace gab sich Mühe, ruhig zu atmen. »Würdest du sie mir zeigen?«, fragte sie.

Wieder sah er sie lange forschend an, bevor er antwortete. Sie bemerkte die feinen Linien in seinen Augen- und Mundwinkeln, er sah älter aus als je zuvor. »Natürlich«, erklärte er nach einer gefühlten Ewigkeit.

*Ja, aber willst du?*, fragte sie sich. Und wieder überlegte sie, ob sie nicht hätte herkommen sollen. Sie hatte nicht damit gerechnet, dass sie sich in die Arme fallen würden, natürlich nicht, aber sie hatte irgendetwas erwartet. Theo war zwar immer schwer zu fassen gewesen, aber auch herzlich. Jetzt sah er sie fast wie eine Fremde an.

»Kaffee?«, fragte er.

»Wunderbar.« Seite an Seite ließen sie die Musik hinter

sich und gingen in ein Hinterhofcafé, das ganz in der Nähe der Plaza lag. Grace versuchte, nicht an ihre anderen Kaffeeverabredungen in Bristol zu denken. Sie war sich seiner Nähe bewusst – und der Distanz, die er zwischen ihnen schuf. Lag es daran, dass sie ihn verletzt hatte? Oder wollte er einfach, dass sie ging?

Das Café war klein und bunt. Die rustikalen Holztische und -stühle und die Bänke mit den Sitzplatten aus Marmor lagen teilweise im Schatten eines rot blühenden Pfauenstrauchs und einer Dattelpalme. An der Steinmauer im Hintergrund plätscherte inmitten bunter Mosaikkacheln ein kleiner Springbrunnen. Eine Oase der Ruhe.

Theo sprach die Kellnerin in schnellem Spanisch an. Grace beobachtete ihn. Trotz allem war sie froh, ihn hier in Kuba zu sehen, in dem Land, in dem er geboren war. Ein Teil von ihm, den ich nie gekannt habe, dachte sie. Und den sie wahrscheinlich nie kennenlernen würde, rief sie sich ins Gedächtnis.

»Wie hat es sich für dich angefühlt, herzukommen?«, fragte sie ihn, als die Kellnerin gegangen war.

»Gut.« Sie sah, wie er tief Luft holte. »Es war ein heilsames Gefühl, Grace, wenn du die Wahrheit wissen willst.«

Grace senkte den Kopf. »Hör zu, Theo …« Sie streckte die Hand aus und legte sie auf seine.

»Nicht, Grace.« Er zog seine Hand weg. »Du siehst …« Abrupt brach er ab, als die Kellnerin mit ihren Getränken erschien. »*Gracias*«, sagte er zu ihr. »Der beste Kaffee in Trinidad.«

»Es tut mir leid, Theo.«

Er nahm seinen Löffel, rührte langsam den Kaffee um und sah sie nicht an. »Hast du deswegen die lange Reise gemacht?«, fragte er sie. »Um mir zu sagen, dass es dir leidtut?«

Sie zuckte mit den Schultern. »Ich glaube schon.« Obwohl sie wahrscheinlich beide wussten, dass das nicht stimmte. Sie versuchte sich an einem leisen Lächeln und fing erneut Theos Reaktion auf, ein leichtes Aufleuchten seiner Augen. Es war zumindest ein Anfang. Sie redeten miteinander. Er hatte sie nicht weggeschickt. Er öffnete sich – ein wenig. Sie erhaschte kurze Blicke auf den alten Theo. Er war noch da. Grace griff nach ihrer Tasse und trank einen Schluck. Er hatte recht. Der Kaffee war gut.

»Ich habe Kontakt zu ein paar alten Freunden meiner Eltern aufgenommen«, sagte er und wechselte das Thema. »Wir haben über die alten Zeiten gesprochen, die Gründe, aus denen meine Eltern Kuba verlassen haben, warum manche Leute nie auf die Idee gekommen wären, fortzugehen. Es war eine Offenbarung, Grace.« Und einen Moment lang leuchteten seine schwarzen Augen so warm wie immer.

»Warum sind sie weggegangen?« Aus dem offensichtlichen Grund, nahm Grace an. Sie wünschten sich ein anderes, ein besseres Leben. Sie hatten genug von der Armut und dem Kampf, den es bedeutete, ihr Leben so zu leben, wie sie wollten.

»Meinetwegen«, sagte er. »Sie hatten eine Chance, und sie haben sie ergriffen – für mich. Für meine Zukunft, könnte man wohl sagen.«

Grace nickte. »Glaubst du, es war die richtige Entscheidung?«, fragte sie. Seine Antwort würde ihr vielleicht einen Hinweis darauf geben, wie er heute über Kuba, über seine Zukunft dachte.

Aber Theo musterte sie über den Rand seiner Kaffeetasse hinweg. Dieser unergründliche Blick. »Wir können dieses Spiel nicht spielen, oder, Grace?«, sagte er.

»Was für ein Spiel?«

»Das Was-wäre-wenn-Spiel.«

Grace nahm einen Schluck von ihrem Kaffee. Sie versuchte es mit einem weiteren beiläufigen Schulterzucken. Aber er hatte sie durchschaut – wie schon immer.

»Woher sollen wir wissen, was passiert wäre, wenn wir einen anderen Weg eingeschlagen hätten?« Mit funkelnden Augen beugte er sich auf sie zu. »Woher sollen wir wissen, wie viel besser – oder schlimmer – alles geworden wäre?«

Grace wusste, dass er nicht nur über seine Eltern und deren Entschluss, Kuba zu verlassen, sprach. »Theo, ich …«

»Warum bist du hergekommen?« Er schob sich das dunkle Haar aus der Stirn, aber es rutschte sofort wieder zurück. »Die Wahrheit dieses Mal.«

»Ich hab dir doch gesagt, ich …« Aber natürlich hatte sie es ihm nicht gesagt, nicht wirklich. Es war die Wahrheit, dass sie sich hatte entschuldigen wollen, aber es hatte mehr dahintergesteckt. Sie war jetzt allein. Alles hatte sich verändert. Sie wusste, dass es zwischen ihnen vorbei war, und sie wusste, was sie ihm angetan hatte – Letzteres wurde immer offensichtlicher. Aber ein kleiner Teil von ihr fragte sich immer noch: Wäre es möglich?

»Schau, Grace, ich habe es dir leicht gemacht. Ich bin dir aus dem Weg gegangen. Ganz weit.« Er lehnte sich so weit zurück, als würde er gleich den kleinen Stuhl zurückkippen und auf dem Boden landen.

Grace seufzte. »Ich wollte nicht, dass du mir aus dem Weg gehst.«

»Einmal schon.«

»Das war anders.« Und sie hatte es nie gewollt, nicht wirklich. Es war nur so, dass sie mit Robbie verheiratet gewesen war. Es war die schwerste Entscheidung gewesen, die sie je getroffen hatte.

»Anders.« Wieder musterte er sie forschend. Während der Zeit, in der sie ein Paar gewesen waren, hatte sie sich an Theos forschenden Blick gewöhnt, diesen eindringlichen Blick, der jede Einzelheit aufzunehmen schien und unter jeden Stein sah. Diesen Blick, der durch einen hindurchging, auf der anderen Seite einen Salto schlug und auf dem Weg, den er gekommen war, zurückkehrte. »Anders, weil du damals Robbie hattest und ich eine Komplikation war, die du weder wolltest noch brauchtest? Anders, weil du jetzt allein bist?«

»Ja.« Er wusste, wie man Salz in eine Wunde streute, dachte sie. So war er immer schon gewesen. Aber er hatte so unrecht nicht. »Aber du weißt, dass es nicht so war«, sagte sie. »Er war mein Mann.«

»Und ich war sein bester Freund.« Theo trank seinen Kaffee aus und schob die Tasse beiseite.

»Und meiner.« Grace fühlte sich getroffen. Alles lief hoffnungslos schief. Aber sie hatte gewusst, wie stolz er war und wie verletzt er sein würde. Ihr wurde klar, dass sie damit hätte rechnen müssen. Sie versuchte es noch einmal. »Ich habe dich geliebt, Theo. Das musst du doch wissen.«

Seine dunklen Augen flackerten auf, und einen Moment lang sah sie seinen Schmerz darin. »Ich habe dich auch geliebt, Grace. Du warst alles für mich. Wenn du nicht alles für mich gewesen wärest, hätte ich Robbie das niemals antun können.« Er zückte seine Brieftasche und winkte der Kellnerin. Kurz beugte er sich auf sie zu. »Aber das ist jetzt Vergangenheit.«

Grace verdaute die Worte. Sie hatte sie nicht hören wollen, aber sie hatte vermutet, dass sie fallen würden. Trotzdem taten sie weh. »Können wir nicht wenigstens Freunde sein?« Sie riskierte noch einen Blick auf ihn.

»Ist es das, was du dir wünschst?«, fragte er leise. Wieder beugte er sich auf sie zu, und der Blick seiner schwarzen Augen war so intensiv wie je zuvor.

Sie stellte fest, dass sie nicht antworten konnte. Ja, das wünschte sie sich. Aber sie hatte die lange Reise nicht gemacht, um ihre Freundschaft wieder aufleben zu lassen. Sie war gekommen, um ihm zu sagen, dass sie nie aufgehört hatte, ihn zu lieben. Sie war gekommen, um ihm zu sagen, dass sie damals gezwungen gewesen war, die falsche Entscheidung zu treffen. Sie war gekommen, um ihm zu sagen, dass es ihr leidtat, aber dass sie alles dafür tun würde, es noch einmal zu versuchen. In den letzten Monaten hatte sie eine Unabhängigkeit gefunden, die sie nie zuvor gekannt hatte. Sie hatte herausgefunden, wer sie war und was sie wollte. Durch die Enthüllung ihres Vaters hatte sie erkannt, wie lange sie sich etwas vorgemacht hatte – über ihre Mutter, ihre Kindheit, darüber, was sie verloren hatte und was sie wollte. Sobald sie die Erinnerungen zugelassen hatte, hatte sie die Wahrheit gefunden, die sie zuvor immer abgestritten hatte. Ihre Wahrheit. Die sexuelle Orientierung ihrer Mutter bedeutete ihr wenig, aber das Glück ihrer Eltern viel. Sie brauchte nicht einfach jemanden, der für sie sorgte. Sie hatte ihre Mutter und auch ihren Vater verloren, aber sie hatte zu sich selbst gefunden.

Die Kellnerin kam an ihren Tisch, und Theo gab ihr einen Geldschein und wies mit einer Handbewegung das Wechselgeld zurück. Er wandte sich wieder Grace zu. Mit purer Willenskraft versuchte sie etwas zu sagen, aber sie hatte keine Ahnung, wie sie diese neue Distanz zwischen ihnen überbrücken sollte.

»Ich bin mir nicht sicher, ob wir noch Freunde sein können, Grace.« Theo stand auf. »Ich bin mir nicht sicher, ob das möglich ist. Schätze, diese Grenze haben wir überschritten.«

»Wenn wir noch einmal anfangen könnten …« Sie verstummte. Sie war dabei, ihn zu verlieren, das spürte sie. Vielleicht hatte sie ihn ja schon verloren, bevor sie überhaupt hergekommen war.

»Es gibt kein Zurück.« Und jetzt klang seine Stimme sanft, so als spreche er mit einem der Kinder in dem Krankenhaus, die er früher mit seinen Zaubertricks unterhalten hatte, dachte sie. »So funktioniert das einfach nicht.«

Grace folgte ihm aus dem Hinterhof. Es war hoffnungslos.

Als sie wieder auf dem Kopfsteinpflaster standen, drehte er sich zu ihr um. »Ich fürchte, ich muss gehen«, erklärte er. »Ich bin heute Nachmittag mit jemandem verabredet.«

Sie sah direkt in diese schwarzen Augen und versuchte, ihm ihre Gefühle zu übermitteln, so aufrichtig, wie sie konnte. Sie war noch hier. Sie sollte nicht aufgeben. »Aber morgen«, sagte sie, »fährst du da mit mir zu der alten Plantage im Valle de los Ingenios?«

Er schaute sie überrascht an. »Warum?«

»Weil es wichtig ist.« Sie hatte mit Elisa über ihre und Duardos Familiengeschichten geredet und über die Sklaverei, die auf beiden Seiten ihrer Vorfahren ein Teil ihres Lebens gewesen war. Und in ihrem Reiseführer hatte sie gelesen, dass das Valle de los Ingenios genau der Ort war, den man besuchen musste, um mehr darüber zu erfahren. Vielleicht würde ihr das helfen, einen Teil der kubanischen Geschichte zu verstehen. Vielleicht half es ihr dabei, diesen Mann zu verstehen.

Er schien darüber nachzudenken. Und dann kehrte dieser

Abglanz eines Lächelns zurück. »Ich fahre mit dir hin«, erklärte er. »Und ja, es ist wichtig.«

»Danke«, sagte sie. Vielleicht war er ja für sie verloren. Aber sie hatte diese lange Reise gemacht. Und ganz so leicht konnte Grace nicht aufgeben.

# 44. Kapitel

Am Morgen nach ihrem Traum ging Rosalyn noch einmal in die Wohnung der Frau, um ihr zu danken. In ihrem Traum war ihre alte *abuela* zu ihr gekommen und hatte mit ihrer singenden Stimme über ihre Zeit als Sklavin auf der Zuckerplantage gesprochen. Einmal mehr hatte sie Rosalyn von der Knochenarbeit erzählt, vom Spiel, vom Tanzen und den Liedern über die Freiheit. *Es gibt viele Arten*, sagte sie, *jemanden zu versklaven*. Allerdings, darüber wusste Rosalyn Bescheid. *Und viele Arten*, sagte sie, *dafür zu sorgen, dass ein Mann nicht frei ist.*

Über Letzteres musste Rosalyn nachdenken. Ihr kam es vor, als habe ihre *abuela* hier auf ein anderes Thema angespielt, das Rosalyn sehr am Herzen lag. War sie auch in diesem Punkt schuldig? Hatte sie Duardo davon abgehalten, frei zu sein?

In der Wohnung der Frau traf sie auf Elisa, die am Spülbecken in der Küche stand, Gemüse putzte und aussah, als fühle sie sich ganz wie zu Hause. Rosalyn war nicht überrascht. Seit sie nach ihrem Sturz in ihre eigene Wohnung zurückgekehrt war, hatte sie viel nachgedacht. Das Privileg der Alten, dachte sie jetzt. *Das ist alles, was uns noch bleibt. Wenn man das nicht mehr kann, dann helfe der Himmel uns allen.*

Also begrüßte sie Elisa mit einem Lächeln und nickte ihr zu. »*Hola*, meine Liebe«, sagte sie.

Elisa wandte sich vom Spülbecken ab und sah sie lange verblüfft an – verständlich, denn wann hatte Rosalyn sie je »meine Liebe« genannt?

»*Hola*, Rosalyn«, sagte sie, nachdem sie sich bemerkenswert schnell gefasst hatte. »Wie geht's Ihnen? Ich habe gehört, dass Sie hingefallen sind. Ich hoffe doch, es geht Ihnen besser?« Und das Seltsame war, dass Rosalyn nach allem, was zwischen ihnen vorgefallen war, spürte, dass es ihr ernst war. So unwahrscheinlich das erschien, Elisa sorgte sich um das Wohlergehen einer Frau, die sie angelogen und wahrscheinlich ihr Leben ruiniert hatte. Sie sorgte sich einfach um sie, weil sie Duardos Mutter war. Das war mehr, als Rosalyn verdient hatte. Es war demütigend.

Rosalyn erkannte mehr und mehr, dass einige ihrer Überlegungen aus der letzten Zeit richtig gewesen waren. Man sollte Menschen nicht das Verhalten ihrer Vorfahren anlasten. Alle Menschen waren Individuen und nur für ihre eigenen Handlungen verantwortlich. Und niemand konnte darüber entscheiden, ob er sich verliebte. Elisa war keine junge Frau mehr. In ihrer Jugend war sie schön gewesen. Rosalyn hatte sich davon blenden lassen und geglaubt, Duardo sei ebenfalls geblendet gewesen. Aber wo Rosalyn angenommen hatte, dass Elisas Schönheit nur äußerlich wäre, dass sie unter ihrer hübschen Schale zutiefst mangelhaft wäre, zutiefst suspekt, vielleicht kontrollierend, bestimmt manipulativ und wahrscheinlich dumm ... da hatte Duardo eine innere Schönheit, einen inneren Wert gesehen. So musste es gewesen sein, denn er hatte sie nie vergessen. Er hatte sie noch geliebt, als sie vierzig und nicht mehr in der Blüte ihrer Jugend gewesen war. Und er würde sie jetzt lieben.

Rosalyn hatte lange gebraucht, um Elisas positive Eigenschaften anzuerkennen. Und selbst als sie insgeheim ihre Loyalität und Integrität bewundert hatte, als sie zu dem Mann zurückgekehrt war, der ihre Familie unterstützt hatte ... sogar da hatte sie sich durch die Tatsachen nicht von ihrer offenen

Feindseligkeit abbringen lassen. Duardo, das erkannte sie jetzt, und auch ihre *abuela* waren so viel weiser gewesen als sie.

»Ich bin gekommen, um mich bei deiner Cousine zu bedanken«, erklärte Rosalyn ihr. Sie wandte sich der Frau zu. »Sie sind Ramira, nicht wahr? Ich bin Ihnen sehr dankbar für Ihre Hilfe neulich.« Sie zog eine kleine Schachtel mit sternförmigen Plätzchen hervor, die sie am Morgen mit Benitas Hilfe gebacken hatte.

Ramira nahm das Geschenk mit einem liebenswürdigen Nicken und einem strahlenden Lächeln entgegen. »Bleiben Sie doch und trinken Sie eine Tasse Kaffee mit uns«, bat sie.

Rosalyn lehnte ab. »Wenn ich darf, komm ich noch mal am Vormittag vorbei«, sagte sie. Und sie wusste, dass sie das tun würde. Sie sah sich in der gepflegten Wohnung um, musterte das bunt bestickte Kissen auf dem Schaukelstuhl, die Topfpflanzen, die Nippfiguren in den Regalen und die Familienfotos an der Wand. Dies war eine kubanische Familie genau wie ihre eigene. Und mehr noch, sie wusste, dass sie in Elisas Cousine Ramira unerwartet eine neue Freundin und Verbündete gefunden hatte.

Sie wandte sich an Elisa. »Du bist also noch in Havanna«, bemerkte sie. Denn das hatte sie sich gefragt.

Elisa nickte.

»Und, wirst du bleiben, diesmal?«

»Ja, das werde ich«, sagte sie.

Sie erwiderte ihren Blick offen, von Frau zu Frau, und Rosalyn sah, dass sie nicht die geringste Angst vor ihr hatte. Elisa war ihr wirklich gewachsen. Rosalyn schenkte ihr ein kleines Lächeln. »Dann vermute ich, dass ich dich bald wiedersehe«, sagte sie. »*Hasta luego.*« Bis dann.

Als sie nach Hause kam, war Duardo da, denn es war Sonntag. Das hielt ihn normalerweise nicht davon ab, den ganzen Tag an seinem verflixten Auto herumzuschrauben, aber seit Luis' Ankündigung brachte er nicht mehr so viel Begeisterung dafür auf. Außerdem hatte Rosalyn ihn gebeten, am Nachmittag mit ihr auszufahren. »Ich muss dir was erzählen«, sagte sie.

Und so fuhren sie nach dem Mittagessen am Malecón entlang, bis sie zum Boulevard Paseo del Prado kamen. Rosalyn hatte diese Straße schon immer geliebt. Mit ihrem breiten Flanierweg, den Bronzelöwen und den restaurierten Gebäuden mit ihren Säulenvorbauten, die ursprünglich Ende des neunzehnten Jahrhunderts errichtet worden waren, war es die malerischste Straße von Havanna. Damals, vermutete sie, war ihre Familie arm gewesen und hatte in einem Slum gelebt, während die Aristokraten der Stadt mit ihren Kutschen über den Boulevard zur Morro-Festung an der Küste gefahren waren.

Duardo parkte den Wagen am Malecón. Rosalyn erinnerte sich daran, dass dieser Teil der Stadt früher sehr schick gewesen war. Jetzt wirkte er schäbig, und sie erkannte die Prostituierten und ihre *jineteros*, die herumlungerten und auf Kunden warteten. Huren und Zuhälter, Menschen, die sich verkauften. Davon hatte sie in ihrem Leben mehr als genug gesehen. Aber egal. Duardo half ihr aus dem Auto und über die Straße. So war es besser. Der Boulevard war mit farbigen Marmorplatten belegt, die sich zu geometrischen Mustern zusammenfügten. Menschen, Kubaner und Touristen gleichermaßen, saßen auf Marmorbänken und sahen zu, wie die Fußgänger vorbeiflanierten.

»Also, was willst du mir erzählen, Mami?« Duardos Stimme klang sanft. Seit ihrem Sturz ging er noch behutsamer mit ihr um. »Geht es um Luis?«

»Nein«, sagte Rosalyn. Allerdings wusste sie, dass Luis in ungefähr einer Woche abreisen würde.

»Um was dann?« Er ging langsamer, um sich an ihr Tempo anzupassen, und drückte ihren Arm, denn sie hatte ihn untergefasst. »Weißt du, ich hab mich damit abgefunden, dass Luis weggeht. Ich habe eingesehen, dass ich alles von einem egoistischen Standpunkt aus betrachtet habe. Wie stolz es mich machen würde, ihm mein Geschäft zu übergeben, das ich praktisch aus *nada*, aus nichts außer einem klapprigen amerikanischen Wagen aufgebaut hatte. Ich war so stolz, was ich trotz der üblichen kubanischen Widrigkeiten alles erreicht habe.« Er lachte. »Aber dabei habe ich nicht an Luis und seine Wünsche gedacht. Ich hab mich nicht daran erinnert, wie leidenschaftlich ich als Junge war, als ich in den Kampf gezogen bin.« Seufzend schüttelte er den Kopf. »Das hatte ich aus den Augen verloren, Mami. Und du …«, wieder drückte er ihren Arm, »hast mir geholfen, mich wieder daran zu erinnern.«

Rosalyn nickte, obwohl sie fand, dass er ihr nicht zu danken brauchte. Was seine Leidenschaft anging – daran erinnerte sie sich nur allzu gut. Und Leidenschaft … an diesen Punkt konnte sie anknüpfen. »Ich habe mich genauso verhalten, mein Sohn«, sagte sie, »aber mich hat niemand aufgehalten. Niemand hat gesagt, du bist egoistisch, denk an den Jungen …« Sie verstummte, denn ihr fiel ein, dass Tácito doch etwas gesagt hatte. Er hatte versucht, ihr Einhalt zu gebieten. *Liebe ihn nicht zu sehr*, hatte er gesagt. *Gib ihm den Raum zu wachsen*. Wie hatte sie das vergessen können? Was für eine dickköpfige alte Närrin war sie gewesen!

»Was für ein Junge?«, fragte Duardo. »Meinst du mich?«, setzte er hinzu, als sie keine Antwort gab.

Rosalyn blieb stehen, um ein besonders heruntergekommenes Haus zu ihrer Linken zu betrachten, das noch nicht restauriert war. Es wurde von Stahlträgern abgestützt und hatte kein Dach mehr, und im Inneren befand sich ein riesiger Schutthaufen. Herrje, das würde viel Arbeit machen. »Ja.« Sie drückte seinen Arm. »Ich meine dich.«

Er grinste und schritt ein wenig schwungvoller aus. »Aber du hast mich doch immer an die erste Stelle gesetzt, Mami«, sagte er. »Es hat nie eine Zeit gegeben, in der du nicht an mich gedacht hast. Weißt du denn nicht, dass mir das klar ist?«

Liebe und Besitzenwollen, dachte Rosalyn. Manchmal verschwamm die Grenze dazwischen. Allzu leicht rutschte man vom einen ins andere, ohne es überhaupt zu bemerken. Alle Menschen nahmen gewöhnlich den egoistischen Weg. Rosalyn sah nach rechts und betrachtete das hohe Mietshaus mit seiner abblätternden Farbe und den wackligen Balkonen. Ein paar der Bewohner lehnten sich über die Geländer und schauten von oben auf das Leben in der Straße herunter.

»Es ist lange her«, sagte sie. »Da gab es eine Zeit, in der ich fast geglaubt habe, ich hätte dich verloren.«

»Was ist lange her?«, fragte er. »Wovon redest du, Mami?«

Sie holte tief Luft. »Ich hab deiner Elisa gesagt, ich wüsste mit Sicherheit, dass du tot bist.« Da, sie hatte es ausgesprochen. Sollte er sie jetzt doch hassen. Davor hatte sie sich gefürchtet, seit sie damals diese Worte zu dem Mädchen gesagt hatte.

Er blieb stehen, ließ aber ihren Arm nicht los. »Elisa«, sagte er leise. Und sie hörte die Zärtlichkeit in seiner Stimme. »Was genau ist passiert, Mami?«

Rosalyn seufzte. Sie gingen weiter den Boulevard entlang, nun ein bisschen langsamer. »Als Francisco zurückkam und mir erzählt hat, du würdest vermisst … Ich konnte es nicht glauben. Ich wollte es nicht glauben. Er hat gesagt, sie hielten dich für tot, aber du könntest auch in die Berge geflohen sein, denn deine Leiche war nicht gefunden worden. Ich wusste, dass du nicht tot warst. Ich habe es nicht gespürt.« Sie schlug sich mit der Faust leicht an die Brust. »Ich hab's hier drinnen nicht gefühlt«, flüsterte sie.

Duardo wandte ihr sein Gesicht zu. Sein Blick war ernst. »Und du hattest recht«, sagte er. Er zog sie enger an sich, und zusammen gingen sie weiter den Paseo entlang. Für die Welt sahen sie einfach aus wie irgendeine alte Mutter, die auf einem schicken Boulevard in Havanna mit ihrem Sohn einen Sonntagsspaziergang unternimmt.

Sie quittierte Duardos Worte mit einem kleinen Nicken. »Aber das ist noch nicht alles. Francisco wollte zu Elisa gehen und ihr von den Kämpfen an jenem Tag erzählen. Ich …« Sie schluckte. Sie hatte das Gefühl, nicht genügend Luft zu bekommen, aber sie war entschlossen, nicht stehen zu bleiben. »Ich hab ihm gesagt, es wäre freundlicher, ihr mehr Gewissheit zu geben.«

»Gewissheit?« Duardos Blick war immer noch sanft, immer noch liebevoll. Rosalyn würde es nicht ertragen, wenn sich daran etwas änderte.

Sie nickte. *Sie soll keinen Zweifel haben*, hatte sie zu Francisco gesagt und ihm fest die Hand auf die Schulter gelegt, als er unsicher wirkte. *Ich werde weiter hoffen. Ich bin seine Mutter. Aber sie ist noch jung. Du kannst diesem Mädchen ihr Leben zurückgeben.*

Sie wartete darauf, dass Duardo die Verbindung herstellte und erkannte, was sie getan hatte.

»Also hat er Elisa erzählt, ich sei eindeutig tot und begraben.« Duardo schien das eher interessant als furchtbar zu finden. »Und deswegen hat sie Kuba, ohne zu zögern, verlassen, als ihre Familie fortging.«

»Ja.« Sie gingen jetzt am Centro de Danza, dem Tanzzentrum, und an einem blauen Barockgebäude vorbei, das sie an eine mit Zuckerguss verzierte Hochzeitstorte erinnerte. Rosalyn fragte sich, ob sie Duardo auch den Rest erzählen musste, aber sie hatte sich für Ehrlichkeit entschieden, also würde sie dabei bleiben. Er verdiente, alles zu erfahren, und es war vielleicht das Letzte, was sie für ihn tun konnte, bevor sich ihre Wege für immer trennten. Sie wusste nicht genau, wann es so weit sein würde, aber lange würde es nicht mehr dauern. »Ich wusste, dass ihre Familie Kuba verlassen wollte«, sagte sie. »Ich hatte sogar gehofft, dass sie weggehen würden und sie mit ihnen. Ich hatte nicht damit gerechnet, aber sie ist zu mir gekommen.«

Duardo blieb kurz stehen und sah sie wieder an. »Elisa ist zu dir gekommen«, wiederholte er. »Ich hatte mich schon gefragt …«

Jahrelang musste er sich von dem Mädchen zurückgewiesen gefühlt haben, dachte Rosalyn, jahrelang hatte er geglaubt, sie habe ihn einfach nicht genug geliebt. Und Rosalyn hatte dieses Gefühl so sehr gefördert, wie sie nur konnte. Sie hatte keinen Moment an das Wohl ihres Sohnes gedacht.

Sie holte tief Luft und sprach weiter. »›Glauben Sie wirklich, dass er tot ist, Rosalyn?‹, hat sie mich an diesem Tag gefragt. Ihr Blick war aufgewühlt, verzweifelt.« Rosalyn unterbrach sich und dachte an diesen Blick zurück. Es war, als sei sich Elisa sicher gewesen, dass Rosalyn die Wahrheit kennen würde. »›In Ihrem Herzen‹, hat sie gesagt, ›fühlen Sie es da?‹«

Duardo drückte ihren Arm ein klein wenig fester. »Und was hast du zu ihr gesagt, Mami?«, fragte er.

Rosalyn sah starr vor sich hin. »Ich habe sie angelogen, mein Sohn. Ich habe beschlossen, diese Verzweiflung auszunutzen. Ich habe beschlossen, ihr diese Hoffnung nicht zu schenken, obwohl ich erst ein paar Stunden zuvor erfahren hatte, dass eine Gruppe Männer in den Bergen lebte und du vielleicht dazugehörtest.«

»Was hast du gesagt?«, fragte Duardo noch einmal.

Rosalyn wagte nicht, ihn anzusehen. »›Ich fühle es‹, habe ich zu ihr gesagt. ›Mein Herz und mein Verstand wissen, dass es wahr ist. Ich bin mir sicher, dass wir ihn verloren haben.‹« Sie stieß die Luft aus und wartete darauf, dass er explodieren würde.

»Aha.« Sie passierten weitere rosa und blaue Gebäude mit von Säulen getragenen Vorbauten. Die Äste der Bäume, die den Paseo säumten, reichten weit über den Boulevard, trafen sich in der Mitte beinahe und spendeten dringend benötigten Schatten.

Offenbar verdaute Duardo noch, was sie ihm erzählt hatte. Aber das hieß nicht, dass er nicht explodieren würde – irgendwann.

»Sie war jung und verängstigt«, sagte Rosalyn. »Ich war eine egoistische Frau, mein Sohn. Ich bin ihr gegenüber nie fair gewesen.«

Duardo wirkte immer noch nachdenklich und überhaupt nicht zornig. »Ich hatte immer gedacht, sie würde auf mich warten«, sagte er. Er blieb stehen und zog sie behutsam herum, sodass sie jetzt wieder die Festungsmauern des Castillo sahen. »Wir sollten zurückgehen«, murmelte er.

Rosalyn sagte nichts. Was hätte sie auch noch sagen sollen?

Ein paar Minuten lang gingen sie schweigend nebeneinanderher, aber sie konnte den Anblick der prächtigen Gebäude und der Kinder, die mit ihren Kreiseln spielten, nicht mehr genießen.

»Warum hast du das getan, Mami?«, fragte er sie schließlich. »Du wolltest, dass ich glücklich werde, oder?« Und kurz sah er wieder aus wie ihr kleiner Junge – ein bisschen verwirrt und sehr ernst und so, als drehe sich seine ganze Welt um Rosalyn.

Warum sie es getan hatte? *Sei jetzt ehrlich.* »Ich dachte, es wäre das Beste«, sagte sie. »Ich dachte, sie wäre nicht die Richtige für dich.« Sie gingen weiter. »Damals.« Rosalyn fragte sich immer noch, wie sie es ausdrücken sollte. »Dabei habe ich das Mädchen kaum gekannt.« Sie unterbrach sich, um Luft zu holen. »Aber ich kannte ihre Familie, und ich kannte unsere.« Sie warf Duardo einen Blick zu, aber seine Miene war ausdruckslos und gab keinen Hinweis darauf, was er dachte. »Meine ganze Kindheit hindurch hatte ich diese Geschichten aus der Zeit gehört, als unsere Familie in Sklaverei lebte. Ich konnte den Gedanken nicht ertragen, dass du …« Sie verstummte. War das die ganze Wahrheit? »Ich habe dich zu sehr geliebt, mein Sohn«, gestand sie. »Ich dachte, sie würde dich mir wieder wegnehmen, und diesen Gedanken habe ich nicht ertragen.«

»Deswegen hast du versucht, uns auseinanderzubringen? Du hast versucht, ihr die Freiheit zu schenken, damit sie weglaufen würde und damit ich ihr immer die Schuld geben würde, weil sie nicht gewartet hatte?« Seine Worte klangen bitter, aber er hatte ihren Arm noch nicht losgelassen. An diesen Gedanken klammerte sich Rosalyn. Er hatte ihren Arm nicht losgelassen.

»Ja«, sagte sie. »Es war falsch, und es tut mir leid. Ich dachte, du würdest ein nettes Mädchen kennenlernen und glücklich werden. Ich dachte, du würdest sie vergessen. Aber das war nicht so. Und dann …«

»… ist sie zurückgekommen und noch mal weggegangen.« Er führte sie zu einer Marmorbank und bedeutete ihr mit einer Handbewegung, sich zu setzen und einen Moment auszuruhen. Er nahm neben ihr Platz und beugte sich vor. »Soll ich dir das jetzt übel nehmen, Mami, oder dir danken?«

»Ich weiß es nicht«, flüsterte sie. Sie lehnte sich an den kühlen Stein, der sich an ihrem Rückgrat kalt anfühlte. »Ich weiß nur, dass ich viel zu lange Hass in meinem Herzen getragen habe. Jetzt, nachdem ich das erkannt habe, nachdem ich ihn als das, was er ist, erkannt habe, kann ich dich nur bitten, mir zu verzeihen.« Ihr wurde klar, dass ihr Gesicht tränennass war. Und wenn er ihr nicht verzeihen würde, verzeihen konnte? Was dann?

»Mami.« Er wandte sich ihr zu, zog ein kleines Taschentuch aus Baumwolle aus der Tasche und wischte ihr behutsam die Tränen ab. »Reg dich doch nicht so auf. Ich habe immer gewusst, wie du empfindest. Ich habe das immer verstanden. Und außerdem …« Er sah auf den Boulevard hinaus, betrachtete die Spaziergänger und die spielenden Kinder. »Das ist alles so lange her. Es ist viel zu spät, um sich Gedanken über so was zu machen. Es ist passiert, und sie ist lange weg. Hör jetzt bitte auf zu weinen.«

»Dann verzeihst du mir?«, flüsterte sie noch einmal.

»Natürlich.« Dort, auf der Bank mitten auf dem Paseo, zog er sie zärtlich in die Arme. »Darum brauchst du mich nicht mal zu bitten. Und jetzt lass uns gehen.«

Rosalyn löste sich von ihm. Er stand auf und nahm ihren Arm, um ihr hochzuhelfen.

»Es ist nicht zu spät, Duardo«, sagte sie, als sie weitergingen, auf die Morro-Festung zu. Grau und unbeugsam stand sie da, ein Symbol dafür, dass die Stadt behütet und sicher war.

»Wieso?«

»Du bist nicht alt, nicht so alt wie ich. Und sie ist hier in Havanna. Deine Elisa. Du solltest zu ihr gehen. Sie will dich. Sie ist hergekommen, um dich zu treffen. Und dieses Mal wird sie bleiben.« *Und wenn ich einmal nicht mehr bin* … Das sprach sie nicht laut aus. Aber jemand musste für ihn da sein, wenn Rosalyn nicht mehr lebte.

Er starrte sie an. »Was soll das heißen?«

»Genau das, was ich sage.«

»Aber …«

Sie sah, wie er damit rang, diese Information zu verarbeiten. »Sie hat nichts mehr, was sie in England hält. Zum ersten Mal ist sie frei.« Rosalyn nickte. »Glaub mir, es ist wahr.«

»Du hast sie gesehen?«, flüsterte er.

»Ja.« Sie hob den Zeigefinger. »Du solltest zu ihr gehen. Sofort. Bevor sie wieder abfliegt, weil sie glaubt, du willst sie nicht mehr.«

»Dazu ist es viel zu spät, Mami.« Und sie sah den Stolz in seiner Miene, diesen Stolz, den sie immer genährt hatte.

Rosalyn blieb stehen. Das würde jetzt schwer werden, aber sie musste es tun. Sie zog ihn so herum, dass er sie direkt ansah. »Verzeih ihr«, sagte sie. »Sei stark. Sie hat nie vergessen, genau wie du. Glaub mir. Dein Vater hat deine Mutter genauso geliebt. Hör auf deine Mutter, die eine solche Närrin gewesen ist. Es ist nicht zu spät.«

# 45. Kapitel

Am nächsten Tag holte Theo Grace am La Ronda ab. Sie hatte halb damit gerechnet, dass er nicht kommen würde, und war erleichtert, als sie das Hupen eines staubigen roten Kia hörte und Theo groß und schlaksig am Steuer sitzen sah.

»Morgen, Grace.« Er lächelte sogar, ein echtes Lächeln. Grace wurde klar, dass sie ihn gestern überrumpelt hatte. Heute wirkte er gelassen und äußerst beherrscht.

»Hallo, Theo.« Sie bremste sich, damit sie sich nicht über ihn beugte und ihn auf die Wange küsste. Sie wusste genau, wie sich seine Haut anfühlte, und es kam ihr so merkwürdig vor, keinen körperlichen Kontakt zu ihm aufzunehmen, nachdem sie so intim miteinander gewesen waren. Aber sie musste dem Ganzen Zeit lassen.

Er fuhr in Richtung Sancti Spíritus, und an einem Aussichtspunkt in der Nähe stiegen sie aus dem Auto.

»Komm, schau dir das an.« Er stieg die Stufen hinauf, die offenbar zu einem kleinen Café hinaufführten.

Grace folgte ihm, wenn auch langsamer. Jenseits der Landschaft aus verstreuten Holzhütten, Palmen und Mangopflanzungen konnte sie die fruchtbare Ebene erkennen und in der Ferne den blauen Bogen des Meeres. Langsam ging sie hinter Theo her nach oben. »Wow!« Vor ihnen erstreckte sich das ganze Valle de los Ingenios, das Tal der Zuckermühlen – grün und üppig, mit Zuckerrohrfeldern und hoch aufragenden Königspalmen, und dahinter bildeten die Berge der Sierra del Escambray einen eleganten Hintergrund.

»Denk doch nur, Grace«, sagte er leise. Er stand so dicht neben ihr, dass sie die Hitze spüren konnte, die seine Haut abstrahlte. »Zweihundertsiebzig Quadratkilometer und siebzig alte *ingenios*.«

Das bedeutete schrecklich viele Sklaven, dachte sie.

Sie gingen über die hintere Veranda. Grace roch Kräuter, Basilikum und etwas Zitroniges.

»Weißt du, was das für ein Baum ist, Theo?«, fragte sie ihn.

»Lychee.« Er wies auf einen anderen. »Und das ist ein Brotfruchtbaum.«

»Du hast deine Hausaufgaben gemacht.« Sie schlug einen leichten Ton an. Aber ihr erster Eindruck gestern war richtig gewesen. Dieser Theo war ein ganz anderer Mensch als der, den sie in Bristol gekannt hatte, und sie war sich nicht ganz sicher, wie sie mit ihm umgehen sollte.

»Ja.« Er nickte ernst. »Ich dachte, es wäre höchste Zeit.«

Und was hast du sonst noch gedacht?, hätte sie ihn am liebsten gefragt. *Was hast du über uns gedacht?*

Auf der anderen Seite der Straße stand eins der typischen plumpen, mit Dachziegeln gedeckten Häuser mit einem staubigen Garten, in dem es ein Gemüsebeet und ein Gehege mit ein paar Hühnern und einer Ziege gab. Einige Leute hatten sich hier im ländlichen Sancti Spíritus ein einfaches Leben als Selbstversorger aufgebaut, dachte Grace.

Von dem Aussichtspunkt aus fuhren sie zu einer stillgelegten Zuckerplantage, die inzwischen verfallen war. »Das ist nicht die Pflanzung, die alle Touristen besuchen«, erklärte er ihr. »Die hier hab ich zufällig entdeckt.«

Grace nickte. Es war authentischer, dachte sie, sich abseits der touristischen Pfade zu bewegen. Ihr war es so lieber. Nur sie und Theo, das war vollkommen in Ordnung.

»Die hier«, fuhr Theo fort, »hat noch die Atmosphäre bewahrt.«

*Die Atmosphäre* … Sie stiegen aus dem Auto, und Grace blieb einen Moment lang am Eingang zur Plantage stehen. Sofort verstand sie, was er gemeint hatte. Die Stille hing beinahe greifbar in der Luft, dicht und schwer von den düsteren Ereignissen der Vergangenheit. Grace konnte nicht anders, als sich das bildlich vorzustellen …

Die Art, wie die Sklaven aus Afrika hergebracht wurden, wie man sie behandelt hatte, kennzeichnete eine düstere Episode der Weltgeschichte. Nachdem sie gestern Nachmittag auseinandergegangen waren, hatte Grace sich ein Sandwich gekauft und dann das Geschichtsmuseum von Trinidad besucht, wo sie unter anderem Beispiele für Folterinstrumente gesehen hatte, mit denen man die Sklaven gefügig gemacht hatte. Sie vermutete, dass die Arbeit auf der Plantage ebenfalls die reine Folter gewesen war. Und doch wirkte dieser Ort heute so friedlich, dass man das kaum erahnen konnte. Es war, als hätte die Natur das Land geheilt, doch die Erinnerungen wären geblieben.

Grace sah sich um, während sie Theo weiter in das alte *ingenio* hinein folgte. Die Königspalmen reckten sich kerzengerade gen Himmel, und an den schmalen, staubigen Wegen aus Backsteinen und roter Erde lagen üppige Bananen- und Guavenpflanzungen.

»Schau.« Theo nahm ihren Arm und zeigte auf etwas.

Sie blieb wie angewurzelt stehen und war sich der Berührung seiner Hand nur allzu bewusst. Auf einem Ast direkt vor ihnen saß ein winziger Vogel mit schillerndem blaugrünem Gefieder und langem spitzem Schnabel. Noch während sie hinsah, plusterte er sich auf und war blitzschnell mit surrendem Flügelschlag verschwunden. »Was war das?«, fragte sie ihn.

»Ein Kolibri«, erklärte er ihr. Er hatte die Hand schon wieder weggenommen. »*Zunzún.*«

»Das ist ein erstaunlicher Ort«, sagte Grace. Das war nicht ganz das richtige Wort, aber sie hoffte, Theo würde verstehen, was sie meinte.

»Ich bin an meinem ersten Tag in Trinidad hergekommen«, erzählte er ihr.

Sie warf ihm einen Blick zu. Heute trug er weite Baumwollshorts und ein verwaschenes T-Shirt. Er sah immer weniger wie der Steuerberater und Zauberer aus, den sie in Bristol so gut gekannt hatte. Und er schien sich heimischer zu fühlen.

»Ich hatte mir ein Auto gemietet und wollte einfach rausfahren, rein in die wahre Geschichte der Provinz. Ich glaube, ich wollte einfach sehen, was ich allein herausfinden konnte, verstehst du?«

Grace nickte. Sie wusste, was er meinte. Die Kolonialgebäude des historischen Trinidad wirkten wie gemalt und waren bis ins kleinste Detail restauriert worden, aber das hier war authentischer. Sie sah hoch zu dem Haus des Plantagenbesitzers, einem weiteren großen Gebäude im Kolonialstil, das inzwischen verfallen war.

Theo folgte ihrem Blick. »Das Haus musste immer höher liegen als der Rest der Plantage«, erklärte er. »Eine Frage der Macht und ein Symbol für gesellschaftlichen Status.«

»Und praktisch«, setzte Grace hinzu.

»Genau. So konnten sie Ausschau nach Sklaven halten, die fliehen wollten oder nicht hart genug arbeiteten. Kannst du dir das vorstellen? So viel zu Plantagenbesitzern.« Er wies auf einen hohen Turm aus mehreren Ebenen, der die Form eines

Zuckerrohrs nachahmte. An der untersten Etage hing eine alte Glocke, die wohl dazu gedient hatte, die Arbeitszeiten zu bezeichnen, vermutete Grace. »Obwohl man von diesem Aussichtspunkt auch die Umgebung beobachten konnte. Das war der Sinn und Zweck – der Turm ist sogar noch höher. Hast du Lust, raufzusteigen?«

Es kam ihr wie eine Herausforderung vor. »Okay.« Grace folgte ihm in den Turm hinein und eine steile, wacklige Holztreppe hinauf. Der Turm war nach außen offen, und trotzdem fühlte es sich drinnen bedrückend eng an. Grace fragte sich, wie sicher diese Treppe wirklich war. Sie konzentrierte sich auf ihre Atmung und passte ihre Schritte Theos Rhythmus an, der knapp über ihr hinaufging. Noch eine Erinnerung, dachte sie traurig – nahe, aber nicht nahe genug. Aber es war den Aufstieg wert. Oben angekommen hatten sie einen Panoramablick auf die umgebende Landschaft, die Plantage selbst eingeschlossen. Grace schwieg und dachte an die entlaufenen Sklaven, daran, wohin sie wohl geflohen waren und wie verzweifelt sie gewesen sein mussten.

Theo wies sie auf die Reste des Siedehauses hin, mit Backstein ausgemauerte Gruben, wo man den Zucker eingekocht hatte.

»Wann fand die Ernte statt?«, fragte Grace ihn.

»Zwischen Dezember und Juni. Anscheinend brennen sie die Felder ab, um die äußeren Blätter zu entfernen, und dann wird mit der guten alten Machete geerntet.« Er deutete die Bewegung an, mit der das Rohr abgeschlagen wurde.

»Mit einer Machete? Aber doch nicht heutzutage?« Grace war verblüfft.

»In den Hügeln schon.« Er sah in Richtung Gebirge. »Aber ich vermute, in der Ebene benutzt man Maschinen.«

»Und wie hoch wächst das Zuckerrohr?« Grace wollte das alles wissen, aber sie wollte ihn auch reden hören. Wenn er über Kuba und seine Geschichte sprach, klang seine Stimme natürlich und gelöst. Sie hörte ihm an, wie froh er war, dass er die Möglichkeit hatte, hier zu sein, im Land seiner Vorfahren.

Er zuckte mit den Schultern. »Größer als ich. Viel größer. Bis zu drei Meter hoch, schätze ich.«

»So hoch?« Sie versuchte, sich das bildlich vorzustellen. »Kein Wunder, dass die Arbeit so hart war.«

Er nickte. »Irgendwann haben sie eine Eisenbahn gebaut, damit der Zucker und die Melasse mit Dampfzügen transportiert werden konnten. Diese Plantagen wurden zu riesigen Fabriken mitten im Nirgendwo, und sie machten ihre Besitzer unermesslich reich. Aber vorher …« Er stockte. »Von Trinidad aus fährt immer noch ab und zu ein Dampfzug.« Er beschattete die Augen, um sie vor der Sonne zu schützen. »Aber wie die meisten Dinge in Kuba ist er, nun ja, unzuverlässig.«

Grace lachte. »Bist du mit einem Fremdenführer hergekommen?«, fragte sie scherzhaft. Für einen Mann, der noch keine Woche hier war, kannte er sich ziemlich gut aus.

Theo zog eine Grimasse. »Du kennst mich doch, Grace.«

War das so? Sie hätte es gern geglaubt.

»Ich hab es mir zur Aufgabe gemacht, das Land kennenzulernen, das ist alles. Ich habe nachgelesen und mit Leuten geredet. Fremdenführer kann ich nicht ausstehen. Man steht da und hört sich die alte Leier an, und alles geht zum einen Ohr rein und zum anderen raus, sodass man fast alles vergisst. Und schlimmer noch …«, er warf ihr einen seiner düsteren Blicke zu, »man vergisst, die Dinge zu fühlen.«

Grace nickte. »Ich weiß«, flüsterte sie. Das war schon ein Erlebnis – oben auf diesem Wachturm zu stehen, über die

Plantage zu sehen, wo das Zuckerrohr angebaut, geerntet, ausgepresst und verkocht worden war und wo Sklaven und Herren sich bewegt, gerührt und geschleppt hatten. Sie konnte sich die Hitze nur vorstellen, den Schweiß, der auf schwarzen Körpern glänzte, die Sprechgesänge und die Lieder, die niemals endende Arbeit und die pure Verzweiflung. Aber wenn man herkam, musste man das bildlich vor sich sehen. Und wie Theo wollte sich Grace ihr Erlebnis nicht von zu vielen Fakten stören lassen. Sie konnte sich nicht vorstellen, dass Theo je aufhören würde, auf seine Gefühle zu hören.

Schweigend stiegen sie vom Turm hinunter und spazierten weiter herum, nebeneinander, aber ohne sich zu berühren. Nicht ungezwungen, dachte Grace. Sie konnten nicht mehr so ungezwungen miteinander umgehen wie früher. Das hatten sie sich selbst angetan.

»Das hier ist ein Teil meiner Geschichte«, erklärte Theo. »Der kubanischen Geschichte.« Es klang, als könne er es kaum glauben. »Ich glaube, deshalb ist es mir so wichtig, alles darüber rauszufinden, was ich kann.«

»Ist es denn gut, dass hier Touristen herumlaufen?« Grace sprach halb zu sich selbst. »Indem man solche Orte restauriert und der Öffentlichkeit zugänglich macht, gibt man sich da nicht zu viel Mühe, die Erinnerung an etwas zurückzuholen, was nicht mehr existiert?«

Theo blieb stehen. »Die Menschen brauchen diese Erinnerung.«

Grace wurde klar, dass er wahrscheinlich recht hatte. »Haben deine Eltern eigentlich oft von Kuba gesprochen?«, fragte sie ihn, als sie weitergingen.

»Nicht viel. Meine Mutter hat es vermisst, sagte sie. Mein Vater …« Er schüttelte den Kopf. »Er hat immer gesagt, er sei einer von den Klugen gewesen, die weggegangen sind, solange das noch möglich war.«

»Wahrscheinlich war er das.« Grace dachte an Elisa. Es kam ihr nicht richtig vor, dass so viele Menschen sich gezwungen gesehen hatten, die Insel zu verlassen. Aber wer konnte ihnen vorwerfen, dass sie das wollten?

»In der Zeit, als sie weggegangen ist, standen die Dinge ziemlich schlecht«, sagte Theo. »Fidels neues Regime hat seine Versprechungen nicht erfüllt – wahrscheinlich hast du das von den Leuten gehört, oder?«

»Oft.« Grace dachte an Alex und einige der Menschen, mit denen sie in Havanna und Viñales gesprochen hatte. Auch Elisa hatte davon geredet, und sie war jemand, der das aus erster Hand wusste und nicht aus der touristischen Perspektive betrachtete.

»Aber über all das hier hat Pop nie geredet«, setzte Theo hinzu. »Über die Sklaverei.«

»Aber die gab es nicht nur in Kuba«, rief Grace ihm ins Gedächtnis. »Im größten Teil der Welt wurden afrikanische Sklaven gehalten. Das war damals so.«

»Eine schlimme Sache«, sagte Theo.

»Ja«, stimmte Grace ihm zu. »Eine schlimme Sache.« Und sie war sich bewusst, dass ihre Vorfahren sich vor über hundert Jahren schuldig gemacht hatten. War das Haus ihres Vaters in der King Street nicht mit im Sklavenhandel verdientem Geld erbaut worden? Ein Schauer überlief Grace. Theo hatte recht. Die Welt war damals so gewesen, aber sie musste daran erinnert werden.

Sie sah ihn an, seine karamellfarbene Haut, die sie immer als selbstverständlich hingenommen hatte, und das dunkle Haar, das ihm in einer kleinen Welle in die Stirn hing. In ihm verschmolz wirklich alles. Seit sie hergekommen war, hatte sie erkannt, wie sehr sich die Rassen vermischt hatten. Theo hatte die Wangenknochen eines Spaniers, die dunklen Augen eines Afrikaners und einen Mund, der irgendwie eine Mischung aus beidem war. Die Geschichte ihres Vielvölkerstaats hatte Kubaner hervorgebracht, deren gutes Aussehen sich aus allen möglichen Komponenten zusammensetzte: eine faszinierende Mischung von Gesichtszügen und Hautfarben, die von hellem Karamellfarben bis zu Schokoladenbraun reichten. Von den spanischen Eroberern bis zu den amerikanischen Plantagenbesitzern hatten wahrscheinlich alle ihre Macht und Stellung benutzt und missbraucht. Oder vielleicht hatten sie sich einfach nur verliebt.

»Sieh dir das an.« Theo zeigte auf eine flache Grube, die auf einem Damm, der Wasser aufgestaut hatte, aus Backsteinen errichtet war.

»Was ist das?«

»Genau das, wonach es aussieht.« Er streckte die Hand aus und fuhr am Rand der Konstruktion entlang. »Eine Badewanne. Ich wette, der Sklavenbesitzer ist zum Baden hergekommen, und zwar bedient von einem oder zwei dunkelhäutigen Mädchen.«

»Es kann aber nicht alles Macht und Missbrauch gewesen sein.« Grace sprach ihren Gedanken laut aus.

»Das ist es nie.« Theo richtete sich auf und warf ihr einen Blick zu. »Romantik hat immer ihren Platz, Grace, und Zuneigung und Beschützenwollen. Ganz zu schweigen von Liebe.« Er gab ihre eigenen Gedanken wieder.

Ja, dachte sie, ganz zu schweigen von Liebe.

An den Überresten der *barracones*, der Sklavenhütten, blieben sie stehen. »Und diese Burschen waren schlau«, meinte

Theo, »sie haben aus dem Zucker herausgeholt, was sie konnten, und aus den Sklaven auch.«

Grace nickte. »Sie haben die Afrikaner auf diesen Plantagen regelrecht wie Haustiere gehalten, nicht wahr?« Sie hatte in ihrem Reiseführer davon gelesen. In den *barracones* ermunterte man die afrikanischen Sklaven, eine Gemeinschaft aufzubauen und Kinder zu bekommen, was mehr Arbeiter bedeutete, sobald die Kinder alt genug waren. Wenn die Plantagenbesitzer Sklaven kauften, achteten sie auf Kraft und gute Gesundheit, und sie wählten Menschen aus unterschiedlichen Stämmen aus, um das Risiko eines Aufstandes zu verringern. Nicht nur der Zucker wurde gezüchtet und geerntet, sondern auch die afrikanischen Sklaven.

»Ich hätte schon früher nach Kuba kommen sollen«, sagte Theo gerade. »Ich habe oft mit Elisa darüber geredet, und ich wusste, dass das eine Lücke in meinem Leben war, die ich eines Tages ausfüllen wollte, aber …«

»Warum bist du dann nicht gefahren?« Geld, vermutete sie. Es war kein billiges Reiseziel, und Theo hatte zwar immer recht gut verdient, aber er war nicht gerade reich.

»Ich war anderweitig beschäftigt.« Sein Blick schoss zu ihr hinüber. Ja, sie wusste, womit. »Ich habe das Leben nicht ernst genommen. Ich hab mich treiben lassen.«

»Du hast im Krankenhaus gearbeitet«, wandte Grace ein. »Was ist mit all den Kindern, an denen du deine Zaubertricks geübt hast?« Sie hatte ihn dafür immer bewundert.

»Das hat bloß meinem Ego geschmeichelt.« Er zuckte mit den Schultern. »Versteh mich nicht falsch. Ich habe gern dazu beigetragen, diese Kinder aufzuheitern. Aber vor ihnen aufzutreten war einfach toll. Kinder sind viel weniger kritisch als Erwachsene.«

Grace lachte. »Es ist nichts falsch daran, bei seiner Arbeit ein gutes Gefühl zu haben.«

»Nur dass man sich dahinter verstecken kann.« Der schmale Weg führte zwischen einigen Palmen hindurch, und er ging voran.

»Hast du dich denn versteckt?« Sie sah zu, wie er vor ihr herging, und überlegte, wie einfach es gewesen wäre, die Hand auszustrecken und ihn zu berühren. Einfach und doch verboten. Sie seufzte.

Er drehte sich zu ihr um. »Wir haben uns beide versteckt.«

Stimmte das? Grace dachte an ihre neu entdeckte Unabhängigkeit, ihr Gefühl, dass sie immer jemanden gebraucht hatte, der auf sie aufpasste. »Ja.« Sie sah ihm in die Augen.

Er trat näher an sie heran und legte die Handfläche an ihre Wange. Sie spürte die Wärme seiner Haut, dachte daran, was er bei diesem albernen Kartentrick zu Robbie gesagt hatte. Dass er die Dame in der Handfläche hielt. Sie schloss die Augen. Die Anziehungskraft zwischen ihnen war noch da. Sie spürte, wie die Funken zwischen ihnen sprühten. Sie wusste, gleich würde er sie küssen.

»Warum hast du die Freundschaft mit Robbie beendet?«, fragte Grace und öffnete wieder die Augen.

Theo legte die andere Hand an ihr Gesicht, seine andere Handfläche an ihre Wange, sodass seine Hände um ihr Gesicht lagen. »Nachdem …«

Er brauchte den Satz nicht zu beenden. *Nachdem du mich seinetwegen verlassen hattest* … Wahrscheinlich hatte er ein Recht darauf, es zu erfahren – falls es ihr gelang, das in Worte zu fassen. »Ich dachte, er und ich könnten es schaffen«, sagte sie. Sie beobachtete seine Miene. Er sah sie forschend an. Er wusste es wirklich nicht. »Ich dachte, ich könnte aufhören, ihn zu betrügen, und ihm geben, was er wollte. Eine Familie …« Sie verstummte. Denn es war nicht nur darum gegangen, dass Robbie sich eine Familie wünschte, oder? Nicht nur darum, dass Grace noch nicht bereit für Kinder war. Es war darum gegangen, dass man sich von jemandem entfernte und nicht mehr wollte, dass er einen berührte. Es ging darum, wie sich eine Partnerschaft so veränderte, dass der Partner für einen nicht mehr der Mittelpunkt der Welt war. Es ging darum, dass sie sich entliebt hatte. »Aber ich habe ihn nicht genug geliebt«, sagte sie. »Theo …«

Theo sah sie immer noch aufmerksam an. »Willst du denn nie Kinder haben, Grace?«, fragte er. Um sie herum war der Pflanzenwuchs üppig und dicht und die Luft vollkommen unbewegt. Sie hörte nur ab und zu ein Insekt zirpen oder leises, fernes Vogelgezwitscher.

»Ich weiß es nicht.« Vielleicht war sie ja jetzt endlich bereit, nachdem sie erwachsen geworden war. Sie wünschte, sie könnte mit ihm darüber reden, was ihr Vater ihr an seinem Todestag erzählt hatte. Aber jetzt war nicht der richtige Zeitpunkt dazu, und vielleicht würde er niemals kommen, nicht für Theo und sie. »Ich wollte dieses Leben einfach nicht«, erklärte sie. »Das Leben, das für Robbie das Richtige war.«

Er nickte, als könne er sie verstehen. Grace hatte das Gefühl, dass er ihre Ehe immer besser durchschaut hatte als sie selbst – sogar schon ganz zu Anfang.

Er streckte die Hand aus, um eine ihrer Haarsträhnen einzufangen, die sich gelöst hatte, und strich sie ihr aus dem Gesicht. »Du hast mir gefehlt, Grace«, sagte er.

»Du mir auch.« Sie legte sie Hände auf seine Schultern. Er fühlte sich angenehm und vertraut an. »Also …« Bestimmt würde er sie jetzt küssen.

»Aber das ist wie mit diesem Ort«, sagte er.

»Dieser Ort?« Sie sah sich um, und ein Schauder überlief sie.

»Wir können die Vergangenheit besuchen. Wir können die Erinnerungen bewahren. Wir können sogar die Stimmen hören.«

Grace lauschte und meinte, sie zu hören – einen leisen Singsang. Vielleicht war es nur der Wind in den Bäumen oder das Surren der Kolibriflügel. Oder vielleicht der Nachhall der Stimmen aus alter Zeit, die Sprechgesänge und die Musik der versklavten Menschen.

Theo schüttelte den Kopf. »Wir sollten jetzt in die Zukunft schauen.« Abrupt ließ er sie los, und für einen kurzen Moment glaubte Grace, sie würde umsinken. »Wir sollten gehen«, sagte er. Er drehte sich um und ging weiter den Weg entlang.

Grace seufzte. »Und wovor hast *du* dich versteckt, Theo?«, fragte sie. Einmal ein Zauberer, immer ein Zauberer. Damals hatte sie das Rätsel, das Theo war, gelöst. Jetzt konnte sie es einfach nicht.

»Liebe.« Er warf ihr das Wort über die Schulter zu. »Bindung. Sich gefangen fühlen – in einem Job, in einer Beziehung. Such dir was aus.«

Grace blieb sehen. Sie dachte an die Beziehungen, die Theo gehabt hatte, als sie alle drei Freunde gewesen waren, an die Frauen, die nie die Chance gehabt hatten, ihren inneren Kreis zu betreten. »Also war ich eine sichere Kandidatin«, sagte sie.

»Grace.« Kurz fuhr er herum und sah sie an. »Das warst du nie.« Er ging weiter. »Ehrlich gesagt, ich hatte Angst«, erklärte er.

»Angst?« Irgendwie konnte Grace sich das nicht vorstellen. Angst und Theo, das schien nicht zusammenzupassen. Er hatte niemals Furcht gezeigt. Nicht einmal, als er eine Affäre mit der Frau seines besten Freundes angefangen hatte.

»Ja.« Er sprach jetzt leise, und da er vor ihr herging, konnte sie sein Gesicht nicht sehen. Auf beiden Seiten des Weges standen Bäume, sodass sie immer noch nur hintereinandergehen konnte. »Ich hatte Angst, jemanden an mich heranzulassen.«

Und dann hast du mich an dich herangelassen, dachte sie.

»Und ich hatte Angst davor, herzukommen.«

»Warum?« Endlich mündete der Weg auf eine Lichtung, und Grace sah, dass sie wieder in der Nähe des Eingangs zur Plantage angekommen waren.

»Ich glaube, ich hatte Angst davor, was ich finden würde.« Er zuckte leicht mit den Schultern. »Vielleicht Angst davor, dass mir das Land zu gut gefallen würde.«

Grace stockte der Atem. Jetzt kam es.

»Und …«

»Und?«

Wieder sah er sie geradeheraus an. Das hatte er immer getan. »Und es war nie der richtige Zeitpunkt für diese Reise gewesen«, sagte er.

Als sie ihn nicht mehr hatte sehen wollen, dachte Grace. Das war für Theo der richtige Zeitpunkt gewesen.

# 46. Kapitel

Elisa hatte beschlossen, eine Abschiedsparty für Grace zu geben. Es war wunderbar gewesen, ihre Stieftochter hier in Kuba zu haben, und es machte sie traurig, sie gehen zu lassen. Durch die offene Tür sah sie auf den gemeinschaftlich genutzten Hinterhof des Wohnblocks hinter der Plaza de Armas hinaus, wo sich allmählich immer mehr Nachbarn, Freunde und Verwandte versammelten. Grace war da und Theo auch, aber sie standen nicht nah beieinander. Und sich selbst, wenn schon nicht Grace gegenüber, konnte sie eingestehen, dass gewisse Teile ihres Plans sich nicht so entwickelt hatten, wie sie es gehofft hatte.

Das kam davon, wenn man versuchte, andere zu verkuppeln, tadelte sie sich streng, während sie die Hühnerteile aus der Marinade hob und auf die Grillpfanne legte. Sie hatte geglaubt, die Reise nach Kuba könnte Theo und Grace auf eine Weise zusammenbringen, wie es in Bristol nicht möglich gewesen war. Sie hatte sich vorgestellt, wie sie unter dem warmen kubanischen Himmel ihre Liebesgeschichte wieder aufleben lassen würden, mit Salsa-Musik auf dem Platz im Hintergrund. Und als Grace nach Trinidad gefahren war, um ihm zu sagen, wie viel sie für ihn empfand … nun, da hatte Elisa dem Ergebnis ruhig und zuversichtlich entgegengesehen.

Doch als Grace vor zwei Tagen aus Trinidad zurückgekommen war, da war sie schrecklich still gewesen. Ja, sie hätte Theo gesehen, erzählte sie Elisa. Sie wären zu einer der alten Zuckermühlen gefahren. Ja, sie hätten darüber geredet, was er über Kuba dachte, über Robbie und das, was zwischen ihnen geschehen war.

»Und?« Bis jetzt klang das gut, fand sie.

»Und nichts«, gab Grace zurück. »Theo ist nicht daran interessiert, eine vergangene Beziehung wieder aufleben zu lassen. Er schaut jetzt in die Zukunft.«

»Die Zukunft?« Hieß das das, was Elisa glaubte? Hatte Theo beschlossen, in Kuba zu bleiben? Elisa breitete die Arme aus, und ihre Stieftochter stürzte sich hinein. Sie streichelte Grace übers Haar. Das war das Einzige gewesen, was ihr Sorgen bereitet hatte. Ihr Land hatte seine eigene Art, seine Menschen zurückzugewinnen. Und es zeigte einmal mehr, dass das Leben kein romantischer Roman war, sondern immer ein paar Überraschungen auf Lager hatte.

Kurz blieb Elisa in der Tür stehen. Draußen auf dem Hof brannte der mit Holz betriebene Grill schon lichterloh, und eine Gruppe Straßenmusiker spielte auf einer bunten Mischung von Instrumenten, die von einer handgemachten Trommel und ebensolchen Stöcken bis zu einer Gitarre reichten. Vinita, die Nachbarin von nebenan, hatte beschlossen, heute Abend die *artista* zu geben. Sie trug ein eng anliegendes, mit silbernen Pailletten besetztes Kleid, das über dem Knie endete und mollige schwarze Schenkel enthüllte und so tief ausgeschnitten war, dass es auch ihre anderen Vorzüge zur Geltung brachte. An ihrem Hals und ihren Handgelenken schimmerte unechter Goldschmuck, und sie gurrte in der Abendluft, als wolle sie sie verführen – alle. Elisa lächelte. Ihre Cousinen machten sich oft über Vinita lustig, aber wenigstens brachte sie die Party in Schwung.

Elisa trug das Tablett mit dem Hühnerfleisch zum Grill hinaus und reichte es Vinitas Mann Rudi, der die Aufsicht über das Grillen führte, über die Musik hinweg anderen zurief und ab und zu einen Shimmy- oder Salsaschritt vollführte, damit alle in Stimmung kamen. Wobei das ganz unnötig war. Der Hof füllte sich langsam mit Menschen – sie brauchten ihre Stieftochter nicht einmal kennengelernt zu haben, das war unwichtig. In Kuba war eine Party eine Party, und wenn es umsonst etwas zu essen gab, umso besser. Glücklicherweise war genug für alle da.

Elisa sah nach Grace, die an einem Rumcocktail nippte und mit Ramira und deren Tochter plauderte. Doch sie wirkte abgelenkt und sah immer wieder zu Theo herüber, der sich mit einigen Männern unterhielt. Hm. Elisa wischte sich die Hände an der Schürze ab und ging wieder hinein.

»Und wer könnte ihm das verübeln?«, hatte Grace am Ende ihres vorherigen Gesprächs zu ihr gesagt. »Es war immer so, dass uns zu viel im Weg stand, Elisa. Irgendwann muss man das einfach akzeptieren.«

Darüber dachte Elisa nach, während sie den Reis fertig machte. Er war abgegossen und abgespült und garte jetzt in seinem eigenen Dampf zu Ende, sodass er fluffig sein würde, wenn sie ihn vor dem Servieren mit einer Gabel auflockerte. Auch Duardo und sie hatten im Lauf ihres Lebens viele Hindernisse überwinden müssen, deshalb wusste sie genau, wovon Grace sprach. Manchmal gab es auch Chancen, Zeiten, in denen man das Glück packen musste, selbst wenn es zu tollkühn, zu gefährlich erschien. Aber man musste die Chance ergreifen, weil dieses Glück sonst ohne einen weiterzog. Man konnte ihm für den Rest seines Lebens die Straße hinunter nachjagen, aber Glück war etwas schwer Fassbares. Wenn man es zu oft verschenkte … dann bekam man vielleicht nie wieder die Chance, es noch einmal einzufangen.

Sie dachte an das Baby, das sie verloren hatte. Duardos Kind. Wenn sie es damals nicht verloren hätte … Sie hielt inne und empfand den dumpfen Schmerz, der nie ganz vergangen war … was wäre dann gewesen? Wäre sie bei Philip geblieben und hätte das Kind in England großgezogen? Oder wäre sie nach Kuba und zu Duardo zurückgekehrt? Sie hatte nie die Möglichkeit gehabt, das herauszufinden. Philip hatte ihr verziehen, dass sie von einem anderen Mann schwanger geworden war, aber würde Duardo ihr vergeben, dass sie das Kind verloren hatte? Trotzdem sehnte sie sich danach, mit ihm darüber zu reden. Sie hatte nie mit jemandem über ihre Trauer um ihr verlorenes Kind gesprochen, und sollte sie je die Möglichkeit haben, würde sie ihm davon erzählen. Sie würde darauf vertrauen, dass er es verstand.

Sie brachte den Reis nach draußen, übergab ihn an Rudi und lachte, als er sie um die Taille fasste und zum Klang des Schlagzeugs herumwirbelte. Sie stieß ihn weg und rührte rasch die schwarzen Bohnen durch. Viele Menschen tanzten. Nachbarn hatten Bier, Rum und Flaschen mit dem hiesigen Schwarzgebrannten mitgebracht oder zum Essen beigetragen. Sie waren entschlossen, sich gut zu unterhalten.

Elisa sah sich um. Ihr fiel auf, dass Theo und Grace sich beide bewegt hatten und in zwei anderen Gruppen standen, die sich nebeneinander befanden. Es war wie ein Tanz, dachte Elisa. Man bewegte sich vorwärts und zurück. Näher zueinander und wieder weg. Ganz ähnlich wie bei der Rumba. Es war wie ein Sog oder eine magnetische Anziehung. Das brachte sie auf eine Idee.

Als die Band eine Salsa spielte, drängte sie sich vorsichtig zwischen sie. Was machte es jetzt schon noch aus? Sie konnte ebenso gut die Vorsicht in den Wind schlagen.

»Grace, Theo«, rief sie und klatschte in die Hände. Die beiden sahen sie leicht verblüfft an. »Grace, du kannst Kuba unmöglich verlassen, ohne einmal Salsa getanzt zu haben«, erklärte sie.

»Oh, aber …« Lachend breitete Grace die Hände aus. »Ich kann das nicht.«

»Theo.« Elisa griff nach seiner Hand. »Aber du kannst bestimmt Salsa tanzen.« Jeder kubanische Mann konnte Salsa tanzen – sogar wenn er in Amerika groß geworden war. Und man konnte sich in einem Tanz verlieren. Beim Tanzen kam es nicht mehr darauf an, wer was getan oder gesagt hatte, wer sich für wen entschieden hatte oder wo man sich seine Zukunft vorstellte. Beim Tanzen ging es um die Gegenwart und um den Rhythmus. Nichts anderes spielte eine Rolle. Wenn der Tanz diese beiden nicht zusammenbrachte, dann war nichts dazu in der Lage.

Sie spürte, wie Theo zögerte. Dann plötzlich stand Rudi, dessen Füße sich bereits im Salsa-Takt bewegten, vor ihnen. »Ich zeig's ihr«, rief er. Er schnappte sich Grace' Hand und zog sie in den Tanz.

Grace warf Theo einen schnellen, bedauernden Blick zu. Aber ihre Füße waren schon in Bewegung. Sie zuckte mit den Schultern und lachte. Immer noch konnte Elisa ihn in Grace' Augen erkennen, den sie schon einmal, damals in der Gorse Lane, gesehen hatte – den Blick der Liebe. Man konnte nicht so tun, als erkenne man ihn nicht. Am Ende holte er einen immer ein.

»Mach es mir einfach nach«, brüllte Rudi, um die Musik zu übertönen. »Hör auf den Rhythmus, und lass los. Mehr brauchst du nicht zu tun. Lass los.«

Elisa seufzte. Aber Theo grinste. Er sah zu, wie Grace die

Hüften schwenkte und von Rudi, diesem menschlichen Dynamo, herumgewirbelt wurde, und genoss das Schauspiel offensichtlich.

»Habt ihr noch eine Chance, Theo?«, fragte Elisa ihn. »Bitte sag's mir.«

»Du gibst auch nie auf, oder, Elisa?« Er schmunzelte.

Sie hatte aufgegeben – einmal. Aber bei dem Mädchen, das für sie wie eine Tochter war, würde sie nicht aufgeben. Grace war noch jung. Sie hatte noch Zeit, für Träume, für die Liebe. Für alles eigentlich.

Theo wandte sich ihr zu. »Ich bin dir so dankbar, Elisa«, sagte er. »Herzukommen war mit das Beste, was ich je getan habe. Es war großartig. Wirklich toll. Aber …«

»Aber?«

Sein Blick verdüsterte sich. »Ich kann das nicht noch mal aushalten«, sagte er.

Das war es also, dachte sie.

Zurück in der Küche bereitete sie den Salat zu. Ihre Cousine Ramira und die Tochter ihrer Cousine, Celestina, halfen ihr. Es war nett von Ramira gewesen, Rosalyn an dem Tag, an dem sie gestürzt war, zu helfen – obwohl Elisa schockiert gewesen war, Duardos Mutter an ihrer Tür zu sehen, als sie kam, um sich zu bedanken. *Hasta luego,* hatte sie gesagt. Bis dann. Hieß das, dass kein Krieg mehr zwischen ihnen herrschte? Elisa hoffte es, obwohl sie vermutete, was der Grund war. Rosalyn hatte nichts mehr von Elisa zu fürchten. Duardo wusste, dass sie hier in Havanna war, und dennoch hatte er sich ferngehalten. Auch Elisa hatte ihre Chance auf Glück verpasst.

Trotz allem würde sie in Kuba bleiben, wahrscheinlich für den Rest ihres Lebens. Nicht nur wegen Duardo, obwohl sie sich tatsächlich irgendwie zufriedener fühlte, einfach nur, weil sie wusste, dass sie zumindest in seiner Nähe war. Aber auch wegen ihrer Familie – sie hatte das Gefühl, sie einmal zu oft enttäuscht zu haben. Am wichtigsten war, dass sie um ihrer selbst willen blieb. Natürlich würde sie Grace vermissen, aber nachdem das Haus in der King Street verkauft war, konnte sie es sich leisten, gelegentlich zu Besuch nach Bristol zu reisen.

Jetzt war ihre Zeit gekommen. Das Leben hier in Havanna war schwer und nicht so bequem, wie sie es gewöhnt war. Man konnte nicht immer kaufen, was man brauchte. Aber hier herrschten menschliche Wärme und Spontaneität, die Sonne schien, und an jeder Straßenecke spielte eine Musikgruppe. Musik lag in der Luft, die sie atmete, und das war die Luft, die sie sich wünschte.

Sie sah sich in der Küche um. Alles war erledigt. Ramira hatte den Salat nach draußen gebracht, die Musik spielte lauter und schneller, und sie musste hinausgehen und lächeln, reden, tanzen und die Gastgeberin spielen. Langsam nahm Elisa ihre Schürze ab und hängte sie an den Haken neben dem Herd. Sie strich sich das Kleid – ein gelbes Kleid – glatt und brachte ihr Haar in Ordnung, indem sie ein paar Haarnadeln umsteckte, ohne sich damit abzugeben, in den gesprungenen alten Spiegel an der Tür zu sehen. Sie war alt, aber sie wusste immer noch, wie man feiert.

Sie schlängelte sich zwischen lachenden, plaudernden und tanzenden Freunden und Nachbarn hindurch, zwischen einander anstoßenden, sich drehenden, wirbelnden und schwitzenden Körpern, bis sie neben Grace stand. Theo war verschwunden, typisch. Grace unterhielt sich mit der Tochter von Elisas Cousin Pablo. Als sie Elisa sah, drehte sie sich um. »Sieh mal, was Isabel mir geschenkt hat«, sagte sie.

Elisa sah auf die Blumen in ihrer Handfläche hinunter. Die

kubanische Nationalblume, die Schmetterlingsblume, weißer Ingwer.

Isabel lächelte schüchtern, und dann zog ein junger Mann sie in einen Tanz, und Grace und Elisa waren allein.

»Du solltest sie dir ins Haar stecken.« Elisa nahm eine der Blüten und zog sie durch Grace' braunes Haar. Sie trug es heute Abend offen, deshalb zog Elisa eine Haarnadel aus ihrer eigenen Frisur und steckte sie seitlich fest. Dann trat sie zurück und bewunderte die Wirkung. Ihre Stieftochter sah bezaubernd aus.

»Danke, Elisa«, sagte sie. »Für alles.« Grace nahm die zweite Schmetterlingsblume und steckte sie sorgfältig in Elisas ergrauendem Haar fest.

»Du meine Güte.« Elisa lachte. »Ich finde, ich bin zu alt, um Blumen im Haar zu tragen.«

»Dazu ist man nie zu alt.« Grace umarmte sie kurz und sah sie mit ihren grauen Augen fest an. Dann kam ein weiterer Nachbar, um sie zum Tanzen zu holen, und mit einem kurzen blauen Aufblitzen wie von einem Kolibriflügel war sie fort.

Später, nachdem Elisa mit fast allen geredet hatte – ja, und sie hatte sich auch am Tanzen beteiligt –, spielte die Band langsamer, und sie stieß einen leisen Seufzer aus, als ihr klar wurde, was jetzt kam. In Kuba entkam man ihr nicht. Der Rumba. Sie war immer dabei, bei jeder Feier, bei jeder Party, in jeder Bar und an jeder Straßenecke in Havanna. Eine Erinnerung. Sie hob die Hand zu der Blume in ihrem Haar und berührte ein Blütenblatt mit dem Zeigefinger. Der Duft der Schmetterlingsblume war so süß und berauschend wie die Erinnerung an jenen letzten Tanz in Havanna mit Duardo.

# 47. Kapitel

Aus dem Krug in der Küche goss Grace sich Eiswasser ein. Sie trank durstig und spritzte sich dann etwas davon in den Nacken. Mitternacht war lange vorüber, aber die Party war noch in vollem Gang, und die Nacht draußen war warm und feucht. Kuba war ein beeindruckendes Erlebnis gewesen, dachte sie. Aber wohin ging man in Havanna, wenn man einfach nachdenken wollte? Sie schlüpfte durch die andere offene Tür, die zu einer kleinen Treppe führte, einen Gang entlang, durch einen anderen Hinterhof und dann auf die Straße. Am Tor stand ein Mann und zuckte zusammen, als sie näher kam.

»Guten Abend«, sagte Grace auf Spanisch. »Tut mir leid, Sie zu stören.« Denn er war offensichtlich tief in Gedanken versunken gewesen.

»Guten Abend.« Er tippte an seinen Hut. »Und Sie stören mich nicht.« Er lächelte.

»Wollen Sie zur Party?« Er sah nicht so aus. Vielleicht wohnte er hier und war herausgekommen, um Luft zu schnappen, oder vielleicht fühlte er sich durch die Party gestört? Es konnte ja nicht jeder in Kuba ein Partylöwe sein.

»Nein«, sagte er. »Und Sie? Sind Sie vielleicht von der Party geflüchtet?« Wieder lächelte er. Sie fand, dass er ein nettes Lächeln hatte.

»Ich bin nur eine Minute nach draußen gegangen, um nachzudenken«, sagte sie. Etwas an diesem Ort, der Dunkelheit der frühen Morgenstunden, der Musik aus dem Hof nebenan und dem Plaudern und dem Gelächter, das in die Nachtluft aufstieg, machte Vertraulichkeiten akzeptabel.

»Verstehe.« Er nickte ernst. »Sie sprechen Spanisch, aber ich nehme an, Sie sind Engländerin?«

»Ja. Ich hab hier zwei Wochen Urlaub gemacht«, erklärte sie. Obwohl es nicht ganz die Art von Urlaub gewesen war, die sie erwartet hatte. Irgendwann hatte sie dabei beide verloren – Elisa und Theo. Von jetzt an würde Grace auf sich gestellt sein. Es würde eine Herausforderung werden, aber sie musste an ihre eigene Kraft glauben.

»Ah, Urlaub. Dann sind Sie Touristin.« Er nickte.

»Irgendwie schon. Ich wohne bei meiner Stiefmutter. Sie lebt hier. Aber ich reise morgen ab.«

In der Dunkelheit war seine Miene nicht zu deuten. »Ihre Stiefmutter, sagen Sie?«

»Ja. Sie heißt Elisa. Vielleicht kennen Sie sie ja?«

»Und was halten Sie von unserem Land?«, fragte er. »Wie finden Sie unsere Stadt, Havanna?«

Sie hörte den Stolz in seiner Stimme.

»Alles ist so lebendig«, sagte sie. »Ich kann verstehen, dass das Leben manchmal schwer ist, aber die Menschen lächeln so viel. Sie sind alle so herzlich und freundlich.«

Er lachte kurz auf. »Das stimmt wohl«, sagte er.

Grace fragte sich, ob sie etwas Falsches gesagt hatte. »Gehen Sie zu der Party?«, fragte sie ihn.

»Das bezweifle ich«, gab er zurück. »Ich bin nicht eingeladen, verstehen Sie?«

»Ach, das macht doch nichts.« Grace zuckte mit den Schultern. »Ich bin mir sicher, dass Sie willkommen sind, wenn Sie hier aus der Gegend sind.« Sie lachte. »Oder sogar, wenn Sie es nicht sind.«

»Grace …«

Sie hörte, wie jemand ihren Namen rief, und warf einen Blick über die Schulter. Theos Stimme. »Hier draußen«, rief sie. Sie sah den Mann an, mit dem sie geplaudert hatte, und spürte, wie sie rot wurde.

»Dann leben Sie wohl, Grace«, sagte er. »Und gute Heimreise. *Hasta luego*. Es war schön, Sie kennenzulernen.«

Er streckte die Hand aus, und sie legte ihre hinein. Sie fühlte sich warm und stark an. Und er strahlte etwas Besonderes aus. »Sie sollten zu der Party gehen«, sagte sie. »Vielleicht haben Sie ja Spaß. Man weiß nie.«

Sie sah zu, wie er die Hand zum Gruß hob und davonschlenderte.

»Da bist du ja«, sagte Theo. »Wolltest du weglaufen?« Er blieb neben ihr stehen, dicht neben ihr, so nah, dass sein Arm beinahe ihren berührte, seine Hüfte fast ihre streifte, so nah, dass sie seinen Duft wahrnahm. Er hatte sich nicht verändert. Rote Äpfel und Pfeffer, etwas unbestimmt Karibisches und Teerseife.

»Nein«, sagte sie. Sie sah zu ihm auf. »Ich musste nur einen Moment allein sein.« Einen Moment weg von der Party, weg von den Menschen, einen Moment, um sich zu sammeln und innerlich auf ihre Abreise vorzubereiten.

»Was hast du vor, Grace?«, fragte Theo sie.

Sie spürte, dass er auf ihrer Wellenlänge war. Wahrscheinlich machte er sich jetzt Sorgen um sie und hatte ein schlechtes Gewissen, weil er sie zurückgewiesen hatte. Sie wusste, dass er sie noch gern mochte. Theo war kein Mann, der derart lieben und dann einfach vergessen konnte. »Du brauchst dir keine Gedanken zu machen«, erklärte sie. »Ich gehe zurück nach Bristol. Baue weiter meine Praxis auf. Mein Leben. Seit Robbie gegangen ist, habe ich schon damit angefangen.«

»Ich weiß.« Seine Stimme war leise. Sie spürte, wie sein Atem über ihre Wange strich.

»Woher weißt du das?«

»Ich hab dich im Auge behalten«, sagte er. »Sieh mich nicht so entsetzt an.«

Tat sie das? Grace dachte an all die Gelegenheiten, bei denen sie geglaubt hatte, ihn zu sehen. »Ich habe keine Angst«, gab sie zurück. Zumindest nicht mehr. »Und was ist mit dir?«, fragte sie. »Was willst du hier machen? Meinst du, du wirst eine Arbeit finden?«

»Ich glaube nicht, dass ich Zeit dazu habe«, erklärte er. Er war ihr noch näher gekommen. Irgendwie hatte er ihre Hand genommen.

Grace war verwirrt. »Warum nicht? Was hast du sonst vor?«

»Ich fliege morgen zurück nach England.«

Morgen. Grace fiel es schwer, das zu begreifen. In dem Hof nebenan hatte der Partylärm kurz nachgelassen, und sie war sich bewusst, dass die Band jetzt langsamer spielte. Aber ihr Herz schlug schnell genug, um das mehr als auszugleichen.

»Komm hier rüber, Grace.« Theo führte sie hinauf zu der kleinen Terrasse des Hauses, wo in der Ecke ein Pfauenstrauch stand. Von hier aus konnten sie die Party und die Musiker im Hof aus der Vogelperspektive beobachten. »Das ist die beste Stelle«, meinte er. »Wir können sie sehen, aber sie uns nicht.«

Einmal Zauberer, immer Zauberer. Grace sah hinunter. Sie konnte Elisa erkennen. In ihrem mimosengelben Kleid, mit der Schmetterlingsblume im Haar, stand sie ein wenig entfernt von den anderen da. Und hinter ihr stand ein Mann – der Mann, mit dem Grace gerade gesprochen hatte. Sie sah, wie er sich nach vorn beugte und etwas zu Elisa sagte. Sie sah, wie Elisa herumfuhr. Sie sah, wie die beiden einander anstarrten. Sie sah, wie sie zu tanzen begannen, sich langsam zum Rhythmus der Musik wiegten und einander tief in die Augen sahen. »Duardo«, murmelte sie.

»Duardo?« Theo runzelte die Stirn.

»Nichts.« Grace schüttelte den Kopf. Sie starrte Theo an. »Also bleibst du doch nicht in Kuba?«

»Nein. Habe ich das je behauptet?« Er nahm ihre Hände in seine. »Wahrscheinlich habe ich gerade noch Zeit, eine Rumba zu tanzen«, sagte er.

»Rumba?« Seine Worte ergaben nicht viel Sinn. Aber Grace machte sich keine Sorgen. Sie fühlte sich ruhiger denn je. Das war Theo, der immer in Rätseln sprach. Die Bedeutung verbarg sich irgendwo. Sie vertraute darauf, dass sie beide sie finden würden.

»Anscheinend kommt es nur auf das Timing an.« Sie standen einander gegenüber. Er legte den rechten Arm um sie und ließ die Handfläche auf ihrem rechten Schulterblatt ruhen.

»Ich glaub schon.« Sie legte die linke Hand auf seine Schulter.

»Und für uns, Grace, war beim ersten Mal das Timing nicht so toll.«

»Nein.« Grace versuchte, sich wieder zu konzentrieren. Sie hörte den Rhythmus des Schlagzeugs. Was meinte er? Was wollte er ihr sagen?

»Aber dieses Mal.« Mit einer fließenden Bewegung zog er ihre andere Hand hoch. »Bist du dir dieses Mal sicher? Weil ich das nämlich nicht noch einmal ertragen könnte. Dich zu verlieren, meine ich.«

»Ich bin mir sicher.« Sie trat so nahe an ihn heran, dass ihr

Körper sich fest an seinen schmiegte. Sie mochte dieses Gefühl, immer schon. »Und ich war mir immer sicher, Theo. Das weißt du.« Er war doch der Zauberer, oder? Und Grace hoffte, dass sie die betreffende Dame war.

»Möchtest du tanzen?« Und dann beugte er sich zu ihr herunter, sie reckte sich ihm entgegen, und dann wusste sie nicht, ob sie tanzten und sich dabei küssten oder ob sie sich küssten und dabei tanzten. Aber was immer es war, es war das Schönste überhaupt.

# Dank

Zuerst möchte ich allen danken, die dieses Buch gelesen haben. Ich weiß eure freundlichen Kommentare und eure fortgesetzte Unterstützung sehr zu schätzen.

Ganz am Anfang hatte ich überhaupt keine eigenen Erfahrungen mit Kuba, weshalb das Schreiben dieses Romans voller Herausforderungen war. Um mich zu informieren, las ich jede Menge Bücher über das Land – über seine Kultur, Geschichte, Geografie und so weiter –, schaute mir Filme und Dokumentationen an, durchkämmte das Internet nach interessanten Blogs und Artikeln und sprach natürlich mit so vielen Menschen wie möglich, als ich das Land schließlich besuchte. Einige der Bücher und Filme, die mir auf meiner kubanischen Reise am nützlichsten waren, sind folgende: *Biography of a Runaway Slave* von Miguel Barnet in der Übersetzung von W. Nick Hill und veröffentlicht bei Curbstone Press; *Reminescences of the Cuban Revolutionary War* von Ernesto »Che« Guevara, veröffentlicht bei Harper Perennial; *Enduring Cuba* von Zoe Bran, erschienen bei Lonely Planet; *Memories of Underdevelopment* von Thomas Gutiérrez Alea, erschienen bei Rutgers University Press; *No Way Home* von Carlos Acosta, erschienen bei Harper Perennial; *Waiting for Snow in Havana* von Carlos M.N. Eire, erschienen bei Scribner; *Our Man in Havana* von Graham Greene, erschienen bei Vintage Classica; *7 Days in Havana* (DVD), Regie Benecio del Toro; *Buena Vista Social Klub* (DVD), Regie Wim Wenders; *I am Cuba (Soy Cuba)* (DVD), Regie Mikhail Kalatozov.

Alles faszinierende Werke. Etwaige Fehler gehen selbstverständlich auf mein Konto.

Einen großen, großen Dank an meine wunderbare Redakteurin Stef Bierwerth, an meine andere wunderbare Redakteurin Kathryn Taussig und an den Rest des großartigen Teams bei Quercus Books. Es ist wunderbar, eine solche Truppe hinter sich zu wissen! Ein ebenso großer Dank gilt meiner großartigen Agentin Laura Longrigg bei MBA, die mich stets unterstützt – es war mir ein solches Vergnügen, im vergangenen Jahr mit dir zusammenzuarbeiten, Laura. Sophie Ransom und Eve Wersocki bei Midas PR – ich kann euch gar nicht genug für eure unermüdliche Energie und eure Begeisterung danken. Es ist ein solches Glück für mich, all diese klugen und motivierten Menschen an meiner Seite zu haben …

Weiter bedanke ich mich bei Diane Fullerton vom MIT für die Diskussionen über Massagetherapie – und für die Massage! – sowie für die Zeit und Großzügigkeit, mit der sie ihre Erfahrungen mit mir geteilt und mich eines Besseren belehrt hat, als ich einen schrecklichen Fehler gemacht hatte; Olivia Chapman BSc (Hons), MIFPA, ITEC für die Diskussionen darüber, dass Massage wunderbar mit Aromatherapie harmonieren kann – und für die Massage!; Anne und Richard Kelly für ihre Gedanken über und Erinnerungen an Santa Clara, für das Lesen der in Santa Clara spielenden Passagen und für die lehrreichen und unterhaltsamen Gespräche über Kuba in Trinidad; Dawn Dyer von der Präsenzbibliothek in Bristol für ihre Hilfe bei meinen Recherchen; Anita Count, Tanzexpertin, für das Lesen, Reden und Tanzen; Alan Fish als einem der wertvollen ersten Leser des Buches sowie anderen Freunden für ihre Aufmunterung – besonders Wendy Tomlins, die immer so viel tut und mir zusammen mit ihrem Mann Andy bei meinen Büchern und bei Veranstaltungen unermüdlich zur Seite steht.

Meine großartige Familie unterstützt mich auf unglaubliche Weise, daher gilt ihnen ein ganz, ganz liebevoller Dank – Luke und Agata und ihrem Baby Tristan; Alexa – an sie geht ein besonderer Dank für ihre Hilfe beim Design; Ana einen speziellen Dank für die Hilfe, die sie mir bezüglich des Designs und der sozialen Medien geleistet hat; an meine Mutter Daphne Squires, die immer an mich und meine Bücher geglaubt hat, und an meinen Mann Grey, der auf jeder Reise an meiner Seite ist – ob nach Kuba oder Bristol oder vom Start eines Buchs an bis zu dem Tag, an dem es fertig und bereit ist, in die Welt hinauszutreten. Danke, meine Liebsten …